Los hijos de la Diosa Huracán

DAÍNA CHAVIANO

Los hijos de la Diosa Huracán

Grijalbo

Primera edición: junio de 2019

Diseño de la cubierta: Penguin Random House Grupo Editorial / Yolanda Artola

www.megustaleerenespanol.com

ISBN: 978-1-644730-17-1

Impreso en Estados Unidos — *Printed in USA*

Penguin
Random House
Grupo Editorial

A la memoria de mis padres.

A mi hermana.

A todas las mujeres que formaron mi linaje
desde la Prehistoria.

Un día el futuro se hace también presente.

Haruki Murakami, *1Q84*

No intento describir el futuro. Trato de prevenirlo.

Ray Bradbury

Nunca olvides mis palabras, pequeña: quien no escucha la voz de la Diosa termina por traicionar su propia naturaleza.

Prólogo

Madre Nuestra que estás en los cielos...

Estrecho de la Florida, 8 de septiembre, 10.20 h

Primero fue el banco de niebla que se alzó en el horizonte. Al principio pensaron que era una especie de espejismo, pero la bruma creció y se extendió hasta teñir el cielo de un insólito verde. Poco después comenzó la lluvia; una lluvia blanca como la leche, a ratos plateada, que parecía brillar con luz propia.

Sin brújula, radio o radar, los tres hombres navegaron entre las crestas del enfurecido océano, procurando descubrir el ojo luminoso de algún faro, pero los instrumentos de navegación habían enloquecido y el velo de nubes no les permitía ver nada que pudiera servirles de guía.

Exhaustos y apenas sin reservas de agua potable, se agazaparon en el fondo del pequeño yate y se preguntaron cómo era posible que los sorprendiera ese mal tiempo si las noticias no habían anunciado tormenta alguna.

Juan no dejaba de mirar su reloj-brújula como si esperara que su insistencia lo hiciera funcionar de nuevo. Su hermano Rodrigo se mordía las uñas, maldiciendo por no haberse quedado en casa a ver aquel partido de béisbol. Ahora moriría en medio de la nada. Con cada golpe de las olas apretaba entre sus dedos la medalla de la Virgen de la Caridad del Cobre que su madre le había regalado antes de fallecer.

En la tercera noche de tempestad, los hombres intentaron dormir en aquel moisés que se balanceaba con violencia. Ya fuera porque el cansancio los vencía o porque se habían acostumbrado al movimiento, se rindieron al sueño.

Johnny fue el primero en despertar, aunque no se incorporó de inmediato. El joven timonel contratado por ambos hermanos era nativo de la reserva indígena de Big Cypress. Había abandonado las tierras de su tribu para comprarse un yate en Key West y alquilarlo a pescadores y turistas, pero su instinto de cazador seguía acompañándolo. Durante unos segundos permaneció inmóvil, intuyendo que algo ocurría. De pronto comprendió que la tormenta había cesado. Con un grito alertó a los otros para que subieran a cubierta.

El mar semejaba un cristal. En la inmensidad que los rodeaba no se distinguía movimiento alguno. Era como si la embarcación hubiera encallado en un espejo infinito. La brisa empezaba a despejar el cielo, que, sin embargo, todavía derramaba esa llovizna láctea sobre el mar. Azotada por una leve brisa, la lluvia se movía como una cortina de maná líquido, un alimento dulce y maternal que alguna diosa regalara a sus hijos.

Por puro reflejo, Juan volvió a consultar su reloj. Había vuelto a funcionar. Se lo hizo notar al timonel, que, de un salto, bajó los escalones hacia el interior de la cabina. Los equipos estaban encendidos: el intercomunicador, el radar, el compás, incluso la grabadora amarrada a un poste, que ahora susurraba el estribillo de un bolero.

De inmediato Johnny estudió los parámetros, comprobó el sitio donde se hallaban y llamó por radio al guardacostas. Supo que la tormenta los había desviado decenas de millas hacia el sureste. Se hallaban en un punto medio entre la isla Andros y la costa norte de Cuba, dentro del mítico triángulo de las Bermudas.

—Mejor nos largamos enseguida —dijo Rodrigo con cierta urgencia—, estamos rozando aguas cubanas.

—Las aguas territoriales solo llegan a doce millas de las costas —replicó Johnny.

—No importa —le apremió el otro, sintiéndose gradualmente

más inquieto al recordar ciertas historias—. Estamos cerca del límite, arranca el yate.

Un nuevo llamado desde cubierta los hizo salir atropelladamente. Inclinado sobre la borda. Juan señalaba un punto oscuro que se movía sobre las aguas. No parecía una lancha de los guardacostas cubanos. Al menos no dejaba estela alguna. Fuera lo que fuera, aquello flotaba plácidamente a la deriva.

Los tres pensaron lo mismo. Solo podía ser uno de esos cubanos que desde hacía medio siglo se echaban al mar sobre balsas fabricadas con materiales de desecho. Johnny bajó a la cabina, arrancó el motor y puso proa al sur. Los otros no se opusieron.

La lluvia seguía cayendo, cada vez más fina, a medida que se acercaban al objeto cuyos contornos no lograban adivinar. ¿Era un bote? ¿Un neumático? ¿Una tabla? No había señales de vida. Si había alguien a bordo, debía de estar desmayado o algo peor. A unas treinta yardas, el timonel apagó el motor y dejó que el impulso del yate los condujera suavemente hasta aquel punto. En ese mismo instante, la llovizna cesó.

Como habían sospechado, era una balsa. O más bien, restos de ella. Allí no viajaban personas desmayadas ni muertas. Tampoco vieron utensilio alguno, ni siquiera botellas con agua, mantas o comida. Aquella superficie de tablones mal amarrados, de unos dos metros cuadrados, se hallaba limpia y seca. En su centro, mecida levemente por las olas, había una criatura desnuda.

—*Oh, my God!* —murmuró Johnny, que zafó el bote de auxilio amarrado a un costado del yate—. Si es una niña...

—¿Está muerta? —preguntó Juan.

—No creo —dijo Rodrigo cuando vio el cuerpecito en posición fetal, recordando la época en que distribuía alimentos a guarderías infantiles—. Así duermen los chamas.

Subió al bote y Johnny lo siguió de un salto.

—Pero ¿cómo pudo sobrevivir con esa tormenta? —preguntó Johnny, que maniobró el timón del bote para que Rodrigo se inclinara sobre la borda y tomara en sus brazos a la pequeña dormida.

—¡Y está seca! —exclamó Rodrigo, apartando los bucles del rostro infantil—. Parece un milagro.

En la cubierta del yate, Juan los aguardaba expectante. Cuando Rodrigo se empinó para alcanzársela, Juan reparó en un trozo de papel arrugado que la niña apretaba en su puño.

—Mira —le dijo a su hermano, que ya subía por la escalera de soga mientras Johnny aseguraba el bote.

Rodrigo alisó con cuidado el papel. Era una fotografía rota, con unas líneas escritas en el reverso: «...parte de mí se librará de la muerte».

Johnny se limitó a mover la cabeza, pensando que nadie iba a creer aquella historia.

Por instinto, Rodrigo acarició la medallita de la Virgen que colgaba de su cadena y recordó aquel relato mítico que conocían todos los cubanos. Cuatro siglos atrás, en una bahía al norte de Cuba, tres hombres habían rescatado la estatuilla seca de una Virgen que flotaba sobre unas tablas, después de una tormenta de tres días y tres noches que casi los hizo naufragar. Aquella imagen era la misma que aún veneraban los cubanos en El Cobre, un santuario rodeado de montañas en la zona oriental de la isla.

—¡Santo Dios! —murmuró Juan al notar el reflejo de la medalla en el pecho de su hermano—. ¡Si hoy es el día de la Virgen del Cobre!

—¡Qué casualidad!

—Nada de casualidad —murmuró Rodrigo—. ¿No se lo dije? Es un puñetero milagro.

PRIMERA PARTE

Amenaza de tormenta

Veinticinco años después

1

Miami, West Kendall, 5 de agosto, 7.22 h

El timbre del teléfono la despertó. Se sentó en la cama, intentando pensar, aún con los párpados pesados y un mareo bochornoso.

—Oigo.

—Alicia, ¿por fin vas a venir?

Reconoció la voz de su tío, pero no supo de qué le hablaba. ¿Adónde debía ir? A su mente acudieron retazos de una conversación: «cambio del paradigma arqueológico... todavía es un secreto... dos meses de excavación... ningún otro departamento...».

—Ah, sí —recordó—. Ya lo arreglé todo. Puedo salir esta misma noche.

—¡Perfecto! Te enviaré el código de embarque por email. Iré a esperarte al aeropuerto.

Su tío colgó sin despedirse.

¡Cielo santo! ¿Qué le estaba pasando? El vértigo le nubló la vista. Apoyándose en las paredes, alcanzó al baño y se echó agua helada en el rostro. Cogió una toalla a ciegas y se contempló en el espejo, que le devolvió la imagen de un rostro nimbado por una melena de cabellos oscuros como hilos de seda. Se peinó con cuidado y movió un poco la cabeza para comprobar que ninguna ventisca alteraría su corte de paje medieval. Las náuseas habían disminuido, pero ¿por qué seguía tan débil? Al recordarlo, alzó ligeramente las cejas.

La Voz. Siempre que soñaba con ella despertaba con aquel malestar, como si hubiera pasado horas girando en un torbellino. Era una presencia que la acompañaba desde su niñez... —nada sorprendente, dadas las circunstancias. Había tocado costas floridanas cuando era demasiado pequeña para recordar nada. Su única identificación era una foto de ella misma, jugando desnuda en una playa desconocida; pero la imagen estaba incompleta como si alguien la hubiera roto por la mitad. En el reverso se leía un enigmático mensaje, o más bien lo que quedaba de él: «... parte de mí se librará de la muerte». Se conjeturó que la nota provenía de una madre o un padre que viajaban con ella en la balsa y habían muerto en la travesía. La niña balbuceaba frases en un castellano donde se detectaron rasgos de acento cubano. Sin embargo, pese a que la foto se reprodujo en todos los medios, incluidas las redes sociales, nadie la reconoció. Un año después fue adoptada por un matrimonio de médicos que formaba parte del equipo que la atendía.

Alicia no podía recordar cuándo empezó a escuchar la Voz. Tenía la impresión de que siempre había estado con ella. Al principio no le hizo mucho caso, pero a medida que fue creciendo se dio cuenta de que aquello no era normal. Los sueños donde aparecía la Voz eran diferentes a los otros. Más que imágenes, traían sonidos: el sonido de esa Voz que le hablaba en medio de una bruma verde, de textura blanda y tibia como un útero.

No se lo contó a nadie, excepto a su padre adoptivo, pero este no le dio importancia. El doctor le recordó que había pasado por una experiencia traumática cuyo impacto podía ser duradero. De todos modos consultó discretamente con tres colegas que se brindaron para examinar a la adolescente. El dictamen fue unánime: Alicia no presentaba ningún trastorno físico o emocional.

Para esa época, ya la obsesionaban los enigmas. Su interés terminó por convertirse en una profesión donde abundaban las incógnitas, como acababa de ocurrir con esa llamada de su tío, que prometía mostrarle el *non plus ultra* de los acertijos. No le había revelado gran cosa, pero ella sabía que el hermano de su difunta madre adoptiva jamás empeñaba su palabra en vano. Por eso decidió adelantar sus vacaciones y viajar a la isla que también ocultaba la clave de su existencia.

2

Miami, División de Investigaciones Criminales,
5 de agosto, 21.14 h

—Aquí está el café —anunció el teniente Luis Labrada, colocando el termo sobre el escritorio de su colega que seguía tecleando en la computadora.

Apenas el aroma se extendió por la oficina, otros se acercaron para recibir su ración. El rito del café era sagrado y colectivo. Pocos renunciaban a él, especialmente quienes trabajaban hasta la medianoche o de madrugada.

—¿Qué tal tus internos? —preguntó Luis.

—Son buenos —respondió Charlie sin apartar los ojos de la pantalla—, pero el papeleo me tiene loco. Odio las evaluaciones.

Asumía cualquier trabajo como si fuese el único detective disponible de la ciudad. Luis lo observó unos segundos y se sintió invadido por una calidez semejante a la tristeza. Con dolor recordó a su hijo Alejandro, que tenía más o menos la edad de Charlie... Sus viejas colecciones de sellos y dibujos aún llenaban la casa. Había sido una criatura risueña que cantaba a menudo, pero todo cambió con la muerte de su madre, frente a una enorme tienda de juguetes, mientras el niño exploraba la sala de videojuegos. Ella salió para hablar por teléfono y no logró sobrevivir al impacto de un auto que perdió el control y se precipitó sobre la acera.

En el funeral, Alejandro no lloró. Durante semanas tampoco habló ni quiso abrir sus regalos de Navidad. Su padre lo llevó a varios psicólogos que nada lograron.

Meses después, sin razón aparente, el niño se fijó en aquella caja envuelta con papel de regalo. Era el regalo que su madre le había comprado poco antes del accidente. Dentro encontró una guitarra con la que entabló de inmediato un vínculo personal. El tañido de sus cuerdas se convirtió en una queja contra el mundo y también en su terapia. Volvió a comunicarse con la gente, aunque nunca recuperó del todo su innata alegría.

Apenas cumplió la mayoría de edad, abandonó Miami con su guitarra a cuestas y se marchó a La Habana, esa ciudad convulsa y romántica, cercana y distante a la vez, de la que tanto le hablara su madre. Luis Labrada acudió a los escasos contactos que le quedaban en el país para averiguar su paradero, pero no consiguió nada y al final perdió todo rastro suyo.

El teniente se pasó una mano por el rostro, ansioso por apartar aquel recuerdo que no cesaba de agobiarlo. Afuera la llovizna golpeaba los cristales del edificio, produciendo un efecto tranquilizador que acabó por arrancarlo de su ensueño.

—¿Qué tienes ahí? —preguntó, acercándose al mural.

—Echaba un vistazo a un caso de robo ocurrido hace dos semanas en Key Biscayne —contestó Charlie.

Varias fotos mostraban los destrozos de una habitación y huellas de zapato: BOTINES NEWA, TALLA 9, según la inscripción en rojo. Una de ellas revelaba un extraño objeto de yeso con forma semiovalada. Sobre su superficie habían trazado un círculo, con dos orificios a manera de ojos y una boca de trazo torcido. De esa cabeza primitiva brotaban un par de brazos semejantes a tentáculos: uno curvado hacia arriba y otro a la inversa. Al pie del dibujo vio tres puntos, en forma de triángulo, sobre una hoz lunar con las puntas señalando a lo alto.

—No reconozco el caso.

—No es nuestro —respondió Charlie—. Como te decía, esto sucedió en Key Biscayne, y los colegas de la zona me lo pasaron en la reunión de departamentos. Según el informe, alguien entró a robar en casa de un tal profesor Báez, aunque lo más curioso es que, según el dueño, no se llevó nada. El sargento a cargo del caso se quedó intrigado con esta figura que los ladrones dejaron allí. Y no me extraña... Es un poco siniestra, ¿no te parece?

Luis cogió la fotografía y la observó de cerca. No podía decir que no le resultara curiosa, pero tampoco tenía intención de darle muchas más vueltas a un caso de robo que había tenido lugar dos semanas atrás en una jurisdicción que no le correspondía y donde, para colmo, no habían sustraído nada.

—Pues yo diría que es un pisapapeles —dijo Luis, antes de dejar la foto encima de la mesa.

—No creo —respondió el joven—. Mi hipótesis es que...

Las notas de un danzón revolotearon por la oficina. Luis le echó una ojeada a su celular, leyó el mensaje y devolvió las fotos a la bandeja.

—Deja eso, tenemos que irnos.

—¿Adónde?

—Pequeña Habana. Homicidio.

Cuando Charlie salió del parqueo, la humedad de la noche se pegó a su piel. Odiaba ese clima. Su colega conectó el aire acondicionado y tuvo que esperar a que el parabrisas se desempañara antes de ponerse en marcha. Otros dos patrulleros salieron detrás. Aún lloviznaba. Mala noche para encontrar huellas al aire libre, pensó, pero ideal para hallarlas bajo techo.

A su lado, el teniente Luis Labrada se esforzó por no pensar, aunque un insistente salto en el estómago lo acompañó durante todo el trayecto. Siempre sentía aquel desasosiego cuando se preparaba para enfrentarse a un cadáver.

En pocos minutos llegaron a un pequeño centro comercial —uno de esos edificios de dos plantas, llenos de tiendas y oficinas— con un parqueo casi vacío, exceptuando un viejo Toyota deportivo y un BMW plateado. Los autos patrulleros, con sus luces parpadeantes, se detuvieron a poca distancia de ellos.

Al pie del elevador les esperaba un individuo uniformado en azul, con una gorra donde se leía SECURITY.

—Buenas noches, soy el detective Luis Labrada. Mi colega es Charlie Griffin. ¿Y usted?

—Julián Gómez, guardia de seguridad, para servirle —dijo el hombre con expresión asustada—. Yo descubrí... Fui yo el que llamó a la policía. No he tocado nada.

En silencio entraron al elevador, que se puso en marcha con un tembleque perceptible. Nadie habló hasta que las puertas volvieron a abrirse y los detectives siguieron los pasos del guardia.

—¿Dónde ocurrió?

—En CubaScape.

—¿Cuba qué?

—Una agencia de turismo.

—¿Avisaron al dueño? —preguntó Charlie.

—La víctima *es* el dueño —respondió—, por lo menos uno de ellos.

A medida que avanzaban, Luis repasó los letreros estampados en los cristales del pasillo: Mon Chéri joyería, La India (Importaciones), Clínica de Acupuntura, Empeños: Su dinero al instante, Cerámicas Sur.

—¿Comprobó si también entraron a otro local? —preguntó el detective.

—Solo al que le dije.

—¿Y sabe qué robaron?

El *security* se encogió de hombros.

—No tengo ni idea, pero nadie arma semejante desbarajuste, ni deja todo ese dinero en la caja fuerte, si no es porque busca algo muy importante. Y el crimen... —hizo una mueca—, lo que hicieron...

Un policía apostado en la entrada se apartó para dejarlos pasar.

—Quédese aquí, por favor —le indicó Luis, mientras se colocaba los guantes de látex.

—Es lo que pensaba hacer —le aseguró el hombre casi indignado—. No me interesa volver a ver *eso*.

La oficina era un completo pandemonio. Fotos y cuadros yacían fuera de sus marcos, la caja fuerte de la esquina mostraba su interior revuelto, y el contenido del archivo metálico cubría buena parte del suelo. Otra caja, empotrada en la pared, también permanecía abierta. Un olor a cigarrillo mentolado flotaba en el aire, proveniente de un cenicero colocado sobre el escritorio donde había... El detective se detuvo. Al comprender lo que veía, un líquido amargo trepó por su esófago. Cerró los ojos, respiró profundo y volvió a mirar.

El difunto yacía con los miembros descoyuntados en una especie de crucifixión torcida. Lo habían clavado a la altura de los codos en una posición desnivelada que hacía aún más perturbadora la escena. Un codo se hallaba a la altura de los ojos; el otro, a un nivel más bajo, cerca del pecho. Si hubiera estado de pie, su brazo derecho habría apuntado al cielo y el izquierdo hacia la tierra.

El olor a orina y desechos fecales permeaba sus ropas. El detective contuvo la respiración mientras se acercaba al cadáver de ojos desmesuradamente abiertos. Numerosos cortes atravesaban el rostro y los antebrazos. Sus manos eran amasijos de carne amoratada, como si los dedos hubieran sido aplastados a golpes, algo que parecía confirmar una escultura de piedra despedazada, cuya base era un pegote de sangre, trozos de piel y vellos.

—No creo que un solo hombre haya podido hacerlo —murmuró Charlie.

—A menos que la víctima estuviera inconsciente —dijo a sus espaldas Luis, olfateando el pañuelo que sostenía con unas pinzas—. Cloroformo.

Estudió los clavos enterrados en la carne. En realidad no eran clavos, sino estacas industriales de madera.

—¿De dónde diablos sacaron esto?

—De la construcción que hay al pie de la escalera —dijo un policía—. Hay todo tipo de cosas allá afuera.

Un investigador se acercó a la caja fuerte del rincón para extraer un pasaporte que puso en manos del teniente Luis Labrada. El detective hojeó el documento. Fue difícil reconocer el rostro crispado del cadáver en los plácidos rasgos del hombre en la foto. Leyó el nombre de la víctima, Manuel Valle, y recorrió las páginas para revisar los sellos de sus viajes. El último le provocó un ligero alzamiento de cejas, pero no comentó nada. El técnico también encontró un reloj de oro y dos anillos que colocó en una bolsa. Por último registró el compartimento de otra caja fuerte, adosada a la pared, de donde sacó cuatro fajos de dinero y varios papeles que echó en una bolsa más ancha.

—Vaya récord —se admiró Charlie—. Dos cajas abiertas y a nadie le interesa el dinero.

—Este no es un robo común —masculló Luis.

—Es lo que acabo de decir.

—No me refiero a eso.

Charlie no pudo evitar un estremecimiento. ¿Quién podía odiar tanto a un tipo como para hacerle algo así? Era una estampa grotesca que demostraba que el asesino, ya fuera solo o acompañado, había disfrutado torturándolo. Cerró los ojos. Sabía que esa imagen le acompañaría en unas cuantas noches de insomnio. Era el destino de todo policía: vivir cercado por esa clase de recuerdos. Y entonces, de repente, se fijó en esos brazos clavados por los codos y retorcidos en un estertor imposible. Había algo siniestramente familiar entre la foto que acababa de ver en la oficina y la disposición de aquel cadáver. Miró al teniente: parecía absorto en los pies del muerto, que colgaban húmedos y enlodados delante de la mesa.

—Teniente Labrada, la posición del cuerpo, ¿no le recuerda...?

Luis asintió despacio, como si aún estuviera procesando la información. La brutal postura de la víctima imitaba los brazos de aquel extraño símbolo que acababan de ver en la oficina, como parte de un fallido robo ejecutado en Key Biscayne.

—Y no solo eso —dijo Luis sombríamente, señalando los zapatos del muerto—. Botines Newa.

—Y apuesto a que son de talla 9 —añadió su colega.

3

Aeropuerto Internacional de Miami, 5 de agosto, 21.24 h

Alicia no quería discutir con su padre, pero no era fácil ignorar al doctor Ruby Solomon.

—¿Por qué no me dejaste en la entrada? —preguntó ella mientras cruzaban el paso que conectaba el parqueo con el aeropuerto—. Mi vuelo no sale hasta las diez y media.

—Y mi crucero no embarca hasta el fin de semana —respondió él, arrastrando la maleta de ruedas.

La tensión dibujaba manchas rubicundas en su incipiente calvicie, una condición que intentaba compensar con la barba que se había dejado crecer para complacer a la rama más tradicional de su familia, algo distanciada del buen doctor, que siempre se había mostrado bastante liberal en sus tradiciones judaicas; ni siquiera se había molestado en transmitirlas a su hija, prefiriendo que ella escogiera las suyas propias.

—Llámame cuando aterrices. No, mejor cuando te reúnas con tu tío. Así sabré que ya estás acompañada. Virgilio irá a esperarte, ¿verdad? Las cosas no están para que andes sola por esas calles.

Su padre todavía la trataba como si fuera una criatura. No se parecía en nada al resto de su estricta familia, quizá por haber estado casado durante tantos años con la difunta Teresa, una cubana de pura cepa con genes vagamente asturianos.

—Tranquilízate, papá, no estaré sola.

—Y para colmo, con este tiempo —prosiguió como hablando consigo mismo—. Podríamos haber esperado a que mejorara.

—Me dijo que era importante.

En realidad, las palabras exactas de su tío habían sido: «Esto va a ser una bomba, Alicia, pero es mejor no darle publicidad hasta tener más datos. Primero necesitamos la ayuda de gente como tú».

—Puede que sea lo que estoy buscando —añadió escuetamente para no inquietarlo.

Su padre se detuvo en medio de la acera.

—¿Qué quieres decir?

—Me refiero a un trabajo —respondió ella, tomándolo por un brazo para que se moviera.

—Ya tienes un trabajo —rezongó él—. ¿Qué tiene de malo el museo?

—Nada, solo que es un poco aburrido.

—¿Aburrido?

—Arqueológicamente hablando —aclaró ella—. En la isla están pasando cosas más interesantes.

—Lo único interesante es que nadie sabe qué ocurrirá en esas elecciones —gruñó el doctor—. Tu madre siempre me decía: «Lo único seguro en Cuba es que nada es seguro».

—Las cosas han cambiado.

—Sí, cambiado para peor. Y ahora con esas elecciones...

—Ay, papá, ¿qué tienen de malo? Elecciones hay en todas partes.

—¿Ves como no sabes nada? —masculló el hombre—. Siempre andas en la luna.

Ella esquivó como pudo a un grupo de viajeros que arrastraba carritos repletos de equipajes, dispuesta a entrar de una vez para buscar el mostrador de la aerolínea. Alzó la vista para leer los letreros.

—*Sorry* —se excusó al tropezar con alguien que salía.
—*Watch out, young lady! Oh! Alicia?*
Ella se volvió hacia el hombre. De inmediato reconoció aquellos bigotes espesos de general confederado.
—¡Profesor Báez! —exclamó ella, casi feliz por aquel encuentro que interrumpía las quejas paternas—. ¡Qué gusto verlo! ¿Se va de viaje?
—Vengo de La Habana.
—Pues yo voy para allá.
—¿Con este tiempo? —se asombró el profesor.
Alicia se volvió en busca de su padre, que había desaparecido en medio de una súbita invasión de japoneses cargados de cámaras, que se habían detenido ante la puerta para tomarse *selfies*, gritando y sonriendo con sus dedos en forma de V, contentos de haber sobrevivido a un tifón caribeño.
—¿Sigues en el museo? —preguntó el profesor.
Ella asintió.
—Vas a malgastar tu talento, siempre fuiste la mejor del curso. —Y elevó la voz mientras se alejaba, deseoso por escapar del tumulto—. Un placer saludarte. ¡Y ya sabes, la oferta se mantiene!
Tan pronto lo perdió de vista, Alicia descubrió que su padre le hacía señas desde una columna cercana.
—¿Ese no era Máximo Báez? ¿De qué oferta te hablaba?
—Después te digo —respondió ella, dirigiéndose al mostrador de Cubana de Aviación.
Por suerte, las antiguas aglomeraciones de exiliados que intentaban abordar un vuelo hacia La Habana eran cosa del pasado; y si se trataba de una noche como aquella, uno podía estar casi seguro de que los vuelos irían medio vacíos. Se aproximó a la casilla más cercana para mostrar sus documentos.
—¿La señorita lleva equipaje? —preguntó el empleado de la aerolínea en un inglés con acento cubano.
—Solo de mano —le respondió en español—. ¿Sabe algo de la tormenta?
—Se está debilitando —dijo el joven con su mejor sonrisa—. No se preocupe, le aseguro que tendrá un buen viaje.
A Alicia siempre la apabullaba la sensualidad casi salvaje de

sus compatriotas. ¿Qué podía tener en común con esos isleños? Si se miraba al espejo, solo veía a una criatura de ojos asustados y enormes. Ella no pertenecía a ningún sitio. No tenía raíces familiares, ni siquiera guardaba recuerdos de su infancia en Cuba. Hasta su perfecto español se lo debía a Teresa.

—¿De qué oferta hablaba ese profesor? —repitió el doctor Solomon, que jamás olvidaba un asunto.

—Me ofrecieron una plaza en la Cuban-American University.

—No irás a decirme que la rechazaste.

—La enseñanza no es para mí, papá. Prefiero la investigación. A lo mejor en Cuba encuentro algo interesante.

El doctor Solomon empezó a farfullar en voz baja.

—¿Qué dijiste? —preguntó ella.

—Nada que no te haya dicho ya —contestó él mecánicamente, leyendo el mensaje que acababa de entrar con un tintineo—. En mala hora se nos ocurrió llevarte a la isla.

Siempre se quejaba de lo mismo, aunque fue él quien insistió en regalarle aquel viaje a La Habana cuando cumplió diez años, en compañía de Teresa, que deseaba ver a su hermano. Así había conocido al tío Virgilio, recién nombrado curador del Museo del Libro. Fue entonces cuando su vida dio un vuelco que duraba hasta el presente.

Alicia no podía negar que se consumía de curiosidad, pero no dejaba de preguntarse si hacía bien en dilapidar sus vacaciones en el Caribe en lugar de volar a Florencia como se había propuesto meses atrás. Finalmente reconoció que regresaba a la isla por la misma razón por la que había estudiado grafología y criptografía, para resolver más misterios. Ese era su karma: hallar salidas a los laberintos, explorar los rincones sombríos, encontrar sentido al sinsentido.

Y es que aquella isla la había dejado doblemente desorientada. Sus padres adoptivos habían sido los mejores que hubiera podido desear, pero ella seguía haciéndose preguntas. ¿Por qué la habían lanzado al mar en una embarcación tan precaria? ¿Permanecieron en la isla sus verdaderos padres, tras confiarla a algún familiar que se fugaba en balsa, o habían muerto en la travesía? ¿Lo habrían hecho con la idea de reunirse más tarde con ella? Pero si era así, ¿por qué nunca la reclamaron?

—¡Vaya! —exclamó el doctor, echando otra ojeada a la pantalla de su móvil, que acababa de encenderse de nuevo.

—¿Qué?

—Nada, asuntos de trabajo.

El hombre se quedó contemplando el mensaje y, al cabo de unos segundos, su rostro había perdido toda señal de enojo.

—Mejor nos despedimos aquí —propuso ella.

—¡Qué pronto quieres deshacerte de este viejo! —se quejó él, tras responder al mensaje—. ¿Por qué no nos sentamos en aquel restaurante? Solo unos minutos más.

Alicia suspiró.

—Si no vuelves a hablarme de ciclones ni de trabajo.

—Te lo prometo. —Se puso de pie y le estampó un sonoro beso en la frente. Parecía de buen humor—. Espérame en cualquier mesa y ve pidiendo lo que quieras. Voy un momento al baño. Pago yo.

—Solo quiero un café con leche y pastelitos. ¿Y tú?

—Nada de comer, solo un cubalibre.

La muchacha lo observó con incredulidad mientras él se alejaba con su inseparable maletín de cuero. Cualquiera podría pensar que su padre era un tipo medio chiflado y quizá un poquito bipolar.

4

Miami, División de Investigaciones Criminales,
5 de agosto, 23.02 h

El teniente Luis Labrada tenía razones para sentirse orgulloso de su carrera como veterano en la sección de Homicidios. Había ingresado en el cuerpo con apenas dieciocho años y se las arregló para terminar dos licenciaturas, una en Justicia Criminal y otra en Psicología, antes de solicitar un puesto como detective en la misma sección.

Su viudez lo sorprendió tras una década de matrimonio. Ahora llevaba la vida solitaria de muchos detectives, con esporádicas relaciones que no duraban mucho porque la mayoría de las mujeres terminaban huyendo de esas interminables jornadas y de las llamadas intempestivas a todas horas, aunque a él no parecía importarle.

Sin embargo, hubo una época en que dudó que pudiera soportar aquella carga de trabajo. Contrario a lo que muchos civiles pensaban, era un mito —multiplicado por esas burdas series televisivas— que un investigador fuese capaz de comportarse con frialdad, y hasta bromear, en medio de una escena colmada de sangre y violencia. No se habituaba a aquellos escenarios que luego lo perseguían en sus pesadillas. Al final desarrolló una especie de coraza que le permitió examinar los hechos desde lejos, como si se tratara de una puesta en escena; un mecanismo de defensa bastante común en su oficio.

Sus colegas también habían pasado por estados anímicos semejantes, pero lograron superarlos... más o menos. La camaradería que se establecía entre aquellos hombres que lidiaban con la muerte día tras día, en medio de condiciones de todo tipo, como el de esa noche ciclónica, era imprescindible para la salud mental.

—¿Te queda café? —preguntó Luis desde la puerta del cubículo donde se hallaba la mesa del sargento Charlie Griffin.

Charlie le señaló el termo de la repisa.

—Esto sabe a rayos —se quejó el teniente después de probarlo; y arrastró una silla para sentarse junto al sargento, que rebobinaba un video en su computadora—. ¿Desde cuándo la gente de Key Biscayne se dedica a grabar los casos de robo?

—No es eso —dijo Charlie, sirviéndose más café—. Lo que ocurre es que alguien quiso probar la cámara antes de usarla en Homicidios. Es pura casualidad que tengamos estas imágenes y un interrogatorio con el dueño de la casa. Tuvimos suerte. Es muy interesante, ahora verás.

Las imágenes de la pantalla solo tenían dos colores: negro y verde fosforescente, lo cual indicaba que la cámara filmaba en infrarrojo. La habitación en tinieblas era una especie de biblioteca donde el caos era total. Había papeles en el suelo y en el escritorio. Decenas de libros, sacados de sus estantes, yacían sobre la alfombra como pájaros muertos. Varios anaqueles con puertas de cristal mostraban artefactos arqueológicos. Las parpadeantes cifras en la esquina inferior de la izquierda indicaban que la grabación databa de dos semanas atrás.

—¿Quién denunció el robo? —preguntó Luis, mientras la cámara recorría la habitación.

—Un vecino que paseaba con su perro. Vio la verja del jardín abierta y, cuando fue a cerrarla, notó que la puerta principal también lo estaba. Como la casa se hallaba a oscuras, le pareció raro y llamó a la policía.

—¿Quién dijiste que vive ahí?

—Un profesor.

La cámara paneó de nuevo por la habitación, deteniéndose en algunos detalles.

«*¿Qué pasa con la jodida luz del techo?*», se quejó alguien en las sombras.

Una linterna iluminó la escena y la imagen cambió a luz natural. La cámara siguió a la linterna en su peregrinaje por la habitación hasta detenerse en una lámpara, medio oculta tras unas cortinas. Alguien la encendió.

Tras otro paneo por el escritorio en desorden, el foco se detuvo en un pedrusco colocado encima de aquella montaña. Se encontraba en un equilibrio tan precario que obviamente lo habían dejado allí para que cualquiera pudiese verlo. Luis lo reconoció de inmediato. Era el pedazo de yeso que mostraba el primitivo dibujo del rostro con brazos tentaculares. Al pie del dibujo vio el triángulo formado por tres puntos y, más abajo, la media luna con sus cuernos hacia arriba. Iba a pedirle a Charlie que detuviera el video para observar mejor el gráfico, pero la conversación grabada entre los agentes lo distrajo.

«*¿Y esto?*», preguntó la misma voz desde la penumbra.

«*Parece otro cachivache de la vitrina, pero puede que solo sea un pisapapeles* —respondió otro—. *O quizá lo sacaron de la caja fuerte, pero como no era lo que buscaban...*»

«*Sargento* —interrumpió una tercera voz—, *el dueño de la casa está afuera.*»

«*Dile que pase sin tocar nada.*»

Más movimientos erráticos de la cámara, que terminó por detenerse en una silueta de hombros cuadrados que contemplaba la escena desde el umbral. Parecía un militar cosaco de cabellos grises y copiosos bigotes blancos.

«*¿Qué ocurre aquí?*», preguntó.

«Parece que le han robado —respondió un individuo flaco y de rostro anguloso—. *¿Me deja ver su identificación?»*

«¿Dónde estaba usted, señor Báez?»

«En el aeropuerto. Acabo de llegar de viaje.»

«¿De dónde?»

«De La Habana.»

Luis Labrada alzó una ceja al escuchar la respuesta, su única señal de sorpresa mientras miraba la filmación. Aunque los viajes a la isla habían dejado de ser noticia, algunos cubanos exiliados y sus descendientes seguían mostrando una aprensión casi genética hacia ellos.

«¿Viaje de negocio o de placer?»

«Profesional. A menudo voy a La Habana para dar conferencias en la universidad. ¿Me permite echar un vistazo a mi caja fuerte?»

«Adelante.»

Con tres zancadas, el profesor se acercó para echar una ojeada al agujero.

«¿Puede ayudarnos a saber qué le falta?»

«El dinero está ahí.»

«¿Todo el dinero?»

«Creo que sí. En cuanto a los papeles, tendría que revisarlos, pero no creo que el borrador de un libro sobre José Martí pueda interesarle a un ladrón.»

«Depende del ladrón.»

«No entiendo.»

«Es un ladrón que no roba dinero.»

«Quizá buscaba joyas o piezas arqueológicas.»

La cámara barrió la estantería de cristal que se extendía de pared a pared, a la derecha del escritorio.

«Esa vitrina está intacta», insistió el sargento.

«Entonces este ha sido un delito sin motivo», comentó el oficial con cierta rudeza.

«Ya le dije que tendré que buscar.»

«¡Le agradeceré que busque ahora, profesor!», lo apremió el otro, ocultando a duras penas su impaciencia.

El doctor se ajustó las gafas con gesto irritado y se acercó de nuevo a la caja fuerte.

«¡No toque nada!»

«Necesito sacar las cosas para ver bien.»

«Nada de tocar.»

Dos linternas enfocaron la gruta metálica. Después de husmear allí, el profesor se dirigió a los estantes iluminados y paseó su mirada de un extremo a otro sin que su rostro se alterara.

«¿Algo fuera de lugar?»

El profesor se aproximó al escritorio. Parecía a punto de decir algo cuando su vista se posó en el trozo de yeso.

«Todas las piezas están ahí», aseguró, haciendo un esfuerzo por no fijarse de nuevo en aquel objeto.

Un técnico se acercó a la mesa y sacó algunas fotos. Hizo lo mismo con otros rincones de la oficina, pero el profesor solo tenía ojos para aquel extraño pisapapeles.

«Gracias por su ayuda, profesor —se despidió el sargento desde el umbral en penumbras—. *Si recuerda algo más que le falte o le sobre, llámenos.»*

La cámara lo siguió hasta la acera.

«¿Algo que le sobre? —se oyó la voz del camarógrafo—. *¿Qué coño significa eso?»*

«Es la primera vez que el profesor ve esa piedra en su escritorio», respondió el otro sin dejar de avanzar.

«¿Por qué estás tan seguro?»

«Porque fue lo único que miró por más de cinco segundos, como si tuviera que pensar de dónde había salido. Ese pisapapeles, o lo que sea, no es suyo, pero te apuesto a que significa algo importante para él y no quiere decirlo.»

«¿Qué clase de persona se niega a reconocer que le han robado?»

El video se detuvo. Luis se frotó los ojos.

—Pues sí que el video ha sido una bendición, porque ahora el profesor tendrá que explicarnos por qué ese pedrusco lo alteró tanto... sobre todo cuando tenemos un cadáver en la misma posición de ese monigote. Ven conmigo.

—¿Adónde?

—A visitar al profesor.

—¿A esta hora?

—¿Por qué no?

—Espera, déjame llamar primero.

Un instante después, seguro de que el profesor los esperaría en su casa, Charlie agarró las llaves del auto mientras murmuraba:

—Como quieras, pero la noche está cabrona para manejar.

5

La Habana, Aeropuerto Internacional José Martí,
5 de agosto, 23.26 h

Alicia se entretuvo registrando el envoltorio que su padre le entregó poco antes de despedirse. Eran imágenes de una época que ella no conocía; en aquel entonces la gente conservaba fotos impresas. Reconoció a Virgilio y a Teresa en compañía de quienes debieron ser familiares y amigos. Barajó cariñosamente aquellos recuerdos atrapados en papel, arrullada por el monótono ronroneo del avión que se deslizaba por el cielo húmedo del Caribe. Al final lo metió en su bolso junto con el otro paquete sellado que, según le explicara su padre, contenía cartas personales de su tío a la difunta Teresa. Se reclinó para dormitar un poco, pero no pudo.

Su padre tenía razón. Si no hubiera visitado la isla, todo sería diferente. Ni siquiera habría conocido a Jean-Luc, pero no quería pensar en él. Su vida personal estaba enterrada por decisión propia y así permanecería.

Su primer deslumbramiento se había iniciado con aquel viaje de infancia. Situado frente al malecón, el apartamento de Virgilio era un verdadero almacén de mapas y pergaminos. No se cansaba de explorarlo, inventándose cuentos para explicar los orígenes de cada pieza.

Una tarde Virgilio la llevó al laboratorio donde se examinaban manuscritos de siglos pasados y le permitió manipular las lupas eléctricas, las cámaras de imágenes ultravioletas, los microscopios estereoscópicos y otros artefactos igualmente épicos que le permitieron explorar territorios antes inimaginados. La niña quedó hechizada por ese universo mágico.

También la invitó a ver excavaciones. Aunque él era especialista en documentos, sentía gran pasión por la arqueología y colaboraba en investigaciones sobre el terreno. Los cambios políticos en el país habían desatado una epidemia de donaciones en equipos sofisticados, provenientes de Europa y Norteamérica, que multiplicaron los descubrimientos.

En viajes posteriores Alicia continuó presenciando aquella fiebre arqueológica que no mermaba. Por desgracia, su madre falleció y los viajes se interrumpieron, pero nunca perdió el contacto con su tío y se dedicó a leer con ahínco las miríadas de libros que él le enviaba.

Encerrada en sus lecturas, no hizo muchos amigos. Entre los adultos, se mostraba curiosa; pero con los jóvenes de su edad era arisca como una loba. Su adolescencia fue igualmente accidentada. En cada curso siempre había alguien que conocía su historia y se ocupaba de contársela al resto. Aquello fue suficiente para crear todo tipo de leyendas negras a su alrededor. Solo una chica llamada Xenia se convirtió en su amiga, aunque tampoco pudo protegerla de la curiosidad o la conmiseración. Era un bicho raro, una paria sin orígenes ni cimientos. Aprendió a volverse invisible y a andar con la nariz metida en los libros.

Su vida mejoró un poco al ingresar en la recién fundada Cuban-American University. Se matriculó en Psicología, impulsada por sus deseos de aclarar el enigma de la Voz que la perseguía. Aquel misterio la llenaba de frustración, pero al menos sus nuevos condiscípulos la dejaron en paz.

Al final del segundo año recibió una invitación de Xenia, que cursaba su carrera en la Sorbona, para que se alojara unas semanas en su buhardilla parisina y tomara algún curso de verano. Harta de analizar sus neurosis, Alicia optó por un cambio de ambiente.

Fue en ese viaje cuando conoció a Jean-Luc, un estudiante francés que prefería reunirse con becarios anglosajones. Cada mediodía, después de las conferencias, Xenia, Jean-Luc, Alicia y cuatro o cinco alumnos de otras especialidades, almorzaban juntos en algún café del Barrio Latino. Por las tardes se iban a recorrer exposiciones, descubrir tumbas de personajes famosos o visitar las casas-museos en los alrededores de la Place des Vosges. De noche se encontraban en una pastelería *kosher* de Le Marais, donde compartían *baklavas* con café negro, antes de irse a deambular por las callejuelas medievales del barrio más gay de esa capital, admirar las elegantes vitrinas que iluminaban la rue Francs-Bourgeois y terminar compartiendo un chardonnay o un burdeos purpurino de buen cuerpo, casi siempre cortesía de Jean-Luc, cuya remesa paterna le permitía una billetera más desahogada. Poco a poco los integrantes del grupo fueron definiendo sus preferencias. Cuando solo quedaron Jean-Luc y ella para compartir esos paseos que pronto se transformaron en encuentros amorosos. Las jornadas se tornaron maravillosas. Fue la época más intensa de su vida.

Al final de las vacaciones, Jean-Luc le confesó que iba a casarse en Lyon. No le había dicho nada porque pensó que la amistad entre ambos no trascendería. Lamentaba no haber sido más sincero, pero estaba enamorado de su novia y no planeaba abandonarla.

Desolada y en estado de shock, Alicia caminó durante horas bajo la lluvia. Por la noche, aún devastada, se lo contó a Xenia. Su amiga trató de consolarla, explicándole que aquello era «muy francés». En ese país, explicó, hasta los jefes de Estado y los ministros casados tenían amantes públicas y no pasaba nada. Jean-Luc no era ningún desalmado; su comportamiento era una faceta habitual de la cultura francesa. Sin embargo, esos argumentos no mitigaron el dolor de Alicia, quien regresó a Miami con el corazón destrozado.

Después de semejante experiencia, sus prioridades cambiaron drásticamente. Volvió a pensar en su tío, a quien no veía desde hacía años, y decidió viajar a Cuba en las siguientes vacaciones.

Virgilio la recibió con alegría. Como viejos colegas, volvieron a estudiar mapas y documentos mientras exploraban los archivos históricos de La Habana. Alicia revisó facsímiles que hablaban de rencillas y reclamos, de planes y disputas. Manipular aquellas escrituras resultó una revelación. Virgilio y ella debatían acaloradamente sobre el ánimo de los implicados. Poco a poco, el ejercicio de identificar las emociones ocultas en la caligrafía se le antojó tan emocionante como desenterrar piezas prehistóricas.

Al año siguiente se fue a Barcelona para estudiar grafología. Entre las asignaturas había un curso introductorio sobre códigos medievales. De la criptografía medieval pasó a la renacentista y luego a la moderna, cuyos algoritmos para encubrir mensajes eran más complejos y requerían de programas informáticos.

Al regresar a Miami, ya había decidido lo que haría con su vida. Se especializaría en documentología. El problema era que existían pocas oportunidades para dedicarse al análisis histórico, que era lo que le interesaba. Después de investigar, se enteró de que las bibliotecas y los museos preferían a los graduados de humanidades. Así es que obtuvo un título en Lenguas Modernas y entonces pudo buscar trabajo. Lo más afín que encontró fue la Sala de Documentación Caribeña del Museo Arqueológico. Se trataba de una institución nueva con perspectivas de desarrollo, aunque pronto supo que ese puesto no era lo que prometía. Sus tareas abarcaban demasiado mercadeo y poca investigación. Ya estaba preguntándose de nuevo qué haría con su vida cuando recibió la apremiante invitación de Virgilio.

Una señal de cabina la sacó de su ensueño. Creyó que habría un aviso de turbulencia, pero la voz del capitán anunció el inminente descenso en el aeropuerto habanero. Casi había olvidado cuán breve eran esos vuelos. El avión aterrizó sin incidentes.

A pesar de la hora, la terminal parecía un bazar turco al mediodía. Alicia recordó que, en la isla, por cada pasajero que arribaba desde el extranjero había entre ocho y diez familiares que iban a recibirlo. Se abrió paso entre quienes gritaban o buscaban algún rostro conocido.

—Tío, ¿dónde estás? —preguntó desde su celular.

—¿Ya saliste?

—Estoy en la entrada de autos.

—No te muevas.

Ella obedeció, aguantando los codazos de la gente, sin dejar de buscar entre la multitud que ignoraba las fronteras entre la calle y la acera, donde muchos se protegían de la lluvia bajo una marquesina. Mientras esperaba, se apresuró a escribir un mensaje tranquilizador a su padre. Vehículos y transeúntes se mezclaban en plena vía pública creando un caos inimaginable. Por fin, un auto minúsculo se escurrió como un insecto entre los peatones y se detuvo frente a ella.

—Monta —gritó desde el volante un hombrecito flaco y enjuto como un grillo.

Alicia examinó el interior de aquel microbio mecánico que se desplazaba sobre tres ruedas.

—¿Dónde pongo el equipaje?

—Sube con él.

La muchacha dudó un segundo, segura de que allí solo podrían caber su maleta o ella, pero no ambas a la vez. Con ayuda de su tío embutió la maleta en un espacio adicional detrás de los asientos antes de acomodarse a su lado.

—¿Llegaste ahora?

—Hace rato —respondió él sin apartar la vista del camino por temor a aplastar a alguien—, pero está prohibido parquear frente a la entrada. Por suerte, mi bebé cabe en cualquier sitio. Nos escondimos detrás de aquellas matas.

—¿Tu bebé?

Virgilio se volvió hacia ella y sonrió.

—Lo compré hace dos meses —dijo, dando unas palmaditas sobre el salpicadero del auto—. ¿No es una monada?

A pesar de las gafas y del cuerpo macilento, su tío mantenía un ánimo adolescente. Siempre necesitaba hacerlo todo deprisa, aunque se tratara de dormir una siesta.

—¿Y el paquete con mis cartas?

—Deja ver dónde lo puse —se dijo a sí misma revolviendo su cartera—. Espero no haberlo perdido.

Virgilio frenó bruscamente, a punto de llevarse una luz roja.

—*For God's sake*, tío. ¡Ten cuidado!

—¿Perdiste lo que te dio tu padre?

—No, está aquí.

—Déjame ver.

—No pienso darte nada ahora. ¿O quieres que nos matemos? —lo regañó—. ¿Por qué hay tanto tráfico a esta hora?

—Ya sabes cómo se pone la gente cuando anuncian un ciclón. Todos aprovechan para salir a fiestar antes de que llegue.

—Pero en Miami dijeron...

—Y con el rollo de las próximas elecciones, la ciudad se está llenando de reporteros y turistas que vienen de todas partes. Pero no los culpo. Ha pasado mucho tiempo desde que este país pudo votar de verdad. Las últimas elecciones entre *varios* aspirantes fueron en 1948; luego vino el golpe de Estado del 52; y después de eso, ya sabes: décadas de elecciones ficticias y urnas controladas. Por lo menos ahora tenemos candidatos de verdad.

La llovizna había cesado. Alicia contempló la avenida, que brillaba como un río. Ocasionalmente distinguía a algún soldado paseándose por la acera.

—No te preocupes por ellos —dijo Virgilio al notar su mirada—, todo ese despliegue es para evitar desórdenes. Espero que las cosas marchen mejor dentro de poco.

—¡Qué bueno verte tan optimista! —murmuró ella—. Siempre dijiste que los cubanos padecían de Alzheimer político.

—Y lo sigo pensando, pero hay maneras de neutralizar la mala memoria.

—¿Por ejemplo?

—Regresando al estado embrionario de la nación.

—¿Qué quieres decir?

—Ni más ni menos que lo que he dicho —replicó él enigmáticamente.

—Espero que no me hayas pagado un pasaje para hacerte la esfinge —dijo ella—. Además, tengo un hambre del demonio. Mi cena fue un café con leche y dos pastelitos.

—A eso vamos.

—¿A comer?

—No, al Capitolio. Voy a enseñarte la *bomba* de la que te hablé.

—¿No podríamos ir mañana?

—Alicia, este es el hallazgo arqueológico más importante del siglo.

—¿En Cuba?

—En todo el Caribe.

—Si es así, ojalá tengas comida en casa —se resignó ella—. Cuando termines de enseñarme esa maravilla, los restaurantes ya habrán cerrado.

—La Habana no es Miami —le recordó.

Cierto, la ciudad se había convertido en una criatura escurridiza y aventurera que jamás se iba a la cama sin recorrer los bares, las cafeterías y los mesones más noctámbulos. Incontables trasnochadores invadían sus calles, dispuestos a vivir la madrugada. Sin embargo, ella nunca se había asomado verdaderamente a aquel mundo. Siempre lo había visto de lejos, atisbándolo apenas.

—¿Puedes adelantarme algo?

—Prefiero que lo veas con tus propios ojos. Esto es más grande que los murales en Punta del Este.

Alicia estudió el perfil surcado de arrugas. ¿Hablaba en serio? ¿Qué podía superar la «Capilla Sixtina» cubana? Desde que Fernando Ortiz estudiara esos dibujos rupestres, un siglo atrás, no se había producido en la isla otro hallazgo arqueológico que lo superara, excepto quizá...

—¿Más importante que Los Buchillones?

Virgilio demoró en responder, sopesando su respuesta.

En la costa norte de Ciego de Ávila, durante los años ochenta, se habían exhumado los restos de un enorme poblado taíno cubierto por las aguas. Había sido la primera confirmación física de un cacicazgo en el país. Las ruinas indicaban la existencia de varias aldeas, cada una con su propio jefe o cacique, que se habían agrupado para responder al mando de un señor más poderoso que el resto. Era casi una ciudad. El número de artefactos descubiertos había cuadruplicado los que se conservaban en los museos de la isla y superaban en cantidad los hallados en todas las Antillas. Sin embargo, lo más extraordinario habían sido las propias edificaciones. Nunca, hasta ese momento, se había recuperado una sola vivienda taína. Ningún arqueólogo había logrado ver jamás *in situ* cómo vivían los aborígenes cubanos ni cómo eran sus construcciones. Rescatar las piezas que constituían la armazón de esas casas había sido posible gracias a las propiedades del barro que las cubría. La ciudadela ocupaba más de un kilómetro de largo, con decenas de casas reconocibles y asombrosamente protegidas bajo el mar. Era como si alguna deidad amorosa hubiera arrojado su manto oceánico para conservar los últimos despojos de sus hijos.

—Tío —insistió de nuevo—, ¿es más importante que Los Buchillones?

Tras un breve silencio, Virgilio murmuró:

—No hay nada que pueda comparársele.

—Me tienes en ascuas. ¿Por qué no acabas de decírmelo?

Él sacudió la cabeza.

—No vas a creerme si te lo cuento —dijo doblando por la avenida del Prado—, tienes que verlo. De todos modos, ya estamos llegando.

6

Miami, Key Biscayne, 5 de agosto, 23.33 h

Había menos tráfico, pero avanzaban con igual lentitud. Eso era lo malo de los temporales, aunque no llegaran a convertirse en ciclones. De un modo u otro siempre desataban el caos.

Charlie conducía bajo la llovizna golpeada por las ráfagas que barrían las calles. Pronto dejaron atrás los rascacielos del *downtown* para subirse a la carretera que volaba sobre el mar rumbo a Virginia Key, donde el viento se hacía sentir con mayor fuerza.

Durante el recorrido por la autopista, Luis repasó los datos existentes sobre el profesor.

—Aquí tengo más información —comentó, leyendo la pantalla—. Tiene varios reconocimientos académicos en Estados Unidos y se le considera una autoridad en José Martí.

—¿Ese no era un héroe o un presidente cubano? —lo interrumpió Charlie—. El profesor también lo mencionó en el video de Key Biscayne.

—Martí jamás llegó a ser presidente, pero fue mucho más que eso —respondió Luis, que había nacido y crecido en la isla—. Su influencia en Cuba no tiene paralelo con la que ejercieron otras figuras históricas en sus respectivos países. Tal vez pudiera compararse con lo que representaron Washington o Lincoln para Estados Unidos, pero Martí los supera en la veneración que sus compatriotas sienten por él. Es una adoración casi mística, tan cercana al sentimiento religioso que oficialmente se le considera el «apóstol de la independencia cubana».

—Bueno, bueno —lo interrumpió Charlie, a quien jamás le había interesado la política de ninguna época—, ¿qué más hay sobre Báez?

—Además de haber escrito sobre Martí, también es jefe de la Cátedra de Estudios Cubanos en la Cuban-American University y… a ver, ¿qué es esto? Ah, sí, oficialmente pertenecía al Partido Ecologista, aunque se rumora que ahora también tiene lazos con el PPM, que lo ha propuesto como asesor del ministro de Cultura si gana las elecciones.

—¿PPM?

—Partido Popular Martiano, una corriente política que propone llevar a la práctica las ideas martianas.

—¿Y cuáles son esas ideas? —preguntó Charlie, fastidiado por aquel caso que cada vez se asemejaba más a una tediosa clase de historia.

—Ni averigües —dijo Luis—. Los textos martianos son como la Biblia. Todos los citan para apoyar sus propios intereses. Además, el «apóstol» escribió sobre tantos temas y en contextos tan diferentes que ha sido tachado desde marxista hasta espiritista.

—¿Eso quiere decir que el profesor pertenece a dos partidos? —preguntó Charlie.

—No abiertamente, pero todo indica que no le molesta la filosofía del PPM. Y sospecho que no solo por el tema martiano, sino por ese puesto de asesor ministerial.

—Que me imagino le otorgará bastante poder.

—Imaginas bien.

Cruzaron el cayo y subieron a un segundo puente hasta desembocar en Key Biscayne.

Las tranquilas calles del lujoso vecindario eran un laberinto para cualquier visitante, pero el GPS los ayudó a encontrar la casa. Desde la acera, Charlie evaluó mentalmente la mansión: una residencia de dos pisos, rodeada de buganvilias. El sendero de losas irregulares conducía hasta la puerta a través del jardín. Aquí y allá emergían lámparas de paneles solares que, aunque no alumbraban gran cosa, al menos servían para mostrar el camino.

Los hombres salieron del auto, abrieron la verja, que chirrió con un sonido lúgubre, y atravesaron el jardín chapoteando sobre las losas del sendero.

Tuvieron que tocar dos veces. El profesor los recibió con cara de quien ha sufrido varias malas noches.

—Disculpen que no les brinde café —se excusó, conduciéndolos hasta la sala—, pero acabo de volver de viaje y no he tenido cabeza para hacer compras. ¿Quieren agua?

—No, gracias, solo vinimos a conversar.

Una impresionante escalera de granito se abrió ante ellos, pero ninguno se dejó intimidar por la amplia curva de sus escalones blancos, ni por la balaustrada de bronce, ni siquiera por la estatua del ángel custodio que se elevaba en el extremo inferior del pasamano.

El profesor los condujo a un recibidor lateral.

—Pensé que sus colegas ya me lo habían preguntado todo.

—Varios puntos no quedaron claros —dijo Luis sin rodeos—. Usted llegó a su casa la misma noche del robo, proveniente de Cuba. ¿Cuánta gente sabía que no estaba aquí?

—No tengo ni idea, pero esos viajes son parte de mi trabajo académico.

—¿Quiere decir que es una cuestión pública?

—¡Por supuesto! Cada dos semanas voy a La Habana para dar clases en la universidad.

—¿Y lo hace en días fijos?

—El primer y tercer jueves de cada mes. Regreso los sábados por la noche, porque paso los viernes en la Biblioteca Nacional consultando bibliografía.

—Si todo el mundo conoce sus horarios, ¿no le extraña que decidieran robarle el día que regresaba?

—Es que no me correspondía venir. Las clases se suspendieron debido a una movilización estudiantil por las elecciones y preferí llegar antes.

—Si no me equivoco, hoy es el primer jueves de agosto. ¿No debería de estar en La Habana?

—Adelanté el vuelo debido a la amenaza de huracán.

—Cambia bastante sus horarios de vuelo. ¿No le sale muy costoso?

—La universidad tiene un contrato con la aerolínea que me permite adelantar o posponer los viajes sin costo adicional durante los cursos de verano. Ya saben que el clima es muy inestable en esta época.

—Esos sujetos no eran simples ladrones —lo interrumpió Charlie—. Buscaban algo tan específico que solo revolvieron sus estantes de libros y la caja fuerte.

—¿Le parece poco?

—Ni siquiera tocaron su colección de antigüedades —insistió Luis—. ¿Qué había en la caja fuerte?

—Una copia de mi próximo libro, dos relojes de oro y dinero.

—Que tampoco se llevaron.

El profesor enarcó las cejas, pero guardó silencio. Por mucho que le molestara, los hechos le daban la razón al detective.

—¿No guardaba alguna pieza más valiosa que esas expuestas en la vitrina? —insinuó Luis.

Báez examinó a los detectives con expresión alarmada.

—¿Me están acusando de contrabando? —chilló casi—. ¿Creen que escondía algo ilegal?

—No lo estamos acusando de nada —dijo Charlie en un tono que intentaba ser conciliador—. Pudo tratarse de un objeto lícito, aunque lo suficientemente valioso para que usted prefiriera apartarlo del resto.

—No den más vueltas y díganme qué quieren saber.

—Muy bien, vayamos al grano. ¿Le dice algo el nombre de CubaScape?

—Es la agencia que tramita mis viajes.

—¿Y conoce a su dueño, el señor Manuel Valle?

—Sí. —Y añadió dudoso—: Más o menos.

—¿Qué relación tenía con usted?

—Ya le dije. Era el dueño de la agencia que tramitaba mis viajes a la isla. No éramos amigos.

—¿Sabe que él también visitaba Cuba a menudo?

El profesor se encogió de hombros.

—No me extraña, ese era su negocio.

—¿Recuerda esto? —intervino Charlie de nuevo.

El profesor contempló la foto en la pantalla del celular.

—Estaba sobre mi escritorio. De hecho, allí sigue. Puedo traérselo, si así lo desean.

El teniente asintió y el profesor fue a buscarlo. Unos minutos después regresó con el objeto, que Labrada cogió en sus manos para examinarlo de cerca.

—¿Qué es? —preguntó.

—Un... pisapapeles.

—¿Qué significa para usted?

—Nada.
—Pero ¿es suyo?
El profesor titubeó.
—Creo que sí.
—¿*Cree*? ¿No conoce sus pertenencias?
El sudor se intensificó en el rostro de Báez.
—Siempre me están regalando toda clase de trastos. Me imagino que si apareció en mi escritorio debe de ser mío.
Los agentes cruzaron una mirada. ¿Debían decirle que Manuel Valle había muerto crucificado en la macabra postura dibujada en ese objeto? El teniente dejó el supuesto «pisapapeles» encima de la mesa y clavó su mirada en el desencajado rostro del profesor.
—¿Y no es demasiada coincidencia que, además de ser su agente de viajes, tuviera unos zapatos de la misma marca y número de quien entró a robarle, y que hace apenas tres horas apareciera asesinado?
El profesor palideció.
—¿Asesinado? —miró alternativamente a ambos oficiales, que escudriñaban cada mínima expresión de su rostro—. ¿No estará sugiriendo que yo...?
—Solo le pregunto.
Máximo Báez sacó un pañuelo para secarse la frente.
—Voy a serles sincero... No dije toda la verdad porque pensé que podría buscarme un problema, pero ya veo que es peor callar. Es cierto que se llevaron algo de mi caja fuerte: un Yúcahu de oro.
—¿Un qué?
—Un ídolo taíno. Alguien que conozco lo encontró en una excavación, pero en vez de entregarlo al gobierno prefirió sacarlo de contrabando. Me encargó que lo guardara hasta que el régimen de la isla cambiara. Pensaba donarlo al Museo Antropológico de la Universidad de La Habana.
—Como comprenderá, tendremos que hablar con su amigo.
—Lo lamento, pero murió hace cuatro años.
—Es decir, que nadie puede verificar esa historia.
—Pues es cierta.
—¿Cómo se enteró Valle de que usted guardaba esa pieza?
—Mi difunto amigo y él se conocían —respondió el profesor—. Es posible que se lo contara.

—¿Y por eso planeó robarla?

—Varias veces me insinuó que quería ver mi colección.

—¿No acaba de decirnos que Valle y usted no eran amigos?

El profesor se rascó una mejilla con gesto irritado y respondió:

—Hablábamos por cuestiones de viaje y, a veces, de menudencias.

—¿Qué significa el monigote de su pisapapeles?

—No tengo ni idea.

—Pues para el asesino de Valle sí parece tenerla: a ese hombre le clavaron los codos a una mesa y le deformaron los brazos para imitar la postura del muñeco dibujado en ese trasto.

El profesor tardó unos segundos en responder.

—Es algo que no puedo explicar.

Los detectives volvieron a guardar un breve silencio.

—Gracias, profesor —dijo Luis poniéndose de pie—. Si tenemos más preguntas, le llamaremos.

Báez permaneció en el umbral hasta que los visitantes abandonaron su jardín y desaparecieron tras la verja para subirse al auto. Luego cerró la puerta y se fue al bar a prepararse un gin-tonic.

7

La Habana, Academia de Ciencias de Cuba,
5 de agosto, 23.55 h

La silueta del Capitolio habanero era tan monumental como ella recordaba, aunque resultaba más imponente de noche. Los reflectores destacaban la corpulencia de las dos esculturas de bronce que representaban el Trabajo y la Virtud, y de las gigantescas columnas que se alzaban como reencarnaciones tardías de sus antecesoras en Carnac. La cúpula del edificio, recubierta por paneles de oro de veintidós quilates, culminaba en una especie de pabellón o templo en miniatura que proyectaba cinco haces luminosos para representar la estrella de la bandera cubana. De manera quizá premonitoria, esa linterna capitolina había dejado de funcionar en 1959, el mismo año en que subiera al poder el autócrata que gobernaría el país por más de medio siglo; un eclipse que acompañaría los años más tenebrosos de la isla. Ahora, sin embargo, la estrella de luz volvía a brillar como un faro colmado de esperanzas.

Alicia y su tío dejaron el auto en el parqueo situado en plena calle. Ignorando las escalinatas destinadas a los turistas, dieron un rodeo para buscar la entrada posterior.

Virgilio saludó al portero, que impidió que Alicia sacara su identificación.

—No hace falta —dijo el hombre sin fijarse en el documento—, me acuerdo de ti. Eres la Niña Milagro, ¿verdad?

—Alicia de la Caridad Solomon —aclaró su tío sin un ápice de rubor ante aquel nombre absurdo que, en sus documentos no oficiales, la muchacha resumía como Alicia Solomon.

Con el bochorno latiendo en sus mejillas, siguió a Virgilio por el laberíntico pasillo del edificio cuya función había cambiado en múltiples ocasiones. De sede del gobierno republicano pasó a ser la Academia de Ciencias, donde se albergaron el Museo Nacional de Ciencias y el Planetarium. Más tarde se convirtió en el Ministerio de Ciencia, Tecnología y Medio Ambiente. Décadas después fue renovado en una tentativa por recuperar su función como entidad política. Recientemente había vuelto a albergar nuevos laboratorios, salones científicos y salas para conferencias especializadas, mientras se construían locales más modernos en otras áreas de la capital. Tan pronto estuvieran listos, el Capitolio regresaría a su destino original: servir de sede a un parlamento, senado o cualquier otra clase de organismo gubernamental que decidieran los votantes.

Su tío la condujo hasta lo que parecía ser un salón de conferencias con tres pantallas y un centenar de sillas. Parches de claridad caían desde el techo, formando charcos de luz.

—Ponte cómoda —dijo, indicándole una silla.

Luego rozó una mesa con los dedos y, de inmediato, una de las pantallas se encendió.

—Hace dos meses iniciamos la excavación de una cueva —explicó, moviendo los dedos sobre la superficie interactiva—. Está en el fondo de una quebrada, oculta por las raíces de unos jagüeyes.

Alicia observó los detalles de la grieta, rodeada de raíces gruesas como boas. Múltiples hachazos de corte estudiado, para no dañar las vías de sustento de los árboles, habían abierto un rectángulo entre las raíces. De allí emergía la parte superior de una escalera. Otras fotos mostraban la entrada de la gruta y un terreno en diferentes estadios de excavación.

—¿Qué lugar es ese?

—Isla de Pinos, al noroeste de las Cuevas de Punta del Este, pero aquí viene lo que nos interesa.

La pantalla mostró una caja cerrada que, según la escala adjunta, medía unos cuarenta centímetros de largo por treinta de ancho. El material con que la habían fabricado tenía un color peculiar. Alicia se volvió con sorpresa hacia su tío.

—Sí, ya sé —dijo él—. Las cajas de zinc no incumben precisamente al Departamento de Arqueología, pero este caso es diferente.

—¿Zinc puro? —repitió Alicia.

—Una aleación.

—Entonces no es muy antigua —concluyó ella—, siglo XIX a lo sumo.

Siguió una secuencia de fotos que no necesitaba explicación. En la primera podía verse la misma caja, despojada de suciedad, rodeada de pinceles y cepillitos. La segunda revelaba su interior, relleno de algodón amarillento que cubría un paquete envuelto en telas. La tercera mostraba el objeto tan cuidadosamente protegido: un manuscrito de tapas rojizas con dos fechas grabadas sobre el lomo en números dorados: 1509-1517. Sin embargo, el ángulo de la foto impedía leer el título de la portada.

—Mira lo que encontramos enredado en el algodón.

En la pantalla apareció un botón con cinco orificios: uno central y otros cuatro equidistantes que rodeaban al primero. En su cara externa, varios círculos concéntricos cercaban los orificios.

—Estos botones de hueso fueron muy comunes en La Habana del siglo XIX y principios del XX —explicó él—, lo cual podría confirmar la fecha en que enterraron la caja.

—¿Quieres que me ocupe de un manuscrito tan reciente? No me necesitas para eso.

—No es tan sencillo como crees.

Virgilio deslizó los dedos sobre la mesa. Otra foto mostró el libro abierto en su segunda página, con un título trazado en la tinta ferrogálica común a casi todos los documentos antiguos. Su tono de chocolate aguado era inconfundible. Alicia la había visto en las composiciones de Bach, en los manuscritos de Victor Hugo y hasta en cartas de George Washington.

Memorias de la Isla
cercana al Lugar Sagrado
1509-1517

—Es un título curioso —admitió ella.

—No se trata solo del título. Según el examen preliminar, tanto el papel y la tinta como el estilo de redacción datan de comienzos del siglo XVI, pero el manuscrito fue escondido a finales del XIX o principios del XX.

La muchacha contempló a su tío con sorpresa. Aquello se estaba poniendo interesante.

—¿Han podido leerlo? —preguntó ella.

—Ahí está el problema, todo lo que narra es incoherente. Parece escrito en clave.

Alicia comenzó a entender por qué su tío había querido verla con tanta urgencia.

—Entonces no se trata de mera ficción —resumió la joven, repasando ambas fechas.

—Es posible que sea un diario, una crónica o algún otro documento de carácter histórico. Necesitamos descifrarlo, pero no queda mucho tiempo.

—¿Qué quieres decir?

—Después de las elecciones habrá cambios ministeriales y el nuevo gobierno eliminará muchos subsidios. Varios departamentos de la Academia de Ciencias, incluyendo el propio Museo del Libro, están en peligro de enfrentar recortes drásticos. Si conseguimos probar que tenemos un documento cifrado, no se atreverán a retirarnos los fondos. Sería un hallazgo único.

Alicia sabía cuánto había luchado su tío por ese museo, pero no estaba segura de que ella fuese la persona idónea para ayudarlo.

—¿Y si el texto no estuviera cifrado? Quizá se trate de una redacción confusa.

—Para eso te traje.

—No puedo garantizar que el contenido del documento sea suficiente para conseguir ese subsidio.

—Estoy seguro de que lo será, porque encontramos algo más en la cueva.

Le mostró una nueva imagen donde varios arqueólogos se inclinaban sobre un hoyo rectangular, dividido en cuadrículas delimitadas por estacas y sogas. Las fotos subsecuentes mostraban la misma escena desde diversos ángulos. Era la excavación de un enterramiento, cuyo esqueleto se hallaba rodeado de vasijas y otros utensilios en los que Alicia creyó distinguir las peculiaridades de la cerámica taína. A cierta distancia del cráneo, un *dujo** de madera roja indicaba que los restos debieron de pertenecer a un personaje importante; pero un sacerdote taíno hubiera estado rodeado de artefactos rituales, y allí no había ninguna vasija en forma de idolillo para machacar los polvos alucinógenos. Tampoco vio inhaladores, ni espátulas vomitivas para purgar los humores del cuerpo. Sin embargo, sobre las costillas brillaba un medallón dorado.

—¿Es oro?

—Guanín —respondió su tío.

¡Por supuesto! Aquella aleación de oro, plata y cobre, que los taínos llamaban «guanín», era un símbolo de autoridad que acompañaba a los caciques.

La muchacha se obligó a apartar la vista de la hipnótica imagen.

—Esto es un entierro taíno de la más alta categoría —dijo ella despacio—. ¿Cómo puede hallarse en un territorio tan marcadamente siboney?

Su tío señaló la pantalla. Alicia se acercó más. Aquellas esferas líticas solo se habían encontrado en entierros siboneyes, jamás en los taínos.

—¿Qué hace una esferolita en ese sitio?

—¿Es lo único que te extraña?

Ella estudió nuevamente los restos. Notó que el cráneo no ostentaba la típica deformación de achatamiento que los taínos se imponían desde la infancia. Por si fuera poco, descubrió un extra-

* Asiento ceremonial taíno, usado principalmente por caciques, sacerdotes y nobles.

ño material que cubría los pies del muerto. Parpadeó varias veces, buscando otra explicación a lo que creía estar viendo.

—Parecen...

—Son.

¿Qué misteriosas circunstancias habrían provocado que un grupo de taínos enterrara con honores de cacique a un hombre blanco que calzaba botas de cuero?

—Pues sí que es extraordinario —admitió ella—. ¿Y dices que esto lo hallaron en la misma cueva donde estaba el manuscrito? ¿A qué distancia?

—Eso es parte del enigma. La distancia a la que se encontraban no indica espacio, sino tiempo. El enterramiento está justo debajo de la caja con el libro.

—Vaya coincidencia.

—No estás entendiendo —se impacientó el hombre—, el entierro y el manuscrito están directamente vinculados.

—¿Cómo van a estar relacionados dos sitios arqueológicos que tienen cuatro siglos de diferencia?

—Es que están uno encima del otro.

—¡Pero en estratos de suelo diferentes! —insistió ella.

—Mira esto.

En la primera página del manuscrito alguien había trazado, a modo de viñeta, un dibujo pequeño, pero nítido. Era un círculo, o más bien un rostro con boca y dos ojuelos vacíos y fantasmales. De aquel rostro brotaban dos trazos curvos, remedando brazos.

—Lo he visto en algún sitio —comentó Alicia, insegura, y de pronto supo por qué le resultaba familiar—. Es el emblema que usan los meteorólogos para señalar un huracán.

—Así es —convino su tío—. Lo han estilizado un poco, pero en realidad es el símbolo de Guabancex, la diosa taína de los huracanes, una de las representaciones más raras con que puede tropezar un arqueólogo. No existen muchas muestras.

El gráfico indígena, estampado en el manuscrito, era muy claro: los vientos se originaban de un centro. Las ráfagas se desprendían de él como brazos que giraran en sentidos opuestos. Alicia había experimentado muchos huracanes en su vida, pero nunca hubiera conseguido imaginar que sus vientos se movían en espiral sin haber visto las fotos tomadas desde la estratosfera.

—¿Cómo pudieron saber ellos cuál era la estructura de un huracán en una época donde no existía la aviación? —preguntó de pronto.

—No tengo ni idea. Y la verdad es que nunca había pensado en eso.

Alicia se fijó en otro detalle de la página.

—¿Qué es esto? —preguntó ella, señalando una luna menguante y tres puntos que formaban un triángulo bajo la imagen de Guabancex.

—Es la primera vez que aparecen en una excavación.

—Admito que es raro que el símbolo de una deidad taína aparezca en un manuscrito del siglo XVI. Eso aún no prueba que el manuscrito se relacione con el enterramiento.

Nueva foto con un primer plano del cinturón que acompañaba al esqueleto. Era un trabajo delicado que consistía en una pieza de algodón decorada con semillas: blancas para el fondo y negras para trazar los contornos del rostro y los dos brazos. De nuevo Guabancex. Debajo de la diosa, tres semillas rojas sobre una media luna guardaban la misma disposición que el dibujo del libro.

—Voy a ser más específico —murmuró Virgilio—. En ninguna otra parte del mundo se ha encontrado semejante combinación de símbolos. El binomio compuesto por la imagen de Guabancex y el triángulo con la hoz lunar solo existe en *estas* dos capas de sedimentos y en *esos* dos objetos de épocas diferentes. La persona que sepultó el manuscrito encima del enterramiento conocía muy bien lo que había debajo.

—Pero ¿cómo? —balbuceó la joven.

—Eso es lo que queremos averiguar —dijo Virgilio—. Y ahora puedes darte cuenta de lo que significaría descifrar ese texto. Podría ser la clave para saber por qué ese europeo blanco fue sepultado con honores taínos en un santuario sagrado para los siboneyes; y más importante aún, por qué alguien recordaba el sitio exacto de su entierro, cuatrocientos años después.

PRIMER FOLIO

El aviso de la Hermandad

(1509-1513)

1

Sevilla, 1509

En el silencio de la madrugada, el susurro del sacerdote retumbó en sus oídos como una condena a muerte:

—Tenéis que iros.

La advertencia se perdió entre los muros helados de la casa y rebotó en ecos por los pasillos, como si su propio hogar lo instara a huir, pero Jacobo no se movió.

—¿Por qué? —preguntó a la sombra agazapada en el umbral.

—Van a acusarlos de nuevo.

Jacobo permaneció mirándole, sin estar seguro de haber entendido bien.

—No sigáis ahí parado, hombre —le apremió fray Antonio—. Os he traído dos mulas para que empaquéis y os vayáis con vuestra hija.

Sin darse cuenta, tiró de los arreos que sujetaban a los animales. Estos, asustados, resoplaron a sus espaldas, y sus alientos se condensaron en la noche helada transformándose en nubecillas que fueron a vagabundear por los tejados.

—Entrad —dijo Jacobo—, no podemos hablar aquí.

El fraile ató las riendas a las anillas que colgaban de los muros exteriores. No se escuchaba ruido alguno, excepto el débil chapoteo del río contra las aspas del molino que a esa hora dormía inmóvil en las cercanías. Quizá por eso pareció que el tintineo de las argollas de hierro se oía a varias leguas de distancia.

—No quiero huir —murmuró Jacobo, apartándose para dejar pasar al visitante.

—No hay otra salida —aseguró el sacerdote, que cerró la puerta y echó atrás su capucha—. Será difícil convencer de nuevo a fray Miguel sobre las malas intenciones del calumniador.

—Perderé mi taller si me voy.

—Perderéis más si os quedáis —respondió el otro, alargándole un envoltorio—. Me han encargado que os entregue esto.

Jacobo no tuvo que abrirlo para saber lo que contenía: una escuadra, un compás y un mazo de espigas secas, amarradas con un cordel trenzado. Era un salvoconducto de viaje.

Años atrás, su padre le había revelado la existencia de la Hermandad: una cofradía secreta que agrupaba a miembros de oficios diferentes. Había ocurrido poco después que Jacobo se convirtiera en maestro encuadernador. No todos los artesanos pertenecían a la Hermandad, por supuesto. Era necesario poseer méritos que poco se relacionaban con la pericia en el oficio y mucho con el comportamiento. Jacobo había prestado dinero sin exigir intereses, perdonó deudas a una viuda y alimentó de su bolsillo a dos huérfanas indigentes hasta que ambas consiguieron empleos. Tales acciones no pasaron inadvertidas. Y si convertirse en maestro permitía ejercer un oficio dentro del gremio, ser miembro de esa Hermandad proporcionaba una protección adicional; así se lo explicó su padre al revelarle que había sido escogido.

Al principio Jacobo no entendió por qué debía aprender aquellas señas subrepticias con que sus miembros se reconocían en público, pero aceptó de buen grado la invitación, ya que su padre también pertenecía a ese grupo que practicaba los preceptos de ayuda y de amor al prójimo que la religión oficial parecía olvidar. Fue así como, tras una ceremonia secreta, Jacobo se integró a la cofradía.

Había pasado mucho tiempo desde entonces. Sus padres habían muerto y, aunque Jacobo solo asistió a algunas reuniones, sus compañeros no lo olvidaron.

—No he hecho nada —insistió Jacobo—. Nadie puede culparme.

El fraile mantuvo una expresión neutra. No quería revelar que conocía la amenaza por una confesión de Torcuato el Viejo, un comerciante que detestaba a los conversos.

Jacobo era hijo de un matrimonio judío que se había convertido al catolicismo cuando Sus Majestades decretaron la expulsión de los sefarditas. Miles habían abrazado la fe cristiana para evitar la deportación, pero era obvio que muchas abdicaciones no habían sido sinceras. Las denuncias contra quienes seguían profesando la antigua fe pululaban en medio de la envidia, porque los conversos seguían acumulando enormes fortunas en cualquier esfera donde se lo propusieran.

Cada vez más amargado por la prosperidad de Jacobo, Torcuato el Viejo se había dedicado a visitarlo con diversos pretextos. No tenía ninguna prueba de que infringiera las normas cristianas, pero albergaba la esperanza de descubrir algo que confirmara su supuesta apostasía. Aunque ya había intentado incriminarlo en otras ocasiones, la Hermandad siempre había conseguido testigos que probaban la mala intención del delator. Ahora, sin embargo, el hombre aparentaba planear algo más contundente. Por suerte, el gremio tenía ojos y oídos por doquier, incluso en las mismas entrañas de la Inquisición.

—¿Qué os han dicho? —preguntó Jacobo, impaciente ante el silencio del sacerdote.

—Me enteré de cierta conversación en la posada del Mortero —mintió el cura—. Alguien aseguró que te entregaría.

—Las acusaciones son secretas —dijo Jacobo, escondiendo los emblemas en un armario—. ¿Quién puede irlas pregonando por ahí?

—El hombre estaba borracho. Se jactó de haber hecho varias delaciones y aseguró que volvería a hacerlo con vos.

La realidad era algo diferente.

Antes de ser sacerdote, Antonio había sido aprendiz de vitralero. Gracias a su maestro, que reconoció en él a un alma noble, había hecho el juramento que lo ataría a la Hermandad, un juramento que ni siquiera su posterior voto religioso le hizo olvidar. Y puestos a elegir... Bueno, el propio Dios se había encargado de disipar sus dudas.

Torcuato el Viejo le había revelado sus planes en el confesionario. Después de aquello, el cura pasó varias noches en vela sin saber qué hacer. ¿Debía respetar el secreto sacramental o cumplir la promesa de proteger a sus hermanos de gremio? ¿Cómo conciliar dos juramentos hechos a un mismo Dios que ahora parecían oponerse? Decidió seguir el ejemplo de san Agustín y abrió una Biblia al azar. Su atención se posó en el capítulo 30 de Jeremías: «Y tú, siervo mío Jacob, no temas, dice Jehová, ni temas, oh Israel, porque te sacaré de una tierra lejana, y a tus hijos del país donde están cautivos. Y Jacob volverá, y vivirá quieto y cautivo, y ya no habrá quien le espante». Antonio supo que debía salvar a su hermano. Y de pronto comprendió cómo podría hacerlo sin tener que faltar a ningún juramento.

—Nunca volvimos a encender una *menorah* después que abjuramos —insistió Jacobo—, no pueden culparnos de nada.

—El Consejo investigará de cualquier manera, y ya conoces sus métodos.

Al padre Antonio no le constaba que su amigo hubiera dejado las prácticas de sus ancestros, pero eso le tenía sin cuidado. Jacobo era una buena persona, y había jurado ante Dios que nunca permitiría que un hombre decente, fuese cual fuese su religión, sufriera por la infamia de un mal creyente.

—De todos modos, no puedo irme ahora —se lamentó Jacobo—. Necesito arreglar unos asuntos.

—Imposible —le advirtió el sacerdote—. Vuestro acusador dijo que estaba a punto de conseguir cierto testimonio concluyente. Creo que va a tenderos una trampa.

—¿De qué tipo?

—No sé, pero el gremio piensa que no debéis darle oportunidad. Si os marcháis de inmediato, destrozaréis su plan.

—Una fuga es lo mismo que una confesión.

—Nadie pensará que os habéis fugado —le aseguró el cura—. El delator ignora que conocéis sus planes. Echaremos a correr la noticia de que vos y vuestra hija os marchasteis de viaje.

Le dolía lanzar al pobre hombre a un destierro forzado, pero prefería saberlo lejos y a salvo que encerrado en una mazmorra. Además, el gremio ya había emitido órdenes de ayuda. Esa misma tarde habían enviado un mensaje cifrado a cierto comerciante de otra ciudad.

—¿Y qué ocurrirá cuando regresemos? —preguntó Jacobo—. Aún tendré esa amenaza sobre mi cabeza.

—Vamos a averiguar qué se propone. Tan pronto lo sepamos, sabremos a qué atenernos.

La palmatoria ardía sobre un cofre cercano a la puerta. La mirada del joven sacerdote recorrió las mesas del taller. El local, situado en la planta baja de la casa, solía mostrar un ambiente casi festivo por el día; ahora, en medio de las tinieblas, ofrecía un aspecto siniestro.

—¿Tenéis dinero? —preguntó el cura, notando la creciente preocupación en los ojos del artesano.

—No mucho, casi todo está en préstamos y mercancías.

—Tendréis que vender algunas cosas.

—No será fácil hallar a un comprador de inmediato —susurró Jacobo, enjugándose la frente.

—Eso no es problema. Mañana, a primera hora, vendrá un amigo. Tratad solo con él. No habléis con nadie más.

—¿Cómo sabré…?

—Os dará la contraseña.

—Necesitaré cinco o seis días para preparar el viaje.

—No, deberéis partir a Cádiz enseguida. Aquí tenéis una carta firmada por el Gran Maestre. Apenas lleguéis, entregadla a maese Rufino. Su taller está cerca de la Puerta del Arrabal.

—¿Y después?

—Viviréis allí hasta que todo se arregle o hasta saber qué se trama.

—¿Quedarnos en Cádiz? —murmuró Jacobo, sintiendo que los recuerdos se precipitaban sobre él como una tormenta.

—Si lo preferís, la niña puede ir a un convento —propuso el sacerdote, interpretando la pregunta como una preocupación.

—No, mi hija es demasiado inteligente. No quiero que las monjas le llenen la cabeza de ideas equivocadas que…

Se detuvo porque se dio cuenta de que, incluso para un sacerdote tan benévolo como aquel, sus palabras podrían sonar chocantes.

—Cierto que es muy lista —admitió Antonio cortésmente, aunque Jacobo notó su desconcierto.

Sin embargo, no aclaró nada más. No solo la Hermandad

guardaba silencio sobre ciertos asuntos. También Jacobo había ocultado un secreto durante muchos años y no era el momento de contar una historia sobre su hija que ni siquiera ella misma conocía.

2

Torcuato se levantó de la cama y sus articulaciones crujieron dolorosamente. La mañana había amanecido gris y lluviosa, y su cuerpo no respondía bien a los cambios del tiempo. Avanzó malhumorado hasta la puerta de la habitación. Estaba harto de la mala fortuna que incluso le había privado de contar con una cocinera después que la última huyera por culpa de su hijo, un jovenzuelo de quince años a quien todos conocían como Torcuato el Mozo.

—¿Dónde se habrá metido ese zoquete? —gruñó al descubrir el lecho vacío al otro lado del aposento.

El muchacho había partido seis días atrás con el carromato lleno de trapos viejos para un molinero que vivía en las inmediaciones del arroyo de la Miel, pero aún no había regresado.

Descalzo y maldiciendo, bajó las escaleras y salió al patio para vaciar su vejiga junto a las raíces de un árbol situado tras la casa. Luego, sin cambiarse el camisón sucio con que había dormido, tomó varios leños que se apilaban junto a la puerta, se los echó al hombro y entró para encender el fuego y cocinarse unas gachas que acompañaría con tragos de cerveza amarga.

El hombre achacaba su creciente miseria a varios conversos de la zona que, según creía, se habían confabulado para robarle clientes. Entre ellos, Jacobo se había convertido en su obsesión porque había tenido la osadía de progresar ejerciendo su mismo oficio.

Torcuato era librero. En su juventud había ganado algún dinero vendiendo pliegos de baladas populares, libros religiosos y misales, aunque el grueso de su negocio lo debía a la encuadernación. Sin embargo, poco a poco Jacobo le fue quitando clientela. Su buen carácter y una tradición familiar de refinamiento fueron inclinando la balanza a su favor. Torcuato también procuraba halagar a los clientes, pero sus forzados modales no alcanzaban a encubrir su vulgaridad. Aunque cumplía con los encargos, sus encuadernaciones no tenían la originalidad en el diseño, ni la delicadeza del cuero bien trabajado, ni los tallados imaginativos que adornaban las cubiertas del converso. Al final, sus antiguos parroquianos terminaron por preferir a Jacobo. Ahora dependía casi enteramente de la venta de trapos destinados a los molinos de papel, un negocio que hubiera resultado de mejor provecho si no dependiera de su hijo.

Después de desayunar, regresó al dormitorio en el piso superior. Se puso una camisa de amplias mangas, calzas parduzcas y cómodos borceguíes de piel que ajustó con cordones. Se ciñó el tradicional delantal de artesano y, vestido de aquel modo, bajó para abrir la puerta del negocio y asomarse a la vía, que se poblaba de pregoneros, pordioseros y viandantes.

—Maldito granuja —resopló, escrutando ambos lados de la callejuela—. Deja que le ponga las manos encima.

Un dolor punzante le atenazó el tobillo derecho. Lanzó una maldición tan atroz que sobresaltó a dos peregrinos que pasaban frente a su puerta. Los médicos le habían diagnosticado reumatismo, gota crónica y humores venenosos en la sangre, pero los remedios a base de azufre y mercurio no estaban surtiendo efecto. Por el contrario, su creciente malestar le imposibilitaba viajar para realizar las ventas, por lo que se había visto obligado a confiar en su hijo.

Por desgracia, el mozo había heredado varias actitudes funestas del carácter paterno, e incluso otras peores. Aunque el viejo siempre había sido resabioso e inculto, nunca había mostrado gran avidez por las faldas. Su hijo, en cambio, parecía dotado de una obsesión febril por los placeres carnales.

El padre sospechaba que las frecuentes demoras del muchacho se debían a asuntos de alcoba. Más de una vez, el mozo había regresado con las ropas en desorden y con señales de haberse liado a trompadas, pero nunca logró averiguar gran cosa. Siempre alegaba razones para justificar su facha, desde haber sido asaltado por maleantes hasta el ataque de algún animal. Al viejo no le preocupaban tanto aquellas aventuras como el hecho de que el dinero desapareciera.

Aburrido de vigilar la calle, se dirigió a su mesa de trabajo. Todavía recibía encargos de clientes con poco dinero. Tanto eso como el negocio de trapero le permitían subsistir. Había descubierto la carencia de trapos que existía entre los fabricantes de papel, y tuvo la ilusión de que podría enriquecerse si se convertía en proveedor de materia prima para la creciente industria. Pronto descubrió que los libreros preferían importar casi todo el papel de Francia o Alemania, pero se las arregló para engatusar a un molinero de la costa al que periódicamente enviaba cargamentos.

Apretó la prensa donde estaban los cuadernillos de papel. Esa era la parte más tediosa de la operación. Los pliegos impresos nunca venían ordenados ni doblados. Como nadie usaba numeración alguna, debía ir cazando la última palabra de cada página con la repetición de la misma en la siguiente. Si coincidían dos palabras «guías» en más de un pliego, la lógica del texto le indicaba cuál debía seguir. Por eso había que tener cuidado de repasar cada uno mientras los iba doblando. Una vez que todos estaban colocados en el orden conveniente, se dejaban bajo la prensa durante varias horas para completar el proceso de aplanado antes de coserlos.

Escuchó un ruido junto a la puerta y alzó la vista. Su hijo entraba con la camisa abierta, el cabello revuelto y un arañazo en el cuello. Mala señal.

—¿Dónde has estado? —bufó, poniéndose de pie.

El mozo puso cara de circunstancias.

—Tuve un problema en la...

—¿Dónde está el dinero?

—Aquí está lo que pude salvar.

—¿Lo que *pudiste* salvar?

No dijo más porque la ira lo dejó sin resuello.

—Me caí al agua desde el puentecillo del molino —intentó explicar el muchacho, pero su padre lo lanzó contra la pared de un bofetón.

—¡Mala bestia! —rugió el viejo—. Llegas con dos días de retraso y, para colmo, sin el dinero. ¡A ver si acabas de hacer lo que te mandé hace una semana!

—Ahora mismo desayuno y...

—¡Desayunarás cuando lo hagas! —bramó el mercader.

El muchacho se rascó la cabeza.

—¿No puedo ir yo mismo al Tribunal y contarles que...?

—Ya te lo expliqué mil veces. ¿Serás bruto? Demasiada gente sabe que mi negocio ha sufrido por causa del converso. Mi palabra no vale un maravedí. Hasta fray Miguel me advirtió de que no iba a escuchar más denuncias, a menos que le diera pruebas. ¡Y eso es lo que vas a conseguir!

—Si hablarais menos y trabajarais más, yo no tendría que afanarme tanto —mascullo el muchacho.

—Desgraciado zoquete —gritó el hombre con furia—. ¡Vete a cumplir!

Y le lanzó otro golpe que su hijo esquivó a duras penas.

—¡Está bien! —gritó el mozo—. ¡Ya voy!

Y escapó a la carrera en busca de su compinche de aventuras.

El viejo entró al taller, sofocado pero satisfecho. Ese judío recibiría una lección que le serviría de advertencia al resto. Ahora no tendría escapatoria, pensó con regocijo, porque la acusación saldría de la persona más inesperada: nada menos que de la niña de sus ojos.

3

Torcuato el Mozo había nacido con el alma desfigurada. Era obvio que el Altísimo también cometía errores. Torcuato el Mozo era uno de ellos y su madre fue la primera en notarlo.

Con apenas cinco años, lo había descubierto sentado en el patio con las ropas manchadas de sangre. La pobre mujer gritó aterrada, creyendo que estaba herido. Luego se dio cuenta de que la sangre pertenecía a un pollito. El niño le había arrancado la cabeza, que yacía a poca distancia del cadáver extrañamente crispado. Doña Josefa quiso creer que el angelito había tratado de imitar a la cocinera encargada de retorcerles el pescuezo a las gallinas. En otra ocasión se enteró de que las comidas que le mandaba a repartir entre los mendigos llegaban a sus destinatarios convertidas en inmundos caldos de orina.

No era un problema de crianza, como murmuraban algunos vecinos. Cierto que el padre nunca fue un buen ejemplo. Don

Torcuato tenía fama de violento. En alguna ocasión había empujado a su mujer en público y hasta abofeteó a la cocinera frente a unos invitados. Sin embargo, esos arrebatos tenían un origen que, aunque no los justificaba, era descifrable. Jamás poseyeron las cualidades perversas que caracterizaban las fechorías de su hijo. Y tras la muerte de la buena mujer, ya no hubo control alguno. Cierta noche, la joven cocinera recibió el susto de su vida cuando el mocetón de quince años se coló en su habitación y la ató con intenciones que iban más allá del deseo sexual. Solo sus gritos y la irrupción intempestiva del viejo impidieron que el muchacho diera algún uso a aquellos tizones encendidos que sostenía con unas tenazas. Al día siguiente la cocinera se marchó sin despedirse ni reclamar compensación alguna.

La adolescencia no cambió sus impulsos, aunque lo volvió más precavido, especialmente después de recibir unas cuantas palizas por quienes habían padecido sus bromas. Ahora se medía antes de realizar cualquier trastada.

En medio de sus correrías conoció a Pedrico, un chico de su edad que lo aceptó como caudillo. Entre los dos planeaban robos y otras bribonadas que ejecutaban a cualquier hora. Más de una vez fueron sorprendidos y debidamente escarmentados a golpes, pero aquellas tundas no surtían mucho efecto.

Torcuato sabía dónde hallar a su compinche. Caminó por las callejuelas malolientes y enfangadas hasta la taberna, dobló a la derecha y siguió por el sector de los mercaderes, cuyas casas se fueron haciendo más esporádicas, hasta que alcanzó los límites del vecindario. Sin hacer ruido, para no alborotar a las gallinas ni a la vaca que pastaba cerca, entró en el establo donde dormía su amigo. Aunque el chico trabajaba para el carnicero, la mujer de este no lo quería bajo su mismo techo.

Torcuato el Mozo distinguió el cuerpo hundido en la paja. Parecía una gran mancha de suciedad en medio de aquel mar dorado. Sus cabellos oscuros y ensortijados no se diferenciaban gran cosa del color de su cara, llena de una mugre mezclada con grasa. Por un instante, Torcuato pensó que debía inventar algún modo original de despertarlo, pero estaba hambriento y cansado. Así es que se limitó a darle una patada.

—¡Porras! —exclamó el chico, incorporándose—. ¿Qué pasa?

—Ven conmigo —ordenó Torcuato.

Pedrico se le quedó mirando, legañoso y soñoliento.

—Es temprano, déjame dormir —dijo por fin, y se dejó caer de espaldas sobre la paja.

—¡Vamos! —lo conminó Torcuato con impaciencia, asestándole otro puntapié—. Quiero que me acompañes.

—¿Adónde?

—A buscar a la niña.

Pedrico lo estudió con los ojos entornados sin moverse del lugar hasta que el otro perdió la paciencia.

—¡Levántate! —le gritó, jalándolo por un brazo.

El otro lo siguió trastabillando.

—¿De qué niña me hablas?

—La hija del judío.

—¿Otra vez? —gruñó Pedrico—. Aparte de lanzarle piedras, nunca hemos podido...

—Ahora será distinto, vamos a escucharla.

—No entiendo.

—Te contaré por el camino.

Se dirigieron al antiguo barrio judío, ocupado ahora por cristianos y conversos. Orfebres, prestamistas, plateros, barberos, cirujanos, contadores, escribanos, perfumeros, notarios y muchos otros comerciantes comenzaban a abrir sus locales preparándose para otra jornada. Casi todas las casas tenían dos pisos: el superior, donde vivía la familia, y otro al nivel de la calle, que servía de taller o tienda. Por supuesto, cada dueño tenía su título de maestro convenientemente certificado. De otro modo, no habría podido ejercer. Muchos daban trabajo a dos o más aprendices que no recibían sueldo. Ya era pago suficiente haber sido aceptados para estudiar el oficio. Después de algunos años, y en dependencia del arte o profesión que hubiesen elegido, lograban el grado de oficial. Luego debían pasar más años practicando y aprobar un examen para obtener el título de maestro y ser aceptados dentro del gremio, tras lo cual las leyes les permitían establecer su propio negocio. Así es que el barrio resultaba una especie de cátedra gigantesca donde pupilos y mentores intercambiaban conocimientos y destrezas.

La casa-taller del maestro Jacobo se encontraba en una de las vías más prósperas. Enfrente se levantaban dos opulentos negocios: la mejor especiería de la ciudad, con anaqueles que dejaban escapar vaharadas de pimienta negra, jengibre, nuez moscada, anís, eneldo y otras hierbas que sazonaban, curaban o aplacaban las pestilencias ambientales; y el establecimiento de un conocido pañero, cuyos estantes rebosaban de telas que alegraban la vista: sedas crujientes con diseños abigarrados, lanas provenientes de Castilla, lino blanco, rollos de terciopelo rojo, azul, amarillo y negro (el color predilecto de los nobles porque destacaba el brillo de las joyas).

Esta vez los muchachos no hicieron planes para robar ni destruir mercancías. Se movieron de un negocio a otro sin dejar de vigilar la tienda de Jacobo. La puerta permanecía cerrada, en claro indicio de que su dueño solo estaba recibiendo a ciertos clientes. No había, pues, manera de entrar.

Pedrico tuvo una idea.

—¿Por qué no vamos por el fondo? —sugirió—. Puede que esté sola en el huerto. A esa marisabidilla le gusta leer allí.

En varias ocasiones la habían sorprendido con la vista clavada en un libro, bajo la sombra de un castaño que florecía puntualmente cada primavera. Así es que fueron hasta la esquina y buscaron la entrada de un pasaje que penetraba entre las casas y recorría los huertos de las familias. Tal como previeron, allí estaba la niña, absorta en su lectura.

Antes de acercarse, comprobaron que no había adultos por los alrededores. La puerta que daba al patio estaba entornada y no había rastro de los aprendices. Tras intercambiar un gesto, los chicos reanudaron su marcha con aire despreocupado y cantando una tonadilla de moda:

—*¡Corred, corred, pecadores! No os tardéis en traer luego agua al fuego, agua al fuego. ¡Fuego, fuego, fuego, fuego, fuego, fuego!*

De reojo comprobaron que ella continuaba leyendo, sorda a los reclamos de la melodía. Torcuato susurró algo a su amigo y ambos entonaron con mayor vigor:

—*Este fuego que se enciende es el maldito pecado, que al que no haya ocupado siempre para sí lo prende. Cualquier que de Dios pretende salvación procure luego agua al fuego, agua al fuego...*

La niña levantó la vista con enojo para examinar a los causantes del alboroto, enfrascados en las ridículas maromas con las que imitaban a los saltimbanquis. Según lo planeado, ambos dejaron de cantar:

—¿Cómo sigue? —preguntó Pedrico.

—Ehh... creo que: «*Repiquen esas campanas al son de los tambores. Dandán, dandán, dandán...*».

—¡No, no! —exclamó el otro—. Es «*Reclamen esas campanas dentro de vuestros corazones, dandán, dandán, dandán...*».

—Mejor hacemos como si pactáramos —propuso Torcuato—. Una tú y otra yo.

Y adoptó pose de quien va a declamar, aunque en realidad empezó a cantar:

—*Por unos puertos arriba de montaña muy oscura caminaba el caballero, lastimado de tristura...*

Y hacía grandes aspavientos como si estuviera representando los hechos que cantaba. Al terminar su cuarteta, Pedrico continuó en la misma guisa:

—*El caballo deja muerto y él a pie, por su ventura, andando de sierra en sierra de camino no se cura...*

Guardó silencio Pedrico, y dejó que Torcuato continuara:

—... *huyendo de las florestas, huyendo de la montura...*

—¡Perdiste, perdiste! —lo interrumpió Pedrico—. No es así.

—Sí es así.

—Que no.

—Que sí.

Una voz dulce y clara interrumpió la pelea al completar la letra:

—... *huyendo de las florestas, huyendo de la frescura...*

Los muchachos se volvieron. Desde su sitio, ella los observaba con una mezcla de interés y reprobación.

—¿Conoces algunas canciones? —preguntó Pedrico.

Una sombra de duda cruzó sobre el rostro de la niña. Había pensado mantenerse alejada de la discusión, recordando que otras veces le habían arrojado guijarros mientras leía. Estudió el aspecto de ambos. El mayor era delgado y fibroso, de cabello rojizo con apariencia de lana enmarañada, y ojos pequeños que sus escasas pestañas no alcanzaban a cubrir. Cuando fruncía el ceño, adoptaba la expresión de un lobo acorralado. Sus ropas, aunque desaliñadas, dejaban entrever que no era del todo pobre. El otro, sin duda, era un pordiosero. Había tanta mugre en su rostro que apenas podía distinguir sus facciones, sobre todo porque sus cabellos eran igualmente negros. No pareció que fueran a agredirla. Además, ella estaba en el huerto de su padre.

—Me llamo Torcuato —dijo el chico de cabello rojizo— y este es Pedrico. ¿Quieres jugar con nosotros?

—¿A qué? —preguntó ella con cautela, velando de reojo la puerta entreabierta.

—A las canciones —respondió Pedrico animadamente.

—¿Qué juego es ese?

—Uno de nosotros empieza una canción y el otro debe seguir. El que no sepa cómo continuar pierde; y el que conozca una canción que nadie más sepa gana.

—¿Y cuál es el castigo? —preguntó ella, aún recelosa.

—Oh, no hay castigos.

La niña tanteó dentro de su cabeza. Era algo que hacía a menudo si sospechaba que algo no andaba bien, como ahora. Podía olfatear muchas cosas con su mente, cosas buenas y malas. Se lo había comentado a su padre, que la escuchaba perplejo. Ahora, de nuevo, había percibido algo raro. Trató de entender qué era, pero no lo consiguió. A lo mejor se estaba engañando.

—Empiezo yo —dijo Torcuato, recordando que su padre le daría una tunda si fracasaba.

Escogió una tonada famosa para que ella y su amigo pudieran seguirla. Después le tocó a Pedrico, que, como ya habían acordado, cantó unas coplas extremadamente populares. Al llegar su turno, la chiquilla entonó una balada que los chicos pudieron completar sin dificultad. Poco a poco ella fue olvidando sus temores y se entregó al pasatiempo con entusiasmo. Después de varias rondas se hizo evidente que nadie ganaría aquel juego.

—Veamos si sabéis esta —dijo ella de pronto, con tanta seguridad que Torcuato supo que el ardid de su padre iba a dar frutos—: *Shma Israel Adonai Eloheinu Adonai echad...*

—Eso no es una canción —gritó Torcuato triunfante.

La sonrisa de la moza se desvaneció.

—Sí lo es —dijo tímidamente.

—Son sonidos que inventaste —aseguró el muchacho, suavizando el tono al recordar las instrucciones de su padre—. ¿A que no puedes repetirlo igual?

Ella abrió la boca y Torcuato aguzó su atención. Tenía que recordar aquel galimatías. El plan consistía en que memorizara algunas frases de lo que cantara la niña como prueba de que no estaba inventando nada. Si un muchacho de familia cristiana era capaz de articular palabras en un idioma de herejes era porque realmente las había escuchado: ese era el argumento que presentarían ante el Tribunal.

—¡Doñita, maese Jacobo la anda buscando!

Los chicos se sobresaltaron. Lorenzo, el aprendiz más aventajado del taller, se hallaba en el umbral de la puerta que daba al huerto, inspeccionando con mala cara a los muchachos, cuya fama era harto conocida.

La niña se levantó deprisa, consciente de que algo había cambiado en aquel juego, aunque sin saber exactamente qué. Viéndola marchar, Torcuato no pudo evitar un resoplido de impaciencia que Lorenzo captó, pero como ella no parecía haber sufrido daño alguno, el aprendiz se limitó a cerrar la puerta en las narices de los delincuentes, no sin arrojarles una mirada de advertencia.

—¡Maldita marrana! —exclamó Torcuato, repitiendo los improperios de su padre.

—No tiene importancia, yo también la escuché.

—Pero mi padre me advirtió que debíamos memorizar algunas palabras.

—¡Bah! Tu padre es un chiflado —dijo Pedrico, que ya estaba aburrido de una intriga que no le concernía. Había cumplido su parte del convenio y tenía hambre—. Dame de comer —dijo, jalándolo por una manga—. Tengo que regresar pronto o don Teo me atizará el lomo.

Torcuato echó a andar malhumorado, pensando en los azotes que iba a recibir... aunque, pensándolo bien, Pedrico tenía razón. Era el testimonio de ambos contra el de la niña, y su amigo estaba fuera de sospecha porque era ajeno a su familia; nadie podría acusarlo de tener interés en arruinar el negocio del judío. Sonrió a medias. Por fin le ajustarían cuentas al hereje y su hija. Evocó los ojos enormes y asustadizos de la criatura, y se imaginó los tormentos que podría infligir a aquella piel dorada. Sería agradable verla cubierta de moretones. Deseó ser uno de los inquisidores para azotarla hasta que pidiera misericordia. Y fantaseando de ese modo, olvidó la posible paliza que le aguardaba en su casa.

4

El ánimo del comerciante había empeorado desde la hora tercia. A veces pasaban semanas sin que el dolor regresara hasta que sobrevenía otro ataque. Su hijo tuvo la mala fortuna de comunicarle la fallida excursión en medio de una crisis. Así es que, pese a sus argumentos, no se libró de los azotes. El dolor no cedió hasta que transcurrieron tres días; solo entonces recordó las protestas del muchacho en medio de la azotaina.

—¡Tato! —lo llamó, usando su antiguo apodo infantil.

El mozuelo, que en ese momento ordenaba los rollos de hilo, se sobresaltó. Casi nunca el viejo lo llamaba de aquel modo.

—¿Sí, padre?

—¿Qué me habías dicho sobre ese Pedrico?

Preguntó aquello como si se tratara de una conversación que hubiese sido interrumpida por algún episodio sin importancia.

—Fue conmigo a ver a la judía y lo escuchó todo —respondió el mozo, volviendo a su faena.

—¡Claro! ¡El testigo! —exclamó el viejo, levantándose con tal ímpetu que la silla fue a dar al suelo—. Deja eso y ve a ponerte ropas decentes. Le haremos una visita al prior.

—Pero dijiste que...

—Cállate y obedece.

Encantado por el inesperado mandato que le permitía abandonar su labor, el muchacho corrió a vestir calzas rosadas de fiesta y jubón de terciopelo negro. Su padre se despojó de su camisa de trabajo y buscó otra más corta sobre la que se puso un jubón marrón, calzones gregüescos a rayas y una gorguera blanca que apenas logró insertar en su cuello devorado por la grasa. Finalmente se echó encima la hopalanda de color castaño que usaba en ocasiones especiales. Engalanados de esa suerte, padre e hijo salieron rumbo al monasterio de los dominicos.

Por el camino, las articulaciones del viejo comenzaron a torturarle de nuevo. «Son los hechizos del judío», pensó, y aquello lo encolerizó más. Trató de caminar con mayor brío, pero el dolor aumentó a medida que se acercaba al claustro. Cuando llamó a la puerta sudaba copiosamente.

—Queremos ver al prior —dijo con brusquedad frente a los ojillos que se asomaron por el postigo.

—¿A quién anuncio?

—A maese Torcuato y su hijo. Tengo una acusación que hacer a su señoría.

El ventanuco se cerró de golpe. Debieron esperar otro rato para escuchar el rechinar de los cerrojos.

—Venid conmigo —les dijo el fraile portero.

Lo siguieron por una de las galerías que rodeaban el patio. A través de la arcada, sostenida por columnas de piedra blanca, penetraba el perfume de los rosales que crecían en torno a una fuente. El silencio era interrumpido por el murmullo del agua que caía escalonadamente de un nivel a otro hasta precipitarse en la alberca de azulejos con intrincados diseños. El fraile los condujo hasta una puertecilla que dejó abierta antes de retirarse.

Torcuato permaneció inmóvil, sin atreverse a entrar en aquella sala de estudios, cuyas paredes se hallaban cubiertas de óleos y de repisas atestadas de legajos. Al otro extremo de la estancia, dos figuras se inclinaban sobre una especie de púlpito. Torcuato el Mozo, más impaciente que su padre, soltó un bufido que trepó hasta la bóveda del salón. Los dos monjes alzaron la vista de los papeles.

—¡Maese Torcuato! —exclamó uno de ellos—, ¿de nuevo por estos predios?

El aludido se adelantó, percibiendo el escrutinio de ambos monjes. El más joven se irguió detrás del púlpito, pero Torcuato no le prestó atención. Su objetivo era fray Miguel, el prior de los dominicos, que ya rebasaba la respetable edad de setenta años. El sacerdote lo examinó sin dignarse a bajar los escalones para recibirlo. La figura principal del consejo inquisidor en la parroquia compartía la antipatía de muchos hacia el librero.

—¿A qué debemos vuestra visita, maese Torcuato?

—Señoría, vengo a cumplir con mi deber de cristiano ante la

ley de Dios y nuestra Santa Madre Iglesia. Las herejías amenazan con extenderse por nuestra noble Sevilla. Ya andan mancillando las almas inocentes de los jóvenes. Intenté preveniros, pero Vuestra Excelencia no atendió a mis sospechas. Si no fuera por mi devoción a Su Católica Majestad, hubiera preferido...

—Está bien, está bien —lo interrumpió el prior con impaciencia—, decid de una vez qué os trae por aquí.

—Señoría, el pretendido converso Jacobo sigue practicando sus abominaciones. Os advertí de ello hace varios meses, pero vos no me creísteis. Ahora vengo de nuevo para daros una prueba.

—Espero que no me hagáis perder el tiempo —dijo el prior, amenazante.

—No, señoría. Me duele recordar que me acusasteis de motivos mezquinos, alejados de la verdadera fe.

—No podéis negar, Torcuato, que es *vox populi* vuestro antagonismo hacia maese Jacobo.

—Señor, dejemos atrás las maledicencias que acosan a mi humilde persona. Lo importante es que el supuesto converso ha mostrado su verdadera naturaleza. Mi hijo aquí presente podrá dar fe...

—La palabra de vuestro hijo no sirve —lo interrumpió el joven fraile, que había permanecido en silencio hasta entonces—. Si recordáis bien lo que os dijo el prior en vuestra previa visita, no se admitirán testimonios de personas que compartan vuestra misma sangre e intereses.

Torcuato intentó disimular su furia hacia el entrometido.

—Lo sé, hermano —dijo el comerciante con fingida humildad, aunque experimentando una oleada de rencor contra aquel curita impertinente—. Si me dejáis concluir, sabréis que otro testigo, un humilde mozo cristiano, oyó los conjuros pronunciados por la propia hija del falsario. Eso prueba que el infiel sigue renegando de la verdadera fe, puesto que enseña esos sacrilegios a la niña.

Fray Miguel guardó silencio unos instantes.

—Es una acusación grave —admitió por fin—. ¿De veras tenéis un testigo cristiano, sin relación de sangre o de gremio con vosotros?

—Así es, señoría. Pregunte a Pedrico, el aprendiz del carnicero

Teo, que la oyó recitando un sortilegio pagano. Cuéntale, hijo. —Y empujó ligeramente al joven, que se movía inquieto, apoyándose sobre uno y otro pie, ansioso por hablar.

—Es cierto —dijo el muchacho—. Pedrico estaba presente cuando la judía cantó las coplas. Podéis preguntarle...

—Un momento —lo interrumpió el joven fraile—. ¡Poneos de acuerdo! ¿Eran hechizos o coplas?

Se produjo una larga pausa.

—¿Pues quién puede saberlo? —concluyó el hijo del comerciante—. Es una lengua del demonio que suena a música rara.

—Hermano Antonio —dijo el prior volviéndose al fraile—, ocupaos de que traigan al tal Pedrico para que declare frente al notario. Y decidle al alguacil que vaya a buscar de inmediato a maese Jacobo y a su hija. Puede que tengamos un caso. Mirad que los bienes del converso sean puestos bajo custodia.

El joven fraile no se movió de su puesto.

—¿Ocurre algo? —preguntó el prior.

—No creo que tenga sentido llamar al alguacil.

—¿Por qué?

—Porque Maese Jacobo y su hija no están en la ciudad.

—¡Retortas! ¿El judío escapó?

El prior y el fraile se volvieron al unísono para clavar miradas reprobatorias en el mozo que había soltado la imprecación.

—Maese Jacobo partió en viaje de negocios —declaró el monje con frialdad.

—Un viaje muy conveniente, si su señoría me permite la opinión —dijo el comerciante—. Habrá que avisar que tenemos un prófugo.

—No puede escapar quien no se sabe perseguido —dictaminó el monje—. Maese Jacobo regresará y entonces será procesado de acuerdo con la ley.

—¿Cómo podéis estar seguro? —preguntó el prior.

—Porque me lo dijo un feligrés que habló con él. Maese Jacobo volverá dentro de algunas semanas.

—Muy bien —dijo el prior, ansioso por terminar con la entrevista—. Ocupaos entonces del testigo y de lo demás, hermano Antonio. Y vos, maese Torcuato, regresad a vuestros asuntos hasta que seáis llamado.

El librero hizo una leve inclinación de cabeza que fue imitada torpemente por su hijo.

—Esos dos pájaros van a escapar —susurró el muchacho tan pronto salieron a la calle.

—Calla esa boca, bruto —lo reprendió el viejo, dándole un pescozón a plena luz del día y olvidando las buenas maneras de que hiciera gala ante los frailes—. No sabes comportarte en presencia de señores. ¡Zopenco!

Y aunque sus articulaciones volvían a atormentarlo, el dolor no impidió que allí mismo le impartiera otra tunda educativa al muchacho. Después se sintió mucho mejor. Esta vez el converso no escaparía.

5

La luz de Andalucía tiene rasgos de criatura viva. Cualquier pueblo o ciudad de esa región parece reverberar bajo el sol, pero existen diferencias palpables entre sus comarcas. En Sevilla, por ejemplo, los rayos se precipitan con una cualidad maciza y densa, y su resplandor desciende para posarse sobre los tejados como el manto de su Virgen predilecta. En Cádiz, sin embargo, la luz parece brotar de las calles, de los muros de las casas, de cada vaivén del mar; lo penetra todo, lo traspasa todo, como si la natura se hubiera propuesto dotarla con propiedades auríferas.

Jacobo volvía a admirar esa belleza a medida que se aproximaba a Cádiz, la ciudad que tantos recuerdos le traía, y azuzó a las mulas, que avanzaban abrumadas por el peso del carromato. Su hija tampoco perdió de vista el paisaje que se divisaba desde el puente construido por los romanos en épocas inmemoriales.

El hombre se estremeció al pensar que muchos amigos y familiares habían tenido que recorrer la misma ruta antes de abandonar España. La historia mostraba una molesta tendencia a repetirse y ahora también él se veía obligado a escoger entre ser acusado de herejía o marcharse.

Como prometiera el hermano Antonio, un desconocido se había presentado en su taller para comprar casi toda la mercancía: pliegos de papel, pergaminos vírgenes, rollos de cuero, potes de tintas de colores. Y en la hora más oscura de la noche, él y su hija habían partido con el dinero oculto en el doble fondo de la carreta.

Para alumbrar el camino, Jacobo colocó dos lámparas de aceite a ambos lados del carromato. Solo cuando la claridad de la hora prima se insinuó en el horizonte, apagó las llamas y siguió rumbo al sur.

Tras cruzar el puente, la vía se transformaba en una amplia calzada que desembocaba en la ciudad. A su paso, los huertos y las canteras iban cobrando vida a medida que los labradores y los picapedreros se aprestaban a iniciar sus faenas. En ocasiones la placidez del paisaje era perturbada por las siluetas de los torreones militares que se alzaban aquí y allá, indicando que aquel era un lugar estratégico que debía ser defendido de intrusos, pero la visión de las gaviotas que graznaban sobre sus cabezas alejaba de inmediato toda noción de peligro.

Finalmente, el carromato se acercó a la amurallada villa, donde solo tres entradas permitían el acceso. La Puerta de Tierra, situada en el este, apuntaba al continente; la del norte, llamada Puerta del Mar, conducía a un pasaje hacia la costa; y una tercera, que daba al oeste, era conocida como Puerta del Arrabal por hallarse cerca del sector más populoso. Únicamente la zona sur carecía de muros, pues su cercanía a la inhóspita franja de arrecifes era suficiente protección.

A media mañana el carromato cruzó la Puerta de Tierra. Cerca de una plaza se detuvo para preguntar por el taller de maese Rufino. El transeúnte se encogió de hombros, en gesto de ignorancia. Jacobo se aproximó a otro con igual resultado. La multitud crecía, pero nadie le orientaba. ¿Qué hacer? Se sintió tan cansado como sus mulas.

De pronto recordó algo que había aprendido mientras se preparaba para entrar a la Hermandad. Nunca pensó que tendría que usarlo, pero quizá había llegado el momento. Detuvo la carreta en una esquina de modo que no estorbara el paso y fingió que se estiraba, alzando los brazos sobre la cabeza. Al bajarlos, fue doblando los codos con sus palmas apuntando al frente. Se movió con premeditada lentitud hasta que los codos formaron un ángulo de noventa grados con su cuerpo. Así permaneció un instante, antes de bajar los brazos. ¿Daría resultado? No podía esperar que siempre hubiera un miembro de la Hermandad aguardando una de las señales secretas de auxilio, pero no perdía nada con probar. Miró en torno. Nadie parecía haber notado su llamada. Desalentado, se inclinó para retomar las riendas.

—*Boaz.*

El susurro lo estremeció de pies a cabeza. Se enderezó para examinar a su interlocutor: un anciano de modesta apariencia.

—*Jakín* —respondió Jacobo con un movimiento de labios.

Solo quien conociera la contraseña hubiera podido entender las palabras que habían sido pronunciadas en un murmullo casi inaudible: Sabiduría y Fuerza, los dos pilares que regían la vida de todo hombre justo, los nombres de las columnas que custodiaban la entrada al templo de Salomón, uno de los símbolos de la Hermandad.

—Busco el taller de maese Rufino —añadió Jacobo.

—Se ha pasado vuestra señoría —le indicó el desconocido, advirtiendo la dirección del carromato—. Daos la vuelta y preguntad en la casa que está frente al mesón de la esquina.

Jacobo hizo regresar las mulas y, casi enseguida, vio el letrero del mesón. Enfrente se levantaba una casa de dos pisos con ventanales estrechos. A través de la puerta abierta, distinguió los estantes donde reposaban libros de lomos lustrosos.

—Espera aquí —le dijo a su hija y saltó al suelo, llevándose el envoltorio que le entregara fray Antonio.

Se sacudió el polvo, dispuesto a trasponer el umbral. Cuatro hombres con sus correspondientes delantales de artesano trabajaban inclinados sobre las mesas. Jacobo se acercó al que aparentaba mayor edad, debido a la barba donde asomaban lunares de canas.

—Buenos días tenga vuesa merced.

El barbudo alzó la vista.

—Buenos días —respondió con voz grave—. ¿Qué se le ofrece a su señoría?

—Busco a maese Rufino.

—Con él habláis.

Jacobo puso el envoltorio sobre la mesa.

—Tengo una carta para vuesa merced —anunció, extrayendo el documento sellado.

—¿Quién la envía?

—Prefiero que la leáis —respondió Jacobo algo intranquilo, dejando la bolsa abierta como al descuido.

Maese Rufino vio los objetos ocultos allí —la escuadra, el compás y el haz de espigas— sin que su semblante se alterara. Enseguida rompió el sello y leyó las breves líneas.

—¡Tomás!

Uno de los aprendices se levantó de un salto y fue hacia ellos.

—¿Señoría?

—Decid a doña Hernanda que prepare la habitación del fondo para un huésped —le ordenó, y enseguida se volvió hacia Jacobo—. ¿Tenéis equipaje?

—Está allá afuera, pero...

—Ve a por él, Tomás. Después le avisáis a la doña.

El chico salió corriendo.

—También vine con mi hija. Está allá afuera, en la carreta.

—Muy bien, os quedaréis aquí hasta que halléis algún lugar; pero si preferís ahorraros dinero, puedo ofreceros esa misma habitación de manera permanente por la mitad del precio que os cobrarían en otro sitio y tendréis trabajo en mi taller. No me vendría mal alguna ayuda. ¿Cuál es el nombre de vuesa merced?

—¿No lo dice la carta?

—Solo me ruega que ofrezca albergue y trabajo al portador. Y aclara que sois librero y encuadernador de experiencia.

Jacobo pensó con rapidez.

—Podéis llamarme Julián.

Así cumplía con el deber de avisar que ese *no* era su verdadero nombre. Sin embargo, a su anfitrión no pareció importarle.

—Muy bien, maese Julián. Pagaréis por usar el puesto de trabajo, pero todo lo que hagáis en él será vuestro. ¿Os parece razonable?

—Más que razonable, generoso. Le agradezco a su señoría tanta bondad.

—No tenéis que agradecer nada, hermano —dijo maese Rufino.

Jacobo notó la presión del pulgar sobre el segundo nudillo de su dedo índice. Para cualquier otro, el gesto no habría pasado de ser un simple apretón de manos, pero el converso lo reconoció de inmediato: era el saludo secreto de la Hermandad.

6

Jacobo se instaló en el taller, confiado en que pronto recibiría la carta avisándole de que podía regresar a Sevilla, que su vida ya no corría peligro y que la ciudad donde había nacido seguía siendo el sitio donde podría envejecer tranquilamente. Sin embargo, las semanas comenzaron a transcurrir sin indicios de que la situación hubiera cambiado. Quizá tendría que buscar otros parajes donde no rechazaran su sangre y su apellido, donde nadie deseara inmiscuirse en su espíritu o en cuál lengua le hablaba a un Dios que era de todos, sin importar qué nombre le dieran.

No era la primera vez que pensaba en viajar. Siendo un mozalbete había pedido permiso a sus padres para enrolarse en un barco que exploraría las costas africanas y, por supuesto, se negaron. Soñaban con ver a su hijo convertido en maestro encuadernador.

Resignado, permaneció en el taller, terminó su etapa de aprendiz, se hizo oficial y finalmente fue aceptado como maestro. Su nombramiento ocurrió en medio de una gran conmoción: un decreto real acababa de ordenar la expulsión de todos los judíos de la península, excepto aquellos que se convirtieran al catolicismo. Tras muchas deliberaciones, la familia se decidió por la conversión. Fue por esas fechas que su padre le reveló la existencia de la Hermandad, a la cual pertenecían cristianos y judíos por igual. Aunque no lo supo hasta más tarde, su ingreso en la membresía fue un bien de la Providencia. Tras la ceremonia, y transformados en conversos, Jacobo y sus padres continuaron el negocio familiar, doblemente protegidos por su nuevo estatus religioso y gremial.

Poco después, el reino se estremeció con una noticia que cambiaría la faz del mundo: un marino de ojos claros y acento extraño acababa de desembarcar en el puerto tras descubrir tierras hacia el Poniente. Sus tres naves habían regresado cargadas de especias exóticas que dejaban un reguero de aromas a su paso. Habían traído frutos de pulpa dulce y espesa, aves parlanchinas que parecían pintadas por la mano de Dios y hombres de piel cobriza como los minerales que abundaban en sus tierras. Todos deseaban embarcarse para ver aquellas comarcas donde los ríos arrastraban polvo de oro y los seres humanos vivían en la inocente desnudez del Paraíso. Si los voluntarios habían sido escasos en la primera expedición, para la segunda ya se alistaban hasta mujeres.

Casi al unísono se desató una epidemia que se extendió desde el puerto donde habían desembarcado los expedicionarios hasta varias ciudades del reino. Centenares de súbditos, sin distinción de clase, agonizaron en medio de las fiebres y los vómitos, entre ellos los padres de Jacobo, que deliraron varios días antes de morir.

El joven quedó tan aturdido por la pérdida que pasó semanas deambulando por la casa. No tenía ánimos para bajar al taller. Se dedicó a hacer largas caminatas hasta el río, donde se acodaba en el puente para otear el paso de las aguas. Una de esas tardes pensó que un viaje le ayudaría a olvidar su dolor. Recogió algunas pertenencias, cerró la vivienda paterna y marchó al sur.

Tras siete años de ausencia, una mañana reapareció con un bebé en brazos. Quienes se acercaron a saludarlo supieron que había estado casado y que su esposa, a quien él se refirió simplemente como doña Ana, había muerto. No dejaron de rodar rumores en torno al matrimonio. Algunos decían que doña Ana había sido de noble cuna y que había huido con él en secreto; otros afirmaban que la criatura no era de Jacobo, sino que él la había adoptado por pura lástima. Lo único cierto fue que alquiló una nodriza para que cuidara de la niña mientras él trabajaba, y cada noche se ocupaba de mecerla en sus brazos, arrullándola con las mismas nanas que su madre y su abuela le habían cantado.

No le fue difícil poner en marcha su negocio, que prosperó más de lo que hubiera podido imaginar. Era una vergüenza que lo hubieran obligado a huir en su mejor momento.

Paseó su mirada por el taller. Maese Rufino había salido, dejándolo a cargo de los aprendices que cosían unos cuadernillos. Su hija estudiaba las líneas de un dibujo recién copiado, con ese aire ausente que la distanciaba del mundo. A veces le daba un poco de miedo. En más de una ocasión, la niña le había advertido sobre los turbios ardides de un mercader o sobre una posible estafa; no con esas palabras, claro, pero decía frases inquietantes como «no me gusta ese comerciante» o «aquel caballero está rodeado de oscuridad». Hasta en eso remedaba a su madre, que acostumbraba a soltar augurios basados en extrañas visiones, aunque al menos de Jacobo había heredado cosas más tangibles.

Él amaba los libros desde la niñez. Su abuelo, uno de los últimos copistas de la ciudad, le enseñó cómo aprovechar el papel al máximo, apenas sin dejar márgenes, permitiendo solo espacios para los dibujos que serían iluminados con tintas de colores. Jacobo lo había visto reproducir, con su delicada caligrafía, diversos textos sobre los preciosos *vellum* o códices de vitela que aún encargaban ciertos nobles de gustos extravagantes. Los pergaminos de vitela eran sumamente costosos porque estaban hechos con la piel de terneros recién nacidos. Solían usarse para confeccionar códices con dibujos en miniatura, pero su uso había decaído después que se extendieran el papel y la imprenta.

Su hija también se había inclinado por la tradición familiar. Cuando no estaba leyendo, se arrimaba para verlo pegar, coser y grabar las pieles con que encuadernaba los libros. Había revelado tanta curiosidad por la letra impresa que Jacobo se vio obligado a enseñarle a leer y a escribir en varias lenguas. Algún día, si lograban sacudirse el estigma de la herejía, heredaría el negocio como habían hecho otras mujeres y seguramente llegaría a ser una de las mejores del gremio.

El hombre suspiró mientras empezaba a coser los cuadernillos impresos. A su lado, la niña mojó una pluma en tinta púrpura, dispuesta a colorear las ropas de una santa que había copiado de un antiguo misal. Observando la delicada fisonomía del retrato, Jacobo supo que sería capaz de competir con el ilustrador más experto. Se preguntó qué habría opinado su madre de esa habilidad que, por lo visto, también había heredado de ella.

7

Torcuato el Viejo esperó con impaciencia varias semanas. Pedrico fue interrogado en cuatro ocasiones, pero sus argumentos no convencían al prior. De manera inexplicable, el inquisidor se mostró reacio a aceptar las acusaciones. El comerciante sospechaba que el principal responsable de esa actitud era aquel curita que lo acompañaba como su sombra. Si no hubiera sido un fraile, lo habría acusado de herejía. Finalmente, el prior se rindió frente a la evidencia y ordenó al alguacil que apresara a Jacobo tan pronto como asomara la nariz. Además, ofreció una recompensa a quien revelara su paradero.

Torcuato regresó al taller, dispuesto a recuperar su clientela. Se sentía tan feliz que pasó por alto sus dolores de gota. Si el judío volvía a aparecer, lo aguardaba un proceso del cual seguramente saldría mal parado; y si no aparecía, de todos modos ya no tendría competidor. Pasara lo que pasara, saldría ganando.

Al principio todo marchó bien. Los antiguos clientes de Jacobo no tuvieron más remedio que acudir a Torcuato. Por algún tiempo el exceso de encargos lo obligó a aceptar dos aprendices nuevos a los que pagaba una mísera comida al día y un lecho de paja en el suelo. Aunque los maestros no solían ser deferentes con sus discípulos, la exacerbada rudeza del viejo, unida a las maldades de su hijo, ahuyentaron a los chicos en menos de un mes. Lo mismo ocurrió con los siguientes. La inestabilidad en la mano de obra hizo que la calidad del trabajo mermara más. Muchos clientes se marcharon furiosos, algunos sin pagar. El rumor del pésimo servicio corrió entre los acaudalados poseedores de libros, que prefirieron hacer largos viajes a otra comarca antes que encomendar sus tesoros a manos chapuceras.

—¡La culpa es de ese miserable judío! —exclamaba Torcuato, cuya senilidad había acentuado su manía—. Nos ha echado una maldición.

Y repetía sus quejas sin dejar de darle vueltas a la rosca de prensar, bajo la cual colocaba las montañas de papel doblado; y al hacerlo, imaginaba que era la cabeza de su rival lo que comprimía entre las tablas.

Su hijo, que ahora debía asumir el trabajo que hasta entonces realizaran los aprendices, rezongaba y odiaba a su padre por obligarle a permanecer entre cuatro paredes, aunque más odiaba al judío al que culpaba por la ruina del taller.

Una tarde Torcuato montó en cólera al comprobar que las páginas de un cuadernillo recién cosido volvían a zafarse.

—¡Ven acá, truhán! —gritó a todo pulmón, agarrando el primer objeto que encontró—. ¡Voy a matarte!

Y le arrojó a la cabeza un martillo que el joven apenas consiguió esquivar. En su huida, tropezó con una mesa donde había un pote de tinta. El líquido rojo se derramó, manchando un valioso rollo de cuero.

Al ver aquel desastre se lanzó sobre el muchacho, que corrió a parapetarse tras una mesa. El anciano lo persiguió, ciego de ira, pero su hijo era mucho más ágil y logró eludirlo.

—Empieza a rezar, mala pécora —chilló el viejo—, porque hoy vas a conocer al amo de los infiernos.

—¡Esperad! —dijo el muchacho—. ¿Qué hice?

—¿Es que no lo ves? ¡Has estropeado el libro de don Baltasar! ¡Mira toda esa tinta! Y ni siquiera pudiste coser bien el maldito cuaderno de coplas.

—¿Qué culpa tengo de que el hilo no sirva? Es demasiado barato para ser bueno.

—No es culpa del hilo, sino tuya, que no pones atención a lo que haces, y de ese desgraciado judío que nos ha embrujado.

El muchacho saltó sobre la mesa, alcanzó la ventana en dos zancadas y gritó desde la calle:

—Si tanto creéis en sus hechicerías, ¿por qué no acabáis de averiguar dónde se esconde para que lo encierren de una vez?

Tropezando con la gente y volcando mercancías a su paso, se perdió tras unas casas. El viejo no intentó seguirlo, sabiendo que jamás podría alcanzar a ese zoquete lleno de energía.

Se dejó caer en una silla, con la última frase retumbándole aún en los oídos. ¿Buscar al judío? ¿Por qué no? Hasta que lo encerraran no se libraría de aquella racha de fatalidades. Debía acabar con él y, de paso, cobrar la recompensa.

Se levantó de inmediato, olvidando la tinta que goteaba sobre el suelo, y salió en busca de Pedrico. Le costó trabajo encontrarlo porque el chico ya no trabajaba con Teo. El carnicero lo había despedido a azotes al descubrir que le robaba. Preguntando aquí y allá, averiguó que el muchacho vivía ahora en una de las cuevas situadas en las afueras del poblado. Unas pocas monedas, y la promesa de muchas más, fueron suficientes para convencerlo de que su fortuna estaba en averiguar el paradero de los fugitivos.

Después que el artesano le proporcionara ropa y comida para el viaje, Pedrico partió de inmediato a los tugurios donde podría conseguir información.

Parapetado a cierta distancia, Torcuato el Mozo vio que su padre salía de casa y regresaba acompañado por Pedrico, quien al rato se alejó con un bulto al hombro, vistiendo unas calzas que fueran suyas. Intrigado, esperó a que su amigo se alejara un poco y lo abordó cerca del puente. Al conocer su misión, comprendió que estaba perdonado. Después de todo, ese había sido su plan. Así es que volvió al taller, dispuesto a hacer las paces. El viejo lo recibió con un gruñido, aliviado ante una nueva posibilidad de venganza, y la vida continuó para padre e hijo, apenas alterada por esporádicas peleas.

Cuando los meses pasaron sin recibir noticias, el viejo sospechó que Pedrico se había burlado de él. Su malhumor creció junto con los ataques de gota. Nuevos problemas monetarios empeoraron su salud y su juicio. Todo cuanto le rodeaba parecía resquebrajarse. Durante semanas podía gozar de una lucidez que luego se disipaba para transformarse en un período de oscuridad.

El joven se ocupaba poco del taller, porque la creciente enajenación del padre resultaba propicia para salir a divertirse con gente de baja calaña. El viejo vivía sumergido en una niebla mental que le impedía entender lo que ocurría. A ratos despertaba de su embeleso y, al darse cuenta del estado en que se hallaba el negocio, golpeaba con furia al muchacho, que siempre terminaba huyendo.

Si no tenía dinero, el chico se jugaba prendas de ropa. También se dedicó a ofrecer rollos de cuero, tintas, resmas de papel y herramientas como pago de sus deudas. Su obsesión con el juego rebasó el desenfreno. Así fueron vendiéndose los instrumentos de grabar y de coser, los martillos, las escuadras e incluso las tres enormes prensas. Dos años después de la partida de Pedrico, ya no quedaban indicios de que allí hubiese funcionado taller alguno. Entonces se ocupó de los muebles.

Sus compañeros de juego —expertos tahúres que se especializaban en tender trampas a infelices como él— se frotaban las manos presintiendo la adquisición del botín definitivo. Y una noche, en presencia de numerosos testigos y en plena borrachera, les entregó un documento apostando la casa paterna.

Al día siguiente, cuando los hombres se presentaron con un alguacil y el documento firmado, el mozo aún dormía. Quien abrió la puerta fue su padre. Al principio no entendió qué querían aquellos hombres hasta que las palabras taladraron el muro de su locura: «La casa no os pertenece», le decían. «Vuestro hijo la perdió en una apuesta.» En un breve momento de lucidez, sus fuerzas regresaron.

—¡La casa es mía! —protestó con voz ronca y furiosa—. ¡Nadie puede jugarse lo que no tiene!

—Pero si vos aprobasteis la transacción —dijo uno de los hombres, alargándole el legajo firmado por él mismo con letra temblorosa y como trazada en la oscuridad.

—No es posible, no es posible —repitió frente a ese papel que declaraba a su hijo como único propietario del techo donde vivían.

Unos pasos se arrastraron a sus espaldas.

—¿Qué pasa?

El joven Torcuato, desaliñado y con la barba revuelta, acababa de despertarse.

—¡Maldito! ¡Maldito! —dijo el viejo, arrojándose sobre él.

Los hombres del alguacil intentaron apartarlos.

—¡Ya no eres mi hijo! ¡No eres mi hijo!

El forcejeo duró poco. Cuatro brazos lograron contener su ira.

—¿Qué pasa aquí?

Inmersos en la pelea, ninguno había visto la figura que se recortaba en el umbral. La luz del sol a sus espaldas impedía ver su rostro.

—¿Vos quién sois? —dijo el alguacil.

—No quiero problemas, ¿eh? —se apresuró a decir el recién llegado—. Solo soy un conocido de la familia. Vine a…

Un aullido desgarró las tinieblas del taller. El viejo se zafó de los brazos que lo inmovilizaban y se lanzó sobre el forastero.

—¿Los encontraste? —preguntó, aferrándose a sus ropas.

—Sí, ya sé dónde están —respondió Pedrico.

—¡Los tengo! ¡Los tengo! —gritó el anciano—. ¡Pagarán por esto!

Y lanzando un gemido, cayó al suelo inconsciente.

SEGUNDA PARTE

El símbolo mudo

1

Isla de Pinos, Hotel Colony, 7 de agosto, 7.55 h

El estruendo de la Voz crecía como una catarata cayendo desde las alturas. Quiso huir de ella, ocultarse en la masa vegetal que no era selva ni pantano, sino una frondosidad tibia y acogedora. Se estaba ahogando... Por fin logró sacar un brazo y coger el teléfono.

—¿Sí?

—Alicia, es tu tío. ¿Ya estás lista?

La muchacha sacó la cabeza del revoltijo de sábanas, rememoró su vuelo desde La Habana a Isla de Pinos, y reconoció el cuarto de hotel donde se hospedaba.

—Todavía no he desayunado —dijo a medio bostezo.

—Te compraré algo y comes por el camino. Paso a recogerte en diez minutos.

Alicia se sentó en la cama, atacada de nuevo por aquel mareo que se repetía cada vez que la Voz regresaba a sus pesadillas. Tropezando con los muebles, se acercó al balcón y abrió las cortinas. Su malestar se disipó con la brisa perfumada de sal y yodo. Se estiró como una gata y avistó el cielo que se teñía de gris, a medida que las nubes se aproximaban desde el sureste. Tendría que apresurarse. Su tío estaría allí dentro de poco y ella sabía cuánto se impacientaba si lo hacían esperar. Fue al baño, se lavó la cara y se deslizó con urgencia dentro de sus jeans elastizados. Después de atarse las botas, se peinó con tres cepilladas. Apenas había cerrado su mochila cuando tocaron a la puerta.

—Alquilé un carro —anunció Virgilio, colocando bajo las narices de su sobrina un paquete manchado de grasa.

Ella lo abrió y estuvo a punto de decirle que no le gustaba el tomate dentro de un sándwich con jamón, pero se contuvo. Su tío parecía de buen humor. Cargó la mochila y lo siguió hasta el parqueo, mientras iba arrojando con disimulo las lascas de tomate fuera del sándwich.

Las cuevas se hallaban en el extremo oriental de la isla, no muy lejos de los pantanos meridionales mayormente habitados por cocodrilos y mosquitos, pero era obvio que Virgilio había hecho el recorrido muchas veces porque no se molestó en encender el GPS.

Las vallas en estado de deterioro pululaban por doquier: «Isla de la Juventud: un paraíso bajo el sol», «¿Isla de la Juventud o Isla de Pinos? Tú decides», «Ahora le toca al pueblo», «Todos a rescatar Isla de Pinos», «Los estudiantes cubanos aman la Re...». Un extenso brochazo negro había borrado el resto de la palabra.

Alicia recordó que la isla había tenido múltiples nombres. Los propios cronistas recogieron unos cuantos en lengua indígena: Ajao, Camarcó, Camaraco, Siguanea, Guanaja... Algunos estudiosos creían que Siguanea y Guanaja eran dos variantes de un mismo vocablo, nacidos de esas frecuentes confusiones de los conquistadores con las lenguas autóctonas. Ella sospechaba que cada lugar podía tener diversos nombres a la vez, según el grupo indígena que lo designara porque, para empezar, los taínos no hablaban la misma lengua que los siboneyes. Además, quizá hubo otros dialectos que se perdieron. El propio Almirante la bautizó San Juan Evangelista. Sin embargo, durante los tres siglos posteriores fue llamada de muchas maneras: Isla de las Cotorras, Santiago, Isla de los Piratas, Santa María, Colonia Reina Amalia... Hasta que quedó oficialmente establecida como Isla de Pinos y todo el mundo respiró en paz por un tiempo. Los guerrilleros que ocuparon el poder a mediados del siglo XX y alteraron la geografía política del país. Isla de Pinos pasó a ser la Isla de la Juventud, no en homenaje a la mítica fuente del explorador Ponce de León, sino para certificar la presencia de millares de adolescentes trasladados hasta allí para vivir en edificios comunales, lejos de sus padres. Durante décadas, los estudiantes albergados trabajaron en las siembras que rodeaban sus escuelas, cuyas ruinas parecían ahora espectros de un pasado que nadie quería recordar.

Aunque los cubanos que escaparon al exilio siguieron llamándola Isla de Pinos, los que permanecieron en Cuba olvidaron ese nombre. Por eso Alicia se sorprendió ante esos carteles, en especial uno que se repetía más que el resto: «Recuperemos Isla de Pinos: Vota SÍ en el plebiscito».

—¿Qué plebiscito es ese? —preguntó.

Virgilio disminuyó la velocidad y tomó otra vía.

—Una votación para rescatar la memoria histórica —respondió sin apartar los ojos de la carretera—. Devolver el nombre a esta isla y a otros lugares significa revertir muchas de las alteraciones injustificadas que sufrió la geografía del país. Por eso hemos creado tres comisiones: Historia, Ecología y Sociedad. La primera propondrá modificaciones en los textos escolares para corregir las versiones distorsionadas de sucesos históricos y sacar a la luz documentos ocultos o proscritos por diferentes motivos. La segunda estudiará la manera de restaurar los ecosistemas. Tendrá que estudiar el método más eficaz para exterminar especies importadas que están destruyendo las autóctonas y el rescate de sitios como el Salto del Hanabanilla, que fue una de nuestras maravillas naturales hasta que lo mutilaron para construir una represa hidroeléctrica. Su plan incluye la construcción de una planta de energía solar para eliminar la represa y recuperar el relieve de la zona. La tercera comisión se encargará de restituir los nombres tradicionales de las calles, ciudades y provincias que fueron borrados del mapa por caprichos políticos. Con el plebiscito esperamos conseguir suficiente apoyo popular para que el gobierno se vea obligado a implementar esos cambios.

Alicia notó el plural de la última frase.

—¿Y tú estás en alguna de esas comisiones?

—En las tres, porque pertenezco al ejecutivo del PVE.

—¿El PVE?

—El Partido Verde Ecologista.

—¿No me dijiste hace un tiempo que tu partido era el no-sé-qué de Martí?

—El Partido Popular Martiano. Eso fue hace tiempo.

—¿Qué pasó?

Virgilio pensó unos segundos.

—Se dedicaron a promover un tipo de gobierno que no me gusta nada. Además, ahora andan diciendo que los desastres ecológicos en Cuba son un mito. Lo que más les interesa es la posibilidad de tener negocios rentables sin preocuparse por la basura que generan, sin contar con que pretenden seguir con una ideología caduca. No quiero ser parte de más insensateces.

—¿Y si ustedes perdieran el plebiscito?

—Las encuestas indican lo contrario.

—Pero supongamos que ocurriera —insistió ella— y que además triunfara un partido que prefiriera dejarlo todo como está, incluida esa ideología caduca. ¿Qué harían?

Virgilio se detuvo frente a un cartel con dos flechas que apuntaban en direcciones distintas: CUEVAS DE PUNTA DEL ESTE y SITIO ARQUEOLÓGICO MÁROHU.

—Eso no ocurrirá.

—¿Por qué estás tan seguro?

Virgilio no se volvió a mirarla, ocupado en seguir la ruta de la segunda flecha, pero murmuró con gravedad:

—Porque las mentiras no duran para siempre.

2

Miami, División de Investigaciones Criminales,
7 de agosto, 9.12 h

Había vuelto a soñar con su hijo. Otra de esas jodidas pesadillas. El muchacho había regresado de Cuba y lo acompañaba a una estación de metro, pero antes de subir le mostraba una imagen imprecisa dibujada en su guitarra. ¿Era una flor o una mariposa? «Esta es mi madre», le decía, y luego se alejaba dejando huellas manchadas de sangre.

Despertó antes de que sonara el despertador y no pudo volver a dormirse. Vio algunas noticias en su tableta, se bañó y, tras colar un poco de café, salió en su auto bajo la lluvia que azotaba la ciudad.

Media hora más tarde, sentado ante la mesa de conferencias, tomó su segunda taza mientras revisaba los apuntes para la reunión. Los investigadores empezaron a llegar poco después con sus desayunos a cuestas: rosquillas, pastelitos, té, sándwiches, café...

—Teniente, el analista no podrá venir. Lo llamaron para una evaluación urgente, pero me entregó los resultados.

Luis agarró la memoria digital que le tendía la criminóloga.

—Gracias —dijo Luis, apartando la taza—. ¿Ya estamos todos? Empieza tú, Amy.

La joven se ajustó las gafas y abrió su carpeta.

—Para simplificar, voy a referirme al caso de Key Biscayne como Sitio Uno y al de La Pequeña Habana como Sitio Dos. El segundo se encuentra en un pequeño centro comercial con una zona de construcción en la planta baja. Allí apareció el cadáver de Manuel Valle, co-dueño de la agencia de viajes CubaScape. Fotografiamos varias pisadas, entre ellas las de un individuo que entró y salió del edificio por la escalera de emergencia, dejando residuos de sangre pertenecientes a la víctima. También localizamos algunas huellas digitales que comparamos con la base de datos, pero no obtuvimos ningún positivo. Debido a la lluvia, no logramos sacar impresiones de neumáticos. En cuanto a la sangre recogida en la escena, pertenece a la víctima.

—¿Eso es todo?

—Falta otro detalle —continuó Amy, desplegando una nueva imagen en la pantalla—. Este cenicero que encontramos en el Sitio Dos contenía tres cigarrillos a medio consumir, enrollados a mano con *shisha*. Los porcentajes de...

—¿*Shisha*?

—La picadura que se usa para fumar en pipas de agua —explicó la mujer—, pero algunas personas lían cigarrillos con ellas. Se hacen con diferentes mezclas de tabaco, miel y otros ingredientes que le dan sabores y olores característicos. El análisis químico indica que la *shisha* de estos cigarrillos tiene base mentolada. Según el porcentaje de sus componentes, pertenece a la marca Qamar, elaborada por la compañía iraquí Sumerian Blends, muy popular en el Próximo Oriente, Turquía, los países balcánicos y Rusia. Logramos extraer muestras de ADN de la saliva. Como ese ADN no se corresponde con el de la víctima, lo más probable es que sea del homicida, aunque tampoco hemos encontrado coincidencias en nuestra base de datos ni en la de Interpol.

—Ahora repasaré lo que tenemos del Sitio Uno, que había sido clasificado como invasión doméstica con daños leves a la propiedad. Hemos reabierto el caso como vinculado al asesinato debido a dos indicios. Primero, las suelas del sujeto que rompió la ventana se corresponden con el calzado de Manuel Valle, la víctima del Sitio Dos. Según el dueño de la casa, en su primera declaración, Valle no robó nada, aunque registró la biblioteca y abrió una caja fuerte que contenía documentos y dinero. Más tarde confesó que sí le faltaba un objeto: el Yúcahu de oro, del que no tenemos ninguna constancia. Segundo, procedimos a comparar las huellas digitales de este objeto hallado en el Sitio Uno —mostró una foto del pisapapeles— con las de la víctima. Ambas coinciden. Con ello ya hemos establecido que, dos semanas antes de su muerte, la víctima penetró en el Sitio Uno con alguna intención no establecida, aunque presuntamente delictiva.

Hizo una pausa, solo perturbada por el suave chasquido de las teclas en varios dispositivos.

—Es todo por mi parte —concluyó la mujer, reclinándose en su silla.

—¿Doctor?

El forense se aclaró la garganta y buscó en su tableta los diagramas que compartió en la pizarra interactiva:

—Volvamos al Sitio Dos, la escena del crimen. La víctima murió por asfixia después de abundante sangramiento. Hallamos fibras de algodón entre los dientes. Hubo tortura, con numerosas quemaduras de cigarrillo en la región testicular; también hallamos fracturas en varios dedos de las manos y en la rótula derecha. Su muerte debió de ocurrir entre las seis y las ocho de la noche.

—El edificio está lleno de tiendas y oficinas —lo interrumpió Charlie—. ¿Cómo es posible que nadie viera o notara algo?

—El último negocio cerró a las cinco —aclaró Luis.

—¿Y el guardia de seguridad? Los gritos de ese hombre debieron de oírse hasta el parqueo.

—Su turno empezaba a las ocho —explicó Luis—. La víctima ya habría fallecido cuando llegó.

—Y recuerden que tenía fibras de tela en la boca —apuntó el doctor—, quizá para impedirle gritar.

—Eso no encaja —dijo Charlie—. Supongamos que el asesino buscaba el objeto que Valle le robó al profesor y quería que confesara dónde lo guardaba, ¿por qué iba a amordazarlo?

—Hay otra posibilidad —dijo Luis, mordiendo a medias un bolígrafo—. Quizá ya sabía que el objeto robado no estaba en poder de Valle y que, por tanto, resultaba imposible recuperarlo. En ese caso, la tortura pudo ser una venganza, no un medio para sacar información.

—¿Una venganza? ¿Estás pensando en grupos rivales como mafias o algo así?

—No sé, pero sospecho que andaríamos más cerca de la verdad si supiéramos qué significa ese símbolo.

El teniente Luis Labrada tamborileó sobre la mesa con su bolígrafo. El vago retumbar de un trueno atravesó las paredes, recordándoles la cercanía de la tormenta.

—Se me ocurre esto —dijo Charlie de pronto—. Supongamos que varias personas, entre ellas Valle y el profesor, compartían cierto tipo de información vinculada a ese símbolo, y que Valle traicionó a todos cuando se robó lo que fuera de casa del profesor. El objeto que dejó en la biblioteca pudo ser una bravuconada, un desafío o una burla para quienes compartían esa información. Eso explicaría que el asesino acomodara su cadáver en la misma postura del símbolo, como advertencia o escarmiento al resto.

—Lo que está claro es que ese monigote representa algo para el profesor —dijo Luis—. Por tanto, necesitamos saber más sobre sus actividades, incluyendo los viajes a la isla. Charlie, averigua lo que puedas sobre sus horarios, negocios si los tiene, contactos o relaciones aquí y allá. Después le haremos otra visita a ver si nos aclara unas cuantas cosas.

3

Isla de Pinos, sitio arqueológico, 7 de agosto, 9.50 h

La Caverna del Cacique Blanco, como la habían bautizado, se ocultaba en una hondonada de varios metros de profundidad. Durante siglos se había mantenido a buen resguardo bajo las raíces de jagüeyes centenarios que habían formado un insólito techo a ras de tierra. Muchos deambularon por allí, creyendo que caminaban sobre suelo firme, aunque en realidad cruzaban un puente vegetal. Ahora la plataforma aérea había sido cortada a hachazos para dejar pasar la luz.

Alicia descendió por la escalera sujeta a la pared. Cuando pisó el fondo, el olor a humedad inundó sus pulmones. Sobre su cabeza, ráfagas de brisa agitaban las ramas y esparcían puñados de hojas que se colaban por la hendidura. Se apresuró para alcanzar a Virgilio, que se dirigía a un área con cuatro tiendas enormes. Recipientes, carretillas, cedazos para tamizar tierra y otros utensilios de trabajo se agrupaban en la esquina oriental del campamento. Ruidos indefinidos salían de la gruta, donde soplaba una leve brisa proveniente de la corriente de aire que circulaba entre la entrada y una claraboya natural que iluminaba la excavación.

Siete arqueólogos se inclinaban sobre una depresión, dividida en cuadrículas con sogas que iban de estaca a estaca. Allí se encontraba aún la osamenta humana, rodeada de artefactos indígenas, aunque algunas honduras vacías a su alrededor indicaban que ya se habían retirado varias de las piezas que la acompañaban.

Virgilio se detuvo frente a un hombre de baja estatura y prematuramente arrugado.

—Hola, Fabio.

—¿Qué hubo, polilla? —respondió el otro con una media sonrisa—. Ya veo que trajiste refuerzos.

—Es mi sobrina… Alicia, te presento a Fabio.

—Bienvenida —dijo el hombre, saludándola con un gesto sin salir de su área.

—¿Qué tal la pesca?

—Me huelo que se avecina algo interesante —respondió Fabio, y señaló con un gesto hacia el otro lado de la cueva—. Parece una pieza de mármol.

—¿Una escultura? —se atrevió a preguntar Alicia.

—Puede ser. Aunque si es mármol, ya sabes...

Alicia no sabía nada, pero prefirió guardar silencio. Mientras Virgilio y Fabio seguían comentando el hallazgo, ella se apartó un poco para espiar a los que limpiaban la pieza a brochazos. El trozo de superficie desempolvada mostraba un relieve semejante a una culebra.

—Tío —susurró ella, acercándose—, ¿qué significa que la escultura sea de mármol?

—Que no puede ser indígena.

—¿Por qué?

—Los aborígenes tallaron piezas en muchos materiales: madera, hueso, caparazones de *Strombus gigas*...

—¿De qué?

—*Strombus gigas*, un caracol gigante que los indios usaban como trompeta y al que llamaban «guamo» o «fotuto», dependiendo de la región. Ahora le decimos «cobo». También hicieron esculturas con diferentes clases de roca, como arenisca, basalto, cuarcita y otras que no recuerdo, pero nunca con mármol.

Alicia trató de entender las implicaciones de esa eventualidad que podría convertir los descubrimientos de la gruta en un rompecabezas. Observó a los arqueólogos que, absortos en su tarea, seguían desempolvando lo que iba emergiendo del subsuelo.

—¿Los conoces a todos?

—A la mayoría. El grupo de Fabio es uno de los más prestigiosos de la isla. Los que trabajan con él, sean voluntarios o no, saben que aquí no hay medias tintas. Se trabaja bien o ya sabes dónde está la salida.

—¿Fabio es el jefe?

—Sí, es una pasión que lleva en la sangre. Oí decir que desciende de indígenas, aunque no sé si es verdad.

—¿Y el resto?

—El mulato del pañuelo verde es René. Cuando Fabio tiene que ausentarse, se queda a cargo del grupo. No lo verás sonreír mucho, pero ama este trabajo con la misma intensidad con que desprecia a los coleccionistas. —Se rio bajito—. No me extraña que esté trabajando cerca de Kike.

—¿Por qué?

—Porque ese pelirrojo es una amenaza. Si no fuera por René, el resto tendría que turnarse para vigilarlo. Toda esa gente disfruta lo que hace, Kike no. Es más bien un cazatesoros que cambia de grupo cada temporada.

—¿Y por qué lo aceptan?

—Tiene instinto de bandido. No gana mucho como voluntario, pero puede ser recompensado si encuentra algo valioso y su olfato no le falla. Siempre que se une a un grupo, todos saben que tarde o temprano encontrarán algo grande. Y ya ves lo que ha ocurrido.

Alicia se dio cuenta de que René velaba al pelirrojo, aunque este no se daba por enterado, ocupado en observarla.

—Por cierto, mantenlo a raya —le advirtió Virgilio al notarlo—, ataca a cualquier cosa con faldas que le pase por al lado.

El pelirrojo le lanzó un leve guiño a Alicia, quien desvió la vista de inmediato. En otro rincón, un joven con los cabellos atados en cola también la miraba de reojo, pero su expresión era diferente. Alicia no logró definirla. Al notar que ella lo espiaba, le dio la espalda de inmediato.

—Ese es Tristán —dijo Virgilio—, un poco antisocial, pero buen restaurador.

—¿Y aquel? —preguntó Alicia, refiriéndose a un señor calvo y regordete que tomaba notas.

—Es el Curita.

—¿Tienen a un cura en el grupo?

—Bueno, no es realmente un sacerdote. Estudió en el seminario de San Carlos hasta que se enamoró de una feligresa. Enviudó hace dos años.

—¿También es arqueólogo?

—Ilustrador científico. Trabaja media jornada en el Departamento de Arqueología y otra mitad en la antigua sede del seminario. Es parte del personal laico que imparte cursos a los seminaristas... ¡Ah! Y es el candidato presidencial de nuestro Partido Ecologista.

—¿Y qué hace aquí?

—Dice que la única manera de mantenerse actualizado es practicar en sus vacaciones. ¡Y bien que las aprovecha! Ha ilustrado más de quince libros sobre arte aborigen y ha ganado un montón de premios.

—No me refiero a eso. ¿No debería de andar en campaña?

—Mientras no sea presidente, continúa con su trabajo. No es que no asista a eventos, pero se niega a ser como los políticos tradicionales que han convertido ese servicio en una profesión. Dice que no hay nada más parecido a un monarca que un político de carrera, porque están tan metidos en sus chanchullos y alianzas de poder que pierden el contacto con la gente a la que deben proteger.

—De todos modos es raro que esté metido en una cueva en lugar de andar promoviendo su elección.

—Ya te dije que somos un partido diferente. Nos preocupa el legado ecológico y cultural que dejaremos a las futuras generaciones. Para eso debemos contribuir con hechos y no solo con palabras. La mejor prédica es el ejemplo.

Una ráfaga repentina azotó las tiendas y creó un breve remolino. Virgilio escudriñó las nubes a través de la claraboya del techo.

—Creo que el ciclón viene para acá —comentó.

—En Miami dijeron que se estaba disipando.

—Sí, el que anda por las Bahamas, pero hay otro nuevo en el Caribe. ¿Por qué no vamos a la oficina?

Se refería el pabellón portátil donde se empacaban las piezas. Allí, sobre las mesas, se apilaban toda clase de materiales para embalar: bolsas de polietileno, cajas de madera, gasa para proteger los objetos más frágiles, papel de aluminio, balones con espuma de poliuretano...

—No me has comentado nada sobre el manuscrito —dijo Virgilio, encendiendo una vieja radio portátil en busca de noticias—. ¿Ya tienes alguna idea sobre el método de cifrado?

—Necesito fotos con mejor resolución y más cantidad de texto para hacer comparaciones. También me gustaría ver el original.

—No tendremos acceso hasta que el laboratorio lo escanee como es debido, pero hablaré con la gente de fotografía para que me envíen lo que tengan.

Durante unos segundos solo se escuchó al locutor radial que resumía los titulares de la mañana.

—Voy a desempacar —dijo Virgilio por fin—. ¿Me acompañas?

—Antes quisiera echarle un vistazo a Punta del Este —dijo ella—. Siempre soñé con visitar esas cuevas. ¿Me prestas el auto?

—¡No te demores! —le advirtió Virgilio, arrojándole las llaves, que ella agarró al vuelo, mientras la radio advertía que la depresión tropical se había transformado en la décima tormenta de la temporada, por lo cual las autoridades habían ordenado la evacuación de las zonas costeras al sur de...

Alicia trepó con agilidad hasta la superficie, acompañada por el silbido de la brisa que sacudía la quebrada. Conectó el GPS y se puso en marcha por la carretera desierta.

No tardó mucho en divisar el letrero que anunciaba el desvío hacia las cuevas. Poco después se vio obligada a abandonar el auto por causa de una barrera que cerraba el paso.

Los daños infligidos al sitio por generaciones, incluyendo las pésimas restauraciones emprendidas por el antiguo régimen, habían obligado a catalogar las cuevas como Patrimonio Nacional en Peligro. Ningún transporte podía acercarse a ellas, el acceso turístico también se hallaba restringido. Solo algunos arqueólogos tenían permiso para estudiarlas hasta que se realizara una reparación definitiva. Con el carné de la Academia de Ciencias que su tío le había conseguido, el guardia la dejó pasar.

La joven caminó por el sendero que serpenteaba bajo los árboles de troncos delgados. Minutos después, el bosquecillo se interrumpió abruptamente ante el claro que servía de umbral a una gruta. Ella reconoció de inmediato la entrada que había visto en tantas fotos. A medida que se acercaba, el viento comenzó a soplar con un ulular inquietante y los árboles se balancearon extrañamente ajenos a la dirección de las ráfagas. Por un momento tuvo la impresión de haberse adentrado en otra época, lejos del bullicio de la civilización.

La caverna era más amplia de lo que imaginara. Examinó las paredes hasta encontrar el famoso mural del Motivo Central con sus círculos rojos y negros que se alternaban sobre la caliza blanca. Más allá vio las espirales, los triángulos, las cruces y las flechas que se tocaban o superponían. ¿Qué indicaban? ¿Rutas de astros? ¿Relaciones entre fuerzas espirituales? ¿Nociones animistas que el hombre moderno era incapaz de entender? ¿Imágenes alucinatorias producidas por el trance de la *cohoba*?

Alicia fue de uno a otro conjunto. La repetición de círculos concéntricos era tan persistente que se le antojó obsesiva. Cada circunferencia —roja o negra— parecía girar en su estático emplazamiento. De pronto, los olores se hicieron más intensos. Un frío inexplicable irrumpió en sus pulmones con el aire enrarecido de la cueva. Completamente mareada, se recostó a la pared. Fue como si el universo se transfigurara. Los dibujos ya no eran superficies inertes, sino olas arrolladoras que embestían en la penumbra. Se apoyó en una roca, pero sus rodillas se negaron a sostenerla. Así estuvo un rato hasta que escuchó un vago murmullo y entreabrió los párpados.

La luz había cambiado. En las sombras distinguió una silueta arrodillada, envuelta en una nebulosa de humo. Desde algún sitio alguien susurró:

—*Finalmente has vuelto, hija.*

Un muro invisible y helado rozó su cuerpo. Tuvo una sensación de desplazamiento, aunque no se movió. Los sonidos se aquietaron y los aromas saturaron más el aire. La figura arrodillada levantó el rostro. Era una adolescente. Sus brazos y piernas mostraban los mismos dibujos que adornaban las paredes. Alicia no pudo distinguir bien sus rasgos, pero aquellos ojos brillaron en la penumbra como trozos de cobre. En ese instante las llamas de una hoguera se alzaron en la penumbra y le permitieron ver su rostro. Fue como si se mirara en un espejo. Cerró de nuevo los párpados hasta que el vértigo pasó. Cuando volvió a abrirlos, la figura se había desvanecido y el mundo regresaba a la normalidad.

Tardó unos segundos en recuperarse. No entendía lo que había ocurrido, pero no dudó ni un momento de que se trataba de una experiencia vital. Finalmente abandonó la cueva bajo la llovizna que arreciaba. Los nubarrones oscurecían el cielo y el viento azotaba los árboles, aunque ese paisaje no la inquietó tanto como el abismo que se abría en su interior.

Decidió que no le hablaría de esa visión a nadie, ni siquiera a su tío. Virgilio le diría que se había dejado impresionar por los dibujos, que había sufrido un desmayo, que su mente imaginaba lo que su subconsciente deseaba, y cosas así. Intuyó que solo ella podría descifrar esa experiencia. Después de todo, la Voz que le había hablado en la cueva era la misma que la perseguía desde algún rincón de su infancia. Optó por dejar las explicaciones para más tarde. Su tío la necesitaba ahora.

Pasó el resto del día en la tienda, leyendo y tomando notas en la tableta donde guardaba las fotocopias del manuscrito. Eran unas pocas páginas, pero resolvió probar con ellas. Como todo indicaba que la escritura se había iniciado en el siglo XVI, comenzó a ensayar cada técnica conocida desde la Antigüedad hasta el Renacimiento. No le fue difícil descartar el cifrado César usado por los romanos: un procedimiento consistente en un simple desplazamiento de letras del alfabeto. Gracias a un programa de computación pudo aligerar la tarea de sustituir y tantear los posibles algoritmos. Ninguno dio resultado. Tampoco logró nada con la *tabula recta* de Trithemius, ni con el cuadrado de Polibio, ni con el sistema del italiano Leon Battista Alberti. Escogió entonces el cifrado de Vigenère, una versión compleja del cifrado César. Su frustración iba creciendo con cada modelo que desechaba. Engulló a solas su almuerzo y, más tarde, agobiada por el calor, subió a la superficie para despejarse.

La lluvia había cesado. Parches de cielo azul se asomaban entre los islotes de nubes, pero ella no se dejó engañar. Sabía que los huracanes eran pulpos atmosféricos, cuyos giros provocaban trastornos en los que el sol se alternaba con la lluvia. A medida que la tormenta se acercara, la frecuencia de esos cambios iría en aumento hasta que toda la región fuera sepultada bajo un manto de nubes. Por ahora, Alicia disfrutaba de la brisa que abanicaba la atmósfera. Algunos sinsontes y jilgueros, engañados por esa calma momentánea, volvían a cantar con arrobo. Hasta los grillos y las chicharras se habían sumado al jolgorio de la maleza.

La muchacha deambuló otros diez minutos hasta que, percibiendo el súbito aumento de nubes, decidió regresar. Al bordear un túmulo, su nariz tropezó con un par de zapatillas deportivas que se balanceaban distraídamente desde un saliente rocoso. Su sorprendido dueño dejó caer un cuaderno forrado con cuero, que ella se apresuró a alcanzarle.

—Gracias —le agradeció afablemente—. Eres Alicia, ¿verdad?

—Mucho gusto —dijo ella, reconociendo al rechoncho exmonje.

—La Niña Milagro —recitó el hombre—, la huerfanita que tres pescadores salvaron de un mar tormentoso, igual que los Tres Juanes recogieron la imagen de Nuestra Señora del Cobre en la bahía de Nipe, cerca del antiguo cacicazgo de Baní... Me llamo Jesús de la Cruz, pero puedes decirme Curita, como hacen todos. ¿No te molesta que la gente te mire siempre como si fueras un bicho raro?

Alicia sintió una corriente de simpatía hacia aquel anciano de aspecto bonachón que no parecía enterado de lo que era socialmente correcto, pues parecía hablar desde la más completa inocencia.

—Pues sí, soy el milagro de esa Virgen que me dejó sola en alta mar —reconoció ella, no sin cierta amargura—. Y ya estoy acostumbrada a mi extraña suerte.

—La Madre de las Aguas sabe lo que hace.

Ella lo examinó con curiosidad. Era la primera vez que escuchaba a alguien referirse a la Virgen de la Caridad en esos términos.

—Nuestra Madre tiene muchos nombres —explicó él, notando su expresión—. Da igual que la llamen Santa Virgen, Tonantzin, Isis, Yemayá, Brígida, Freya o Pachamama. Se trata de la misma. Para nuestros taínos era Atabey, Madre de las Aguas, Señora de la Luna, Dueña de las Mareas, Diosa de la Maternidad...

—Ya veo que era demasiadas cosas.

—Como el Dios cristiano —repuso él con gravedad— que ni siquiera es uno, sino tres: Padre, Hijo y Espíritu Santo. La Madre aborigen también era una trinidad: Atabey, Iguanaboína y Guabancex. Mucho antes de que apareciera el cristianismo, los pueblos antiguos, desde los arahuacos hasta los celtas, adoraron a una Triple Diosa. Resultó bastante conveniente cubrir su recuerdo con un triple dios masculino... En fin, disculpa si te aburro con discursos de viejo.

—No me aburre para nada —le animó ella—, no sé mucho de religión indocubana y no tenía ni idea de que existiera una trinidad femenina entre los indígenas.

—Bueno —dijo él, acariciando la tapa del cuadernillo—, no es un tema que se mencione ni se considere. La arqueología oficialista ya ha establecido que Atabey era el principio femenino fundamental, porque algunos cronistas hablaron de otras dos diosas, Iguanaboína y Guabancex, que parecían secundarla, pero ya sabemos que los españoles nunca entendieron bien las complejidades espirituales de aquel mundo. Yo tengo mi propia teoría.

Una gota de lluvia cayó sobre la tapa de cuero. Jesús alzó la vista hacia los nubarrones que se apretujaban sobre su cabeza y comenzó a meter sus papeles en una mochila de nailon.

—¿Qué teoría es esa? —preguntó Alicia.

—Pienso que Iguanaboína y Guabancex son aspectos opuestos y complementarios de Atabey, como si dijéramos dos avatares de una misma deidad —dijo él, poniéndose de pie—. Y me parece que uno de ellos nos indica que debemos regresar.

El hombre se bajó de la roca y ella lo siguió.

—¿Cómo es eso de los avatares?

—Mi teoría es que Iguanaboína personificaba el lado benigno de la diosa. Su nombre significa «serpiente oscura o parda» porque, para los indígenas, las nubes cargadas de agua eran culebras oscuras que provocaban la lluvia. Sus dos hijos eran Boínayel, que significa «hijo de la serpiente oscura», encargado de traer la lluvia fértil, y Márohu, que representaba el espíritu del tiempo despejado. Algunos cronistas aseguraron que los indios cubanos lo llamaban Maicabó o Maitabó, pero Márohu es el nombre común a todas las Antillas.

—Así es que esa Iguanaboína y sus dos gemelos eran como una trinidad dentro de la otra trinidad formada por Atabey y esas dos diosas.

—Eso creo. Para los indígenas, el tres era un número sagrado, al igual que el dos, que se repite en varias parejas de gemelos divinos en su mitología. Las madres míticas de las leyendas taínas siempre parían «jimaguas», como aún se les llama en Cuba a los mellizos, usando el vocablo indígena. O parían cuatrillizos, es decir, dos pares de jimaguas.

—¿Por qué esa obsesión con los dúos?

—Tengo varias hipótesis y sospecho que la más hereje podría ser la más plausible. Se me ocurrió hace años, cuando leí un libro publicado a finales del siglo pasado. Su autor fue Jeremy Narby, un antropólogo que vivió dos años en el Amazonas con la tribu asháninka, cuyos miembros consumen ayahuasca de manera ritual. Según comprobó Narby, bajo los efectos de esa mezcla alucinógena los indígenas accedían a un tipo de información histórica y científica que resultaba incompatible con su nivel de desarrollo. Después de muchas investigaciones, Narby comprendió que la ayahuasca provocaba o inducía cambios en el cerebro que permitían el acceso a la memoria genética. En otras palabras, la ayahuasca llevaba la conciencia a niveles de percepción celular que permitían descifrar de algún modo el código oculto en el ADN humano que, en definitiva, contiene la historia evolutiva de la vida en el planeta, incluyendo los acontecimientos históricos. Las descripciones de los chamanes sobre serpientes dobles o entrelazadas, que aparecen y hablan durante sus trances, no serían más que metáforas para describir las visiones inducidas por la memoria celular contenida en las cadenas moleculares del ADN. Por mi parte sospecho que la *cohoba*, su equivalente alucinógeno para los indígenas caribeños, pudo provocar procesos similares. De esas visiones de cadenas moleculares dobles surgiría la importancia de los números pares en tantas culturas que ingieren dosis controladas de esos compuestos.

—¿Compuestos? ¿La ayahuasca no es una planta?

—No, la ayahuasca y la *cohoba* se elaboran mezclando dos o más hierbas.

—¿Y cómo encaja el tercer avatar femenino en esa hipótesis de los números pares?

—Guabancex, la diosa de los huracanes, también tuvo dos hijos gemelos: Guataubá, que personificaba el rayo, y Coatrisquíe, que se encargaba de agrupar las aguas para luego desatar las inundaciones. Esa diosa, secundada por sus dos hijos, parece ser el lado oscuro de Atabey.

La llovizna cobró fuerzas y el Curita apresuró la marcha sin perder el aliento, aunque Alicia apenas lograba mantenerse a su lado.

—Entonces Guabancex es la malvada del trío.

—No exactamente, fíjate que hablé del lado oscuro. Los taínos, y posiblemente los siboneyes que vivían en el resto de la isla, no percibían el mundo como una dualidad. La cultura occidental está demasiado imbuida en el maniqueísmo de los opuestos, implantado por el cristianismo. Esa obsesión por el Bien y el Mal, la virtud y el pecado, Dios y Satanás, se ha grabado en nuestro comportamiento por culpa de la Iglesia. Estamos tan acostumbrados a eso que no nos damos cuenta de que pueden existir otras alternativas. Muchas culturas carecen de esa visión dual de la existencia, pero nosotros insistimos en aplicársela a todas. ¡Craso error!

—Entonces ¿cuál es la otra opción?

—Hay muchas. Pero estamos hablando de los taínos, para quienes el universo se encontraba lleno de ambigüedades. La Madre Suprema era fuente de todo Bien y Mal, aunque no creo que percibieran tales conceptos como nosotros. Pienso que aceptaban los hechos y las posibilidades como alternativas para que el hombre aprendiera de ellas. Por eso la Diosa Madre era el origen de lo esperado y lo inesperado, de lo justo y lo injusto, del orden y el desorden. Al ser humano le correspondía discernir y escoger su rumbo en medio de la confusión, como parte del ciclo vital. Ese estado de caos contenía simplemente disyuntivas múltiples de la existencia, algo que hoy tomaríamos como un aprendizaje espiritual. Y por lo visto —concluyó mientras bajaba por la escalera hacia el campamento— estás en una posición privilegiada para ese tipo de aprendizaje.

—¿Yo?

—Atabey debe amarte de una manera especial. De lo contrario su avatar caótico, la caprichosa Guabancex, no te hubiera arrojado en brazos de esos pescadores que te rescataron... Y recuerda que también eran tres. ¿Te das cuenta cómo funciona el universo?

Alicia no sabía si el Curita hablaba en serio. Por un segundo se concentró en los travesaños para no aterrizar en el fondo de la quebrada. Ya en suelo firme, corrió hasta alcanzarlo.

—Usted no parece católico —le espetó sorprendida.

—Digamos que no soy uno convencional. Si vamos a consentirle ciertas paparruchas a la Iglesia, más vale que también aceptemos otras posibilidades.

—¡Pero casi se ordenó de sacerdote! ¿Me va a decir que no

cree en la santísima trinidad, ni en la lucha del bien contra el mal, ni en el demonio, ni siquiera en la Virgen?

—Creo en la Virgen —respondió él sin inmutarse—, como creo en Atabey, en Isis, en Yemayá o en Astarté. Ya te dije que la Madre puede tener diferentes nombres. Pero si Alguien nos puso en este universo puedes estar segura de que no fue una entidad masculina, sino otra más afín a Ella que a Él.

Como si hubiera esperado a que ambos se refugiaran bajo una tienda, el cielo desató toda su violencia sobre la región. El agua cayó como granizo líquido, rebotando y golpeando las lonas impermeables. Alicia espió la danza de la lluvia y, más allá, en el interior de la cueva, a los arqueólogos que trabajaban en las zanjas donde seguían aflorando trozos de un pasado que se le antojaba cada vez más inaprensible.

4

Miami, Pequeña Habana, 7 de agosto, 16.46 h

Sentado ante el escritorio, Luis revisaba sus correos. Detrás de él, Charlie devoraba una hamburguesa con queso sin apartar la vista de su iPhone.

—Esto es interesante —dijo Luis—. Manuel Valle había llegado de Nueva York el día antes de su muerte.

Charlie levantó la vista de su hamburguesa.

—¿Qué hacía allí?

—Ni idea.

Un leve campanilleo anunció la entrada de un mensaje.

—El socio de Valle acaba de llegar a la oficina —anunció Charlie—. Nos está esperando.

Luis terminó de sacudirse las migajas del sándwich y se limpió con una servilleta que embutió en un vaso desechable.

—Vamos —se levantó, arrojando el envoltorio a la basura.

La humedad nublaba los cristales del auto. Charlie encendió el motor y activó los limpiaparabrisas.

—¿Qué sabemos del tipo? —preguntó Luis.

—Se llama Basil Cohen. Pasó los últimos cuatro días hospedado en el Amsterdam Court Hotel, cerca de Broadway. Confirmé todas sus reuniones, incluyendo las cenas de negocios cada noche. Las llamadas telefónicas no muestran nada anormal. Se comunicó por teléfono con Valle en tres ocasiones. Después lo llamó varias veces, sin recibir respuesta, hasta que su secretaria le informó lo ocurrido.

—¿Y Báez?

—Su vuelo aterrizó en Miami después del crimen.

—¿Has averiguado algo del símbolo?

—Llamé a la Universidad de Miami, pero todos están de vacaciones. Ahora estoy tratando de contactar con el Museo Arqueológico.

—Conozco a alguien que dio una conferencia en el museo. A lo mejor si...

—Creo que es aquí —lo interrumpió Charlie, poniendo el indicador para doblar hacia un edificio amarillo.

Tuvieron que atravesar el parqueo bajo la lluvia. En el vestíbulo se toparon con la secretaria, que los escoltó hasta una oficina con dos escritorios, uno de ellos ocupado por un individuo de rostro enjuto y expresión alerta. Cuando se puso de pie reveló que era tan alto como un basquetbolista profesional.

—Buenas tardes, soy Basil Cohen —dijo en un inglés con acento neoyorquino—. Siéntense, por favor. ¿Puedo ofrecerles un café?

Ambos agentes rehusaron al unísono.

—Sentimos la pérdida de su socio —dijo Luis, entrando en materia.

—Todavía me cuesta creerlo —admitió Cohen.

—¿Desde cuándo se conocían?

—Desde la universidad. Estudiamos en facultades diferentes, pero coincidíamos en las fiestas.

—¿Y cómo decidieron asociarse?

—Después de graduarme quise establecer mi propio negocio. Casualmente me encontré con Manuel, que acababa de vender tres inmuebles heredados de una tía y buscaba en qué invertir su dinero. Así fue que fundamos la agencia.

—¿Y cómo les ha ido?

—Es la mejor inversión que pudimos hacer.

—¿Valle tenía familia? ¿Alguna novia?

—Sus padres se divorciaron en Cuba. Después que su madre lo trajo a Miami, no volvió a encontrarse con el padre hasta que fue a verlo hace unos seis o siete años. Cuando el viejo murió, él siguió viajando a la isla. Hace dos años su madre también falleció. Que yo sepa, solo le quedan una hermanastra y dos sobrinos que viven en España. A veces salía con mujeres, pero nada serio.

—¿Y problemas de dinero?

—Imposible. Ya le dije, no nos puede ir mejor.

—¿No hacía apuestas? ¿Jugaba? ¿Quizá consumía drogas?

—Su único vicio era Cuba.

—¿En qué sentido?

—Le apasionaba todo lo que tuviera que ver con ese país. Fue él quien propuso crear la agencia. Ahora creo que fue un pretexto para viajar allí más a menudo.

Charlie aprovechó el silencio de Labrada para preguntar:

—¿Sabe si coleccionaba objetos de arte o piezas arqueológicas?

—No que yo sepa, pero le interesaba la historia. Por lo menos, la de Cuba.

Hizo un vago gesto hacia el segundo escritorio, cuya pared más cercana estaba cubierta por fotos de José Martí, sin contar con una colección de bustos del mismo personaje que se exhibían en una estantería.

—¿Ese era su escritorio?

—Sí.

—Pensé que trabajaba en el local donde lo encontraron.

—Aquel es una pequeña sala de reuniones.

—Su socio llegó de Cuba el día antes de su muerte. ¿Cuál fue el motivo de ese viaje?

—Revisar los detalles de dos nuevos *tours*. Debería haberse quedado otra semana más.

—¿Y por qué regresó antes?

—No tengo ni idea.

—¿Conoce esto? —preguntó Luis, mostrándole la imagen del pisapapeles en su celular.

El hombre la examinó un momento.

—Nunca lo había visto… ¿Tiene que ver con Manuel?

Luis intercambió un leve gesto con su colega.

—Gracias por su tiempo, señor Cohen —dijo, poniéndose de pie.

—Si puedo ayudarlos en algo más...

—Una última pregunta —dijo el teniente Labrada desde el umbral—. ¿Su socio fumaba?

—Era alérgico a todo lo que oliera a tabaco. ¿Por qué?

—Nada importante.

Bajaron las escaleras hasta el parqueo. Un delicioso vaho a pizza se mezcló con el aroma del pan con lechón de una cafetería cercana. Luis sintió que sus tripas crujían. Ni siquiera el persistente viento conseguía derrocar los olores que eran el sello de La Pequeña Habana.

—¿Se acerca o se aleja? —preguntó Luis.

—¿Qué cosa?

—El temporal.

—Dijeron que se disiparía.

Por unos segundos, Luis contempló el hipnótico movimiento de los limpiaparabrisas que barrían el cristal.

—Tengo la sospecha de que esto va a empeorar —murmuró antes de pisar el pedal.

Y Charlie supo que no se refería al clima.

5

Isla de Pinos, sitio arqueológico, 7 de agosto, 17.38 h

Alicia odiaba el fango, pero aún más los insectos, así es que sobrellevó con estoicismo las ráfagas de lluvia que azotaban el campamento y espantaban aquellas plagas bíblicas.

Después de su charla con el Curita se había refugiado de nuevo en la tienda para sumergirse en sus cálculos. Por eso no reparó en el trasiego de arqueólogos que entraban y salían cargando instrumentos y herramientas.

—¡Apúrate, Alicia! ¿Qué haces ahí?

La joven saltó como tocada por un rayo.

—¡Por Dios, tío! ¿Quieres matarme del susto?

—Lo siento, pero no pensé que seguirías trabajando con tanto barullo.

La joven fue consciente de la prisa que reinaba a su alrededor.

—¿Qué pasa?

—Tenemos que evacuar. ¿Encontraste algo?

—No —dijo ella sin ocultar su frustración—, pero me alegra saber que nos vamos. Necesito consultar unas notas que dejé en tu apartamento.

—Pues mientras más pronto, mejor.

Ella notó la sombra de preocupación tras las gruesas gafas.

—Todavía tenemos dos meses, ¿no?

—Acaban de adelantar la fecha para los proyectos. Hace un rato hablé con Simón Lara.

—¿Quién es ese?

—El director del museo. El nuevo plazo vence el veinte de agosto.

—¡Dios mío! ¿Cómo se les ocurre decir eso ahora?

—Así son las cosas en este país.

Alicia cerró el programa y empezó a recoger las memorias digitales, que fue guardando en un compartimento de su mochila.

En ese instante un rumor se extendió por el campamento, varios celulares empezaron a sonar al unísono y las exclamaciones se mezclaron con el viento. Quienes se ocupaban de embalar las piezas dejaron sus tareas para salir corriendo bajo la lluvia.

—¿Qué ocurre?

—Hallaron algo —dijo Virgilio, escapando bajo el agua que azotaba las tiendas.

Dentro de la cueva, la gente se agrupaba alrededor de una pieza semiovalada, de un metro de diámetro. Era un rostro del cual brotaban dos brazos curvos que no mostraban coyunturas, sino que se doblaban suavemente, uno apuntando al suelo y otro hacia el cielo. Tres orificios marcaban la boca abierta y un par de ojos asombrados. En su parte inferior había tres puntos sobre una media luna.

—Carajo —murmuró Virgilio—, ahora sí que las cosas van a ponerse patas arriba.

6

Fort Lauderdale, 9 de agosto, 20.15 h

El profesor Báez se detuvo a la entrada del restaurante y entregó sus llaves al *valet* que aguardaba bajo el toldo verde. Reclamó su reservación en la puerta y de inmediato fue conducido a un cubículo donde podría conversar sin testigos.

Apenas encargó su gin-tonic, percibió la vibración del celular rojo que pagaba desde una cuenta secreta en Europa. Muy pocas personas podían llamarlo a ese número. Escuchó la voz de textura metálica con la que se había comunicado numerosas veces.

—¿Estás solo? —preguntó su interlocutor sin saludar.

—Por el momento.

—Cuéntame qué pasó con los detectives.

—No tienen ni idea —le tranquilizó el profesor—, los he guiado por una pista falsa para ganar tiempo.

—¿Tiempo? Eso es lo que no tenemos. Escúchame bien, Máximo, vas a hablar con ese tipo que enviamos a la oficina de Valle y lo despachas de inmediato a Cuba. Necesitamos recuperar el *legado* cuanto antes.

—¿Cómo sabes que está allí?

—Tengo mis medios.

El profesor Báez guardó un silencio dubitativo que el otro captó.

—Está bien —le dijo con impaciencia—, te estoy mandando un archivo por email que lo explica todo.

—Gracias.

—Procura encontrar el *legado* antes de las elecciones. ¡No te perdono ni un descuido más!

La comunicación se cortó.

Báez abrió el mensaje, miró un par de videos cortos y leyó unas notas. Luego se bebió su gin-tonic como si fuera limonada, y de inmediato pidió otro más con una ración de *hors d'ouvres*.

Mientras esperaba, divisó al hombre. Puntual como siempre. Sus rasgos habrían pasado inadvertidos en una muchedumbre.

Tenía la tez curtida y agrietada de un campesino, el cuerpo huesudo y las manos surcadas por ríos de venas. Se desplazaba como una sombra, sin hacer movimientos bruscos. Ni siquiera sus pupilas reflejaban las llamas de las lamparillas que iluminaban las mesas. Aquellos ojos eran túneles vacíos donde jamás brillaba luz alguna.

Tras serpentear entre las mesas, el recién llegado penetró en el reservado con paneles de madera oscura que creaban un ambiente acogedor y elegante. Máximo se fijó en la cicatriz que solo era visible de cerca: una costura rojiza que trepaba desde el labio superior hasta el puente nasal, dándole el sorprendente aspecto de un conejo que le había valido su apodo.

—Gusto en verle, profesor —dijo la Liebre, acomodándose en una silla.

—Ojalá pudiera decir lo mismo —respondió Máximo, tras una pausa en que el camarero distribuyó los aperitivos y apuntó otra orden—. Las cosas se han complicado.

—Espero que no vaya a echarme la culpa.

—No te cité para culparte de nada, sino para otra misión.

—Usted dirá.

—El Jefe asegura que el *legado* ya está en La Habana.

—Entonces ¿fue verdad lo que me dijo el tipo?

—Parece que sí —contestó Báez, paladeando su segundo gintonic—. Un colaborador con acceso a las cámaras confirmó que alguien con las señas que te dio Valle anduvo por el aeropuerto con un sobre amarillo. Aunque los videos no muestran nada definitivo porque hay zonas que no están cubiertas, lo cierto es que el tipo se largó de allí sin ese sobre. Así es que tuvo que pasárselo a alguien. Poco después salieron varios vuelos, uno de ellos hacia La Habana.

El profesor describió la situación como si él fuera un elegido con acceso a información privilegiada. Jamás hubiera dejado entrever que el Jefe lo vapuleaba como a un maniquí.

—¿Debo conseguir las direcciones de los pasajeros? —preguntó la Liebre.

—No es necesario. Ya tenemos una idea de quién puede tenerlo.

—¿Cómo es eso?

—Entre los que abordaron el vuelo a La Habana iba el familiar de uno de *ellos*.

—Pues estamos jodidos —dijo la Liebre con un resoplido—. Nos aplastarán si lo usan en las elecciones.

—Peor que eso. Si el *legado* se hace público, el Partido no tendrá razón de ser y no quiero imaginar las consecuencias que eso traería para todos. —Se estremeció recordando la amenaza del Jefe.

El camarero entró con el pedido de la Liebre, que de inmediato probó un canapé tras olfatearlo a medias. El profesor estudió sus gestos de roedor mientras iba devorándolo y, en ese momento, deseó tener un candidato mejor. No es que la Liebre hiciera remilgos a sus tareas, pero le faltaba el tacto necesario para moverse en ciertos ambientes. Por eso tenía que actuar siempre desde posiciones con bajo perfil. El Jefe le había asegurado que eso era una ventaja, pero Máximo no estaba seguro.

—¿Dónde debo buscar? —preguntó la Liebre, sin dejar de masticar.

El profesor sacó de su bolsillo un pequeño envoltorio. Contenía un fajo de billetes que la Liebre agarró con los dedos llenos de grasa. Mientras los contaba sin sacarlos, el profesor garrapateó una dirección y una frase.

—Aquí están las instrucciones.

—Entendido —masculló la Liebre con la boca llena—. Cuando pase la tormenta...

—Sales en el primer vuelo —lo interrumpió Báez—. Las aerolíneas siguen funcionando.

—No me gusta volar con un ciclón rondando —murmuró la Liebre, que enseguida advirtió el brillo en las pupilas de su anfitrión—, pero todo sea por la causa.

Por supuesto, «la causa» era él mismo, como decidió para su coleto. No tenía más ideales que su propia fortuna. Solo le gustaba el dinero por el poder y la libertad que le proporcionaban: poder para vengarse de una humanidad que lo había humillado desde la infancia y libertad para vender sus mañas mercenarias al mejor postor. Formaba parte de una élite que solo debía obediencia momentánea a quien le pagara por sus servicios. Fuera de tales encargos, no rendía cuentas a nadie. Tampoco estaba obligado a regirse por los reglamentos que ataban a otros a una existencia de esclavos. Su vida como sicario era el mejor de los paraísos.

El profesor observó durante unos segundos aquella expresión de complacencia torva, pero ni siquiera especuló sobre los pensamientos que pudieran rondar en aquel cerebro embrutecido. Era algo que no le incumbía. Tenía órdenes concretas. Tampoco se atrevió a echarle en cara que el modo en que había dejado el cadáver de Valle recordaba demasiado al símbolo que la policía había visto en su escritorio. El mal ya estaba hecho y, aunque le había complicado la vida, de momento no había tenido peores consecuencias.

—Tu misión es recuperarlo a cualquier precio. Busca al otro contacto para que te ayude. Él tiene mejor acceso y puede decirte dónde se reúnen o cualquier otra cosa que sea relevante. Mantén los ojos abiertos y no me llames, excepto en caso de emergencia.

—Si era tan peligroso, ¿por qué no lo destruyó cuando estuvo en su poder?

Las mejillas del doctor Báez se encendieron como fogatas.

—¡No vuelvas a decir esa estupidez! —murmuró en un tono tan amenazante que cualquier otro hubiera salido huyendo—. Si el *legado* sufre algún daño, tu vida no valdrá ni ese trozo de pan que tienes en la boca. ¡Encuéntralo y tráelo de vuelta! No me importa lo que tengas que hacer.

7

Miami, División de Investigaciones Criminales,
9 de agosto, 22.23 h

Luis se frotó las sienes para espantar el dolor de cabeza que le provocaba aquel plano con enlaces que iban de un nombre a otro. Frente a él, Jimmy revisaba su tableta personal y Charlie contemplaba las tres pantallas con canales de noticias.

Las imágenes desfilaban en silencio, aunque era posible seguir los comentarios gracias al subtitulado para sordomudos. Una locutora de rasgos etíopes anunciaba que tres países más deseaban unirse a la comunidad económica del euro. En otra pantalla, un mapa mostraba el área de baja presión en el golfo de México. En la tercera, un periodista moderaba un panel donde se debatía por qué las naciones islámicas se habían dividido en dos bandos: uno que seguía las tradiciones más radicales y violentas, y otro de tendencia ecológica, el Ala Verde de Alá, que deseaba recuperar el espíritu islámico progresista que en el pasado había estado vinculado al desarrollo de la ciencia. El ayatolá ecológico le recordaba a su oponente la época en que la cultura musulmana produjera sabios como Avicena, Avenzoar y Averroes, que podían considerarse figuras renacentistas, incluso antes de que ese movimiento surgiera en Europa. Según él, la Edad de Oro de la cultura musulmana había brotado de los preceptos más espirituales de Mahoma, y citaba la verdadera esencia del profeta en dos de sus enseñanzas: «La tinta del sabio es más sagrada que la sangre del mártir» y «Alá allanará el sendero hacia el Paraíso para quien emprenda el camino del conocimiento». En pos de esa promesa, los musulmanes de aquella época habían entregado al mundo los cimientos modernos de la arquitectura, el álgebra, la medicina, la astronomía y la química... Después de cinco minutos de debate, una cosa quedó clara para Charlie: las palabras de un mismo texto podían ser interpretadas de múltiples maneras, según quien las manejara, y recordó lo que Luis Labrada había comentado sobre los textos de Martí. El mundo era igual en todas partes, se dijo, pero estaba seguro de que la guerra y la violencia no eran inevitables ni formaban parte del plan de ningún Dios. Se trataba simplemente de opciones humanas que podían tomar cualquier rumbo.

—¿Ya estamos listos?

La pregunta lo trajo de golpe a la realidad.

—Antes de acordar una estrategia —comenzó Luis—, vamos a resumir los hechos. Manuel Valle entró en casa del doctor Máximo Báez para robarle, según él, un ídolo de oro. Dos semanas después fue torturado y asesinado. El denominador común de ambos hechos es el símbolo que apareció en ambas escenas: primero en forma de objeto y luego en la anómala posición de un cadáver. El profesor Báez parece saber algo al respecto, pero se niega a hablar. No sabemos si es cierto que le robaron ese ídolo al profesor. Resulta muy conveniente que nadie pueda corroborar su existencia. Es posible que sea una historia inventada para ocultar la verdadera causa del robo. Por eso pensé que sería útil ahondar en su biografía... Charlie, ¿conseguiste lo que te pedí?

—Sí, aquí lo tengo —respondió el aludido, rozando su tableta para ampliar las letras—. Su padre fue un obrero llamado Miquel Báez, de ascendencia catalana, nacido en República Dominicana a principios de los años veinte del siglo pasado. En su adolescencia, Miquel viajó a la península y se sumó a un partido obrero marxista de tendencia trotskista. Al estallar la Segunda Guerra Mundial se marchó a Cuba, donde estableció un negocio y se casó. Más tarde participó en la lucha clandestina contra el gobierno de la isla hasta que los rebeldes se instalaran en el poder. Allí nació Máximo, su primogénito. Por varios años, Miquel trabajó en el despacho de un viceministro. Se divorció de su esposa para casarse con una mujer más joven, con quien tuvo una hija. Cuando la madre de Máximo murió de cáncer, el joven se encargó de decirles a todos que esa enfermedad era resultado del sufrimiento causado por la otra mujer. Por eso nunca aceptó ni se llevó bien con su medio hermana, Pandora, que aún vive en Cuba. A pesar de todo, el profesor nunca rompió relaciones con su padre. Terminó la carrera y dio clases en la Universidad de La Habana durante quince años hasta que, en 2005, aprovechó una visita académica a Miami para pedir asilo. Se lo concedieron, hizo un doctorado y comenzó a trabajar en la Cuban-American University. En cuanto se iniciaron los intercambios académicos con la isla, asistió a un congreso en La Habana y restableció los vínculos con su país. Ahora imparte conferencias en la Cátedra de Estudios Cubanos de la Universidad de La Habana, que alterna con sus clases en la CAU. Estaba inscrito como miembro del Partido Ecologista de Cuba, pero hace poco lo abandonó para sumarse al Partido Popular Martiano, de tendencia marxista.

Levantó la vista de la pantalla, indicando que había concluido.

—¿Qué hay de su vida privada? —preguntó Luis.

—Nunca se ha casado, aunque hay rumores de que sale regularmente con alguien.

—¿Hombre o mujer?

—Karelia, una cantante de cabarets y clubes nocturnos.

—¿No es una relación extraña para un académico?

Charlie se encogió de hombros.

—Supongo que le resulta cómoda. La mujer vive en Cuba, así es que se ven de tarde en tarde. No es algo que lo comprometa y parece el arreglo perfecto para un misógino como él.

—¿Misógino?

—Dos de sus alumnas usaron ese término para describirlo.

—Aparte de ese partido político, ¿sabes si se relaciona con otro grupo, aquí o en la isla?

—No que yo sepa.

—¿Averiguaste algo sobre el símbolo?

—No encontré nada en internet. Conseguí el teléfono y el email de una especialista, pero no me ha respondido.

—La clave está en el símbolo —insistió Luis—. Necesitamos a un experto en...

Se detuvo en seco con la vista clavada en las pantallas. Los otros siguieron su gesto, pero solo vieron el reportaje de un divorcio entre celebridades, los panelistas del debate islámico y escenas de un paraje agreste. Esa última pantalla no tenía subtítulos.

—¿Qué pasa? —preguntó Charlie.

—Creo que... —balbuceó Luis, pero no terminó—. ¡El mando! ¿Dónde está el mando del tres?

Jimmy le alargó el aparato y Luis subió el volumen, ignorando las protestas que se elevaban por toda la oficina.

—... no han podido ser llevados a la capital para su estudio —decía el reportero— debido a que la amenaza ciclónica ha interrumpido los trabajos. El profesor Fabio Rojas, jefe del grupo arqueológico, afirma que se trata de una pieza única no solo en el Caribe, sino en América y posiblemente en todo el mundo.

La pantalla fue ocupada por un altorrelieve esculpido sobre una superficie rojiza.

—Según el especialista —continuó el locutor—, es la primera vez que se encuentra una deidad taína esculpida en mármol. Su peso y su tamaño superan los de cualquier pieza asociada con esa cultura. Se espera que su estudio permita aclarar las interrogantes que acompañan la escultura, que representa a Guabancex, la diosa taína de los huracanes. Los trabajos de excavación se reanudarán tan pronto como la tormenta se aleje de las costas cubanas. Ya se han tomado medidas para preservar el sitio, cuya ubicación se mantiene en secreto con el fin de evitar que…

Luis bajó el volumen e hizo retroceder la grabación automática hasta encontrar el principio. Los detectives enmudecieron frente a la secuencia que mostraba la imagen polvorienta con su expresión fantasmal. Ya no era necesario seguir buscando a ciegas. Ahora sabían a dónde dirigirse.

SEGUNDO FOLIO

Novus Mundus

(1513)

1

El velamen del barco se inflamaba frente al azote de la brisa que, pese a la costa cercana, seguía soplando como si aún estuvieran en alta mar. Toda la armazón gemía con un clamor casi humano, y a la niña le pareció que las maderas se quejaban de su suerte. Con el tiempo aprendería que tales brisas soplaban eternamente sobre esa isla delgada y torcida que Dios había colocado en el paso de los vendavales.

Aprovechando que su padre y el resto de la tripulación atendían las órdenes del capitán, ella se inclinó sobre la borda para contemplar el retozo de unos animales saltarines y de hocicos alargados que la escudriñaban con expresión humana.

Era emocionante desembarcar por fin en esas tierras de las que todos hablaban. Habían sido descubiertas por un gallardo marino con quien su padre navegó antes de que ella naciera y al que todos llamaban Almirante. Lleno de admiración por aquel extranjero que comandaba la expedición, el converso Jacobo Díaz le pidió que fuera el padrino de su hija. Fue el Almirante quien decidió su nombre, pero ella nunca llegó a conocerlo realmente pues murió cuando era muy pequeña. Solo recordaba que era alto, de cabellera rojiza, y que hablaba un castellano raro. Durante sus visitas se limitaba a dirigirle una sonrisa y enseguida se enfrascaba en un aburrido discurso que los adultos, incluyendo su padre, escuchaban embelesados. De su madre no guardaba ningún recuerdo, pero sabía que se llamaba doña Ana y que Dios se la había llevado apenas nació ella.

Ahora, recostada sobre la borda, soñaba despierta. Habían pasado más de dos años desde que se asentaran en Cádiz, donde había sido tan feliz como en Sevilla. Después de trabajar unos meses en el taller de maese Rufino, su padre logró hacerse con una clientela propia. Ella lo ayudaba como un aprendiz más. Solía acompañarlo hasta el molino de Simón el Zurdo para encargar pliegos muy delicados o particularmente resistentes. Mientras su padre conversaba con el papelero, ella se escapaba hasta la nave donde los oficiales daban órdenes a los aprendices para asegurarse de que los trapos en remojo formaran una mezcla homogénea antes de volcarla sobre los moldes enrejados. Su mayor placer era observar el final del proceso —la delicadeza con que desprendían del marco la fina lámina que resplandecía como el pan recién horneado—, porque eso era precisamente el papel para ella: el pan del alma.

Del papel nacían los libros, y de los libros brotaban reinos fantásticos donde los caballeros siempre terminaban por imponer la justicia. En los libros, las palabras perduraban para siempre. Hasta los mismos poetas les rendían homenaje. ¿Acaso no era obvia su inmortalidad? Ya lo había dicho aquel bardo latino siglos atrás: *Non omnis moriar...* No moriré del todo. Y así había sido. Gracias a los libros, los versos del gran Horacio habían sobrevivido a su propia muerte. Habían conservado su voz, como conservaban la de todos los sabios a los que nunca conocería. La gente debería reverenciarlos como emisarios de otras épocas. Aunque sabía leer desde pequeña, seguía considerando un misterio la idea de que unos signos agrupados de cierta manera fueran los pensamientos atrapados de tantos hombres. Leer era un acto de magia, pero nadie se daba cuenta. Los libros eran maestros y amigos. No le reprochaban su ignorancia, no la juzgaban, no trataban de dañarla o engañarla. Los muertos le hablaban desde sus páginas, y ella no se cansaba de escucharlos. Por eso se alegraba de que su padre hubiera decidido llenar aquel baúl con libros, en lugar de cargar con otras vituallas. Antes de zarpar, le había explicado que partirían en un viaje muy largo y que no sabía cuándo regresarían. Parecía triste, pero ella estaba demasiado emocionada con la perspectiva de embarcarse en una de aquellas casas flotantes, rumbo a un mundo del que se contaban historias maravillosas.

Y finalmente allí estaba. A una legua de distancia ya era posible distinguir las playas cubiertas de arenas blancas, donde desembocaba la bahía cristalina que abría sus brazos para recibirla.

En ese instante, el viento cambió de rumbo y le trajo el aroma proveniente de la isla que llevaba su mismo nombre: Juana. Así la había bautizado el Almirante cuando desembarcó en sus costas. Sin embargo, su padre le había contado que esa tierra ya tenía un nombre antes de que los españoles llegaran. Sus habitantes la llamaban Cuba.

2

Mabanex había olvidado el encargo de su madre. Inclinado sobre el suelo, intentaba abrir un orificio en el costado de un enorme caracol. Se había propuesto tener un instrumento más sonoro que el de su primo, que, no contento con haber sido nombrado maestro de ceremonias, ahora se las daba de poseer el mejor fotuto de la aldea.

Aunque Mabanex solo había cumplido catorce años, era tan alto como su primo Cusibó, que ya tenía dieciocho. También era más maduro que otros muchachos de su edad, pero vivía tan inmerso en su mundo que a veces descuidaba sus deberes; y es que, aunque descendía de una familia de artesanos, había nacido con otra vocación más poderosa: la música. Siempre estaba intentando fabricar instrumentos que produjeran sonidos límpidos y vibrantes. Poseía una gran habilidad para tocarlos, especialmente si se trataba de instrumentos de viento, con los cuales podía improvisar o mantener el ritmo mejor que nadie. Por eso todos se asombraron cuando el cacique designó a Cusibó para que presidiera los areítos, unos festejos que podían ser divertidos o sagrados, según la ocasión.

Como maestro de ceremonias, su primo sería el encargado de iniciarlos, empleando gritos y toques de caracol. Además, en las ceremonias religiosas podría actuar como *tequina*, una de las voces solistas. Para un pueblo donde la música era parte de la propia vida, donde nada se celebraba o se lloraba sin la presencia de los ritmos cadenciosos del baile, ese cargo era una gran responsabilidad. Por lo general, los *tequina*s eran hombres o mujeres de avanzada edad, pero algunos jóvenes podían servir como relevo si el areíto duraba varios días. Sin embargo, esa no era la razón por la cual el cacique Guasibao había escogido a Cusibó. No cabía duda de que Mabanex hubiera sido más apto, pero muy pronto el cacique tendría que revelar una decisión que disgustaría al joven *tequina*, por lo que prefería compensarlo de antemano.

Mabanex ignoraba los planes del cacique. Y aunque todos le habían dicho que su tío había cometido una gran injusticia, el muchacho pensó que no se hallaba a la altura del cargo y se propuso demostrar lo contrario.

Gotas de sudor perlaban su frente cubierta por un espeso cerquillo. Su madre, que había permanecido en el interior de la vivienda conversando con una vecina, salió al escuchar el golpeteo.

—Pero ¿qué haces, muchacho? —exclamó al verlo—. ¿No te dije hace rato que fueras a buscar comida? Tu tío sigue con esa debilidad rara. Hay que cocinarle algo bueno a ver si mejora.

El cacique siempre había sido un hombre fuerte, pero la vejez comenzaba a devorar sus fuerzas. Ya había cumplido cincuenta años, una edad respetable que pocos alcanzaban, y últimamente se quejaba de mareos. Mabanex lo quería mucho, tanto como al padre que había perdido en su infancia. Se avergonzó de su olvido.

—Ya voy —murmuró, levantándose de un salto.

Necesitaría una calabaza, preferiblemente seca. Pensó en sus dos tías. Yuisa, la madre de Cusibó, era demasiado gruñona y siempre andaba de malhumor. Era mejor buscar a Dacaona, la de carácter dulce.

El sol se derramaba como un aguacero de luz sobre la aldea. Era uno de esos días sabrosos para dormitar a la sombra del bosque o en una hamaca mecida por el viento. No había nadie a la vista, excepto un grupo de niños que correteaba entre las hogueras apagadas.

Mabanex llegó al bohío y se asomó por el hueco de la entrada, pero solo vio oscuridad. Guiándose por su memoria, avanzó a tientas. Casi enseguida se dio un golpe con algo que colgaba del techo. Retrocedió atontado, comprendiendo que había tropezado con el cemí donde su tía guardaba los restos de su esposo, muerto de unas fiebres misteriosas.

Dacaona se pasaba la vida cambiando las cosas de lugar; y a diferencia de otros, que conservaban los huesos de sus difuntos en figuras de madera o cerámica situadas en alguna esquina, ella había preferido guardarlos dentro de una calabaza hueca que selló y pintó con maestría, colgándola luego de un madero móvil.

Mabanex no dejaba de sorprenderse por la fragilidad de los hombres. Un guerrero tan poderoso como su tío había quedado reducido a aquel montón de huesos que ahora sonaban como maracas de areíto. Se frotó un costado de la cabeza, seguro de que le dolería durante muchos días.

—¿Tía?

Parpadeó para acostumbrarse a las tinieblas. Tras comprobar que allí no había nadie, le hizo una reverencia al bulto que aún se balanceaba frente a sus narices, y murmuró un «perdón, tío» antes de dar media vuelta y salir.

Por unos instantes observó el batey, la explanada principal de la aldea. Allí se celebraban los areítos y los juegos de *batos* donde hombres y mujeres competían por igual, pero aquel mediodía solo el resplandor del sol danzaba sobre la tierra arenosa.

Al igual que el resto de la nobleza taína, que incluía a artesanos y guerreros, su madre y sus dos tías —las tres hermanas del cacique— vivían cerca de la explanada. Por lo general, tales viviendas eran lo bastante amplias para albergar entre diez y quince personas, por lo que era habitual que tres generaciones compartieran el mismo techo, pero ese no era el caso de la hermana mayor.

Dacaona era la única viuda que vivía con cuatro huérfanos que no eran sus hijos. Los niños tenían otros parientes que hubieran podido cuidarlos, pero todos aceptaron que la hermana mayor del cacique se encargara de ellos porque sus familias ya eran bastante numerosas. Sin embargo, Dacaona no lo había hecho por altruismo, sino por necesidad.

Tras llorar la pérdida de su única hija, raptada por los temibles caribes, se volvió taciturna. Al enviudar, se negó a continuar viviendo con la familia de su esposo y le pidió a su hermano que le permitiera mudarse a una casa más pequeña. Era una petición inusual, pero el cacique respetó su dolor y la dejó hacer. No pasaron muchas lunas sin que se dedicara a cuidar huérfanos ajenos a los que terminó considerando sus hijos.

Dacaona era excepcional en más de un sentido. Siendo adolescente había robado un poco de *cohoba,* contraviniendo las órdenes de su madre, que ya le había advertido que aquello era cosa de behíques y de adultos. Cuando fue sorprendida en el acto, el escándalo fue mayúsculo. Se salvó de un castigo por ser hija del cacique, pero eso no la libró de la secuela perniciosa de su desobediencia. Tuvo visiones, como era de esperar; pero lo más extraño fue que, una vez pasado el efecto del polvo, siguió en contacto con espíritus y difuntos, algo que solo conseguían algunos brujos. Por desgracia, no estaba destinada a ese cargo. Con el tiempo, tras convertirse en la hermana de otro cacique, su contacto con el mundo de los espíritus le valió ser tratada con doble respeto. Ahora muchos sentían miedo de acercarse a su morada. Sin embargo, para Mabanex solo se trataba de una tía bondadosa y algo extravagante.

El muchacho recorrió con la vista las casas cercanas a la plazoleta, preguntándose dónde podría haberse metido. La dolorosa hinchazón en su frente le dio una idea. Se dirigió a la casa-templo donde se encontraba el altar para rendir culto a los antepasados y a los dioses. Allí se resolvían litigios, se tomaban decisiones que involucraban a toda la aldea y se albergaba a los enfermos más importantes.

La mayoría de la gente vivía en caneyes de techos cónicos y paredes casi circulares, mientras que el cacique y las familias principales residían en bohíos rectangulares, cada uno con su portal sostenido por dos gruesos maderos bajo el cual solían sentarse a conversar o a tomar el fresco.

La casa-templo era un híbrido entre ambos tipos de viviendas. A primera vista parecía un gigantesco caney —con suficiente espacio para celebrar danzas y rituales—, pero su entrada se hallaba protegida por un techo que fungía como recibidor.

Mabanex se detuvo en el umbral hasta que sus pupilas se acostumbraron a la oscuridad. El orificio del techo, que permitía la salida del humo, apenas dejaba pasar alguna luz. En la penumbra distinguió al cacique dormitando en una hamaca. Su tía yacía inclinada frente al altar presidido por el cemí de la Gran Madre Atabey, protectora de la aldea. En susurros pedía a la diosa que le diera paz al espíritu de su difunto marido y que protegiera a su hija, dondequiera que estuviera. Mabanex era demasiado joven para abrigar lástima hacia un adulto, pero el tono angustiado de la viuda le apretó el corazón. En silencio unió su plegaria a la de la mujer, arrodillándose a los pies de quien era Madre entre las Madres, pues había concebido y engendrado al dios Yúcahu sin intervención de varón alguno.

Dacaona escuchó un rumor a sus espaldas y se volvió como una centella, creyendo que el espíritu de su marido había acudido a su llamado.

—¡Muchacho, qué susto me has dado! —dijo ella, poniéndose de pie con dificultad.

Mabanex fue a responder, pero su tía hizo un gesto hacia el cacique dormido y, agarrando al joven por un brazo, lo obligó a seguirla fuera de la vivienda.

—¿Qué haces aquí? —susurró.

—¿Tienes una calabaza seca para regalarme, tía?

—¿Para qué la necesitas?

—Tengo que ir a cazar patos.

—Ven.

Anduvieron en silencio el breve trayecto hasta el bohío. Dacaona entró, pero Mabanex la esperó afuera, pues no quería correr el riesgo de darse otro golpe.

—¿Y los niños? —preguntó el muchacho, mientras la escuchaba revolver objetos en la oscuridad.

—Están con Ocanacán —respondió ella—. Ya es hora de que aprendan algo útil.

Al cabo de un rato la mujer salió, llevando la corteza de media calabaza.

—¿Te servirá esta?

Mabanex se la colocó sobre la cabeza y notó que ajustaba bien.

—Es perfecta.

Y partió rumbo a la laguna, dando un rodeo para no tropezar con su madre, que quizá le reñiría por andar importunando a su tía. El atajo lo llevó rumbo a la casa de Ocanacán, la segunda autoridad de la aldea y el hombre más viejo que todos conocían. Nadie sabía su edad exacta, pero algunos aseguraban que había vivido más de ocho veces los dedos de ambas manos, una cifra de años tan alta que Mabanex se mareaba al imaginarla. Muchos curanderos vivían hasta edad avanzada porque sus poderes los protegían, pero Ocanacán era más que eso. Tenía fama como brujo, vidente, profeta y sanador. Tan complejo ministerio se resumía en un título cuya mención bastaba para que todos susurraran en su presencia: Ocanacán era el behíque de la aldea.

Mabanex se acercó al anciano, que conversaba a la entrada de su vivienda, rodeado de niños y adolescentes. Un ácana de tronco rojizo extendía sus ramas para protegerlos del sol, creando un techo natural que oscurecía el mediodía.

—¿Es cierto lo que se cuenta sobre el *hupía** de la laguna? —preguntó una niña.

Mabanex aminoró la marcha.

—No sé —dijo el anciano—, pero a Ella sí la vi hace dos días.

—¿Estás seguro de que era la misma Atabey?

Mabanex se acercó al grupo.

—No podía ser otra, llevaba un manto azul y tenía la mirada de saberlo todo.

—¿A qué se parece?

—Es hermosa y tiene la piel muy clara, aunque no tanto como la de los hombres blancos.

—A lo mejor era una *hupía* y no te diste cuenta —insistió un chico.

—Los *hupías* andan desnudos —dijo el brujo con severidad—. Además, solo salen de noche y se alimentan de guayabas. Cuando la vi, el sol todavía estaba sobre el mar y ella no aceptó la guayaba que le ofrecí.

—Mi padre dice que la prueba definitiva para saber si estamos viendo un espíritu es comprobar si tienen ombligo —dijo otro.

—Cierto —admitió el brujo—. Esa es la marca de los vivos,

* En la mitología taína, el fantasma de una persona muerta.

que siempre nacen de una madre. Los muertos no nacen y, por tanto, no pueden tener ombligo.

—¿Cómo estás seguro de que era la Gran Madre? —preguntó Mabanex, inmerso de lleno en el tema.

—La conozco bien —repuso el behíque con paciencia—. Siempre me revela cosas que luego suceden. Hace años me avisó de que unos hombres muy pálidos y con pelos en la cara llegarían a nuestras costas. Yo era muy pequeño y nadie había oído hablar de que existieran hombres así, pero ahora sabemos que es cierto. En otra ocasión me dijo que me convertiría en behíque y que protegería a alguien que salvaría nuestra memoria.

—¿Qué quiso decir con eso?

—No sé, la Gran Madre siempre habla en acertijos.

Mabanex se acuclilló junto al anciano. Había olvidado su caracol a medio tallar, la calabaza que descansaba a sus pies y los alimentos que debía buscar para el cacique enfermo.

—¿Son malos los hombres blancos? —preguntó una niña.

—Es difícil saberlo.

—La tribu vecina ha recibido noticias de Quisqueya y Burenken —intervino una voz extrañamente adulta—. Allí los blancos han masacrado a los taínos.

Mabanex se volvió para ver a su hermano Tai Tai, medio oculto tras unos helechos.

—Cierto —admitió el viejo—, pero entre los blancos puede haber gente mala y gente buena, como ocurre en cualquier tribu.

—No en todas —insistió Tai Tai sombríamente—. No existen caribes buenos.

Un escalofrío recorrió el grupo. Algunos creyeron que el cielo se empañaba de nubes, pero fue solo la impresión de sus miedos.

—¿Qué más te dijo Atabey? —preguntó Mabanex, desechando los malos presagios.

—Anunció que los taínos se dividirían, y que en esa división estaría nuestro final y nuestro comienzo, nuestra pérdida y nuestra salvación.

Los niños se miraron entre sí, intentando desentrañar esas palabras.

—¿Por qué las profecías son tan raras? —preguntó una jovencita, acariciando la iguana que llevaba atada por una pata.

—Porque los dioses hablan otro idioma —dijo el viejo—. Sus voces no entran por los oídos, sino a través de nuestro *goeíza.** Por eso sus palabras suenan confusas. Las entendemos, pero no las comprendemos.

Aquella respuesta los dejó aún más perplejos.

—El secreto para interpretar esos mensajes no está en escuchar, sino en sentir —continuó el brujo—, aunque no creo que ustedes deban preocuparse. Esa es una labor encomendada a los behíques.

—Pero si nos topáramos con la Gran Madre, ¿cómo sabríamos que es ella? —insistió la misma joven.

—La Gran Madre siempre viste de azul.

—¿Cuál de ellas? —interrumpió Mabanex.

Los más pequeños no entendieron la pregunta; solo los mayores supieron que se refería a las otras dos deidades que eran parte de ella, pero el behíque no quiso extenderse en detalles, así es que simplemente dijo:

—Es verdad que la Gran Madre contiene tres espíritus: Atabey, la que origina y crea; Iguanaboína, la del tiempo bondadoso; y Guabancex, la que castiga con vientos y lluvia. Cualquiera de ellas puede presentarse ante nosotros, pero es Atabey la que avisa a sus hijos si viene una amenaza.

—¡Y dices que te visitó hace dos días! —exclamó Mabanex—. Eso significa que está a punto de ocurrir algo.

—Así parece. Habló de una división entre sus hijos, pero no sé más.

—¿De qué sirven las profecías si no explican dónde está el peligro? —se quejó la joven.

—Sirven para prepararnos —intervino Tai Tai.

El behíque lo contempló con tristeza.

—Tienes razón —dijo—. Siempre es bueno saber, aunque no estemos seguros de lo que podemos hacer con ese conocimiento. Si alguna…

—¡Ocanacán! ¡Ocanacán!

Los gritos sobresaltaron a los adolescentes y asustaron a los

* Los taínos denominaban *goeíza* al alma de una persona viva, a diferencia del *hupía*, que era el espíritu de un muerto.

niños, que solo se tranquilizaron al reconocer el rostro que se asomó detrás de la casa.

—Buenos días, hermosa Bawi —saludó el behíque—. Espero que tu corazón esté en paz.

—La paz que me deseas te la devuelvo dos veces —respondió ella con rapidez—, pero no he venido por placer. Mi señor Guasibao se ha puesto muy mal.

Mabanex notó que no decía «mi hermano», sino «mi señor», algo que solo hacía en situaciones de gravedad.

Ocanacán se puso de pie.

—¡Váyanse ahora! —ordenó a los niños, que se dispersaron en todas direcciones como hojas barridas por una manga de viento.

Solo Tai Tai y Mabanex permanecieron inmóviles, mientras el brujo entraba a buscar los objetos de poder y sanación.

—Tai Tai, ve junto a tu tío —dijo Bawi—. Está en la casa-templo con Dacaona y Yuisa, pero insistió en que quería hablar contigo.

Tai Tai murmuró algo ininteligible y se escabulló. Al verlo alejarse, Mabanex pensó que su hermano era tan enigmático como los vaticinios de Atabey. Nunca podía saber qué pasaba por su cabeza.

—Y tú, ¿se puede saber qué haces aquí?

El muchacho se sobresaltó.

—Pasé a saludar al behíque —tartamudeó.

—¡A saludar! Pero ¿qué tienes en la cabeza, muchacho? ¡Anda a cumplir tu encargo!

Lleno de inquietud, Mabanex recogió sus cosas sin dejar de preguntarse si la enfermedad del cacique no estaría relacionada con la diosa que anunciaba desgracias.

3

Juana corrió rampa abajo, alborozada por pisar una playa arenosa después de tantas semanas. Caminó dando saltos para comprobar la suavidad del terreno y luego se dejó caer como si el suelo fuera un colchón de paja. A escasas yardas de la orilla, bajo el agua, el lecho marino se hundía precipitadamente hacia las profundidades, permitiendo que los barcos se acercaran a suficiente distancia para posibilitar el descenso a tierra sobre improvisados puentes de madera.

Jacobo acechó a los marinos que se tambaleaban sobre la precaria rampa con un enorme cofre. Allí iban sus preciosos libros.

—¡Eh! Mirad por dónde andáis —gritó—. ¡Que no se os caiga al agua!

Casi en suspenso esperó a que recobraran el equilibrio. Solo al verlos llegar sanos y salvos a tierra, respiró con alivio y bajó por la pasarela con el fardo que no había abandonado en todo el viaje.

—¡Vamos, Juana!

La niña se acercó saltando.

—Tengo hambre.

—Primero desempacamos y luego comemos.

Sin esperar al resto de los viajeros, se adentraron por el sendero que se abría en la espesura. A ambos lados del sendero, árboles frondosos se confundían con la maleza costera de troncos raquíticos y escasas ramas. Aquella masa de variado verdor solo era interrumpida por retorcidas enredaderas de flores blancas y púrpuras. El sol no lograba filtrarse hasta el suelo, pero la potencia de sus rayos se multiplicaba en infinitos reflejos que saltaban de hoja en hoja gracias a las gotas de humedad que saturaban la selva. Aún se escuchaban las exclamaciones de los hombres que seguían descargando víveres y utensilios de toda clase; pero a medida que padre e hija fueron avanzando, los gritos de los marinos se apagaron, absorbidos por la maraña vegetal que parecía tragárselo todo.

—¿No deberíamos esperar a los otros? —preguntó Juana.

—No es necesario. El pueblo está a una milla de la costa, siguiendo el camino.

Juana advirtió que los olores eran casi abrumadores. Cierta curandera le había enseñado a reconocer las hierbas útiles para cocinar o sanar dolencias, y los frutos que producían tintes duraderos; pero ninguno de esos conocimientos le sirvió ahora de referencia. La selva respiraba a su alrededor, emborrachándola con fragancias desconocidas. Intuyó que aquella isla escondía una extraña mezcla de generosidad y violencia, capaz de agasajar magnánimamente a sus visitantes, pero también dispuesta a encerrarlos en una trampa disfrazada de vergel.

Jacobo no se percató de la quietud de su hija, absorto en sus propias reflexiones. Hacía años que no ponía un pie en esas tierras. Rememoró los rostros de sus compañeros de aventuras, las mil peripecias compartidas en islas de fábula, la imagen de unos ojos fogosos como las llamas... Su espíritu se perdió en un pasado del cual nunca había regresado del todo.

Juana tropezó con una raíz.

—¿Estás cansada?

—Mis rodillas se mueven raro.

Jacobo tardó unos segundos en entender.

—Es porque estuvimos muchos días en el mar. En un barco las piernas aprenden a sostenernos de otra forma.

—Sí —reflexionó ella—, es como si mi cuerpo pensara distinto.

Caminaron un rato más en silencio.

—¿Cuándo veré a los indios? —preguntó ella, incapaz de contener su curiosidad—. He practicado mucho.

—Lo sé, pero no debes decir a nadie lo que te he enseñado.

—¿Por qué?

—A las autoridades no les va a gustar que una señorita como tú hable una lengua de infieles.

—¿No podré hablar cubano?

—Mejor no menciones esa palabra. Recuerda que tu padrino bautizó la isla para abolir su nombre indígena. Aquí ya nada podrá llamarse «cubano».

La niña se encogió de hombros.

—¡Bah! Padrino estaba lleno de manías raras. Primero le pone Juana a una isla, y luego a mí.

—Fue un homenaje.

—¡Pues vaya honor bautizarme como a la loca de Tordesillas!

—El Almirante no lo hizo pensando en la infanta, sino como tributo a Su Alteza Juan, que entonces era el príncipe heredero. Una lástima que muriera tan joven.

—El caso es que ahora me llamo igual que la hermana del rey. Y os digo, padre, que es mala suerte llamarse como una loca, por muy reina o infanta que sea. ¿Os acordáis de Bernarda? Ella decía que había que tener cuidado con los nombres, porque siempre existía una ligazón entre ellos y la suerte de uno podía repetirse en el otro. No me gustaría terminar encerrada contra mi voluntad.

—Bernarda es una curandera, y esas historias son tonterías. Tienen que ver con magia.

—¿Y qué? ¿No creéis que la magia pueda ser cierta? —Y al notar el rostro ceñudo de su padre, añadió en un tono más suave—: Espero que mi nombre no me traiga mala suerte y que la desgracia tampoco caiga sobre esta isla con nombre de reina chalada.

—¡Qué cosas dices! No pasará nada. Y mejor no comentes esas ideas con nadie.

—Pues voy a aburrirme a mares. ¿Qué haré si no puedo hablar de nada que me interese?

—Seguirás estudiando, pero en secreto. Diremos a todos que te estoy enseñando a escribir. Un poco de cátedra no se verá mal.

—¿Me dejaréis leer?

—Siempre que lo hagas a escondidas —respondió Jacobo con cansancio—. No son tiempos para atraer habladurías.

—No sé para qué vinimos entonces —refunfuñó.

—Claro que lo sabes.

Ella no replicó. Semanas atrás, después de mucho hilvanar, habían descubierto el origen de la denuncia. Juana había recordado el juego a las adivinanzas con los muchachos que la incitaron a cantar coplas raras hasta que ella recurrió al hebreo. Ni siquiera recordaba bien los rostros de aquellos tunantes, aunque sabía que uno era hijo de Torcuato el Viejo, pero las consecuencias de su descuido aún la atormentaban.

—Hubiera sido mejor quedarse en Cádiz —rezongó pateando la tierra, lo cual levantó nubecillas de polvo que ensuciaron aún más el ruedo del vestido.

Jacobo sabía que ella se culpaba de la desgracia que los perseguía, pero había cosas peores que esa indiscreción. «Nuestra única herejía es ser diferentes», pensó. Sintió remordimientos por su hija. Después de enseñarle a leer y a pensar por sí misma, ahora la condenaba al silencio y la oscuridad.

Intentó imaginar qué ideas cruzaban por su cabeza y sospechó que tramaba algo. Cada vez que las circunstancias se mostraban adversas a sus deseos, empezaba a planear alguna manera de salirse con la suya.

Tras andar un buen trecho sin cruzar palabra, un murmullo indefinido rompió la armonía que los rodeaba. Ambos aminoraron el paso instintivamente hasta comprender que se trataba de voces humanas.

El pueblo se hallaba delante de ellos, aunque la tupida vegetación les impedía verlo.

De pronto el trillo se amplió como la desembocadura de un río y reveló un terreno despejado donde se alzaba medio centenar de viviendas. Las más ostentosas, con amplias ventanas y techos cubiertos de tejas, se levantaban en las inmediaciones de la plazoleta central. Las más humildes, hechas con tablones y cortezas, se hallaban en la periferia. En la zona sur se construían otras nuevas. Hacia ellas acudía la mayoría de los braceros, que hablaban a gritos con los maestros de obras para hacerse oír sobre el estruendo de los martillazos.

Hombres y mujeres se afanaban cargando cestos de verduras y carnes saladas, moviendo listones de madera, machacando granos en morteros gigantes, distribuyendo agua y conduciendo becerros que mugían lastimeramente por no querer alejarse de sus madres. Una fila de marinos, provenientes de la costa, acarreaba toneles y cofres. La mayoría del embalaje iba siendo amontonado frente a una edificación, a la cual habían acudido varios curiosos que fueron dispersados por un personaje de sombrero emplumado que se asomó al umbral, acompañado por un sacerdote.

—¡Idos a trabajar! El almacén no abre hoy.

Juana y su padre permanecieron atontados en medio del tumulto, sin saber adónde dirigirse. El sacerdote, que ya iba a dar media vuelta, se detuvo al advertir los recién llegados.

—¡Jacobo! —gritó.

La expresión del converso se iluminó al reconocerlo. Los dos hombres se acercaron a grandes zancadas y el apretón de manos se convirtió en abrazo.

—¡Alabado sea el Señor! —exclamó el sacerdote—. Pensé que nunca volvería a veros.

Jacobo soltó una risa que acentuó las arrugas de sus ojos.

—No es tan fácil librarse de mí.

—Ningún hermano pudo darme fe... —Bajó la voz para que ni siquiera lo oyera la niña, absorta en un insecto que se movía entre la hierba—. Después que os fuisteis a Cádiz me enviaron a otro sitio y no supe más de vosotros.

Jacobo miró en torno furtivamente.

—Ya sé quién nos denunció —susurró—. Fue Torcuato el Viejo, un papelero vecino mío que siempre me tuvo tirria.

—Lo sé, yo estaba allí.

—¡Nunca me dijisteis nada!

—La Hermandad no me lo permitió —admitió fray Antonio—. Temían que eso pudiera entorpecer la labor para poneros a salvo. ¿Qué ocurrió en Cádiz?

—Vivimos allí un par de años hasta que la Hermandad me avisó de que el Santo Oficio nos había encontrado. Tuvimos que huir otra vez.

—¡Válgame el cielo!

—Luego...

—Mejor os acompaño a vuestro albergue y así podremos... —Se fijó en el reloj de sol que se alzaba a unos pasos—. Ya es casi la hora nona. ¿Por qué no vamos a comer?

—Antes debo encontrar mis baúles —murmuró Jacobo, apartándose un poco hasta localizar su equipaje entre los toneles—. ¡Allí están!

—¡Paco! ¡Rufo! —gritó el sacerdote.

El llamado detuvo a dos hombres que pasaban cerca.

—Llevad esas arcas a la choza de Andrés.

Con expresión inquieta, Jacobo siguió a los marineros que se alejaban.

—¿Tendremos que compartir el techo con extraños? Mi hija es casi una damita, ya tiene trece años.

—No os preocupéis, viviréis en una de las chozas vacías. Don Andrés acaba de mudarse a una casa más sólida en...

—¡Juana! —exclamó Jacobo—. ¿Qué haces jugando con tierra? Ven aquí.

La niña se acercó.

—Mira lo que encontré, padre.

Y alzó sus manos para mostrarle una mariposa de colores extraordinarios. Jacobo admiró las alas naranjas y negras, salpicadas de polvo dorado.

—Nunca vi nada tan hermoso —murmuró Jacobo.

—Yo tampoco —dijo el sacerdote con tono sombrío.

Y cuando Jacobo se volvió hacia su amigo, se dio cuenta de que este contemplaba a Juana con el rostro cargado de preocupación.

4

Mabanex alzó la nariz como un animal que olisquea el aire y notó un perfume distinto. ¿Qué era? ¿Una flor nueva? ¿El brote de un fruto desconocido? Respiró con fuerza para espantar aquel hechizo que amenazaba con embotar sus sentidos y se dirigió a la orilla donde las plantas se inclinaban como si rindieran pleitesía a las aguas.

Más que un cuerpo único, la laguna era una charca de cavidades gemelas que se comunicaban por un estrecho paso. De un costado brotaba un canal que desembocaba en la costa, lo cual permitía que ciertas criaturas marinas se aventuraran hasta allí; el otro lado recibía agua de un riachuelo. Un curioso movimiento de sus corrientes convertía la laguna en un magnífico lugar de pesca, pues la mitad cercana al mar contenía agua salobre, y la otra, agua dulce.

Mabanex se asomó entre la cortina vegetal. Los patos que reposaban a escasa distancia alborotaban el ambiente con sus parloteos. Sin hacer ruido, arrancó una caña y cortó sus puntas con una concha. Luego buscó un lugar para sumergirse sin que las aves lo notaran, se cubrió la cabeza con la mitad de la calabaza y se adentró en el agua respirando a través de la caña. Ninguna de las aves prestó atención al fruto flotante que se acercaba con lentitud. Bajo las límpidas aguas, Mabanex distinguió las flexibles patas que se recogían o desplegaban al nadar. Cuando estuvo junto a dos de ellas, las agarró y las hundió con rapidez en el agua, tratando de no perturbar la superficie. Tuvo suerte. Los otros animales no advirtieron su ausencia. Esperó a que las presas dejaran de agitarse bajo el agua para repetir la operación con la mano que quedaba libre. Esta vez un miembro de la bandada percibió que algo maligno acechaba en la laguna y dio la alarma a los otros, que volaron en estampida hacia las nubes.

Mabanex subió a la superficie y regresó a la orilla con sus presas. Luego buscó la jaula de cañas, clavada en el lodo, que sobresalía del agua. Muchas familias tenían la suya, que construían mediante un proceso sencillo, aunque laborioso. Primero escogían cañas bien rectas que amarraban entre sí con bejucos, de modo que solo el agua pudiera pasar a través de ellas. Debían construir cuatro de aquellos paneles y llevarlos a un lugar escogido previamente. Allí se clavaban en el barro hasta formar un cuadrado, sus esquinas se cosían con bejucos, y ya estaba lista la jaula. Cada año había que rehacerlas porque la humedad y las tormentas las destruían sin tregua, pero el trabajo valía la pena. En ellas se guardaban, como en un acuario natural, las presas vivas que podían consumirse en caso de que la pesca escaseara.

Mabanex buscó el idolillo de piedra verde, en forma de jicotea, con que identificaba la jaula de su familia y revisó varias jaulas hasta que encontró la figura del dios Deminán Caracaracol, el de piel áspera, colgando de un junco. Se asomó para ver la caguama que había capturado una semana atrás. Aún nadaba tranquilamente en su prisión, alimentándose de los hierbajos del fondo y de los peces minúsculos que penetraban entre los barrotes vegetales.

Su guaicán, el pez-pega que le ayudaba a cazarlas, también estaba allí, viajando cómodamente adherido a un costado de la caguama. El muchacho tomó el cordel atado a la cola del pez, lo levantó en vilo para sacarlo de la jaula y lo depositó en la laguna. Antes de permitirle nadar en busca de presas, lo asió cerca de la superficie para mirarlo de frente.

—Mime* —le dijo con cariño, usando el nombre que le había puesto el día en que lo atrapó porque el movimiento de su cola le recordó el de una mosca inquieta—, necesitamos comida. Ve y tráenos algo. Que el buen Deminán te guíe.

Y rozó con su nariz el hocico del pez que sostenía bajo el agua. Luego esperó con el cordel enredado en su muñeca para evitar que escapara. Sabía que Mime pasaría un buen rato disfrutando su libertad antes de ocuparse del encargo. Finalmente sintió

* «Mosquita», en lengua taína.

que el cordel se tensaba. Al tirar de él, vio que su mascota se había pegado a otro pez que pugnaba por zafarse; pero a pesar de sus esfuerzos, la ventosa del guaicán no lo dejó escapar. Mabanex los separó y, después de evaluar la presa, decidió que era muy pequeña aún y la devolvió a las aguas. Mime se internó de nuevo en la laguna, donde capturó un pez mucho mayor que fue a parar a la orilla. Su tercera presa fue una jicotea. Aunque se decía que su carne era sabrosa, consumirla era tabú. Los viejos contaban que el dios Deminán había tenido una joroba en la espalda, de la cual nació la primera mujer. Al cabo de un tiempo enfermó de un mal que provocaba extrañas bubas en el cuerpo. Muchos creían que uno podía contraerlo si comía esa carne. Mabanex no sabía si era cierto, pero la soltó de todos modos.

Caía la noche cuando el muchacho comprobó que tenía una buena cantidad de peces y aves, sin contar con una caguama y dos tortugas más en la jaula. Se despidió de Mime, que feliz de la vida volvió a pegarse al costado de una tortuga prisionera.

Al borde de la orilla abrió los pescados y las aves, les vació las entrañas y los lavó. Luego arrancó bejucos largos y duros que trenzó para formar una cuerda; ató a los patos por el pescuezo, a los pescados más grandes por la cola y metió los peces chicos en la calabaza.

—Gracias, Madre Atabey —musitó a las aguas que le regalaban aquel alimento.

Y le pareció que un soplo de brisa acariciaba sus mejillas.

Emprendió el regreso, acompañado por el canto tardío de los pájaros que buscaban refugio en nidos y oquedades. La tarde había sido calurosa, pero ahora el viento proveniente del mar llenaba el ambiente de una rara agitación.

De pronto el gemido lúgubre de un guamo estremeció la tierra. Mabanex se detuvo en seco. Hubo un segundo llamado, más ominoso aún, y casi enseguida un toque rítmico que reconoció de inmediato: el *mayohuacán* sagrado —el tambor principal de la aldea, fabricado por su propio padre—. Alguien golpeaba con insistencia el tronco cubierto de símbolos que había sobrevivido a su constructor. Todos conocían el significado de *esa* cadencia: era el aviso de un ritual para individuos en peligro de muerte.

Mabanex apuró la marcha, con el peso de los animales colgando en su costado. Por fin divisó las hogueras que ardían más allá del bosque y echó a correr hacia la casa-templo, pero no llegó a entrar.

—Ven conmigo —dijo su madre cerrándole el paso en la misma entrada—, no nos corresponde estar ahí.

Antes de que ella se lo llevara, logró echar una ojeada al interior de la vivienda, donde el behíque agitaba las maracas y su hermano se inclinaba sobre una figura tendida en el suelo.

5

Jacobo y su hija se instalaron en una de las chozas desocupadas en el extremo sur del pueblo, bautizado como San Cristóbal de Banex en honor al descubridor que, años atrás, había desembarcado en una playa cercana al cacicazgo de Baní. Mientras Jacobo abría los baúles, Juana se escabulló para explorar la villa, cuyo trazado obedecía a los caprichosos dictados de la geografía.

El pueblo se comunicaba con la costa a través de un sendero apisonado por el paso de hombres y bestias. En torno a la plaza, los edificios administrativos se codeaban con algunas casas de aspecto casi señorial. Al sur de la pequeña iglesia —orientada de oeste a este, según los cánones litúrgicos—, fray Antonio y fray Severino tenían sus modestas viviendas. Hacia el levante de la villa, sobre un pequeño promontorio, sobresalía el polvorín donde se guardaban las municiones.

Cruzando la plaza, frente a la iglesia, se hallaba el almacén principal y, junto a él, la fachada del ayuntamiento. Entre las casas de piedra que rodeaban la explanada se destacaban las del teniente Ximénez —principal autoridad del pueblo— y las de varios concejales que determinaban la manera en que todo debía organizarse y funcionar.

Si aquella hubiese sido una villa de carácter oficial, habría contado con su propio alcalde, encargado de resolver los pleitos entre vecinos y de imponer castigos a los delitos; pero aquel pueblito había crecido sin la anuencia expresa del adelantado Diego Velázquez de Cuéllar, nutriéndose de inmigrantes que no deseaban vivir en los poblados ya acreditados. Así es que don Diego no tuvo más remedio que designar al teniente Francisco Ximénez como su representante, con lo cual le autorizaba a cumplir tales funciones.

Indagando aquí y allá, Juana se fue enterando de muchas cosas. Sin embargo, no pudo descubrir lo que más le interesaba: dónde estaban los nativos de la isla a los que llamaban «indios». Su padre le había advertido que iban desnudos y tenían la piel morena, pero en el pueblo todos eran blancos y andaban vestidos.

La población bullía con el trasiego de las mercancías que atravesaban la aldea. A lomo de asnos se transportaban barriles de vino, harina, tasajo salado, almendras enteras, garbanzos, habas, tocino añejo, bizcochos, higos, ciruelas pasas, quesos, miel, alcaparras, mostaza, cebollas, remedios medicinales…

Juana notó que la construcción de casas acaparaba a la mayor parte de la gente. Varias chozas como la suya tenían paredes de madera y techos de ramas, pero se trataba de viviendas temporales. Cerca de la plazuela, los vecinos erigían casas más sólidas, aunque no todas se fabricaban de igual modo. Algunos optaban por la piedra fusionada con algún tipo de pegamento, otros preferían muros de tapia. Este tipo de edificación requería tablones que, alzándose paralelamente, formaban zanjas donde se iba vertiendo la arcilla prensada, en algunos casos, o una amalgama de tierra arenosa con cal hidratada a la que se añadían pedazos de roca, trozos de ladrillos y cerámica desechada. Una vez que la mezcla se secaba, se retiraban las tablas. La pared resultante se enyesaba y encalaba por ambos lados, con lo que se conseguía un efecto de inmaculada blancura.

En los hornos, ubicados al final del pueblo, se fabricaban baldosas para pisos y tejas de cerámica; y se cocían platos, vasijas y cangilones que se ataban a norias semejantes a las de su comarca natal. Tres de esas norias o molinos, que rotaban en diferentes puntos del río, abastecían los sembrados y la aldea. El número de cangilones que había en cada molino variaba según el tamaño de la rueda. La menor tenía quince de aquellas vasijas de cerámica, y la mayor treinta y dos. Los cangilones siempre se estaban rompiendo y había que suplirlos continuamente, sin contar con que empezaban a ensamblarse dos molinos más.

Juana averiguó que un grupo de indígenas vivía y trabajaba en un caserío próximo, pero nadie supo (o quiso) indicarle el lugar exacto. Por lo visto, existía un acuerdo amistoso con los nativos. Cada luna llena, un grupo distinto trabajaba en la estancia, como llamaban al terreno donde crecían las cosechas. No obstante, por más que intentó hallar un sendero hacia el lugar, solo encontró el camino que comunicaba con la costa.

La caída de la tarde ensombreció su ánimo. Cansada de deambular, y frustrada por su fallida búsqueda, regresó a la choza, donde Jacobo la esperaba para cenar. Sobre la mesa había pan, pescado y un humeante caldo de vegetales que había enviado el padre Antonio.

—Tengo algo para ti —dijo Jacobo levantándose de la silla.

El rostro de Juana se animó un poco cuando su padre le mostró el instrumento frágil y delgado que sacó de un cofre: una flauta.

—Te enseñaré a tocarla.

—¿A escondidas también? —preguntó ella, examinando con disimulo el estante donde se alineaban los libros.

—Podrás tocarla al aire libre si lo deseas.

—¿Ahora?

—Después de comer.

Reconfortada por tan novedosa perspectiva, Juana devoró su ración en un abrir y cerrar de ojos, apartó el plato y cogió el instrumento para revisarlo. Su pulida superficie era agradable al tacto, pero al soplarlo solo obtuvo un sonido ríspido y desagradable.

—No —dijo Jacobo, guiándola para que colocara sus dedos en los orificios apropiados—. Primero así y luego así...

Ella lo intentó de nuevo y comprobó que sonaba de otra manera. Ensayó una combinación distinta, pero el resultado fue calamitoso.

—Debes practicar la escala que voy a enseñarte. Tan pronto la aprendas, te mostraré otra.

La niña comenzó a repetir la secuencia.

—¡Ya veo que estáis instalados! —exclamó una silueta desde el umbral de la puerta abierta.

—Y molidos de cansancio —asintió Jacobo con una sonrisa.

—Os he traído esto para animaros —dijo fray Antonio alzando una garrafa—, un poco de vino.

Sirvieron la bebida en pequeños tazones de madera, pero Juana ni siquiera probó el suyo. El sacerdote notó la expresión de su amigo.

—¿Os preocupa algo?

—Me pregunto en qué podré trabajar. Ya sabéis cuán limitado es mi oficio.

—Por el momento debéis construir una vivienda más sólida. Esta choza no aguantará las tormentas que pasan por aquí. Las llaman «huracanes» y no se parecen en nada a las que tenemos en España.

—Oí hablar de ellas durante mi viaje con el Almirante, pero no tropezamos con ninguna. De todos modos, no sé construir casas.

—Enviaré gente a que os ayude, y no creáis que os estoy haciendo un favor. Es lo establecido. Pero no vine por eso.

Se detuvo para mirar a la niña, que seguía tocando su sonsonete.

—Juana, ¿por qué no practicas afuera? —le dijo su padre, comprendiendo la expresión del fraile.

Ella se puso de pie y, sin soltar la flauta, se apartó unos pasos del umbral.

—¿Qué ocurre? —susurró Jacobo.

Fray Antonio bebió otro trago antes de hablar.

—Si he de ser franco, habéis escogido el peor lugar para venir con vuestra hija. Y no me refiero a vuestra condición de prófugos. Estas tierras son peligrosas.

—Me lo imagino.

—No, no tenéis idea. Se han producido revueltas y matanzas en islas cercanas como La Española. Hace unos meses quemaron en la hoguera a un cacique rebelde que llegó de aquellas tierras. Ahora varias tribus se han unido para atacarnos. Las autoridades no dicen mucho, pero la gente murmura. Los indígenas han decidido vengarse porque algunos cristianos han torturado y asesinado a quienes no querían trabajar, cortándoles las narices y las orejas, y tomando por la fuerza a sus mujeres, a las que violan, matan o mantienen como concubinas, según se les antoje.

—¡Pero eso no fue lo que dispusieron Sus Majestades! —exclamó Jacobo horrorizado—. La Real Provisión dejó establecido que las encomiendas debían respetar a los indios. Se supone que trabajen a cambio de bienes.

—Los decretos reales no tienen fuerza en las Indias.

—¿Cómo es posible?

—España está demasiado lejos. Allá se dice una cosa y aquí se hace otra.

—Pero ¿nadie protesta? ¿Nadie dice nada?

—Solo un par de dominicos que poco pueden hacer. Por eso los indígenas han decidido vengarse. Después del desastre en el Fuerte Navidad, uno habría pensado que los nuestros escarmentarían, pero todo ha ido de mal en peor. Ovando acabó de desgraciar las cosas cuando ordenó el ahorcamiento de la reina Anacaona. Fue por eso que Hatuey, el cacique rebelde del que os hablé, vino hasta acá, pero también fue capturado y terminó en una pira, lo cual ha causado la peor impresión en los nativos. Si al principio muchos no creyeron lo que Hatuey había contado, su propia ejecución acabó por convencerlos. Os aseguro que muy pocos de ellos nos ven con buenos ojos. En este pueblo todavía no ha ocurrido nada, pero es cuestión de tiempo. Apenas se produzca el primer chispazo de violencia, no habrá indio o español que esté a salvo, y los más vulnerables serán los niños y las mujeres.

Los pensamientos de Jacobo se desataron, como sucedía cada vez que se aproximaba un peligro. Una idea comenzó a abrirse paso en su cerebro, aunque todavía no atinaba a darle forma.

—¿Cómo funciona aquí la encomienda? —preguntó.

—Todos los meses viene un grupo de indios a trabajar nuestras tierras. Son simples labriegos llamados «naborías» en su lengua, una especie de siervos o criados. No tienen nada que ver con los nitaínos, que vienen a ser como la casta noble de...

—Ya conozco todo eso —lo interrumpió Jacobo con impaciencia.

—Cada grupo de naborías sustituye al anterior, que regresa a la aldea. Solo pasan por el poblado cuando llegan o se van de la estancia, que está a dos tiros de piedra siguiendo un sendero detrás del polvorín. Así lo ha dispuesto el teniente Ximénez para evitar problemas. A cambio de su trabajo les damos mercancías, pero muchos colonos están disgustados.

—¿Por qué?

—El grupo de relevo siempre trae algún oro para canjear, pero los vecinos han exigido al teniente que pida más, alegando que los indios tienen una mina muy rica. El teniente ha dicho que el suministro es estable y que deben contentarse con lo que ofrecen. Descontando lo que corresponde a la Corona, a la Iglesia y a las autoridades, el resto se reparte entre todos, pero son migajas.

—¿Y nadie sabe dónde está esa mina?

—Un soldado trató de averiguarlo. Los indios se dieron cuenta, lo capturaron y lo entregaron al teniente, que lo hizo azotar en público como escarmiento. Nadie ha vuelto a intentarlo, pero el descontento se nota a la legua. Hay quienes…

—¡Mirad lo que encontré, padre! —interrumpió Juana, entrando a toda prisa para mostrar un objeto que acababa de desenterrar—. ¡Una muñeca!

Jacobo estudió la figurita tallada en piedra.

—No es una muñeca, es un cemí.

—¿Un qué?

—Una imagen de… Así representan los indios a sus dioses.

Juana reflexionó unos segundos.

—¿Un cemí es un santo indio?

—Más o menos —asintió Jacobo, soplando la figurilla para limpiarla—. Les rezan y los entierran para conseguir buenas cosechas. Cada familia tiene un cemí que la protege; otros velan por su aldea.

—¿Y les piden cosas?

—Se las piden y hablan con ellos, pero creo que el único que puede oírlos es el behíque.

—¿Quién es ese?

—El behíque es como un curandero —intervino el sacerdote—, una especie de fraile indígena.

—¡Vaya desatino! —chilló una voz cascada a sus espaldas.

Los tres se volvieron hacia la delgada silueta que se recortaba en el umbral.

—Fray Severino —dijo el padre Antonio con una rara entonación—, venid a que os presente a parte del nuevo rebaño.

Se detuvo confundido, sin saber si debía mencionar el verdadero nombre de su amigo. Jacobo lo sacó del apuro.

—Mis respetos, señoría —se adelantó para besar la mano huesuda que le tendían—. Jacobo, a vuestro servicio, y mi hija Juana.

—Encontré un cemí, padre Severino —dijo ella, mostrándole la figura—. Es un santo de los indios. ¿Podemos ponerlo en el altar?

—¡Válgame Dios! —tronó fray Severino—. Eso no es un santo, niña, sino una abominación.

—Vamos, hermano, no exageréis.

—No exagero —lo interrumpió el viejo—. Poca cabeza tenéis si andáis enseñándole herejías a una criatura.

Jacobo notó que ambos frailes mantenían una distancia que no era solo física.

—No lo toméis tan en serio, fray Severino —intervino Jacobo, intentando disipar la tensión—. Ya le explicamos que son creencias de esos salvajes. ¿No creéis que sea bueno saber cómo piensan ellos si queremos enseñarles la palabra de Dios?

—No es enseñando herejías que ayudaremos a cristianizarlos.

Jacobo comprendió que aquel fraile profesaba una profunda antipatía hacia los nativos, pero solo Antonio sabía que aquella hostilidad se debía al hecho de que Ximénez se negaba a ampliar la dotación de naborías correspondiente a la parroquia.

—Sentaos un momento, padre —lo invitó Jacobo para borrar la mala impresión del encuentro—. Tomad un poco de vino con nosotros.

—Gracias, pero no puedo. Solo vine a avisar de una reunión que tendremos esta noche.

—¿Hoy? —dijo fray Antonio—. Esta mañana hablé con el teniente y no me dijo nada.

—Varios hombres han pedido una reunión urgente antes de la rotación.

—¿Qué rotación es esa? —preguntó Jacobo.

—El cambio de naborías —aclaró fray Antonio—. El nuevo grupo estará aquí dentro de dos o tres días.

—¿Voy a ver a los indios, papá?

—Juana, déjanos hablar a solas.

La niña salió con aire molesto.

—No hay nada más parecido a un niño que un indio —sentenció el viejo—. Son criaturas rebeldes que necesitan tratarse con mano dura.

—Los niños y los indios deben aprender a través del amor —replicó Jacobo—. Solo así se acercarán a Dios.

Severino clavó sus frías pupilas en él.

—El amor también entra con sangre, como nos mostró Nuestro Señor Jesucristo —murmuró el cura, y salió de la choza sin despedirse.

6

Aprovechando que muchos se habían retirado temprano, Mabanex apagó casi todas las hogueras que ardían al aire libre y se acercó con sigilo a la casa-templo. Era peligroso presenciar las ceremonias de curación porque una vez que el espíritu de la enfermedad abandonaba un cuerpo podía atacar a otro, pero Mabanex era demasiado curioso. Además, quería saber por qué su hermano había sido convocado por el moribundo.

En el interior del caney, el repiqueteo de las maracas se confundía con las invocaciones a los espíritus sanadores. Vaharadas de humo escapaban por el agujero del techo. Mabanex atisbó por una ranura y, a la oscilante luz del fuego que ardía en el centro, pudo ver los dibujos de las paredes saltando en una fantasmagórica danza ritual. Tai Tai velaba el sueño del cacique, que yacía acostado a un palmo de la fina pared tras la cual se ocultaba Mabanex, tan cerca de ellos que apenas se atrevía a respirar.

Varios ancianos —entre ellos un *tequina*— habían sido convocados para la ceremonia. Dada la gravedad del asunto, Yuisa y Dacaona también se encontraban presentes, aunque solo como espectadoras. Los ancianos formaron un círculo e iniciaron un monótono salmo. Desde su rincón Dacaona canturreaba con los párpados cerrados, poniendo todo su espíritu en cada frase. Yuisa repetía mecánicamente las invocaciones sin lograr concentrarse. ¿Qué hacía Tai Tai junto a Guasibao? Su hijo Cusibó era el sobrino mayor del cacique y, por tanto, su sucesor natural. No entendía por qué no le habían permitido asistir al rito cuando el primogénito de su hermanastra estaba allí. Aquello le dio mala espina. Sin embargo, nada dejó traslucir y rezó con el resto:

Madre Atabey,
vasija sagrada de todo lo vivo,
escucha nuestro ruego.
Padre Yúcahu,
simiente que engordó el vientre de Itiba,
escucha nuestro ruego.
Itiba Cahubaba,
Madre Tierra ensangrentada,
dadora de los cuatro gemelos que guían al viajero,
escucha nuestro ruego...

—Tai Tai —susurró el cacique en un tono tan bajo que solo pudo ser escuchado por el joven y por su hermano, acuclillado detrás de la pared—, quiero que el cemí de la aldea sea tuyo.

Tai Tai se estremeció.

—¿Qué dices, tío? El cemí no me corresponde a mí, sino al primogénito de tu hermana mayor.

—Las líneas de sucesión no son como las montañas que nadie puede mover. Los dioses me autorizan para designar como sucesor a cualquier hijo de mis hermanas, y mi elegido eres tú.

—Cusibó es mayor.

—La sabiduría no siempre depende de la edad. Cusibó ha vivido más, pero no tiene juicio. En cambio... —Hizo un gesto impreciso y su mejilla derecha tembló espasmódicamente.

A Tai Tai le costaba trabajo entender lo que decía. Los labios del anciano se torcían como si no pudiera controlarlos.

—No tienes que darme ningún cemí, tío —insistió el joven, resistiéndose a una responsabilidad que no quería—. Seguro que te vas a sanar.

—Yo voy a morir y tú vas a gobernar la aldea —porfió el viejo—, pero antes debes casarte. ¿No has vuelto a ver a Yari?

Tai Tai se sonrojó. ¿Sería posible que su tío hubiese descubierto lo que sentía por la hija del cacique Bagüey?

—No, desde que su padre nos visitó hace dos lunas llenas.

—Bagüey es un buen amigo —murmuró Guasibao—, pero en estos tiempos también necesitamos aliados. Mañana mandaré a un emisario con obsequios. Tengo que sellar el pacto que acordamos para que Yari se despose con mi sucesor.

Había soltado todo aquello con la vista fija en el techo, olvidando la presencia del muchacho que lo escuchaba con avidez. Si Yari debía unirse al nuevo cacique, eso lo cambiaba todo. Haría cualquier cosa por ella, incluso aceptar el peso del cacicazgo. De pronto el viejo parpadeó como quien despierta de un sueño.

—¿Qué haces aquí? —regañó al muchacho—. ¡Vete ya! Y no le digas a nadie lo que hemos hablado.

El joven se puso de pie y salió a toda prisa. Su corazón latía tan fuerte que creyó que todos lo escucharían. ¡Se uniría a Yari! Ese era el pensamiento que ocupaba su mente.

Yuisa hubiera querido que el *tequina* dejara de agitar las malditas maracas, pero el ruido solo cesó cuando Tai Tai abandonó la choza. La mujer siguió al joven con mirada desconfiada hasta que su silueta se perdió en la noche. ¿Qué podían haber hablado esos dos?

Más allá del umbral, el brujo vomitaba para purificarse ayudado por una espátula de madera. Concluida la purga, entró al templo y, a una orden suya, el enfermo fue trasladado al centro sobre una manta de algodón. Los ancianos cerraron más el círculo. Dacaona contenía las lágrimas y hacía votos a Maquetaurie, señor de Coaybay, la Tierra de los Ausentes, para que no se llevara a su hermano.

Haciendo un esfuerzo sobrehumano, el cacique alzó su frágil voz para que todos le oyeran:

—Escuchen todos. Hace muchos soles, Bagüey y yo acordamos que su hija se desposaría con el futuro cacique de esta aldea para que nuestras tribus se unieran por lazos de sangre. He decidido enviarle un mensaje, no porque vaya a marcharme enseguida, sino para tranquilidad de todos.

—¿Quién será tu sucesor, hermano?

Los rostros se volvieron a Yuisa con disgusto. Solo ella era capaz de hacer semejante pregunta en una ceremonia de curación. Era como decirle a la enfermedad que podía quedarse en el cuerpo donde se alojaba. Hasta Dacaona bufó de indignación, pero Guasibao no pareció enterarse o quizá no le importó.

—Mientras esperamos por respuesta de Bagüey —continuó imperturbable—, los naborías seguirán yendo al poblado cristiano. Nada debe cambiar. Quiero que se mantenga la paz con los blancos.

Los presentes se inclinaron con respeto, excepto Yuisa, que apenas disimuló su desconcierto. Los espíritus debían de haberle devorado el juicio a su hermano. ¿Por qué no acababa de anunciar que Cusibó sería el próximo cacique? ¿Por qué se preocupaba ahora por esos extranjeros blancos y por unos miserables jornaleros? Apretó los labios, ajena al canturreo del behíque, que recitaba otra invocación de cura.

Ocanacán se había teñido el rostro con hollín. Necesitaba convencer a la enfermedad de que era tan poderoso como la muerte, que se viste de negro para acompañar a las almas que salen a vagar de noche. Solo así podría persuadirla de que abandonara el cuerpo. A una señal suya, el *tequina* entonó un tarareo que fue repetido por el coro para reforzar las peticiones del brujo:

Madre del remolino,
no destruyas la cosecha.
Madre del remolino,
llévate el mal en tu cesta.

Los bailarines corearon *iora-iré, iaré, io-rai-rá,* golpeando rítmicamente el suelo con sus pies, y con cada pateo se desplazaban un poco más, haciendo rotar el círculo en la misma dirección en que giraban los vientos de un huracán. Los brazos subían y bajaban al unísono, siguiendo el compás de las pisadas, y los cuerpos se balanceaban, alzándose o inclinándose hacia el centro, con una sincronía hipnótica que creaba un poderoso flujo de energías.

Madre Itiba Cahubaba,
Sangre y agua derramada.
Madre Itiba Cahubaba,
Coaybay nos cierra la entrada.

El brujo continuó haciendo invocaciones a las deidades para que lo asistieran en el proceso. El ritmo de la melodía fue en aumento. Cuando la cadencia llegó al paroxismo, el *tequina* dio un grito y todos se detuvieron. Ocanacán se acercó al cacique que dormitaba, hizo varios pases sobre su cuerpo y, tras orar unos instantes, tomó los pies del enfermo y haló con gran fuerza, dando un alarido que sobresaltó a los presentes.

—Aquí está uno de los espíritus que martirizaba a Guasibao —anunció, mostrando la piedra que guardaba en un puño—, pero hay otro que no quiere salir.

Aunque había tomado la piedra del suelo delante de todos, su afirmación no encerraba engaño alguno. Al pasarla por el cuerpo del enfermo había recogido los malos efluvios; y una vez que el mal quedaba encerrado, podía anularse. Salió del templo, se alejó unos pasos y arrojó la piedra hacia las sombras.

Luego regresó para incorporarse al ruedo, los miembros del corro se tomaron de las manos, las elevaron y, como si cortaran el aire, las bajaron de golpe trazando un movimiento circular que las llevó a sus espaldas, fuera del círculo, para liberar los espíritus dañinos. Repitieron la operación hasta que el behíque les indicó que el ambiente estaba limpio.

Finalmente se sentaron en torno a la hoguera. Ocanacán ocupó el *dujo* con el respaldo más alto, frente a una vasija tallada con la imagen del dios Deminán Caracaracol, de cuya espalda había nacido la primera mujer. Sobre el plato que coronaba su cabeza, mezcló los polvos. Tomó una horquilla hueca que imitaba la pata de un ave con tres dedos, introdujo los extremos delanteros en sus narices y el otro dentro del polvo, y aspiró hasta notar el punzante cosquilleo. Esperó un poco para repetir el proceso. La sensación se extendió por su pecho y un relámpago estalló en su cabeza: había abierto la puerta de los dioses.

Durante un rato permaneció con los ojos cerrados, reclinado en el *dujo* ceremonial, que apenas se elevaba un palmo del suelo. Poco a poco la oscuridad de sus párpados fue poblándose de árboles monstruosos, de criaturas transparentes, de flores mutantes... Una enorme culebra salió de un rincón y lo examinó con aire de sabiduría. Ocanacán esperó a que le hablara, pero el animal alzó la vista con una expresión completamente humana para observar algo suspendido encima del hechicero, quien volvió a recostarse sobre el espaldar curvo para averiguar lo que atraía a la culebra. El techo de la vivienda se había vuelto traslúcido. Más allá, flotando entre las nubes, estaba Ella con su manto azul que temblaba con el azote del viento.

Ninguno de los presentes la vio, pero una ráfaga de aromas delicados sopló a través de las paredes. Fue como si el miedo y el dolor se desvanecieran del mundo.

—Señora —murmuró Ocanacán.

Las pupilas dilatadas del brujo parecían las de un animal nocturno. Desde su escondite Mabanex notó la transfiguración; y cuando el brujo habló de nuevo, se estremeció:

—*Hijos míos* —dijo una voz que sonó mil veces más antigua y poderosa que la del behíque—, *ha llegado el fin de vuestras lunas.*

Dacaona ahogó un grito. De todos los presentes era la única que tenía poderes para penetrar en el Otro Reino sin necesidad de aspirar *cohoba*. Por eso pudo distinguir la figura blanquecina que flotaba cerca del techo.

—Atabey —susurró ella.

Si Ocanacán hubiera estado consciente, seguramente se habría enojado mucho con aquella injerencia, pero ahora se hallaba lejos de toda emoción.

—*Si ese nombre me das, ese nombre tengo* —respondió la silueta a través de la garganta del brujo—. *Estoy aquí para advertiros. Los días de Guasibao terminan y su heredero deberá enfrentar el destino marcado por los hombres blancos. El final de un tiempo se acerca y otro nuevo comienza. Alguien con mi señal vendrá, alguien que porta la marca de la Gran Madre perpetuará la memoria de los taínos.*

—¿Qué marca es esa? —preguntó Yuisa, que no podía ver la silueta flotante, pero escuchaba la extraña voz que salía de la garganta del behíque.

Tres puntos luminosos se encendieron como estrellas en el cielo.

Casi enseguida una fosforescencia se extendió bajo los luceros, formando un arco de luz.

—No veo nada —protestó Yuisa con impaciencia.

—Hay tres estrellas posadas sobre un cuenco —susurró Dacaona.

—¿Dónde están? —mascullo Yuisa—. ¿Cómo son?

Dacaona las dibujó en el suelo.

—*Guasibao vivirá hasta que su sucesor sea nombrado* —dijo la entidad que hablaba a través del brujo—. *La tribu se convertirá en una culebra de dos cabezas y el último cacique subirá al poder.*

—¿El último cacique? —preguntó Dacaona—. ¿Nuestra tribu desaparecerá?

—*Habrá taínos, pero no habrá pueblo.*

La silueta fantasmal se elevó un poco más, aunque solo Dacaona y el behíque la vieron. Para Ocanacán era una sombra sin rostro. Para Dacaona era una figura cegadora a la que apenas podía mirar de frente, porque sus rasgos se asomaban bajo un manto tejido con rayos de sol.

—*Se acerca* —continuó Ella—, *pronto estará aquí.*

—¿Quién, Madre?

—*La criatura con la marca de la Diosa* —susurró la silueta—. *Y deberás traerla a mí por el camino de la cohoba.*

Una ráfaga sopló en la noche, pasando sobre la aldea con un aullido. Cuando su presencia se esfumó, todos sintieron que el dolor y el sufrimiento volvían a penetrar en aquellas paredes.

Mabanex escuchó el silbido del viento y oteó asustado a su alrededor. Entre los matorrales del bosque creyó ver una figura blanquecina que flotaba encima de las ramas y, lleno de espanto, echó a correr hacia su casa.

Dentro del templo, Ocanacán se sumió en un profundo letargo y los ancianos murmuraron sus adioses al retirarse. Yuisa se recostó en su *dujo*, pensando en la sucesión que le correspondería a su hijo, pero volvió a recordar el rostro extático de Tai Tai y sintió un sabor amargo en la boca.

Únicamente Dacaona permaneció indiferente a las noticias sobre las desgracias que se avecinaban. Sus pensamientos volaron hacia el pasado, inquietos y esperanzados a la vez, porque en toda su vida solo había conocido a una persona que llevara la marca anunciada por la Diosa: alguien a quien perdiera muchos soles atrás.

7

Dentro de la iglesia, no sobraban asientos vacíos ante el enorme crucifijo de plata que presidía el altar, cubierto por una pieza de terciopelo rojo. La iluminación provenía de las antorchas afincadas en las paredes de piedra. Y aunque las ventanas laterales estaban abiertas para favorecer el paso de la brisa nocturna, la atmósfera del recinto era un caldo irrespirable. El apretado gentío generaba una mezcla de emanaciones donde se juntaban sudores, deyecciones de animales adheridas a las suelas, residuos de diversas comidas y otras miasmas indescifrables. Solo el humo de los incensarios diluía a medias la fetidez.

Cuando Jacobo y su hija llegaron, la reunión ya había empezado. En un pasillo lateral, Juana divisó un tonel al que trepó para ver mejor.

—Creí que ya estaban claros los privilegios y las obediencias que nos corresponden —decía aquel caballero del sombrero emplumado que había espantado a los curiosos en la plaza.

—Con vuestra venia —interrumpió un hombre de camisa visiblemente sucia.

—Hablad, Lope, que esta asamblea se ha hecho a instancia vuestra.

—A instancia de muchos, señoría —aclaró el aludido—, no soy el único que quiere un cambio en las ordenanzas. Esta villa se ha vuelto una casa de beneficencia. Todos los meses los indios se presentan con un puñado de oro que nos entregan como si fuera una limosna. A ese paso no veo cómo vamos a adquirir algunos bienes. Se nos prometió dinero, pero solo nos tocan migajas porque todo se lo llevan los recaudadores de la Corona.

Un murmullo de frustración recorrió la multitud.

—Por si fuera poco —continuó Lope— debemos entregarles a los indios provisiones y mercancías que ni siquiera bastan para nosotros.

—¿Y qué proponéis?

—Sois aquí la máxima autoridad, teniente Ximénez. Bien podríais abrir encomiendas verdaderas como hacen en La Española.

¿Acaso hemos olvidado cuál es nuestra verdadera misión? ¿Por qué debemos tener consideraciones con gente que ultraja a nuestros santos?

Se produjo un revuelo en la concurrencia.

—Disculpad vuesas mercedes —reclamó una voz al fondo de la nave—, ¿qué ultrajes son esos?

Muchas cabezas se volvieron para ver quién había hablado. Incluso Juana tardó en darse cuenta de que el interlocutor era su propio padre.

—¿Quién sois? —preguntó Lope escudriñando las sombras—. ¿Por qué os ocultáis?

—Me llamo Jacobo —respondió este abriéndose paso entre la multitud— y no me escondo.

—No recuerdo haberos visto antes.

—Desembarqué hoy.

—Ah, eso explica vuestra ignorancia en el asunto —dijo Lope—. Ocurre que los indios nos han engañado. Asistieron a nuestras primeras misas con fingida devoción y nos pidieron estatuillas de nuestros santos. Con gusto se las regalamos porque creímos que la caridad cristiana había entrado en sus corazones. Luego descubrimos que esos brutos las mancillaban con orina.

Los gritos de indignación fueron acallados por las carcajadas de Jacobo.

—No entiendo de qué os reís —repuso Lope con franco enojo.

—Disculpadme de nuevo —dijo Jacobo—, solo me río de vuestra ignorancia.

El rostro del aludido se puso encarnado.

—¿Me insultáis?

—No lo toméis a mal, señor, los indios no pretenden ofender a nuestros santos. Orinar sobre las imágenes es solo una muestra de respeto.

Juana hubiera querido que su padre se callara. Cada frase suya incitaba un griterío mayor que ahogaba sus palabras.

—¡Dejadlo hablar! —tronó el teniente Ximénez.

—Sí, dejadlo exponer las razones de su irreverencia —reclamó el sacerdote cadavérico que les había avisado de la reunión.

—No quise ofender a nadie, fray Severino —repuso Jacobo—,

pero si de algo han pecado los indígenas es de exceso de fe. Me imagino que sabréis qué son los cemíes, esas figurillas que representan a sus dioses. Los adoran con la misma veneración con que nosotros adoramos a nuestros santos, y piensan que son propicios a las cosechas. Por eso los entierran en sus sembrados y les orinan encima para imitar la lluvia que fertiliza la tierra. Es parte de sus creencias. Si están haciendo lo mismo con nuestros santos, quiere decir que tienen fe en ellos.

El fraile se puso tan rojo que pareció que iba a estallar.

—¿A esa blasfemia llamáis fe?

Lope intervino para evitar que la discusión se desviara de su curso.

—Aparentáis conocer bien a los salvajes —dijo—. Se me antoja bastante peregrino para alguien que acaba de llegar.

—Es la segunda vez que vengo a estas tierras —respondió Jacobo—. Ya había estado aquí con el Almirante, que es el padrino de mi hija... ¿Dónde se habrá metido? ¡Ah, vedla allí!

Las miradas de los parroquianos convergieron en Juana, que se arrepintió de haberse encaramado a aquel barril. Varios se desplazaron un poco de sus puestos para ver mejor a la niña, casi una adolescente, que no sabía dónde meterse. Era de apariencia menuda, aunque robusta, de pómulos anchos y naricilla graciosamente achatada. Su cabellera rebelde escapaba en rizos bajo la redecilla y cubría a medias sus ojazos de color indefinido que algunos, a la luz de las teas, creyeron verdosos, y otros, de color ámbar rojizo o quizá miel; pero pocos prestaron atención a sus rasgos discordantes y, a la vez, atractivos. Solo querían conocer a la ahijada del descubridor. Incluso Lope y fray Severino se quedaron sin habla. ¿Sería cierto eso?

—Lástima que el Almirante haya muerto, que el buen Dios lo tenga en su santa gloria, y no pueda acreditar la veracidad de vuestras palabras.

—Yo puedo —intervino fray Antonio, cuyo reclamo desvió la atención hacia su persona—. Mi mentor de noviciado, fray Crescentino, fue el diácono del bautizo.

—¿Eso es todo, Lope? —dijo el teniente Ximénez, aprovechando el silencio general.

El hombre hizo un esfuerzo por recuperar su compostura:

—Con la venia, teniente, ya termino. Hace algún tiempo, el gobernador envió a don Diego Velázquez para que pusiera orden en esta isla. Por desgracia, hemos tenido que castigar a algunos rebeldes y eso nos ha dado mala fama entre los indios, pero muchos súbditos de la Corona han muerto también. Por eso no debemos aflojar la mano contra quienes se atreven a desafiarnos. Como tengo fe en la disciplina del trabajo, pido que se establezca un sistema de encomiendas como el que rige en La Española. De lo contrario, no lograremos para España la gloria que merece, ni conseguiremos inculcar los verdaderos valores cristianos. ¡Esa es nuestra cruzada contra los infieles del Nuevo Mundo!

Olvidando que estaban en la casa de Dios, la mayoría irrumpió en exclamaciones de apoyo. Unos pocos trataron de explicar que las encomiendas de La Española habían terminado en sangrientas matanzas donde habían muerto indios y cristianos por igual, pero nadie los escuchó. Fray Antonio alzó las cejas en dirección a Jacobo como para decirle: «Te lo advertí».

El teniente alzó un brazo.

—Quiero recordaros el decreto de la Real Provisión sobre los indígenas. La ley es clara: los indios son hombres libres y trabajarán en nuestras haciendas a cambio de manutención. Hasta donde sé, la Corona no ha suspendido tales ordenanzas.

—Pero en La Española...

—¡No me importa lo que ocurre en La Española! —gritó el teniente, arrojando un vistazo furibundo sobre Lope—. Estoy harto de vuestras quejas. Aquí en Banex se cumple lo que yo ordene. Y quien no esté conforme, puede ir a quejarse a Sevilla.

Se hizo un silencio de muerte.

—Si alguien tiene otro asunto que discutir —prosiguió Ximénez—, estaré mañana en el almacén. Id con Dios.

La multitud se fue dispersando. El teniente se retiró por una puerta lateral acompañado por tres hombres. Lope y fray Severino se escabulleron por otra. Y Jacobo se detuvo junto al altar para cuchichear con el padre Antonio.

Sin deseos de esperar, Juana salió de la iglesia para alejarse de aquel ambiente que le provocaba sobresaltos en el estómago. Afuera latía el pulso de la selva llena de sonidos hermosos como salmos, aunque no provinieran de un coro humano. A Juana le gustaba aquella música de gorjeos y chirridos. Le daba deseos de bailar bajo la luna. Permaneció contemplándola como si esperara una revelación.

—Juana, ¿qué haces aquí? —Su padre se acercó rápidamente—. Es peligroso andar sola de noche.

—No voy a perderme. El pueblo es muy chico.

—Puede haber gente merodeando cerca —explicó él.

—¿Qué gente?

Por toda respuesta, Jacobo la tomó de la mano para llevarla de regreso a la iglesia. Juana percibió un malsano silencio a su alrededor. La música de la selva había cesado como si sus criaturas advirtieran un peligro. Al volverse hacia la explanada, sus ojos tropezaron con la mirada inquisitiva del hombre llamado Lope.

8

El malhumor de Yuisa se había convertido en un hosco silencio. No podía olvidar el comportamiento de Guasibao. Por eso pasó la noche agitándose en su hamaca y despertando a quienes dormían cerca.

Compartía la vivienda con su hijo Cusibó, su esposo —un hombre callado que parecía más feliz cuando se iba de pesca—, y dos cuñadas, hermanas de su marido, con sus respectivos esposos y retoños. Tenía sobradas razones para ser feliz, pero no lo era. Siempre se mostraba hosca y distante. Los niños huían de ella y hasta su familia la evitaba. Incluso su marido había considerado separarse, pero dada la posición de su mujer, eso lo obligaría a regresar a su aldea y dejar atrás a su único hijo. Así es que había preferido quedarse. Por suerte para él, Yuisa lo ignoraba la mayor parte del tiempo, enfrascada en menesteres como el futuro de Cusibó.

Alimentaba la idea de verlo convertirse en uno de los jefes incluidos en la asamblea del Gran Señor de Baní, gobernador supremo de toda la región, a quien el resto de los caciques obedecía. Sin embargo, se hallaba cada vez más preocupaba por la indiferencia de su hermano; y tras el anuncio de la boda de Yari con el anónimo sucesor, sus nervios empezaron a ceder.

Guasibao no respondía a sus preguntas o contestaba hablándole de otra cosa, como si no estuviera en sus cabales. ¿Lo hacía a propósito? ¿Existiría alguna confabulación para robarle el nombramiento a Cusibó? ¿Lo habría convencido Bawi para que eligiera a Tai Tai? Era lo único que explicaría todo ese cuchicheo entre el cacique y su sobrino.

Decidida a averiguarlo, abandonó su hamaca bien temprano en la mañana, desayunó un mamey entero y se ocupó de sus deberes. No quería que le reprocharan su indolencia, así es que ralló la yuca suficiente para el casabe de tres días, dejando a sus cuñadas la tarea de amasar y hornear la masa, se lavó en el arroyo cercano y procedió a acicalarse para hacer su ronda social.

Se puso una nagua* clara, con diseños en negro que ella misma había estampado usando sellos de madera, un collar de cuentas rojas y blancas con la imagen de Itiba Cahubaba, la Madre Tierra que muriera en el parto de los cuatrillizos divinos, y usó pintura roja para dibujarse en los muslos el diseño de un punto dentro de un círculo —símbolo de maternidad— acompañado de un triángulo —signo de fecundidad—. Su ajuar dejaba bien claro quién era la hermana encargada de la sucesión.

Ataviada de aquel modo, atravesó la aldea sin responder a los saludos de quienes se cruzaban en su camino. Por causa de ese comportamiento muchos la comparaban con los extranjeros blancos, un verdadero insulto para quien pertenecía a una conocida familia de nitaínos. Su padre, el cacique Güeinerí, había tenido dos esposas. La primera le dio siete hijos, de los cuales solo sobrevivieron Guasibao, Dacaona y Yuisa; la segunda, mucho más joven, solo le dio una hija: Bawi. Por supuesto, el joven Guasibao no pudo convertirse en cacique tras la muerte de su padre. Ese honor le estaba reservado a un hijo de la hermana mayor del difunto. Su nombramiento ocurrió cuando el cacique Jabanox, hermano de su propia madre, murió de un mal fulminante. Fue así como se convirtió en jefe de esa aldea. Y sus tres hermanas

* Falda generalmente corta que usaban las taínas para indicar su estatus de casadas. Aún hoy, en muchas regiones de habla española, se usa la palabra «enagua», derivada del vocablo indígena, para denominar la prenda interior femenina que se usa debajo de un vestido o falda.

abandonaron la suya para seguirlo; una decisión muy natural, pues la sucesión de un cacique siempre dependía de algún sobrino por vía matrilineal.

Yuisa era consciente de su posición y trataba a todo el mundo con altivez. Nunca se le pasó por la cabeza que Bawi, a quien consideraba una intrusa, pudiera tener tanto derecho como ella, aunque los últimos acontecimientos resultaban tan alarmantes que se dispuso a disipar cualquier duda.

Junto al bohío de Bawi, dos niños jugaban con el cibucán que colgaba de un árbol, a poca altura del recipiente sobre el que goteaba una sustancia blanquecina.

—¡Cuidado no derramen el cuenco! —gritaba Bawi—. ¡Les dije que se sentaran en el tronco, no que se mecieran!

Bawi también se había levantado temprano para hacer pan. Ninguna mujer de la aldea estaba exenta de realizar aquel trabajoso proceso que se iniciaba con el rallado de la yuca cruda. El jugo que se desprendía —la *anaiboa*— podía ser muy tóxico, especialmente si la planta no había recibido suficiente lluvia. Por eso, una vez rallada la yuca, la masa resultante se exprimía dentro del cibucán, un largo colador de fibra que solía colgarse de un árbol para extraer hasta la última gota de veneno.* El extremo inferior del cesto terminaba en una gruesa anilla por donde se introducía un palo que servía para darle vueltas y exprimirlo. Finalmente, la masa seca se aplanaba y se cocía sobre una piedra lisa. Así se horneaban las tortas de casabe, el pan taíno que duraba semanas.

Bawi planeaba hacer *jau-jau*, un delicado casabe hecho con la harina más fina, que llevaría al cacique.

—Espero que tu corazón esté en paz, Bawi —saludó Yuisa con formalidad.

—La paz que me deseas te la devuelvo dos veces —respondió

* Hay dos variedades de yuca: amarga y dulce, llamadas así no por su sabor, sino por la cantidad de toxinas peligrosas que contienen, siendo la primera (usada por los indígenas) la más venenosa, debido a su gran concentración de ácido cianhídrico. La variedad dulce puede ser ingerida sin peligro después de hervirse. Esta es la que se consume actualmente en la cocina cubana.

Bawi con aire distraído, atenta a las volteretas de los muchachos sobre el madero del cibucán.

—¿Cómo está el cacique?

Su hermanastra la miró con sorpresa.

—¿No estuviste anoche en la ceremonia?

—Sí, pero como tu hijo fue el único que habló a solas con él, pensé que sabría algo nuevo.

—¿Qué quieres decir con que «habló a solas»? ¿No estaban allí Dacaona, el behíque y los demás?

—¿Tai Tai no te contó nada?

—¿Sobre qué? —preguntó Bawi, volviéndose para vigilar a los muchachos.

—Pues no sé, nadie pudo escuchar lo que Guasibao le decía.

—Supongo que... ¡Basta ya, niños! Dejen el juego y traigan el cibucán.

Yuisa comenzó a perder la paciencia.

—¿Dónde está Tai Tai? —preguntó.

—Lo envié a la costa para que trajera cangrejos.

—¿Cómo es posible que no te mencionara su conversación con el cacique?

—No sería nada importante —respondió Bawi, que se acercó al árbol para ayudarlos con el cesto—. Quizá le estaba dando algún consejo.

Yuisa estalló.

—¿Qué consejos puede darle un cacique moribundo a un sobrino, a menos que sea su sucesor? —gritó ella.

Alarmados por el escándalo, los chicos casi dejaron caer la carga.

—No entiendo de qué hablas —repuso Bawi con sorpresa—, pensé que el sucesor era tu hijo. ¿Por qué no le preguntas a nuestro hermano?

—¿*Nuestro* hermano? Hasta donde sé, Guasibao solo tiene dos hermanas: Dacaona y yo.

Bawi se quedó observando a la mujer sin comprender a qué venía todo aquello. De pronto vislumbró la causa de tanta irritación.

—No creo que mi hijo vaya a ser sucesor de nadie, ni siquiera de *nuestro* hermano —dijo con énfasis, porque tampoco estaba dispuesta a renunciar a sus vínculos de sangre con el cacique—. No deberías preocuparte.

Yuisa estudió el rostro de Bawi y supo que hablaba con sinceridad. Después de pensarlo un poco, decidió que si Guasibao hubiera nombrado heredero a Tai Tai, este habría corrido a contárselo a su madre. Respiró más tranquila.

—Tienes razón —dijo Yuisa—, hablé así porque me siento inquieta por Guasibao.

—Yo también, pero no permito que los malos pensamientos entren en mi cabeza. Después de hornear el casabe, me pondré a hilar para hacerme una falda. Deberías hacer lo mismo.

Yuisa se alejó de Bawi y los chicos que sacaban la masa del cesto. Quizá si le preguntaba directamente a su hermano, él mismo se encargaría de aclararle todo. Su seguridad se esfumó cuando vio a Tai Tai cruzando la explanada, con una ristra de cangrejos al hombro, casi flotando de felicidad. Por la bendita Itiba, ¿qué le habría dicho Guasibao? ¿Y si el muchacho se había aprovechado de su enfermedad para confundirlo?

Resolvió que había llegado el momento de pedir ayuda a Dacaona. No por gusto era la única que había compartido las visiones del behíque sin necesidad de aspirar *cohoba*. La divisó bajo un árbol en compañía de Mabanex. Sin pensarlo, se dirigió a su encuentro.

—Espero que tu corazón esté en paz —saludó Yuisa.

La mujer y el joven se volvieron.

—La paz que me deseas te la devuelvo dos veces —contestó Dacaona y volvió a su tarea de instruir al muchacho, que revolvía una brillante pasta negra.

Aquella labor era propia de quienes pertenecían a la nobleza. Dacaona había aprendido el oficio de su madre y de su abuela; y ahora lo transmitía a Mabanex, que esa mañana la ayudaba a preparar colores, triturando minerales y semillas, mientras ella trazaba líneas onduladas en una vasija empleando fibras vegetales.

—Necesito hablar a solas con mi hermana.

Mabanex alzó la cabeza para mirar a Yuisa y luego a Dacaona.

—Puedes irte, hijo —dijo Dacaona—. Hiciste suficiente por hoy.

—Prometiste enseñarme a batir otros tonos —protestó Mabanex, lanzando una ojeada de rencor a Yuisa.

—Ven mañana.

El muchacho se alejó, mascullando su frustración.

—¿Qué sabes de nuestro hermano? —preguntó Yuisa sin rodeos.

—Duerme desde anoche —dijo Dacaona volviendo a su labor—. Y no tengo ni idea de lo que habló con Tai Tai.

Yuisa dio un respingo de sorpresa.

—Sé lo que te preocupa —continuó la otra—, pero mis poderes son limitados aunque algunos piensen lo contrario. De todos modos, confío en que Guasibao escogerá al mejor.

—Ese es el problema, Guasibao no tiene que escoger. La sucesión le corresponde a Cusibó.

Dacaona colocó la vasija a medio pintar sobre una piedra lisa.

—Disculpa que te diga esto, hermana, pero lo único seguro de una sucesión es que el heredero debe venir por vía de una hermana o de otra mujer que lleve la sangre del cacique. No existe ninguna ley que obligue a escoger al sobrino primogénito, y te recuerdo que Cusibó y Tai Tai tienen casi la misma edad.

—Pero Tai Tai *no* es su sobrino. Bawi es solo nuestra hermanastra.

—A Guasibao nunca le importó eso y, para serte franca, a mí tampoco. Bawi lleva nuestra sangre. Siempre ha sido una de nosotros. Compartimos el mismo padre, y además...

Se detuvo, a punto de decir que Tai Tai era mucho más listo que Cusibó.

—Además, ¿qué? —insistió Yuisa.

—Guasibao sabe lo que hace —concluyó Dacaona, tomando de nuevo la vasija para seguir coloreándola.

Yuisa contempló los dibujos que iban apareciendo sobre el barro moldeado y de pronto vio claramente lo que podría ocurrir, lo que quizá ya había ocurrido. Guasibao nombraría a Tai Tai. Solo eso explicaba que hubiera ignorado a Cusibó en su lecho de muerte.

Llena de furia, dio media vuelta y se marchó, decidida a no darse por vencida.

9

Juana pasó la noche inmersa en extraños sueños. Caminaba por un bosque que brillaba con una niebla luminosa. Desde las ramas desnudas, enormes aves multicolores acechaban su marcha. Alguien comenzó a llamarla a gritos... y casi se cayó de la hamaca.

—¿Qué pasa? —murmuró, aún adormilada frente a su padre.

—Me pediste que te despertara temprano.

—Todavía es de noche —se quejó, notando las estrellas que hacían guiños más allá de la ventana.

Un sonido profundo, como si el océano brotara de una cueva, atravesó la brisa.

—¿Qué es eso? —preguntó asustada.

—La señal del guamo.

Juana parpadeó sin comprender.

—¿La señal de qué?

—De los indios que llegan —añadió él—. Ven, come algo.

Juana salió al comedor en camisón de dormir y se sentó ante el plato preparado por su padre. Mordió con desconfianza la masa blanca y dulce del fruto que se deshizo en su boca y, tras decidir que le gustaba, empezó a comer deprisa. Al terminar, se lavó con el agua de lluvia recogida en un barril, se cambió de ropa y se sentó a esperar afuera con su flauta.

Muchos lugareños ya estaban despiertos y trajinaban entre las hogueras. Pronto amanecería, pero nadie apagó los fuegos. Por el contrario, varias mujeres se ocuparon de alimentarlos para preparar las comidas de quienes aún no contaban con fogones.

El guamo sonó con más fuerza desde el poniente y otro respondió desde las cercanías del polvorín. Juana sospechó que el segundo provenía de la estancia indígena y tomó nota del sitio donde tendría que buscar.

—No vayas a perderla —dijo Jacobo al salir de la choza, notando que la flauta se había deslizado hasta el suelo.

Ella la guardó en el bolsillo interior de su falda y lo acompañó hasta la plazuela cercana al almacén, donde algunos vecinos se ocupaban de acarrear provisiones. Bajo la incipiente claridad de la aurora, los guacamayos de colas rojas y alas azules centelleaban como joyas vivas, sacudiéndose el rocío desde el entramado de los árboles. Una bandada de flamencos surcó el aire, despertando a los vecinos remolones con sus estridentes graznidos. El mundo se engalanaba como un reino encantado.

El sonido del caracol volvió a escucharse y, casi de inmediato, una fila de personas surgió de detrás del polvorín. Aunque eran de piel más oscura que los habitantes de la villa, parecían más limpios que los españoles. No vestían ropas, en el sentido que Juana le hubiera dado al término, sino batas cortas y amorfas, estampadas con incomprensibles dibujos en rojo y negro, que les cubrían el torso y dejaban libres las extremidades; algunos solo llevaban un trapo alrededor de las caderas.

—No van desnudos —murmuró Juana, casi con desencanto.

—Fue una condición que impuso fray Severino para que pudieran entrar —susurró Antonio a sus espaldas.

El joven fraile se había acercado sin que lo notaran.

—¿Cómo los obligan? —preguntó Jacobo.

—No es algo que les importe mucho. Ahora muchos se visten así en sus aldeas, especialmente las mujeres, que han descubierto que las ropas pueden servirles de adorno.

Juana se adelantó para observarlos mejor, maravillada por sus cabellos lacios como hilos de agua, sus rostros de pómulos anchos y sus ojos grandes de expresión impúdica e inocente a la vez.

Después que el guamo volvió a sonar, otro grupo emergió de la selva por el extremo occidental de la villa. Al frente iba un joven con aspecto de jefe. Su piel estaba cubierta de dibujos trazados con una sustancia oleaginosa que lanzaba destellos al caminar. Lo seguía un muchacho con un caracol en la mano y, detrás, el resto de la comitiva.

Cuando el chico del caracol se disponía a soplar de nuevo, su mirada descubrió a Juana. Sorprendido por aquella aparición de cabellos ensortijados, tocó una nota en falso. La comitiva se detuvo y el joven, aún absorto, tropezó con la espalda del guía y dejó caer el caracol, que rodó hasta los pies de Juana. Ella se apresuró a recogerlo.

—*Jajón* —le agradeció él, casi temblando.

—*Ba-matún* —susurró Juana, olvidando la advertencia de su padre.

En medio del tumulto nadie notó el incidente, excepto Lope, que no había perdido de vista a la moza y se dio cuenta de que había intercambiado unas frases con el indígena. Sus pupilas se contrajeron desconfiadas.

Jacobo tomó de la mano a su hija para arrastrarla lejos del grupo. Solo entonces el jovencito salió de su estupor y, recuperando la compostura, sopló el caracol con tanta energía que el suelo y el aire temblaron.

Tres nativos se adelantaron para volcar el contenido de sus jabas sobre una fuente de barro en el suelo. Los guijarros de oro despidieron resplandores flamígeros.

Juana sondeó los rostros de sus compatriotas y no le gustó lo que vio. Sobaban esas piedrecillas con la misma avidez con que los pordioseros de su ciudad codiciaban la comida, pero a diferencia de los infelices hambrientos había algo turbio en las expresiones de los colonos.

Tan pronto el notario registró en sus libros la mercancía ya pesada y medida, los indios recibieron piezas de tela, granos y cascabeles.

—Hermanos —dijo el teniente Ximénez a los frailes—, ya podéis ocuparos de la misa.

Indígenas y cristianos se dirigieron a la iglesia. Los colonos se apretujaron a un lado de la nave, aunque había espacio de sobra en el flanco de los indios. Sin que mediara palabra entre ellos, Juana y su padre se abrieron paso hacia la zona despejada de la nave. Tras cierta duda, algunos colonos siguieron su ejemplo y se pasaron al lado indígena.

Fray Severino se había quedado inmóvil, con la Biblia en las manos, viendo el movimiento de los fieles. Fray Antonio carraspeó discretamente y su colega reaccionó, colocándose ante el altar.

—*In nomine Patris, et Filii, et Spiritus Sancti.*

—Amén —respondieron todos.

Juana, que nunca había prestado mucha atención a la misa, ahora la ignoró por completo, demasiado emocionada en medio de esas criaturas oscuras y extrañas. Viéndolas tan cerca, se dedicó a estudiar los dibujos que cubrían las túnicas de las mujeres y los cuerpos de algunos hombres. No estaba segura si eran simples decoraciones o un tipo de lenguaje. Algunos parecían animales o criaturas desconocidas, otros eran líneas que se unían de diversas maneras para formar círculos, espirales y otras figuras indescriptibles.

—*Introibo ad altare Dei...*

Juana se rascó el cuello para sacudirse un cosquilleo en su nuca, pero la molestia aumentó.

—*Confiteor Deo omnipotenti.*

Juana volteó ligeramente la cabeza y notó que el muchacho del caracol tenía la vista fija en ella. Una oleada de calor se extendió por su cuerpo. Durante el resto de la misa le costó trabajo concentrarse. Se inclinaba sobre su libro de oraciones y, en lugar de letras, veía la expresión asombrada del joven. En su mente bullía una maraña de ideas que ni ella misma entendía. Al final del servicio, su padre se inclinó para susurrarle:

—Fray Antonio me dijo que habrá una fiesta. Puedes venir si quieres.

—Creo que me iré a casa.

Jacobo parpadeó estupefacto. Desde que desembarcaran su hija no había dejado de preguntar por los indios y, de pronto, no le interesaban.

—¿Qué tienes?

—Me duele la cabeza.

Se escabulló entre la gente sin saber de qué huía. Echó a andar hechizada por sus zapaticos de piel, que se asomaban bajo las faldas como conejos asustados, y solo se detuvo en el límite de la selva, cerca del lugar por donde aparecieran los visitantes.

El suelo era un colchón de hojas húmedas que servían de abono a las vigorosas lianas enroscadas en los troncos. Cascadas de raíces aéreas colgaban de las ramas. Escudriñó la maleza, intentando descubrir el sendero secreto al caserío, pero la selva formaba una cortina apretada. Se dejó caer sobre un tocón rodeado de helechos y recordó la flauta que llevaba en el bolsillo. Tocó una corta secuencia y el sonido la tranquilizó. Provenientes del lejano bullicio de la fiesta, cánticos rítmicos retumbaron en sus oídos.

—*Tau.*

Juana brincó de sorpresa. Junto a ella estaba el muchacho del caracol.

—*Da iri ka Mabanex* —se presentó él.

Juana solo había practicado aquella lengua con su padre. Casi llegó a pensar que solo ellos dos podían hablarla. Por eso se emocionó al entender lo que decía el muchacho: «Mi nombre es Mabanex».

Indecisa, echó una ojeada a su alrededor. Estaban solos.

—*Da ka Juana.*

El muchacho añadió otra frase que ella no captó. A Juana le pareció que tenía las pupilas más mansas que había visto en su vida.

—*Da maita* —se quejó ella, sacudiendo la cabeza.

Mabanex se mojó los labios y volvió a repetir la frase en su lengua dulce y musical. Esta vez Juana lo entendió: «¿Dónde aprendiste a hablar como nosotros?»

—*Da baba.*

Solo pudo decir «mi padre» porque no recordó el verbo *enseñar.*

Mabanex asintió y volvió a preguntar muy despacio:

—¿Y cómo aprendió él?

—Él estar… aquí antes —dijo ella, intentando desenterrar los vocablos aprendidos en sus lecciones.

Mabanex dijo algo incomprensible, pero al ver su expresión repitió la pregunta señalando la flauta.

—Sí —respondió ella—, sé tocar un poco. Estoy aprendiendo.

—¿Me dejas probar? —propuso él, dejando el caracol a sus pies para acercarse a Juana.

La niña le tendió el instrumento.

—Muy bonito, es como un…

El muchacho rodó por tierra, aturdido por un bofetón que lo alcanzó en pleno rostro. Todo ocurrió tan rápido que ninguno tuvo tiempo de reaccionar frente a la sombra que se interpuso entre ellos como un relámpago.

—¿Cómo te atreves, desmadrado? —gritó el hombre furioso, sin dejar de patearlo—. ¡Bellaco ruin! ¡Aprende a respetar a tus señores!

Juana permaneció paralizada unos instantes, viendo la golpiza que llovía sobre el joven que solo atinaba a cubrirse la cabeza. Entonces reconoció al sujeto llamado Lope, el mismo que la había mirado de manera tan insistente.

—¿Qué hacéis? —reaccionó ella por fin—. ¡Dejadlo he dicho!

Pero el hombre siguió aporreando al muchacho que trataba de esquivarlo desde el suelo. Sin detenerse a pensar, Juana se lanzó sobre el agresor mientras gritaba y le pegaba con sus puños. Aquello sorprendió al hombre, que dejó de patear a Mabanex y trató de apartarla, sujetándola por los brazos. Juana retrocedió, respirando agitadamente. Por puro instinto se irguió entre Lope y el chico, que sangraba a causa de los arañazos y de un labio partido.

—No os inquietéis, doña —dijo el hombre—. No voy a matar a ese salvaje, aunque se lo merece.

—¡Apartaos de él! —gritó Juana con el rostro lívido.

—Pero...

—¡Dejadlo en paz!

Varias personas que habían escuchado el altercado corrían hacia ellos.

—¿Qué ha ocurrido? —preguntó Jacobo, palpando a su hija para comprobar si estaba bien.

—Ese canalla golpeó al muchacho.

Jacobo se agachó junto a Mabanex para ayudarlo a levantarse en el instante en que se acercaban otros indígenas.

—*¿Taín waba?* —preguntó Jacobo en un susurro: «¿Estás bien?».

Los indígenas casi saltaron de sorpresa al oírlo.

—*Jan* —respondió el joven.

—¿Qué alboroto es este? —inquirió fray Antonio.

—Ese indio pretendía manosear a la señorita —dijo Lope.

—No es cierto —protestó Juana, arreglándose las ropas en desorden—, solo estábamos hablando.

—¿Hablando? —dijo Lope, cuyo rostro reflejaba ahora un gran desprecio al comprender que la ingrata defendía al indio—. ¿La señorita entiende esa lengua de diablos?

Jacobo miró alarmado a su hija, quien logró balbucear:

—Es un decir, me oyó tocar la flauta y me dio a entender por señas que quería verla.

Los indígenas escuchaban la conversación en silencio. Ni siquiera los que conocían un poco la lengua de los blancos entendían por qué peleaban, pero las actitudes eran elocuentes: el hombre de la camisa sucia había atacado a Mabanex, el barbudo que hablaba como ellos estaba preocupado o molesto, el brujo de la túnica oscura quería saber qué ocurría y la niña que defendía a Mabanex estaba furiosa con el hombre sucio.

Mientras los cristianos seguían discutiendo, el jefe de los indígenas se acercó a Mabanex:

—No debiste acercarte a la muchacha —susurró.

—No hacíamos nada malo, Tai Tai. Somos amigos.

—¿Cómo puedes ser amigo de una extranjera blanca que acabas de conocer?

—Ya canjeamos nombres. ¡Y hasta entiende nuestra lengua!

Tai Tai se fijó en la moza, que desafiaba con evidente furia al hombre sucio. Por fin este les dio la espalda y se alejó soltando maldiciones. El resto de los colonos comenzó a dispersarse sin dejar de hacer conjeturas sobre lo ocurrido. Solo quedaron los indígenas, la niña, el fraile cristiano y el barbudo que hablaba como ellos.

—Lo siento mucho, señoría —dijo Jacobo a Tai Tai, reconociendo que se hallaba en presencia de un noble—. Ese blanco tonto no sabe pensar —y de pronto recordó una frase taína que casi había olvidado—, tiene la cabeza de un mosquito.

Los indígenas se echaron a reír y la tensión se disipó.

—Me llamo Jacobo, señoría —continuó—, y ella es mi hija Juana.

—Gracias por tu ayuda, Jacobo —respondió el indígena—. Mi nombre es Tai Tai. Soy sobrino del cacique Guasibao y este es mi hermano Mabanex.

—¿Dijiste Guasibao? ¿Por casualidad no tiene una hermana llamada Dacaona?

—Mi tío tiene tres hermanas —respondió Tai Tai—, Dacaona, Yuisa y nuestra madre Bawi.

—Es un honor.

—¿Dónde aprendiste nuestra lengua?

—No es la primera vez que visito estas tierras, señor. Hace años serví como intérprete y me enteré de muchas cosas.

—Me gustaría seguir conversando contigo, pero mi hermano y yo debemos regresar. Tenemos asuntos importantes que atender.

—Será en otra ocasión.

—Adiós, amigo Jacobo. No olvidaré tu nombre, ni el de tu hija.

—Adiós, señor Tai Tai.

—*Taikú,* Juana —murmuró Mabanex antes de seguir a su hermano, y luego susurró una frase que solo ella escuchó—. Recuerda el sonido de mi caracol.

—*Taikú,* Mabanex —respondió ella en voz alta, intentando descifrar el significado de lo que parecía una contraseña.

—Vamos a casa —dijo Jacobo después que los taínos se alejaron—. ¿Podéis acompañarnos, Antonio? Quiero hablar con vos.

Los tres echaron a andar. Juana iba cabizbaja, unos pasos delante de ambos hombres, sin saber por qué le había mentido a su padre.

—Os advertí que este era un lugar peligroso —dijo fray Antonio al oído de Jacobo—, especialmente para una niña.

—Juana no es una niña. Dentro de poco cumplirá catorce años.

El fraile contempló las faldas que remolineaban delante de ellos.

—Precisamente por eso —insistió—. Debisteis dejarla con algún pariente, aunque fuese lejano. Ya sé que sois huérfano, pero pudisteis buscar a algún familiar de vuestra esposa para que se ocupara de ella.

Jacobo lo escuchó, pensativo.

—Hay algo que nunca os conté —dijo finalmente con suavidad—, que nunca le conté a nadie. Durante mi viaje con el Almirante recogimos a varios indígenas que llevamos a España. Casi todos murieron de enfermedad o de nostalgia. Solo la madre de Juana sobrevivió al resto.

El cura se detuvo.

—¿La madre de Juana?

—Doña Ana fue su nombre cristiano, pero su verdadero nombre era Anani.

Como si hubiese presentido que hablaban de ella, la niña se volvió a mirarlos. Fue entonces cuando fray Antonio comprendió el origen de su particular belleza.

—Juana es mestiza —confesó Jacobo—, tal vez la primera concebida en estas tierras.

TERCERA PARTE

A oscuras

1

La Habana, El Vedado, 10 de agosto, 9.15 h

Alicia se incorporó en la cama, deslumbrada por el paisaje que se abría frente al edificio de Virgilio. Su vista se perdió en ese binomio de mar y cielo que se extendía a lo largo del malecón habanero. Enseguida se estiró como una gata y pateó ágilmente las sábanas para escapar del embrollo en que solía enredarse mientras dormía.

Su tío ya se había marchado, dejando en el fregadero los restos del desayuno. Lavó los platos y se preparó el suyo, que puso en una bandeja y se llevó al comedor. Sentada ante la mesa, tecleó la contraseña de su tableta y, sin apartar la vista de la pantalla, empezó a untar mantequilla en una tostada.

Lo primero que leyó fue un mensaje de su padre, fechado dos días atrás. Decía que el crucero se alejaba de la costa y que no podría volver a comunicarse mientras estuviera en alta mar, le mandaba un beso y le pedía que se cuidara. Alicia minimizó el correo, abrió un archivo para localizar las páginas del manuscrito y buscó un decodificador que aún no había probado.

Los peritos tradicionales rechazaban aquellos programas que circulaban entre algunos criptógrafos jóvenes. Según ellos, estaban bien para códigos renacentistas e incluso otros más modernos, como ciertas variantes del cifrado ADFGVX usado por los alemanes en la Primera Guerra Mundial. Pero ¿qué pasaría si el código necesitaba un lector de claves para idiomas poco comunes, como había ocurrido durante la Segunda Guerra Mundial, cuando los vascos y los navajos ayudaron al ejército norteamericano a transmitir y recibir mensajes cifrados en aquellas lenguas improbables en las que ninguna potencia enemiga pensó? Y por supuesto, ni hablar de los códigos donde el emisor y el receptor necesitaban compartir una misma llave, es decir, un texto predeterminado y solo conocido entre ellos. Sin embargo, Alicia no creía que el manuscrito perteneciera a ninguna de esas variantes; y en caso de toparse con un código aleatorio como el Vigenère, la aparición de palabras o frases repetitivas podría servirle para continuar.

Su tío le había enviado algunas fotocopias nuevas, pero primero tendría que pasarlas por un «intérprete» digital que llevaría las páginas manuscritas a letras de imprenta. Tenía un programa de última generación, capaz de analizar y cotejar los rasgos particulares de cada escritura hasta dilucidar los trazos más ininteligibles. Hacia allí arrastró las fotocopias y, a un costado de la pantalla, se abrió una barra que indicaba el avance de la conversión.

Mientras tanto fue al dormitorio y recogió algunas prendas de ropa. Cuando un timbre anunció que la conversión había concluido, se sentó nuevamente frente a la pantalla, leyó el texto convertido en letras de molde y, tras verificar que no había errores, llevó las páginas transcritas al decodificador. Segundos después apareció un texto ilegible, excepto tres palabras en español que podían ser falsos positivos. Por si acaso, añadió el mismo texto a un programa diferente. Cuando aquel terminó sin éxito alguno, repitió lo mismo con un tercero, y un cuarto, y un quinto. Las horas transcurrieron sin que lo notara. La última tostada se endureció y el resto de la mantequilla acabó por derretirse. Un reloj de péndulo anunció que eran las once de la mañana.

Se quedó de una pieza al comprobar que solo le restaban dos programas más. No le hubiera extrañado si se tratara de un documento vinculado a complots dinásticos, militares o eclesiásticos de la vieja Europa, pero la historia de Cuba no compartía tales refinamientos. ¿Cómo era posible que ese manuscrito insistiera en eludir sus esfuerzos?

Una melodía la sacó del trance. Sin querer, volcó los restos del café sobre la mesa. En su tableta oscilaba el ícono de una campana, que ella rozó con un dedo. El rostro de su tío se asomó a la pantalla.

—¿Cómo estás? —le preguntó al notar su expresión.

—Cansada —admitió ella, extendiendo una servilleta sobre la mesa para absorber el café derramado—. ¿Qué noticias tienes?

—Aquí todo es una demora. Voy a tratar de conseguir un permiso especial para que puedas ver el manuscrito. Ni siquiera han terminado de fotocopiarlo y todavía falta el análisis espectrográfico. ¿Encontraste algo?

—No, y es bastante frustrante. No entiendo cómo un cifrado de esa época puede sortear tantos programas. Existe uno nuevo que acaba de salir, pero vale un ojo de la cara y quienes lo han comprado no quieren compartirlo. Lo único que me tranquiliza es que, con el revuelo que ha causado la escultura de mármol y su vínculo con el manuscrito, por causa de los símbolos, el museo va a beneficiarse.

—No estoy tan seguro. Alguna gente ya está diciendo que el manuscrito debería pasar al Departamento de Arqueología, junto con la escultura y el enterramiento, y que el Museo del Libro no debería involucrarse en esto.

—¿Por qué?

Virgilio acechó por encima de su hombro y resopló:

—Piensan que sus propios campos de investigación merecen prioridad. Para mucha gente, los bibliógrafos no somos más que un gasto inútil.

—¡Eso es una idiotez! ¿Quién se ocuparía entonces de los documentos?

—Según ellos, deberían pasar al Departamento de Historia o de Ciencias Sociales. Pero si el museo cae en manos de los historiadores, nos harán humo. Se repartirán los archivos entre ellos o los donarán a la Biblioteca Nacional o a cualquier institución que se les ocurra. ¡Dispersarán todo el material por la isla!

—Tío, de verdad lo siento, pero aunque hoy mismo diera con la clave, no tendría tiempo para...

—No se trata de traducir el texto completo, sino de mostrar que contiene una historia oculta.

Alicia suspiró.

—Veré qué puedo hacer.

—He propuesto una conferencia de prensa. Simón no parece muy convencido, pero tampoco se ha negado. Si encontraras algo para entonces, sería genial. Por cierto, iré a buscarte a las ocho para cenar. Quiero que conozcas a una profesora de música que colabora con el museo y que...

Una señal apagada interrumpió la conversación.

—Disculpa, tío, me están llamando desde Miami.

—Nos vemos esta noche —se despidió Virgilio y, sin más, se esfumó de la pantalla.

El rostro que surgió a continuación le resultó totalmente desconocido.

—¿Doctora Alicia Solomon? —dijo en inglés.

Era un hombre de expresión hermética y casi marcial.

—¿Con quién tengo el gusto? —respondió ella en el mismo idioma.

Por toda respuesta, el hombre pegó su pulgar en la pantalla, que enseguida mostró su identificación personal. Alicia leyó: «Detective Luis Labrada, Teniente. Departamento de Investigaciones Criminales de Miami».

—¿En qué puedo ayudarlo?

—¿Me puede verificar su identidad?

Alicia frunció el ceño, pero no puso objeción. El detective fijó su vista en un punto de la pantalla y su expresión se distendió.

—Hace días que intentamos comunicarnos con usted. ¿No revisa sus correos ni sus mensajes de voz?

—Solo los personales, no los del trabajo. Estoy de vacaciones. —Una idea inquietante cruzó por su mente—. ¿Le ha ocurrido algo a mi padre?

—No, que yo sepa. La estoy llamando porque necesitamos su ayuda.

—¿Mi ayuda? ¿Para qué?

El detective insertó una pequeña memoria en su equipo.

—Supongo que reconoce esto.

Una imagen familiar ocupó la pantalla. Estaba dibujada sobre un mural de conferencias.

—Es la efigie de Guabancex.

Luis ya había escuchado ese nombre en el reportaje, aunque eso no le había aclarado gran cosa.

—Un dios taíno, ¿verdad?

—Una diosa —dijo ella y, recordando el relato del Curita, añadió—: Es uno de los avatares de Atabey.

El hombre sopesó si esa información serviría para algo. Decidió ignorarla por el momento.

—¿Sabe si existe alguna sociedad o institución que lo haya adoptado como logotipo?

—Realmente no tengo ni idea.

—¿Hay algo significativo en la simbología de esa diosa? Me refiero a algún dato que no se encuentre fácilmente en internet.

—No sé mucho sobre simbología indocubana. Le recomiendo que hable con un especialista.

—Pero usted trabaja en —revisó sus notas— la Sala de Documentación Caribeña del Museo Arqueológico de Miami, ¿no es así?

—¿Por qué me pregunta todo eso?

El detective clavó la vista en la pantalla, pero no pareció fijarse en ella, sino en algo que había a sus espaldas. Alicia se volvió instintivamente, pero solo descubrió una pared cubierta de mapas y una estantería con vasijas indígenas.

—¿Qué sucede? —insistió ella, regresando su vista a la pantalla.

Labrada lo pensó un instante. No quería entrar en detalles sobre la macabra postura de un cadáver.

—Hemos tenido un robo y un asesinato en Miami, muy diferentes en sus resultados y *modus operandi*, pero en ambos han dejado la imagen de esa diosa como tarjeta de visita.

Aquello sonaba como una broma de mal gusto, pero Alicia recordó que hablaba con un detective.

—¿Qué quieren de mí?

—Pensamos que existe un vínculo entre Cuba y lo ocurrido en Miami, pero no tenemos jurisdicción para investigar en la isla. Estamos gestionando un permiso para viajar y hacer algunas averiguaciones, pero nada más. Necesitamos que alguien pueda introducirnos en ese mundo.

—Me gustaría ayudarlos, pero mi especialidad es la criptografía y el análisis grafológico, no el simbolismo religioso. Además, ya estoy comprometida con el Museo del Libro para un trabajo de urgencia. Ustedes necesitan un arqueólogo experto en el área caribeña.

Luis Labrada estudió el rostro de la joven, que se mostraba decidida a no involucrarse. A sus espaldas, entre las piezas de cerámica indígena, notó un busto de Martí. Tuvo un chispazo de intuición.

—¿Conoce a Máximo Báez?

Alicia demoró unos segundos en responder, intentando conciliar la imagen de su exprofesor con la información previa.

—¿Le ha ocurrido algo al doctor Báez?

—Él está bien, pero alguien dejó esto en su casa después de registrar su oficina.

Alicia contempló la foto del guijarro donde aparecía la imagen de Guabancex custodiada por los tres puntos sobre una hoz lunar: la misma combinación de símbolos que, según su tío, era completamente inédita en las excavaciones arqueológicas. ¿Qué hacía en Miami aquel emblema que acababa de aparecer por primera vez en Cuba?

El teniente Labrada sonrió satisfecho al notar la expresión de estupor en su interlocutora. Entonces empezó a hablar más detalladamente, seguro de que ya tenía toda su atención.

2

La Habana, El Vedado, 10 de agosto, 20.16 h

A la hora convenida, Virgilio pasó a recogerla. El auto subió rumbo a La Rampa, el corazón nocturno de la capital, donde aparcó en una de sus empinadas calles. Solo tuvieron que caminar dos cuadras para divisar el letrero del Caribbean Blues y cruzar el puentecillo de azulejos multicolores que se elevaba sobre un manantial. El agua fluía entre unas piedras redondas como huevos, cayendo sobre cinco pozas construidas a diversas alturas. Desde el elevado sendero podían verse las carpas doradas que nadaban a la luz de tenues lámparas submarinas.

Dentro del club los recibió una penumbra oscilante. Olas esmeraldas recorrían el cielo raso, creando un efecto emotivo y relajante a la vez. Casi todas las mesas estaban ocupadas por la numerosa clientela que acudía cada noche, atraída por el menú y por los artistas que se presentaban en el pequeño escenario. El capitán los guio en la oscuridad.

—¿Y tu amiga? —preguntó Alicia.

—Vendrá más tarde —contestó Virgilio, estudiando la carta—. Me dijo que empezáramos sin ella.

La muchacha abrió su servilleta con ademán indeciso. Tenía que contarle lo que le había revelado aquel detective, pero no estaba segura de cómo hacerlo.

—¿Qué esperas, niña? ¿No tienes hambre? Ahí está el menú.

Alicia echó una ojeada a la lista de platos. La *New Cuisine* cubana era más ligera que la tradicional, gracias al imaginativo surtido de frutas, flores y vegetales mezclados con los platos más clásicos de la isla. El aperitivo fue ligero, pero memorable: un coctel de camarones con salsa de mango, perejil y cilantro. El pargo asado al caramelo llegó acompañado por una ensalada de arúgula, tomate y pétalos púrpuras de lavándula, que el chef aderezó con trozos de mandarinas, piñones y queso azul.

Sin embargo, pese a aquella fiesta del paladar, Alicia no disfrutó a plenitud. No conseguía esbozar ninguna hipótesis que vinculara los arcaicos símbolos de la cueva con ese asesinato. Ni siquiera se animó con el postre: helado de fresa sobre una paneleta de piña recién horneada, todo cubierto con merengue de rosas, que le recordó aquella gloriosa exquisitez que Jean-Luc y ella solían compartir en un bistró de Les Halles.

—¿Quieres café? —preguntó Virgilio.

—Mejor un cointreau.

—Buena idea, dos cointreau y un café —pidió al camarero.

Alicia decidió que había llegado el momento, pero su tío no paraba de despotricar sobre el desorden administrativo en la Academia de Ciencias y los gastos destinados al nuevo zoológico, que, aun sin haberse inaugurado, ya contaba con un herpetólogo mexicano y una especialista en marsupiales graduada en Sidney. Luego se explayó sobre otras intrigas laborales, pero ella lo escuchaba solo a medias. A su alrededor, las risas llenaban cada rincón.

—¡Alicia!

Salió de su embeleso al darse cuenta de que su tío la observaba.

—Te he hecho la misma pregunta tres veces, y tú... lela. ¿Te sientes mal?

—Ha pasado algo raro —soltó por fin, y empezó a contarle su charla con el detective.

Virgilio probó su cointreau con aire distraído. Cuando ella mencionó que había un caso criminal relacionado con el doctor Báez, alzó la vista y palideció.

—¿Mataron al profesor?

—Él está bien, pero robaron en su casa y le dejaron una representación de Guabancex con el binomio de símbolos. ¿No me dijiste que solamente se había encontrado en la cueva?

Su tío guardó silencio. Con la mirada perdida, contempló algún punto del espacio con la expresión de quien procesa información a velocidades insalvables.

—Entonces ¿quién es la víctima?

—Un agente de viajes, Manuel algo...

Virgilio soltó un resoplido y dejó caer la cabeza, ambos codos sobre la mesa.

—¿Qué pasa? ¿Lo conocías?

—No... Sí, más o menos. —Cerró los ojos y respiró con fuerza, como quien toma aire para no ahogarse—. ¿Y qué quería el detective de ti?

—Saber si existía alguna institución o grupo vinculado a esos símbolos.

—¿Qué le dijiste?

—¿Y tú qué crees? —exclamó ella con fastidio—. ¿Acaso conoces tú alguno?

En ese instante, las tinieblas envolvieron el salón. Únicamente el techo siguió emitiendo sus hipnóticos resplandores, semejantes a flujos y reflujos de un océano virtual.

Una silueta masculina surgió en el centro de la burbuja luminosa del proscenio, pero fue imposible ver su rostro oculto bajo la cortina de cabellos. Los acordes de una guitarra se derramaron por el salón como un remolino mágico. Al otro extremo brotó la figura de una mujer que se movió con la misma languidez con que pasearía por el fondo de un lago. Sobre sus hombros, un chal resplandecía como una lámina de plata, arrojando dardos sobre los rostros atrapados en las sombras. El resto del escenario era un pozo de negrura. Su voz revoloteó por el salón, siguiendo los compases de la guitarra.

Virgilio no volvió a hablar hasta que la cantante abandonó el tablado, ocho canciones después.

—Necesito otro trago —murmuró por fin, mirando a su alrededor.

—¿Y ahora qué bicho te picó? —preguntó Alicia al notar su ceño sombrío—. ¡Tan animado que estabas antes!

—Lo estoy, lo estoy —se apresuró a decir—. Es que ando tenso con el asunto de las elecciones. Jesús se lo toma con mucha calma, pero esos falsos martianos andan con su candidato hasta en las comparsas de pueblo.

—¿A quién más se enfrenta Jesús?

—En realidad, solo hay dos partidos fuertes contra nosotros: el socialdemócrata y el martiano. El resto es minoría. No me importaría mucho si ganase Ana Rivas, la aspirante de los socialdemócratas, pero ese Fabricio Marcial sería lo peor que podría sucedernos.

—Hola, Virgil —dijo alguien a sus espaldas.

La cantante estaba junto a ellos. Virgilio se puso de pie, le dio un beso en la mejilla y apartó una silla.

—Esta es Alicia, ¿verdad? —preguntó la mujer, tendiéndole una mano—. Tenías razón, se da un aire a Linda Evangelista.

—¿A quién?

—Una modelo del siglo pasado —dijo su tío—. Tú no habías nacido.

—Les presento a mi nuevo ángel guardián —continuó la mujer, apartándose para dejarles ver a su acompañante, que permaneció clavado en su sitio hasta que ella lo agarró por una manga y lo obligó a avanzar—. Ven acá, hijo, ¿no te acuerdas de Virgilio? Esta es Alicia, su sobrina.

Pese a la penumbra, la muchacha percibió la intensidad de los ojos que la escrutaban.

—Mucho gusto —murmuró el guitarrista—. Sander.

Ella apenas le rozó la mano, incómoda ante su propio sonrojo.

—Oye, corazón —dijo la mujer agarrando por el brazo a un camarero que pasaba—, tráeme un alexander bien cremoso, al estilo cubano, no ese aguado que les sirven a los turistas. ¿Y tú qué vas a tomar, Sandito?

—Gracias, pero no me gusta beber cuando trabajo —respondió el muchacho—. Me disculpan.

Dio media vuelta y desapareció en las sombras.

—Un tequila para mí —pidió Virgilio—. Extra añejo.

La mujer se volvió hacia Alicia.

—Tu tío dice que no habías vuelto desde que empezó la transición. ¿Qué piensas de todo esto?

Alicia buscó la mirada de su tío, pero este se hallaba absorto en la pantalla de su teléfono.

—No sé bien cómo describirlo —dijo finalmente—, pero tanta tranquilidad parece un simulacro. La gente anda nerviosa, sobresaltada, como si todos caminaran por una cuerda floja, como si un paso en falso bastara para que el país se fuera al diablo.

Un leve destello cruzó el rostro de la mujer. «Una chica muy observadora», indicaba su expresión.

—¡Carajo! —exclamó Virgilio, arrojando su teléfono sobre la mesa.

—¿Qué pasa?

—Ahora Simón quiere esperar más antes de convocar la conferencia.

—¿Por qué? —preguntó la mujer, que se movió en su asiento algo inquieta—. ¿No esperamos ya bastante?

—Dice que es mejor posponerla hasta que Alicia tenga algo concreto.

—Me parece una idiotez.

El camarero regresó con los tragos. Virgilio se tomó el suyo, hizo un curioso ademán con las manos, dobló su servilleta y la cambió de lugar. Las manos de la mujer se movieron con igual nerviosismo. Toda comunicación entre ambos se extinguió.

Alicia no entendía qué pasaba.

—Me encantó su voz —dijo para romper el silencio.

—¡Gracias, muñeca! —exclamó la cantante, recuperando su aspecto despreocupado después de empinar un tercio de su alexander—. Espero que Virgilio no te agobie mucho. Tienes cara de sueño.

—La verdad es que casi no he dormido desde que llegué. Y después de hablar con ese detective, dormiré aún peor.

—¿Cuál detective?

La aclaración de Alicia fue interrumpida por Virgilio.

—¿No vas a comer algo?

La mujer pareció despertar de un sueño.

—Tengo que volver a escena, pero ordéname lo que quieras. Termino en veinte minutos.

Bebió otro trago y abandonó la mesa. Alicia esperó a que se alejara.

—¿Quién es esa cantante?

—La amiga de quien te hablé.

—Pero ¿no trabajaba en el museo?

Las cejas de Virgilio se alzaron.

—Nunca me prestas atención. Dije que era profesora de música y que nos ayudaba en el museo.

—¿Por qué me interrumpiste cuando mencioné al detective?

—Si va a enterarse del asesinato y del robo en casa de Báez, prefiero decírselo yo. Capaz que luego no pueda cantar.

—¿Por qué?

—Pensé que conocías bien al profesor.

—¿Qué tiene que ver él con esto? —preguntó, atónita.

—Ya veo que no lo conoces tanto —dijo Virgilio, bajando la voz—. Pandora es su medio hermana.

3

Miami-La Habana, vía Skype, 11 de agosto, 21.04 h

Luis se sentía tan excitado que de buena gana hubiera encendido un cigarrillo, aunque hacía años que no fumaba. No era para menos: estaba a punto de enfrentarse a su pasado. Todavía recordaba el bullicio omnipresente de la música y las discusiones de los vecinos en el solar de La Habana Vieja donde había vivido.

Clavó la vista en el ícono de la pantalla que había empezado a vibrar a la par del timbre en sus auriculares. Si bien no planeaba nada ilegal, prefería que otros no lo escucharan. Por fin el sonido se interrumpió y la imagen de un mundo distinto se abrió como una ventana.

Ambos hombres se estudiaron un instante, tratando de identificar los rasgos adolescentes que el tiempo había desdibujado. A Luis le costó trabajo reconocer al amigo de ojos afiebrados y miembros ágiles con quien tantas veces compitiera para sacar caracoles del fondo costero. Aquel hombre tenía la piel quebradiza de una momia y la respiración de un fumador obsesivo. Su avanzada calvicie se extendía hasta la coronilla, donde apenas subsistían aislados mechones amarillentos.

—Wicho, cará.

El teniente Labrada sonrió sin darse cuenta. Hacía años que nadie lo llamaba así.

—Coño, no me digas que te has hecho *rayitos* —continuó el calvo al notar las incipientes canas de su amigo—. Deja que te vea mi mujer, seguro que me pide el número de tu peluquera.

—No jodas, Foncho —dijo vengativo—, y tú vas a tener que decirme dónde te haces la manicura.

El otro repasó sus uñas carcomidas y replicó:

—Pues sí que parecemos unas quinceañeras. —Y soltó una carcajada tan estentórea que Luis se alegró de tener audífonos.

Todavía sonriendo, clavó la vista en Foncho, convertido en el policía Alfonso Álvarez, asignado a la quinta estación del Municipio Playa. Después que Luis abandonara la isla en una precaria balsa, ambos se habían comunicado por carta, pues en aquella época casi nadie tenía acceso a internet o al correo electrónico en Cuba. Foncho hubiera querido largarse como su amigo, pero se negó a abandonar a la novia, que tampoco estaba dispuesta a irse sin sus padres. Al final nunca se casaron y él terminó sobreviviendo como artesano. Cuando el gobierno de transición llegó al poder, decidió convertirse en policía, esperanzado ante el nuevo futuro que se abría para su país.

—Me alegro de verte —dijo Luis—, pero te llamé por un asunto profesional.

El rostro de Alfonso adoptó una expresión alerta.

—Tú dirás.

—¿Sabes en qué trabajo?

—Más o menos —respondió Foncho—. Algo parecido a lo mío, pero con más jodienda.

Luis notó que su amigo escogía las palabras, simulando una conversación sin importancia.

—Necesito tu ayuda en un caso, mejor dicho, en dos: un robo seguido por un homicidio que podría tener conexiones con Cuba.

Colocó dos fotos frente a la pantalla. No quiso enviárselas directamente porque temía que luego pudieran circular por las redes si alguien cometía un error. La primera imagen hablaba por sí sola: una habitación parecida a una sala de museo, completamente desordenada y llena de papeles; la segunda resultó más críptica. Foncho tuvo que examinarla varios segundos antes de comprender lo que veía.

—¡Coño! —jadeó como si hubiera recibido un puñetazo en el estómago.

—Esto lo dejaron en la escena del robo —dijo Luis, mostrando una tercera foto. Los ojos del policía se abrieron desmesuradamente.

—Carajo, se parece a esa cosa que encontraron en la cueva.

—Así es.

—No entiendo nada.

—Nosotros tampoco —admitió Luis—, por eso he pensado en viajar hasta allá. Necesito hablar con arqueólogos que sepan más del asunto, no solo por este garabato, sino porque la víctima y el dueño de la casa donde ocurrió el robo tienen vínculos con Cuba.

—¿Y se conocían entre ellos?

—Sí, pero ya comprobamos la coartada del segundo. Además, todo indica que fue el difunto quien cometió el robo.

—¿Qué robó?

—El dueño mencionó un ídolo taíno de oro, pero creemos que eso es una tapadera para esconder el verdadero motivo.

—Es probable, porque nunca oí que los indios cubanos hicieran nada de oro, aunque a lo mejor me equivoco. —Se encogió de hombros, y admitió—: La verdad es que no sé mucho de esas cosas. ¿Por qué no buscas información en otros países donde también hubo taínos, como Puerto Rico o Dominicana?

—La conexión está en Cuba —insistió Luis, sin decir nada más.

Alfonso espió por encima de su hombro, antes de preguntar:

—¿Qué te hace falta?

—Alguien en quien confiar. No tenemos tratados de colaboración con la policía cubana, así es que volaré a La Habana como turista. Necesito que me guíes. No quiero que me tomen por un espía o algo así.

El policía intentó controlar un parpadeo nervioso en su ojo derecho.

—Haré lo que pueda —dijo por fin—. Tan pronto aterrices, llámame.

Luis apuntó el número que apareció en su pantalla.

—Gracias, nos vemos pronto. Cuídate, Foncho.

—Tú también, hermano.

El teniente cortó la comunicación.

En la comisaría habanera, el policía Alfonso Álvarez permaneció contemplando la pantalla por unos segundos. Luego tomó su teléfono y comenzó a marcar un número.

4

La Habana Vieja, Plaza de la Catedral,
11 de agosto, 13.15 h

El sol del mediodía provocaba espejismos sobre los adoquines. Muchos transeúntes caminaban a toda prisa, como si quisieran dejar atrás las pesadillas que aún habitaban entre los muros de la ciudad. Pandora era uno de ellos. Con su falda agitanada, se movía con una soltura adolescente. Al hablar con Virgilio, quien caminaba silencioso a su lado, agitaba vivamente las manos como si sus palabras no fuesen suficientes para expresarse.

La pareja dobló por la esquina de San Ignacio y entró al portal del antiguo palacete del Marqués de Aguas Claras donde se hallaba el restaurante El Patio. Virgilio ignoró la carta que un camarero dejó sobre la mesa para concentrarse en el relato de Pandora:

—... y no eran ideas mías. Después que murió, revisé sus papeles y me convencí de que nunca tuvimos nada que ver. ¿Te conté que quiso enredarme en ese rollo del espionaje, cuando solo tenía trece años? Ya el muro de Berlín no existía, pero seguía con la paranoia de que el imperialismo yanqui quería atacarnos. Me pidió que invitara a comer a un amigo mío, hijo de unos diplomáticos, para averiguar detalles sobre sus padres. Después me pidió que espiara a otro estudiante extranjero de mi escuela. Yo no quería hacerlo, pero tampoco sabía cómo negarme. Por eso empecé a falsificar informes. Oyera lo que oyera, siempre hacía quedar bien a mis amigos. Aprendí qué tipo de detalles podía ponerlos en aprietos, así es que los alteraba o los omitía. Un día descubrió que lo había engañado y gritó palabras horribles, me pegó y me acusó de que lo iba a arruinar. Se puso hecho una fiera. Nunca fue un padre cariñoso y, a partir de ese día, nuestra relación se enfrió más.

Virgilio le hizo señas al camarero.

—Todo eso es pasado —la consoló tan pronto el hombre se alejó con el pedido—. Has hecho lo que has podido para que las cosas cambien.

—No es suficiente. Esa gente es como la hidra de Lerna. Cortas una cabeza y salen dos más. Siempre fueron un hatajo de bandidos. Desfalcaron el país mientras ellos llenaban sus cuentas de banco en Suiza. Ni siquiera nos dejaron nuestro pasado. ¿Y en nombre de qué? De un futuro que nunca tuvimos. No me sentiré tranquila hasta que desaparezca el último. Estoy harta de caudillos y traficantes de poder.

—Yo también —murmuró él, tratando de calmarla—. Por eso quiero convencer a Simón de que necesitamos esa conferencia lo antes posible.

—¿Y estás seguro de que es el mejor momento para mostrar el *legado*?

—No habrá otro mejor —dijo Virgilio—, aunque sería preferible que tuviésemos ese manuscrito decodificado.

Durante unos minutos se concentraron en sus helados, ajenos a la muchedumbre que animaba la plaza. La gente se apiñaba en torno a los quioscos donde los artesanos vendían miniaturas encerradas en botellas, esculturas desarmables, retablos de santos pintados al óleo, bisutería de cobre, cuero y otros materiales reciclados...

—¿Y si le contáramos la verdad a Simón? —preguntó ella de pronto.

—Ni lo sueñes. Si el verdadero motivo de esa conferencia se filtra a destiempo, quizá no lleguemos vivos a ella.

—Podrías hablar con Alicia, explicarle lo que ocurre. Así sabrá por qué nos urge.

—¿Estás loca? No voy a implicarla en un asunto tan peligroso.

—Perdona que te lo diga, pero desde que la trajiste para que ayudara con el manuscrito ya es parte de la operación.

—También hay otros especialistas involucrados —protestó Virgilio—. Eso no los convierte en objetivos de esa banda.

—Pero se trata de *tu* sobrina.

—¿Y qué?

Pandora apoyó los codos sobre la mesa.

—¿Por qué crees que insistí para que me la presentaras?

—Sospecho que el Abate Marco te lo pidió —susurró Virgilio tras una breve vacilación, porque jamás pronunciaban el nombre del Maestro en público.

—Así es —admitió Pandora—, aunque no me aclaró por qué. Solo quiere que me mantenga cerca de ella.

—¿Y eso es motivo para contárselo todo a Alicia?

—Es que los hechos se están conectando de un modo que da miedo. Siempre me pareció curiosa la manera en que esa niña llegó a tu familia. Fue un rescate demasiado providencial, incluso para Teresa, que estaba loca por adoptar. Por eso creo que ella tiene derecho a saber.

—Estás hablando como si todo eso hubiera sido planeado de antemano.

—¿No te parece raro que hayamos encontrado ese manuscrito al mismo tiempo que se acercaban estas elecciones?

—Casualidad.

—Es que antes de ese descubrimiento, el *legado* no significaba tanto, pero ahora...

Pandora apretó los labios. Sabía que Virgilio no quería oír hablar de milagros, pero lo cierto era que el descubrimiento de la cueva lo cambiaba todo. Incluso ella misma cargaba con su propio secreto:

la manera en que el Abate se comunicaba con ella. Su primer mensaje le había llegado cuando estaba a punto de cumplir dieciocho años. Jamás había oído hablar de la Hermandad, ni del *legado*, pero tuvo la fuerza de ánimo para seguir sus instrucciones...

—No te preocupes ahora por tratar de buscarle explicación a las coincidencias —le dijo Virgilio—. Tenemos problemas peores.

—¿Por qué no convocas la conferencia tú mismo?

—No puedo, esa gente debe de hallarse en alerta máxima para detectar cualquier evento sospechoso. Sin un pretexto oficial, ya sabes lo que ocurrirá. Necesitamos que la conferencia esté relacionada con la excavación que patrocina el museo. Por eso la convocatoria debe venir del propio director, pero casi he agotado todos mis recursos.

—Vuelve a intentarlo —dijo ella—. No puedes dejarte vencer después que Valle murió por recuperar el *legado*.

—Dios mío, no sé si sentirme peor por no impedírselo a tiempo o por no insistir para que desapareciera de inmediato. ¿Por qué se arriesgaría a ir solo?

—Ya sabíamos que Báez nos traicionaría. Si Valle se enteró de que estaba a punto de entregar el *legado* al PPM, no tuvo otra opción que robárselo.

—Pero fue horrible lo que le hicieron.

—Por eso debemos andar con más cuidado que nunca. Ya ves de lo que es capaz esa gente.

—A veces me siento tan cansado que me cuesta seguir.

—Vamos, te acompaño hasta el museo —concluyó Pandora, haciéndole señas al camarero—. Y no te desanimes. Lo último que podemos perder es la esperanza.

5

La Habana Vieja, Museo del Libro Cubano,
11 de agosto, 16.35 h

De pie sobre la azotea del museo, Alicia percibió el vapor que reverberaba en los tejados. Por esas mismas callejuelas, tres siglos atrás, habían rodado las calesas tiradas por caballos donde viajaban las damas con sombrillas de encajes para proteger sus delicadas pieles. Casi vio la escena. Al anochecer, los carruajes traspasaban las entradas de los palacetes que, al igual que el actual museo, tenían una doble puerta que se abría de par en par, permitiendo que el coche ingresara al zaguán —el garaje de la época— para que las señoras pudieran desmontar en el interior de la casa y no en plena calle, evitando así los embates del sol, de la lluvia y de los acechos mundanos. Se trataba más bien de una cuestión social que climática, pues no existía mucha diferencia entre hallarse en el interior de una mansión y pasear por las calles.

En la isla siempre había existido una relación casi impúdica entre la vida pública y la privada, y todo a causa del clima. Desde el principio, los arquitectos intentaron combatir el calor poblando las paredes con ventanas y balcones, cuyos arcos y medio puntos aderezaban con imaginativos vitrales. En años posteriores desecharon los vitrales a favor de simples persianas colocadas cerca del techo para que el aire se enfriara en las alturas y descendiera por ley natural, creando una corriente perpetua que aún existía en ese tipo de construcciones. Con la climatización eléctrica los techos bajaron y las ventanas se contrajeron, pero los cristales se multiplicaron, continuando esa tradición de concupiscencia urbanística entre interiores y exteriores. Por desgracia, la decadencia económica de la isla en la segunda mitad del siglo XX trajo la degeneración de las antiguas bellezas arquitectónicas. La mayoría de las mansiones y los palacetes se convirtieron en ciudadelas ruinosas. Ahora intentaban rescatar las que permanecían de pie.

Alicia caminó por la azotea para otear en todas direcciones. Un bosque de grúas sobresalía por encima de los tejados que se perdían en el horizonte. La Habana renacía de sus cenizas. Poco a poco se restablecían los códigos de urbanización groseramente violados durante las últimas décadas —el ancho de las aceras, la distancia apropiada entre calles y jardines— y, sobre todo, se rescataba la arquitectura original de las casas que habían sido convertidas en cajones espeluznantes por sus inquilinos que, desesperados ante la falta de opciones, tapiaron portales y terrazas, tan necesarios para que la brisa fluyera.

—Niña, ¿qué haces aquí?

Alicia se volvió hacia el portón de la azotea, por donde se asomaba Virgilio.

—Me aburrí de esperar.

—Llevo media hora buscándote. La reunión va a empezar.

Bajaron al tercer piso, perseguidos por el murmullo del agua que caía desde un plato de piedra.

La casona donde se hallaba el museo había sido construida por un acaudalado comerciante a finales del siglo XVIII, a pocas cuadras de la céntrica plaza de Armas. El patio central, con su fuente rebosante de nenúfares, era el corazón del inmueble. La planta inferior albergaba las salas de exhibición, los laboratorios, la bóveda de conservación y la biblioteca. En el entresuelo, pese a su techo de escasa altura —como correspondía al alojamiento para esclavos domésticos—, funcionaban algunas oficinas y la administración. En el piso superior se habían instalado los despachos del director y de los curadores. Largos pasillos abalconados rodeaban los diversos niveles y conectaban sus áreas de trabajo.

En la oficina del director, varias personas conversaban alrededor de un escritorio cubierto de libros, expedientes y otros documentos. Una placa metálica con el nombre completo del director, Simón Reynaldo Lara, era el único trasto dispuesto en un sitio despejado. Cerca del balcón, los rayos del sol salpicaban una vitrina con puertas de cristal que mostraba entrepaños atestados de viejos volúmenes y bustos de personajes históricos. En la pared opuesta, un armario de caoba exhibía relieves de solemnes cariátides y sirenas juguetonas. Diplomas y fotos oficiales cubrían el resto de las paredes. La brisa hacía tintinear el candelabro de lágrimas que colgaba del techo. Solo la computadora y las sillas metálicas frente al escritorio rompían el estilo de la decoración.

Virgilio se dirigió a un hombre con aspecto de cachalote, vestido con guayabera azul y holgados pantalones grises.

—Ya estamos listos, Simón. Vine con mi sobrina.

—Bienvenida —dijo el gordo en tono afable.

Alicia sonrió, disimulando la morbosa curiosidad que le inspiraba aquel rostro mofletudo, cuyos ojillos se ocultaban entre almohadones de grasa. Pese a su intimidante humanidad, el hombre gesticulaba nerviosa y sus mechones de pelo se sacudían como cortinas deshilachadas.

—¿Cómo va el manuscrito? —preguntó una voz a sus espaldas.

Kike, el pelirrojo cazatesoros, la estudiaba con la expresión de una culebra que descubre a un pollo perdido.

—Más o menos —respondió ella con cierta brusquedad, recordando la advertencia de Virgilio—. ¿Por qué no nos sentamos, tío?

Desde su rincón, la muchacha localizó a varios rostros familiares, casi todos miembros del grupo arqueológico. Las conversaciones se apagaron tan pronto el director se irguió delante del escritorio.

—Gracias por venir —dijo—. Sé que algunos estaban de vacaciones, pero solo quedan nueve días para entregar los proyectos. Virgilio me había propuesto una conferencia de prensa para multiplicar la presencia del museo en los medios, pero no estoy seguro de que ese sea el mejor método para convencer al comité de selección. Yo les traigo otra propuesta. —Con un pañuelo se secó el sudor de la doble papada—. Como recordarán, a comienzos de la transición se sustrajeron centenares de documentos de los archivos secretos del Ministerio del Interior. Eran tan comprometedores que casi todos fueron destruidos, pero sabemos que algunos todavía circulan de manera clandestina entre los coleccionistas. También ha nacido un mercado negro de legajos y cartas de la colonia que ha aumentado en los últimos tiempos. Les propongo que salgamos a la caza de ese tipo de reliquias. Estamos dispuestos a ofrecer estímulos monetarios a quien nos entregue cualquier texto de naturaleza reveladora o subversiva. No es que quiera apelar al amarillismo, pero necesitamos medidas drásticas para conservar el museo.

Alicia notó que algunos intercambiaban gestos de perplejidad.

—¿Puedo hablar?

—Claro, Virgilio.

—Francamente, Simón, no entiendo tu postura —se quejó con aspereza, pasando por alto que se dirigía a su jefe en público—. Ya estamos en posesión de una reliquia histórica única que es mucho más que un simple «manuscrito artesanal», como fue inscrito en el registro. ¿Por qué se minimiza su importancia?

—No estoy minimizando nada. El manuscrito será incluido

entre los proyectos que enviaremos al comité. Solo quiero asegurarme de presentar una propuesta más contundente. No podemos correr riesgos.

—Me vas a disculpar —insistió Virgilio, visiblemente más irritado—, pero no soy el director de curaduría por gusto. Este sitio es mi vida, a diferencia de otros que trabajan aquí por un sueldo. Si el museo tiene alguna importancia a nivel continental es porque le cedí casi toda la colección de planisferios que mi familia conservó durante generaciones. Así es que hablo con conocimiento de causa. Dicho esto, si la comisión del ministerio no es capaz de ver la importancia del manuscrito desenterrado, renunciaré a mi puesto y donaré lo que me queda (que, por cierto, es la parte más valiosa de mi patrimonio) al Archivo General de Indias, que ya me ha enviado dos ofertas.

—¿Y tú crees que a mí no me importa el museo? —preguntó Simón con voz sofocada—. Si estoy pidiendo colaboración es para salvarlo. Como ya expliqué, no me opongo a que se incluya el manuscrito en el informe, pero hasta donde sabemos, ese texto es una jerigonza. Dicen que pudiera ocultar un cifrado, pero ¿dónde está la evidencia?

Virgilio se mordió la lengua. Necesitaba esa conferencia de prensa y ahora el terco de Simón se negaba a aceptar el mejor pretexto que tenían para convocarla.

—Lo único que pido es incluir alguna pieza adicional que incline la balanza a nuestro favor en caso de duda —insistió el director—. Cualquier otro documento histórico de valor único podría ser el contrapeso para asegurarnos la supervivencia del museo.

Tres personas comenzaron a hablar a la vez, alegando razones a favor de la propuesta; otras dos se pusieron de pie para protestar. Alicia se preguntó qué hacía ella en aquel guirigay. Su tío le había asegurado que formaba parte del proyecto, con lo cual creyó que le pedirían alguna opinión de carácter técnico, pero el debate no tenía visos de ser lo que esperaba.

—Tío —susurró—, me voy.

—Espera un poco, quiero que me acompañes a un lugar.

Ella aguardó otra media hora, consultando el reloj con impaciencia. Virgilio no volvió a despegar los labios, pero parecía deprimido. Al final de la reunión, se acercó a Jesús con aire conspirativo, dejándola sola. En una esquina, Kike y Tristán sostenían una discreta charla, o fingían tenerla, pues los sorprendió observando de reojo a su tío mientras este conversaba en el balcón con Fabio y el Curita. Poco a poco fueron acercándose al trío, saludando e intercambiando bromas insulsas a su paso. «Esto es peor que la corte de los Medici», pensó Alicia.

—Vamos —murmuró Virgilio, pasando junto a ella seguido del Curita.

—¿Adónde?

—A ver el manuscrito. Fabio me prestó su tarjeta.

—No vine preparada. Necesitaré por lo menos una...

—El laboratorio estará a tu disposición.

Alicia dejó escapar un suspiro, aunque ella misma no supo si era de alivio o de aprensión porque, después de tantos intentos, solo le quedaba la vida.

No sería la primera vez que un cifrado antiguo era descubierto por una simple lupa. Y es que a partir del siglo XVII la criptografía se había convertido en un asunto tanto de contenido como de forma. Todo comenzó cuando Francis Bacon inventó el cifrado biliterario, que consistía en utilizar, dentro de un mismo texto, dos tipos de alfabeto que se diferenciaban únicamente por rasgos apenas visibles. Había que crear dos tipos de «a», dos tipos de «b», dos tipos de «c», y así hasta cubrir todas las letras, pero solo uno de los alfabetos era válido. A la hora de la decodificación, había que examinar con cuidado las letras que parecían iguales a simple vista. Cuando se detectaba una perteneciente al alfabeto válido, se escribía aparte y así iba formándose el mensaje. Aunque el cifrado baconiano databa de 1605, se sospechaba que su creador debió de inspirarse en la *Steganographia*, el famoso tratado de Trithemius sobre criptografía que databa de 1499. Así es que no perdía nada con probar, pues alguien más podía haber hecho lo mismo antes.

Virgilio le había facilitado fotos de algunos folios, pero se trataba de imágenes sin la debida resolución. Cuando Alicia le explicó la importancia de los detalles casi imperceptibles en las letras, él se afanó por conseguir una autorización para entrar al laboratorio. Ella sospechaba que la propia actitud de Simón le había decidido a tomar cartas en el asunto por una vía que quizá no fuera del todo legal, pero prefirió no preguntar y lo siguió a buen paso.

En su precipitada carrera, tropezó con un mozo de limpieza que deslizaba un gran cepillo por el suelo.

—Disculpe —murmuró ella, que corrió para alcanzar a su tío y al Curita.

El hombre se atoró con el humo de su cigarrillo y maldijo en voz baja. Mientras se agachaba a recoger el palo que había escapado de sus manos, descubrió una pequeña salamandra atrapada entre las cerdas del escobillón. El cuerpecillo pálido, casi sonrosado, se agitaba desesperado por zafarse de una hebra plástica que le había atravesado una pata. El conserje estuvo a punto de sacudir el cepillo, pero lo pensó mejor. Colocó la punta de una bota encima del rabo, la otra sobre su cabeza y, con una maniobra premeditadamente lenta, aplastó al animalejo, aunque no lo bastante rápido como para que no soltara un extraño chillido que nadie hubiera creído posible en aquel bicho. La criatura se infló un segundo y estalló, desparramando sus diminutas vísceras por el aserrín.

Satisfecho, el hombre se inclinó sobre el cenicero cercano a la puerta y, con un gruñido, apagó el cigarrillo frotándolo hasta formar una espiral de cenizas que despedía un aroma a esencias orientales.

6

La Habana, Academia de Ciencias de Cuba,
11 de agosto, 17.52 h

El trío dejó atrás la zona del puerto y se dirigió al Capitolio, recorriendo la calle Obispo hasta la inmensa explanada; pero en lugar de subir por la escalinata, rodeó el edificio y buscó la entrada de autos bajo la ciclópea arcada que Alicia conocía desde la infancia.

El laberíntico pasillo, forrado con paneles de madera oscura, los condujo a otro custodiado por divisiones transparentes que permitían ver las oficinas vacías, aunque las fotos de familia sobre los escritorios y las computadoras con salvapantallas en movimiento eran indicios de que se usaban a diario.

Alicia alzó el rostro como quien olfatea señales invisibles y aspiró la combinación de sustancias etílicas (quizá formol y otros aldehídos) que se mezclaban con almizcle, varios tipos de popurrí y el inconfundible hedor a animales salvajes. No era un olor intenso, pero en aquel ambiente se convertía en un reclamo desagradable y algo inquietante. Obedeciendo a un oscuro instinto, buscó en todas direcciones hasta descubrir su origen: jaulas que se apilaban contra una pared en penumbras, ocupando el espacio equivalente a dos oficinas. Dentro de la más grande, una mujer examinaba lo que aparentaba ser un árbol seco, alumbrándolo con el haz azul de una linterna. En el tronco había orificios semejantes a guaridas.

—¿Qué hay allí? —susurró.

Sin disminuir el paso, el curador respondió:

—El laboratorio de zoología.

—¿Hay animales *vivos* ahí adentro?

Virgilio se encogió de hombros.

—Ahora mismo no sé. A veces los traen por unos días y luego se los llevan. Es algo relacionado con el zoológico nuevo. Están haciendo exámenes y observando comportamientos de algunas especies que nunca han vivido en la isla. Si quieres, más tarde te traigo por aquí y le preguntas a la doctora.

Antes de que ella pudiera responder, doblaron por otro pasillo. Casi al final, se detuvieron frente a una puerta que les cerraba el paso. Virgilio pegó la tarjeta sobre una placa metálica y, con un chasquido, el mecanismo se activó.

Pasaron a un salón con mesas que formaban islas, donde se exponían fragmentos de cerámica, semillas, tallas de madera y otras piezas. Un armario de almacenaje ocupaba toda la pared del fondo; cada una de sus gavetas mostraba un número de registro.

Junto a un amplio lavadero, se amontonaban frascos con sustancias químicas, cepillos, pesas digitales y bolsas de plástico. Además de las computadoras, el laboratorio hospedaba dos microscopios electrónicos, un espectrógrafo, dos escáneres portátiles, una cámara fotográfica montada en una estructura móvil, cajas de filtros infrarrojos y ultravioletas, y media docena de equipos más que Alicia no logró identificar.

La escultura de Guabancex todavía se hallaba en el colchón de poliespuma donde había viajado, esperando su turno para ser limpiada, medida y fotografiada; pero incluso polvorienta, su imponente tamaño era suficiente para entender que se trataba de una pieza extraordinaria. Encima, alguien había colocado un papel con los resultados del laboratorio de geología.

—¡Dios mío! —murmuró el Curita al distinguir las vetas rojizas de la piedra, después de echarle una ojeada al informe—. Es mármol lila.

—No me digas que aún no lo sabías —dijo Virgilio—. Es de lo único que se habla en todas partes. Si no fuera por ciertos detalles, nadie creería que se trata de una pieza taína. Esto rompe el paradigma.

—No es solamente el material, sino *ese* tono.

—¿Qué ocurre con él?

—Esa variedad no existe en Isla de Pinos.

—¿Estás seguro?

—Segurísimo, hay una sola región del país con una cantera de ese tipo: el sureste de Bayamo.

—¿Dónde queda eso? —preguntó Alicia.

—Al oriente de la isla —aclaró Virgilio.

—¿Quieres decir que fue trasladada por mar hasta la cueva?

—¿De qué otro modo?

—¡Qué color tan raro! —dijo ella, acercando su nariz a la superficie después de pulirla con un trapo.

—Y único —añadió Jesús—. En Cuba hay dos variedades de mármol lila: una llamada «orquídea» y otra descubierta hace unos cinco años, bautizada «orquídea sangre». Estoy seguro de que esa pieza pertenece a la segunda. Las dos canteras son de la misma región, aunque la segunda se encuentra a una altura considerable, en las montañas de la Sierra Maestra.

Alicia intentó imaginar el alcance de esa información, pero sus conocimientos de arqueología indocubana eran limitados. Junto a la escultura yacía una esfera pulida. Recordó haber visto otras en las fotos del enterramiento.

—¿Esto también es mármol?

—Cuarzo. Es una ofrenda funeraria común en los enterramientos siboneyes, pero su significado sigue siendo un misterio. Las llamamos «esferolitas».

—¿Siempre son tan pequeñas? —preguntó Alicia observando la superficie algo traslúcida y de un tono rosa pálido, quizá pulida con arena o algún otro abrasivo natural.

—Esa es bastante grande, las que acompañan a niños y adolescentes son más chicas.

—¿El tamaño de una esferolita es proporcional a la edad del muerto?

—Así parece.

Alicia se aproximó a su tío, que tecleaba frente a una computadora.

—¿No ibas a enseñarme el manuscrito?

—Dame un segundo, estoy revisando el catálogo.

Jesús seguía examinando la escultura, en busca de alguna señal que negara su origen indígena.

—¡Lo tengo! —exclamó Virgilio.

La muchacha se acercó a su tío, que empezó a inspeccionar las etiquetas de cada gaveta mientras repetía: «AM-4430, AM-4430...». Alicia comprendió que era el número de registro. Había cientos de compartimentos en aquel armario, pero Virgilio encontró enseguida el que buscaba y lo depositó en una mesa. Sacó un par de guantes de látex que le lanzó a su sobrina y luego atenuó las luces para no dañar el documento.

Antes de abrirlo, Alicia examinó cada porción de la cubierta, el lomo y el borde de las páginas. Su estado de conservación era bastante bueno, aunque desigual. Las primeras hojas se hallaban más retorcidas que las últimas, si bien no evidenciaban señales de inminente destrucción. Acarició la cubierta de cuero rojizo con la inscripción grabada:

Memorias de la Isla
cercana al Lugar Sagrado
1509-1517

A través de una lupa, examinó los caracteres. Solo el polvo de oro sería capaz de insuflar aquellos reflejos solares. El cristal de aumento mostró las grietas que surcaban las brillantes laminillas de las letras. Entonces reconoció la mixtura. Era «oro de caracola», un pigmento más propio del período medieval que renacentista. Pero si la confección del manuscrito se había realizado a principios del siglo XVI, eso significaba que sus creadores habían retrocedido técnicamente. ¿Por falta de recursos, quizá?

En la portadilla se repetía el título, escrito con tinta ferrogálica. Inspeccionó el símbolo de Guabancex y los tres puntos encima de la media luna acostada que aparecían en la misma página. Lo dobló a medias para averiguar cómo estaba encuadernado y contó ocho librillos de diferente grosor que habían sido cosidos y pegados al lomo interior de la cubierta. En los cinco primeros se había empleado el papel vitela para las páginas que contenían dibujos y letras capitulares iluminadas con tintas de colores. Las que solo contenían texto eran pliegos de papel artesanal, aunque a simple vista apenas mostraban irregularidades. En los últimos tres cuadernos ya no había ilustraciones: únicamente capitulares adornadas con animales y enredaderas florales. La composición de las tintas seguiría siendo un misterio hasta que se realizaran análisis químicos.

Regresó a la portadilla, pasó la página y se dedicó a estudiar las letras con una lupa digital, tratando de distinguir patrones únicos en los rasgos. Virgilio la observaba casi sin respirar. Durante media hora exploró diversos pares de letras hasta agotar el alfabeto. Buscó las pequeñas señales que solían encontrarse en casos de cifrado: manierismos en forma de garfios o ganchillos, trazos curvos o rectos en sitios inusitados, puntos minúsculos que se insertaban repetidamente y sin motivo, dentro o junto a las letras... No pudo aislar patrón alguno que indicara un código.

Desencantada, siguió hojeando el manuscrito sin un propósito definido, leyendo fragmentos sueltos o deteniéndose en ciertas páginas con la esperanza de descubrir una pista que se le hubiera escapado, pero tenía la angustiosa impresión de que aquel texto no iba a revelarle secreto alguno. No se equivocó. La respuesta no estaba en el texto. Nunca la encontraría allí, aunque se hallaba delante de sus narices y mucho más cerca de lo que hubiera imaginado.

7

La Habana Vieja, Plaza Vieja, 13 de agosto, 14.14 h

El viento ululaba sobre los tejados y hacía temblequear las mesitas de metal, atrayendo a los transeúntes que, sin reparar en la proximidad de una tormenta, se detenían a comprar souvenirs y a saborear golosinas. Igualmente ajenas al mal tiempo, las palomas zureaban entre las piernas de los comensales, picoteando aquí y allá cortezas de pastelillos. Los aromas de la cerveza burbujeante, del pan con cerdo encebollado y del chocolate caliente acompañado con crepes se mezclaban con el vaho húmedo de la vegetación que volvía a crecer en el hábitat colonial, donde los turistas descubrían insólitos jardines o se mojaban los pies en la zanja que fluía frente al portón del convento de Santo Domingo. Tanto su fachada monástica como la esbelta torre habían sido recreadas e integradas a un edificio de líneas inusitadamente modernas para lograr un mestizaje perfecto entre épocas arquitectónicas lejanas.

Se comía en las terrazas de los cafés, desafiando la creciente ventolera que agitaba los manteles. Aunque la gente intentaba sujetar las servilletas, muchas escapaban con una premura que confundía a las mismas palomas, conminándolas a emprender el vuelo.

Solo una persona se mostraba ajena a tanta agitación. Vestido con pantalones de hilo, camiseta parda y tenis oscuros, su aspecto era bastante corriente… precisamente lo indicado para no llamar la atención. Sin despojarse de su gorra, terminó de comer un emparedado de chorizo que acompañó con largos tragos de cerveza. Sin embargo, por mucho que se empeñara en usar discretamente la servilleta para limpiarse el labio leporino, sus rudos ademanes dejaban la misma impresión que si hubiera empleado el mantel.

Comprobó la hora. Faltaba un minuto para las dos y media. Cuando alzó la vista, allí estaba, mirando las edificaciones como un visitante más. Parecía mucho más joven con sus jeans ajustados, la camisa a medio abotonar y las sandalias de cuero. Nadie reparó en él, excepto el hombre de la cicatriz, que se puso unas gafas oscuras para espiarlo cómodamente.

Después de inspeccionar las artesanías, el joven dio media vuelta y abandonó la plaza por la calle Mercaderes. El tipo de la cicatriz aguardó dos minutos antes de ponerse de pie y rastrear sus pasos. No le preocupó que el otro se hubiera esfumado al doblar la esquina. Sabía dónde hallarlo.

Caminó un par de cuadras hasta el frondoso oasis de un parque donde una fuente humedecía la atmósfera. Lo encontró fumando en un banco bajo los árboles. Sin quitarse las gafas, se le acercó con un cigarrillo en la mano.

—¿Me dejas prender esto?

El muchacho le entregó el suyo. Tras aspirar su primera bocanada, preguntó:

—¿Te molesta si me siento aquí?

—Para nada.

Fumaron. O al menos el joven hizo como que fumaba, porque en verdad no tragaba aquel humo que se esforzaba por no ahuyentar con la mano.

—No sé si lo tienen —murmuró.

La Liebre reflexionó unos segundos antes de responder:

—Creí que ya lo habíamos aclarado —repuso en voz más baja, aunque no había nadie por los alrededores—. Tu tarea no es averiguar si lo tienen, sino dónde.

—El Jefe debería ponerse en nuestro pellejo antes de exigir tanto. Las cosas son más complicadas de lo que parecen.

—¿Cuál es la complicación? —preguntó la Liebre, chupando su cigarrillo sin mirarlo—. Están preparando el terreno para mostrar el *legado* a la prensa. Si la sobrina del curador lo trajo hasta acá, solo hay dos posibilidades: aún lo tiene encima o se lo entregó a alguien cercano. Sea como sea, puede guiarnos hasta él.

—¿Y tú esperas que la siga a todas partes?

—Sin despertar sospechas. Déjale caer alguna carnada para ver cómo reacciona, pero con cuidado.

—No soy ningún imbécil.

La Liebre no se dignó a contestar. Tristán era un tipo antipático, pero lidiaba con él porque debía cumplir con su parte para que el proyecto no se fuera a la mierda.

—¿Me regalas otro? —preguntó el joven, alzando la voz para que lo oyera una pareja que se hacía arrumacos junto a la fuente.

La Liebre sacó de su bolsillo la cajetilla donde ocultaba el dinero acordado.

—Quédate con la caja.

—Gracias, mi hermano, que te vaya bien.

Permaneció unos minutos más allí, viendo cómo su contacto se perdía en dirección a la catedral. Decididamente era un engreído que se creía con derechos que nadie le había otorgado. Siempre estaba cuestionando órdenes.

Una gota que aterrizó en su brazo lo sacó de su embeleso. Alzó la vista para contemplar las nubes que sobrevolaban los tejados y, lleno de fastidio, se dirigió a la mansión del patio mudéjar que albergaba el Museo del Libro.

8

La Habana, El Vedado, 15 de agosto, 19.05 h

Alicia se acercó al balcón. El mar rugía y se afilaba las uñas contra los arrecifes antes de lanzarse sobre la avenida desierta. Pocos se atrevían a desafiar las olas que azotaban a peatones y autos por igual cuando el malecón se convertía en una catapulta de agua; pero desde aquel décimo piso el espectáculo era deliciosamente escalofriante, como una de esas películas donde el tsunami barre una ciudad mientras el espectador observa desde la comodidad de su butaca, seguro de que el desastre nunca podrá alcanzarle. La escena tenía algo de subyugante y aterradora, casi a tono con los símbolos encontrados junto a los cadáveres. Tal vez por eso el presentimiento de una desgracia volvía a abatirse sobre ella.

Desde el primer día había luchado contra esa impresión. No se trataba de que alguien siguiera sus pasos o la espiara, sino de una presencia, una sombra amenazante que latía sobre la ciudad o quizá sobre el país. No era una sensación constante. Iba y venía como la luz de un faro en la lejanía, repitiéndose como esa Voz que la acosaba en sueños.

El canto del cuco mecánico la sobresaltó. Recordó la cita

con su tío y, al comprobar la hora, supo que tenía los minutos contados para llegar. Mientras aguardaba el elevador, tuvo la certeza de que no podría conseguir lo que le pedían en solo cinco días. No pensaba que el código fuera impenetrable, pero necesitaba consultar con colegas de ultramar y eso llevaría tiempo.

Frente al edificio, el viento sacudía los postes de luz. Maldijo la insistencia de su tío en volver a reunirse en aquel club. Aferrada a su bolso, logró alcanzar la esquina y hacerle señas a un taxi, que la dejó frente al Caribbean Blues.

—Por poco no llego —se quejó ella apenas se sentó a la mesa—. Hace el peor clima del mundo.

—Lo sé, pero le prometí a Pandora que vendríamos.

—¿Le contaste lo que pasó en casa del profesor?

—Sí, ya lo sabe.

—¿Y él qué le dijo?

—Máximo y ella no se hablan.

—¿Cómo es eso?

—Asuntos de familia.

—Entonces ¿por qué te preocupaba su reacción?

Virgilio titubeó.

—Al fin y al cabo, es su medio hermano —respondió.

Alicia no se creyó la explicación, pero no dijo nada. Últimamente su tío andaba muy reservado.

—¿Quieres pedir algo? —preguntó él—. Yo prefiero esperar por Pandora.

—No tengo mucha hambre.

De todos modos, encargaron un rioja y una tabla de quesos.

—Voy a regresar a Miami —anunció ella.

—¿Cuándo?

—Lo antes posible. Anoche volví al laboratorio y pasé otras dos horas allí, pero lo único que averigüé fue que la doctora Wallace usa la luz ultravioleta para seguir las huellas de los gálagos.

—¿De qué?

—Gálagos, unos animalitos nocturnos de lo más graciosos. Se orinan en sus propias patas para agarrarse mejor a los troncos y marcar sus territorios. La doctora me mostró cómo la orina brilla bajo la luz negra de una linterna ultravioleta. De paso me enteré de que esas linternas también se usan para localizar fluidos orgánicos en la escena de un crimen. En fin, todo muy instructivo... Aquí está la tarjeta de Fabio. Dale las gracias de mi parte. Me llevo copias de las fotos para consultar con un par de colegas. Le escribí a mi amiga Xenia, que me pondrá en contacto con un especialista de la Sorbona. Apenas tengas las copias infrarrojas, me las envías.

Virgilio se apartó para que el camarero distribuyera los aperitivos y las copas.

—Te agradezco el esfuerzo, hija, pero necesito un último favor.

—Si está en mis manos...

Él se inclinó sobre la mesa.

—Lo que voy a decirte tiene que quedar entre nosotros. No quería inmiscuirte en este asunto, pero no veo otra salida.

—Puedes confiarme lo que sea.

—Ya sé, pero quiero que Pandora esté presente.

Alicia no pudo contener un gesto de irritación. Otra intriga más. En definitiva, ¿quién era esa mujer? ¿Qué otra relación tenía con su tío, aparte de la obvia? ¿Y por qué en aquel país los misterios se multiplicaban como chorizos en una fábrica?

En ese instante, la claridad menguó. Desde algún punto en la oscuridad, una voz femenina se elevó sobre los murmullos del salón. Cuando Pandora entró al escenario, el haz de luz arrancó destellos de su melena plateada. Excepto las cejas, el resto de su figura era de una blancura irreal. Durante casi una hora, la acompañó un señor con gafas rosadas que se ocupó de aporrear el piano embutido en una esquina. Finalmente, la cantante abandonó la escena, seguida por salvas de aplausos, y el techo volvió a teñirse de olas verdes que parpadearon al compás de un sonido retumbante.

—¿Eso son truenos?

—Debe de estar diluviando —comentó Virgilio.

Las luces temblaron y el local quedó en tinieblas. Algunas exclamaciones brotaron desde diversos recovecos, pero no había pánico en ellas, sino más bien cierto deleite ante la inesperada aventura. Cuando la electricidad regresó, Alicia notó movimientos furtivos y precipitados debajo de algunas mesas.

—¿Por fin qué vamos a comer?
—¿No ibas a esperar por Pandora?
—Ya debe de estarse cambiando, no tardará ni cinco minutos.
—Bueno, probaré el...
Una tromba irrumpió en la mesa.
—¿Qué pasa con tu celular? —chilló la cantante, que había abandonado su aspecto etéreo para vestir jeans y camiseta negra.
—¿Mi celular? —repitió Virgilio pasmado, tanteándose los bolsillos—. Lo tengo aquí. ¿Necesitas llamar?
—Simón dice que no contestas.
—Le quité el timbre mientras cantabas.
—Tenemos que irnos.
—¿Y la cena?
—Hay una emergencia en el Capitolio. Están tratado de avisar a la gente, pero entre la tormenta y los celulares desconectados no han podido localizar a muchos.
Los tres fueron hacia la puerta.
—Yuly, carga el consumo de la ocho a mi cuenta —le pidió Pandora a una mulata que tecleaba en una pantalla junto al bar, y sin esperar respuesta se volvió a Virgilio—. ¿Dónde tienes el carro?
—Ahí enfrente.
Una ráfaga de viento los golpeó a la salida.
—¡Qué mierda de clima! —se quejó Pandora—. ¿A que el ciclón ya está aquí y no nos han dicho nada?
—Pero ¿qué pasa? —preguntó Virgilio, luchando por abrir el auto.
—Un incendio en el ala sur del Capitolio. Fabio ya está allí trasladando lo que puede hacia un área más segura, pero necesita ayuda.
Alicia se zambulló en la parte trasera para que Pandora se situara delante.
—¿Eso es cerca del laboratorio? —preguntó.
—No, el laboratorio está en la zona norte —explicó Pandora—, pero nadie se fía de lo que pueda ocurrir.
«¡Dios mío! —pensó la muchacha—. ¡El manuscrito!»
Virgilio no dijo nada, pero contrajo las mandíbulas hasta que sus dientes crujieron.

«Mala noche para un incendio —se dijo mentalmente, sintiendo la adrenalina en cada latido—. Poca lluvia y demasiado viento.»

Y pisó el pedal hasta el fondo para que el auto saliera disparado, chillando como una bestia asustada.

Alicia trató de acomodarse en aquel espacio que obviamente no era para viajar. Cada vez que un ventarrón sacudía el coche se preguntaba si sobreviviría con sus vértebras intactas. Los golpes de viento iban acompañados ahora por esporádicos azotes de lluvia. Se hacía difícil ver algo, aunque los limpiaparabrisas funcionaban a toda velocidad.

Virgilio evitó el malecón y subió por Infanta hasta Carlos III. Al cabo de diez angustiosos minutos, desembocaron en la explanada del Capitolio, iluminada por las luces giratorias de los vehículos de emergencia. No se veía fuego alguno, pero el humo empañaba la atmósfera.

El acceso posterior se hallaba bloqueado por tres carros de bomberos, uno de ellos subido a la acera. La policía había acordonado el edificio y, aunque Virgilio mostró sus credenciales, un oficial le ordenó que se retirara. Mientras los hombres discutían a grito pelado bajo la lluvia, Pandora envió un mensaje a Fabio desde su celular. No pasó medio minuto antes de que el policía recibiera una llamada a través del intercomunicador. De mala gana, levantó la cinta amarilla y los dejó pasar.

Antes de permitirles la entrada al edificio, les ayudaron a colocarse máscaras. Un rumor vago y difuso, como el zumbido de un enjambre, se esparcía desde los pisos superiores. Por el camino se cruzaron con otras personas que se dirigían a la salida cargadas con bolsas y cajas. Al final del pasillo, un gordo inmenso les cortó el paso y se plantó frente a Virgilio.

—¡Ya era hora! —exclamó tras su máscara, jadeando como Darth Vader—. ¿A quién trajiste?

—A Pandora —respondió el curador— y también a mi sobrina.

—¡Ah, qué bien! Estamos sacando lo que hay en las mesas y en el laboratorio. Ocúpate del archivo. Dale prioridad a lo más importante. El incendio empezó por el ala contraria, pero puede que se extienda.

Virgilio asintió sin decir palabra. Junto a la puerta tropezaron con otros miembros del equipo a los que Alicia reconoció, gracias a que allí había más luz. Más allá de los paneles traslúcidos, las jaulas vacías de los gálagos mostraban sus puertas abiertas de par en par.

—Ya sabes dónde está el manuscrito —le susurró Virgilio a la muchacha.

El laboratorio era un caos. Por doquier había cestos de basura volcados. Una alfombra de cristales rotos crujía bajo las suelas. Los equipos de medición y fotografía parecían esqueletos de antiguos monstruos, abandonados en medio de una catástrofe repentina.

—Tenemos que apurarnos, Virgilio —dijo Jesús, empujando a Kike y a Tristán, que también trataban de abrirse paso—. Allá afuera hay un policía protestando porque nos dejaron entrar.

El curador inició un registro frenético en un costado del archivo. Alicia, por el contrario, permaneció inmóvil frente al inmenso mueble. Estaba mejor entrenada que nadie para recordar cifras, pero se había quedado en blanco.

—Tío, ¿recuerdas el código?

—¿No era M algo? —dijo él, concentrado en extraer un bulto con la ayuda de Pandora.

—M... ¿M-430? —murmuró Alicia, notando que los nubarrones de su memoria se disipaban—. No, era más complicado... ¡4430!

La muchacha localizó la columna donde las etiquetas empezaban con M. Hubiera jurado que aquel no era el sitio que había revisado días atrás, pero siguió buscando hasta que dio con la inscripción y abrió la gaveta. Adentro solo encontró un idolillo triangular de piedra.

—¡Aquí no está! —le gritó a su tío, que en ese momento parecía discutir con Pandora y el Curita.

Fue lo último que vio antes de que el apagón se tragara la escena. Dos o tres exclamaciones se alzaron desde diversos cubículos.

—Alicia, ¿estás bien? —preguntó Virgilio.

—Sí, pero no encuentro el manuscrito.

—¿No habías recordado el...?

—¡Oh, Dios! —exclamó ella, golpeándose en la frente.

No era M-4430, sino AM-4430. Y ahora aquel apagón... Necesitaba luz. ¡Mierda! Se había dejado el teléfono en casa. Soltó otra exclamación.

—¿Qué pasa?

—Acabo de recordar el código, pero no me sirve de nada en esta oscuridad.

—¿Alguien tiene un móvil con linterna? —vociferó Virgilio.

—¡Todos menos tú! —exclamó alguien.

Se escucharon varias risas sofocadas. Alicia sospechó que su tío se había ruborizado cuando lo oyó mascullar confusamente, mientras Pandora hablaba y se reía a la vez.

De pronto una imagen cruzó por su cabeza. Al pasar por el laboratorio de zoología había visto la linterna de la doctora en una mesa. Sin decir palabra, salió del cubículo tanteando las paredes. El salón de las jaulas se hallaba dos puertas atrás.

—¡Alicia! —la llamó su tío.

Ella encontró la puerta y traspuso el umbral.

—¡Espera un segundo!

Virgilio se dio cuenta de que su sobrina ya no estaba junto a ellos.

—¿Qué estás haciendo? ¿Por dónde andas?

Los dedos de Alicia se enredaron con el alambre de una jaula. Dio media vuelta y se dirigió hacia su izquierda, donde calculó que estaría la mesa, pero tropezó con un objeto que rodó hasta el suelo.

—¡Alicia!

La muchacha palpó a su alrededor hasta reconocer la forma cilíndrica de la linterna. Un tenue rayo azul atravesó la negrura. Apenas servía para alumbrar a dos o tres pies de distancia, pero fue suficiente para que ella avanzara sin peligro de destrozarse la nariz.

—¡Atención a todos! —interrumpió una voz desde el pasillo—. Vamos a evacuar. El incendio se ha extendido a la zona cuatro.

—¡Alicia!

—Sal de aquí, tío —gritó ella desde el laboratorio—. Yo buscaré el manuscrito.

—No voy a dejarte sola.

Por toda respuesta, ella se acercó de nuevo al archivo y comenzó a leer las etiquetas.

—¡Vamos! ¡Saliendo todos!

Un potente haz luminoso refulgió al final del pasillo. Era la linterna adosada al casco de un bombero que intentaba sacar a los rezagados de sus cubículos.

—*En las tinieblas está el origen de la luz* —susurró alguien en su cabeza.

Alicia se detuvo. ¿Por qué demonios le hablaba ahora la Voz?

—Deprisa. ¡Afuera todos!

—*Sigue buscando* —dijo la Voz con tanta nitidez que ella se volvió para apuntar con su linterna al espacio vacío—. *En las tinieblas está el origen de la luz.*

La muchacha se concentró nuevamente en el archivo. No se trataba solo de aquel ruego. Un impulso más fuerte que su voluntad la obligó a buscar con desespero. El rayo azul saltaba de una etiqueta a otra.

—Señorita —escuchó que la llamaban.

«AM-4422..., AM-4424...», iba leyendo mentalmente.

—Joven...

Alguien la tomó del brazo.

—No me toque —le advirtió ella, amenazante—. Enseguida salgo.

Y siguió leyendo: «AM-4426..., AM-4428...»

—Lo siento, tiene que...

Ella se zafó de las manos que intentaban arrastrarla hacia la salida. El rayo azul alumbró la etiqueta AM-4430.

—¡Tío, lo encontré!

Pero ya Virgilio, Jesús y el resto habían sido sacados a rastras.

La muchacha abrió la gaveta en el instante en que una mano masculina volvía a agarrarla. La caja cayó al suelo y la muchacha dio un grito.

—¿Qué hace, imbécil? —bramó ella, con una voz que no parecía la suya—. Déjeme terminar lo que estoy haciendo.

El hombre se detuvo entre sorprendido y atontado. Alicia se agachó, con la linterna en la boca, para recoger el libro desparramado; le dio la vuelta, temiendo que alguna página se hubiera desprendido.

—Lo lamento, joven, pero…

Una exclamación de Alicia volvió a sobrecogerlo. Con el grito, la linterna escapó de su boca y cayó sobre el libro abierto. La muchacha la capturó y volvió a repasar, con el haz azulado, aquel brillo repentino que brotaba de sus páginas.

—Oh, Dios… Oh, Dios… —murmuró a medida que distinguía mejor los trazos fosforescentes que iban apareciendo bajo la luz ultravioleta.

Se echó a reír, primero con suavidad, luego con verdaderas ganas. El hombre retrocedió un paso, temiendo que se hubiera vuelto loca, pero enseguida la tomó delicadamente por un brazo y la condujo hacia la salida.

Protegiendo el manuscrito contra su pecho, ella se dejó llevar. *En las tinieblas está el origen de la luz*. Si no hubiera sido por ese apagón… Su tío la pondría en un altar. Ahora podría asegurarle que el mensaje del manuscrito nunca había estado cifrado, sino simplemente escrito con tinta invisible.

TERCER FOLIO

La canción del reino verde

(1513-1514)

1

La nueva casa estaba casi lista y, después de inspeccionarla, Jacobo creyó que podría durar siglos. Las gruesas paredes, hechas con una mezcla de roca y argamasa, sostenían las ventanas protegidas por rejas de metal. Dos columnas servían de soporte al techo. Si se abrían sus puertas —al frente y al fondo de la vivienda— era posible lograr una brisa perpetua que combatía la canícula. Gracias a las baldosas de barro cocido, el piso atrapaba la frialdad que subía del subsuelo y refrescaba el ambiente. En total tenía cuatro habitaciones: dos alcobas, una cocina y un amplio salón para comer y recibir visitas.

Jacobo prescindió de añadir una chimenea encima del fogón, pensando que sería un engorro en época de aguaceros. En su lugar, la cocina contaba con dos grandes ventanales enrejados, situados en paredes opuestas, para que las corrientes se llevaran el humo y los olores. Apenas terminó su estructura principal, fue a la carpintería para supervisar el montaje de las contraventanas que los protegerían durante los huracanes.

Nadie más había querido construir en la zona, por donde entraban los indígenas, pero Jacobo se dio cuenta de que a la larga podía ser una ventaja si decidía añadir nuevas habitaciones.

Juana le pidió que pintara las paredes de blanco, y las puertas y ventanas de azul claro, y él la complació. Lo mejor era que ella tendría su propia habitación: una pequeña alcoba con cama, en lugar de la hamaca donde había dormido hasta el momento. Todo un lujo.

El día de la mudanza, Jacobo se levantó más temprano que de costumbre y notó que su hija no estaba. La encontró a varios pasos de la choza, sentada sobre la hierba, con la vista perdida en algún punto de la selva.

—¿Qué haces?

Ella dio un respingo, pero no abandonó su postura.

—Estoy harta de tanto polvo, padre. Echo de menos el olor de la tinta y las prácticas de caligrafía.

En realidad, su abatimiento se debía a que Mabanex no se encontraba en el último grupo de taínos que había regresado al pueblo para reemplazar al anterior.

—Te construiré una cubeta de tierra.

Se refería a esos marcos de cuatro tablones para contener la arcilla, donde los albañiles trazaban dibujos empleando un punzón.

—No servirá —dijo ella, desechando la idea con un gesto—. Solo tendré espacio para escribir unas pocas frases, sin contar con que no podré conservar nada.

—Sabes que el papel escasea y que no puedo pedirlo sin despertar sospechas, pero ya veremos. Hoy tenemos otras cosas que hacer. Voy a la carpintería a ver cómo van las camas. Tan pronto acabes de empacar, nos mudamos.

Sin ánimos para discutir, dejó que su padre la besara y entró a la choza para embalar los escasos cacharros de cocina, las ropas y los libros.

De pronto se detuvo, atenta al alboroto de las aves, cuyos chillidos parecían voces humanas, aunque esta vez creyó haber escuchado algo distinto: un lamento profundo como el canto de un monje. Se asomó a la puerta y esperó unos instantes, pero no se repitió. Ya se disponía a entrar cuando lo oyó de nuevo, ahora con mayor claridad. Fue como si un rayo la golpeara. Las palabras resonaron en su memoria: «Recuerda el sonido de mi caracol».

Olvidando las instrucciones de su padre, se adentró en los

matorrales y avanzó apartando ramas, mientras los insectos, alarmados por aquella conmoción, escapaban en todas direcciones. Pronto fue imposible saber qué rumbo seguía. Trató de regresar, pero comprendió que se había perdido. No gritó, temiendo que por allí rondaran animales salvajes y desconocidos. Instintivamente se palpó las ropas. Su voz podría delatarla ante los depredadores —si es que existían en la isla—, pero no el sonido de aquello que llevaba en su bolsillo.

Sopló con energía, provocando un torrente de arpegios que se extendió por la selva. Incluso las aves enmudecieron, tratando de identificar al nuevo inquilino. No fue un silbido uniforme, sino una andanada de sílabas musicales que revolotearon en aquel océano verde y atravesaron la cortina vegetal hasta los escondites más remotos. El caracol respondió al llamado, repitiendo los acordes de la flauta.

Las voces de los instrumentos se fueron alternando en un dúo melódico, cuyas vibraciones se movían en busca del sonido ajeno. La flauta esparcía sus gorgoteos y el caracol la secundaba con menos florituras. Las secuencias se sucedieron a intervalos cada vez más cortos hasta que ambas se fundieron en una cadencia única a medida que se aproximaban. El oído les indicó que se hallaban muy cerca, pero la maleza era tan espesa que no se vieron hasta que casi tropezaron. Juana saltó del susto.

—¡Tonto, no te rías! —protestó enojada.

—Disculpa.

—Pensé que no vendrías.

—Es que mi tío está muy enfermo y quiere que mi hermano sea su sucesor.

Juana recordó que Mabanex era sobrino del cacique.

—¿Tu tío no tiene hijos?

—Sí, pero no viven en la aldea.

—¿Y por eso no puede elegir a ninguno?

Mabanex parpadeó atónito.

—Son sus hijos —repitió como si ella no lo hubiera oído—. A nadie se le ocurriría nombrar cacique a su propio hijo.

Juana lo contempló, más confundida que antes.

—Entonces ¿quién sucede a un cacique?

—El hijo de alguna hermana.

—¿Por qué?

—Porque nadie puede saber con certeza quién es el padre de una criatura —explicó Mabanex, asombrado ante la ignorancia de la muchacha—. Si su mujer tiene hijos, él nunca podrá garantizar que es el padre, por mucho que ella lo jure. Pero si el sucesor proviene de una hermana con la que el cacique comparte la misma madre, todos estarán seguros de que el nuevo jefe es sangre de su sangre.

—Ya entiendo, pero ¿eso qué tiene que ver contigo?

—Mi familia está preocupada. Todos discuten y murmuran. Por eso no me atrevo a alejarme de la aldea.

—¿Por qué discuten?

—Mi tía Yuisa siempre nos ha mirado mal porque mi madre es hermana del cacique, por parte de padre, y ella piensa que pudo ser engendrada con la semilla de otro hombre, aunque mi tío dice que mi hermano y yo somos iguales a su padre. Él está seguro de que Bawi, mi madre, lleva su misma sangre y quiere nombrar como sucesor a Tai Tai, y no a mi primo Cusibó, el hijo de tía Yuisa. Eso es un secreto, pero creo que ella sospecha algo.

—Si es un secreto, ¿cómo te enteraste tú?

—Estuve escuchando sin que me vieran. Mi tío le ordenó a Tai Tai que no se lo contara a nadie...

—Pero...

—¡Ven! —dijo agarrándola por una mano—. Quiero enseñarte mi escondite.

Y la arrastró por un trillo oculto que serpenteaba en la impenetrable selva. Era evidente que podía orientarse de un modo que ella no entendía. Anduvieron un buen rato hasta un paraje donde los arbustos florecían a orillas de un riachuelo. Mabanex se acercó al agua.

—Espera, no sé... —Ella movió ambos brazos, imitando los movimientos que había visto hacer a los jóvenes en los ríos de su país.

—¿No sabes nadar? —se asombró él, pero enseguida se encogió de hombros—. No importa, hay un camino de piedras.

—¿Y si me caigo?

—El agua no es profunda.

Juana no entendía todo lo que Mabanex decía, pero la lógica

le ayudaba a adivinar el significado de las palabras. Sin darse cuenta, iba asimilando vocablos que ni su padre conocía.

El muchacho la guio por una hilera de rocas que sobresalía del riachuelo. Cruzaron sin contratiempos y caminaron otro trecho que los llevó a una cascada. Detrás de la cortina de agua crecía un mazo de helechos que Mabanex apartó para revelar un túnel. Se internaron por la oscura garganta y avanzaron a tientas. Finalmente, las paredes se transformaron en una caverna alumbrada por la luz que se colaba a través del techo.

Mabanex recogió dos piedras que comenzó a golpear hasta que las chispas saltaron sobre ramas secas y el fuego tembló como una alimaña inquieta.

—Mi hermano y yo jugábamos aquí cuando éramos niños —contó él, sacando de la pared un objeto que raspó con otra piedra de bordes afilados—. Quiero regalarte algo especial, porque el día que nos conocimos supe que eras hija de Guabancex.

—Te equivocas, mi madre se llamaba doña Ana.

—No me refiero a la mujer de donde saliste. Todos tenemos padres en la tierra y en el cielo. Guabancex es una diosa. Algunos creen que es hermana de Atabey, pero el behíque nos dijo que Guabancex es la propia Atabey enfurecida.

—¿Quién es Atabey?

Mabanex dejó de rascar la piedra y estudió brevemente el rostro que lo vigilaba al otro lado de las llamas.

—Atabey es la Gran Madre del mundo —explicó, volviendo a frotar la piedra—. Nos protege del peligro y nos consuela si estamos tristes. Siempre se cubre con un manto azul. Engendró al dios Yúcahu, el Señor de la Fertilidad que nos da buenas cosechas, pero Ella es más poderosa que su hijo porque lo concibió sin ayuda de ningún hombre o dios, como la Virgen de los cristianos. Si hace buen tiempo se asoma con sus gemelos, que traen el sol y la lluvia para alimentar las cosechas, y entonces se la llama Iguanaboína. Si se enfurece se muestra como Guabancex, la Diosa Huracán, que suelta a sus hijos para que arrojen rayos sobre la tierra y provoquen inundaciones.

—Espera —lo interrumpió Juana, hecha un lío con tantos nombres—. ¿Quieres decir que hay tres diosas que se turnan para cambiar el mundo?

—No —respondió él moviendo la cabeza—. Atabey es una diosa, pero a la vez son tres. Uno de los sacerdotes cristianos nos explicó que los blancos adoran a un dios parecido, pero varón.

—¿Y por qué dices que soy hija de Guabancex?

—Porque eres como ella.

—¿No dices que es la Diosa Huracán? Yo no suelto rayos, ni mando inundaciones. ¡Soy muy juiciosa!

—Sí, cuando no hay problemas —replicó él sin inmutarse—, pero Guabancex está en tu sangre.

—¿Cómo puedes saberlo?

—Porque Guabancex también es mi madre y vi lo que hiciste al hombre que me atacó. Si hubieras sido más fuerte, le habrías hecho mucho daño. Y yo lo habría matado si te hubiera golpeado igual que a mí.

Dijo aquello con naturalidad, como si comentara el calor que hacía.

—Pero dejaste que te pegara.

—Pensé que podía ser tu padre o un tío, no quería ofender a tu familia. —Alzó el objeto que había estado puliendo—. ¡Aquí tienes mi regalo! Te servirá de protección.

Juana tomó el guijarro ligero y tibio como un corazón. En una de sus caras había un rostro del cual salían dos brazos que simulaban doblarse bajo el empuje de un torbellino. La extremidad derecha se curvaba hacia el cielo y la izquierda se doblaba hacia la tierra, ambas deformadas por la fuerza de un viento en espiral. Las cuencas vacías de los ojos le otorgaban una expresión entre asombrada y aterrada, y su boca se congelaba a mitad de un grito. Era una imagen pavorosa y potente.

—Esta es Guabancex —le aclaró—. Si pasas un trozo de cuerda por ese hueco pequeño, podrás colgártelo del cuello.

Juana acarició el talismán sin dejar de contemplar aquel rostro terrorífico y pensó que, si se sobreponía al miedo que le inspiraba, podría acogerse al amparo de esa madre enloquecida, capaz de destrozar a quienes intentaran dañar a sus hijos.

—Gracias —susurró, apretando las manos del muchacho en señal de agradecimiento. El pecho de Mabanex saltó como un pez atrapado en la red. Aquella extranjera lo inquietaba.

—Tengo que regresar —dijo ella—, no quiero que me sorprenda la noche.

—No te preocupes, llegaremos antes de que salgan los *hupías.*

Y mientras desandaban el camino hacia el villorrio, Mabanex le contó sobre los espíritus nocturnos que se aparecían a los viajeros que transitaban solos. Con dedos temblorosos, la tomó de una mano para evitar que tropezara. Ella también temblaba, pero no a causa de los *hupías.*

—Cuida tu cemí —le recordó cuando alcanzaron el límite del poblado.

—¿Vendrás de nuevo?

—Siempre que pueda —prometió él, y su sonrisa iluminó la tarde.

Con un ademán rápido, Juana lo besó en una mejilla y escapó rumbo a su casa con el corazón desbocado, apretando en su puño el cemí de la diosa que era como ella, mientras el atónito muchacho se palpaba aquella sensación quemante en el rostro sin dejar de preguntarse qué significaría aquel gesto.

2

La noche se precipitó como un aguacero. Así eran los crepúsculos en el trópico. La luz se apagaba con una lentitud perezosa y de pronto, sin previo aviso, las tinieblas se abalanzaban sobre el mundo. A medida que el sol descendía, los relámpagos furtivos de una tormenta comenzaron a alumbrar las nubes y la gente se refugió en sus casas.

Dentro de la iglesia ardían tres velas. Ráfagas ocasionales penetraban por las ventanas y hacían temblar las sombras que se retorcían como fantasmas. Cerca del confesionario susurraban dos figuras, una de ellas cubierta de pies a cabeza con un albornoz, la otra portadora de una espada que destellaba esporádicamente por el reflejo de las llamas.

—¿Por qué tantas precauciones, padre Severino? —preguntó el hombre armado.

—No confío en nadie.

—¿Y en mí sí?

—Vuestras palabras causaron un gran efecto en los feligreses. Ese género de elocuencia nos será muy valioso para solucionar el asunto de las encomiendas y de la mina.

—Ya veo que vuesa merced tiene sus ojos posados en los santos y el corazón en el brillo de sus coronas —dijo Lope con expresión divertida.

—No vine aquí en busca de riquezas —lo interrumpió el fraile—. ¿Qué puede hacer un sacerdote con el oro, a menos que lo emplee para extender la palabra de Dios?

—El oro ofrece comodidades, una buena mesa y quizá alguna sirvienta indiecita.

—Mi único interés es inculcar la fe a los nativos —replicó el fraile visiblemente irritado, empezando a cuestionarse si ese sería el aliado que necesitaba.

—No pongo en tela de juicio vuestras nobles intenciones, padre —repuso Lope, adoptando una actitud grave al notar la expresión del sacerdote—, pero aún no sé qué queréis de mí.

—Busco apoyo para...

El fraile se interrumpió al escuchar un crujido en la sacristía donde se guardaban los objetos litúrgicos, las cajas de cirios y los santos que se sacaban en ciertas festividades, pero descartó la idea de un intruso. Debían de ser ratas.

—He notado que los soldados os respetan —continuó el sacerdote— y que muchos están descontentos con Ximénez. Sé que no debemos contravenir las órdenes de un superior, pero quisiera saber si seríais capaz de pelear por una causa que podría reportar beneficios a ambos.

—Seré el primero en respaldar una cruzada si vuesa merced me ayuda a mejorar mi posición en esta villa. No quiero seguir siendo un simple soldado, pero vos mismo habéis reconocido que Ximénez es un gran obstáculo para nuestros intereses.

—Dejará de serlo tan pronto el obispo reciba mi carta —le aseguró el fraile, volviendo a escudriñar las sombras del altar.

—¿Y qué dirá esa carta?

—La verdad —respondió fray Severino—. Hay mucha indulgencia con las idolatrías de los indios. Tales abominaciones no deben pasar sin castigo.

—Si ese Jacobo convence a las autoridades con el mismo embuste que contó en la iglesia, los indios quedarán como unas bestias inocentes.

—Ya veremos cómo justifica sus orgías —dijo el cura con evidente irritación.

Un brillo se encendió en las pupilas del soldado.

—¿Orgías?

—En La Española asistí a unas bodas... o lo que esos infieles consideran como tales —replicó el fraile—. Antes de que los novios consumaran su unión, otros hombres yacían con la novia. ¡Era una abominación!

—¿Estáis seguro?

—Lo vi con mis propios ojos. Uno por uno iban entrando a la choza donde estaba la novia, y después que todos habían desfilado por allí, la india salía agitada y gritando sus jerigonzas, tras lo cual aullaban como bestias. ¿De qué os reís?

—No me podéis negar que esos salvajes tienen sus mañas para divertirse.

—¿Llamáis diversión a eso? —le amonestó el fraile—. Mal llevamos nuestra fe si tomamos a la ligera sus costumbres. Sin decoro no hay respeto a Dios, y sin respeto a Dios todo se vuelve ocio y libertinaje.

—Disculpadme, padre, solo estaba bromeando.

—Pues no estoy para tales chanzas. Si queremos que los indios contribuyan a engrosar las arcas de la Corona, debemos enseñarles valores cristianos —continuó el fraile—. Por eso le sugerí al obispo que hablara con el gobernador. No estaría de más que nos enviara algunos hombres para imponer el orden; y si alguien se opusiera, debería ser procesado por traidor a los intereses de la Iglesia y de la Corona.

—¿Creéis que Ximénez os dejará enviar esa carta?

—Ni siquiera sabe que existe, mucho menos que ya está en camino.

—Si vuestra señoría ya ha solicitado la ayuda que necesita, ¿cuál es mi papel en todo esto?

—Quiero que seáis mi intermediario. No he visto a ningún soldado que obedezca a un sacerdote, pero a vos os escucharán.

—Lo siento, pero no recibo órdenes de curas —dijo Lope con inesperada frialdad.

—No me malinterpretéis —se apresuró a rectificar fray Severino—. No pretendo convertirme en vuestro jefe. Solo os propongo una alianza para alcanzar un acuerdo que nos beneficiaría a ambos.

—¿Qué clase de acuerdo?

—Si lográis que los soldados apoyen nuestras demandas frente al enviado del gobernador, yo me comprometo a hablarle de vos a través del obispo. Os aseguro que vuestro ascenso en las filas militares será mucho más rápido de lo que pudierais imaginar.

Lope selló el pacto con una ligera inclinación de cabeza y salió a la noche bajo el estallido de un trueno. El monje aseguró los cerrojos de la iglesia y, cuando los goterones comenzaron a caer, una sombra se deslizó por la puertecilla de la sacristía y se marchó protegida por la oscuridad, llevándose el secreto de aquella conversación.

3

Tras encolar las sillas del comedor, Jacobo comprobó que el barniz de las camas ya estaba seco y, con la ayuda de dos aprendices, trasladó los muebles para la nueva casa, aprovechando la última claridad del día.

Un viento húmedo penetró entre los barrotes y azotó las contraventanas. Jacobo aseguró la puerta y se dirigió a su antigua choza antes de que la tormenta se desatara con fuerza.

Al verlo entrar, Juana cerró de golpe la tapa del cofre sobre el que se inclinaba, alumbrándose con una vela.

—¿Todavía no has terminado? —preguntó su padre.

—Me falta un baúl.

—Pero ¿qué has hecho en todo el día?

—Un montón de cosas —respondió ella vagamente.

Desde la ventana, Jacobo contempló los relámpagos que iluminaban los hilos de lluvia mientras el temporal sacudía la casucha amenazando con llevársela. Aquel refugio no aguantaría otra tormenta como esa, pensó. Nunca se había sentido tan aliviado de mudarse. De reojo vislumbró un gesto furtivo de Juana.

—¿Qué tienes ahí?

—¿Dónde? —preguntó ella, cerrando de nuevo el cofre que había abierto a hurtadillas.

Jamás se le hubiera ocurrido revisar aquel desorden, pero la conocía demasiado bien. Sin atender a sus protestas fue sacando ropas y trastos hasta topar con un pequeño paquete que cabía en la palma de su mano. Dentro encontró un guijarro con un cordón atado a su único orificio. Era plano y redondo, con los bordes finamente pulidos. En el centro había grabado un rostro de facciones toscas.

—¿De dónde sacaste esto?

—Me lo encontré.

—Juana… —le advirtió alzando las cejas.

—Es la Diosa Huracán —confesó de un tirón—. Dice Mabanex que soy hija suya y que puede protegerme. ¿Sabíais que todos tenemos padres invisibles que son dioses?

Jacobo comprendió por qué la joven había tardado tanto en empacar.

—Te dije que no debías alejarte del pueblo, mucho menos para encontrarte con ese muchacho.

—Fue él quien vino a buscarme. Además, somos amigos.

—Hija, entiende esto, ninguna jovencita blanca puede ser amiga de un indio. Ya viste lo que pasó con Lope.

—Ese es un mal nacido —dijo ella con ira.

—Sea lo que sea es peligroso —continuó Jacobo, pasando por alto la rudeza de la expresión—, y si estimas a ese mozo, si no quieres que alguien vuelva a malherirlo, aléjate de él.

Juana comenzó a recoger las ropas diseminadas por el piso.

—¿Me dejaréis usarlo? —preguntó ella tras un largo silencio—. Es bueno saber que tengo una madre cerca, aunque sea invisible.

Jacobo no tuvo el coraje de oponerse.

—Trata de que nadie lo vea.

Ella se apresuró a amarrarse el cordón al cuello antes de esconderlo dentro de su vestido.

Un trueno estalló en las alturas. Bajo la luz parpadeante, Juana creyó distinguir una figura blanca en medio de la lluvia. Cuando otro relámpago iluminó el paisaje, la figura se había esfumado. Instintivamente se llevó la mano al pecho para tocar el talismán.

—Espero que me proteja de los *hupías*.

—¿De qué?

—Los *hupías*... los espíritus que hay en la selva.

—¡Ah, los fantasmas taínos! —exclamó Jacobo evocando viejos recuerdos—. ¿Y por qué habrías de toparte con uno?

—Mabanex dice que salen por las noches —dijo ella, echando otra ojeada al exterior.

—No te alejes de la villa y nada te ocurrirá.

Juana quedó pensativa unos segundos.

—¿Sabéis quién es Atabey, padre?

—Sí.

—Ella y Nuestra Señora se parecen mucho, ¿verdad? Atabey tiene un manto azul, igual que la Virgen. —Se detuvo fascinada por su propia idea—. A lo mejor Atabey y la Virgen son la misma diosa.

—¡Por los santos óleos, no vuelvas a repetir eso! —la regañó Jacobo, asustado.

—Pero... Pero... quizá son la misma, padre, ¿no os dais cuenta? Las dos se visten igual y tuvieron un solo hijo, que también es un dios, sin que ningún varón las tocara. No importa que los taínos la llamen de un modo y nosotros de otro.

—La Iglesia considera que los dioses taínos son cosas del demonio. No se te ocurra comparar a Nuestra Señora con...

Se detuvo al escuchar el chapoteo de unos pasos.

—¡Ni una palabra más! —susurró su padre, asomándose a la puerta para averiguar quién se acercaba. No tardó en reconocer la silueta que se recortaba en la noche—: ¡Vaya susto que me habéis dado!

Fray Antonio echó una ojeada para comprobar que no había nadie más que Jacobo y su hija.

—Necesito hablar con vos... a solas.

—Vamos a caminar un poco.

La lluvia era ahora una llovizna casi imperceptible. Algunos relámpagos aislados seguían estallando en las alturas, pero el manto de nubes ya comenzaba a desgarrarse en una esquina del cielo.

—¿Qué ocurre? —preguntó Jacobo.

—Hace un rato, saliendo de la capilla, vi que Lope se acercaba a la iglesia. Mi intención era retirarme temprano, pero tuve un presentimiento y volví a entrar por el fondo.

Y en pocas frases contó lo que había escuchado.

—¿Y si impedimos que esa carta llegue? —propuso Jacobo.

—Imposible, el propio Severino aseguró que ya iba en camino, pero podríamos alertar a Ximénez.

—Si la carta convence al obispo, Ximénez no podrá hacer nada.

—Esa gente va a convertir el pueblo en un infierno. He visto lo que han hecho en La Española.

—Debemos buscar una manera de protegernos —lo interrumpió Jacobo—, y también a los indígenas, pero sin exponernos.

—No veo cómo.

—Extendiendo la Hermandad.

Antonio sopesó el alcance de lo que el otro proponía.

—Eso sería una locura —concluyó—, los indígenas no son dados a conspiraciones ni a engaños. ¿Creéis que entenderán lo que estamos haciendo?

—Ellos mismos han tomado precauciones para proteger su aldea. Estoy seguro de que no rechazarán a aliados que les ofrezcan ventajas como la de usar señales que el enemigo no entienda.

—Ya se avisan con esos guamos.

—Les daré algo mejor: el silbo secreto.

—Nunca oí hablar de eso.

—Lo aprendí viajando con mi padre por comarcas apartadas. Un molinero de la Gomera me contó que era cosa de los antiguos guanches de su isla.

—Pero ¿qué es?

—Un lenguaje de silbidos. Alguien de la Hermandad lo aprendió después de casarse con una aborigen. Fue él quien lo enseñó a otros hermanos.

—Estoy seguro de que ese no es el único cristiano casado con una guanche. ¿Y si ya lo entienden otros españoles ajenos a la Hermandad?

—Por ahora, los pocos que lo conocen pertenecen a ella.

—Me sigue pareciendo una idea descabellada.

—Tengo que intentarlo —dijo Jacobo, recordando las palabras de Tai Tai—. Algún día mi hija sabrá la verdad sobre su nacimiento, y si algo me sucediera necesitará que otros la protejan.

—¿Ya le habéis contado la verdad sobre su madre?

—No.

—¿Y conoce algo sobre la Hermandad?

—Tampoco.

—¡Pues vaya plan el vuestro! —exclamó Antonio sin ocultar su exasperación—. Si queréis un consejo más sensato…

—¿Sucede algo, padre?

Ambos dieron un respingo. Juana se había acercado sin que se dieran cuenta. Bajo la luna creciente, semejaba una aparición flotando sobre la hierba.

—Fray Antonio quería consultarme ciertos menesteres.

—Pensadlo bien —murmuró Antonio antes de despedirse.

Jacobo y su hija regresaron a la choza.

—Padre —dijo Juana tras un largo silencio—, creo que esta noche le rezaré a Atabey.

—¿Por qué?

La joven lo pensó brevemente.

—Me gusta más que el Dios de nuestra iglesia, que es muy egoísta porque se enoja cuando la gente se arrodilla frente a otro. Atabey es diferente. A Ella no le importa que sus hijos adoren a quienes quieran.

Jacobo abrió la boca, pero no supo qué decir. Al final pasó un brazo sobre los hombros de su hija y la apretó contra sí.

4

Durante el período que transcurrió entre dos lunas llenas, los caciques Guasibao y Bagüey intercambiaron numerosos regalos. Bagüey quería mantener el protocolo del cortejo para su hija. Por ello, pese a su creciente debilidad, Guasibao tuvo que esperar pacientemente.

No todos se mantenían tan serenos. Algunos ya se emocionaban frente a la expectativa de esa unión; otros rogaban a los cemíes que el sucesor fuera un gobernante justo. Corrían habladurías acerca de extraños presagios, aunque los rumores eran confusos. En la aldea se respiraba un ambiente tenso, como en los días previos a un huracán. Los aguaceros se sucedían sin parar y sería un mal augurio si no escampaba.

Finalmente, Bagüey envió un mensajero con la noticia de su visita. Poco después la lluvia amainó, lo cual facilitó el trasiego de productos. Los hombres pescaron y cazaron en abundancia, las mujeres recogieron frutas y raíces comestibles, y entre todos se afanaron en pelar, escamar, cortar y desplumar los animales y las viandas.

La mañana de los festejos, tras una leve llovizna, el mundo brilló como un cuenco de arcilla recién lavado. El rocío se asentó sobre las guirnaldas de flores, impregnando el ambiente de olores intensos, y la aldea se desperezó con el sonido de los guamos lejanos que anunciaban a Bagüey y su comitiva. A partir de ese instante, la única preocupación fue engalanarse.

Aplicaron los sellos de madera que, mojados en tintes de colores, estampaban en sus cuerpos diseños complejos; y con ramas afiladas dibujaron símbolos de abundancia y fecundidad. Una vez secas las tintas, se cubrieron con vistosos collares y cinturones decorados con plumas. Tanto hombres como mujeres se ajustaron las bandas de algodón debajo de las rodillas y en los tobillos. Era un atuendo obligatorio en ocasiones de gala, pues nadie podía considerarse atractivo si no era capaz de mostrar unas piernas torneadas, cuyas curvas realzaban esas ajorcas. Las mujeres casadas vistieron faldas largas o túnicas, según sus gustos, guarnecidas con semillas, conchas, corales e incluso los codiciados cascabeles traídos de Europa.

Mientras los jóvenes y los adultos terminaban de acicalarse, las ancianas se encargaron de vigilar los asados, los niños colgaron ramas verdes en los pabellones donde se sentarían los nobles, y todo quedó listo para recibir a los huéspedes, que poco antes del mediodía aparecieron entre los árboles acompañados por los pregones del guamo.

Ocanacán salió de su choza con el rostro pintado de rojo y negro. Avanzaba con lentitud abrumado por el peso del collar, cuya pieza central era una lámina de guanín con el rostro de Maquetaurie Guayaba, Señor de la Mansión de los Muertos. Docenas de plumas negras colgaban de su cinturón, a manera de corto sayo.

La caravana se detuvo en los límites de la aldea, esperando a la autoridad que los recibiría. Ocanacán alzó su cayado para saludar:

—Gran cacique Bagüey, la aldea del señor Guasibao te da la bienvenida.

Apoyándose en su báculo, una anciana se adelantó entre el grupo de recién llegados. Todos reconocieron a Kairisí, que aunque medio ciega, era la hechicera más poderosa de la región. Su collar con la efigie de Yúcahu era apenas visible bajo los mechones de cabellos grises que cubrían sus pechos casi extintos.

—Mi señor Bagüey agradece la hospitalidad del gran Guasibao y espera que nuestros regalos aligeren la carga que seremos para él.

La mirada de Tai Tai recorrió la comitiva encabezada por el cacique Bagüey, que contemplaba la escena con actitud circunspecta. Su cabeza exhibía un arreglo de plumas naranjas, semejantes a rayos solares. Casi camuflada por un círculo de guerreros, descubrió el rostro que no se había apartado de su memoria desde que lo viera por primera vez. Allí estaba Yari, cuyo nombre hacía honor a su dueña, que solo podía ser comparada con una joya. El corazón de Tai Tai saltó de gozo al notar las flores amarillas que adornaban sus cabellos. Eran iguales a las que él le había regalado en su última visita, señal de que no lo había olvidado.

El potente sonido de los guamos dio por terminado el protocolo. Varios adolescentes comenzaron a repartir frutas y, entre saludos y risas, todos se dirigieron al batey.

A ambos extremos de la explanada se levantaban los cobertizos que albergarían a los espectadores más importantes. Tai Tai ocupó su sitio entre los nobles de la aldea. Los visitantes se acomodaron en el extremo opuesto del batey, bajo otro cobertizo techado con ramas frescas. Apenas quedaron instalados, un alegre redoblar se elevó sobre la planicie.

El joven reconoció el clamor del *mayohuacán* fabricado por su padre antes de morir. Aunque Tai Tai había ayudado en varias etapas del proceso, solo Mabanex participó en cada una, incluyendo aquellas donde radicaba el secreto del sonido. Su hermano siempre había mostrado un don especial para distinguir los sonidos, por eso su padre lo eligió como heredero de su oficio… y no se equivocó. Era el mejor músico de la aldea. Todavía no se explicaba por qué Cusibó, y no él, había sido nombrado maestro de ceremonias.

Abandonó sus reflexiones cuando Guasibao hizo su entrada sobre una silla de manos, acarreada por naborías. Demasiado débil para soportar atavíos sobrecargados, el cacique había prescindido del distintivo nimbo de plumas blancas que imponía majestad, pero Bawi y Dacaona habían ideado otro atuendo igualmente impresionante. Con grasa animal recogieron su pelo, que alisaron con carboncillos para que resplandeciera bajo el sol, y en la coleta insertaron plumas azules de guacamayo. Dacaona dibujó en su piel amplias espirales blancas que parecían moverse. Y Bawi le ajustó un cinturón de semillas y el medallón con la efigie de Atabey, la deidad protectora de la aldea. De no haber sido por su extrema palidez, nadie habría dudado de que Guasibao era el mismo guerrero de siempre.

Ante el reclamo de una nota aguda, dos filas —una de hombres y otra de mujeres— se precipitaron sobre la plaza soleada, luciendo ajorcas de algodón en las muñecas y los tobillos. De ellas colgaban caracoles que, al chocar, producían sonidos semejantes a risas de espíritus. Los más afortunados llevaban cascabeles de metal que habían canjeado a algún español.

La voz del *tequina* se elevó para entonar un primer verso que fue repetido por el coro. El anciano, con más de tres décadas en el oficio, conocía de memoria cientos de leyendas sobre antepasados gloriosos, pero también era capaz de componer historias llenas de humor. A veces se unía a otro *tequina* para entablar diálogos improvisados donde ambos discutían o trataban de convencer a los presentes sobre cuál era el más listo. Pero ahora no se trataba de competir, sino de narrar las hazañas de Guasibao: una costumbre que sellaba el final de un cacicazgo.

Tan pronto el coro repitió el primer estribillo, Cusibó inició una coreografía donde las filas de bailarines se deslizaron por el terreno como culebras. El joven tenía un buen sentido del ritmo, pero no tanto como su primo Mabanex. De todos modos, se esmeró en exhibir su capacidad de mando. Nunca puso en duda que sería proclamado sucesor de Guasibao, como su madre le había repetido desde que nació; y convencido de su destino, siempre se comportaba como un cacique. Pero esa fue su desgracia, porque Guasibao nunca vio con buenos ojos la altivez y el desprecio que mostraba hacia otros; y mucho antes de que sus tres sobrinos alcanzaran la pubertad, ya había decidido quién no sería su heredero.

En medio del baile, los invitados continuaron siendo agasajados con carnes y viandas. Yuisa declinó su puesto en el cobertizo para supervisar la preparación de cada plato, haciendo gala de un aplomo que estaba muy lejos de sentir. Las jutías asadas, los moluscos frescos y los pescados cocidos con raíces fueron repartidos entre adultos y chicos por igual.

Así transcurrió buena parte de la jornada hasta las primeras horas de la tarde. Los músicos apenas se detuvieron para beber o ingerir bocado. Si alguno necesitaba descansar, era sustituido por otro. Una celebración de esa naturaleza podía durar muchos días, pero la salud de Guasibao no permitiría que los festejos se extendieran tanto. Como no era hombre de quejarse, hizo un gran esfuerzo para resistir el tiempo mínimo que exigía la costumbre. Apenas el disco solar rozó el techo del bosque, hizo un gesto y la música cesó.

—Hermano Bagüey —dijo, poniéndose de pie—, quiero agradecerte que hayas venido a despedirte de un viejo amigo. Pronto partiré hacia la Tierra de los Ausentes y dejaré atrás mis preocupaciones, pero antes de marcharme voy a dejar en orden mis asuntos. He convocado a los presentes para proclamar a mi heredero.

Muchos se empinaron para no perder sus palabras.

—Los dioses auguran épocas difíciles. Necesitamos sumar fuerzas para enfrentarnos a los extranjeros que amenazan con destruirnos. Sellemos esta alianza entre amigos uniendo nuestras sangres. Permite que tu hija sea la esposa del próximo cacique de esta aldea: mi sobrino Tai Tai.

Por unos segundos nadie reaccionó. Cusibó buscó el rostro de su madre entre la multitud. Los labios de Yuisa formaban una línea blanca y casi invisible, como si se hubiera convertido en uno de esos cemíes cuya presencia infunde terror.

De repente el silencio fue interrumpido por un violento tamborileo. Mabanex golpeaba el tronco del *mayohuacán* con todas sus fuerzas. La multitud salió de su estupor para gritar y saltar, y la bebida fermentada volvió a circular entre los presentes. Bagüey aguardó a que el bullicio menguara un poco.

—Será un honor casar a mi hija con el nuevo cacique —dijo, y tomándola de la mano, cruzó la explanada en dirección a Tai Tai.

Los vítores se repitieron. Yuisa logró sobreponerse y despachó jícaras en dirección a los toldos donde se resguardaban los nobles de ambas tribus.

—Roguemos a los dioses por el bienestar de nuestras aldeas —propuso Guasibao derramando un poco de bebida sobre la tierra—. Así como la Madre Atabey y el Padre Yúcahu nos proveen de alimentos, así sus hijos devolvemos agradecidos lo que nos dan.

Bebió con alivio, habiendo cumplido lo que se había propuesto, y arrojó la vasija al suelo.

Dos adolescentes trajeron un cesto, del cual sacaron un objeto cubierto por un fino tejido que, al ser retirado, dejó al descubierto la estatuilla de Atabey que recibiría el nuevo cacique.

Cuando Guasibao alzó el cemí, sus brazos empezaron a temblar espasmódicamente. Sacudido por convulsiones cada vez más violentas, cayó al suelo frente a la horrorizada concurrencia. Bawi y Dacaona se precipitaron a socorrerlo. Kairisí y Ocanacán también corrieron hacia él, y muchos más lo habrían hecho si Tai Tai no hubiera lanzado un grito para que los guerreros formaran un círculo protector.

Durante un momento reinó una gran confusión. Las madres gritaron llamando a sus hijos, que lloraban asustados en medio del tumulto.

Tras unos instantes de angustia, el behíque salió del círculo y anunció con voz cansada:

—El gran Guasibao ha partido a la Tierra de los Ausentes. —Y añadió, señalando a Tai Tai—: Honremos su memoria saludando al nuevo cacique.

Los gemidos fueron interrumpidos por un alarido que estremeció la plaza.

—¡La aldea de Atabey no tiene cacique! —aulló Yuisa, alzando el cemí envuelto en su paño ritual.

—¿Qué dices, mujer? —la regañó el behíque—. ¿Acaso no escuchaste a Guasibao?

—He oído lo que decía y he visto lo que decretaron los dioses. ¡Ni siquiera la propia Atabey ha estado de acuerdo con ese nombramiento!

—¿Te has vuelto loca?

—Todos lo han visto —gritó ella, levantando la figura sobre su cabeza—. La muerte alcanzó a Guasibao antes de que el cemí llegara a manos de Tai Tai. ¡Los dioses se han pronunciado contra él!

El cacique Bagüey se adelantó unos pasos.

—Prometí a Guasibao que mi hija se casaría con su heredero y así será —dijo con diplomacia—, pero no me corresponde a mí decidir el destino de esta aldea. Vosotros tendréis que elegir a vuestro cacique.

—El asunto es claro, señor —dijo Yuisa—. Cusibó es el sobrino primogénito. Por tanto, el cacicazgo es suyo.

Algunas voces se alzaron para protestar. ¡Guasibao ya había hablado! Tai Tai era el nuevo cacique.

—¡Eso mismo dijo mi hermano, y ahí lo veis! —gritó ella, señalando el cadáver.

El silencio se adueñó de la plaza. La gente escudriñó sucesivamente a Cusibó y a Tai Tai, pero ambos permanecieron callados. El primero había recibido órdenes de su madre para que no abriera la boca, y el segundo se hallaba demasiado aturdido para reaccionar. No le importaba el cacicazgo, pero la posibilidad de perder a Yari lo había dejado paralizado.

Como nadie parecía dispuesto a tomar una decisión, la anciana hechicera resolvió intervenir:

—Es cierto que Guasibao declaró a Tai Tai como heredero —dijo—, pero su extraña muerte ha puesto en duda esa elección para algunos. Ocanacán, como behíque de esta aldea, eres el más indicado para escuchar la voluntad de los dioses. Espero que ellos te aclaren el camino que parece tan oscuro a tu gente.

El anciano paseó su vista sobre los presentes, se tomó unos segundos y, en un arranque de inspiración, golpeó la tierra con su cayado:

—Primero debemos despedir a Guasibao para que tenga un buen viaje a la Tierra de los Ausentes —dictaminó—. Después del entierro, Tai Tai y Cusibó competirán en un juego de *batos*. El vencedor será nuestro cacique.

Dos hombres depositaron el cadáver en la hamaca que colgaba de un palo y partieron acompañados por familiares y sirvientes. Solo Yuisa permaneció inmóvil, viendo alejarse el cortejo.

—¿Piensas quedarte con el cemí? —preguntó el behíque.

—No, claro que no —musitó ella saliendo de su trance—. Niños, traigan el cesto.

Colocó la imagen en el fondo y siguió a los adolescentes que lo transportaron al templo.

La gente se fue dispersando, pero Ocanacán permaneció en medio del batey, vigilando a un perro que olfateaba la jícara donde Guasibao había tomado el último sorbo de su vida. El animal rozó las paredes con su hocico y salió huyendo en medio de lúgubres gemidos.

El anciano frunció el ceño y le dio un bastonazo a la vasija para averiguar si ocultaba alguna alimaña. La jícara giró sobre su eje, mostrando el interior vacío.

El behíque apretó las mandíbulas y mientras se alejaba en pos de la caravana recordó una de las lecciones secretas de su maestro: «Siempre que tengas dudas —le había repetido—, observa a los animales. Muchos reconocen el olor de la muerte sin necesidad de probar el veneno.»

5

Había llovido sin parar durante una semana y ahora la tormenta regresaba escoltada por vientos coléricos.

Juana y su padre tuvieron que transportar los baúles bajo el temporal y luego limpiar el suelo de baldosas anegado en fango. Jacobo le aseguró que solo se trataba de una pequeña tormenta, nada de que preocuparse, pero la explicación no ayudó a tranquilizarla. Si aquello era una pequeña tormenta, no quería ver lo que sería un huracán. El vendaval ululaba quejumbroso sobre los techos, produciendo bramidos escalofriantes al rozar las esquinas. Los sollozos de la selva penetraban hasta la alcoba de Juana, que se arrebujaba en su lecho temiendo que la borrasca se la llevara, pero la nueva casa era sólida y cada ventana contaba con un tabique interior que podía asegurarse con una tranca.

Pese al mal tiempo, Jacobo salía diariamente para ayudar a construir la casa de otro colono, haciendo labores de carpintería bajo techo, ya que era imposible levantar paredes con aquel clima. Aprendió a aserrar, lijar y pulir la madera, aunque tales labores eran un suplicio para sus manos, acostumbradas al delicado contacto del papel y el cuero.

Las mañanas de Juana transcurrían solitarias, sin más menesteres que cocinar y practicar caligrafía. Su padre le dio permiso para estudiar y escribir a su gusto, siempre que mantuviera cerradas las ventanas. Se le ocurrió que sería estupendo transcribir palabras taínas usando el alfabeto griego para repasar sus conocimientos de ambas lenguas. Si alguien la descubría siempre podría decir que estaba copiando letras griegas al azar. Aunque se tratara de un cura letrado, no sería capaz de adivinar lo que querían decir palabras como Γυαβανςεξ (Guabancex) o υπία (*hupía*). Era un plan perfecto.

El único problema era la cubeta de arcilla. Su superficie apenas le alcanzaba para trazar algunas palabras que tenía que borrar antes de escribir otras.

Una tarde, cansada de esa rutina, se asomó a contemplar la lluvia. Su atención se desvió hacia una ceiba que daba cobijo a mazos de plantas, cuyas enormes hojas mostraban los rasguños provocados por el azote del temporal contra el tronco espinoso del árbol. Aquello le dio una idea. Arrancó media docena de esas hojas y, después de secarlas con un trapo, las desplegó sobre la mesa y probó a escribir sobre ellas, rasgando la superficie. Cuando las hojas se agotaban, salía a buscar más.

Desde las inmediaciones del polvorín, Lope divisó la cabellera que revoloteaba como una mariposa entre la vegetación. No lograba desprenderse de la curiosidad que la moza había despertado en él, primero al enterarse de que era ahijada del Almirante, luego al advertir su incomprensible simpatía por aquel indígena. Su padre también se relacionaba con esa gentuza. Era algo que lo intrigaba. Entendía que el hombre hubiera aprendido esa lengua en sus viajes con el Almirante, pero ¿para qué enseñársela a su hija?

El incidente con el indio lo mantuvo alejado de ella por varias semanas, pero su interés regresó al verla saltando bajo la tormenta. ¿Qué demontres hacía la muy vagabunda? El resto de las doncellas se ocupaba de labores domésticas; ninguna andaba correteando por ahí como una corza salvaje.

Ajena a todo, Juana regresó a su casa para continuar su labor amanuense. Cerca del mediodía ya había agotado su sexto cargamento de hojas. Afuera había escampado y los restos de lluvia todavía goteaban en el bosque. Aprovechando la calma, abrió los postigos para ventilar el aire estancado. Luego sacó de la alacena una *yayama* —la fruta de pulpa acidulce a la que ella llamaba «su majestad» porque tenía un copón de hojas tiesas, semejantes a una corona— y con un cuchillo le quitó la cáscara de escamas espinosas, cortó una buena rebanada y se sentó a mordisquearla sin prisa.

Casi se atragantó al escuchar el guamo. De un salto se asomó al paisaje que olía a barro y a estiércol mojado. Un segundo guamo respondió al otro extremo del pueblo. Rápidamente ocultó las hojas y abrió la puerta del fondo, justo a tiempo para ver salir a la comitiva encabezada por Mabanex, quien pasó por su lado lanzándole una mirada tan elocuente que Juana no se atrevió a saludarlo. Decidió quedarse junto a la puerta, esperando por el muchacho que no tardó en aparecer.

—¿Por qué han venido tan pronto? —preguntó, apenas Mabanex entró en la casa—. No los esperábamos hasta luna llena.

—Mi tío se ha marchado.

—¿Adónde?

—A la Tierra de los Ausentes.

Juana demoró unos segundos en descifrar su respuesta.

—Lo lamento —murmuró finalmente, aunque confundió los verbos y dijo «lo lloro», pero el muchacho entendió.

—No estés triste —le dijo él—. Su espíritu viajará a Coaybay y pronto estará comiendo guayabas con mis abuelos. Vinimos a buscar a los naborías para que asistan al entierro y al juego. Mi tío no llegó a entregarle el cemí a mi hermano, así es que Cusibó y él tendrán que competir para que los dioses decidan quién es el nuevo cacique.

Juana no captó muy bien la lógica de aquel discurso, pero no pudo averiguar más porque el caracol sonó de nuevo.

—Tengo que irme —murmuró él.

Juana abrió la puerta principal para despedirlo.

—¿Volverás pronto?

—Apenas haya un nuevo cacique.

—Pues ya sabes dónde está mi nueva casa —dijo Juana.

Por primera vez, Mabanex se fijó en el aspecto de la vivienda azul y blanca.

—Ya veo, es linda como su dueña.

En lugar de responder, Juana posó fugazmente sus labios en la mejilla del joven, y enseguida cerró la puerta tras sí. Ninguno se dio cuenta de que alguien había observado la escena desde las inmediaciones del polvorín.

6

La tormenta indicaba que los dioses se hallaban de pésimo humor.

—Tú también eres madre, Atabey —murmuró Yuisa a la tempestad—. Cusibó es un buen hijo. Dime, ¿acaso no tengo razón en reclamar sus derechos?

Esperó una señal, pero Atabey no respondió. Solo Guabancex continuó lanzando improperios desde lo alto. Noche tras noche había enviado a sus gemelos para que esparcieran los rayos y las lluvias que hacían crecer los ríos. Yuisa sentía miedo, pero decidió continuar con los preparativos previstos para el juego.

Cusibó había atravesado un aluvión de emociones. Al estupor inicial, siguió un período de ira. Nunca se había preocupado por el cacicazgo porque lo daba por seguro, pero al saber que podía perderlo la codicia del poder se desató en su ánimo. Y si antes pensaba que era superior a sus coterráneos, ahora desconfiaba de todos y solo atendía a los consejos de Yuisa. Continuamente se les veía hablar en susurros por los rincones, como dos viejas ociosas a quienes la edad hubiera privado de razón.

Tai Tai, en cambio, se encerró en su mundo. Cada vez que pensaba en Yari sus rodillas temblaban, pero no descuidó sus deberes. Ayunó y se purificó para la competencia que decidiría su destino.

Los ritos fúnebres fueron breves. La comitiva se dirigió a los cerros que se alzaban detrás de los sembrados, donde se hallaban las cuevas destinadas a los entierros. Pasado un tiempo volverían a sacar los restos para quemarlos y colocar los huesos en un cemí al que la aldea rendiría culto. Por ahora el cadáver sería depositado en una tumba. Junto a él colocaron vasijas con agua y comida, además de joyas y artículos que le habían pertenecido en vida.

Casi al final de los ritos, un trueno estalló sobre sus cabezas. Ocanacán se apresuró a concluir la ceremonia y todos corrieron a refugiarse para evitar que el gemelo más ruidoso de Guabancex los chamuscara con fuego.

Bajo techo, las exequias continuaron según la tradición. Nadie dejó de bailar, de beber o de comer. Solo Tai Tai y Cusibó no participaron en el areíto porque debían recuperarse del ayuno. Se les sirvió «caldo de tierra», hecho con verduras y raíces; «caldo de río», que contenía cangrejos y moluscos de agua dulce; y «caldo de mar», cocinado con pescados. Cusibó se animó lo suficiente para salir de caza. Tai Tai seguía taciturno, pues no había logrado ver a Yari.

La mañana de la competencia el cielo pareció despejarse, pero nadie dejó de observar las nubes mientras continuaban los preparativos. Guabancex era una deidad caprichosa que gozaba confundiendo. Podía permitir que el sol brillara por unas horas para volver a azotarlos más tarde con la peor de las tempestades.

Aprovechando la tregua climática, Mabanex se refugió bajo un jagüey para triturar hojas de jiquilete y obtener un poco de tinte azul. La inquietud de su hermano había hecho mella en él. No hacía más que pensar en Juana y su extraña despedida: la sensación de esos labios húmedos sobre su rostro...

—¿Todavía estás aquí? ¿Qué has hecho con mi tinte?

Mabanex dio un respingo frente al sombrío reclamo de Tai Tai.

—Ya está casi listo, te conseguí un hermoso color —respondió, machacando la pasta con renovado brío, antes de tomar las claras de dos huevos y echarlas al pigmento para darle cohesión—. Es una lástima que los dibujos no vayan a durar por culpa de la lluvia.

Tai Tai alzó la vista y comprobó que se acercaba otra tormenta. En ese momento un chiquillo se acercó corriendo:

—¡Tai Tai, Yari quiere verte!

Aunque los adultos empezaban a tratarlo de «señor», los más pequeños seguían llamándole por su nombre.

—¿Dónde? —Se movió con tanta brusquedad que estuvo a punto de volcar el tinte y echar a perder el trabajo de su hermano.

—Cerca del Árbol de las Voces.

Todos conocían ese árbol. En ciertas noches, aún se oían entre sus raíces los gritos de quienes habían intentado salvarse de una inundación, agarrándose a su tronco antes de ser arrastrados por las aguas.

Tai Tai se marchó a toda prisa. Sobre su cabeza, las ramas dejaban caer tibias salpicaduras como si se sacudieran los cabellos mojados. Por ese sendero solía haber mujeres acarreando agua, pero los dioses habían despejado el camino.

A escasa distancia del Árbol de las Voces, distinguió la figura cubierta con una falda adornada de semillas. Ya era bastante común que una joven de la nobleza llevara naguas como si fuese una mujer casada.

—Necesitaba verte ahora porque quizá no haya otra oportunidad —susurró Yari, sin detenerse en formalidades—. Quiero que sepas que rechacé a muchos guerreros mientras esperaba por ti, aun sin conocer el pacto entre mi padre y tu tío. Siento mucho que todo se haya complicado.

—Y yo siento haberme demorado en hablar —se lamentó él—. Si lo hubiera hecho desde un inicio…

—No debes culparte. He rezado para que los dioses te ayuden. De todos modos, pase lo que pase, mi espíritu siempre estará contigo.

—Saberlo es suficiente —dijo él, aspirando los cabellos adornados con flores.

El llamado de un guamo cruzó la selva.

—Ya es la hora —susurró ella, y con un rápido roce de su nariz acarició el rostro del joven antes de dar media vuelta y escapar.

Tai Tai la vio desaparecer bajo los rayos que se filtraban entre el espeso follaje, como un regalo de Márohu, el Espíritu del Buen Tiempo.

Cuando regresó, Mabanex ya no estaba bajo el árbol, pero le había dejado la pintura lista. Inclinado sobre un recipiente lleno de agua donde se reflejaba su imagen, trazó espirales azules en sus mejillas y se oscureció el borde de los ojos con pintura negra. Luego empleó el carmesí para decorar sus muslos con algunas figuras inspiradas en sus visiones de la *cohoba*.

Bajo un toldo, Bawi y Dacaona escudriñaban la multitud que se iba acomodando alrededor del terreno dividido por una línea para delimitar el espacio de cada contrincante. A ambos lados, piedras decoradas con dibujos sagrados marcaban los límites donde decía permanecer la pelota durante el juego.

Finalmente, Tai Tai avanzó por el batey con aquel aspecto de joven dios. La multitud lo saludó con gritos. También Yari divisó su figura, tan alta como la de Cusibó, quien lo aguardaba en el centro agitando nerviosamente los puños.

Tai Tai notó que su oponente llevaba ajorcas de algodón en las muñecas, y no cerca de los sobacos o de los codos como era costumbre; además, estaban adornadas con lo que parecían ser dientes de cocodrilo o pescado. Una elección curiosa.

Todos conocían las reglas: se permitía golpear la pelota con cualquier parte del cuerpo, excepto con las manos; si alguien la botaba fuera del terreno, perdía un punto.

Un chiquillo colocó dos grupos de caracoles en un sitio visible: diez de color oscuro para Cusibó y diez blancos para Tai Tai. Eran las veces que cada uno podría perder la pelota. El caracol sobreviviente indicaría al vencedor.

El behíque entró a la explanada.

—¡Hoy tendremos a un nuevo cacique! —anunció—. No habrá línea divisoria.

La multitud quedó en suspenso. Sin línea divisoria, el desafío era mucho mayor porque los jugadores podían escoger cualquier estrategia. El anciano golpeó el suelo con su cayado. Obedeciendo la señal, el chico lanzó la pelota entre los contendientes y corrió a situarse junto a los caracoles.

Tai Tai fue el primero en recibirla con un codo. Cusibó atacó con una rodilla. La pelota, hecha con una pasta de resina gomosa y raíces, rebotaba fácilmente. Los primeros pases se sucedieron a intervalos regulares, como si ambos jugadores estuvieran midiendo sus fuerzas y, a la misma vez, intentaran evaluar la destreza del adversario.

Al principio se mantuvieron a una decena de pasos. Era una

distancia cómoda, cuya única dificultad era el ángulo de rebote. De pronto, con un rápido e inesperado salto, Cusibó la interceptó. La pelota salió como un bólido y fue a dar justo frente al perímetro de piedras. El chico encargado de la puntuación tomó un caracol blanco, lo puso en el suelo y lo aplastó con el talón. Un punto menos para Tai Tai.

Empezó a lloviznar, pero nadie pensó en irse. Tai Tai se alejó de su oponente, que casi lo tocaba. A duras penas consiguió detener el nuevo pase. Por un momento creyó que su rival había decidido acelerar el final, pues la táctica de jugar cuerpo a cuerpo dificultaba los movimientos de ambos. Cuando Cusibó lo rozó de nuevo, Tai Tai notó que algo le hincaba el pecho. La sorpresa lo hizo perder el equilibrio. Mientras el anotador buscaba el balón fuera del terreno y aplastaba otro caracol blanco, el joven descubrió que tenía un arañazo sangrante en el pecho. Instintivamente se volvió a Cusibó, que merodeaba en torno a él sin dejar de agitar las muñecas. Una certeza se abrió paso en su mente: esas ajorcas no eran simples atavíos.

Devolvió la pelota con furia, lanzándola en un ángulo inesperado entre las piernas de Cusibó. Esta vez, un caracol oscuro quedó hecho trizas. La lluvia empezaba a convertirse en aguacero. Por eso nadie notó la sangre que se mezclaba con el agua. Lo peor era el ardor, recrudecido por cada gota que caía sobre la herida. Tai Tai comprendió que tendría que hacer todo lo posible por evitar que su rival se le acercara. No quería quejarse, ni detener el juego. Su primo no era tonto y se justificaría diciendo que los colmillos eran meros adornos, haciéndolo parecer un cobarde.

Un relámpago cegó a Cusibó en el instante en que realizaba un nuevo pase: otro caracol oscuro aplastado. Para recuperar su ventaja intentó acercarse de nuevo. Tai Tai se replegó para esquivarlo. Parecía como si ambos estuvieran ejecutando una danza bajo los efectos de algún brebaje fermentado. Cusibó saltó para darle un rodillazo a la pelota y, con un rápido giro, rozó el brazo de su oponente. Otro rasguño más, pero ya Tai Tai lo estaba esperando y no perdió la pelota. Se lanzó a ras de suelo para golpearla con la cabeza. La pelota salió disparada a poca altura. Cusibó la atajó con una rodilla, pero cayó encima de Tai Tai, que sintió un aguijonazo en la espalda. Aunque se incorporó enseguida, el dolor le impidió reaccionar y la pelota se le escapó. El tercer caracol blanco terminó destrozado sobre el fango.

Muchos empezaron a preguntarse qué clase de juego estaban practicando aquellos dos. Los intentos de Cusibó para arrimarse a Tai Tai y los repetidos retrocesos del segundo despertaron la sospecha de algunos, pero la distancia y la lluvia impedían distinguir exactamente lo que ocurría. Pese a sus esfuerzos, Tai Tai no había logrado evitar que su oponente lo hiriera en otros puntos del cuerpo. Pronto la lluvia volvió a mermar y dejó de lavar la sangre, que ahora se hizo evidente. Un murmullo se extendió por la multitud. ¿Qué estaba ocurriendo? Uno de los contrincantes sangraba de manera inexplicable.

La tarde se vistió de oscuridad. Pronto sería difícil seguir la trayectoria de la pelota. Por fin, cuando ya las sombras se tragaban el mundo, solo quedaron dos caracoles de diferente color. El guamo sonó para alertar sobre el inminente final.

Cusibó se alejó unos pasos como si fuera a tomar impulso para el rebote, pero fue un gesto de engaño porque recibió la pelota con un débil empujón de cadera. Tai Tai tuvo que lanzarse sobre el barro para capturarla a ras de suelo, lo cual aprovechó su rival para saltar sobre él como si quisiera atajar la pelota. En realidad, lo que hizo fue arañar con tanta saña la espalda de Tai Tai que este no pudo evitar un quejido de dolor. La pelota comenzó a bajar en vertical, fuera de su alcance. Bajo el toldo, Yari gritó al ver el peligro. Su voz actuó como un resorte. Tai Tai captó de reojo la sombra de la pelota que descendía y rodó por el barro, llegando justo a tiempo para detenerla con un codo. El ángulo la lanzó hacia los límites del terreno, haciéndola rebotar casi a los pies del anotador. Una exclamación ahogada brotó de todas las gargantas.

—¡Ha perdido la pelota! —exclamó alguien.

—¡No, cayó dentro!

—¡Ha fallado! ¡Ha fallado! —gritaron varias voces.

El anotador se acercó a examinar la marca dejada por el balón. Allí estaba la depresión, claramente visible en el barro mojado. Lentamente se agachó para coger un caracol, que alzó sobre su cabeza, antes de dejarlo caer a sus pies y aplastarlo de un talonazo. Era un caracol oscuro.

—No es posible —murmuró Cusibó, acercándose para ver la huella en el fango.

Antes de tocar el suelo, el balón había tropezado con una de las lajas que marcaban los límites del terreno, por lo que regresó y cayó dentro del terreno. El pase era válido y Cusibó no había estado allí para recibirlo.

—¡Los dioses han hablado! —gritó el behíque levantando el cayado—. ¡Tai Tai es nuestro cacique!

Una oleada de alivio se esparció por la aldea. Ya tenían un nuevo jefe que velaría por ellos. La multitud comenzó a abandonar la explanada, riendo y comentando los lances de aquel memorable torneo. Ocanacán no perdió de vista a quienes convocaban a amigos y familiares para seguir celebrando en sus casas.

—¿Piensas dormir aquí?

Ocanacán se volvió.

—No, Kairisí, solo estaba pensando.

—¿En qué?

—De pronto sentí un peso en el corazón. Hoy tenemos a Tai Tai, pero ¿y si mañana nos tocara un mal jefe?

—Si tal cosa ocurriera —lo tranquilizó ella—, la gente lo echaría y pondría a otro en su lugar.

—No estoy tan seguro. A veces actúan como si no se atrevieran a tomar decisiones por sí mismos.

—Vamos —dijo la hechicera, notando que la lluvia regresaba—, no debes quedarte aquí o enfermarás.

Emprendieron el regreso a la choza: Ocanacán, sumido en fatales presagios; la anciana, preocupada por algo diferente.

Los ojos de Kairisí no percibían bien los contornos del mundo, pero eran capaces de registrar lo que otros no distinguían, por ejemplo, ciertos colores que rodeaban a las criaturas. No siempre ocurría, por supuesto, solo cuando los dioses se lo permitían. Había nacido con ese don, y ni su edad ni su ceguera habían hecho que se extinguiera. Era una de sus fuentes de poder. Según fueran los colores, sabía lo que pasaba por el ánimo de las personas.

Y ocurrió que, andando junto al behíque, su visión perdió el celaje que la nublaba y le reveló una silueta inmóvil bajo la llovizna, rodeada de destellos ocres que recordaban la apariencia de la sangre seca. En ese instante los dioses le mostraron con claridad el rostro lívido de Yuisa, la madre del perdedor, que había permanecido en la explanada, ajena al agua y a los truenos que estallaban sobre su cabeza. Las luces que la rodeaban se agitaron como si alguien hubiera lanzado un escupitajo de sangre en medio del barro.

Kairisí jamás había visto algo semejante. Siguió la mirada de la mujer hasta descubrir lo que despertaba su interés, y se estremeció. No pudo saber qué significaba aquel cambio de colores, pero de una cosa se sintió segura, y es que nunca le hubiera gustado que la observaran como esa mujer contemplaba ahora al joven cacique que se perdía en las sombras.

7

Cada mañana, mientras su padre ayudaba a construir casas, Juana escribía en las hojas que ella misma recolectaba. Sin embargo, pronto comprendió que aquel recurso no era mucho mejor que la cubeta de arcilla. Las hojas dejaban escapar una sustancia pegajosa que manchaba los dedos, y cada vez debía alejarse un poco más para encontrar nuevas fuentes de suministro. De todos modos, no tuvo más remedio que contentarse con aquello.

Cierto mediodía decidió explorar la franja oriental donde los artesanos tenían sus talleres. Por allí abundaban esas hojas. Evitó los charcos, saltando sobre ellos hasta llegar a los árboles de raíces aéreas. Entre los troncos se asomaban hojas anchas como escudos de antaño. Recogió un buen mazo y regresó por el área de los secados. Tuvo la mala fortuna de pisar una astilla que le atravesó una suela y se le clavó en un pie. Al darse cuenta de que sangraba, dejó el mazo de hojas bajo una piedra y fue en busca de un zapatero, quien primero buscó con qué contener la sangre y luego se ocupó del calzado.

Para entretener su espera, Juana examinó el local. Por doquier yacían trozos de cuero de todos los tamaños y texturas.

—¿No vais a usarlos? —preguntó ella.

—Son puro desecho, no sirven para nada.

—¿Me los regaláis?

El zapatero se encogió de hombros.

—Llévatelos todos si quieres.

La muchacha abandonó el taller cojeando ligeramente, con una suela nueva y muchos retazos de cuero bajo el brazo, decidida a fabricar papel de verdad... o, mejor dicho, pergamino. Sabía que la materia prima provenía de las pieles de vacas y ovejas que debían sumergirse en algún líquido —no recordaba cuál, pero ya lo averiguaría— y esquilarse hasta quitarles el último pelo. Revisó los trozos de cuero que cargaba. Eran bastante oscuros, nada parecido al pergamino que ella conocía. Quizá el material aclarara cuando lo pusiera a secar. En fin, revisaría los manuales de su padre.

En la alcoba de Jacobo halló un cuadernillo de tapas suaves y páginas llenas de su familiar letra. Casi todas las anotaciones se referían a los tipos de encuadernación, si bien no eran registros detallados, sino pequeños trucos que Jacobo había ido descubriendo con los años.

Pasó el resto de la mañana descifrando los apuntes hasta encontrar lo que buscaba: la fórmula secreta donde debía sumergir el cuero. Era simplemente cal diluida, y en el pueblo la había en abundancia pues se usaba para blanquear las paredes, tanto con fines decorativos como desinfectantes. Guardó el cuaderno y volvió a salir.

Lope la espiaba desde lejos, viéndola visitar tantos locales. ¿Qué se traía entre manos? El padre salía temprano, pero regresaba al mediodía para almorzar. Por eso no se atrevía a acercarse, en espera de una ocasión propicia para averiguar más.

Su oportunidad llegó al enterarse de que Jacobo empezaría a trabajar en unas canteras fuera del pueblo. Por si acaso, dejó pasar dos días antes de decidirse. En la mañana del tercero, aguardó a que el capataz hiciera un alto y, en lugar de irse a la taberna, se escabulló, aprovechando la hora de la siesta.

Dio una vuelta alrededor de la casa para atisbar por el fondo. Allí, a pocos pasos de la puerta trasera, la moza se ocupaba de remojar un trozo de material oscuro en una tina de latón. Mechones de cabellos húmedos chorreaban sobre las curvas de sus incipientes pechos.

—Buenos días, Juana. ¿Qué haces?

Se volvió sobresaltada.

—Un encargo de mi padre.

—¿Qué estás lavando?

—Ahora no puedo atenderos —dijo ella, irguiéndose para entrar a su casa.

—Espera —se adelantó para agarrarla por la muñeca—, te estoy hablando.

Juana se zafó con ademán furioso.

—¿Cómo os atrevéis a tocarme?

El hombre sintió un brote de cólera.

—Prefieres que te toque un indio, ¿verdad?

Juana se quedó helada. Su intuición le indicó que había algo peligroso en esas palabras y forcejeó para liberarse de la mano que se cerraba como un grillete sobre su brazo, pero él la atrajo con fuerza. La visión relampagueante del escote mojado y de unas pantorrillas que se agitaban bajo las faldas tratando de patearlo, fueron suficientes para hacerle perder la cabeza.

La arrastró hasta los límites del bosque sin pensar en nada. Juana se resistió instintivamente, aún sin entender bien lo que pretendía el soldado. Solo cuando le rasgó la blusa comprendió de golpe lo que ocurría. Gritó, pero su casa estaba en una zona apartada. Intentó arañarlo, y su resistencia excitó más la ferocidad del hombre, que logró tumbarla, forzándola a mantener los muslos abiertos. En medio de su angustia, recordó el amuleto que llevaba en el cuello.

—¡Guabancex! —gritó.

Sobre su cabeza, las aves levantaron el vuelo en estampida.

—¡Guabancex! —repitió espantada.

Notó la presión que intentaba abrirse paso entre sus piernas y esta vez su grito fue de rabia:

—¡GUABANCEX!

Las manos del soldado se cerraron en torno a su garganta, impidiéndole respirar. La invadió una ligereza en todo el cuerpo, como si su alma flotara para escapar del encierro. Sospechó que iba a morir. Distinguió una luz y unos brazos amorosos que se abrían para recibirla, y también el más hermoso rostro que jamás imaginara: una mujer que no era blanca, ni india, sino una mezcla de ambas. Su rostro tenía una expresión de furia y de ternura como jamás viera.

«*Madre Atabey*», la llamó mentalmente, porque ya no podía hablar.

Y alargando una mano incorpórea, tocó los dedos de la Diosa.

8

Los hombres se internaron en el bosque, bajo los árboles que se secaban al soplo de una brisa cálida. Mabanex, como jefe de la comitiva, apartaba las ramas con cuidado para no dejar rastros de su presencia. Aunque todavía no se había realizado la ceremonia de sucesión, Tai Tai ya debía actuar como un cacique y no podía abandonar la aldea por motivos intrascendentes, así es que sus tareas pasaron a Mabanex.

No había mucha distancia entre la aldea y la villa española —apenas una hora de camino—, pero el espeso follaje brindaba una protección necesaria. El Gran Señor de Baní, cacique supremo de la región, al que obedecían los jefes de aldeas menores, había recomendado a sus súbditos que tomaran precauciones para ocultar sus aldeas de los cristianos, y todos ponían cuidado en no revelar la existencia de senderos.

La marcha era silenciosa. Mabanex cargaba un morral donde guardaba su inseparable caracol, que daba tumbos sobre un costado. En una ocasión se agachó para estudiar una laja en forma de triángulo. Ya estaban cerca. Los naborías lo seguían con resignación, viéndose obligados a obedecer las órdenes del difunto señor. Mabanex comprendía el ánimo de los hombres, pero Tai Tai debía respetar el pacto de Guasibao con los blancos o el *hupía* del cacique no los dejaría en paz.

Se detuvo abruptamente. Quienes le seguían tropezaron con él. Las quejas fueron acalladas por un gesto suyo. Además, acababan de escuchar lo que había alarmado al joven: gritos de mujer.

Más tarde todos comentarían que la desaparición de Mabanex había sido cosa de hechicería: un momento antes estaba allí y cuando pestañearon ya no estaba. Tal era la velocidad con la que había partido. Ni siquiera él mismo pudo recordar luego cómo recorrió la distancia que aún lo separaba de la villa. Solo supo que la escena que lo aguardaba al salir de la maleza se grabaría en su recuerdo para siempre. Perdió de vista lo que le rodeaba. —El sol entre las ramas mojadas, los graznidos de los guacamayos, las alimañas que se escondían entre los bejucos—. Todo se desvaneció, excepto la imagen del hombre encima de Juana, pálida como la muerte entre sus garras.

La sangre de Mabanex rugió en sus oídos. Una niebla roja cubrió sus ojos. No recordaba haber sacado del morral su hermoso caracol, pero ahora lo sostenía con tanta fuerza que sus crestas se le clavaban en los dedos y le herían la piel. Un dolor sordo le impedía respirar. Quiso gritar, pero solo emitió un aullido primitivo que no nacía de una garganta humana. Sin pensar, alzó el instrumento de puntas afiladas y lo descargó sobre la cabeza del soldado. El cráneo crujió, pero Mabanex no se detuvo. Golpeó y golpeó, ajeno a los gritos de quienes se aproximaban corriendo, incapaz de escuchar otra cosa que no fuera ese estruendo atroz en sus oídos, semejante a la cólera de Guabancex cuando sopla en la noche más oscura.

Finalmente, varios brazos lograron apartarlo. Se vio arrastrado de un lado a otro mientras los naborías intentaban protegerlo de la ira de los españoles, pero él no prestó atención a los golpes. Solo quería saber dónde estaba Juana. Gritaba su nombre sin que nadie lo entendiera porque no podía hablar, sino solamente rugir como una fiera acorralada.

En medio del caos, una voz vociferó órdenes en dos lenguas distintas hasta acallar el bullicio. La multitud se apartó y Jacobo se inclinó junto a su hija. Su atención se desplazó del soldado ensangrentado a Mabanex.

—Está viva —declaró, alzándola en brazos tras asegurarse de que tenía pulso, y luego murmuró en taíno a Mabanex—: Hablaremos mañana.

Dos españoles cargaron el cuerpo de Lope. El resto se dispersó, sin dejar de lanzar ojeadas a los indígenas, que no sabían qué hacer porque su jefe no daba señales de juicio. Le hablaron, le sacudieron, pero no reaccionó. Era como si un espíritu maligno se hubiera apoderado de él.

Tras deliberar entre todos, decidieron llevarlo al único sacerdote blanco en quien confiaban. Encontraron al padre Antonio en la iglesia, limpiando un gran candelabro con ayuda de un novicio.

En su pobre castellano explicaron lo ocurrido, pero el fraile no entendió nada. Tuvo que pedirle al novicio que saliera a averiguar. Mientras aguardaba, hizo beber a Mabanex un trago de aguardiente que le quemó la garganta y lo dejó tosiendo un rato, lo cual le ayudó a salir del estupor. Luego lo frotó con una sustancia de olor punzante que terminó de espabilarlo. Por fin el novicio regresó con noticias. Tras escucharlo, fray Antonio recomendó a los naborías que trasladaran a su amo al caserío indio y aguardaran allí. Todavía atontado, el joven se dejó conducir.

El muchacho durmió el resto del día y parte de la noche, atormentado por las pesadillas. Tan pronto veía la cabeza ensangrentada del soldado como sentía los labios de Juana. Apenas el cielo empezó a clarear, abandonó su hamaca. El silencio se esparcía por los sembrados, llenándolo de una paz que creía haber olvidado. Poco a poco el sol se elevó hasta rozar las cimas de los cerros.

Cerca del mediodía, incapaz de soportar más aquella inacción, trató de escabullirse hasta el pueblo, pero sus hombres lo atajaron para recordarle lo que había hecho. No tuvo más remedio que seguir esperando.

Al caer la tarde, un mensajero enviado por fray Antonio le hizo saber que Juana se estaba recuperando, pero que no podría recibir visitas por el momento. Más animado, ordenó a un naboría que regresara a la aldea y le contara a Tai Tai lo ocurrido para que supiera por qué se quedaría en la encomienda por unos días. Las horas se escurrieron con la lentitud de un zumo venenoso entre las rendijas de un cibucán. Mabanex vagaba sin rumbo entre los surcos, preguntándose cómo seguiría Juana y por qué Jacobo no venía a hablar con él como le había prometido.

Una noche de insomnio salió de la choza y deambuló entre los surcos. El cuerno de la luna brillaba sobre las plantas con una luz maternal. Caminó hasta la barbacoa* donde se guardaban los aperos de labranza y se dedicó a afilar aquellos palos puntiagudos, llamados *coas*, que se usaban para abrir hoyos en los sembrados. Afinó y afinó con tanta maña que sus manos empezaron a sangrar. Trabajó durante horas en compañía de la lámpara nocturna que se

* Tipo de construcción taína sin paredes, consistente en un simple techo a dos aguas colocado directamente sobre la tierra u otra superficie lisa.

deslizaba por el firmamento, espiado por las lechuzas que surcaban el aire como fantasmas. Cuando la brisa del mar anunció la aurora, el sopor lo venció y regresó a su refugio.

A mitad de camino tuvo la desagradable impresión de que alguien lo vigilaba. Se volvió de golpe y descubrió la figura de una mujer, inmóvil en la linde del bosque como si acabara de salir de él. No podía distinguir sus rasgos, pero supo que no era una anciana porque su figura era alta y erguida. Tampoco iba desnuda, sino cubierta por alguna tela que el viento agitaba a su alrededor como si fuesen alas.

Permaneció unos instantes pasmado frente a la mujer, que también lo observaba. ¿Era naboría o cristiana? Dio un paso hacia ella, pero la figura se desvaneció. Mabanex sintió un frío que le recorría la espalda.

«Una *hupía*», pensó estremeciéndose.

El behíque decía que los fantasmas solían presentarse cuando necesitaban comunicarse con los vivos; por eso muchas veces se acercaban a sus antiguos familiares o amigos. Pero él no había conocido a ninguna mujer que hubiera muerto, excepto a sus abuelas, y estaba seguro de que esa aparición no era ninguna de ellas. ¿Qué podía querer una *hupía* de él?

«A lo mejor buscaba a uno de los naborías», se dijo, pero aquella idea no lo tranquilizó. La figura se había esfumado apenas hizo ademán de acercarse, como si solo hubiera estado esperándole a él. De pronto se le ocurrió otra posibilidad. ¿Y si la *hupía* se encontraba allí esperando por Juana igual que él? No, era absurdo. ¿Qué podía querer una *hupía* de una moza blanca?

Tardó mucho en dormirse.

9

Kairisí no perdió tiempo. Tan pronto sus pupilas casi ciegas percibieron los colores que rodeaban a Yuisa, decidió averiguar más. Para eso tendría que retirarse a un rincón de la espesura con un puñado de *cohoba*.

Encontró un árbol carbonizado, con un hueco entre sus raíces semejante a una cueva, donde se acurrucó para pasar el ayuno previo a la ceremonia. Podría haberlo hecho en una choza amplia y confortable, pero ella tenía sus propios métodos para lidiar con los dioses.

Kairisí no era una simple hechicera. Conocía las plantas para matar y sanar, tenía capacidad para predecir el futuro, y poseía el don de hablar con dioses y espíritus. Ostentaba todos esos poderes y otros más que se callaba, pero el Concejo de Behíques se resistía a concederle ese título, aunque la propia abuela de Kairisí había sido reconocida como behíque en su juventud. Muchos atribuían esa negativa a los celos, pero a ella nunca le importó.

Durante tres días solo bebió agua de lluvia. Al final del ayuno encendió la mezcla de *cohoba*, frotando dos piedras para obtener chispas, y aspiró con profundas y rápidas inhalaciones. Toda una vida de práctica le había enseñado cuál era la cantidad adecuada para conseguir las visiones. Escuchó la lengua de los dioses y penetró en la comarca de los seres desconocidos que parecían humanos, pero no lo eran. Algunos se desplazaban a gran velocidad por el aire, con alas transparentes o multicolores; otros se esfumaban en pleno vuelo o se transformaban en niebla susurrando extrañas melodías. Detectó entidades que la examinaban con ojos enormes e inexpresivos, como los de una lechuza, y se ocultaban tras un velo oscuro. Su cabeza se llenó de mensajes, algunos incomprensibles, otros alarmantes.

Al anochecer del cuarto día, recuperó su conexión con el mundo de los vivos. Luchando contra la debilidad, se dirigió a la choza de Ocanacán, que en ese instante oraba postrado ante el fuego. Se detuvo en el umbral para no interrumpirlo.

—Entra, Kairisí —dijo él sin volverse—, te estaba esperando.

Se agachó junto a él.

—¿Terminaste tu retiro? —preguntó con sus ojos fijos en las llamas.

—Terminé.

—¿Qué dijeron los dioses?

Kairisí demoró en responder, pensando en la mejor manera de explicarlo.

—En esta aldea hay alguien que no es como el resto. Yuisa, la madre de Cusibó, tiene...

No sabía cómo hablarle de los colores que le indicaban lo que pensaban o sentían las personas. Nunca lo había comentado con nadie.

—¿Qué tiene Yuisa?

—Algo que la rodea.

—¡Ah! —exclamó él—. El arco iris que cambia.

—¿Cómo?

—Yo también lo veo. Todas las personas lo tienen; y los animales y las plantas, siempre que estén vivos. Los muertos pierden su arco iris. Las luces cambian si la persona o el animal se enfurece, se alegra, se asusta o está enfermo.

—Pensé que era la única que podía verlo.

—He conocido a otros que tienen ese poder y no son brujos como nosotros. Lo que no entiendo es cómo *tú* puedes verlo si tus ojos ya no reciben luz.

—Yo tampoco lo entiendo —confesó ella—, pero en ciertos momentos la oscuridad se aparta de mi visión y puedo percibir los objetos de este mundo y los colores del otro donde habitan los espíritus. No sé qué razones tuvieron los dioses para mostrarme las luces de esa mujer, pero deben de ser importantes.

Ocanacán pensó en revelarle sus sospechas sobre la muerte de Guasibao, pero era una acusación demasiado terrible, una monstruosidad inimaginable para cualquier taíno, incluyendo una hechicera como Kairisí.

—Nunca antes vi colores así —continuó ella, al notar que él no añadía nada—. Los dioses me advirtieron que habrá una división entre hermanos. Hay un símbolo secreto que señalará a alguien importante para los taínos. No sé quién es, ni... ¿Me estás escuchando?

Ocanacán retiró su mano para mostrar lo que había dibujado en el suelo con un guijarro: tres puntos encima de un cuenco.

—¡Eso fue lo que me mostraron las visiones! —dijo ella sin ocultar su sorpresa, después de acercar su nariz al barro—. ¿Cómo lo sabes?

—La persona que puede salvarnos lleva esa marca en su cuerpo.

Hubo una pausa, solo entorpecida por los insectos que chillaban en la manigua.

—¿La persona que puede salvarnos de qué? —preguntó ella—. ¿Una epidemia? ¿Una guerra?

—No estoy seguro. Solo sé que el pueblo taíno desaparecerá, pero nuestra raza no va a morir, gracias a la persona que lleva esa marca.

—Lo que dices no tiene sentido. ¿Cómo puede sobrevivir nuestra raza si los taínos desaparecen?

—Es lo que dijo Atabey.

Los huesos de la anciana crujieron de cansancio. Con pasos vacilantes se alejó del calor de la hoguera y se asomó a la entrada para aspirar la brisa.

—A veces me pregunto si valió la pena renunciar a la vida que pudimos tener. Si no somos capaces de salvar a los nuestros, todo habrá sido inútil.

Ocanacán se unió con ella en el umbral.

—Los dioses nos han revelado la señal del salvador —dijo el behíque—. Eso significa que tendremos algo que hacer en lo que se avecina.

—No sé cómo. Estamos demasiado viejos.

El brujo contempló a la anciana, que aún conservaba la expresión soñadora de la adolescente que conociera incontables soles atrás. Ella le devolvió la mirada y, por un instante, volvió a ver al mismo joven que hiciera saltar su corazón.

—Toda una vida —suspiró ella.

—No habrá sido en vano, mi bella Kairisí —le aseguró él, tomándole una mano para olerla antes de volver a entrar.

10

Juana no había sufrido daños físicos, aparte de algunos rasguños y moretones, pero a Jacobo le preocupaba su estado de ánimo. Apenas hablaba y se sobresaltaba por cualquier cosa. Algunas vecinas recomendaron tisanas de valeriana y tilo para tranquilizarla. Su padre permaneció varios días junto a ella, pero al final tuvo que regresar al trabajo y Juana lo acompañó porque no quería estar sola.

Solo al cabo de varios días, pudo contarle lo que hacía la mañana del incidente. Cuando Jacobo se enteró de su plan para fabricar pergamino, tuvo que explicarle que el proceso era mucho más complejo de lo que ella creía.

Todo comenzaba apenas moría el animal, cuya piel —ya separada del cuerpo— se sumergía en agua de cal para impedir la putrefacción y permitir el depilado de la capa externa con ayuda de cuchillos. Tras otra inmersión en cal, se arrancaba la grasa interna. El cuero resultante se ponía a secar en un bastidor de madera, volvía a rasparse con un cuchillo y se lijaba con piedra pómez para obtener una superficie lisa y suave. Era un procedimiento costoso pues las pieles se encogían durante el secado. No en balde el papel —hecho con trapos— había sustituido al pergamino. Por desgracia las telas también eran un artículo de lujo allí. Al notar la expresión de desaliento de su hija, se apresuró a decir que, aunque en la isla tampoco había suficiente ganado, trataría de conseguir algún trozo de cuero de vez en cuando. Y así fue.

Juana aprendió las técnicas del depilado, el desgrase y el lijado. Tal como anticipara Jacobo, esas tareas la ayudaron a olvidar un poco sus recientes vivencias. Pronto fue ella quien se encargó de supervisar el acabado final del pergamino. Y lo hacía con la pericia de un verdadero maestro.

—Es mejor que coloques la piel sobre la tabla y la frotes de canto —dijo Juana una mañana a uno de los aprendices—. ¿Ves que la grieta se va más pronto?

Luego se acercó al tocón donde trabajaba su padre.

—Ya metí el último trozo en la tina.

Parecía agotada.

Jacobo se percató de sus manos secas y escamosas con tanto raspado, y de sus ropas arruinadas por efecto de la cal.

—Voy a descansar un poco en aquel banco.

Jacobo la vio alejarse unas yardas con el corazón lleno de inquietud. No era solo ella quien sufría las secuelas de la terrible experiencia; él tampoco podía separarse de su hija sin sentir un salto en el pecho.

Para aliviar sus propios temores, limpió el taller y arrojó los los restos de camisas y delantales despedazados por la cal. Luego desprendió una piel del bastidor, la alisó sobre una tabla y se ocupó de frotarla, repasando su superficie hasta comprobar que las grietas y los relieves se borraban. Al final alzó el pergamino para verlo a contraluz. Era un artículo delicado y casi traslúcido.

Un golpe de brisa arrojó sobre su rostro las pelusas provenientes del telar contiguo. Las espantó con ademán inconsciente y, de pronto, una sonrisa se abrió paso en su rostro. ¿Cómo no se le había ocurrido? Le haría una propuesta al teniente Ximénez, seguro de que podría regresar a su antiguo oficio de papelero, pero primero hablaría con Juana.

11

Un sirviente despertó a Mabanex para decirle que el jefe del pueblo deseaba hablar con él. Confiado en que por fin vería a Juana, se apresuró a acompañar al mensajero español que aguardaba para conducirlo hasta la puerta de la casona donde se hacían los intercambios. De allí, un soldado lo escoltó al salón donde dos españoles conversaban frente a una mesa.

Mabanex reconoció de inmediato al cacique blanco, que siempre llevaba un sombrero rematado por una pluma. El otro, de túnica oscura, era uno de los sacerdotes cristianos; no el mozo amable que le había brindado la medicina de fuego, sino el viejo que solía amenazarlos con el dios de los castigos.

Mabanex no sabía que Jacobo ya había hablado con Ximénez. Aquel testimonio lo había eximido de toda culpa, pero el teniente estaba obligado a escribir un informe y necesitaba más detalles. Fray Severino, en cambio, no ocultaba su furia. Por culpa de ese indio se había quedado sin su principal aliado en la cruzada que se avecinaba. Todo apuntaba a que Lope —que había sobrevivido milagrosamente tras agonizar durante casi un mes— sería enviado a Velázquez para ser juzgado. Y aunque el fraile había buscado argumentos que justificaran el indulto del soldado, sus esfuerzos chocaron contra las evidencias. El indio había salvado la honra de la ahijada del Almirante. No había nada que hacer. Más que nunca, el fraile se alegró de haber enviado aquella carta.

Mabanex no entendió del todo muchas preguntas, pero las contestó lo mejor que pudo. Cuando le indicaron que podía marcharse, sus pensamientos estaban llenos de confusión. ¿Para qué le habían llamado? ¿Por qué Jacobo no había cumplido su palabra de hablar con él? ¿Qué hacía allí respondiendo preguntas tontas y sin tener noticias de Juana?

Vagó un buen rato por el pueblo, sin prestar atención a la curiosidad que despertaba entre los lugareños. El incidente había originado opiniones a favor y en contra, pero nadie se atrevió a tomar represalias después que Ximénez dejó bien claro que cualquier agresión contra el joven significaría un castigo de treinta latigazos.

Ajeno a todo, Mabanex decidió acercarse a la casa de ventanas azules. Llevaba demasiados días en el caserío y no podía esperar más. Se detuvo perplejo frente a la puerta. Ningún taíno bloqueaba el umbral de su casa con esa clase de barricada, así es que empujó la puerta entornada para echar un vistazo. Ahogó una exclamación de sorpresa cuando un rostro de palidez fantasmal alzó la vista hacia él.

—¡Pensé que ya estabas en tu aldea! —exclamó Juana sin ocultar su alegría.

Las ropas y los brazos de la joven estaban cubiertos de pintura blanca.

—Llevo casi una luna en la encomienda —respondió Mabanex, reponiéndose del susto—. Tu padre prometió llamarme, pero creo que lo olvidó. ¿Por qué tienes ese polvo blanco encima? ¿Qué te pasó?

—Nada, estaba limpiando una piel para...

Se detuvo buscando las palabras adecuadas, pero Mabanex ya había perdido todo interés en su explicación.

—¿Cómo te sientes?

—Mejor.

El muchacho no sabía cómo preguntar lo que rondaba por su cabeza.

—¿Te hizo mucho daño? —se atrevió a decir por fin.

Juana titubeó. Algo había cambiado desde la última vez que hablaron.

—Estoy bien.

Se miraron en silencio. Una anciana que había examinado a Juana dictaminó que su «doncellez» se hallaba a salvo, pero la joven se sentía diferente. Había visto el rostro del horror y no lograba desprenderse del miedo. Mabanex también sufría, aunque de otra manera. La impotencia era una sensación que no le gustaba.

—Debo irme.

—Quédate un rato —le rogó ella—, cuéntame qué ha pasado en la aldea.

Mabanex comprendió que la muchacha deseaba ocupar su mente con historias que la distrajeran y le habló del juego de *batos* y de los ardides de Cusibó (que Tai Tai solo le reveló a él porque no quería avergonzar al resto de la familia). Describió los preparativos de la boda con Yari —o fue lo que Juana interpretó porque usó la palabra «unión»— y del gran areíto, al que acudirían vecinos de muchas aldeas.

Un revuelo de campanas interrumpió la charla. No era hora de rezos ni de cónclaves. ¿Qué ocurría? Juana abrió la puerta para averiguar y Mabanex la siguió.

—¡Juana!

El grito sobresaltó a los jóvenes.

—Yo lo llamé —se apresuró a aclarar ella al notar la expresión enfadada de su padre—. Quería darle las gracias porque os olvidasteis de hacerlo. ¿Sabéis que su hermano es ahora el nuevo cacique?

No había que ser muy listo para adivinar la estrategia de Juana. Ahora que Mabanex se había convertido en un importante miembro de su aldea, estaban obligados a tratarlo con más respeto.

—Disculpa que no te avisara como prometí —se excusó Jacobo—, estuvimos muy ocupados. ¿Podrías esperarnos aquí?

Y sin más, tomó por un brazo a su hija y la arrastró hacia la iglesia. Ya habría ocasión para reprimendas.

Los ojillos de fray Severino brillaron febrilmente apenas divisó a Jacobo. Fray Antonio también vio a su amigo y le dirigió una muda advertencia: «Hay peligro —le indicó con una de las señales de la Hermandad—. Guarda silencio».

El teniente Ximénez entró por una puerta lateral, se quitó el sombrero con aire impaciente y le hizo un gesto al viejo cura. Fray Severino tosió para aclararse la garganta, sacó un rollo que desplegó sobre el púlpito y leyó el mensaje del adelantado Diego Velázquez. En la carta se decía que, debido a las quejas enviadas al obispo de La Española por súbditos avecinados en el poblado de San Cristóbal de Banex, se reforzaría la jefatura del susodicho pueblo. Por el momento, sus tropas se hallaban enfrascadas en la fundación de villas y la pacificación de ciertas revueltas, pero tan pronto concluyera su campaña enviaría a algunos hombres para que ayudaran a reformar las encomiendas y a administrar las haciendas, que, según los informes, no producían suficiente. El teniente Ximénez tendría que colaborar con el oficial que se consignara. El adelantado les recordaba que, aunque el poblado de San Cristóbal de Banex se atribuía la tenencia de un ayuntamiento con sus correspondientes concejales, eso no le daba derecho a considerarse como una verdadera villa, según percibía en sus documentos y despachos, puesto que el tal cabildo había sido creado contraviniendo las órdenes del gobierno de la isla. Las únicas poblaciones reconocidas como «villas» eran aquellas que estaban siendo fundadas por la gestión del propio Velázquez. No obstante, y para mostrar su indulgencia, dado que había recibido primicias sobre la existencia de una importante mina de oro en las cercanías del pueblo, era su voluntad conceder la categoría oficial de «villa» al muy próspero pueblo de San Cristóbal de Banex si las autoridades o los vecinos descubrían el escondrijo de dicha mina, entendiendo que el oro propiciaría el crecimiento y progreso de las haciendas. Asimismo, para evitar que los indígenas se sublevaran y provocaran una situación lamentable, el adelantado solicitaba que la información acerca de la mina no se obtuviera mediante la fuerza, sino ejerciendo la vigilancia, etc.

El fraile terminó de leer.

—Demos gracias al Señor —dijo— y oremos para desearle larga vida al rey y al adelantado. Pronto la cristianización de estas tierras será una realidad. Las leyes serán más severas para los que desdeñen sus deberes, especialmente para quienes protejan a los indios en perjuicio de los intereses del rey y de la Iglesia.

De pronto el fraile enmudeció. Su atención saltó de Jacobo a Juana y, por un instante, pareció confundido, pero se repuso y murmuró:

—Idos con Dios.

Jacobo examinó de reojo a su hija. ¿Qué diablos había ocurrido? De pronto comprendió por qué el viejo había clavado sus ojos en ella. A pesar de las recatadas vestiduras, Juana era la viva estampa de una indígena bronceada por el sol; y si todavía nadie se había dado cuenta de la verdad era porque aún no buscaban lo que cualquiera, con un poco de suspicacia, acabaría por descubrir.

12

Jacobo procuró ocultar su preocupación. De nada valía asustar a su hija con un hecho que ni siquiera ella sospechaba. Ahora más que nunca tendría que levantar un cobertizo para protegerla de aquel elemento que tenía más efecto en ella que en otras cristianas.

—Voy a construir un taller para fabricar papel —le comentó a su regreso.

—Dijisteis que no había suficientes sobrantes de telas.

—El algodón crece por toda la isla. Le diré a Ximénez que no tendrá que traer más papel de España porque haremos nuestros propios trapos. Así se ahorrará los altos precios de importarlo y los impuestos de viaje.

Mabanex se asomó a la puerta al escuchar las voces. Jacobo lo había olvidado por completo.

—Despídete —murmuró en castellano a su hija, y luego añadió en taíno—: Gracias por esperar, Mabanex. Como ves, mi hija está bien. Te agradezco de nuevo lo que hiciste por ella. Felicita a tu hermano por su cacicazgo.

—Y por su boda —susurró Juana en español.

—¿Boda? —preguntó Jacobo, sin perder de vista al joven que se alejaba hacia el caserío.

—Tai Tai se casa con la hija de un cacique.

—¡Espera, muchacho! —gritó Jacobo, que entró a la casa cuando el indígena se acercó, dejando a ambos jóvenes en el umbral.

—¿Me llevarás a esa fiesta? —le preguntó entretanto Juana.

Mabanex frunció el ceño.

—Lo siento, pero está prohibido revelar a los españoles dónde está la aldea.

—Cerraré los ojos para no ver el camino.

—Alguien podría descubrirte. Seguro que no sabes espiar en los matorrales sin armar un alboroto.

—No pienso esconderme detrás de ningún matorral —declaró ella con desfachatez—. Voy a andar entre todos, vestida como una taína. Ahora llevan túnicas, ¿no?

—Algunas —admitió él de mala gana—. Se las ponen como adorno desde que los sacerdotes cristianos nos obligaron a cubrirnos para entrar a sus villas.

—¿Lo ves? Todo está resuelto.

—Creo que no estás bien de la cabeza. ¿Será que también te pegué con el caracol y perdiste el juicio?

—No te preocupes por mi cabeza —dijo Juana riendo al ver su cara—. Dice mi padre que la tengo tan dura como un guamo.

—Es demasiado peligroso.

—No seas tonto, mírame. Si me cambio de ropas, nadie se dará cuenta.

Mabanex la examinó con detenimiento. Quizá la idea no fuera tan descabellada. Su piel se había oscurecido bastante y habría tantos invitados que pasaría inadvertida. En todo caso, la gente de cada aldea supondría que pertenecía a la otra.

—¿Qué le dirás a tu padre?

—No tiene por qué enterarse, sale a trabajar temprano. Prométeme que vendrás por mí.

—Bueno...

No pudo añadir nada más porque Jacobo salió con un rollo de seda azul.

—Dile a Tai Tai que mi hija y yo le enviamos este presente como muestra de respeto.

Juana miró a su padre boquiabierta, pero Mabanex no lo notó. Sus sentidos estaban absortos en aquella maravilla. La tela era tan suave que se escurría entre sus dedos como el agua. Jamás había tocado un tejido como ese.

—Gracias, señor Jacobo. Es un regalo muy hermoso.

Los jóvenes intercambiaron un gesto de entendimiento antes de que Mabanex diera media vuelta y se alejara en dirección al caserío.

—¿Qué ha sido eso? —preguntó Juana cuando entraron a la casa.

—¿Qué cosa?

—Regalasteis un trozo de la seda. ¿Por qué lo hiciste?

—Solo intento ser amable. —Jacobo cerró el cofre y lo empujó nuevamente hacia un rincón—. Voy a hablar con Ximénez.

Apoyada al marco de una ventana, lo vio alejarse hasta que su figura se confundió con la muchedumbre de la plaza. Conocía bien a su padre y aquel obsequio era muy sospechoso. ¿Qué se traía entre manos?

13

Noche tras noche, Juana vigilaba el disco de la luna que se iba hinchando como una hembra preñada. Mabanex había prometido llevarla a la boda, pero no estaba segura de si lo haría. Para espantar su impaciencia, se dedicó a preparar el libro con el que soñaba. No se trataba solo de confeccionarlo, sino de escribirlo e ilustrarlo.

Ya había planeado hasta sus más mínimos detalles. Tendría una tapa de cuero rojo elaborada con la suave piel de un cabrillo. El papel vitela sería para las páginas con ilustraciones, y las que solo llevaran textos estarían hechas con fibra vegetal. Necesitaba tinta roja, verde y azul para iluminar las miniaturas y las capitulares, que vendrían adornadas con viñetas. Ya había cortado y preparado una docena de plumas de pato y flamenco, con puntas de diverso grosor. Un detalle importante sería el título en la portada, grabado con letras de oro. Antes de aplicar el tinte dorado, trazaría los bordes de cada letra con un punzón de metal para conseguir un efecto de bajorrelieve.

—¿Para qué quieres hacer un libro tan complicado? —le preguntó su padre después de oírla enumerar sus planes—. Ni que fueras un monje copista.

—Algún día tendré hijos, y luego vendrán los hijos de mis hijos, y otros más que no podré conocer. Me gustaría hablarles como me han hablado los muertos de los libros que leí cuando era niña.

—Pues escribe lo que quieras en papeles sueltos. Lo enviaré todo a maese Rufino para que lo imprima.

—No, padre —porfió ella—, no puedo arriesgarme a enviar este manuscrito por barco. Además, me dará placer volver a la caligrafía y al dibujo.

Jacobo se rascó la cabeza.

—Está bien, ¿me ayudarás a fabricar papel?

—Lo haré tan pronto el molino empiece a funcionar. Mientras tanto prepararé mis tintas; y si me dais algún pergamino, podré practicar mis dibujos antes de pintarlos.

Jacobo se dio por vencido, le regaló dos pliegos y Juana se aplicó a su tarea. Tan pronto se llenaban los pergaminos, los lijaba con una piedra porosa que dejaba la superficie lista para ser aprovechada de nuevo. Con el uso se volverían tan frágiles que tendría que desecharlos, pero por ahora servían.

Antes de dibujar, fabricó sus tintas. Solo contaba con la negra que traían los navíos de España, pero incluso esta escaseaba. Para obtener otros colores exploró las inmediaciones, lo cual la llevó a un descubrimiento inesperado. Detrás del polvorín encontró un sendero apenas visible. Sospechó adónde conduciría, pero sus prioridades inmediatas habían cambiado.

Como estaba prohibido acercarse al caserío indígena, se ocultó en la maleza para rodear los sembrados y dirigirse a unas lomas donde había una cantera de piedras rojas. Demoró una hora en llegar y otra más en encontrar las piedras, que recogió en su delantal al poblado bordeando nuevamente los surcos.

Ya en su casa, trituró las rocas y mezcló el polvo con diferentes sustancias —grasa animal, vinagre, resina gomosa y huevos— hasta obtener una tinta roja bastante aceptable. Más tarde volvió al bosque en busca de materiales para otros colores.

Esa misma noche escribió el título con tinta roja:

Memorias de la Isla

Repasó el brillo de las letras que se secaban, rememorando los incidentes que la habían conducido hasta allí. Si alguien leía el relato que pensaba contar, podría verse en aprietos. No era suficiente guardar su manuscrito en un cofre, tendría que protegerlo de toda mirada indiscreta.

Apartó la página con el título y esbozó en otra una E capitular cubierta por las ramas de una enredadera florecida. Trabajó casi una hora para añadir un entramado que se enroscaba como los tallos de una calabaza indígena. También delineó otras, acompañadas por diferentes plantas y animales que había conocido en la zona.

—Mañana probaré las muelas del molino —anunció Jacobo esa noche—. Vendré tarde, así es que no te preocupes.

A veces Juana se sentía culpable por abandonarlo en una tarea que ella misma había iniciado, aunque aquel sentimiento no duraba mucho. Tan pronto se concentraba en sus grafías, lo olvidaba.

Cada mañana disponía los pergaminos y los disolventes sobre la mesa, abría un frasco y empezaba su práctica. Era un gusto ensimismarse en los detalles de las diminutas figuras que iba recreando para cada letra: jutías, guacamayos, jicoteas, y hasta ese raro bicho al que llamaban almiquí.

Uno de esos días, cuando más concentrada se hallaba, su corazón brincó como un potro al escuchar un sonido que brotó de la selva. Lo había estado esperando durante semanas. Tapó el frasco, agarró la flauta y se escabulló por la puerta trasera.

El caracol volvió a bramar desde las profundidades de la maleza, y ella respondió. Las notas de la flauta reptaron entre las ramas como culebras. Sus vibraciones jugaron con las corrientes de aire y viajaron a través del suelo, penetrando hasta las raíces. La respuesta telúrica del caracol hizo temblar el suelo. Guiándose por la melodía se buscaron, como habían hecho días atrás. Cada paso de esa búsqueda a ciegas era un latido de gozo para sus corazones. Y casi sin aliento, se encontraron nuevamente en la maleza.

—Te estuve esperando —dijo ella—. ¿Por qué no cumpliste tu promesa?

—A eso vine, la fiesta será hoy.

Y la arrastró de la mano, sin más explicaciones.

Anduvieron casi una hora en dirección a poniente y luego hacia el suroeste. ¿Era esa la misma ruta que habían recorrido hasta la cueva? Juana no podía asegurarlo. Hallaron un manantial, pero no cruzaron el conocido camino de lajas. En lugar de seguir la corriente, el trayecto se convirtió en un ascenso hacia el lomerío. Juana descubrió entonces lo que ningún español había imaginado: la aldea taína no estaba a nivel del mar, sino en la cima de una meseta.

Ya en la cumbre, siguieron avanzando sobre una planicie donde la vegetación crecía entre formaciones pétreas. Mabanex se acercó a un tronco que parecía emerger de una roca, como si ambos formaran un solo organismo. De un orificio sacó un envoltorio que le entregó a Juana. Era una túnica corta de tono amarillento, adornada con enigmáticos dibujos.

—No puedo cambiarme aquí —se quejó ella.

Mabanex recordó que los blancos, especialmente sus mujeres, sentían un extraño pudor en desnudarse delante de otros. Se alejó unos pasos mientras Juana se despojaba de sus ropas y se enfundaba aquel camisón que tintineaba con las piedrecillas cosidas al dobladillo.

—¿Cómo luzco?

Mabanex se volvió. Incluso sin pintarse, parecía la hija de un cacique. Solo notó un problema. Las zonas de su cuerpo que siempre habían estado cubiertas por los vestidos, y que ahora eran visibles, mostraban un gran contraste con otras quemadas por el sol.

—¿Me veo mal? —preguntó ella, preocupada por la expresión del muchacho.

—No, pero...

Juana siguió la mirada del joven.

—¡Ay! —suspiró desolada—. Me descubrirán enseguida.

—No te preocupes —dijo Mabanex, sacando del escondrijo un güiro lleno de pasta ocre—. Con esto te verás mejor.

Dacaona le había enseñado que era posible engañar la vista. Por ejemplo, un mismo fondo rojo podía parecer más claro o más oscuro, dependiendo si le pintaban encima símbolos blancos o negros. Así es que cuando Juana acabó de extender la pasta por sus brazos y piernas, él buscó otra vasija entre los agujeros y dibujó espirales blancas sobre su rostro y sus extremidades.

Con grasa de perro jíbaro, consiguió domar sus bucles y atarlos con fibra en una cola lacia que adornó con plumas rosadas de flamenco. Para rematar, le entregó un collar de cuentas amarillas y unas ajorcas de algodón para los tobillos y los muslos. De su atuendo original, solo le permitió conservar el amuleto de Guabancex.

Se apartó para estudiar el conjunto y su corazón dio un vuelco. De pronto tuvo la impresión de que las facciones de Juana no eran como las de otros blancos. Su nariz era más pequeña y los pómulos más anchos. Era extraño que pudiera desdoblarse en dos razas tan diferentes con solo cambiar de traje. Cierto que no tenía la frente aplanada —un proceso por el que pasaban casi todos los taínos, a los que sus madres colocaban una tablilla sobre la frente y otra en la nuca, atándolas con un paño hasta que ostentaban un hermoso cráneo alargado—, pero ocasionalmente algunas familias descuidaban esa tradición. Si alguien preguntaba, el suyo podría ser uno de esos casos.

—¿Qué falta? —preguntó ella al ver que su amigo no decía nada.

—Encomendarnos a Guabancex.

14

Todavía el sol no cruzaba el cenit, pero la fiesta ya estaba en su apogeo. Viendo la aldea rebosante de personas que reían y mostraban sus cuerpos sin recato, Juana supo que había llegado al lugar donde siempre había querido vivir. Niños, adolescentes y adultos competían en diversos juegos y la música retozaba en los corazones. Por primera vez escuchó los tambores *mayohuacán*, hechos de madera dura; las calabazas secas y cubiertas de estrías que, al ser rascadas con palos, cloqueaban como gorjeos de bebés; los panderos fabricados con caparazones de tortugas; las güiras rellenas de semillas; las flautas de hueso y de madera... Cada rueda de baile contaba con un guía, cuyas instrucciones seguían los hombres y las mujeres que danzaban tomados de la cintura o las manos. Corros de niños intentaban imitar a los adultos, provocando una gran confusión cuando tropezaban y se caían.

Los hombres siempre habían lucido tocados pintorescos, pero la influencia española había provocado cambios inesperados en el ajuar femenino. Se había extendido el uso de las túnicas, cuya simplicidad en el diseño era compensada por la variedad de sus adornos: piedras de colores, semillas, cuentas de vidrio y vértebras de animales se cosían a las telas para formar figuras.

Juana y Mabanex deambularon discretamente junto a otros adolescentes que, inmersos en sus propios cortejos, no prestaban atención a nada que no fuera el objeto de su interés. Y si alguno de cualquier aldea se fijaba en ella, siempre pensaba que pertenecía a otra. De ese modo, Mabanex pudo acompañarla sin que nadie reparara en ellos; ni siquiera Yuisa, contra la que chocaron al pasar junto al cobertizo de los alimentos.

La mujer aparentaba una calma que estaba lejos de sentir. Cualquier otra se habría retirado tras su notoria derrota, pero ella era demasiado orgullosa para revelar su amargura y volvió a hacerse cargo de la cocina, una labor que siempre desempeñaba en las celebraciones importantes.

En el templo, Ocanacán y Kairisí colocaban las últimas ofrendas en el altar vacío de donde se había retirado el cemí tutelar en espera de que el sucesor se hiciera cargo. A un gesto del behíque, un chico salió disparado para avisar al maestro de ceremonias. Ambos ancianos se dirigieron a la explanada, acompañados por el clamoreo de un caracol que interrumpió las danzas. Fue la señal para que Tai Tai abandonara la casa, escoltado por un séquito de guerreros.

Un penacho de plumas rojas y azules engalanaba su cabello recogido en cola. Sobre el pecho centelleaba la lechuza de guanín martillado, mensajera de Maquetaurie Guayaba, el Señor de la Mansión de los Muertos. Los ojos de la lechuza, hechos con trozos de cristal, se hundían en las cuencas, y con cada movimiento el sol arrancaba destellos de las pupilas vidriosas, dando la impresión de que el pecho del cacique despedía rayos de fuego.

El joven atravesó la aldea hasta el pabellón donde lo aguardaban los hechiceros junto al cacique Bagüey. Cuando la novia apareció desde el otro extremo de la aldea, un rumor de pasmo recorrió la multitud. Ningún taíno había visto una tela azul como aquella, que se moviera con la ingravidez del viento y la levedad de las aguas. Juana se alegró de que su padre se la hubiese regalado.

Dacaona no pudo menos que evocar a su dulce Anani. Sonrió al recordar que a ella le gustaba adornarse los lóbulos con trozos de coral rojo, como los que ahora llevaba Yari... De pronto un escalofrío recorrió su espalda. Estaba acostumbrada a ver espíritus, pero ahora comenzó a temblar ante aquella aparición. Nunca había tropezado con su hija en esa clase de espejismos, por eso aún tenía la esperanza de que viviera; pero ahora Anani estaba allí, más palpable que los cegadores cristales en los ojos de la lechuza que portaba el cacique.

—¿Qué te pasa? —susurró Bawi al advertir la expresión de su hermana.

Dacaona cerró los ojos. Al abrirlos de nuevo, el fantasma se había esfumado.

—No me siento bien, creo que voy a acostarme un rato.

—¿Quieres que vaya contigo?

Dacaona la rechazó con un gesto y se perdió entre la gente. Bawi se preguntó si debía acompañarla, pero renunció a ese impulso porque no quería perderse la boda de su primogénito.

—Hoy los dioses están de fiesta —anunció Ocanacán—. El cemí de nuestra aldea pasará a su nuevo custodio tan pronto se celebre la unión entre Tai Tai y Yari, que deberá mostrar que será una digna esposa para nuestro cacique.

—Hija, demuestra tu valor —gritó Bagüey para que todos lo oyeran.

Yari se dirigió a la vivienda del cacique, que había permanecido vacía desde la muerte de Guasibao. La multitud se apartó para dejarla pasar, y varios hombres, entre los que había nobles de otras aldeas, la siguieron hasta el bohío.

Juana, que había asistido a la ceremonia en silencio, recordó el inquietante relato sobre las bodas indígenas que había contado fray Severino en un sermón.

—¿Adónde van esos hombres?

—Calla —susurró Mabanex—, no podemos hablar ahora.

Yari desapareció en el interior del bohío y los hombres se detuvieron en la entrada a discutir entre ellos. Finalmente, el más joven atravesó el umbral. Tras unos instantes de silencio, se escuchó un gran alboroto. Juana no pudo determinar si se trataba de golpes o quejas. Luego oyó el estruendo de algo que se rompía, pero nadie pareció alarmarse. Finalmente, el muchacho reapareció con aspecto maltrecho y la gente murmuró excitada. El resto de los hombres fue entrando, uno tras otro, para salir sudorosos y descompuestos. Cuando el último abandonó la vivienda, Yari se asomó a la puerta, agitada pero sonriente, y gritó una sola palabra:

—¡*Manicato!*

La multitud estalló en exclamaciones de júbilo, repitiendo a coro aquel canto victorioso: «¡*Manicato!* ¡*Manicato!*».

—¡Dios mío! —se le escapó en castellano, y añadió en taíno—: ¿Cómo es posible que una doncella se entregue a otros el día de su unión? ¡Y delante de todos!

—Pero ¿qué estás diciendo? —preguntó Mabanex con sorpresa—. ¿No oíste lo que dijo?

Juana sabía que *manicato* significaba «invencible», pero seguía sin entender.

—Cada novia debe probar que es valiente y honesta —explicó él—, por eso debe rechazar a cuantos se le acerquen para obtener sus favores, aunque la verdad es que ninguno lo intenta de veras porque siempre son amigos de la familia. De todos modos, ya has visto que Yari no solo los ha insultado, sino que les ha arrojado unos cuantos platos a la cabeza. —Se echó a reír al notar la expresión de Juana—. ¿Qué te habías imaginado?

La joven comprendió que todo era parte de una tradición inofensiva. ¡Y pensar que fray Severino los había engañado con esa historia!

—Los novios compartirán su primera comida —pregonó el behíque.

Un muchacho trajo un plato con frutas. Yari tomó un trozo de *yayama* y se lo tendió al joven cacique para que lo mordiera, después él cogió otro fruto y se lo ofreció a ella.

—Y ahora compartirán su primera bebida —dijo Kairisí, alzando las vasijas que una niña le había alcanzado.

Los novios extendieron las manos para recibirlas, pero la hechicera permaneció inmóvil, aferrada a los recipientes, como si estuviera paralizada o fuera víctima de un maleficio. Un rumor comenzó a extenderse por el batey. Preocupado por la demora, el behíque le preguntó en voz baja:

—¿Qué pasa?

Los pensamientos de la anciana volaron a gran velocidad. ¿Debía arrojar un mal presagio sobre la ceremonia, proclamando que alguien quería envenenar a los novios? Eso convertiría la alianza en un desastre. Bagüey anularía la unión y se retiraría ofendido. Los antagonismos no eran buenos para nadie, mucho menos en los tiempos que corrían.

—¿Kairisí? —insistió el behíque, alarmado.

—Nuestra Señora acaba de hablarme —dijo la hechicera.

Las exclamaciones estallaron como un trueno en cielo despejado. ¿Qué hacía Atabey interviniendo en una ceremonia como aquella? ¿Era buen o mal augurio? Solo el behíque sospechó que la anciana se lo estaba inventando... y por alguna razón de peso.

—¿Qué dice la Gran Madre que se digna a visitarnos en un día tan especial? —preguntó Ocanacán, siguiéndole el juego.

—Atabey quiere que se le rinda homenaje como es debido. Quiere que la primera bebida de los novios sea agua fresca del río. Dice que solo así bendecirá la unión entre las tribus. —Y arrojó al suelo las vasijas, que se rompieron con estrépito.

A un gesto del behíque, un muchacho corrió con un tazón al manantial cercano.

—Atabey-Iguanaboína-Guabancex todo lo ve, todo lo vigila y todo lo sabe —dijo Kairisí.

Yuisa sintió que su corazón se helaba. Aunque la hechicera era ciega, le pareció que sus pupilas se clavaban en ella con una ferocidad que provenía de otro mundo.

—En estos días difíciles —continuó la bruja— la Madre advierte a sus hijos que aquel que cometa una mala acción contra su hermano quedará maldito para siempre.

Kairisí notó cómo los colores que rodeaban a Yuisa palidecían hasta convertirse en franjas de un naranja enfermizo.

«Me ha entendido perfectamente», pensó la anciana.

En efecto, Yuisa supo que el mensaje era para ella. Kairisí no dejaba de observarla. ¿Cómo había descubierto su secreto? Debía de ser cierto que la Diosa hablaba por su boca ya que esta vez había tomado más precauciones. Ella misma había designado a una anciana para que se ocupara de la bebida, indicándole que aquellos recipientes bellamente pintados eran para los novios y que solo ellos debían usarlos. Si era interrogada más tarde, la anciana juraría que las vasijas estaban vacías cuando las cogió. En realidad, el veneno pulverizado —hecho con raíces secas— ya estaba en el fondo. La única manera de descubrirlo hubiera sido que alguien sacudiera las vasijas boca abajo antes de servir la bebida, pero no había motivos para hacerlo. Nunca pensó que los dioses estuviesen atentos a ese acto. Ahora sus esperanzas yacían destrozadas con las vasijas.

Rumiando su cólera, se deslizó entre la muchedumbre y tropezó de nuevo con Mabanex y aquella jovencita de expresión traviesa. Se alejó una veintena de pasos para sentarse a la sombra de un cedro, colérica y nerviosa, intentando comprender por qué Atabey le había escamoteado el cacicazgo a su hijo. Luchó por controlar su frustración, sobándose la falda. ¿Qué era esa mugre? Parecían salpicaduras de comida. Se miró las manos y notó un brillo casi invisible sobre su piel. Volvió a restregarse los dedos sucios en la tela. ¿Qué demonios era eso? ¿Qué había tocado?

De pronto recordó la expresión de Mabanex y de la joven con quien había tropezado. Vestía como una noble, aunque había algo en sus facciones... Contempló de nuevo las manchas en su falda y la idea la golpeó. ¡Bendito Yúcahu! Sabía que Mabanex se había enredado en una pelea por una moza cristiana. ¡Y ese rostro...! Se levantó de un salto. La vergüenza caería sobre la familia del cacique. ¡Nada menos que su propio hermano había desobedecido la prohibición!

Corrió al pabellón custodiado por una fila de guerreros, pero la gran cantidad de visitantes le impedía avanzar. Se le ocurrió una idea mejor.

—Guasibao se ha marchado —gritó el behíque—, pero su sangre vive entre nosotros. Por voluntad del ausente y de los dioses, honremos al nuevo cacique que desde hoy nos guiará. Que el gran Yúcahu enriquezca estas tierras con frutos y crías. Que Bayamaco, señor del casabe y la *cohoba*, vele por nuestra protección. Que su hija Itiba Cahubaba, la venerada Madre Tierra Ensangrentada que murió para dar vida a sus cuatro hijos, lo colme de descendientes. Que Deminán, que robó el fuego sagrado a su abuelo para entregarlo a los hombres, proteja su hogar. Que Iguanaboína le regale días claros. Que Boínayel, Señor de las Nubes Oscuras, arroje lluvias fértiles sobre los campos de labranza. Que Márohu, el Espíritu del Buen Tiempo, permita que el sol fortalezca los sembrados. Que Guabancex, que castiga las ofensas, le sonría siempre. Que Nuestra Señora Atabey, Madre de las Aguas, Señora de la Luna, Dueña de las Mareas, Diosa de la Fertilidad y la Maternidad, le otorgue un juicio sereno para juzgar y gobernar.

Mientras seguía rogando por el bienestar del cacique y su tribu, dos guerreros salieron de la casa-templo con un gran cesto.

—Gran cacique —concluyó el behíque—, ahora puedes revelar cuál es el cemí que los dioses escogieron para ti.

Tai Tai murmuró un nombre. No se trataba de un mentor que muchos quisieran tener, pero esa elección no era voluntaria, sino un decreto divino recibido durante el trance de la *cohoba*. Alzando el bastón, Ocanacán proclamó:

—¡Maquetaurie Guayaba, Señor de la Mansión de los Muertos, guiará al nuevo cacique!

La gente permaneció confundida unos segundos con el anuncio de que Tai Tai tendría como emblema al Señor de la Muerte, pero el cemí de cada cacique era un asunto personal. La aldea seguiría protegida por Atabey. Eso era lo más importante. Felices por fin de contar con un cacique, todos estallaron en exclamaciones de júbilo.

El behíque se acercó al cesto que ocultaba la estatua de Atabey tallada en madera roja y con pendientes de oro en las orejas.

—Quien posea el cemí posee el poder —dijo el behíque, alzando el objeto cubierto por un paño—. El cemí es la fuerza, el cemí es el espíritu. La desgracia castiga a quien gobierna sin cemí. Madre Atabey, he aquí a tu guardián.

Una exclamación de horror recorrió la plaza cuando el anciano retiró la tela y vieron la estatua transformada en una roca amorfa. La muchedumbre retrocedió para alejarse del maleficio. En medio de la confusión, resonó el alarido de un guamo. La gente que huía se detuvo para contemplar a Cusibó, que soplaba el instrumento desde una pequeña elevación, acompañado por su madre.

Kairisí volvió a distinguir aquella niebla coloreada como sangre sucia que no presagiaba nada bueno. ¿Es que esa mujer no desistiría nunca? Trató de adivinar por qué los dioses volvían a mostrarle sus colores. Pensó con rapidez y, procurando que nadie lo notara, se perdió entre la gente.

—¿Quién te ha dado permiso para tocar la alarma? —preguntó el behíque.

—El cemí corre peligro —contestó Yuisa.

—¿De qué peligro hablas? —intervino Tai Tai.

—De una desgracia causada por alguien de tu sangre —dijo ella con desprecio—. Hay un forastero en nuestra aldea.

—Eso no es una novedad. Hay muchos forasteros hoy.

—Hablo de un espía de los blancos.

—Aquí no hay ningún blanco —dijo Tai Tai, comenzando a impacientarse.

—No estoy hablando de un hombre, sino de una *mujer.* —Y señaló hacia los jóvenes que intentaban escabullirse—. Aquella que huye con tu hermano es una espía de los cristianos.

La multitud localizó de inmediato a la pareja, que quedó al descubierto porque el espacio se amplió a su alrededor.

«¡Imposible! —pensaron muchos—. Si es una joven de la nobleza.»

—Yo no veo a ninguna blanca —repuso el anciano behíque, extrañado por el súbito silencio de Tai Tai, que acababa de reconocer a la hija de Jacobo.

El joven cacique comprendió que se enfrentaba a su primera crisis. ¡Y nada menos que causada por su propia familia! Por culpa de esa muchacha, su hermano ya se había involucrado en dos escándalos; y ahora, por lo visto, se había metido en un problema peor.

Aprovechando el estupor general, Yuisa se abrió paso hasta Juana, la arrastró hasta el centro de la plaza y, frente a los ojos atónitos de todos, le frotó un brazo para limpiarlo de la resina que lo cubría.

—El cemí huyó por culpa de ella —afirmó Yuisa con aire triunfal—. Debemos nombrar a un cacique que sea capaz de protegernos.

—Y seguramente tu propuesta será Cusibó —dijo el behíque con un dejo tan burlón que el aludido enrojeció.

Su madre, sin embargo, no se inmutó.

—¿Quién si no? —respondió con descaro—. Cusibó ha sido despojado de lo que le pertenece.

—Dos veces Tai Tai ha sido nombrado cacique —declaró Ocanacán—. La primera, por el ausente Guasibao; la segunda, por los propios dioses. ¿Qué más pruebas quieres?

—El cemí —gritó Yuisa—. ¡No hay cacique sin cemí!

Ocanacán tembló de indignación. Aquella mujer seguía trastocando el orden de las cosas. Su incomodidad aumentó al darse cuenta de que no tenía argumentos para contradecirla.

—Yuisa tiene razón —dijo una voz débil y cascada que surgió al final de la multitud—, no hay cacique sin cemí.

Como una canoa que divide el agua en su avance, así se abrió paso Kairisí con la estatua de Atabey en sus manos.

—¡Es un sacrilegio! —chilló Yuisa—. Nadie, sino el behíque, está autorizado a tocar el cemí de la aldea.

—Y nadie, sino el behíque, puede ceder ese privilegio —dijo Ocanacán, que añadió tras una pausa—: Yo he autorizado a Kairisí.

El rostro de Yuisa pasó del púrpura a una palidez mortal.

—Madre Atabey, he aquí a tu guardián —proclamó la hechicera, colocando la estatua en manos del joven.

—¡Tai Tai no puede ser cacique! —gritó Yuisa casi histérica—. Todos saben que cuando un cemí huye, la aldea no está segura.

—Eso dicen —respondió Kairisí con gran calma—, pero no me consta que haya ocurrido ahora. El cemí fue escondido por alguien. Si de veras hubiera huido, no se habría dejado encontrar tan fácilmente detrás de *tu* casa.

El rostro de Yuisa volvió a encenderse.

—¿Estás insinuando que lo robé?

—No estoy insinuando nada —dijo la anciana, dándole la espalda y decidida a ignorarla—. Ocanacán, ¿hice mal en traerlo?

—Has hecho bien, y con el regreso del cemí está claro que Tai Tai es el elegido de los dioses.

—Esa decisión será la desgracia de la aldea —rugió Yuisa—. Ya verán como…

—¡Madre! —gritó Cusibó desde su rincón—. ¡No vale la pena que sigas dando razones! —Echó una ojeada a Juana, que no se había movido de su lugar—. Me marcho de aquí porque este sitio no es seguro. Ya nada podrá impedir que los blancos sepan dónde vivimos. Si alguien quiere acompañarme, es libre de hacerlo. Los que se queden aquí no se contarán entre mis amigos.

Dio media vuelta y abandonó la plaza, dejando boquiabiertos a todos, pues nunca le habían oído decir tantas palabras juntas.

Yuisa lanzó una mirada de desprecio a su alrededor y, tomando a Juana por un brazo, la empujó para arrojarla a los pies de Tai Tai.

—¡Ahí tienes tu recompensa por usurpar lo que no te pertenece! —E hizo un ademán de limpiarse en su falda con asco—. A ver qué haces con la intrusa.

Y se marchó tras su hijo, seguida por unos pocos vecinos. El silencio que se hizo después fue tan profundo que un ciego hubiera creído que la explanada se encontraba desierta. Tai Tai supo que aguardaban por él. Era el momento de actuar como un cacique.

—Llevad a Mabanex y a la muchacha al templo —ordenó—. Quiero que Ocanacán y Kairisí me acompañen. Necesito a seis guerreros...

—Señor —lo interrumpió Kairisí con suavidad—, no creo que requieras más de dos hombres para escoltarlos. Ninguno tratará de escapar.

—No podemos estar seguros —dudó Tai Tai.

—Oh, sí que podemos —afirmó ella—, me lo ha dicho la propia Atabey. Además, ¿has olvidado que esta es tu celebración como cacique y esposo? Debes compartirla con tus invitados. Si lo permites, Ocanacán y yo hablaremos primero con estos dos.

Y le clavó la vista con tanta intensidad que Tai Tai asintió, intuyendo alguna razón oculta en sus palabras.

—Está bien, iré más tarde —concedió.

Kairisí hizo una seña furtiva al behíque para que la siguiera. Mabanex y Juana caminaron detrás de los ancianos, escoltados por los guerreros, y en la aldea volvió a elevarse el clamor de los instrumentos, indicando que la fiesta recobraba su brío.

—¿Qué pretendes, Kairisí? —susurró Ocanacán cuando abandonaron el batey.

—Debemos hablar a solas con la muchacha.

—¿Por qué?

—¿No viste las luces que la rodeaban?

—Necesito oscuridad para verlas. ¿Se parecen a las de Yuisa?

—Son muy diferentes a las de cualquiera que yo conozca, pero no es por eso que debemos conversar con ella. —Se volvió a los guardias—. Ustedes esperen aquí.

Los guerreros se apostaron en el umbral del templo.

—La culpa es mía —dijo Mabanex, interponiéndose entre Juana y los brujos—. Soy yo quien merece el castigo.

Los ancianos no dijeron nada. Juana sospechó que su destino dependía de ella misma.

—Siento mucho lo que he hecho y juro que no diré nada —murmuró en taíno, arrastrando las palabras—. Sé guardar secretos.

Ambos hechiceros se sobresaltaron al escucharla hablar con toda claridad en su lengua. Era algo que no se esperaban.

—Ven aquí, muchacha —la llamó Kairisí, indicándole un sitio donde los rayos solares atravesaban el orificio del techo.

Juana se acercó temblando, y la bruja le alzó un brazo para que Ocanacán viera lo que los dioses le habían mostrado. Allí, en la porción de piel blanca que Yuisa había dejado al descubierto, tres lunares formaban un triángulo encima de una media luna.

CUARTA PARTE

La conexión cubana

1

Aeropuerto Internacional de Miami, 18 de agosto, 9.36 h

Tras el paso de la tormenta, el sol había vuelto a salir. En algunos vecindarios boscosos, el viento barría las hojas húmedas que se adherían a los vidrios de los autos; pero en el aeropuerto, las pistas ya se secaban y dejaban escapar nubecillas de vapor.

En uno de los salones de espera, junto al vidrio que lo separaba de un avión, el teniente Luis Labrada miraba un anuncio que evocaba las playas del Caribe. No era una foto de Cuba, pero podría serlo. La imagen trajo dolores remotos. Sin embargo, no era el momento de dejarse llevar por los recuerdos.

Repasó mentalmente su coartada, diseñada de manera cuidadosa en caso de que las autoridades cubanas le preguntaran por qué viajaba a la isla que había abandonado dos décadas atrás. Quería visitar el barrio donde había crecido y localizar algunos familiares y amigos que le quedaban. ¿Qué más? Ah, sí. Su *hobby* era el arte primitivo. Por eso le interesaban los museos arqueológicos.

Foncho le había propuesto que almorzaran juntos para repasar las reglas del juego, es decir, para ponerlo al día sobre lo que podía o no hacer. Cuba seguía siendo un país donde las leyes escritas no eran las mismas que las normas civiles de comportamiento, y donde todo cambiaba sin aviso, por lo cual la única manera que tenían sus ciudadanos de saber a qué atenerse eran los rumores, las comparaciones o sus propias vivencias. Un recién llegado como Luis debía sintonizar cuanto antes con la realidad, so pena de terminar en un calabozo sin motivo aparente.

En realidad no llevaba un plan concreto, solo una idea general de lo que necesitaba. Confiaba en que tendría más claro cómo proceder tan pronto hablara con Foncho. Por supuesto, lo primero sería averiguar más sobre aquel símbolo. Según la muchacha, su tío sabía bastante de simbología taína, así es que él era uno de sus objetivos. También tendría que investigar las amistades y los círculos donde se movía Báez. Alicia había sido alumna suya, pero no supo decirle gran cosa sobre su vida pública o privada que no apareciera en internet.

Un detalle que quizá no tuviera mayor importancia, pero que archivaría en su memoria por si acaso, era que Alicia había tropezado con Báez en el aeropuerto, la noche del crimen. Según ella, se mostró algo agitado y como si tuviera su cabeza en otro sitio, aunque ese no era un comportamiento extraño en el profesor.

A través de los altavoces, una voz femenina llamó a los pasajeros del vuelo con destino a La Habana. Mientras aguardaba para abordar el avión, Luis tecleó un mensaje para el sargento Alfonso Álvarez, avisándole de que llegaría en cuarenta y cinco minutos. Luego mostró su boleto a la sonriente azafata.

2

La Habana Vieja, Museo del Libro Cubano,
18 de agosto, 11.25 h

Alicia repasaba las fotos expuestas en la vitrina del museo —veleros entrando a la bahía, elegantes damas que protegían sus pieles con sombrillas de encaje, limpiabotas ambulantes—, pero las imágenes de aquella Habana perdida no lograron aplacar su confusión. Acababa de leer los primeros folios del texto oculto y no sabía qué pensar.

Después del accidente que reveló el texto en tinta invisible, se produjo una frenética batalla entre el Departamento de Arqueología y el museo, con argumentos a favor y en contra sobre cuál debía custodiar el manuscrito. Finalmente se acordó que permaneciera en el museo, donde se encontraba desde la noche del incendio. La tapa posterior había sufrido un desgarrón que se repararía después que los cuadernillos fuesen descosidos para su análisis y digitalización.

Tan pronto las primeras páginas revelaron que se trataba de una crónica real y coherente, se iniciaron los preparativos para la conferencia de prensa. Simón dispuso que las fotocopias fuesen enviadas a la oficina del curador, y Alicia recibió otro juego para empezar a trabajar de inmediato. Su tarea sería formarse una idea general del contenido y escribir el informe que se añadiría al dossier de prensa.

Los trazos invisibles eran tan imbricados que leerlos se convirtió en una labor titánica, pero poco a poco fueron emergiendo paisajes de un mundo desconocido donde transcurrían los primeros años de la conquista. Sin embargo, a medida que avanzaba, Alicia no pudo menos que preguntarse si aquella historia no tendría visos de fabulación. ¿Hasta qué punto eran verdad los episodios sobre profecías y apariciones? ¿Habría existido realmente la Hermandad? Y si era así, ¿cuándo y por qué desapareció? Lo que terminó por dejarla en ascuas fue la revelación de que la mestiza llevaba en su cuerpo una marca igual al símbolo recién descubierto en la cueva; una coincidencia que no podía ser fortuita, aunque ella no sabía cómo explicarla.

A media mañana abandonó el escritorio para estirar las piernas mientras contemplaba el ir y venir de la gente a través del cristal. Entre el gentío pasaron varios jóvenes cargando instrumentos musicales. Inconscientemente evocó el pálido rostro del joven guitarrista. Tuvo que frotarse los ojos para borrar la imagen y volver al trabajo.

Tras el incendio, el traslado de los documentos había multiplicado el ajetreo de los técnicos que se ocupaban de reorganizarlos. Durante un buen rato, entraron y salieron de la oficina, revolvieron archivos y dejaron paquetes sobre los escritorios sin que Alicia les prestara atención, hasta que una sombra se interpuso entre ella y la puerta.

—¡Enhorabuena por tu trabajo! Me dijeron que descifraste el misterio.

Al levantar el rostro, reconoció de inmediato al hombre de cabellos bermejos.

—Pura suerte —respondió ella lacónicamente.

—No, ojo atento. ¿Qué escondía ese manuscrito?

—Todavía no lo sé —respondió evasiva.

—Pero debes de sospechar de qué se trata, ¿no?

—Mi trabajo no consiste en sospechar, sino en descifrar.

—Apuesto a que se trata de una conspiración o de un secreto familiar.

—Estás delirando —lo interrumpió Tristán, que se detuvo ante el umbral tras escuchar la última frase—. Nadie entierra secretos familiares en una cueva.

—Vamos a ver qué opina la especialista.

—No insistas más, viejo —dijo René, asomándose detrás de un estante repleto de libros—. Te pones muy pesado.

Kike midió al mulato con la vista, pero al final decidió ignorarlo.

—Supongamos que alguien te entrega un secreto que debes proteger —insistió el pelirrojo—, ¿dónde lo esconderías?

—No soy buena para las adivinanzas.

—La Niña Milagro no se quiere comprometer.

—Es verdad —repuso ella, resuelta a terminar con aquel fastidioso interrogatorio—. No me gusta especular, mucho menos en mi trabajo.

Volvió a inclinarse sobre sus papeles. Tristán mascullló una despedida y se marchó, pero Kike no se movió de su sitio.

—¿Es verdad que te ofrecieron una plaza aquí? —prosiguió, antes de añadir con descaro—: Tienes suerte. No hay nada como esta isla para...

—Deja tranquila a la muchacha —volvió a reñirle René, empujándolo hacia la puerta—. Tiene mucho que hacer.

Alicia quedó sola en la oficina, indecisa sobre su próximo paso. Redactar ese informe antes de la conferencia, sin leer todo el manuscrito, era un asunto complicado. Además, existían ramificaciones que debía considerar. Ya había descrito su estado de preservación y ciertas peculiaridades que deberían ser investigadas en análisis posteriores. A partir de ese punto, no sabía cómo proseguir. ¿Debía mencionar el binomio de los tres puntos con la media luna? ¿Y si eso atraía la atención de los criminales que ya habían asesinado a un hombre? ¿No supondría eso un peligro para la excavación e incluso para los arqueólogos?

Miró el reloj. Había acordado verse más tarde con su tío, pero no iba a esperar. Activó su Skype y, en unos segundos, el rostro de Virgilio surgió en la pantalla.

—Hola, hijita, ¿ya acabaste?

—No, primero tengo que hacerte una consulta. ¿Dónde estás?

—Con Jesús.

—¿En el seminario?

—En su casa.

—Creí que vendrías para el museo.

—Estoy ocupado en un asunto urgente.

El nerviosismo de su tío la desconcertó un poco.

—¿Puedo ir para allá?

—Ahora no, ¿qué pasa?

La muchacha dudó antes de responder y echó un vistazo a su alrededor. Solo había tres personas en las inmediaciones: el viejo Joaquín, con su aspecto de roedor letrado y la nariz hundida en un mapa; la chica de cabello azul que tecleaba en una computadora, y el empleado de limpieza que batallaba contra el fanguero creado por la llovizna. Ninguno parecía interesado en la conversación, pero estaba segura de que tan pronto pronunciara la palabra «asesinato» hasta la chica de los audífonos pararía las orejas.

—Lo siento, tiene que ser en persona.

Virgilio tamborileó con los dedos sobre el teclado y alzó el cuello para dirigirse a alguien.

—¿Quieres que venga a buscarlo esta noche? —preguntó.

—Sobre las diez —respondió su invisible interlocutor.

Virgilio resopló como un caballo de carreras.

—Está bien, hijita —dijo—. Puedo pasar a recogerte para almorzar.

—No te demores —contestó ella y, acercándose al micrófono, añadió—: Besos para usted, señor cura. ¡Y éxitos en su campaña!

Virgilio colgó sin darle tiempo a escuchar la risa de Jesús.

—Ay, perdone, señorita...

El conserje de limpieza acababa de volcar el cesto de basura.

—No tiene importancia —le aseguró Alicia, apartándose para dejarlo recoger el estropicio.

—Lo siento, pero soy nuevo aquí y no estoy acostumbrado a tanto guirigay —se disculpó el hombre, mientras se agachaba con el escobillón para barrer bajo la mesa—. Es por ese asunto de la conferencia, ¿verdad?

—Ese es uno de ellos. Aquí los problemas sobran.

—¿Y por eso su tío fue a la iglesia? ¿A pedir ayuda divina? —preguntó el hombre en tono de jovial inocencia—. Porque supongo que no habrá ido a confesarse.

Era obvio que había escuchado la conversación. Y si bien no le pareció muy normal que le preguntara al respecto, luego cayó en la cuenta de que ella era una simple investigadora temporal que desconocía la familiaridad que reinaba entre el personal del museo.

—Nada de eso, está en casa de un amigo —repuso Alicia finalmente—, el candidato del partido ecologista. Además, mi tío no cree en los sacramentos, mucho menos en la confesión, aunque a veces le guste desahogarse con alguien.

—Su tío es un hombre sabio —murmuró él, volviendo a colocar el cesto en su sitio.

Alicia sonrió al empleado, que se irguió para continuar su tarea. Fue entonces cuando notó la cicatriz del labio leporino.

Un minuto después, lo había olvidado.

3

La Habana, El Vedado, 18 de agosto, 11.42 h

Luis Labrada contempló el vestíbulo del hotel. Siempre había creído que los recuerdos magnificaban la realidad, que todo era más intrascendente que lo que conservaba en su memoria, pero no en ese caso. Para empezar, no recordaba la fuente rodeada por amasijos de plantas que se reflejaban en el agua, ni los balcones donde crecían esas cabelleras de lianas que colgaban hasta el *lobby*. La última vez que había intentado atravesar las puertas del Habana Libre, un policía le impidió la entrada alegando que solo se admitían extranjeros. Ahora, precedido por la amplia humanidad de Foncho, que lo guiaba hasta el bar de la piscina, no pudo dejar de sentirse cohibido.

—¿Merendamos algo? —preguntó Foncho.

—¿Aquí? ¿Estás seguro? —preguntó Luis, que aún no estaba seguro de que todo fuera tan fácil—. ¿No hay que hacer una reservación?

—Relájate, compadre. ¿Qué vas a tomar?

Mientras brindaban por el reencuentro, Luis se enteró de que Foncho era abuelo y que su segundo nieto estaba destinado a las Grandes Ligas, aunque solo tenía nueve años.

—Ya lo verás jugar —fanfarroneó Foncho al sorprender la expresión incrédula de su amigo—. Bueno, cuéntame tus planes.

—Primero necesitamos localizar a Alicia Solomon. La he llamado varias veces, pero no responde.

—¿No te habías comunicado hace poco con ella?

—Por Skype, pero siempre estaba desconectada y ahora me está pasando lo mismo. Lo único que se me ocurre es llamar a su oficina en Miami y preguntar si dejó algún número privado para localizarla en Cuba, aunque no me parece buena idea.

—A mí tampoco —admitió Foncho—, pero no hace falta. El formulario de aduana dice que está viviendo con su tío. Aquí tienes la dirección.

Luis le echó un vistazo al papel.

—¿Y eso? —señaló unas cifras garrapateadas en una esquina.

—Posiblemente su celular.

—No es el mismo número que tengo. ¿De dónde lo sacaste?

—Conozco gente con acceso a los registros telefónicos. Sabiendo dónde vive el tío, nada más fácil que rastrear las llamadas de su apartamento. Hay un solo número de Miami con el que se estuvo comunicando. Debe de ser el de su sobrina.

Luis miró a Foncho con una mezcla de consternación y alarma, recordando súbitamente lo que significaba vivir en un país donde las instituciones estatales podían obtener información privada sobre cualquier ciudadano, sin que mediara orden judicial alguna.

—Te lo agradezco un montón —dijo, sonriendo con dificultad.

—No hay nada que agradecer, solo quiero que me mantengas al tanto. ¿Qué más tienes en mente?

—Debo hablar con algún arqueólogo del grupo que descubrió

la escultura o quizá con un historiador —dijo Luis—. Pienso que el tío de Alicia puede ayudarnos.

—Procura no llamar la atención.

—Descuida, no quiero asustar a nadie.

—No son los civiles los que me preocupan, sino los agentes que siguen activos. Todavía quedan departamentos de espionaje civil, sin que haya un consenso gubernamental sobre el asunto. Algunos dicen que deben mantenerse; otros, que es mejor desmantelarlos por completo. Esas oficinas aún controlan buena parte de la actividad ciudadana y se muestran bastante hostiles hacia los exiliados. Si vas a hablar de algún asunto espinoso, procura hacerlo al aire libre y asegúrate de que no haya nadie cerca. Si debes hacerlo desde la habitación de tu hotel, sube el volumen del televisor o del radio. Y, por supuesto, si alguien te ofrece ayuda sin que se la hayas pedido, aléjate corriendo.

Luis asintió. Muchas de aquellas recomendaciones eran las mismas que había seguido cuando vivía allí, pero las había olvidado.

—Otra cosa —continuó Foncho—, me enteré de que el museo ha convocado una conferencia de prensa. No sé bien de qué se trata, pero creo que tiene que ver con el manuscrito que hallaron en esa cueva.

—¿Crees que podríamos entrar?

—Supongo que sí, pero es mejor que le pidas algún tipo de credenciales a la sobrina del curador. —Foncho le echó un vistazo a su reloj—. Carajo, ya tengo que irme. ¿Te dejo en algún sitio?

—No, prefiero caminar un poco. La Habana ha cambiado tanto que todavía no logro ubicarme bien.

Sacó la billetera para pagar.

—No, esto va por mí —lo atajó Foncho con un gesto.

Se despidieron con efusivos abrazos. Tan pronto como el detective se alejó, Foncho pidió la cuenta y marcó un número en su celular.

—¿Sí? —dijo una voz familiar.

—Acaba de irse.

Al otro lado de la línea, el silencio se hizo tan palpable como el bolero que escapaba de los altavoces en el bar.

—¿Qué vas a hacer? —preguntó Foncho.

—Por ahora, nada.

—¿Y lo que acordamos?

—Ya hablamos de eso —respondió la voz secamente.

—¿Ni siquiera quieres saber...?

—No me interesan los detalles.

Hubo una pausa.

—Ya te llamaré —dijo el otro, y colgó.

Foncho suspiró. ¿Por qué siempre le tocaba la peor parte? Envidió a la gente que disfrutaba a su alrededor, bebiendo y riendo como si se hallaran en el lugar más feliz del mundo. Resignado, abrió su cartera para pagar.

4

Miami, Key Biscayne, 18 de agosto, 11.55 h

El profesor Báez estiró el brazo para alcanzar su cubalibre, sin apartar la vista de la página. Pronto vendrían a recoger las correcciones del libro donde reinterpretaba el epistolario de José Martí, desde sus cartas familiares hasta las conspirativas. Su objetivo era resucitar la tesis de aquel enemigo eterno contra el que necesitaban cerrar filas, una receta para impedir la pluralidad de ideas. Mientras mayor pareciese la amenaza contra el país, más se justificaría el control del Estado sobre la población. Era el mismo procedimiento que, décadas atrás, había creado una visión distorsionada del poeta para convertirlo en un líder de línea dura, fabricado bajo conveniencias políticas.

Por desgracia para los cubanos, Martí había escrito demasiado y, por si fuera poco, con una prosa tan cargada de metáforas que sus textos resultaban polisémicos y hasta contradictorios entre sí. Máximo Báez sabía que podían manipularse en cualquier sentido, pero había apostado por el fanatismo de quienes imaginaban el futuro de la isla como un olimpo capaz de cegar con su resplandor al resto de las naciones. Sabía que un nacionalismo delirante era el ambiente ideal para controlar a cualquier población. Era una estrategia cuidadosamente diseñada.

Los fundadores del Partido Popular Martiano —en su mayoría, descendientes de la antigua cúpula militar— se proponían crear un gobierno de rostro civil y apariencia democrática que sería controlado por ellos desde las sombras. Así podrían mantener un régimen similar al que acababa de ser derrocado cambiando solamente la cosmética de su funcionamiento. El nuevo texto del profesor estaba concebido para reanimar el viejo proyecto dictatorial, proclamando que el fracaso económico y social del anterior se debía a no haber aplicado con rigor las tesis martianas. En otras palabras, el libro era un espaldarazo a la plataforma política del PPM. Por eso, si todo salía bien, el liderazgo de ese partido le prometía un papel importante en la nueva república.

Sin embargo, el robo del *legado* había puesto nuevamente en peligro su carrera. Dos años atrás, la Hermandad le había pedido que lo guardara. Todos conocían su importancia y también su inutilidad práctica. El documento solo tendría valor, más allá del intrínseco, si las circunstancias lo acompañaban. Además, parte de su contenido era tan inverosímil que el consenso había sido mantenerlo oculto... Cuando su vínculo personal con el PPM salió a la luz, los miembros de la Hermandad le exigieron que lo devolviera. Una y otra vez evadió la solicitud con la esperanza de retenerlo hasta las elecciones. Su alma de historiador se negaba a destruirlo, como le pedían desde el PPM, aunque eso hubiera sido lo más seguro. Ahora, con el hallazgo de aquella maldita tumba, todo se había complicado...

Sus pensamientos fueron interrumpidos por un celular que sonó en el compartimiento secreto del escritorio.

—Sí.

—¿Ya llegaste a La Habana? —preguntó una voz que no necesitó identificarse.

—Estoy en casa.

—¿Y tus clases?

—Pedí un par de días para revisar las galeras.

—¿Hablaste con la Liebre?

—Quedó en avisarme tan pronto averiguara algo.

—No esperes, llámalo tú. La conferencia fue fijada para el 20.

El teléfono estuvo a punto de escapársele de la mano.

—¿Tan pronto?

—Tarde o temprano iba a pasar. Ahora te toca impedir que el *legado* se haga público. Nosotros estamos ocupados con la campaña. Prepárate para volar a La Habana.

—Puede que la policía me esté vigilando. Si descubren que voy para allá cuando no tengo clases, ¿qué les digo?

—Lo que te dé la gana —respondió el otro con evidente irritación—. Espera, te paso a alguien.

Casi de inmediato, otra voz lo saludó:

—Profesor, le habla Fabricio Marcial.

—Es un gusto saludarle, candidato.

—¿Cómo va ese libro? Lo necesitamos para la campaña.

—Estará listo, no se preocupe. El editor me aseguró que empezará a procesarlo tan pronto reciba las pruebas.

—Usted sabe que el futuro de todos, incluyendo el suyo, depende tanto del libro como de recuperar lo que ya sabe. No me falle.

—Me ocuparé personalmente, señor Marcial.

—Lo dejo con su jefe.

Báez se movió nervioso en el butacón de cuero. Pese al tono amable del candidato, sus palabras siempre contenían una velada amenaza. Prefería al Jefe, cuyos insultos eran directos y sin subterfugios.

—Ya oíste a Fabricio. Ocúpate de que la Liebre cumpla o acabaremos jodidos, tú antes que el resto. —Y colgó sin despedirse.

El Jefe nunca perdía tiempo en nimiedades. Era un hábito que mantenía de su pasado en la contrainteligencia; un pasado que había quedado borrado tras un oportuno incendio que destruyó casi todos los archivos de la vieja maquinaria de espionaje. Ahora pasaba inadvertido en un empleo inocuo y de bajo perfil, en espera de que los tiempos cambiaran.

El profesor permaneció frente al escritorio, hilvanando la historia que planeaba contarle a la policía; pero antes tendría que darle un ultimátum a la Liebre.

5

La Habana Vieja, 18 de agosto, 13.05 h

El tiempo se había desvanecido como humo, pero Alicia solo se dio cuenta cuando la pantalla le mostró un rostro radiante.

—Hola, muñeca —la saludó Pandora—, estoy en la esquina. ¿Lista para almorzar?

—Me encantaría, pero estoy esperando a mi tío.

—Fue él quien me invitó. Quedamos en vernos en la plaza de Armas. Te recojo y vamos para allá.

Colgó. El timbre volvió a sonar de inmediato, pero el identificador de llamadas solo decía DESCONOCIDO junto a un número telefónico de Miami. Dudó un poco antes de responder.

—Buenas tardes, doctora Solomon. Le habla el detective Luis Labrada, ¿se acuerda de mí?

Ella tardó unos segundos en reaccionar.

—¿Cómo consiguió mi número privado? —preguntó sin devolver el saludo, aunque no estaba enfadada.

—Disculpe, no quería molestarla —respondió él, decidido a no revelar la ayuda del oficial cubano—, pero es que no responde a mis mensajes en su buzón de trabajo.

—¿En qué puedo servirle?

—Decidí seguir su consejo y buscar a un especialista que pudiera aclararnos algunas cosas. Acabo de llegar. Sé que su tío es arqueólogo y curador del Museo del Libro. Me gustaría hablar con él.

—No necesitaba haber venido para eso. Le habría dado su teléfono.

—A veces es mejor hacer «investigación de campo», ¿no es ese el término que usan los científicos?

—Como quiera —dijo ella, ignorando la chanza.

—Por cierto, me dijeron que habrá una conferencia de prensa relacionada con la cueva. ¿Podría asistir?

—Me imagino que no habrá inconveniente, pero mejor le pregunta a mi tío. Le daré su número.

—Gracias. Y por favor, no comente mi visita con nadie, ¿entiende?

—Perfectamente.

Después de colgar, Alicia envió el teléfono prometido. Luego reanudó la escritura de su informe, más segura de lo que debía incluir. No había llenado dos páginas cuando Pandora entró como una tromba, la túnica de algodón aleteando entre sus piernas como el velamen de una carabela antigua. Alicia envidió su atuendo, mucho más apropiado que unos jeans para aquel clima.

Como si hubiera escuchado esos pensamientos, la mujer la inspeccionó de arriba abajo.

—Deberías comprarte algo más fresco —dijo—. Si quieres, puedo llevarte al taller de una amiga.

—Tengo que acabar el informe.

—Otro día entonces, pero mejor nos apuramos. A Virgilio no le gusta esperar.

La joven echó su tableta en las profundidades del bolso y corrió para alcanzarla. ¡Santo cielo, qué rápido caminaba esa mujer! El sudor se le pegó al cuerpo y los adoquines reverberaron bajo sus sandalias, amenazando con evaporarle los pies.

Atrás dejaron las tiendas de dulces artesanales, los estudios de artistas, los pregones de los granizaderos, las turbas de niños que pedían dinero y los turistas que se parapetaban en los rincones destinados a las mejores fotos en una Habana colonial, rescatada de las ruinas, que no representaba el verdadero rostro de una ciudad que se caía a pedazos.

Bordeando la plaza de Armas, Pandora la guio hasta un mesón cuyos manteles ondeaban sobre mesas de cristal. Sin detenerse en la terraza, se dirigieron al traspatio, donde Virgilio leía una carta bajo la enredadera que sombreaba las mesas de madera rústica.

—¡Menos mal! —exclamó al verlas—. Un poco más y empiezo a comer solo.

Apenas el camarero recogió la orden, Virgilio se dirigió a su sobrina:

—Ahora cuéntame.

Pero Alicia no quería hablar delante de Pandora. No podía mencionar el binomio sin aludir a sus conversaciones con el detective, a quien le había prometido no divulgar detalles de la investigación. Así es que habló sobre la persecución de Jacobo y de su hija, el viaje de ambos a Cuba para escapar de la Inquisición, la amistad entre la mestiza y el indio llamado Mabanex…

—¿Y crees que esa historia sea real? —preguntó Pandora.

—Repasé los diarios y las cartas del Almirante. En su segundo viaje menciona el rescate de unas indígenas cautivas en una isla al sur de Cuba. No especifica de dónde eran las mujeres, pero su relato coincide con lo que cuenta el manuscrito.

—Entonces ¿podemos estar seguros de que es una crónica?

—Yo diría que sí, aunque te advierto que también encontré episodios que contradicen algunas nociones que teníamos de la cultura taína.

—¿A qué te refieres?

—Conceptos de su cosmogonía. Siempre se aceptó el testimonio de los cronistas españoles, que mencionaban a Atabey, Guabancex e Iguanaboína como tres diosas diferentes, pero el manuscrito asegura que son avatares de una misma deidad. Es un elemento que guarda relación con el concepto matriarcal de la Triple Diosa que existió desde el Neolítico hasta finales de la Edad de Hierro. Solo le había escuchado esta idea a Jesús.

—También la manejamos nosotros —dijo Virgilio—, aunque no tenemos manera de probarla.

—¿Quiénes somos *nosotros*?

—Alguna gente del grupo arqueológico y... otros.

Alicia se quedó esperando el resto de la explicación, pero su tío prefirió ocuparse de la sopa que el camarero acababa de traer.

—Hay algo más curioso todavía —prosiguió ella—. Cuando Jacobo habló con el fraile para incluir a los indígenas en su grupo secreto, también...

—¿Cuál grupo secreto? —la interrumpió Pandora.

—Le dicen la Hermandad.

Alicia notó que Pandora se quedaba extrañamente inmóvil.

—Te escuchamos —repuso su tío con calma—, ¿qué hay de esa Hermandad?

—Jacobo y fray Antonio se unieron a ella desde que eran muy jóvenes. Sus miembros usaban dos lenguajes herméticos para comunicarse: uno silencioso, que se hablaba con las manos, y otro a base de silbidos para grandes distancias. Ayudaban a sus miembros a esconderse si estaban en peligro y mantenían patrones de conducta ética que prevalecían sobre sus creencias religiosas. Pensé que podía tratarse de masones, pero la masonería es muy posterior al siglo XVI, así es que debe de tratarse de otro grupo.

Los miró sucesivamente, pero sus compañeros de mesa guardaron silencio.

—¿No creen? —insistió.

Durante unos segundos, Pandora y Virgilio se mostraron absortos en sus platos, como si no tuvieran nada mejor que hacer.

—Así que una sociedad secreta en tiempos de la conquista —murmuró Pandora por fin—. ¿Quién lo hubiera imaginado?

Había dicho aquello en un tono tan raro que Alicia la observó con curiosidad. ¿Qué estaba ocurriendo? Virgilio reparó en la expresión azorada de su sobrina y se apresuró a añadir:

—¿Averiguaste quién escribió el texto?

—Creo que fue la propia Juana —respondió la muchacha, con la creciente impresión de que allí había algo que se le escapaba—. Ella y su padre descubrieron cómo fabricar papel con materiales nativos, lo cual explicaría su factura.

Se produjo otro silencio.

—¿No ibas a consultarme algo sobre el informe? —recordó Virgilio.

Alicia raspó el queso adherido a su tazón de sopa. ¿Para qué demonios habría invitado su tío a Pandora?

—¿Y si pedimos el postre allá afuera? —sugirió para ganar tiempo.

Le indicaron al camarero que se mudaban a la terraza y se instalaron bajo el toldo azotado por la brisa, frente a la plaza donde cuatro fuentecillas regalaban chorros de agua a los gorriones. Alicia pensó rápidamente en alguna excusa para quedarse a solas con su tío. Tal vez le pediría que la acompañara al museo.

—¡Miren quién está allí! —exclamó Pandora de pronto, saludando en dirección al castillo de la Real Fuerza.

—¿Quién? —preguntó Virgilio.

—Sander —respondió sin dejar de agitar los brazos—. Iba a llamarlo para un cambio en el programa.

Alicia buscó entre los transeúntes que paseaban frente a la antigua fortaleza, pero no consiguió distinguir al músico de cabellos ensortijados.

—Qué muchacho tan distraído —se quejó ella—. Disculpen, vuelvo enseguida.

Alicia no esperó a que se alejara mucho.

—Tío, quería comentarte que...

—Hace un rato me llamó ese policía amigo tuyo —la interrumpió él.

—No es mi amigo, solo hablamos un par de veces y nunca en persona. Le di tu teléfono porque vino hasta aquí para averiguar algo sobre los símbolos.

—Debiste recomendar a otro.

—Preguntó por ti.

—Bueno, me reuniré con él quince minutos y ya está, pero para la próxima te ruego que no me mezcles en ninguna investigación policial.

—Necesitan ayuda. Hay un muerto y…

—No me leas el manual del buen ciudadano, que me lo sé de memoria.

—Disculpa, no quería causarte molestias.

—No estoy molesto, solo abrumado de problemas.

Alicia buscó en dirección a la vieja fortaleza, pero Pandora se había perdido en el gentío.

—¿Qué ibas a decirme? —preguntó él.

—Es sobre el binomio de la media luna y los tres puntos.

—¿Qué hay con él?

—Lo encontré en el texto invisible. Forma parte de una profecía que recibió el behíque en un trance de *cohoba*.

Virgilio parpadeó como si alucinara.

—¿De qué estás hablando?

—El manuscrito narra un episodio donde supuestamente la diosa Atabey dice, por boca del behíque, que los taínos deberán esperar a un enviado.

—¿Un enviado de dónde? ¿De España?

—Una especie de mesías que lleva la marca de la media luna y los tres puntos, pero resulta que ese enviado es Juana, la muchacha mestiza.

—¿Estás segura de que es el mismo binomio de la cueva?

—Claro, y no me preocuparía si no fuera por lo que pasó en Miami. Por eso creo que no debemos mencionarlo en el informe.

—Pero ¿no quedamos en que ese manuscrito contenía un testimonio real? ¿No es como una de esas crónicas de la conquista?

—Lo es.

—Entonces ¿qué pinta aquí una profecía mesiánica?

Alicia no supo qué responder. La descripción de aquella ceremonia le había resultado del todo irreal en comparación con el resto del manuscrito. Y, sin embargo, había algo perturbador en el realismo con que estaba narrado aquel episodio; algo que, de algún modo, le recordaba sus propias vivencias con la Voz.

Optó por encogerse de hombros.

—No lo sé, tío. No soy especialista en entender a gentes de otras épocas. Solo puedo decirte lo que he leído. ¿Por fin qué hago con el binomio?

Virgilio notó que Pandora volvía a atravesar la plaza.

—Tienes razón, será mejor que no incluyas ese tipo de detalles. Termina el informe y mándamelo por email. Se lo pasaré a Simón después que lo revise.

—¡Confirmado el ensayo para esta noche! —exclamó Pandora dejándose caer en su silla—. ¿Van a venir?

—Sí, pero nada de trasnochar, ¿eh? —repuso Virgilio—. Pasado mañana es la conferencia.

—Eres un aguafiestas, tienes a la pobre muchacha trabajando desde que llegó. Cuando salgamos de aquí, me la llevo a dar una vuelta por las tiendas. Después podrá regresar al museo a seguir quemándose las pestañas.

—No me pintes como el malo de la película —repuso el hombre, examinando el menú de los postres—. Los músicos pueden irse a la cama con el canto de los gallos, pero los científicos tenemos que cumplir el horario de Cenicienta.

—No te preocupes, niña —respondió Pandora—. El ogro no es tan fiero como él mismo se pinta. Ya nos iremos de juerga.

Alicia sonrió sin ganas, sospechando que algunas historias se convertían en pesadillas sin tener que acudir al ogro de los cuentos.

6

Habana del Este, cercanías de Cojímar,
18 de agosto, 19.45 h

La Liebre salió del túnel que atravesaba la bahía y tomó la autopista hacia Cojímar, el pueblo pesquero que cobijaba el fantasma de Hemingway. Antes de llegar, se desvió por el sendero que lo llevó a su guarida enmohecida de salitre. Detuvo el auto frente a las puertas metálicas y, tras comprobar que nadie merodeaba cerca, accionó un botón.

A pesar de su estado semiderruido, la casa era un refugio ideal. No solo estaba oculta tras un bosquecillo de almendros y anones, sino que el muro que la rodeaba sostenía una doble alambrada en lo alto. Solo era posible entrar abriendo la puerta metálica que funcionaba por control remoto. Para disimular esa tecnología, habían embadurnado ambas hojas con una pátina que imitaba el aspecto del metal corroído. Tanto el portón como el barniz de camuflaje habían desembarcado en un yate con bandera bahamense que, tras registrarse en la Marina Hemingway y pasar la inspección de rigor, emprendió un viaje aparentemente turístico por la costa norte hasta detenerse en los arrecifes cercanos a Cojímar, donde sus ocupantes esperaron a la madrugada para desembarcar. Ni las piezas del portón, ni las armas, ni las municiones, fueron advertidas por las autoridades, pues formaban parte de diversos elementos integrados a la estructura del yate.

Tan pronto cerró la entrada, la Liebre recorrió la casa para asegurarse de que todo seguía en orden. La sala-comedor continuaba atestada de piezas de repuesto para el viejo Cadillac. Un largo pasillo, cuya primera entrada era la cocina, conducía a dos dormitorios que aún apestaban a humedad. Al final del corredor, la antigua puerta del patio desembocaba en otra habitación construida recientemente.

Comió frente al estante de la cocina —galletas, sardinas en aceite, medio frasco de guayaba en conserva— y, al terminar, metió varias herramientas de trabajo en una mochila: dos cuchillos de caza, un alicate para cortar cables eléctricos, un pasamontañas, una Beretta Elite II con silenciador y una cuerda de nailon. No necesitaba mucho en un país donde las armas de fuego escaseaban.

Ya había pasado por lo más complicado: el permiso para viajar a la isla sin levantar sospechas. Tras su forzoso exilio de ocho años —un método habitual del antiguo régimen para infiltrar agentes—, se había acogido a una nueva ley que aceptaba la doble nacionalidad. Desde entonces había entrado y salido varias veces para coordinar acciones secretas entre Miami y La Habana. Se compró uno de esos Cadillacs de los años cincuenta que los cubanos llamaban «cola de pato»; y aunque no estaba en buenas condiciones, al menos le servía para moverse sin llamar la atención.

Tan pronto llenó su mochila, se vistió con camiseta y pantalones negros. Las minúsculas lucecillas adosadas a sus tenis Roybar le ayudarían a ver por dónde pisaba. Por si acaso, guardó una linterna en la mochila y añadió una gorra para ocultar el rostro.

Entre las persianas atisbó los últimos arañazos rojizos del atardecer y escuchó las lejanas risas de unos niños que se perseguían entre los bloques de hormigón, abandonados junto a la costa. Esperaría unos minutos más. Sacó su cajetilla de plata —el único objeto de lujo que poseía— y encendió uno de los cigarrillos que había liado la noche anterior. Su aroma dulzón se extendió por la casa.

Con un poco de suerte arreglaría el desastre originado en Miami.

Pensaran lo que pensaran los demás, no valía la pena conservar un estorbo que podía hundirlos al menor contratiempo. Destruiría ese *legado* en cuanto le pusiera las manos encima, por mucho que Báez dijera lo contrario. Ya encontraría a quién culpar.

7

La Habana Vieja, Casa del Músico, 18 de agosto, 20.20 h

El palacete parecía esculpido en piedra coralina. Sus focos azafranados, estratégicamente ocultos entre los helechos del patio, realzaban la presencia de las columnas y el centelleo de los vitrales multicolores. Por los pasillos revoloteaban acordes de instrumentos que se mezclaban con las conversaciones. La noche rezumaba olor a juerga.

Alicia se estremeció. Su ánimo había cambiado desde que abriera la caja con el regalo de Pandora y la cascada de color crema cayera sobre su cama. Se puso el vestido y se acomodó los tirantes. Dos pendientes en forma de monedas añadieron luz a sus ojos. Después de abrocharse las sandalias se maquilló mientras su tío paseaba por el apartamento conminándola a apurarse. Por primera vez en mucho tiempo le gustó lo que veía en el espejo.

No había tanto tráfico, aunque las aceras estaban colmadas

de peatones, como si todos hubieran decidido salir a caminar esa noche. El patio perfumado de jazmines le produjo un alborozo casi excitante. Virgilio y ella subieron por una escalera hasta el segundo piso de la mansión, cuyos salones llevaban nombres de músicos ilustres.

En la sala Ernesto Lecuona, Pandora cantaba acompañada por el joven guitarrista del Caribbean Blues. Alicia se acomodó en una especie de banquillo renacentista y, desde su rincón, echó una ojeada al recinto, que no era un simple espacio para cantar sino un verdadero museo. En cada esquina, sobre trípodes de madera oscura, cuatro jarrones de porcelana de Sèvres mostraban paisajes bucólicos del siglo XVIII, dibujados en el característico tono cerúleo con detalles en dorado, verde y «rosa Pompadour». Dos lámparas gemelas de bronce y cristal colgaban del cielorraso adornado con molduras vegetales. En las paredes convivían retratos de personajes de abolengo, relojes de péndulo, candelabros, espejos enmarcados en cedro y hasta una cómoda rococó con numerosas gavetas y puertecitas secretas. Además, mesas de todos los tamaños eran escoltadas por sillerías y escabeles de los estilos más diversos.

Pandora cantó una decena de canciones aderezadas con variaciones de jazz y bossa nova. La última provocó un pandemonio de aplausos y chillidos de asientos que rodaron sobre el piso de mármol mientras el público se ponía de pie y se acercaba a ella. La cantante soportó las preguntas y las fotos de sus admiradores y alumnos hasta que logró escabullirse y arrastrar consigo al guitarrista hacia el balcón donde la esperaban Alicia y Virgilio.

—Me alegra que vinieran —dijo medio sofocada—. ¿Se acuerdan de Sander?

Alicia murmuró un leve «claro que sí, ¿cómo estás?». No había olvidado al joven de aspecto lánguido y silencioso como un habitante de la noche... Una criatura extraña, incluso para aquella ciudad.

—Haremos la otra ronda más tarde —le dijo Pandora al músico—, ¿te parece bien?

Antes de que él pudiera contestar, se llevó a Virgilio y lo dejó a solas con Alicia.

—¿También cantas?

Ella lo miró como si le hubieran hablado en arameo.

—En la ducha.

El muchacho parpadeó desconcertado.

—Pensé... —comenzó a decir y, de pronto, enrojeció—. Ah, ya caigo. Eres la que descubrió el texto invisible. Pandora dice que fue un golpe de suerte, pero de todos modos...

—Hola, muñeco —interrumpió una voz femenina, algo ronca—. Disculpa que interrumpa tu conquista, pero quería saber dónde ensaya Pandora.

—No sé —mintió él descaradamente.

Alicia lo miró sorprendida.

—¿No me presentas a tu amiga?

—Es Alicia, la sobrina de Virgilio —contestó a regañadientes.

—Mucho gusto, me llamo Karelia... Espera, ¿no eres la que está traduciendo ese libro que encontraron en la cueva?

—No soy traductora. El manuscrito ya estaba en español.

—¿Es verdad que es falso?

Era la primera vez que Alicia oía semejante pregunta.

—Hasta donde sé, es auténtico.

—¿Y entonces por qué...?

—Lo siento, pero tenemos un compromiso —intervino el músico, tomando a Alicia por un brazo—. Vamos, se nos hace tarde.

Ella obedeció, demasiado desconcertada para negarse.

—¿Adónde van? —preguntó Pandora al verlos bajar la escalera.

—A tomar algo —respondió él—. ¿Cuándo debo estar de vuelta? ¿En media hora?

La mujer contuvo una exclamación de asombro. Conocía al joven desde años atrás. Era un lobo solitario que no conseguía encajar en ningún grupo. Luego se fijó en la grácil figura de Alicia, enfundada en su ligera túnica de algodón, y sonrió para sus adentros.

—No te preocupes, podemos ensayar otro día. ¡Diviértanse!

Los jóvenes se alejaron.

—¿Conoces bien a ese muchacho? —preguntó Virgilio.

—Es un alma de Dios.

—¿Seguro? No me hace gracia que Alicia ande por ahí sola con todo lo que está pasando.

—Deja la paranoia y tranquilízate. Está en buenas manos.

—Si tú lo dices... ¿Por qué no me acompañas a casa de Jesús? Quedamos en reunirnos más tarde para revisar el discurso.

—Llámalo por teléfono.

—¡Como si no lo conocieras! Si quiero que me dé su opinión, primero tendré que pasar por el ritual del café y los pastelitos, luego habrá que oír sus cuentos sobre el seminario, y después...

—Deberías contárselo a Alicia de una vez —lo interrumpió Pandora.

—Ya hemos hablado de eso. Es suficiente con lo que encontró en el manuscrito. ¡Casi me desmayo cuando mencionó la Hermandad y el emblema de la unión!

—¿No sospechará lo que significa?

—Para nada. Ella cree que se trata de símbolos independientes. Por eso lo llama «el binomio».

—Como están las cosas, debería saber qué terreno pisa.

Una risotada estalló a sus espaldas. Desde el pasillo, Pandora se asomó desde el pasillo para mostrar a la gente que deambulaba por el salón.

—Ahora sé por qué Sander salió disparado de ahí. Acabo de ver a Karelia.

—¿A quién?

—Esa bruja que se acuesta con Máximo. Últimamente le ha dado por coquetear con cualquier chiquillo que pudiera ser su nieto. Si no fuera porque cité a tantos amigos, yo también me iría ahora mismo.

—¿No puedes escaparte?

—Si esperas un poco, te acompaño adonde quieras. Acabaremos la velada bien lejos de esa puta endemoniada.

8

La Habana Vieja, 18 de agosto, 21.28 h

Jesús puso en orden su escritorio y acomodó algunas artesanías, dando así los últimos toques al pequeño domicilio situado en el corazón de La Habana Vieja, a escasas cuadras del antiguo seminario de San Carlos y San Ambrosio.

Con el paso del tiempo, su guarida había adquirido más aspecto de oficina que de hogar. En la mesita frente al sofá se apilaban revistas de temas científicos. El escritorio de caoba servía de base a una laptop. Aunque casi siempre se hallaba abierto, la tapa de corredera permitía ocultar compartimentos llenos de papeles. Un paragüero de cerámica, pintado con girasoles, contenía una decena de mapas enrollados. Junto al televisor que colgaba de la pared había un Cristo sonriente con su túnica violeta. Las dos paredes restantes estaban cubiertas por anaqueles donde se amontonaban los libros.

El dormitorio era visible desde la sala, aunque una doble mampara con vitrales —que se abría al estilo de los bares en las películas del Oeste— lo mantenía púdicamente reservado. También el baño, instalado en una esquina estratégica del dormitorio, resultaba invisible para las visitas. El balcón de la sala, siempre abierto a la calle, evitaba la claustrofobia en aquel diminuto espacio.

Echó una última ojeada para asegurarse de que cada objeto estaba en su lugar. Luego se puso a revisar las anotaciones que había garrapateado al margen de las páginas impresas. Virgilio le había confiado la tarea de corregir el discurso para dar a conocer *aquello* que la Hermandad había recuperado. Ambos sabían que no bastaría con sacarlo a la luz. Tendrían que detallar su significado para muchos —especialmente los más jóvenes— que quizá no entendieran por qué su existencia era vital para el futuro del país.

Jesús se estremeció al pensar que tan preciado tesoro regresaba a ellos manchado de sangre. Era algo que lo tenía en ascuas.

Miró el reloj y fue a la cocina para prepararse un té de jazmín. Sacó de la alacena una lata con caracteres chinos, agarró una pizca de hojillas («lo que quepa en las puntas de tus dedos», le había recomendado un novicio cantonés) y las echó en el pequeño colador ajustado a un tazón. Vertió encima el agua hirviendo, activó el reloj digital para que sonara en cinco minutos y encendió una vela aromática que dejó junto a su lámpara preferida, imitación de un modelo de Tiffany, con nenúfares rosados que flotaban entre las aguas verdes. Cuando sonó la alarma, retiró el colador y aspiró con deleite el aroma.

Dio media vuelta y se detuvo de golpe en el umbral de la cocina. En medio de la sala, frente al balcón cerrado, había una silueta inmóvil con un pasamontañas que le cubría el rostro. La taza de porcelana resbaló de sus manos y cayó al suelo.

—Vengo a buscarlo —dijo el desconocido.

Le costó trabajo aceptar que el hombre hubiese entrado por el balcón que se elevaba seis metros sobre la acera. De un vistazo comprobó que la puerta tenía echada la cadena, pero no recordó que la hubiera puesto. Lo que sí sabía era que había dejado abierto el balcón, aunque eso tampoco aclaraba mucho. La pinta de aquel sujeto no dejaba dudas de que hubiera podido trepar por donde quisiera o abrir cualquier cerradura. Calculó la distancia que lo separaba de la puerta.

—Ni se te ocurra —murmuró el otro bajo la máscara.

Solo entonces advirtió el brillo del arma que relucía en su mano derecha.

—¿Dónde está? —preguntó, después de ajustar tranquilamente un silenciador en la boca del cañón.

—No sé de qué hablas.

—No te hagas el imbécil. Búscalo antes de que pierda la poca paciencia que tengo.

El Curita lanzó una ojeada sobre los papeles que había dejado en el sofá. Su gesto no pasó inadvertido para el asaltante, que se agachó a revisarlos.

—Es solo un... —comenzó a decir Jesús, pero el otro movió el arma de un modo que lo hizo callar.

Después de echarles un vistazo, se los lanzó a la cara. Los papeles volaron en todas direcciones.

—Esto lo explica todo, pero ya lo sabíamos. Dámelo y te dejaré vivo para que hagas el cuento.

Jesús comprendió que no valía la pena seguir fingiendo.

—Lo que buscan no les pertenece —respondió conteniendo su furia—. Es parte de nuestra historia, de lo que somos... Ya es hora de revelarlo.

—Algunos errores no tienen por qué hacerse públicos.

—No se trata de un error, y ustedes lo saben. Si fuera así, no se habrían esforzado por robarlo.

El hombre levantó el arma.

—Última oportunidad.

—Lo siento, pero no lo tengo.

—A otro con ese cuento. El curador dijo que pasaría a buscarlo.

—Te equivocas, viene a recoger esos papeles que acabas de leer. El *legado* está en un lugar seguro.

El desconocido titubeó.

—¿Quién lo tiene entonces? ¿Tu socio?

—Claro que no —respondió el Curita sin pestañear, sintiendo que una gota de sudor le resbalaba por la espalda—. ¿Crees que somos idiotas?

—¿Por qué será que no te creo?

Jesús sopesó sus posibilidades. Si gritaba, su oponente le dispararía. Si permanecía callado, lo torturaría hasta que hablara; y eso era lo que más temía. Aunque en el seminario le habían enseñado a cultivar el espíritu de sacrificio, no tenía vocación de mártir y sospechaba que no podría resistir el interrogatorio de un tipo que posiblemente fuera el mismo que asesinara a Valle de manera tan espantosa. La puerta era su única salida.

Como si hubiera adivinado sus intenciones, el intruso dio un paso hacia él, pero tropezó con el cristal invisible de la mesita. «Ahora o nunca», pensó Jesús que, encomendándose a Dios, saltó sobre el sujeto al tiempo que se agachaba para evitar el disparo que le rozó una oreja. La bala se incrustó en el buró de caoba. Impulsado por la adrenalina, atrapó la mano que sostenía el arma y la golpeó dos veces contra una pared. El otro dejó escapar un gruñido de dolor junto con el revólver, que se deslizó por el suelo hasta perderse bajo los pies de un mueble.

Jesús soltó su presa y se lanzó hacia la puerta. A sus espaldas escuchó el chasquido de una navaja que salía disparada de su funda metálica. Por fin liberó la cadena, deslizándola por la ranura, pero la Liebre saltó sobre él antes de que lograra abrir la puerta. Ambos se abatieron sobre la silla del escritorio haciéndola añicos. Jesús intentó sujetar la mano que esgrimía la navaja y recibió un puñetazo en pleno rostro. El universo se oscureció. Los bordes de su visión se empañaron con manchas de tinta y de lo alto cayeron goterones rojizos. Trató de escurrirse por debajo del individuo y recibió una patada en los riñones que lo clavó en el suelo. Levantándose a duras penas, intentó morderle una pierna; el otro le asestó una patada que le arrancó un alarido. Desesperado, sacó fuerzas de dónde no tenía y comenzó a lanzar puñetazos a ciegas, rodando por el suelo con su adversario y derribando la mesita con el adorno de porcelana y la vela encendida. Algunas astillas de colores se clavaron en sus manos, pero aquellos pinchazos no fueron nada comparados con los golpes. Finalmente, el intruso consiguió apresarlo entre sus piernas y sentarse a horcajadas sobre su pecho. Una y otra vez descargó el puño sobre el rostro de Jesús hasta que lo dejó casi inconsciente.

En ese instante, un resplandor se reflejó en la pantalla del televisor. Jesús entrevió las llamas que crecían en el cesto lleno de papeles como lenguas voraces, trepando por las gavetas del escritorio.

—¿Vas a decirme dónde lo tienes? —preguntó la Liebre tras recuperar su navaja en un rincón.

—No está aquí —balbuceó Jesús.

La sangre escapaba a borbotones de su boca.

—Si no cooperas, el fuego lo destruirá —dijo el hombre, deseando de inmediato que así ocurriera—. No es que me importe, pero ustedes no pueden darse ese lujo.

Jesús cerró los ojos, comprendiendo que el otro solo quería asegurarse de destruir aquel tesoro.

—Haz lo que quieras —repuso sin fuerzas, ahogándose con su propia sangre.

Lleno de frustración, su atacante se levantó y le pegó una patada en el costado. Jesús gimió. La ira le dio nuevas fuerzas y, con un esfuerzo supremo, trató de asir la lámpara volcada. Por desgracia, el otro fue más ágil. De un puntapié la alejó y se abalanzó nuevamente sobre él para agarrarlo por la camisa. Tras un último puñetazo se apartó del hombre inconsciente, mientras las llamas se extendían por todo el apartamento. Calculó que le quedaban menos de cinco minutos para encontrar el *legado*.

9

La Habana Vieja, 18 de agosto, 21.35 h

Bajo la luna, los edificios parecían estrías de plata. Desde la emblemática fortaleza colonial del Morro hasta el recién inaugurado hotel Itiba, inspirado en diseños indocubanos, la capital seguía siendo una explosión de columnas y balcones donde se mezclaban estilos y texturas. Portales de puntal elevado servían de cobijo a los peatones que paseaban bajo aquellos úteros gigantescos, resguardándose del inclemente sol o de los aguaceros; pero en noches como aquella, cuando los vitrales de las mansiones efectuaban su vigilia sobre los enamorados que paseaban bajo las aceras techadas, el hechizo de la ciudad alcanzaba proporciones épicas.

Alicia lanzaba ojeadas a los locales abiertos, escuchando los pasos de su acompañante sobre los adoquines. Era extraño sentirse cómoda junto a un desconocido que ni siquiera se mostraba interesado en hablar. En todo caso, no se trataba de un mutismo ofensivo ni huraño. Se dio cuenta de que apreciaba aquella tranquilidad que le permitía curiosear los interiores iluminados.

Se detuvieron ante una dulcería que exhibía sus tartaletas de coco y guayaba pinchadas por mondadientes con banderitas cubanas. Sobre la torta cubierta de merengue, un hábil chef había dibujado, con crema de café, los rasgos de un Martí con el ceño estrujado de tanto pensar. Dos puertas más allá, el escaparate de una librería mostraba sus ediciones de lujo a los noctámbulos. Junto a la esquina, una tienda de muñecos desplegaba su mercancía en poses tan graciosas como imaginativas: el Pinocho de trapo, con casaca de seda verde, se asomaba detrás de un álbum de hechura artesanal; dos hadas gemelas, solo disímiles por el color de sus ropas —una lila y otra dorada—, colgaban del techo blandiendo sus varitas mágicas y dándose cabezazos entre sí cada vez que el aire las sacudía; la figura de un esclavo esculpido en mármol negro buscaba consuelo ante un Martí exageradamente bigotudo. Otra pastelería mostraba un *cake* en forma de la isla de Cuba, coronado por una estatuilla del apóstol cubano con piel de *fondant* rosa y trajeado en chocolate.

—¡Dios, qué manía con Martí! —pensó Alicia, y al darse cuenta de que lo había dicho en voz alta, añadió de inmediato—: Sé que fue un héroe y todo eso, pero no acabo de entender esa chifladura de colgarlo por todas partes como si la isla fuera catedral de un solo santo.

—Las muertes prematuras siempre disparan la imaginación —dijo Sander—. Y si ocurren en plena batalla...

—¿Qué tiene de particular? No sería el primero ni el último en morir así.

—Pero sí el único en sufrir una muerte tan inútil como insensata. El general Gómez le había ordenado que se quedara en la retaguardia, supongo que para que no interfiriera con sus órdenes. Martí era un hombre de letras; lo suyo eran los versos, los discursos y esas cosas. Nadie se explica por qué se lanzó al combate si le habían ordenado que no lo hiciera. Lo balearon apenas salió a la planicie sobre su caballo Baconao, en compañía de un joven que se llamaba nada menos que Ángel de la Guardia... Ironías del destino. Algunos dicen que Martí perdió el rumbo y se separó de la tropa; otros, que la culpa fue del propio Gómez por escoger aquel sitio desprotegido para la batalla: una pésima decisión para un militar con tanta experiencia. ¿Se descuidó? ¿Estaba tan deseoso de combatir por primera vez desde su desembarco que olvidó toda estrategia? ¿Por qué no protegió más a Martí, sabiendo lo que significaba para los cubanos? ¿Por qué Martí lo desobedeció? ¿Intentaba morir «de cara al sol» como había presagiado en sus versos?

—Ya veo, la receta perfecta para crear un héroe; pero no me negarás que es un culto enfermizo.

—Cuando vives en un país tan confuso, te acostumbras a esas rarezas.

—Pues no debería ocurrir. Endiosar a un hombre, por noble que sea, crea ataduras dañinas.

—¿Qué quieres decir?

—Preparan el terreno para que otros hombres, mucho menos nobles que el primero, sean igualmente elevados al rango de intocables. Y tan pronto como ocurre eso, la gente ya no puede dar criterios que se opongan a los propuestos por el ícono de turno. Es una herencia paralizante. Dudar del «intocable» se convierte en un acto de traición. ¿No te has fijado que el caudillismo político aparece en países que convierten a sus líderes en mitos? Y de ahí a las dictaduras no hay más que un paso. Por eso los cultos son tan peligrosos. Enseguida desembocan en el fanatismo y la insensatez.

—Será por eso que esta isla siempre ha estado tan jodida —admitió Sander, deteniéndose frente a un bar—, pero no es algo que podamos arreglar ahora... Ven, es aquí.

Atravesaron el zaguán envueltos en una nube de aromas apetitosos: limones recién cortados, chicharrones de cerdo, frituras de pescado. La mayoría de las parejas ocupaban las banquetas frente a la barra; otras habían optado por las mesitas desperdigadas al aire libre.

Ordenaron tragos para ambos. Bajo el vidrio de la mesa, flores de toda clase exhibían sus pétalos como insectos atrapados en ámbar milenario.

—¿Cómo descifraste el manuscrito?

Alicia arañó el cristal, delineando los contornos de una margarita con pétalos resplandecientes como fogatas.

—No tuve que hacerlo —respondió sin mirarlo—, el verdadero texto era invisible.

—¿Invisible cómo? En las fotos de internet se veía bien.

—Ese texto es un engaño, el verdadero solo aparece con luz ultravioleta.

—Pero ¿ese libro no es del siglo XVI? ¿Cómo iban a escribir un texto que solo pudiera descifrarse con esa clase de tecnología?

—La tinta invisible también puede leerse si la acercas a una vela.

El joven bebió del trago donde flotaba una rodaja de limón.

—¿Por qué sigues trabajando en algo que no te interesa?

—¿De dónde sacaste esa idea?

—Del tono con que hablas del manuscrito, como si te sintieras desencantada.

Alicia no lo negó. Ya no estaba allí porque quisiera conocer el enigma del texto. Sin embargo, también había renunciado a su propósito de regresar. ¿Por qué? ¿Por fidelidad a su tío? ¿Porque Miami la aburría? Le hubiera gustado que así fuera, pero no podía mentirse a sí misma. Existía un dolor más antiguo que la anclaba a ese lugar.

—Quiero saber quién soy.

Era una vieja obsesión, pero de pronto se le ocurrió que sus propias palabras ocultaban algo nuevo, otra razón que se le escabullía ahora.

El muchacho atrapó una rodaja de limón con un palillo y la hizo girar dentro de la copa.

—Tú y yo somos dos solitarios —sentenció él—, en eso nos parecemos. La diferencia está en que yo me siento feliz.

—No me malinterpretes. Adoro a mis padres adoptivos y a mi tío, que me han dado todo lo que necesité para ser lo que soy; pero nunca me sentiré completa si no averiguo quién es mi verdadera familia. Necesito conocer de dónde vengo, quién más lleva mi sangre. Si supieras lo que es vivir a ciegas...

Se detuvo bruscamente, intimidada por el brillo en las pupilas de Sander.

—Por mí no te cohíbas. Vivo a solas porque quiero, no porque no conozca a mi familia.

—Siento mucho que no te lleves bien con los tuyos.

—Ellos no me han hecho nada —murmuró el joven—, soy yo quien fallé.

—Estoy segura de que podrían perdonarte si se lo explicaras.

—¿Alguna vez has hecho algo tan terrible que ni siquiera te atreves a pedir perdón a los que te aman?

Alicia no consiguió imaginar qué clase de daño podría haber causado aquel muchacho de apariencia delicada. Apuró los restos de su coctel.

—¿Me pides otro?

Él le hizo señas a un camarero.

—Lo siento —se disculpó al notar su expresión asustada—, mejor hablemos de otra cosa. ¿Cómo piensas encontrar a tu familia?

—Tengo un dato. O, mejor dicho, dos. El primero es esta foto. —Buscó en su celular para enseñársela—. Dicen que cuando me rescataron, yo la llevaba en un puño.

La imagen, rasgada por un costado, mostraba una niña de cabellos oscuros, casi un bebé, jugando en una playa de arenas oscuras que se extendía hasta los matorrales del fondo. A escasa distancia de la orilla se alzaba un paredón rocoso semejante a un acantilado.

—En el reverso había una frase incompleta, quizá fuera una dedicatoria, pero eso no era lo más importante. Descubrí un detalle que nadie había notado.

Amplió el extremo roto de la foto. El muchacho advirtió una especie de quilla blanca, como la proa de un barco que apuntara hacia el mar.

—Parece una plataforma de cemento —comentó—. ¿No será una piscina?

—Ya lo pensé, pero ¿para qué construir una piscina al lado del mar?

Sander observó todo el entorno y de pronto lo supo:

—¡Es un monumento!

—Tengo una lista de todos los que hay en las costas de Cuba. Son más de lo que imaginé.

—¿Y lo encontraste?

Alicia buscó de nuevo en su archivo de imágenes, separó una y se la mostró. Aunque era una foto tomada desde otro ángulo, sin duda se trataba del mismo sitio: la playa de guijarros oscuros entre un acantilado y el mar. Anclado en la pared del farallón, se erguía un nicho presidido por una quilla de cemento en inequívoca alusión a un bote. Sobre la pared plana del memorial, varios renglones de letras negras —ilegibles en la foto— custodiaban dos sables de metal clavados en el muro. Sobre cada sable había un nombre: Gómez y Martí.

Sander la interrogó con la mirada.

—Playitas de Cajobabo —dijo Alicia—. Allí desembarcaron esos dos personajes cuando fueron a hacer la guerra contra los españoles.

—¿Dónde está eso?

—En la costa sur de Baracoa —le mostró un punto en el mapa, cerca de Punta de Maisí, en el extremo oriental de la isla.

—¿Cómo es posible que nadie lo reconociera si la foto salió por todas partes?

—Fue mutilada por la prensa. Alguien la recortó por el lado roto para que se viera perfectamente cuadrada y así se reprodujo en todos los medios. Nunca mostraron la esquina del monumento.

—¿Y no se lo contaste a nadie?

—Mi madre adoptiva ya había muerto y mi padre… ¿Para qué molestarlo con un dato tan vago?

—Era un indicio.

—Por eso seguí investigando hasta dar con el segundo.

—¿Qué es?

Alicia sopesó el mejor modo de revelarlo sin que sonara ridículo, pero intuyendo que no existía esa posibilidad, se armó de valor y murmuró:

—Una lagartija.

Sander casi se atragantó con el trozo de hielo. Alicia se dio cuenta de que era la primera vez que lo veía reír y se preguntó por qué no lo hacía más a menudo.

—No estoy bromeando —se ofendió ella.

—Me lo imagino —dijo él calmándose—, por eso mismo es tan cómico. A ver, cuéntame eso de la lagartija.

—La balsa que me trajo no estaba hecha con tablones industriales, sino con troncos recién cortados. Mis salvadores la remolcaron hasta la costa. Ya en tierra, alguien desprendió los alambres que unían los maderos y descubrió el cadáver de una lagartija entre dos troncos. Nadie le dio importancia al asunto, pero mi padre guardó copias de las fotos que tomó un investigador. Hace meses, mientras me rompía la cabeza pensando en la manera de hallar una pista, se me ocurrió enviarle la imagen a un amigo herpetólogo. Dos noches después me llamó. Eran las dos de la mañana y casi no entendí lo que decía. Resulta que esa lagartija pertenece a una especie en extinción. Su nombre científico es *Cricosaura typica*. En inglés la llaman «*Cuban night lizard*».

—¿Lagartija nocturna cubana? —tradujo él—. Primera vez que oigo hablar de ese bicho.

—No me extraña, pero gracias al nombre en latín encontré cómo la llaman en Cuba: «lagartija de hojarasca». Es una especie endémica que solo existe en un lugar del mundo, entre Cabo Cruz y el oeste de la Sierra Maestra. —Ella revisó de nuevo en su celular para sacar la foto de un mapa con varias cruces rojas—. Ahora bien, el monumento queda más al este, lo cual quiere decir que existen dos puntos en la costa sur de Oriente con los que tuve algún vínculo. Son unos cuatrocientos kilómetros de costa para explorar.

—Tal vez menos —la interrumpió él, estudiando las marcas—. Deberías eliminar toda esta zona del centro. Concéntrate en los extremos, de donde provienen tus pistas; y si tuvieras que escoger, yo diría que el más prometedor es el occidental por el hábitat de esa lagartija. Los hombres nos desplazamos con mayor facilidad que los animales, especialmente si se trata de especies casi extintas.

Era una sugerencia razonable, admitió Alicia. La balsa tuvo

que salir de la región donde vivía el animalejo, que moriría aplastado mientras unían los leños. Se esforzó por atrapar un recuerdo que al instante se esfumó. Absorbió los olores que la rodeaban, intentando rescatar esa memoria perdida: cerdo asado con leña, aserrín fresco, guarapo de caña, café... No logró apresarla y, sin embargo, sospechó que nunca antes había estado tan cerca de recuperar su pasado.

Levantó el rostro al sentir la mirada del muchacho. Fue un instante de mutuo reconocimiento, de confesiones silenciosas. El roce de un dedo recorrió la piel de su brazo y se aventuró hasta detenerse en la delicada hondura del cuello, allí donde nace la oreja. Sintió una oleada de calor. Él la besó, solo una vez, pero fue suficiente. Con un suspiro, Alicia comprendió finalmente por qué otra razón se había quedado.

10

La Habana Vieja, 18 de agosto, 22.02 h

El rocío extendió su aliento sobre los helechos cercanos a la fuente. Pandora se recostó contra una de las columnas, en espera de que Virgilio saliera del baño. Al abrigo de la soledad podía recuperar su verdadero rostro: esa expresión concentrada de quien se prepara para una lid.

Unas horas más, y podrían dejar de esconderse. Unas horas más, y habrían escapado con vida. Unas horas más, y la historia cambiaría para siempre. Si eso ocurría, ni siquiera habría más «intérpretes» para los mensajes del Abate. Ella sería la última intermediaria entre la Hermandad y su invisible guía, y no veía el momento en que eso ocurriera. Estaba agotada, casi harta de aquella doble vida donde nunca podía ser ella misma, siempre alerta al entorno, a la gente, a sus propios actos y palabras.

Las campanas de la catedral iniciaron su último conteo nocturno. Las diez de la noche. Por consideración a los vecinos, ya no sonarían más hasta la mañana siguiente. ¿Por qué Virgilio se demoraba tanto? Como si la hubiera escuchado, un rectángulo luminoso creció sobre las losas de mármol.

—¿Estás bien? —preguntó ella al notar su expresión.

—Hablaba con ese detective. Olvidé por completo que íbamos a vernos hoy. Le dije que lo mejor sería encontrarnos en la rueda de prensa.

Se detuvieron en la acera, donde continuaba el trasiego de turistas.

—También hablé con mi sobrina —añadió—. Lo que está saliendo de ese manuscrito es de locos. Ahora apareció una profecía sobre un supuesto enviado de Atabey que será reconocido porque lleva el emblema de la unión... o del binomio, como le dice Alicia. Es una especie de mesías que salvará a los taínos.

—Los taínos no fueron salvados.

—No estoy diciendo que la profecía sea real. Lo que me intriga es que ese hipotético enviado sea Juana, la mestiza que parece haber escrito ese libraco.

—¿Lo ves? Una descendiente de taínos. Ya te dije que era demasiada coincidencia que el hallazgo de la cueva ocurriera precisamente ahora. No puede ser un hecho casual. Algo o alguien lo planificó.

—Pandora, por favor, no empieces con tus rollos metafísicos. Tengo la cabeza hecha un lío y necesito concentrarme en organizar lo que vamos a hacer. Dejemos las especulaciones para más adelante. Hazme un favor y busca a los muchachos. Están en el Bar O'Reilly.

—¿Y tú?

—Iré dentro de un rato. Quedé con Jesús en ir a verlo para buscar la copia del discurso y discutir un par de cosas.

—Tú no cambias —resopló Pandora con impaciencia—. ¿Por qué no lo llamas? ¿Para qué tienes un celular?

—Mi ovejita tiene toda la razón —dijo Virgilio dándole un beso—, pero Jesús y yo somos un par de viejos anticuados que preferimos conversar cara a cara en lugar de mirarnos por una pantallita. Anda, ve con los muchachos al bar. Así tendré el pretexto de decir que me estás esperando y podré escaparme en quince minutos.

—Ya sé lo que son tus quince minutos.

Pero él no le hizo caso, le dio una nalgada cariñosa para impulsarla a caminar y se alejó deprisa hacia el apartamento de su amigo. Por el camino marcó un número, pero en lugar de su respuesta escuchó una grabación: «Su llamada ha sido transferida a un sistema de contestador automático...» ¡Mierda!

Apuró el paso sin prestar atención al eco de las sirenas que alborotaban el vecindario. Una manada de chiquillos pasó corriendo en dirección al bullicio. Al doblar por Obispo fue recibido por una masa de humo que opacaba los olores de los negocios aledaños. Grupos de vecinos se asomaban a los balcones a medida que el revuelo iba en aumento.

En la esquina, un remolino de luces rojas y azules le indicó que algo inusual y alarmante había ocurrido en las inmediaciones. Presa de un presentimiento, desembocó en la plazoleta donde se habían congregado cuatro autos patrulleros, dos ambulancias y un carro de bomberos. La policía intentaba contener a los curiosos y sacaba de sus viviendas a los vecinos remolones.

Por un momento, Virgilio permaneció inmóvil al otro lado de la plazuela. El incendio no se había propagado mucho, sitiado por la acción de las mangueras y por la piedra que constituía el esqueleto del edificio, pero el enorme resplandor revelaba la magnitud del siniestro. Un cerco de agentes impedía el paso a la muchedumbre curiosa. Se deslizó por detrás, tratando de pasar inadvertido.

—¡Eh! ¿Adónde va? ¡No se puede pasar!

—Mi amigo vive ahí. ¡Su piso se está quemando!

—Nadie puede pasar —respondió el policía, empujándolo.

A Virgilio no le quedó más remedio que contemplar cómo los bomberos luchaban contra el desastre, mientras los gritos de las madres que llamaban a sus hijos, de los policías apartando a los incautos y de los niños que se escabullían entre la multitud estremecían la barriada. Cenizas semejantes a cocuyos volaban desde el balcón y un vaho a chamusquina se aposentaba en los cabellos.

Un bombero se asomó al balcón desde el apartamento y pidió algo a gritos. Otro se elevó montado en la escalerilla móvil para entregarle un maletín y, de inmediato, dos paramédicos corrieron hacia el edificio con una especie de armazón plegable.

El corazón de Virgilio latía tan aprisa que creyó que sufriría un infarto. Recordó un método contra los ataques de pánico y empezó a respirar despacio, contando hasta tres en cada movimiento del pecho. No se detuvo hasta que escuchó el eco de los pasos que bajaban por la escalera. Eran los paramédicos que transportaban un cuerpo en la camilla.

—¡Esperen!

Un policía se interpuso en su camino.

—Deje trabajar, amigo.

—Es que conozco al que vive ahí —insistió—. Íbamos a vernos esta noche.

—Deme su teléfono. Alguien lo llamará a prestar declaración.

—Pero ni siquiera sé si es él —reclamó, corriendo tras los paramédicos, que acababan de abrir las puertas de la ambulancia para deslizar la camilla—. Por lo menos déjeme saber...

Los curiosos comenzaron a arremolinarse en torno.

—¡No se acerque! —rugió el policía.

Se produjo un breve forcejeo entre ambos. El zarandeo ocasionó que un brazo se asomara bajo la sábana. Virgilio reconoció el anillo de oro con el símbolo matemático del infinito: regalo de su difunta esposa que Jesús jamás se quitaba.

—Oh, Dios —murmuró Virgilio, luchando contra el sabor amargo de la bilis que trepaba por su esófago.

Tuvo que recostarse contra uno de los vehículos para no caerse.

11

La Habana, Cojímar, 18 de agosto, 22.58 h

Un camión rozó el auto con una trepidación sísmica. La Liebre maldijo al conductor, pero no se movió de su sitio. Se quedó fumando en la oscuridad con la ventanilla abierta. Necesitaba aclarar sus ideas antes de llamar a Báez. No solo tendría que darle detalles de lo ocurrido, sino que necesitaría defender su plan para la próxima maniobra.

Dos críos jugaban frente a una casa en ruinas, persiguiéndose entre los latones de basura. La Liebre los observó un rato, evocando vagamente su infancia, una vida tan remota que se le antojaba ajena. Casi se quemó los dedos, absorto en sus meditaciones. Lanzó el cigarrillo fuera del vehículo, impulsándolo con dos dedos. El extremo encendido trazó un arco llameante en la oscuridad, como el trayecto de un diminuto asteroide. Volvió a escudriñar los alrededores. Aunque el vecindario seguía desierto, aseguró los cerrojos de las puertas y subió los cristales para marcar un número.

—Dime —respondió la voz malhumorada del profesor.

—Ya salí del convento —dijo empleando la clave acordada.

Se hizo un silencio demasiado largo.

—¿Y el *legado*? —preguntó Báez.

—No lo tengo.

—¿Cómo es eso?

—Pues —la Liebre se mordió un costado del labio leporino— parece que nos equivocamos, pero ahora sé dónde puede estar. El hombre visitó al cura esta tarde, pero no le llevó el *legado*. Sigue escondiéndolo en alguna otra parte. Mañana mismo empezaré a buscar por el museo. Creo que es el mejor lugar para esconderlo.

—¿Te estás volviendo tarado, Liebre? —lo interrumpió el profesor—. Olvídate del museo. Después de hoy no puedes asomarte por allí. Tú ve a casa de Virgilio y haz lo que tengas que hacer. Yo me ocuparé del museo por otra vía. ¿Serás capaz de retener una dirección en esa chapuza de cerebro?

La Liebre repitió las señas como si estuviera memorizándolas, aunque en realidad las fue escribiendo en un viejo recibo. Últimamente la memoria no le funcionaba como antes, pero admitirlo sería exponerse a una jubilación prematura. No tuvo tiempo de despedirse porque el otro cortó la comunicación.

¡Qué jodienda! Tener que volver a El Vedado cuando podía haberse ido a tomar unas cervezas en Cojímar. Y para colmo, había perdido su revólver en medio del incendio provocado por la pelea. Arrancó el auto, haciéndolo girar con un chillido histérico hacia la bahía. Desde la costa azotada por las olas, le llegó un rumor escalofriante. El viento profería extraños sonidos que le parecieron susurros. Se estremeció sin saber por qué y apretó el acelerador para dejar atrás aquella voz fantasmal.

12

La Habana, El Vedado, 18 de agosto, 23.05 h

El teniente Labrada, que en el registro del hotel Saint John's figuraba como el ciudadano Luis Labrada, con categoría B-2 —cubano de nacimiento, nacionalizado en Estados Unidos y visitante turístico—, terminó de redactar su informe para la oficina de Miami. Luego respondió siete correos, leyó los titulares del *New York Times* y las últimas noticias de CNN, antes de cerrar su *laptop* y reclinarse en el desvencijado butacón gris. Las cortinas de tul, que en tiempos prehistóricos debieron de ser blancas y que ahora se veían amarillentas como un periódico viejo, revoloteaban sobre su cabeza.

Sopesó si debería salir a comer algo. El servicio de habitaciones era pésimo en aquel hotel que la agencia cubana clasificaba con cuatro estrellas, aunque era obvio que ni siquiera llegaría a dos según los parámetros internacionales. Lo único bueno que tenía era su localización: en plena Rampa capitalina, a dos cuadras del malecón, es decir, el equivalente a encontrarse en medio de Times Square, en Manhattan.

Solo por eso había decidido pasar por alto los ruidos urbanos que las ventanas de cristal no conseguían aislar, el cacharreante aire acondicionado y el horrible mobiliario. Después de todo, no había ido de excursión, sino a trabajar.

Ya tenía claro que no andaba a la caza de ningún ídolo de oro, sino de algo diferente. Su instinto le decía que, fuese lo que fuese el objeto robado, era muy probable que ya estuviera en la isla. Había otro ángulo que no había sopesado en Miami, pero que unas horas en la isla le habían bastado para incluirlo entre sus observaciones: el *timing* de los hechos. ¿Estarían relacionados con las elecciones?

Bostezó y decidió meterse en la cama sin comer. A decir verdad, no tenía tanta hambre. Estaba demasiado cansado de recorrer calles y de ver museos.

Por el momento, también dejaría las especulaciones. Después que hablara con el curador del museo, podría tener una idea más clara de lo que significaba el símbolo y tal vez eso le sugiriera otra pista.

Se sacó los zapatos, apagó la luz y se echó sobre la cama. El regreso a su ciudad natal había avivado recuerdos que creía sepultados. El rostro de su esposa acudió a su memoria. Volvió a verla con su bebé en brazos, mientras lo amamantaba, en la cama del hospital donde dio a luz.

Irritado por aquel viejo dolor, tiró de la colcha para lanzarla al suelo, acabó de desnudarse y dio la espalda a las cortinas que seguían aleteando frente al aire acondicionado. Se obligó a pensar en otra cosa y finalmente se durmió, tratando de decidir quién tendría más probabilidades de ganar el próximo mundial de béisbol.

13

La Habana Vieja, 18 de agosto, 23.40 h

Un saxofón sollozó desde la plaza vecina. Pandora bebió otro sorbo de refresco, echó una ojeada al celular y movió compulsivamente el pie que balanceaba desde hacía un buen rato. Se sentía más preocupada que molesta. Virgilio nunca dejaba de contestar sus llamadas. Al verlo entrar como una tromba, respiró con alivio.

—¿Se puede saber dónde estabas? —le preguntó.

En lugar de responder, el hombre se dejó caer en una silla, se empinó lo que quedaba del refresco y pidió una cerveza. Luego le contó todo sobre el incendio, el cerco policial, las ambulancias, el brazo chamuscado, la firma en la pared del callejón... Pandora lo escuchó pálida y silenciosa.

—¿Y Jesús?

—Se lo llevaron al Calixto. Tengo que ir a verlo, pero primero necesito hablar con Alicia.

Pandora volvió a balancear la pierna.

—¿Crees que lo has guardado bien?

—Esta vez, sí. A prueba de cualquier robo.

—Pero eres el único que conoce su paradero exacto. Si te pasara algo...

—Tengo listo un mecanismo para que alguien más lo encuentre.

—¿Quién?

—Alguien de confianza.

Pandora conocía aquel tono. No le diría nada más hasta que lo estimara conveniente.

—¿Dónde están los muchachos? —preguntó Virgilio.

—Fueron a El Aleph para comprar no sé qué libro.

Una gota salpicó la frente de Virgilio. Sobre sus cabezas, las nubes se habían teñido de un carmesí sucio.

—Vamos —la apremió.

Pagó la cuenta y salieron.

—¿Le contarás *todo*? —preguntó Pandora, corriendo tras él.

—Solo lo imprescindible; el resto, a su debido tiempo.

—¡Ya no hay tiempo! Si esa gente pensaba que Jesús tenía el *legado*, ahora lo buscarán entre sus amigos más cercanos. ¡Y el primero en esa lista eres tú! Alicia está en peligro solo por ser tu sobrina.

—¿Por qué sospecharían de Jesús?

—Alguien vería cuando se lo entregamos en el Capitolio.

—¿En medio de la oscuridad?

—El apagón vino después, ¿no te acuerdas?

—Entonces ¿por qué no lo asaltaron para quitárselo mientras iba para su casa?

—Todos salimos a oscuras. Tal vez perdieron su rastro en la confusión o pensaron que lo había llevado a otro sitio. ¿Quién sabe? Pero creo que hasta hoy estuvieron indecisos sobre su paradero.

—¿Por qué precisamente hoy?

—Algo debió de convencerlos de que él lo tenía.

—¡Pero no fue así! —bufó Virgilio exasperado—. Jesús nunca se lo llevó a su casa.

—Es obvio que ellos creyeron lo contrario.

Se habían detenido frente a la librería donde algunas personas circulaban entre los anaqueles. Al fondo de la tienda, Alicia y Sander examinaban una enciclopedia, pero ni Virgilio ni Pandora hicieron ademán de entrar.

—¿Comentaste con alguien tu visita a Jesús? —preguntó Pandora ante la vitrina.

—Únicamente con Alicia, pero no le dije nada importante. Solo que andaba ocupado en un asunto urgente... ¡Dios mío!

—Su rostro se cubrió de sudor—. Me llamó por Skype, desde su oficina. Si alguien estaba oyendo...

—Pudo suponer que ese asunto tan urgente era el *legado* —completó ella—. Y como la rueda de prensa es en dos días, creyó que irías a recogerlo y decidió actuar enseguida.

Virgilio se enjugó la frente con un pañuelo y contempló el interior de la tienda. Sander hojeaba un álbum de fotografías y su sobrina se había apartado para leer un volumen de tapas rojas.

—Hazme un favor —le susurró a Pandora—, distrae al muchacho mientras hablo con Alicia. Si quieres, cuéntale lo que ha pasado con Jesús.

Pandora se dirigió al fondo de la tienda.

—Por fin apareciste —sonrió Alicia a su tío, que se sentó en el banco donde ella leía—. Pandora estaba preocupada.

Hizo ademán de levantarse, pero Virgilio la agarró por un hombro.

—¿Qué ocurre?

—Primero una mala noticia: Jesús está en el hospital.

—¡Dios mío! ¿Qué le pasó?

—No sé, pero vi cuando lo sacaban de su casa. Fue un incendio, seguramente provocado para asesinarlo.

—Tío, ¿quieres decirme qué está pasando? Desde que llegué no he hecho más que recibir noticias alarmantes. Primero fue la llamada de un policía y ahora esto...

La explicación de Virgilio fue rápida y a saltos, como quien trata de cruzar un terreno peligroso en el menor tiempo posible.

—Soy parte de un grupo que rescató un documento histórico tan importante que su existencia puede alterar muchas cosas en este país. Lo llamamos el *legado* por lo que representa y queremos mostrarlo en la conferencia, pero hay gente dispuesta a cualquier cosa con tal de impedirlo. Esa es la razón por la que atacaron a Jesús.

—¿De dónde salió ese *legado*? ¿Cuándo lo encontraron?

—Digamos que es un documento que guardamos desde hace tiempo. Pasó por muchas manos durante generaciones, pero solo hace poco ha adquirido un significado diferente.

—¿Por qué?

—Porque el hallazgo de la cueva confirma su importancia de un modo que antes no tenía.

Varias ideas cruzaron por la mente de Alicia, que empezaba a conectar los hilos de esa madeja: un cinturón indígena, una escultura y un manuscrito que hablaba de una secta secreta...

—¿Existe algún vínculo entre tu grupo y esa Hermandad?

Virgilio vaciló levemente antes de responder:

—Mi grupo *es* la Hermandad. Y, gracias al manuscrito, ahora sabemos que llegó de España con los primeros colonos... Pero no somos responsables de ningún asesinato. ¡Te lo juro! Manuel Valle era uno de los nuestros. Debía sacar el documento de casa de Báez, pero lo descubrieron. Por suerte Valle ya lo había entregado, aunque eso no impidió que lo asesinaran.

—Espera un momento. ¿Quieres decir que el robo en casa del profesor, el asesinato de Manuel Valle y el atentado contra el Curita están relacionados con ese *legado*?

—Así es.

—¿Qué pinta el profesor en esto?

—Pertenecía a la Hermandad, pero decidió venderse al PPM. Sospechamos que iba a entregarle el documento a esa gente, que seguramente lo habría destruido porque su contenido será decisivo en estas elecciones... y no precisamente a su favor.

Alicia fijó la vista en un estante.

—¿Qué clase de grupo es la Hermandad? El manuscrito dice que sus miembros se ayudan entre sí, como los masones.

—Cierto, pero nuestra principal misión ha sido proteger el *legado* desde que apareció. Alguien debió de creer que Jesús lo tenía.

—La policía piensa que el robo y el asesinato están vinculados con un contrabando de piezas arqueológicas, no con un documento. ¿No puedes decirme de qué se trata? Quizá pueda ayudar.

—No quiero que sepas más. Mira lo que le hicieron al pobre Jesús. Ni siquiera les amedrentó que fuera uno de los principales candidatos políticos. ¡Madre mía, la que se armará en la prensa!

—¿Por qué no pides protección a las autoridades?

—No puedo confiar en nadie. El PPM tiene espías por todas partes.

—Si Jesús no tenía el *legado*, ¿por qué esa gente pensaría lo contrario?

Virgilio recordó su conversación con Pandora.

—¿Quién estaba en la oficina cuando me llamaste?

La muchacha hizo memoria.

—Solo el cegato Joaquín y la programadora del pelo azul, esa que nunca se entera de nada con sus auriculares.

—¿Livia?

—Esa misma... Ah, y el conserje nuevo que limpiaba la oficina... —Se detuvo de golpe, al recordar—. Me preguntó sobre ti, sobre Jesús. Pensé que estaba bromeando, pero... Perdona, tío, no sabía.

—No hay nada que perdonar. —Le tomó una mano para tranquilizarla—. Voy a averiguar dónde vive ese tipo.

—Pandora también está en esto, ¿verdad?

—Sí, pero no le comentes nada a tu amigo. —Notó que Pandora le echaba ojeadas cada vez más nerviosas—. Vamos, tengo que ir al hospital.

Los cuatro se dirigieron al parqueo. Mientras Sander iba en busca de su moto, Virgilio entró al auto y trató de arrancar. El motor emitió un quejido ahogado, carraspeó varias veces y se apagó. Su dueño trasteó la palanca y probó de nuevo. Una tosecilla seca salió por el tubo de escape. Hizo varios intentos más, sin resultado.

—Creo que me quedé sin batería —concluyó, saliendo del auto.

—¿Qué pasó? —preguntó Sander, que se había detenido junto a ellos.

—Tendremos que buscar un taxi —sugirió Alicia.

—Si quieres, te llevo —le ofreció Sander.

Virgilio se adelantó.

—Ve con él. ¿Puedes quedarte con ella en el apartamento hasta que lleguemos?

—Pero ¿no íbamos al hospital? —protestó Alicia.

—Mejor esperen en casa. No demoraremos mucho.

Virgilio contempló a los jóvenes, que se alejaban bajo las luces de las farolas. Pandora dio unos pasos, pero se detuvo al ver que él no la seguía.

—¿Qué pasa?

En vez de responder, Virgilio tecleó afanoso en su celular un par de mensajes que ella no alcanzó a ver.

14

La Habana, El Vedado, 19 de agosto, 00.57 h

Ninguno habló durante el recorrido, aunque por razones muy diferentes. Sander no podía ver el rostro de Alicia, sentada en el asiento trasero de la moto; pero era consciente de la presión de su cuerpo contra el suyo y le resultaba difícil concentrarse en el tráfico.

Alicia se aferraba a él en un reflejo inconsciente por buscar protección, aunque sus pensamientos se hallaban en otras latitudes. Después de subirse a la moto, había leído el mensaje de su tío: SI NOS OCURRE ALGO, REVISA TUS EMAILS. Aquella advertencia la había asustado.

Finalmente llegaron al parqueo del edificio.

—¿Qué pasa? —preguntó Sander, notando su expresión sombría cuando abordaron el elevador.

—Pensaba en ese pobre hombre.

—Sí, Pandora me contó. Qué accidente tan horrible.

Alicia frunció los labios. Había prometido a su tío que guardaría silencio, pero no quería añadir nada para contribuir a esa mentira. El muchacho la atrajo hacia sí.

—No te preocupes —susurró, rodeándola con sus brazos mientras aspiraba el vago perfume de sus cabellos—. Siendo quien es, harán todo lo posible por salvarlo.

Cuando las puertas del elevador volvieron a abrirse, fueron recibidos por una vaharada de aire helado proveniente del pasillo desierto. Alicia sabía que la mitad del edificio se hallaba vacío, por lo que aquella tranquilidad era normal. Lo que no resultó normal fue la puerta abierta del apartamento. La luz del vestíbulo estaba encendida.

—No te muevas —murmuró Sander, obligándola a retroceder.

—¿Llamamos al 911?

Sander la miró como si acabara de toparse con una extraterrestre.

—Eso no existe aquí —le dijo—. Espera, iré a ver.

Alicia obedeció con el corazón latiéndole pesadamente. El joven dejó su guitarra en el suelo y atravesó el corredor. La luz del techo tiñó por un instante sus cabellos de una pátina dorada. Más allá reinaban las sombras. Avanzando con cautela, divisó el umbral de una habitación a oscuras. La mole del refrigerador le indicó que era la cocina. Tanteó en busca del interruptor, pero no lo halló. Siguió hasta la sala. A través de las ventanas percibió las estrellas que hacían guiños en el horizonte. Un crujido bajo las suelas lo alarmó como si hubiese pisado una víbora. Se agachó a palpar aquello que brillaba a sus pies: un cristal astillado. Entonces advirtió el desorden que lo rodeaba. Nuevamente trató de encontrar algún interruptor. «¿Dónde coño se encenderán las luces de esta casa?», se preguntó frustrado.

Desde la puerta, Alicia intentaba adivinar los movimientos del joven en la oscuridad, aún aferrada a su llavero. Sander le sonrió, aunque no estaba seguro que ella fuera capaz de verlo. Le hizo un gesto para indicarle silencio y se sumergió en la negrura del comedor. Alicia esperó diez, veinte, treinta segundos. Creyó oír un leve chasquido. Un minuto, dos minutos, un tiempo interminable.

—Sander —susurró.

Aguardó otro instante. ¿Debería entrar ella también?

—Sander —repitió en voz más alta.

Lo imaginó buscando debajo de las camas, dentro de los clósets, detrás de la cortina del baño. Trató de percibir cualquier ruido que le indicara la presencia de un intruso, pero la quietud era absoluta. Por fin se atrevió a avanzar de puntillas hasta la cocina. Moviéndose a ciegas, dejó la cartera junto al fregadero.

La casa continuaba en silencio. A medida que avanzaba, empezó a distinguir un aroma dulzón. ¿Perfume? ¿Incienso? ¿Cigarrillo? Alargó el brazo hasta el interruptor que Sander no había podido localizar y se enfrentó a un panorama de cuadros destrozados y sillas destripadas. La impresión le impidió volver a llamarlo.

Desde el comedor, vio un débil resplandor en el estudio y empujó la puerta entornada. La lámpara de mesa despedía una claridad difusa desde el rincón donde la habían arrojado. Sobre el sofá roto a tajazos yacía el contenido de las gavetas. Se asomó al baño y, al comprobar que no había nadie, abrió la puerta que comunicaba con su dormitorio.

Allí, para variar, la luz se esparcía por toda la habitación. La tendedera de cuatro aspas se apoyaba contra una pared, semejante a un insecto que hubieran derribado de un manotazo. Su cama era un lío de ropas tan confuso que al principio no distinguió lo que yacía sobre el montón.

—¡Sander! —exclamó, inclinándose sobre el cuerpo desmadejado.

Palpó la humedad viscosa en sus cabellos, pero no tuvo tiempo para reaccionar. Una explosión estalló en su cabeza, como si todos los huesos de su cráneo se abrieran. Ni siquiera sintió dolor. Fue más bien un resplandor que anuló todos sus sentidos. El mundo ardió hasta el último átomo. Quiso huir de la luz... y se hundió en las tinieblas.

CUARTO FOLIO

Cenizas rojas

(1515-1516)

1

Juana contempló con inquietud el cielo cargado de brumas. Desde hacía varias semanas soñaba con esa Voz que cada noche le enviaba mensajes inquietantes: «*Hija mía, los frutos del Paraíso son engañosos. No los devores antes de que mi sabiduría te llegue. No los toques, no los huelas, no los guardes. Huye de sus rojas cenizas si no quieres ver los colores del alma*». Para colmo de males, Mabanex no había regresado. Numerosas caravanas llegaron y se marcharon, pero él no vino con ninguna. Si ella preguntaba, solo recibía miradas vacías.

Tampoco logró averiguar por qué le habían permitido irse de la aldea sin la anunciada represalia. La bruja, el behíque y el mismo cacique habían sobado y revisado su brazo izquierdo, pero ella no entendió qué podía provocarles tanta desazón. Por más que se inspeccionó, solo descubrió tres lunares dispuestos en curiosa simetría, nada que explicase el extraño comportamiento de esos adultos. Ni ella ni Mabanex se enteraron de lo que habían hablado. Las únicas palabras que le dirigió Tai Tai no le aclararon gran cosa.

—Hija de Jacobo —le dijo el joven cacique después de enviar a su hermano fuera de la vivienda—, te dejo libre porque es la voluntad de Atabey. No sé por qué la Gran Madre ha escogido a una joven blanca, pero los dioses tienen sus razones. No mencionaré tu visita a los tuyos si juras que no les revelarás el camino.

Juana juró solemnemente por Guabancex, su madre espiritual, y por doña Ana, su difunta madre terrenal. Eso fue suficiente para el cacique y los dos hechiceros. Después la condujeron hasta el poblado español sin permitir que Mabanex y ella se despidieran.

Ahora bien, una cosa era ocultar el secreto de la aldea a los suyos, y otra muy distinta renunciar a visitarla. A escondidas exploró los alrededores de la villa. Varias veces creyó identificar algún detalle del terreno que había recorrido, pero siempre se equivocaba. Con el comienzo de los aguaceros, la selva pareció renovarse. Los escasos trillos que hubiera podido reconocer fueron devorados por la vegetación. Por último, admitió a regañadientes que era inútil seguir buscando.

Para olvidar su malhumor se concentró en el libro. Curtió y tiñó el cuero de las tapas, que luego cortó en rectángulos. Grabó las letras del título con dos punzones —uno de punta recta y otro de punta curva—, forjados por un herrero a cambio de que ella le escribiera una carta a su novia. Con el punzón recto trazó la guía de las letras, valiéndose de un papel colocado encima del cuero donde había dibujado de antemano lo que deseaba grabar. Después humedeció el cuero con un trapo para destacar la marca invisible y volvió a aplicar el punzón hasta conseguir muescas indelebles. Ayudándose con un martillito, fue golpeando el extremo del punzón curvo y estampando los garfios para engalanar las letras.

Mientras adornaba una mayúscula, deslizó un dedo demasiado cerca y el punzón le perforó el índice. Tres gotas de sangre salpicaron la página a medio escribir. Las borró de inmediato con un trapo húmedo y pasó un cuarto de hora chupándose la herida hasta que dejó de sangrar. Imposibilitada de seguir con el repujado, que requería el uso de ambas manos, decidió seguir escribiendo.

Encendió una vela y, tras comprobar que no quedaban rastros de sangre, comenzó a narrar lo que recordaba de la huida a Cádiz. Siempre que acababa una página, la apartaba para que la tinta se evaporara. Cuando iba por la tercera, alzó la primera a contraluz para ver si ya se había secado. La llama de la vela estaba a punto de extinguirse y tuvo que acercar un poco más el papel. Para su sorpresa, tres borrones surgieron en medio de la impecable escritura. Creyó que el papel se había quemado, pero al encender otra vela comprobó que el papel seguía intacto. Sin embargo, las tres manchas continuaban allí. Era extraño. ¿Cómo era posible que la llama de una vela hubiese provocado esos tiznes en tres sitios diferentes y alejados entre sí?

De pronto supo lo que eran: el fuego había traído de regreso las tres gotas de sangre que había borrado con un trapo húmedo. Parecía cosa de magia. Trató de limpiar las manchas, cuidándose de no mojar los renglones ya escritos. Su tentativa fue un desastre. La tinta se corrió, pero los tiznes permanecieron. Si no hubiera acercado tanto el papel a la llama, la sangre no habría vuelto. Quedó en suspenso. ¡Esa era la solución para su secreto! Sangre diluida en agua. Así podría contar su historia sin peligro de que cayera en manos inapropiadas. Inventaría un relato absolutamente banal para insertar su verdadera historia, escrita con esa tinta invisible, entre los renglones de la falsa. Tendría que empezar de nuevo, pero no le importó. Estaba demasiado emocionada con su descubrimiento.

Las capitulares en colores servirían para ambos textos. Ya se las arreglaría para que la misma letra iniciara tanto el texto visible como el oculto. Por supuesto, le daría prioridad al segundo. Le daba igual que el visible no fuera muy coherente, incluso sería mejor, así ningún curioso se molestaría en examinar dos veces el libro. Su mensaje permanecería a salvo para quienes ella escogiera como herederos de aquel secreto. Tendría que volver al taller de su padre si quería más papel. A él no le importaría que se llevara algunos pliegos a cambio de que lo ayudara.

Comenzó a recoger sus cosas para preparar la cena. La luz de la luna llena se derramaba desde la ventana, formando un charco brillante sobre la mesa. Mañana llegaría otra caravana y, con ella, quizá...

2

Las sombras del bosque se extendían hasta el árbol solitario donde ella solía sentarse a practicar con su flauta. Aún era temprano, pero no quería perderse el paso de los naborías ante la posibilidad de que Mabanex pudiera volver. Desde el umbral de su casa observó el hervidero de personas.

Meses después de su inolvidable aventura, el pueblo había cambiado tanto como ella. Nuevas viviendas se alzaban junto a la suya. Había más alfareros, herreros, hojalateros, cesteros, zapateros, ebanistas, toneleros, curtidores y hasta un local donde las hilanderas producían cordeles y telas de algodón. Se entretuvo espiando las actividades que convertían a la villa en un abejero humano.

Finalmente, cuando el calor empezaba a molestar, el inconfundible sonido del guamo salió del bosque; otro respondió desde el caserío cercano. Antes de que la caravana surgiera de la maleza, Juana se había alisado los pliegues de su falda para recibirla.

Uno por uno examinó a quienes pasaron junto a ella, pero Mabanex no venía entre los visitantes. Como siempre, pidió noticias suyas a los naborías; y como siempre, todos mantuvieron los labios apretados como si en ello les fuese la vida. Solo una mujer le lanzó una mirada de conmiseración mientras se alejaba en dirección a los sembrados.

Llena de pesar, Juana se dirigió al taller de su padre. Sin saludar a nadie, se acercó a una tina llena de trapos remojados en cal, tomó una pala de madera y comenzó a batir la mezcla. Era una actividad que lograba calmarla, quizá porque la monotonía del proceso no dejaba lugar a imprevistos.

Un mozo se ocupaba de seleccionar los trapos, otro los cortaba en pequeños trozos y un tercero los sumergía en agua, donde permanecían varios días hasta que fermentaban. En esa fase eran trasladados al molino, donde los morteros los convertían en una pasta que luego se dejaba descansar. Si el molino no daba abasto, la operación podía hacerse a mano.

Juana sabía cuándo un cargamento de trapos estaba listo para ser batido. Así es que nadie se atrevió a supervisarla. Su padre la vio desde el otro extremo del taller, pero no se acercó, ocupado en introducir un molde dentro de la pasta: el último paso antes de conseguir papel.

El molde era un marco con una fina rejilla de alambre. En esa rejilla se implantaba la marca que permitía identificar al fabricante. Por su semejanza con el encaje, la firma atrapada en la pasta era conocida como «filigrana». Para la suya, Jacobo había escogido una J latina custodiada por dos postes que representaban a Jakín y Boaz, las dos columnas del templo de Salomón. Tanto la letra como las columnas aludían a su doble condición como miembro de la Hermandad y descendiente de judíos, aunque por supuesto, nadie conocía su verdadero significado.

Jacobo extrajo el molde de la tina y lo mantuvo en alto para que se escurriera. Atrapada en la rejilla había quedado la fina pasta de textura semejante al hojaldre, que colocó entre dos paños limpios para que absorbieran el exceso de humedad. Más tarde despegaría los paños, dejaría secar el pliego y podría emparejar los bordes.

Ahora que ostentaba el título de «maestro papelero», se había convertido en el principal proveedor de ese material en una isla donde el aumento de litigios había multiplicado el volumen de los documentos. Debido a la demanda de papel, Ximénez le concedió un permiso especial a Jacobo para que construyera su propio molino.

En general, el trabajo no escaseaba en San Cristóbal de Banex. Y si bien el pueblo se había mantenido libre de los crímenes que asolaban otras comarcas, las noticias eran cada vez más alarmantes.

Se rumoreaba que Pánfilo de Narváez, el lugarteniente del gobernador, era un demonio que sembraba el pánico por donde pasaba, poco importaba que los indios lo recibieran de la mejor manera. Siempre se las arreglaba para iniciar una carnicería, como la ocurrida en Caonao, al poniente del cacicazgo de Camagüanex, donde los indígenas muertos se contaban por centenares.

Por otro lado, las campañas habían mantenido ocupado a Diego Velázquez, para disgusto de fray Severino, que veía transcurrir los meses sin que el adelantado enviara un subalterno. Ximénez continuaba en su puesto, respetando el pacto con los taínos, aunque algunos vecinos se preguntaban cuánto duraría aquello.

Juana no padecía tales inquietudes porque sus mayores preocupaciones eran su libro y la ausencia de Mabanex, a quien intentaba olvidar.

Jacobo observó de reojo a su hija, que sudaba copiosamente batiendo la mezcla. Ya no sabía qué hacer con esa muchacha, que se había convertido en una criatura huraña e incomprensible. Optó por ignorarla y concentrarse en su tarea.

Nadie habló mucho durante la jornada, excepto un aprendiz al que fue necesario pegar un coscorrón a causa de sus incesantes parloteos. Pasado el mediodía, cuando el sol castigaba con mayor rigor, Jacobo decidió que debían tomarse un descanso.

—¡Guzmán! ¡Fernando! —gritó a sus dos oficiales, secándose las manos en el delantal—. Vamos a comer. Se nos hace tarde para el molino.

Sus órdenes fueron interrumpidas por un revuelo inusitado. Muchos dejaron sus faenas para ver qué ocurría, y hasta el teniente Ximénez abandonó sus lentejas para asomarse al portal.

Varios jinetes, seguidos por una treintena de hombres a pie, irrumpieron en la explanada cubiertos por cascos o resguardados del sol con toda suerte de bonetes y sombreros de ala ancha. Un jinete de barba rojiza, que encabezaba la marcha, lucía una brillante armadura coronada con una pluma bermeja encima del casco. Su mejilla izquierda mostraba una cicatriz que se extendía desde el párpado semicerrado hasta la barba. Otro de cabellos negros como el carbón, que aparentaba seguirle en rango, vestía calzones abombados y cota de malla sobre un jubón sucio. El resto de la tropa gastaba chaquetillas de cuero, a modo de corazas, y ajadas prendas de colores variopintos que creaban una visión delirante y abigarrada.

—Busco al teniente Francisco Ximénez —anunció el jinete de la pluma roja.

—Esa es mi gracia —dijo este acercándose—, ¿a quién tengo el honor?

—Soy el teniente Gaspar de Alcázar, con la venia de Cristo y de la Virgen —respondió el hombre de la cicatriz, que añadió señalando al de barba negra—: Este es mi ayudante Pedro Villa. Venimos por mandato de don Diego Velázquez para imponer orden en estas tierras.

—Creí que eso se había aclarado —repuso Ximénez—. Ya les escribí al adelantado y al virrey informándoles que no teníamos revueltas.

—Nos dijeron que los indios de esta región ocultan tesoros —respondió Gaspar— y que además hay problemas de herejías.

—Si alguien informó semejante cosa, mintió desvergonzadamente —dijo Ximénez, espiando de soslayo a fray Severino, que se escondía tras la muchedumbre—. Los indios van a misa y cada mes nos entregan una carga de oro que enviamos al virrey. Podéis revisar las escrituras para comprobar que todo está en orden.

El jinete de la pluma roja se movió inquieto en su caballo.

—Disculpad, señoría, pero tengo instrucciones de enterarme bien de lo que ocurre y organizar lo que sea necesario. Traigo una carta que así lo hace constar. Espero que no me obliguéis a regresar sin cumplir mis órdenes, después de viajar tantos días. Mis hombres y yo estamos fatigados y hambrientos.

—Por supuesto, sois bienvenidos —respondió Ximénez, sabiendo que no tenía otra opción—. Hermano Antonio, disponed del almacén para dar de comer y beber a estos soldados. Y vos, teniente, podéis acompañarme a mi mesa.

Gaspar de Alcázar hizo un gesto de agradecimiento.

—¿No hay más frailes en el pueblo que el hermano Antonio? —preguntó al bajarse de su yegua.

—Por supuesto, señoría —contestó una figura que se abrió paso entre el gentío—. Soy el padre Severino, permitid que os dé la bienvenida. Sería un gran placer que vinieseis a cenar conmigo esta noche.

—Con todo gusto —aceptó el teniente, entregando las bridas a un muchacho.

Era obvio que el recién llegado no había hecho aquella pregunta por casualidad. De alguna manera, ya conocía la existencia de fray Severino. El teniente Ximénez se preguntó qué vínculos habría entre esos dos. Todo le daba muy mala espina. En ese instante, divisó a alguien que se mantenía al margen.

—¡No os había visto, maese Jacobo! —exclamó Ximénez—. ¿Adónde vais?

—A comer.

—Venid con nosotros —lo instó Ximénez, calculando que la presencia del papelero le permitiría dilatar sus explicaciones al enviado y le daría tiempo para trazar una estratagema—. Teniente Alcázar, os presento a Jacobo Díaz, nuestro maestro papelero, y a su hija Juana, a la que todos queremos como propia.

El teniente Alcázar escrutó al hombre que le tendía la mano, luego posó sus ojos en Juana y murmuró un saludo ininteligible. Enseguida echó a andar detrás de Ximénez.

Jacobo atribuyó el atolondramiento del soldado a los encantos de su hija. Estaba muy lejos de sospechar que bajo las barbas del teniente Gaspar de Alcázar se ocultaba el mismo joven al que en otra época llamaran Torcuato el Mozo.

3

Fue Ximénez quien sembró una nueva preocupación en Jacobo.

—¿Qué se traerá ese fraile? —le preguntó cuando quedaron a solas para beber una última copa de hipocrás—. Me da el pálpito que trama alguna infamia.

—¿A qué os referís? —preguntó Jacobo.

—¿Desde cuándo un militar se interesa por los frailes?

Jacobo guardó silencio. Nunca le contó a Ximénez el complot que fray Severino había tramado con Lope porque eso hubiera significado traicionar a fray Antonio, pero su ignorancia sobre el asunto le daba más valor a sus sospechas. Ahora que Lope había desaparecido, aquel teniente podría convertirse en un nuevo aliado del fraile. Resolvió averiguar más y, tras excusarse, dio las gracias por el almuerzo y regresó al taller. Trabajó como siempre, hasta el crepúsculo, y se acostó temprano.

Horas más tarde, seguro de que Juana dormía, abandonó la cama y salió protegido por los nubarrones que ocultaban la luna. Dos hogueras iluminaban la plaza, frente a la iglesia flanqueada por las casas de los frailes; solo una de ellas dejaba escapar una tenue luz. Varios cajones formaban una barricada frente a la ventana de donde escapaba el murmullo de una conversación.

—Os preocupáis demasiado, hermano Severino, nadie pudo darse cuenta.

—Os digo que fue un error, no debisteis preguntar por ningún fraile —gruñó el cura—. La contraseña que pactamos con el obispo...

—¡Menuda contraseña! —bufó el teniente—. No había manera de traerla a colación sin que sonara a esperpento.

Se hizo un breve silencio, seguido por un ruido de platos.

—De todos modos, ya estáis aquí —se escuchó la voz de Severino—. ¿Por qué tardaron tanto en enviaros?

—Los soldados escasean.

—¿Cuántos se necesitan para fundar unas villas? Esto no es una guerra.

—Hemos topado con gran resistencia entre los indios.

—Lo sé, pero no creí que fueran rivales para nuestras fuerzas.

—Y no lo son, pero no se cambian las almas como se dan sermones.

—¡Si lo sabré yo! —asintió Severino—. Esos indios dicen una cosa y piensan otra. ¡Si los vierais en misa! Parecen corderitos recién bajados del Arca. ¡Con cuánta devoción contemplan a la Virgen! Pero luego se van a sus sembrados, orinan sobre nuestras imágenes, hacen bacanales y se postran ante ídolos demoníacos. ¡Y Ximénez no mueve un dedo! Es imposible enseñar la doctrina en esas condiciones.

Se escuchó el ruido de un líquido vertido en una vasija.

—Para eso me ha enviado Narváez.

Otra pausa.

—Creí que peleabais bajo las órdenes de Velázquez.

—Todos somos subordinados de Velázquez, incluso Narváez.

Desde su escondite, Jacobo se estremeció. Los soldados de Narváez tenían fama de ser los más sanguinarios que recorrían la isla. Se atrevió a asomarse. Frente a los restos de una gallina asada, el soldado se servía más vino. La cicatriz que le cruzaba el rostro semejaba un surco de lodo.

—En vuestra carta hablasteis de una mina de oro —prosiguió el teniente.

—Los indios la mantienen en secreto, igual que el sitio donde está su aldea.

—Y vuesa merced quiere que yo me tome la licencia de averiguarlo. ¿Qué gano yo con eso?

—El favor de vuestros superiores. Si me hacéis caso, le llevaréis un buen cargamento de oro a Narváez. Mañana, a la salida del sol, un grupo de naborías regresará a su aldea. Dicen que de allí a la mina solo hay un paso. Si apostáis algunos soldados, podréis seguirlos.

—Mis hombres están agotados. No puedo enviarlos de nuevo a la selva, especialmente si deben combatir.

—Si no lo hacéis esta madrugada, tendréis que esperar el próximo relevo.

—Esperaré entonces, debo estar seguro del terreno que piso. Narváez me ordenó actuar, pero Velázquez dejó claro que un enfrentamiento con Ximénez podría costarme caro.

—Esos dos no se ponen de acuerdo.

—Por eso necesito una estrategia. No sé cómo reaccionará Ximénez ante una acción como la que proponéis. En el almuerzo no paró de hablarme sobre las malditas leyes de Burgos.

—Si se trata de eso, podéis actuar con toda confianza —repuso el fraile—. Nada estaría más justificado que un ataque contra esos renegados.

—Ximénez dice que los indios asisten a misa.

—Ya os lo dije, son muy astutos. Van a misa, pero no acatan el Evangelio ni la palabra de Dios.

—No quiero perder el favor de Velázquez.

—Cuando el hecho quede consumado, todos querrán una tajada de la mina, incluido el propio adelantado.

—Prefiero esperar, la experiencia me ha enseñado a ser prudente.

Jacobo retrocedió con sigilo. Hablaría con Ximénez para ponerlo al corriente de la conspiración, pero también tomaría otras medidas. Escudándose tras los árboles, rodeó el pueblo y buscó el sendero que llevaba a la encomienda. Oculto tras el polvorín, el trillo había sido despejado a golpes de hacha y se ampliaba para desembocar en un terreno completamente desbrozado, donde la brisa soplaba sin restricciones sobre las siembras de yuca, boniato, calabaza y piña. A un costado se levantaban varias chozas, en medio de las cuales ardía una hoguera casi apagada. Un centinela naboría cabeceaba junto a ella. Jacobo saltó sobre el joven, cubriéndole la boca para impedir que gritara.

—No temas —le dijo en su lengua—, no voy a hacerte daño.

Tras asegurarse de que el muchacho no daría la alarma, habló con él durante unos minutos. No fue difícil convencerlo para que obedeciera su pedido. Todos conocían al cristiano que hablaba taíno y que había salvado al señor Mabanex dos veces de la furia de sus compatriotas. Sin hacerse rogar, el joven partió con el mensaje que solo debía escuchar una persona.

Jacobo emprendió el regreso bajo la luna fantasmal y húmeda, vigilado por los árboles que se mecían como colosos dispuestos a aplastarlo. De pronto una figura se interpuso en su camino. Jacobo retrocedió, recordando que había dejado su puñal en casa. La silueta que avanzaba era una mancha difusa; no lograba distinguir si era indígena o español. Esperó inmóvil, con los músculos tensos, consciente de que era demasiado tarde para ocultarse.

—A ver si me explicáis qué hacíais hablando con un indígena a estas horas —dijo una voz que conocía muy bien—, y no me vengáis con monsergas porque sé que fray Antonio y vos andáis en algún misterio.

—A fe mía que no voy a mentirte, hija —respondió él con alivio, posando sus manos sobre los hombros de la muchacha—. Y tienes razón. Debí contártelo todo hace mucho tiempo.

4

Tai Tai aún recordaba el camino a la gruta donde solía jugar con su hermano. La habían descubierto por casualidad, años atrás, buscando frutillas de jagua para los tintes de Dacaona. Fue así como encontraron esa cueva, detrás de la cascada, que se convirtió en parte de sus travesuras. En algún momento, Tai Tai dejó de visitarla y la desterró de su memoria hasta que recibió aquel mensaje de Jacobo para verlo en secreto.

Ordenó al sirviente que condujera al cristiano hasta el Peñón de las Luces, sabiendo que él llegaría primero. Debía comprobar si venía solo. No es que desconfiara de él, pero quería asegurarse de que nadie lo seguía.

Acudió al encuentro sin escolta, un privilegio que los blancos no asumían, y se apostó en lo alto de aquel desfiladero temido por muchos, pues se rumoreaba que extrañas luces bajaban del cielo esporádicamente para sobrevolar el macizo de rocas. Muchos afirmaban que cambiaban de colores en medio de la noche y que vomitaban demonios de piel gris como los manatíes y ojos como pozos ciegos. Se les había visto por última vez en vísperas de que arribaran las casas flotantes de los blancos y, aunque nadie había vuelto a tropezar con ellos, aquel seguía siendo un terreno donde pocos se aventuraban.

Tai Tai decidió que ese sería el sitio ideal para un encuentro. Oculto en la cima, esperó la aparición de Jacobo con el asustado guía, que se despidió y abandonó rápidamente el peñón embrujado.

Jacobo depositó su morral en tierra y se paseó junto al riachuelo. El murmullo del agua y el canto de las aves parecieron sosegarlo. Al cabo de un rato apoyó su espalda sobre una roca para dormitar. Durante todo ese tiempo Tai Tai no dejó de otear la selva, estudiando los movimientos de la vegetación. Un temblor súbito en la punta de un árbol indicaba que un ave se había posado o emprendido el vuelo. Un suave vaivén en las ramas revelaba el paso de mamíferos pequeños, tal vez una jutía o un almiquí. Únicamente los blancos provocaban la estampida de las aves, pero la selva se hallaba en calma. Cuando se sintió seguro, bajó del peñón y se deslizó hasta donde dormitaba el hombre, que no lo escuchó llegar.

Movido por un impulso desconocido, Jacobo abrió los ojos y vio al cacique, que lo observaba en silencio. De inmediato se puso de pie.

—Te agradezco que hayas venido, señor.

—Una vez te dije que nunca olvidaría tu nombre ni el de tu hija. ¿Qué quieres?

Jacobo miró a su alrededor.

—¿Estamos seguros aquí?

Tai Tai estudió el rostro de barba gris.

—Sígueme.

Cruzaron el riachuelo sobre unas lajas y anduvieron corriente arriba hasta la cascada que se despeñaba desde el risco. Detrás de la cortina líquida, el cacique apartó los helechos que crecían pegados a la roca y reveló la boca de un túnel por donde penetró. Al final del estrecho pasadizo, las paredes se abrían para desembocar en un amplio salón alumbrado por una claraboya natural.

—Hacía años que no venía aquí —comentó Tai Tai, perplejo al notar que alguien había encendido fuego recientemente.

Examinó los utensilios y las tallas pequeñas que sacó de una hendidura rocosa, y sonrió. Mabanex había regresado al escondite. Aliviado porque su refugio seguía a salvo, se volvió hacia Jacobo.

—Siéntate y habla.

Se acomodaron ante la hoguera apagada.

—Vinieron nuevos cristianos —dijo Jacobo, escogiendo con cuidado las palabras del idioma que casi había olvidado—. Son hombres peligrosos que quieren descubrir dónde está tu aldea, pero lo que buscan es la mina.

—¿Ximénez lo aprueba?

—Estos hombres no respetarán su autoridad. Tan pronto aparezca la próxima luna, seguirán a los naborías que regresan a la aldea. Gaspar, el jefe de esos guerreros, solo obedece a un cacique cristiano llamado Narváez.

—El Demonio Blanco —murmuró Tai Tai con tono sombrío—. He oído hablar de él.

Jacobo recordó que los indígenas solían dar apodos a los españoles. Incluso el Almirante había tenido el suyo: Guamíkeni, el Señor de la Tierra y el Mar.

—Sí, es un demonio —admitió—, y sospecho que su enviado es otro. Ximénez lo apresará si ordena seguir a tus naborías, pero eso no salvará a tu aldea del peligro, porque vendrán otros.

—No me iré de aquí, esta es la tierra de nuestros ancestros.

—Es cierto, pero vas a necesitar otras artes para proteger a los tuyos.

Tai Tai acarició un guijarro a medio pulir.

—Sé que tienes un secreto en tu corazón, Jacobo. Dime lo que viniste a decir.

El otro tragó en seco, sabiendo que la suerte de todos dependía de la pericia con que expusiera su plan.

—En mi país existe un... —trató de buscar alguna palabra

aproximada en taíno— una tribu, un grupo de hombres y mujeres que trabaja en secreto. Sus miembros se consideran hermanos y se ayudan en momentos de peligro. Yo pertenezco a él. Tenemos dos lenguajes que sirven para intercambiar mensajes sin que otros se enteren. Uno de esos lenguajes es mudo: son señales que se hacen con las manos y el cuerpo; el otro es un lenguaje de pájaros, hecho con silbidos para comunicarse a grandes distancias. Esas señales sirven para reconocernos como miembros de ese grupo, al que llamamos la Hermandad. Quiero enseñarte esos lenguajes para que puedas pedir ayuda si la necesitas, o para avisarte de cualquier peligro, sin que los hombres del Demonio Blanco se enteren.

Tai Tai lo pensó unos segundos.

—Supongo que debo agradecer tu ofrecimiento —dijo al fin—, pero no veo qué beneficio nos pueda traer. Nosotros usamos el guamo.

—Esos mensajes son confusos. El guamo puede alertar sobre un peligro, pero no puede aclarar si proviene de una inundación o de un grupo de hombres. Tampoco permite saber si se trata de españoles o de caribes, ni qué rumbo llevan.

—¿Y tu lenguaje nos dejaría saber todo eso?

—Sí, con otro beneficio más. Tu guamo alerta a amigos y a enemigos por igual, pero nadie que oiga nuestros silbidos sabrá que son avisos, a no ser que pertenezca a la Hermandad.

—¿Cómo es posible?

Jacobo se llevó las manos a la boca, ahuecándolas de cierta manera, y sopló. La cueva se llenó de una música extraordinaria, como si un ave encantada se hubiera refugiado entre sus paredes.

Tai Tai guardó silencio hasta que el último eco se extinguió.

—¿Ese es el lenguaje?

—Sí.

—¿Y se puede conversar con él?

—Del mismo modo en que estamos hablando ahora. El lenguaje de los silbidos usa la misma lengua con que nos comunicamos, pero deformada. El sonido «a» se silba así. —Dobló el índice izquierdo, lo introdujo en la boca y ahuecó encima su mano derecha para silbar una nota grave—. El sonido «i» es este. —Volvió a silbar, pero el sonido fue más agudo—. Otros son más difíciles, como «t». Ese no se puede convertir en silbido, pero se marca con un corte de aire. Si fuera a llamarte, tu nombre sería así. —Y soltó dos silbidos cortos y casi secos.

—No suena como mi nombre.

—Se necesita práctica para entenderlo.

El cacique hizo una pausa para reflexionar.

—¿Por qué haces esto? —preguntó por fin—. ¿Qué puede importarte que otros cristianos descubran la aldea o la mina?

Jacobo contempló los rayos que se filtraban a través del techo.

—Si los hombres de Narváez imponen su autoridad, todos necesitaremos ayuda.

—¿Esa es la razón por la que has venido a mí?

Jacobo dudó si debía contarle algo sobre la madre de Juana.

—Es la razón principal.

«Pero no la única», comprendió Tai Tai.

—Si te unes a la Hermandad —continuó Jacobo—, tendrás que guardar el más absoluto silencio sobre ella.

Tai Tai clavó la vista en la hoguera muerta. ¿Debería consultar con el behíque?

—Lo haré —dijo, y él mismo se sorprendió por haber tomado una decisión tan rápida—. ¿Cuándo haré el juramento?

—Muy pronto —respondió Jacobo, sacando unos objetos de su mochila—, pero primero debo enseñarte ciertas cosas. Luego tendrás que escoger a hombres de confianza para que se sumen a ella.

—¿Cuántos?

—Lo importante no es el número, sino la lealtad. ¿Dónde nos reuniremos la próxima vez?

—Esta cueva es un buen sitio.

—No creo que pueda encontrarla yo solo.

—Alguien irá a buscarte —dijo Tai Tai, que añadió entre divertido y desconcertado—: Me sentiré raro llamando «hermano» a un hombre blanco. Será como si compartiéramos la misma sangre.

Jacobo evadió su mirada.

«Tu sangre y la mía están más unidas de lo que crees», pensó mientras terminaba de ordenar los objetos frente al cacique.

5

Cusibó entró al bohío con aire malhumorado y arrojó su lanza contra un rincón, despertando a Yuisa, que dormitaba en la hamaca.

—¿Pescaste algo? —preguntó sobresaltada, a lo cual él respondió con un gruñido.

Un año después de fundar su propio cacicazgo seguía sin el reconocimiento que ansiaba. Las aldeas vecinas habían terminado por enterarse de sus trampas en el juego, el chisme corrió de boca en boca y, en consecuencia, la mayoría optó por evitar su compañía. Ahora sus súbditos apenas ocupaban una docena de viviendas. Ni siquiera había logrado conseguir esposa.

La tribu intentaba sobrevivir ofreciendo jornaleros a cambio de mercancías, pero ese trueque no era suficiente. Cusibó no tenía oro ni mano de obra abundante para obtener excedentes de las cosechas. Había esperado que Juana revelara el escondrijo de la aldea, con lo cual su odiado primo perdería toda ventaja. Sin embargo, los meses pasaban y todo seguía igual.

—Tendremos que mudarnos lejos —masculló él, echándose sobre otra hamaca con tanta violencia que los bejucos crujieron—, tal vez a Cubanacán o a Sabaneke.

Yuisa se incorporó.

—¿Estás loco? Los cristianos ya enviaron guerreros para someter a los cacicazgos de esas tierras. Por lo menos aquí vivimos en paz. ¿Pensaste en lo que te dije?

Cusibó hizo un gesto de hastío. Su madre lo acosaba con la idea de que revelara a los blancos el lugar de la mina a cambio de una alianza para desalojar al intruso.

—No lo haré —dijo con ferocidad—. Si les entrego la mina, perderé mi única herencia.

—¿Cuál herencia? Tai Tai te lo ha robado todo, igual que la sucesión.

—Debo encontrar otra manera.

Se puso de pie y empezó a pasearse por la vivienda donde solo vivían ellos. Hasta su propio padre había optado por abandonarlos, avergonzado ante la infamia de su hijo. Las explicaciones que le dio Yuisa lo enojaron aún más. Se marchó después de vociferar que la dejaba libre para que se buscara otro hombre. Fue la única vez que la gente lo oyó gritar.

Cusibó recorrió la vivienda sin levantar los ojos del suelo. Exasperada, su madre se le plantó delante.

—Hay otro jefe blanco —dijo.

—¿Cómo lo sabes?

—Hice las paces con Bawi. Ella me lo contó.

Cusibó la contempló asombrado. Su madre jamás había soportado a Bawi, mucho menos ahora que ocupaba una posición más elevada.

—¿Qué te dijo?

—No mucho. Tai Tai sale de la aldea casi todas las mañanas, aunque nadie sabe adónde. Bawi piensa que se está preparando para combatir al nuevo cacique de los blancos.

—¿Él solo?

—No sé —respondió la mujer—, lo importante es que hay un cristiano al que tu primo teme.

—¿Ximénez ya no está al mando?

—Sigue allí, pero tiene algún tipo de disputa con el otro. Podrías sacarle provecho a la situación.

—¿Cómo?

—Habla con él, dile que le mostrarás el sitio donde está la aldea a cambio de que te ayude a recuperar tu puesto como cacique.

Cusibó se sentó en la hamaca a rumiar la idea hasta que su madre se aburrió y salió. Al poco rato, el joven se asomó a la entrada por donde penetraba la escasa claridad del crepúsculo. Su madre, que cocinaba junto a una hoguera en compañía de otras mujeres, las dejó con la palabra en la boca y se acercó a él.

—¿Y bien? —le preguntó.

—Lo haré, pero ni hoy ni mañana.

—¿Cuándo entonces? —replicó la mujer, exasperada por aquel hijo que cada vez se volvía más lerdo.

—Pronto.

6

Juana creía estar soñando. Después de encontrarse a su padre en la salida del caserío indígena, este no tuvo más remedio que confesárselo todo: la existencia de una sociedad secreta a la que llamaban la Hermandad, las razones por las que necesitaban mantenerla y diseminarla en el Nuevo Mundo, la invitación a Tai Tai para que se les uniera, los peligros que se avecinaban...

Al principio, Jacobo se había opuesto a que Juana ingresara en ella; pero el arribo de las tropas de Narváez le había convencido de que así estaría más protegida. Por tanto, al igual que Tai Tai, tendría que pasar por un ritual donde juraría fidelidad a la orden.

Aunque no contaban con un salón adecuado para la ceremonia, se las arreglarían. Antes, sin embargo, tendría que estudiar el significado de las frases que debía memorizar.

No todos los grupos preparaban a sus discípulos de igual modo; muchos habían olvidado el origen de diálogos que se recitaban durante la ceremonia, como este:

—¿De dónde proviene al arca?

—De la arquitectura.

—¿A qué se parece?

—Al arco iris.

Juana aprendió que el «arca» era la propia Hermandad, cuya clave simbólica nacía en la arquitectura, considerada la suma de las siete artes y ciencias de la Antigüedad: gramática, retórica, lógica, aritmética, geometría, música y astronomía. Por eso el «arca» —la Hermandad— podía compararse con el arco iris de siete colores.

Juana no lograba entender por qué la arquitectura se relacionaba con esas disciplinas. Jacobo le habló del equilibrio, de la armonía y de las secuencias numerales que son comunes a todas; y eso lo llevó a mencionar la cualidad constructora de Dios, a quien los hombres habían intentado copiar, valiéndose de cálculos en los que ciertos números parecían repetirse con una frecuencia más significativa.

—El 3, el 5, el 7 y el 9 son números sagrados —le explicó Jacobo—. ¿No notas algo común entre ellos?

—Son impares.

—Exacto, los primeros impares con un solo dígito, exceptuando el 1, que es la base de todos.

—¿Por qué son sagrados?

—Hay decenas de razones. Para empezar, el 3 resuelve el conflicto de la dualidad y de los extremos. Permite formar una trinidad cuya base es el equilibrio de las formas, de los sexos o de los contenidos. Por eso el triángulo es divino. Como decía Aristóteles, el tres contiene el principio, el medio y el fin de todas las cosas. Es la totalidad porque es el tiempo, donde hay presente, pasado y futuro. Es Él, Ella y Ello. Entre los pitagóricos es la cumbre de la Santa Tetraktys que simboliza la unidad, lo divino, el origen de todas las cosas. Entre los cristianos es el número de Dios que contiene al Padre, al Hijo y al Espíritu Santo. Entre los cabalistas es la Madre Divina que genera lo material y lo espiritual.

—Los taínos también tienen una Madre que son tres —recordó ella.

—No solo los taínos, en muchas civilizaciones e imperios antiguos se veneraba a una Triple Madre. Pero si el 3 es un número divino, con más razón lo es el 9: un 3 triplicado. Para los pitagóricos simbolizaba el Todo, porque la circunferencia —que no tiene principio ni fin— cubre 360 grados, y la suma de sus dígitos 3 + 6 + 0 es igual a nueve.

—Y el 5, ¿por qué es sagrado?

—Porque simboliza los cinco órdenes o estilos que forman la base de la arquitectura: dórico, jónico, corintio, toscano y compuesto. Los tres primeros fueron creados por los griegos, luego los romanos se inspiraron en esos tres para crear los otros dos. Además, 5 es el número del hombre. Tenemos cinco sentidos, cinco dedos en cada mano y cada pie, cinco orificios en la cabeza y cinco prolongaciones corporales. La estrella ideal tiene cinco puntas, que son triángulos equiláteros, en cuyo centro hay una figura de cinco lados, el pentagrama, que fue el símbolo usado por los pitagóricos para reconocerse entre sí. En cuanto al 7, no solo se le encuentra en los colores del arco iris, sino al sumar los lados del triángulo y el cuadrado, que son dos figuras perfectas. La propia Iglesia ha reconocido la importancia mística del siete. Hay siete sacramentos y siete virtudes, siete arcángeles y siete plagas del Apocalipsis, siete dones del Espíritu Santo y siete pecados capitales. Y ya que Dios creó el mundo en seis días, dedicando el séptimo a descansar, los hombres han dividido su semana en igual número de jornadas. Hay siete notas musicales. Y los hindúes afirman que existen siete puntos misteriosos en el cuerpo a los que llaman chacras, sin contar con que la *menorah* que encendían nuestros ancestros tiene siete brazos.

Jacobo siguió explicando que la Hermandad había mantenido viva la tradición de esos misterios. Otros más le serían explicados tan pronto alcanzara grados más altos en la cofradía. Y a través de los diálogos, ella iría absorbiendo esos conocimientos de modo semejante a las enseñanzas que impartían los filósofos griegos a sus discípulos.

Una mañana, Jacobo decidió que había llegado el momento. Fray Antonio lo ayudó con los preparativos sin que ella sospechara. Hubo que apartar muebles, colocar velas en lugares estratégicos y dibujar símbolos en suelos y paredes.

Esa tarde, cuando Juana regresó del taller, su padre la esperaba en el umbral de la casa.

—Vayamos a caminar un poco —le dijo, antes de que entrara.

Conversaron de nimiedades. En ocasiones, Jacobo escrutaba el cielo para observar el ocaso que se batía en retirada. Al regreso tuvieron que guiarse por las luces de los quinqués y las velas que escapaban de las viviendas.

Juana se sorprendió al verlo tocar tres veces en su propia casa. Su asombro fue mayor cuando escuchó un susurro al otro lado de la puerta:

—¿Quién llama?

—Uno que desea entrar.

—¿Un hermano?

—Con alguien que quiere serlo.

Era la contraseña acordada.

Jacobo le cubrió los ojos con una tela, la tomó de una mano y le dijo:

—Confía en tu hermano.

Si Juana no hubiese tenido los ojos vendados, habría advertido que la casa no se parecía en nada al hogar que dejara esa mañana. Los muebles estaban cubiertos con paños negros y las dos columnas que servían de soporte al techo mostraban las letras B y J respectivamente. Jacobo guio a su hija entre ambas columnas hasta una habitación pintada de negro.

—En esta cámara deberás reflexionar —le dijo su padre, retirándole la venda—. Vas a dejar tu antigua vida para siempre. Examina lo que hay entre estas cuatro paredes, reflexiona y escribe tu testamento porque al salir serás otra persona.

Juana estudió la extraña decoración. Sobre la mesa había un cráneo humano, un reloj de arena, una escudilla con sal y con azufre, un gallo de cerámica, un trozo de pan, una copa con agua y una vela encendida que arrojaba su luz fantasmal sobre las paredes; también un pliego de papel y una pluma con su tintero.

Como no sabía qué se esperaba de ella, se dedicó a escribir todo lo que venía a su mente. El cráneo le recordó su propia mortalidad. La naturaleza de los seres se transformaba al morir. Lo que previamente fuera una criatura capaz de respirar o estremecerse se convertía en materia inerte y silenciosa. La existencia era una condición inestable y cada minuto se escurría entre los dedos como la arena de ese reloj. Por las mañanas, tras el canto del gallo, se iniciaba el futuro: una nueva oportunidad para que las almas sacaran provecho de sus vidas, repararan los errores de la víspera y recobraran la luz perdida.

Al llegar a este punto, se detuvo. No sabía qué escribir sobre la sal y el azufre. Ambos eran elementos vitales para los alquimistas que buscaban la transmutación del alma. Después de leer cierto manuscrito que su padre había encuadernado en secreto, aprendió que esa práctica estaba llena de símbolos, y que esos compuestos no designaban sustancias reales, sino metáforas.

El tratado decía que el alma viajaba de cuerpo en cuerpo aprendiendo lecciones en cada vida. Por desgracia, rara vez las almas recordaban sus vidas anteriores. Por eso los alquimistas querían fabricar la piedra filosofal, con la cual destilarían el elixir de la inmortalidad. Los profanos creían que esa inmortalidad era corporal, pero el autor del tratado lo negaba porque él lo había logrado. Gracias a aquel elixir, ya podía ver sus vidas anteriores y, cuando su alma volviera a encarnar en otro cuerpo, seguiría recordándolas. El tratado afirmaba que ese era el secreto que tanto le disgustaba a la Iglesia. El paraíso no podía alcanzarse comprando bulas o pagando diezmos, sino aprendiendo lecciones únicas para cada individuo.

Y al recordar ese punto, Juana evocó la fórmula que resumía el conocimiento alquímico: *solve et coagula*. Disuelve y coagula, es decir, separa y une. O lo que es lo mismo, limpia y renueva. Eso era lo que los alquimistas buscaban. La interpretación de ese rudimento filosófico también podía aplicarse a ella. Su vida previa a la Hermandad quedaría en el pasado. Por tanto, tendría que transformarse en otra. Eso haría. Destruiría a la antigua Juana para que otra naciera. Comprendió que salir de aquella cámara oscura era como viajar en las aguas del vientre materno y empezar una nueva existencia.

Cuando acabó de escribir, su padre entró para vendarle nuevamente los ojos y hacerle recorrer una senda colmada de obstáculos. Aquí debía alzar los pies para esquivar un objeto; allá, escurrirse entre dos muebles que imitaban un pasadizo; luego arrastrarse por el suelo como quien se desliza por un túnel.

Esa ruta laberíntica remedaba las ceremonias de un pasado perdido, mucho más antiguo de lo que sospechaban. En aquel rito resonaban los ecos de los misterios órficos y eleusinos en los que el novicio bajaba al mundo de ultratumba. No obstante, donde aquellas liturgias ancestrales pretendían reproducir los misterios de la vida y la muerte, la Hermandad solo deseaba plantar la semilla de la confianza entre sus miembros. Al final del recorrido a ciegas, Juana recitó el juramento a la cofradía.

—Bienvenida a la Hermandad, hija —dijo Jacobo mientras retiraba la venda de sus ojos.

Al volverse, se enfrentó a los dos rostros que la contemplaban sonrientes. Estaba acostumbrada a que su padre llevara un delantal de artesano, pero le resultó raro ver al fraile con aquella prenda sobre la sotana. No se sorprendió mucho al enterarse de que también pertenecía a la sociedad, dado que siempre andaba en algún contubernio con su padre.

—Bienvenida, hermana —dijo el fraile.

—Ya puedes preguntarnos lo que quieras —añadió Jacobo.

—¿Podríamos comer algo? Me muero de hambre.

7

Y así se inició una nueva etapa en su vida. Lo primero fue poner a buen recaudo el manuscrito, envolviéndolo en una funda de cuero forrada de algodón, que guardó en un cofre de cedro —una madera dura y resistente a los insectos—. Dentro del cofre esparció hojas de laurel y cáscaras de limón, como remedio para alejar las polillas.

Una vez que el manuscrito estuvo a salvo de las plagas, se concentró en sus estudios, es decir, en aprender esos dos idiomas que no se asemejaban en nada a los que ya conocía. Uno se hablaba con las manos. El otro era una lengua de pájaros que se cantaba soplando entre los dedos.

No fue fácil encontrar un sitio donde practicar. Cada día, antes del ángelus, su padre y ella se internaban en la maleza para mezclar sus silbidos con los coros de aves que llenaban la jungla al amanecer.

Lo más fascinante era la posibilidad de conversar a distancia con cualquier taíno que conociera ese lenguaje. Ni siquiera un cristiano sabría que estaba comunicándose con un indígena por muy bien que conociera el silbo. Escucharía las frases, pero no entendería su significado: sería como oír una lengua desconocida.

No era difícil memorizar los sonidos, pero el verdadero reto consistía en silbarlos. Debía domar los dedos y la lengua hasta conseguir la posición adecuada, y forzar sus pulmones para soplar con la potencia requerida. Los primeros días se mareó un poco. Al cabo de un mes ya entendía buena parte de lo que silbaba su padre y pudo construir frases sencillas. En ese punto Jacobo optó por reducir las lecciones a dos por semana. No podía seguir descuidando su taller sin levantar sospechas. Algunas tardes, sin que nadie lo supiera, un nitaíno lo guiaba hasta la cueva donde Tai Tai recibía sus lecciones.

Juana regresó a su rutina de ayudarlo en el trabajo, escribir su manuscrito y explorar los alrededores en busca de materiales para las tintas. Su pasión por el dibujo había regresado, y también su interés por fabricar colores nuevos. Había descubierto unos arbustos de frutillas purpúreas que manchaban los picos de las aves que se las disputaban. Decidió experimentar con ellas. Una mañana en que recogía algunas, escuchó que silbaban su nombre:

—*Juana.*

Su padre solía llamarla de aquel modo y ella respondía de igual manera. Habían acordado que nunca sostendrían conversaciones largas en el pueblo, solo breves llamadas que pasarían por simples chiflidos. Mecánicamente respondió silbando:

—*¿Qué?*

Había esperado escuchar el acostumbrado «*ven acá*», pero oyó un «*necesito verte*» que la dejó petrificada. La respuesta había llegado en taíno. Instintivamente avizoró la puerta de su casa, observó el movimiento de la gente cerca del taller y se dio cuenta de que el sonido no provenía del pueblo, sino de la selva. Su corazón comenzó a latir con violencia.

—*¿Quién llama?* —silbó en taíno.

—*Mabanex.*

El cesto de frutas se le escurrió de las manos.

—*Ven a buscarme* —silbó ella no muy alto, temiendo que su padre la escuchara—. *Estoy detrás de la casa de Dios.*

Aguardó sin moverse hasta que escuchó:

—*Guíame.*

Provenía de su derecha.

—*No silbes tan alto o mi padre te oirá.*

La sangre le zumbaba en los oídos. «Hace un año que no lo veo», no cesaba de repetirse. Estaba a punto de volver a silbar cuando Mabanex se plantó ante ella. ¡Virgen santa! ¡Qué alto era aquello! Su cuerpo parecía más ancho, y su rostro...

A Juana siempre le gustó su expresión casi infantil, pero ahora tropezó con una mirada inesperadamente adulta y penetrante.

—Has cambiado —murmuró ella.

—Tú también.

Juana notó que le costaba trabajo hablar, como si tuviera algo atascado en la garganta. Mabanex se había quedado igualmente sorprendido. Los bucles de la muchacha seguían arrojando los mismos destellos rojizos bajo el sol, pero su boca poseía una cualidad perturbadora, casi comestible.

—¿Cómo aprendiste el lenguaje de los silbidos? —musitó ella.

—Mi hermano me contó que tu padre le enseñó a hablar esa lengua de pájaros. Por eso pensé que la conocerías.

—Así es, pero esa lengua es secreta. Tu hermano no debió revelártela.

Mabanex sonrió y, tomándole una mano, hizo una leve presión en un nudillo. Juana ahogó un grito. Mabanex era miembro de la Hermandad.

—Ven conmigo —dijo él.

Ella supo enseguida adónde se dirigían. Esta vez no fue necesario animarla para que atravesara la cortina de agua que ocultaba la gruta donde alguien había barrido la hojarasca. Ya no había ramas secas, ni rocas a medio tallar, ni restos de trapos. Incluso la luz que caía del techo parecía más limpia. Una especie de altar, construido con grandes lajas, se alzaba en el centro de la caverna.

—Aquí se reúnen todos.

—¿Hay otros taínos en la Hermandad?

—Algunos.

—¿Sabe Tai Tai que vendrías a buscarme?

—Ya cumplí mi castigo de no hablarte por un año. Si no te llevo a la aldea, no le importa que nos veamos a escondidas.

Juana trató de entender lo que ocurría. ¿Por qué su padre se arriesgaba tanto por esa gente? ¿Por qué el cacique, que hasta entonces había protegido celosamente su aldea, se reunía con su padre, que era cristiano? ¿Y por qué Tai Tai y los ancianos brujos la habían dejado irse sin castigarla?

—¿Qué ibas a mostrarme? —preguntó ella.

—Los dos hicimos el juramento de la Hermandad cristiana, ahora debemos celebrar el rito de la *cohoba,* y entonces seremos como de la misma familia. —Comenzó a sacar objetos del morral—. El behíque dice que es una ceremonia para adultos, pero nosotros ya lo somos.

—¿Qué es eso? —preguntó ella, señalando una estatuilla tallada en hueso, de cuya cabeza brotaban dos caños delgados, como las antenas de un insecto, y un tercero que salía en dirección contraria.

—Un inhalador.

Juana había escuchado hablar de la *cohoba*, pero no sabía si se comía o se bebía. Mabanex le explicó que no era una bebida ni una comida, sino el polvo triturado de unas semillas, mezclado con las hojas machacadas de otra planta, que se inhalaba a través de esos dos caños que se introducían en las narices. También le mostró la paleta curva, con un pájaro tallado en la empuñadura, que debía tocar la garganta para limpiar el estómago.

—¿No me hará daño?

—Nadie se ha muerto por usarlo.

Mabanex volcó el polvillo de color acanelado sobre el plato que un cemí sostenía sobre su cabeza y le pidió a Juana que lo acompañara afuera. Inclinado sobre el agua, le mostró cómo usar la paleta. Después de varios intentos, Juana consiguió vomitar los restos del desayuno.

Regresaron a la gruta sintiéndose más ligeros y aspiraron un poco de *cohoba*. Mabanex le advirtió que solo probara una pequeña cantidad. Al cabo de un rato, la dejó que aspirara otro poco. A la tercera inhalación, Juana comenzó a sentir sueño.

—No creo que resulte —dijo ella, esforzándose por mantener los párpados abiertos—. A lo mejor solo funciona con los taínos.

Ni siquiera se dio cuenta de que había hablado en castellano, aunque Mabanex no se enteró. Yacía boca arriba contemplando el techo. Juana no supo si la había oído. Tampoco alcanzó a averiguarlo porque se fijó en algo que brillaba en el lodo: una brizna de hierba que reflejaba la luz del sol. Pronto brotaron otras que se extendieron por la cueva como un manto verde. Los muros se volvieron traslúcidos y ella se encontró en una llanura desconocida. A lo lejos se levantaban edificaciones radiantes como espejos, extraños carruajes se desplazaban por la tierra y el aire sin que ninguna bestia tirara de ellos, y la gente se movía muy aprisa. De pronto la ciudad se desvaneció. Una sustancia que no era aire ni líquido la rodeó como una caricia.

—*¿Qué has hecho, criatura?* —preguntó dentro de su cabeza—. *Te advertí que no probaras las cenizas antes de mi llegada. ¡Aún no has tenido tu sangre de doncella!*

Juana clavó su vista en el platillo con la *cohoba*, pero no entendió nada.

—*Has puesto en peligro tu muerte* —sentenció la Voz.

«¿Mi muerte? —pensó Juana, más confundida aún—. Uno pone en peligro su vida.»

Un fogonazo le hirió las pupilas. Cerró los ojos, pero la luz atravesó sus párpados transparentes. En medio del resplandor, una silueta pareció flotar. El manto que la cubría se desplegaba a su alrededor como si fueran alas líquidas.

Juana distinguió sus facciones. Tenía el rostro más terrible y hermoso que jamás hubiera visto. Apretó los párpados para librarse de Aquella que nunca cambiaba, pero la imagen ya estaba instalada en su alma y no tuvo más remedio que enfrentarla.

Como si pudiera sentir su pánico, la Diosa se aproximó con lentitud. Millares de partículas flamígeras se desprendieron de su manto y se fueron dividiendo en fragmentos que giraban en torno a Ella. La muchacha comprendió que eran mundos donde vivían criaturas semejantes o diferentes a las que habitaban en el suyo. Era una noción aterradora.

—No quiero saber —le rogó mentalmente porque su garganta no obedecía.

—*Ya no podrás evitarlo* —respondió la Voz—. *Ahora tu espíritu es diferente y pronto tu cuerpo también lo será.*

—¿Qué quieres decir?

La Diosa extendió sus brazos para tocarla, pero su imagen empezó a alejarse absorbida por un huracán que crecía a sus espaldas.

—No me abandones, Madre.

—*Nunca lo haré* —respondió la Voz—, *estás cosida a mi espíritu por las cenizas rojas de ese fruto.*

Y mientras la Diosa se perdía en el remolino de luz, Juana sintió unos dedos que acariciaban sus entrañas. Luego no supo más porque las tinieblas se cerraron sobre ella.

8

Torcuato Gaspar de Alcázar maldijo aquel condenado clima. El súbito vendaval lanzaba ramas que lo golpeaban como proyectiles, pero no era la inclemencia del tiempo lo que lo perturbaba tanto. Ya no era el pícaro andrajoso que Juana y su padre habían conocido, sino un oficial bajo las órdenes de Pánfilo de Narváez; pero a pesar de su ascenso social, seguía culpando de sus desgracias a ese judío que siempre se las arreglaba para obtener el favor de un protector. Quizá tuviera algún pacto con el diablo.

De nada había valido que Pedrico y él se presentaran ante el prior, tras el entierro del viejo Torcuato, para revelar el paradero de los prófugos y reclamar la recompensa. Cuando los soldados arribaron a Cádiz, Jacobo y su hija se habían esfumado. Así es que los compinches no tuvieron más remedio que ganarse la vida del único modo que sabían, es decir, robando.

Torcuato no perdió la esperanza de hallarlos, aunque la suerte nunca le favoreció. En un intento por explorar vías más prósperas, los amigos acordaron marchar al Nuevo Mundo y se alistaron como grumetes de cubierta para buscar fortuna en esas tierras de lluvias perennes y calores infernales.

Solo él y Pedrico —que se había convertido en el soldado Pedro Villa— sabían quiénes eran en realidad Jacobo y su hija. Durante su cena con fray Severino, Torcuato estuvo a punto de contárselo, pero prefirió guardar el secreto hasta determinar cómo sacarle más provecho.

Con los años y los golpes había aprendido que la paciencia brinda mejores frutos que una acción precipitada. Además, siempre era bueno contar con un naipe oculto que le sirviera para forzar favores o chantajes. Por su parte, no tenía prisa. Los fugitivos no lo habían reconocido bajo su fachada de militar barbudo y desfigurado. Por supuesto, él no era el único que había cambiado. De no haberla visto junto a su padre, nunca hubiera imaginado que aquella doncella de actitud resuelta era la misma mocosa de los libros.

Sus recuerdos fueron interrumpidos por una ráfaga que se llevó su casco y lo echó a rodar por la plazoleta. Tras varios intentos, consiguió alcanzarlo y se lo encajó en la cabeza. El torbellino arrastraba marejadas de escombros que se transformaban en pequeños tornados. Un trozo de hojalata lo golpeó en la rodilla. Soltó una blasfemia y, sin dejar de agarrarse el casco, continuó andando.

Se acercaba un huracán: eso habían dicho los indios de la encomienda. En la villa, hombres, mujeres y niños se afanaban con cestos y herramientas para poner a salvo sus posesiones. Unos pocos continuaron sus faenas sin hacer gran caso al pánico general. Eran colonos que nunca habían experimentado la furia de una tormenta tropical y desconocían que, en tales menesteres, los indígenas eran expertos.

Avanzando a trompicones, el teniente Alcázar alcanzó la vivienda del padre Severino.

—¿Ya sabéis las noticias? —preguntó el cura al verlo en el umbral.

—La suerte está de nuestra parte.

—¿De qué suerte habláis? ¡Viene un huracán!

—Precisamente —dijo el teniente—, oí decir que esos brutos se irán hoy o mañana. Ya he ordenado a mis hombres que se preparen.

—No tenéis idea de lo que son esas tormentas.

—No serán peores que las que he conocido en alta mar —dijo el teniente—. Aparte de ráfagas y mucha lluvia, nada puede ocurrirnos en tierra firme.

Una ventisca levantó una nube de polvo que los cegó momentáneamente.

—Haced lo que queráis —dijo el fraile cerrando la puerta—, pero pienso que sería mejor dejar la expedición para otra ocasión.

—No vine a pediros permiso, sino ayuda, si es que aún queréis dármela.

—Solo os advertía que no es momento propicio para tal aventura, pero si pensáis de otro modo… ¿Qué debo hacer?

—Velar a Ximénez, que anda muy inquieto.

—Su agitación se debe a la cercanía del huracán —aseguró el fraile.

—Eso estorbará nuestros planes porque no pegará ojo en toda la noche. Será mejor que os quedéis con él. No se verá mal que un fraile ofrezca sus servicios en tiempos de zozobra. Yo recorreré el pueblo con el pretexto de asegurar que los vecinos estén a salvo. Así será más fácil instruir a mis hombres.

—No estoy seguro de que sea un buen plan. Si los indios salen en medio del huracán será imposible que logréis seguirlos.

—Esos indios tendrán algunas mañas, pero no arriesgarán sus vidas por gusto.

—Como queráis, haré vigilia junto a Ximénez. De todos modos, los huracanes me arruinan el sueño.

El teniente hizo un ademán de despedida. Al girar el picaporte, un ramalazo de viento abrió la puerta, que lo golpeó en pleno rostro. Soltando una maldición que hizo persignarse al cura, salió como una tromba sin darse cuenta de que alguien más había sido testigo de su retirada.

El padre Antonio continuó acarreando las provisiones de una viuda hasta el umbral de su casa, se despidió de ella con una bendición y cruzó la plazoleta hacia los talleres. Unos pocos seguían funcionando, ajenos al ajetreo de quienes trasladaban los telares y los tornos hasta sus viviendas, donde estarían mejor resguardados.

Jacobo dirigía la labor de los aprendices que acomodaban los sacos de algodón en improvisadas parihuelas. Uno de los maestros tejedores le había ofrecido su almacén, que contaba con buenos muros de piedra y argamasa, para que los guardara allí.

—¿Os falta mucho? —preguntó Antonio.

—Ya termino —contestó el otro sin volverse—. ¡Juana! ¿Qué haces?

Su hija amarraba los marcos de madera a un poste.

—Es mejor esto que dejar los bastidores sueltos para que se los lleve el viento —dijo ella.

—¡Deja los bastidores! —le ordenó su padre—. Podremos reponerlos.

—¿Cuánto te falta? —insistió el fraile.

Jacobo se volvió, curioso ante su insistencia, y notó el movimiento de su mano: «Debemos hablar a solas».

—Enseguida regreso —anunció en voz alta.

Nadie prestó atención, excepto Juana, que se quedó vigilando a los hombres que se alejaban.

—Gaspar estuvo hablando otra vez con fray Severino —susurró Antonio—. ¿Cuándo vuelven los naborías a la aldea?

—Ni ellos mismos lo saben, no pueden irse sin permiso del cacique.

—Avisad a Ximénez.

—Ya está al corriente y no le quitará los ojos de encima a ese hombre.

El fraile siguió la mirada de Jacobo, que observaba de reojo a su hija.

—Creo que ha sido un error no haberle revelado su origen

—murmuró, plantándose encima de una losa porque sus sandalias se hundían en el fango.

—Antes de contárselo, quiero estar seguro de un detalle.

El fraile se quedó esperando el resto de la aclaración, pero Jacobo guardó silencio.

—¿Le habéis dicho lo que ocurre con ese Gaspar? —preguntó Antonio.

—No, pero estoy seguro de que sospecha algo.

—¿Por qué insistís en mantenerla alejada? El conocimiento nos protege del peligro.

—Con Juana esa regla no se cumple. Mientras más sabe, más se arriesga.

—Vuestra hija es muy lista y ya es parte de la Hermandad. No merece que la dejemos a oscuras.

—Hablaremos de eso más tarde —lo interrumpió Jacobo—. Necesito guardar mis cosas.

Echó a correr bajo la lluvia que arreciaba. Dentro del taller, Juana contemplaba el creciente lodazal con expresión desolada. Ni siquiera notó su presencia.

—¿Qué tienes?

Ella se encogió de hombros. Su padre resolvió ignorarla y se dirigió al otro extremo del cobertizo, donde los aprendices seguían amontonando sacos y contando chistes.

Jacobo había acertado. Su hija intuía algo, aunque nunca lo admitiría ante nadie. En realidad, no podría decirlo sin que la creyeran loca. Todo había comenzado el mismo día en que volvió a reunirse con Mabanex. Nunca debió hacer aquello. Ya la Voz se lo había advertido. Ahora estaba realmente enferma, o loca como la reina que llevaba su nombre.

—Ven acá, Juana —la llamó su padre—, escucha esta historia.

Jacobo volvía a recuperar su buen humor. Podía notarlo del mismo modo que percibía cuán despreocupados estaban los aprendices, pese a las ráfagas que sacudían el techo donde se cobijaban. Aquellos mozos que no poseían nada eran más afortunados que quienes corrían bajo la lluvia a encerrarse, temerosos de perder sus bienes. Aunque no quisiera, Juana podía saber más de lo que hubiera deseado. Y todo por culpa de esas luces que había empezado a ver alrededor de la gente, después de aspirar la maldita *cohoba*.

QUINTA PARTE

Marejadas peligrosas

1

La Habana, Hospital Calixto García, 19 de agosto, 11.46 h

Virgilio no había dormido en toda la noche. Sentado en un incómodo banco, junto a Pandora, apenas prestaba atención al paisaje que se diluía bajo los caldeados espejismos del trópico. Desde la loma donde se alzaba el hospital, eran visibles kilómetros de vecindarios; y casi perdida en la distancia, se adivinaba la brumosa silueta del barrio donde vivía Pandora.

Lawton era un suburbio de maestros, estibadores, costureras, tenderos y otros muchos empleados de oficios humildes. Tras décadas de abandono, sus enmohecidas viviendas habían perdido las ornamentadas barandas de madera, las aldabas de bronce y las losas de sus patios interiores, recuerdos de épocas mejores.

—¿Te sientes bien? —susurró Pandora.

—No.

—Cálmate... Sander nos dará alguna pista.

—Si es que recuerda algo. ¿Estás segura de que los médicos no sospecharon?

—¿Por qué iban a hacerlo? —lo tranquilizó ella—. Cualquiera se cae de una escalera.

—Ojalá no despierte antes de que hablemos con él.

Volvió a mirar por la ventana al escuchar el frenazo chirriante de un autobús. Junto a él circulaba una docena de vehículos anticuados que habían sobrevivido a base de invenciones caseras. Recordó su minúsculo auto, aparcado en un callejón de La Habana Vieja, y maldijo la costumbre que tenían los aparatos de romperse en el momento más inoportuno.

—Tengo que encontrar un mecánico.

—Cuando salgamos del hospital, llamaré a uno que conozco.

Virgilio cerró los ojos con cansancio. La noche había transcurrido entre duermevelas y pensamientos tenebrosos. Ni la agresión a Jesús, ni su apartamento destrozado lo habían afectado tanto como la desaparición de Alicia. Una y otra vez rememoraba la pesadilla de la noche anterior cuando, de regreso al edificio, descubrió la puerta abierta y la frase garrapateada en un papel sobre la mesa: «Silencio o ella paga».

—Dios mío, ¿cómo le explico esto a Ruby?

—¿No lo llamaste?

—¿Qué voy a decirle? ¿Que he perdido a su hija? ¿Que la raptaron para obligarme a entregar el *legado*? Tienes que hablar con el Abate.

—Ya sabes que eso no depende de mí.

—¡Esto es una emergencia!

Pandora asintió sin convicción. ¿Cómo confiarle lo que era un secreto que pasaba de una «intérprete» a otra? Ninguna podía comunicarse a voluntad con el guía de la Hermandad. Tendría que esperar pacientemente por su llamado, si es que podía calificar así al extraño intercambio que el misterioso personaje establecía con ella en ciertas ocasiones. Nunca había revelado a nadie ese tipo de experiencias que se habían iniciado en su juventud. El Abate le había dicho que otras «intérpretes» tenían esa habilidad desde la niñez. Todo dependía de las circunstancias, añadió, aunque nunca le aclaró en qué consistían. Cada vez que intentaba buscarle una explicación a ese don, revivía el mismo terror que la había invadido la primera vez. ¿Quién era en realidad el Abate? Tenía la impresión de que esa voz neutra y serena ocultaba inflexiones femeninas, pero era imposible saberlo.

El súbito aviso de un altavoz la sacó del ensueño. Virgilio y ella siguieron a una enfermera que les informó que el paciente dormía bajo los efectos de un sedante. Se había quejado de migraña durante la noche, pero ni los rayos X ni el escáner habían mostrado imágenes anómalas, solo una leve contusión; así es que le suministraron un calmante y lo dejaron dormir. El doctor ya permitía las visitas.

La habitación olía a alcohol y desinfectante. Frente a dos camas, separadas por una cortina, se agrupaban varias sillas. Uno de los lechos estaba vacío, aunque sus sábanas revueltas indicaban que había sido abandonado recientemente. En el otro yacía Sander, conectado a un suero que goteaba con previsible cadencia.

Virgilio permaneció de pie hasta que Pandora lo obligó a sentarse junto a ella.

—¿Qué vas a decirle cuando pregunte por Alicia? —preguntó ella, sin dejar de vigilar al durmiente.

—No tengo ni idea.

—Pues piensa rápido, porque será lo primero que hará cuando despierte. Creo que deberíamos contarle la verdad. O, por lo menos, lo más importante.

—¿Lo más importante? —repitió Virgilio—. ¿Qué es lo más importante? ¿La existencia de la Hermandad? ¿Que han tratado de asesinar a Jesús y que ahora han secuestrado a Alicia para chantajearme? ¡Ni lo sueñes! ¡Esa gente dejó una advertencia bien clara!

—Entonces ¿qué propones? —susurró ella, notando que Sander se movía inquieto en su sueño—. A mí no se me ocurre nada.

—No podremos ocultar que Alicia desapareció, pero sí la verdadera causa. Le diré que un coleccionista extranjero ha insistido en comprarme la colección de mapas antiguos; pero como me he negado, envió a alguien para robarlos. Ellos sorprendieron al ladrón en plena faena y el tipo se llevó a Alicia para intimidarme.

—No me parece muy creíble.

—Lo será para él: primero, porque no tendrá otra manera de explicarse lo ocurrido; y segundo, porque voy a enseñarle la nota que encontré en la cocina.

—Es que nadie secuestra por unos mapas —insistió ella.

—A menos que cuesten miles de dólares.

El celular de Virgilio zumbó. Tras silenciar a Pandora con un gesto, salió del cuarto en busca de mejor señal.

La mujer se asomó al jardín donde tres tomeguines se disputaban una corteza de pan, un gato rollizo dormitaba bajo unos arbustos y unos enfermeros en uniforme verde caminaban sin prisa por serpenteantes senderos. Aquel escenario hubiera inspirado una paz bucólica en cualquier otra persona que no supiera de amenazas, ni secuestros... ¿Dónde estaría el Abate?

—¡Lo sabía! —exclamó Virgilio, entrando a la habitación.

—¿Qué?

—Los datos del conserje se esfumaron del sistema.

—¿Cómo es posible? ¿Hackearon la base de datos?

—O tiene un cómplice en el museo. Y ya debe de suponer que lo descubrimos, porque no fue a trabajar. Mi secretaria solo recuerda que andaba en un Cadillac rojo y blanco, y que vivía por Cojímar, pero nada más.

—¿Qué vamos a hacer? La rueda de prensa está anunciada para mañana.

—Pues habrá que...

Se tragó el resto del discurso, porque un grupo de médicos invadió la habitación. Revisaron la herida del paciente, lo auscultaron, estudiaron la placa de rayos X, le hicieron algunas preguntas que él respondió con voz fatigada, y finalmente se apartaron para cuchichear entre ellos, usando términos ininteligibles para el resto de los mortales. Después de asegurarle que todo estaba bien, abandonaron la habitación.

Con los ojos cerrados, Sander escuchó las frases «contusión ligera» y «dos días más», y fingió volver a dormirse para que lo dejaran en paz. Necesitaba tiempo para asimilar lo que había escuchado y, sobre todo, para planear cómo rescatar a Alicia de un peligro que aún no entendía.

2

Habana del Este, cercanías de Cojímar, 19 de agosto, 20.36 h

La despertó el persistente zumbido de un enjambre gigantesco. El rumor aumentó dentro de su cabeza y supo finalmente que era el sonido de la sangre en sus arterias.

—*No temas, hija mía* —susurró la Voz.

Ensayó a abrir los ojos. No, ya estaban abiertos, aunque seguía sin ver. Tuvo un momento de pánico y, cuando quiso gritar, apenas le brotó un ronquido a través de la mordaza. Movió los hombros, pero solo consiguió que la soga la apretara más.

¿Por qué estaba allí? A pesar del terror, trató de hacer memoria. Su tío le había explicado algo sobre una organización hermética y un documento importante. Además, alguien había atacado al Curita. Lo último que recordaba era el pálido rostro de Sander en una habitación revuelta. Ella había tocado sus cabellos, la sangre le manchó los dedos, y luego… nada. O más bien un fogonazo, el estallido de mil soles. Y ahora estaba ciega. El aire olía a maderas podridas, a rincón húmedo y rancio, a moho y encierro. No lograba entender qué le ocurría. Era como si viviera un sueño que se le escapaba.

En su forcejeo por liberarse, movió la silla. Las patas de madera resonaron como taconazos sobre las tablas del suelo, *tac-tac-tac*, mientras ella saltaba en su prisión.

Un chispazo surgió de pronto a su izquierda. Estiró el cuello con ansiedad, intentando reproducir aquel efecto. ¿Lo habría imaginado? Volvió a sacudir la silla, *tac-tac-tac*, hasta que el resplandor regresó. Miró intensamente aquel alfiler luminoso y comprendió que no estaba ciega. La luz era una estrella. Su brillo penetraba por algún intersticio (¿de una tabla, una ventana, una pared?), pero no vio otros puntos luminosos. Solo aquel. ¿Qué hacía ella en una habitación tapiada?

Nuevamente luchó por aflojar las cuerdas. *Tac-tac-tac*, cloqueó su silla sobre las tablas heladas. Cada salto la ayudaba a hacer presión contra la soga que se afincaba en su piel, pero apenas conseguía hacerla resbalar de su sitio y mucho menos zafarse. El miedo se clavó en su corazón; un miedo que estalló para transformarse en una ira remota que fue creciendo cuanto más inútiles resultaban sus esfuerzos.

De repente, un rectángulo gris se abrió ante ella.

—Por fin se despertó su alteza —dijo una silueta que se recortó contra la claridad.

El hombre despedía un aroma empalagoso y vagamente familiar. Después de aflojarle la mordaza, preguntó:

—Ya sabes por qué estás aquí, ¿verdad?

Alicia movió la cabeza con gesto negativo. Tenía la garganta demasiado seca para hablar.

—Vas a decirme dónde está el *legado.*

—¿El qué? —respondió ella, haciendo un esfuerzo.

—Me lo imaginé —dijo él, desplazándose a un lado.

A pesar de la oscuridad, Alicia percibió el centelleo de una aguja. Nunca había temido a las inyecciones, siempre que fueran con fines terapéuticos, pero estaba segura de que ese no era el objetivo de esa jeringuilla.

—¿Qué quiere que le diga? —suplicó, retorciéndose para evitar el pinchazo—. No sé de qué me habla.

—Ya veremos.

El doloroso aguijón penetró en su brazo izquierdo. Notó el breve entumecimiento en esa zona y un fragor como si el aire girara en torbellinos. Un olor penetrante invadió sus pulmones. Se sintió libre y cómoda. Indolente. Despreocupada. No es que perdiera la conciencia, sino simplemente que el mundo dejó de importarle.

La Liebre reconoció el brillo cristalino de aquella mirada que vagaba sin fijarse en ningún punto preciso. Era la misma que había visto tantas veces en los ojos de otros cautivos a su cuidado.

Dejó la jeringuilla sobre la mesa, encendió una pequeña linterna y la acercó al rostro de la joven para alumbrar sus pupilas. Satisfecho, guardó la linterna y empezó a interrogarla, mezclando las preguntas importantes con las anodinas, y repitiéndolas de mil maneras diferentes hasta que estuvo seguro del resultado. Una hora después, recogió la jeringuilla vacía y salió de la habitación.

Su reloj marcaba casi las diez. Se cambió la camiseta sudada por otra más fresca, sacó una cerveza del refrigerador y salió a beber bajo las estrellas.

Sabía que no debía molestar al profesor, enfrascado en su libro, pero el jodido cura le había dicho la verdad. El *legado* no estaba allí. Tampoco la sobrina sabía dónde o quién lo guardaba; pero si no lo encontraba antes de la conferencia, tendría que largarse a otro rincón del mundo.

¿Debía de llamar al Jefe?

Arrojó la botella medio vacía a un rincón del jardín y marcó un número. Al tercer timbrazo, contestaron.

—¿Sí?

—Soy yo, Jefe.

Transcurrieron cinco largos segundos antes de que el otro respondiera:

—Espero que esto no sea una emergencia de las malas.

—Todo está bajo control.

—Entonces ¿para qué me llamas? Báez me contó que ibas a «trabajar» con la muchacha. ¿Averiguaste algo?

—El tío mencionó el asunto, pero ella no tiene idea de qué se trata, ni quién lo tiene.

—Eso quiere decir que el terreno está más despejado de lo previsto y que podemos concentrarnos en el tío. Mejor para nosotros. A menos bulto, mayor claridad.

—No precisamente. Hay un policía de Miami que también anda detrás de Virgilio.

—A ver, explícame eso.

La Liebre tragó en seco. No le gustaba ese tono tan glacial.

—Llegó a La Habana, buscando información sobre el asunto de Miami, y la contactó. Parece que vieron la escultura en las noticias y pensaron que existía una relación entre ese caso y la isla.

—Y todo porque a ti se te ocurrió la brillante idea de colocar los brazos de ese ladrón imitando el símbolo que el otro dejó en la biblioteca.

La Liebre parpadeó dos veces. Ya el profesor había ido con el chisme, pero la culpa era del propio Báez. Él mismo le había enseñado aquel objeto, diciendo que era un «mensaje» de quien había robado el *legado*. Por eso, cuando se encontró con Valle, pensó que sería un buen modo de cobrársela.

—Que los polis vieran esa escultura fue mala suerte, una puñetera casualidad. Nunca pensé que...

—Ese es el problema, Liebre, tú jamás piensas —lo interrumpió el otro—. Escucha bien, no vuelvas a hacer nada creativo por tu cuenta. Deja de improvisar y concéntrate en tu tarea, que es recuperar el *legado*. No quiero más pendejadas.

La Liebre hubiera podido recordarle que, gracias al secuestro de Alicia, ahora podrían negociar, pero prefirió callarse.

—Resuelve esto de una vez —ordenó el Jefe—. Mañana llama a Virgilio y proponle el intercambio. Ya lo dejamos sudar bastante.

3

La Habana, Municipio Playa, 20 de agosto, 11.45 h

Desde la ventana de su oficina, el sargento Alfonso Álvarez divisó el parque que se teñía con pétalos de flamboyán. Le hubiera gustado tumbarse sobre aquel césped, lejos de los problemas del mundo. Hacía dos horas que leía frente a su computadora y los ojos le escocían como si buceara en agua salada.

Ya había revisado los incidentes ocurridos en el municipio durante las últimas horas: cuatro robos, una reyerta entre pandillas y dos peleas con armas blancas, sin contar la vandalización de tres vehículos para robarles neumáticos, espejos, equipos electrónicos y enseres personales dejados en el interior. Nada fuera de lo habitual.

Contempló los gorriones que volaban en pequeñas bandadas. Levemente reconfortado con aquella escena, se animó a repasar los delitos de otros municipios: dos muertes en accidentes automovilísticos, tres altercados domésticos, un asalto, dos heridos en una reyerta por consumo de alcohol, una violación, dos incendios: el primero, con un lesionado grave, posible intento de asesinato, y el segundo... Retrocedió de inmediato. Un dato encendió la alarma en su cerebro. «Trabajo: Departamento de Arqueología, Academia de Ciencias.» Recordó lo que le había contado Luis sobre el asesinato en Miami y un profesor que coleccionaba piezas arqueológicas...

Llamó para pedir más información. Sintió ganas de fumar mientras esperaba, pero aquel vicio estaba prohibido desde que habían instalado el aire acondicionado. Masculló una maldición y se prometió —por enésima vez— dejar la jodida costumbre. Por fin la señal del correo se activó. Abrió el archivo de fotos, leyó el informe que contenía detalles de la víctima, volvió a mirar las fotos y levantó el teléfono de la oficina. Enseguida lo pensó mejor, colgó y marcó el mismo número desde su celular. Al tercer timbre contestaron:

—*Hello*.

—Soy yo, compadre —dijo Foncho—. ¿Dónde estás?

—Saliendo del museo de la universidad. Hablé con un guía, pero no pude averiguar mucho. ¿Y tú?

—En la estación. Anoche hubo un incendio en La Habana Vieja. Los bomberos rescataron a un herido grave que aparece como «J. de la Cruz». ¿Te dice algo ese nombre?

—No.

—Trabaja para la Academia de Ciencias.

Foncho pudo percibir la tensión al otro lado de la línea.

—¿Es arqueólogo?

—Dibujante científico. No sé bien qué es eso, pero un amigo de la víctima confirmó que trabajaba con arqueólogos. Adivina quién es ese amigo. —Como Luis no dijo nada, añadió—: Virgilio Islas...

—¿Podrías conseguir más datos?

Foncho recordó su anhelado cigarrillo y movió su corpachón, haciendo crujir peligrosamente la silla.

—Te informaré —concluyó.

—¿Me das la dirección?

—¿Para qué?

—Quiero pasar por allí.

—Si te metes en un lío, no podré hacer nada.

—Solo voy a mirar.

Foncho no era un tipo religioso, pero tenía sus creencias particulares y pensaba que la gente se ve mezclada en ciertas situaciones porque Dios las pone en su camino. Para él, la vida no era más que una sucesión de pruebas. Por eso estaba convencido de que existía una razón por la que se hallaba involucrado en todo aquello. Si era para bien o para mal, aún estaba por verse.

—Iré contigo —dijo finalmente—. ¿Tienes donde escribir?

Foncho tardó casi una hora en llegar, porque antes tuvo que dejar su uniforme en casa. Cuando finalmente apareció, Luis se paseaba inquieto junto a la estatua de José de la Luz y Caballero, frente al seminario de San Carlos.

Vistiendo jeans, camisetas claras y gafas de sol como cualquier turista, los amigos se dirigieron a la dirección del siniestro incidente. Luis tomaba fotos de los balcones restaurados, de las antiguas farolas y de las fuentes que iba descubriendo, aunque su objetivo era una casona tiznada de humo, situada al final del callejón. Restos de hollín manchaban sus paredes. Era la típica edificación colonial, pintada de un suave tono amarillo, a lo flan cubano, para resaltar el color café tostado de sus puertas y ventanas.

Estudiaron el edificio de dos plantas para dilucidar cómo había entrado el agresor. Sobre el tejado a dos aguas se erguía una antigua veleta de metal. Su pieza móvil era una flecha sobre la cabeza de un gallo, pero su eje se inclinaba hacia un lado. Concluyeron que el intruso habría subido a la azotea, trepando por las rejas de la vivienda aledaña. Desde allí debió de lanzar una cuerda para engancharse a la veleta y, tras alcanzarla, se deslizaría hasta el balcón bajo el alero.

Tras conversar con varios vecinos, se refugiaron en un bar cercano.

—Nunca imaginé que la víctima fuera el candidato del PVE —dijo Foncho, después que el camarero trajo las cervezas—. Dudo que sea tráfico de antigüedades. Se trata de algo más serio.

—¿Una cuestión política?

—Creo que sí.

—Siempre sospeché que Báez nos había mentido, pero no acabo de entenderlo. ¿Qué pudieron robarle o qué buscaban en su despacho que estuviera relacionado con unas elecciones? ¿Se trataría de pruebas para destruir a algún candidato? Porque él pertenece oficialmente a un partido, pero anda coqueteando con otro.

—Ahí tienes un rompecabezas —dijo Foncho encogiéndose de hombros, y enseguida se bebió media Corona de golpe.

—¿Confirmaste con su sobrina que verías a Virgilio Islas en el museo?

—No contesta, como de costumbre —respondió el detective, quien hizo una mueca tras probar un sorbo de su cerveza ya tibia—. Coño, esto sabe a rayos.

4

La Habana Vieja, Museo del Libro Cubano,
20 de agosto, 13.20 h

El trasiego de periodistas que cargaban sus equipos hasta el museo se extendía más allá de la esquina. Era una suerte que el tráfico estuviera prohibido en esa zona. De lo contrario, las calles se hubieran convertido en un apretujado hacinamiento de camionetas encaramadas encima de las aceras.

Poco a poco las galerías que circundaban el patio se fueron llenando de trípodes con cámaras, cables y micrófonos. Pandora se recogió las faldas, que se le enredaban entre tanta parafernalia, y, mientras buscaba dónde refugiarse, divisó a Virgilio leyendo unos papeles junto a una columna. Las arrugas de su entrecejo se habían multiplicado. Parecía enfermo.

—Nadie ha llamado —susurró al verla—. No sé nada de Alicia.

—Hablaremos cuando acabe la rueda de prensa. ¿Pudiste arreglar el carro?

—Sí, eran unos cables quemados que jodieron la batería y el alternador. Tu amigo me los cambió gratis, pero me costó un ojo de la cara comprar las piezas. Carajo, creo que me va a dar un infarto.

—Tranquilízate.

—¿Y si no llaman?

—Lo harán, porque no es ella lo que les interesa. Solo se han demorado para ponerte nervioso.

—Pues lo han conseguido.

—Virgilio, ¿dónde están los dossiers de prensa?

Pandora se apartó para dejar que Simón coordinara los detalles que faltaban.

Del puerto soplaba una brisa caliente que presagiaba chubascos. Pandora retrocedió en dirección a la puerta principal, abierta de par en par para facilitar las maniobras de los reporteros, y reconoció los rostros de varios arqueólogos y espeleólogos que iban entrando en medio del despliegue de equipos.

Simón dio unos toquecitos al micrófono y un chirrido agudo escapó de los altavoces. Alguien corrió a eliminar el *feedback*.

Tras un breve silencio, entorpecido por los mismos que mandaban a callar a otros, el director agradeció la presencia de los asistentes, habló sobre la importancia de la institución que los acogía y presentó a Virgilio Islas, jefe de curaduría. Pandora ya había leído el discurso dos veces y sabía lo que se leería y lo que se excluiría: la preciosa información que hubieran revelado si las circunstancias fuesen diferentes.

—Pandora.

El susurro casi inaudible le cosquilleó en la oreja.

—¡Sander! ¿Qué haces aquí? Los médicos dijeron...

—Oí lo que ustedes hablaron en el hospital —la interrumpió—. Sé que alguien secuestró a Alicia y le dejó una nota a Virgilio para que no hablara, pero tengo un amigo que puede ayudarnos.

—No podemos pedir ayuda a nadie. No entiendes el alcance del problema.

—¡Entiendo todo lo que hay que entender!

Varios rostros se volvieron hacia ellos.

—Aquí no —susurró Pandora, agarrándolo por un brazo para sacarlo del edificio y arrastrarlo hasta la acera.

—Tienes razón —admitió él—. No sé qué está pasando, excepto que ustedes andan metidos en un rollo; pero no me interesa lo que es esa Hermandad, ni la gente que los persigue. Lo único que sé es que Alicia está en peligro.

Pandora se quedó muda ante el ímpetu de ese alegato. Su expresión la asustó un poco.

—¿Voy solo o vas a venir conmigo? —le espetó él.

—No soy la persona indicada para tomar esa decisión. Espera a que Virgilio termine. Después de todo, se trata de su sobrina.

Sin aguardar a que él replicara, dio media vuelta y regresó al museo. Sander permaneció bajo el sol que volvía a asomarse tras las nubes. Pandora tenía razón. Necesitaba convencer a Virgilio, porque era el único familiar de Alicia en la isla y su presencia sería imprescindible para denunciar el secuestro. Bueno, no imprescindible, pero sí importante. Y si Virgilio no lo apoyaba, se las arreglaría de otro modo. Desde la acera escuchó el final del discurso y el inicio de la ronda de preguntas. No tenía deseos de quedarse allí, pero de momento no se le ocurrió otra cosa.

Cuando acabó todo, se aproximó al zaguán para localizar a Pandora, sabiendo que sería su guía para encontrar a Virgilio. La divisó al otro extremo del patio, a pocos pasos del curador, que conversaba con dos individuos. Uno era bastante alto y canoso, y parecía fornido, aunque desde aquel ángulo Sander solo pudo distinguir sus hombros anchos bajo la camisa azul. El más gordo, apostado tras la enredadera de flores, también le daba la espalda.

Durante unos segundos los observó sin pensar en nada concreto. Uno de los desconocidos —el más alto— se volvió como quien siente que lo espían y clavó la vista en el músico. El tiempo se detuvo. De repente Sander dio media vuelta y escapó hacia la calle, empujando a todo el que se le atravesaba.

No miró atrás, aunque estaba seguro de que lo seguían. Dobló la esquina presintiendo la aparición de sus perseguidores. Escuchó gritos, pero no se detuvo. Corrió una cuadra más en busca del parqueo donde había dejado la moto. La distancia se alargó como en una pesadilla. A duras penas sus piernas lo obedecían. Hubo nuevos gritos. De un salto se trepó al asiento y salió disparado rumbo a la avenida del Puerto.

El canoso llegó cuando ya la moto se perdía en la confusión de camiones que abandonaban el túnel. El gordo lo alcanzó poco después.

—¿Qué pasó?

—Era él.

—¿Quién?

—¡Mi hijo! Acabo de verlo.

El otro contempló estupefacto a su amigo, sin saber qué responder.

—Te digo que era Alejandro —insistió Luis.

—¿Estás seguro?

—Vi la matrícula —le aseguró Luis al gordo, que aún bufaba por el esfuerzo—. Si te digo el número, ¿podrás averiguar su dirección?

Foncho se encorvó, apoyando sus manos en las rodillas para recuperar el aliento.

—Tenemos que hablar —susurró sin aliento, dándose por vencido.

5

La Habana Vieja, Jardín Diana de Gales,
20 de agosto, 16.36 h

Después de franquear el arco con el rótulo JARDÍN DE DIANA, Pandora y Virgilio bordearon el busto de la entrada y se acercaron al estanque. El sendero de gravilla crujía bajo las suelas. Por todo el jardín se esparcía el rumor del agua que rodeaba el islote central, donde se alzaba una escultura en forma de columna truncada. Bajo un árbol de flores semejantes a escobillones rojos, la pareja buscó refugio.

—Esto me da mala espina —dijo ella mirando en todas direcciones—. ¿Por qué no le pediste más tiempo?

—Porque eso fue precisamente lo que no quiso darme. Me soltó sus instrucciones y colgó.

En realidad, las palabras del hombre fueron: «Búscame a las cinco en el parque de la princesa. Lleva el *legado* y te entregaré a tu sobrina. Si avisas a la policía, no la volverás a ver».

—Sigo pensando que es un plan descabellado.

—¿Se te ocurre otro?

Ella reflexionó un momento y al final hizo un gesto de negación. Su tarea consistiría en vigilar desde la taberna cercana, mientras Virgilio esperaba al desconocido, que quizá fuese el escurridizo conserje. Lo más difícil sería convencerlo de que había sido imposible traerle el *legado* en tan poco tiempo, pero que se lo llevaría sin falta al día siguiente. Cuando el otro se marchara, Pandora iría tras él para indicarle a Sander su ruta a través del celular. El plan casi se había ido al traste porque el muchacho se esfumó después de la conferencia. Finalmente consiguieron localizarlo para explicarle los pormenores de la operación. El encuentro sería en el jardín de Obrapía y Baratillo. Sander debería aguardar en las cercanías y rastrearlo.

—Tengo que irme —dijo ella.

—Hay tiempo de sobra.

—¿Y si está vigilándonos desde otro sitio?

—Es probable, pero créeme que su preocupación principal será que no lo sigamos, y eso no lo haremos nosotros, sino alguien que él no conoce.

Ella notó las gotas de sudor que le corrían por el rostro.

—Hay algo que debes saber —prosiguió Pandora—. Sander oyó lo que dijimos en el hospital.

—¿Cómo que lo oyó? ¿No estaba sedado?

—No tanto como creímos, así es que no pude contarle esa idiotez que querías. Se escapó del hospital y fue a buscarte al museo porque quería que hablaras con la policía. Trabajo me costó convencerlo para que no... Virgilio, ¿qué te pasa?

El hombre pareció tambalearse. Movió los labios como si fuera a decir algo, sus pupilas se empañaron y empezó a balbucear incoherencias. Antes de que ella pudiera reaccionar, se desplomó.

Una pareja que corrió hacia ellos atrajo la atención de otros transeúntes. Lo que siguió fue un pandemonio. Más tarde, Pandora solo recordaría a un turista con aspecto de catedrático que, después de palparlo y tomarle el pulso, dijo:

—*He should be taken to a hospital right now. This could be a stroke.*

Pero ella estaba demasiado aturdida para reaccionar. Tampoco entendía suficiente inglés para saber de qué hablaba el extranjero. Un joven que acababa de acercarse al grupo dialogó brevemente con el hombre y enseguida pidió ayuda para levantar a Virgilio.

—¿Adónde lo lleva? —preguntó Pandora.

—A un hospital, puede que sea un A.V.E.

Pandora lo miró sin entender.

—Accidente vascular encefálico —explicó el joven con la flema de quien emplea esa jerga a diario—. Una isquemia o un derrame cerebral.

En la esquina aguardaba un viejo Chevrolet que alguien ya había llamado. Pandora subió con Virgilio y el vehículo partió a toda velocidad, despidiendo un humo tan acre como una pesadilla.

6

La Habana del Este, cercanías de Cojímar,
20 de agosto, 18.04 h

La Liebre llegó poco antes de las cinco. Aunque sospechaba que el viejo iría con alguien, no se tomó el trabajo de vigilar. Una vez que tuviera el *legado*, se esfumaría por una ruta cuidadosamente planeada. Lo tenía todo previsto. Dos vehículos apostados en lugares estratégicos aguardaban listos para interrumpir el tráfico en puntos diferentes del trayecto.

Atravesó la entrada del parque sin prestar atención a un grupo de personas que se dispersaba en la esquina donde un auto había partido a toda carrera. En el jardín no había nadie. Caminó hasta el estanque rodeado de salvias que empinaban sus ramilletes violetas, y acabó sentándose a encender un cigarrillo, que chupó con desgano, mirando correr desde lejos las hordas de críos chillones.

Las campanadas de una iglesia anunciaron las cinco. Aplastó el cigarrillo sobre el banco de piedra, se puso de pie y regresó a la acera. Tuvo un mal presentimiento, semejante a aquella sensación de su infancia cuando otros niños se burlaban de él. Se paseó de esquina a esquina, nervioso primero, furioso después. Esperó más de lo que hubiera consentido en otra ocasión hasta que las campanas dieron las seis. Cuando vio que el guardaparques empujaba la verja para cerrarla, masculló una palabrota y se dirigió al parqueo. No era cólera lo que sentía, sino algo peor. La olvidada herida de su ego volvía a quemarle.

Arrancó el Cadillac con violencia y apretó el acelerador hasta el fondo. Maniobrando casi a ciegas, llamó a sus secuaces y les informó que la operación se cancelaba. De todos modos, dio unas cuantas vueltas para asegurarse de que nadie lo seguía. Ese cretino lo lamentaría, fue su único pensamiento mientras se sumergía en el denso tráfico del túnel.

Condujo a gran velocidad por la Vía Blanca y, minutos después, se internaba por el sendero polvoriento de su casa. Pocas veces se había sentido tan frustrado. ¿Qué coño le diría al jefe? Sudaba a raudales, lo cual lo puso de peor humor.

Apenas llegó, se sirvió agua del grifo y bebió a grandes sorbos. Durante unos segundos permaneció de pie, respirando pesadamente junto al fregadero, y de pronto lanzó el vaso contra la pared. Los vidrios volaron en todas direcciones.

Caminó por el pasillo en penumbras y, de una patada, abrió la puerta. A pesar de las tinieblas, notó el terror de su prisionera, que dejó escapar un grito ahogado. Aquella reacción, lejos de calmarlo, aumentó sus deseos de venganza. La navaja escupió una hoja afilada, cuyo reflejo le iluminó el rostro.

Por primera vez, la muchacha vio con claridad las facciones de su captor y se estremeció al reconocer el rictus leporino del hombre, que la agarró por el cabello y pegó el acero a su cuello. Ella gimió y se sacudió, pero era una batalla perdida. Apretó los párpados en el instante en que su verdugo le cercenaba el lóbulo de una oreja con un corte limpio, arrancándole también el delicado pendiente de plata.

El dolor fue peor de lo esperado. Gritó por debajo de la mordaza, con la sangre brotándole a borbotones. No era probable que alguien la hubiera oído, pero él la noqueó por reflejo o quizá por costumbre. Aún atada a la silla, rodó por el suelo. Una mancha oscura creció bajo su cabeza y le empapó parte del vestido.

Él se quedó en medio de la habitación, contemplando inexpresivamente a la joven desmayada. Por un segundo temió el rapapolvo del jefe por haber actuado de nuevo sin su consentimiento, pero ya estaba hecho. Regresó a la cocina, puso varios trozos de hielo dentro de una toalla y regresó para colocarla bajo la oreja mutilada, a modo de almohadón. Eso tendría que cortar la hemorragia. Dejó a su prisionera en el suelo, atada a la silla, sin molestarse en cerrar la habitación, y abandonó la casa con el trozo de oreja en una bolsa plástica.

El silencio llenó los rincones. En la habitación del fondo, la mancha de sangre siguió extendiéndose por el piso de madera, atravesó las hendiduras de las tablas y cayó sobre el terreno arenoso. La tierra recibió con avidez esa tibieza, como había aceptado los sacrificios que le dedicaban desde tiempos inmemoriales.

Hubo un cambio en la brisa proveniente de la costa. Nubes oscuras cubrieron el mar. La lluvia golpeó las tejas calcinadas con un murmullo reconfortante. El viento azotó los árboles y golpeó en las ventanas para avisar que recogieran las ropas puestas a secar.

Afuera, el aguacero descendía en riachuelos hasta los cimientos de la casucha solitaria donde la sangre goteaba sobre una minúscula charca. En aquella poceta, el agua y la sangre se fundieron en una poción divina que replicó los rituales de una magia olvidada milenios atrás.

Algo semejante a niebla brotó de esa mezcla y se elevó hasta el puntal. Una silueta fantasmal recorrió el cuartucho y se detuvo sobre el cuerpo inmóvil de la joven. El techo fue sacudido por un vendaval huracanado, intensas ráfagas aullaron entre los intersticios y las paredes se estremecieron con un sollozo cargado de rabia.

7

La Habana Vieja, Avenida del Puerto, 20 de agosto, 18.18 h

Sander no había perdido pie ni pisada a cuantos entraban y salían de la callejuela. Los nervios comenzaban a debilitar su ánimo y varias veces estuvo a punto de violar la orden de no acercarse. Se sentó y levantó una decena de veces, se aprendió de memoria la cartelera de un museo con las opciones culturales del mes y repasó hasta la saciedad los detalles arquitectónicos de una fachada, todo ello en medio de las más diversas propuestas ilícitas: desde los previsibles vendedores de drogas hasta la oferta de un Portocarrero que seguramente era más falso que la dentadura del propio traficante.

La melodía de su celular lo sobresaltó más que si hubiera estallado una bomba en sus narices.

—¿Qué pasó con el tipo? —preguntó con ansiedad.

—No sé —respondió Pandora con voz casi irreconocible—. Virgilio se puso mal y tuvimos que irnos.

Tardó unos segundos en digerir la información.

—¿Dónde estás?

—En el Clínico Quirúrgico. No te avisé antes porque estuve llenando formularios y hablando con los médicos.

—Pero ¿qué ocurrió?

—Todavía no lo sabemos, le están haciendo pruebas.

—Voy para allá.

—No, aquí no harás nada. Es mejor que te acerques al parque. Si ves a cualquier individuo con la descripción que nos dieron, ya sabes qué hacer.

—Está bien. Llámame si necesitas cualquier cosa.

Aún no anochecía, pero la luz del sol se apagaba detrás de las edificaciones coloniales. Como era de esperar, la reja que protegía el jardín ya estaba cerrada. No había un alma adentro y tampoco notó a ningún sospechoso merodeando por los alrededores. La zona comenzaba a animarse con los primeros noctámbulos. Fingió deambular como quien busca alguna aventurilla. Repasó los rostros de la gente con quien se cruzaba, pero ninguno le llamó la atención. Su expresión inquisitiva solo atrajo a personajes del bajo mundo. Dos proxenetas y tres traficantes después, se dio por vencido. Si el desconocido había venido, ya se había marchado.

¿Qué haría? Sus planes oscilaron entre Alicia y lo *otro*; lo *otro* era el encuentro que había temido y evitado durante años. No creyó que Foncho lo hubiera traicionado. Fue él quien le avisó que su padre estaba en La Habana y, aunque insistió para que se reuniera con él, al final prometió que no le revelaría su paradero. Debía de ser una jodida broma del destino, como decían en las novelas. Bloqueó mentalmente lo que venía a continuación. «No quiero recordar, no quiero recordar», se repitió como un mantra mientras desandaba la ruta hacia el parqueo, todavía oyendo los gritos de su padre al perseguirlo. Era tan raro que alguien volviera a llamarlo Ale o Álex o Alejandro. En Cuba siempre había sido Alexander o Sander. Por lo visto, sus precauciones no habían servido de mucho.

Pasó de nuevo ante el jardín cerrado. El reflejo de un foco callejero espejeaba sobre el estanque, un escenario tan bucólico que sintió deseos de brincar la reja y quedarse allí el resto de la noche. Ya casi saboreaba la idea cuando una musiquilla sonó en su celular. «Como si lo hubiera llamado con el pensamiento», se dijo al leer la pantalla.

—Dime, Foncho.

—¿Dónde estás, muchacho? Tengo que verte.

—Yo también —respondió, divisando su moto bajo una farola.

—¿Puedes pasar por mi casa?

—¿Ahora?

—Si no tienes nada que hacer...

—¿Estás solo?

—Sí.

Sander reflexionó un momento. Tal vez Foncho pudiera ayudarlo a encontrar a Alicia.

—Salgo para allá.

El malecón era un enjambre de vehículos de todas las épocas. Varias generaciones de automóviles circulaban por la avenida que unía los dos túneles de la ciudad. Tuvo que armarse de paciencia mientras se sumergía en el túnel del río Almendares y emergía al otro lado, en la icónica Quinta Avenida plagada de lujosas mansiones construidas casi un siglo atrás. Demoró bastante en llegar a la céntrica calle 70 y doblar rumbo a Buenavista, antes de subir por la empinada colina y desviarse de nuevo por una callecita insignificante, cerca del bar Becerra.

Dos cuadras más allá, se detuvo frente a una casa de portal sombrío, con un jardín abarrotado de malas hierbas que pugnaban por ahogar los rosales que nadie cuidaba. La verja chirrió lastimosamente al ser empujada.

Foncho lo recibió en la puerta y, con gesto cansado, se apartó para dejarlo pasar. El muchacho dejó el casco en la repisa de una falsa chimenea, con la confianza de quien ha repetido el gesto innumerables veces. Se volvió mientras se alisaba los rizos desgreñados y, cuando reconoció al hombre que salía de un cuarto, soltó una imprecación.

—Lo siento, Sander, pero no puedo seguir cargando con los traumas de tanta gente. Siempre has sido como un hijo, pero Luis era mi hermano antes de que tú nacieras.

—Me juraste que no dirías nada.

—Escúchame, Ale, fui yo quien le pidió este encuentro. Quiero que hablemos.

—No hay nada que decir.

Sander dio tres zancadas hacia la puerta, pero Luis se interpuso en su camino.

—Ya está bueno de jugar a los escondidos. ¿Qué carajo hice para que me odiaras tanto?

Sander se le quedó mirando.

—Yo no te odio. —Se volvió hacia Foncho—. ¿No le contaste...?

—Eso no es asunto mío —dijo Foncho—, te dije que no quería involucrarme. Si te eché una mano fue porque eras hijo de Wicho y de mi prima, pero te advertí mil veces que tenías que resolver esto.

—Ale, ¿qué pasó? —insistió su padre.

Era obvio que no lo dejaría escapar. El muchacho se sentó en el sofá, resuelto a acabar con todo. Exhausto, apoyó sus codos en las rodillas y enterró el rostro entre las manos para mascullar algo ininteligible.

—¿Que tú qué? —preguntó Luis, inclinándose hacia él.

—Mamá murió por culpa mía. Yo la maté.

Su padre lo observó con perplejidad.

—¿Qué mierda estás hablando? No digas disparates. Tu madre acababa de llamarme cuando ocurrió el accidente.

—Yo la mandé afuera —murmuró Sander con voz agónica—. Llevaba días pidiéndole que me llevara a ver una película. Ya ni recuerdo cuál. Volví a reclamárselo en la tienda. Se lo repetí mil veces hasta que prometió consultarlo contigo, pero allá adentro no había señal y tuvo que salir, y ahí fue cuando...

La frase se le atragantó. Le pareció que había transcurrido un siglo desde que sucediera todo. En aquel momento solo era un niño, pero el sentimiento de culpa lo había golpeado con toda la violencia de un cataclismo. Transitó su adolescencia con aquel secreto a cuestas hasta que, al cumplir la mayoría de edad, decidió marcharse, lleno de vergüenza por el recuerdo que empañaba su conciencia y que no se atrevía a contarle a su padre.

—¿Por eso te fuiste? —preguntó Luis, incrédulo.

El muchacho asintió, preparándose para perder a su padre por segunda y definitiva vez, aunque aliviado por sacarse aquel peso de encima.

—¿Te fuiste porque pensaste que no te perdonaría? —insistió su padre con incredulidad.

Sander hizo un gesto, luchando contra la desolación que no lo abandonaba desde aquella tarde. Nunca olvidaría la mirada ciega de su madre, su cuerpo deshecho como el de una muñeca rota, la mancha que oscurecía su vestido de girasoles: una pesadilla que lo había perseguido durante años.

Se estremeció al sentir la presión de la mano que le apretaba un hombro, intentando reconfortarlo. Y cuando su padre lo abrazó, no pudo contenerse más y se echó a llorar.

8

La Habana, El Vedado, 20 de agosto, 20.12 h

La noche se tragaba los colores del trópico, pero aún era posible distinguir el contorno purpúreo de las nubes que se desplegaban en el horizonte. Desde la ventanilla del taxi, Pandora contempló la extensión plomiza del mar, cuya visión lograba tranquilizarla a medias. Virgilio no corría peligro, al menos por el momento. Incluso la preocupación de los doctores había disminuido a medida que los parámetros del paciente se estabilizaban. Ahora prescribían sueros y píldoras para controlar la tensión sanguínea mientras permanecía bajo observación. Aprovechando que todo estaba bajo control, Pandora salió hacia El Vedado con la intención de buscar algunas pertenencias. Luego pasaría a recoger el auto de donde se había quedado.

Tal como suponía, el apartamento aún mostraba las huellas de la invasión. Algunos cristales rotos se asomaban por encima del cesto de basura y una gran bolsa plástica contenía el relleno de los asientos. Entre dos sillones destripados, el sofá permanecía como mudo testigo de los sádicos ataques de una navaja.

La mujer entró al dormitorio, cada vez más impresionada ante la magnitud del destrozo, como si el autor de semejante caos pudiera acecharla desde algún rincón. Revolvió las gavetas hasta encontrar varios pares de medias, una decena de calzoncillos, crema de afeitar, desodorante y otros enseres de uso personal que echó en una mochila.

A punto de regresar, se dio cuenta de que estaba hambrienta. En el refrigerador halló un pedazo de queso, los restos de una sopa, panecillos y media barra de mantequilla. Después de comerse todo el queso, descubrió una de esas bolsitas plásticas donde

Virgilio solía guardar el jamón y la abrió para husmear. Tardó unos segundos en darse cuenta de lo que estaba viendo. Cuando por fin reconoció el pendiente ensartado en el retazo de carne, la náusea asaltó su esófago y corrió hasta el fregadero para vomitar. «Dios mío, Dios mío», repitió en silencio con los ojos cerrados. Su diafragma siguió contrayéndose espasmódicamente durante un minuto, incluso cuando ya no quedaba nada en su estómago.

Extenuada, se enjuagó la boca y fue hasta el dormitorio sujetándose a las paredes. Sin encender la luz, se dejó caer sobre la cama con el cuerpo empapado en sudor. A medida que el tiempo transcurría, su malestar fue cediendo.

Una somnolencia familiar se apoderó de sus sentidos. A lo lejos escuchó la cabalgata de la fantasmal jauría que siempre anunciaba sus encuentros con el Abate. Nunca había logrado averiguar de dónde provenía aquel estruendo, pero tampoco sabía cuál era el mecanismo que posibilitaba esa forma de comunicación. Desde que tenía uso de razón había experimentado lapsos de semiinconsciencia y, a continuación, los ruidos. Era como si estuviera recibiendo señales de otro universo. Aquel galimatías sonoro era uno de los enigmas que parecían destinados a quedar sin respuesta.

—Ya era hora —musitó Pandora—. Estamos en una encrucijada. ¿Qué puedo hacer?

—El joven debe estar al corriente —susurró la voz—. *Tienes que mostrárselo.*

Por unos segundos, Pandora no supo de qué le hablaba. Luego comprendió que se refería al lóbulo arrancado.

—Lo haré —dijo Pandora—, pero necesito ayuda para rescatarla.

—Esa no es tu misión, deja que el mundo siga su curso. Hasta ahora todo va bien.

Pandora abrió los ojos en la oscuridad. ¿Habría enloquecido el Abate?

—¡Nada va bien! Debemos escoger entre una vida humana y el *legado*.

—Olvídate de la muchacha. Tienes que desaparecer. Primero habla con el joven, convéncelo del peligro y luego huye.

¿Huir? ¿Dejar a Alicia en manos de un psicópata? Cada célula de su cuerpo se revelaba contra esa orden. Se sentó en la cama con las pupilas dilatadas.

—Sería como abandonar a Virgilio.

—*No hay otra opción.*

—¿Y Alicia?

—*No es tu problema* —continuó implacable la voz dentro de su cabeza—. *La próxima serás tú.*

—¡Pero yo no sé nada!

—*Ellos creen lo contrario. Tienes que marcharte lejos.*

—¿Cómo puedes pedirme eso?

—*El ciclo empieza a cerrarse y no debes estar aquí cuando ocurra.*

Pandora odiaba esa clase de respuesta. Tenía la impresión de que su interlocutor, fuera quien fuera, recurría a ellas para ocultarle la verdad.

—*No me crees* —prosiguió el Abate con un tono incoloro—, *pero te mostraré lo peligroso que puede ser apartarse del camino.*

Una niebla creció ante sus ojos. La oscuridad arrojó un remolino de luz que fue abriendo un túnel ante ella. Pandora avanzó por el espacio donde oscilaba una especie de gasa multicolor, semejante a una aurora boreal. Sintió un dolor punzante en la oreja derecha, un mareo atroz, un ardor en las muñecas como si hilos invisibles cortaran sus carnes... Bajo su cuerpo, el suelo de tablas apestaba a humedad. Todo se confundía en su mente. Era una niña asustada en medio del océano; al mismo tiempo, una criatura con poderes ilimitados, capaz de provocar cataclismos al menor descuido.

—*A ella puedo ayudarla* —murmuró la voz, casi con tristeza—. *Solo a ella.*

Por su mente transcurrieron imágenes veloces, visiones horrendas de tortura y de agonía. Comprendió que aquello la aguardaba en uno de sus posibles futuros y conoció también el único modo de evitarlo. ¿No habría otra opción? Creyó que su cabeza iba a estallar. Sus huesos crujieron, como despedazados por el impacto de un choque, y de pronto todo se esfumó. Ya no estaba en el dormitorio, sino frente al balcón. ¿Cómo había llegado hasta allí?

—*Tienes que irte* —insistió la voz.

No se trataba de un simple ruego, pero ni siquiera por una orden del Abate abandonaría a quienes la necesitaban.

—*Tu camino se quebrará si no me obedeces* —repitió la voz en medio de la jauría que regresaba.

Los chirridos de la estática ahogaron sus últimas palabras. Después el ruido infernal se apagó y solo quedó el silencio.

Pandora contempló el mar que temblaba bajo la luna, abrió el celular y marcó el número de Sander.

9

La Habana, El Vedado, 21 de agosto, 9.30 h

—Hay cosas que no podemos evitar —le había dicho Pandora en un tono teñido de angustia.

Aquel mensaje de la noche anterior le había dado muy mala espina. Aceleró la moto para adelantar a una docena de autos que ni recién salidos de la fábrica hubieran podido competir con esa Ducati, su posesión más valiosa después de la guitarra.

Cuando entró al parqueo, el silencio rodeaba el edificio. No se cruzó con nadie en el vestíbulo ni en el elevador. No sin cierta aprensión, tocó el timbre del apartamento que había visitado con Alicia dos días atrás. ¡Santo cielo! ¿Solamente dos? Parecía que hubieran pasado muchos más.

—Entra —lo invitó Pandora.

Aunque el sitio ya no era la zona de guerra que recordaba, todavía se apreciaban los daños. Una Pandora ojerosa se afanaba por ordenar libros y adornos. Sander se sintió menos afectado por regresar al escenario de su última pesadilla que por el aspecto de la mujer.

—No me mires así —le reprochó ella—, a los cincuentones nos pasa eso. Basta con un poco de estrés para que todo el almanaque nos caiga encima. Algún día lo sentirás en carne propia.

El muchacho se sentó en una esquina del sofá y esperó unos minutos hasta que no pudo soportar más la tensión.

—Espero que no me hayas invitado para verte limpiar.

—Disculpa, soy fatal para dar malas noticias.

Sander dio un respingo.

—¿Le pasó algo a Alicia?

Pandora se sentó frente a él.

—Primero júrame que no irás con el cuento a la policía. Tendrías que revelarlo todo, empezando por la razón de su secuestro, que es el *legado*, y eso no le hará gracia a cierta gente.

—¿Y qué tendría de malo que lo mencionara? Ni siquiera sé lo que es.

—Pero yo sí, y cuando aquellos que lo buscan se enteren de que su existencia está en boca de todos, aunque la gente no sepa de qué se trata, créeme que será suficiente. Alicia dejará de ser una pieza de cambio y solo les quedará deshacerse de ella. Ya conoces la nota que le dejaron a Virgilio.

—Puede que solo fuera para intimidar, un alarde de...

Pandora se levantó y entró a la cocina, dejándolo con la palabra en la boca. Desde su asiento la escuchó abrir y cerrar el refrigerador. Al regresar le lanzó un paquetico de plástico congelado.

—¿Qué es eso?

—Ábrelo.

Odiaba tener que hacerle aquello, pero era mejor un porrazo fulminante que perder el tiempo tratando de convencerlo con argumentos que sonaban vacíos.

Sander se quedó contemplando el lóbulo congelado que cayó sobre la mesa. Tardó diez largos segundos en entender lo que veía. Su rostro palideció.

—¡Dios mío!

—Ya ves que se atreverán —concluyó ella implacable.

—¿Qué clase de secreto es capaz de llevar a esto?

—No te conviene estar al tanto. Yo misma estoy en peligro por saber demasiado; y después de lo que han hecho con Alicia, entiendo por qué Virgilio no quiso contarle nada. Así es que tampoco quiero exponerte.

—Entonces ¿nos quedamos con los brazos cruzados?

—Nuestra única pista era ese conserje, pero estoy segura de que él o alguien de los suyos volverá a llamar.

—¿Le darás lo que busca?

—No puedo.

—Entonces Alicia está perdida.

—Anoche hablé con alguien que quizá pueda ayudarnos.

—¿Quién?

Pandora hizo un gesto vago.

—Lo siento, no puedo decir más. Debemos esperar.

La mirada de Sander se posó en un busto de Martí que descansaba sobre un *secrétaire*. En ese instante, un antiguo reloj de cuco anunció las diez de la mañana.

—Tengo que volver al hospital —dijo ella poniéndose de pie—. Si hay una novedad, te avisaré.

—Cualquier cosa en que pueda ayudarte...

—Pues ya que te ofreces, te dejo una llave del apartamento. Es posible que necesite algo mientras estoy allá.

Bajaron juntos y se despidieron en el parqueo. Sander partió en la moto, debatiéndose entre su preocupación por Alicia y el reencuentro con su padre. Resultaba extraño reanudar unos lazos familiares que había eludido durante tanto tiempo. A ratos se preguntaba si estaría soñando. Lejos de rechazarlo, su padre no había cesado de lamentar su partida. Mil veces le repitió que no había ningún culpable, ni siquiera el conductor del vehículo que se precipitó sobre la acera debido a una avería. Todo había sido un accidente.

Con aquellas palabras resonando en sus oídos, siguió la marea del tráfico y entró en el túnel de la bahía. Era algo que acostumbraba a hacer cuando deseaba aislarse. Le gustaba hundirse en esa especie de útero que lo resguardaba del mundo. Allí se sentía a salvo. Era una sensación parecida a la que había experimentado en su infancia cuando salía a la calle mientras pasaba el ojo de un huracán, esa zona de calma que proporcionaba un respiro momentáneo ante el caos. Unos minutos de recorrido subterráneo —o más bien submarino— le brindaban cierto sosiego. Le hubiera gustado quedarse durante días enteros en aquel pasadizo, pero por desgracia era imposible. El tráfico lo forzaba siempre a abandonar la garganta de cemento.

La luz lo deslumbró a la salida. A poca distancia distinguió el reloj digital que marcaba las 10.12 de la mañana.

De pronto, una idea lo deslumbró como el reflejo del sol sobre la enorme pantalla. Había recorrido esa carretera muchas veces y conocía lo que hallaría un poco más allá. ¡Ahí estaba la respuesta! Circunvaló la rotonda para regresar a El Vedado.

Ya sabía cómo encontrar a Alicia.

QUINTO FOLIO

Secreto de familia

(1516)

1

No era el primer huracán del teniente Ximénez, que ya conocía los estragos que podían ocasionar aquellas tormentas. Además, un veterano como él ponía buen cuidado en observar el comportamiento de los indígenas que durante siglos habían convivido con el fenómeno.

Tres días antes, algunos habían ido al poblado para entregar varios sacos de legumbres. Se mostraban nerviosos y no cesaban de escudriñar el cielo. El sol brillaba con fuerza y una brisa ligera arrastraba con rapidez las nubes hacia un punto entre el poniente y el septentrión. Los naborías cambiaron unas palabras con el escribano, recibieron el habitual pago en semillas y se marcharon a toda prisa, sin dejar de escudriñar el cielo. Dos días después, el viento se transformó en ráfagas y la llovizna empezó a caer de manera intermitente.

El teniente comprendió que no debía posponer las medidas que había establecido para esos casos. Suspendió el resto de sus asuntos y se dirigió a la iglesia, donde fray Antonio repartía hogazas de pan a unos niños y fray Severino sustituía los cirios gastados. Ambos se volvieron al escuchar el eco de los pesados botines.

—Viene un huracán —dijo Ximénez, avanzando hacia el altar después de persignarse.

Antonio despidió a los niños y Severino se quedó inmóvil con un puñado de velas en las manos.

—Hay una docena de familias viviendo en barracas que no resistirán —continuó el militar—. ¿Podrían refugiarse en la iglesia?

—¿Aquí? —exclamó fray Severino.

—Iré a avisarles ahora mismo —se ofreció fray Antonio.

—Pero no estamos preparados para algo así —protestó débilmente fray Severino.

—Será solo por algunas horas —aseguró el teniente—, el último huracán nos dejó seis muertos.

Y sin darles tiempo a más, dio media vuelta y salió rumbo al polvorín, donde el teniente Alcázar y sus hombres se ocupaban de asegurar las armas y las municiones. Una veintena de naborías se dirigieron al almacén cargando cestos de viandas. Ximénez notó las miradas que cruzaron Gaspar y su ayudante cuando los indios explicaron, en su precario castellano, que estaban adelantando la entrega de mercancías porque Guabancex los visitaría pronto y debían regresar de inmediato a su aldea.

—Teniente Alcázar, ¿podríais acompañarme al almacén con dos hombres? —pidió Ximénez—. Tenemos que recibir los bastimentos.

—¡Nacho! ¡Cuervo! ¡Venid conmigo!

Los cuatro españoles siguieron la fila de naborías que atravesaba la plaza. Dada la repentina situación, nadie había preparado las condiciones para el intercambio. Así que los indios tuvieron que entrar uno por uno al almacén, donde descargaron los fardos, que fueron meticulosamente pesados y registrados.

Cerca del mediodía, el cielo se había convertido en una comarca crepuscular. La llovizna nublaba el paisaje en medio de ráfagas cada vez más seguidas. El último naboría dio cuenta de su carga, por la que recibió tres bolsitas de semillas, dos ajorcas de cascabeles y un espejo ovalado antes de unirse al grupo que lo aguardaba en el portal. Tan pronto se aseguraron de que no faltaba ninguno, se pusieron en marcha hacia el límite occidental del pueblo para internarse en la selva.

Cuando los militares se aprestaban a abandonar el almacén, entró fray Antonio chorreando agua y visiblemente cansado.

—Necesito ayuda —musitó sin aliento—. Hay que trasladar las pertenencias de los que se quedarán en la iglesia, pero no hay suficientes brazos.

—El teniente Alcázar tiene hombres de sobra —respondió Ximénez, ignorando la expresión de pocos amigos que le dirigió el aludido—. A fe mía que no se opondrá a ayudaros. Corred vos mismo al polvorín y decid que necesitáis diez hombres para que os ayuden. Nosotros iremos hasta las chozas a ver qué falta.

Y mientras fray Antonio se retiraba bajo las ráfagas que golpeaban su sotana, los dos oficiales se dirigieron a las barracas. Por el camino tropezaron con una familia que iba arrastrando sus pertenencias hacia la iglesia. El lodo se había multiplicado bajo los pesados goterones que caían como aguzadas flechas. Al ver que el viento aumentaba, Ximénez ordenó a los padres que se refugiaran con sus críos en la iglesia. Los soldados llevarían los trastos.

Dentro de la iglesia, fray Severino intentaba poner orden. Había tenido que encender los cirios en pleno día, pues ya parecía casi noche, aunque apenas fuese la hora nona. Montañas de objetos se apilaban en el centro de la nave principal: fardos de hamacas, muebles, útiles de cocina, cofres de diversos tamaños, instrumentos de labranza y de oficio... Ayudados por algunos vecinos, los oficiales se dedicaron a amontonar los enseres contra una pared. Así los encontró Jacobo en la iglesia dos horas después.

—Teniente, tenemos problemas —susurró al oído de Ximénez—. Fray Antonio me pidió que buscara a diez soldados más en el polvorín, pero solo encontré cinco. Faltan al menos dos decenas de hombres, incluyendo a ese Pedro que no se separa de su jefe.

—¿Creéis que los ha enviado a seguir a los indios?

—Eso me temo.

—Pensé que iría con ellos —murmuró Ximénez—. ¡Teniente Alcázar! Traed al resto de vuestros hombres.

Gaspar tropezó con la expresión acusadora de Jacobo.

«Ya le ajustaré cuentas a ese judío», decidió al comprender que lo había alertado sobre la ausencia de sus tropas.

—Todos los brazos disponibles están en el polvorín —dijo Gaspar sin dejar traslucir su ira—. El resto anda por el pueblo ayudando a los vecinos.

Una ráfaga derribó el enorme candelabro encendido junto al altar, provocando una aparatosa confusión. Gaspar aprovechó para dejar a Ximénez con la palabra en la boca y se fue a sofocar las llamas que comenzaban a chamuscar los flecos de un mantel.

—Lo siento, Jacobo —susurró Ximénez—, no hay nada que hacer. Si Gaspar envió a sus hombres, no tengo manera de seguirlos sin que nos perdamos en esa selva, pero si os sirve de consuelo lo más probable es que el huracán se encargue de ellos. Y si ocasionan algún destrozo, lo pagarán. Ahora tengo que ocuparme de los albergados.

Y se mezcló con los vecinos que se aprestaban a pasar la noche en la iglesia.

Jacobo intercambió una mirada con fray Antonio.

—Padre Antonio —gritó innecesariamente—, ¿podríais acompañarme a entrar unos barriles?

2

Corrieron bajo la lluvia, esquivando la hojarasca y los ramales que el huracán arrojaba desde el sureste.

—Los soldados de Gaspar van tras los indios —dijo Jacobo por encima del fragor de las ráfagas—. Tengo que avisar a Tai Tai.

—¿En medio de un huracán? ¡Si ni siquiera sabéis dónde está la aldea!

Jacobo esquivó un fragmento de tabla que le rozó una mejilla.

—Debe de estar cerca de la cueva donde me reúno con Tai Tai. Si logro llegar hasta ella, puede que escuchen mis silbidos.

—Y si os perdéis, ¿cómo vais a regresar?

—Vos seréis mi brújula.

El viento golpeaba sus espaldas con toda clase de proyectiles. En medio de la tormenta eran dos siluetas apenas visibles que se acercaban al linde del bosque. Todos se habían refugiado ya en sus casas o en la iglesia, así es que nadie los vio excepto Juana, que atisbaba por una ventana.

La joven distinguía perfectamente los halos luminosos que rodeaban a los hombres. Estaban *cambiando*. Entre sus colores habituales iban surgiendo luces naranjas que, por instantes, mutaban a rojas.

Juana había aprendido poco a poco lo que significaba todo aquello. Ahora entendía que no bastaba con ver los colores, también debía analizar sus formas. No era lo mismo una nube borrosa a un costado de la cabeza que un halo luminoso rodeando el cuerpo, aunque ambos fueran rojos. Por eso comprendió que algún evento había torcido los planes de ambos hombres y que, de algún modo, intentaban remediarlo. Al verlos dirigirse a la espesura, cerró la ventana y abandonó la casa.

El viento dificultaba la marcha. Debía moverse por trechos y atisbar entre sus párpados para enderezar el rumbo hacia los matorrales. Cuando las ráfagas arreciaron, solo pudo avanzar con la vista fija en el lodazal donde se hundían sus zapatos.

En medio de la feroz tempestad, escuchó un alboroto de aves; algo raro, pues todas habían enmudecido desde la noche anterior. De repente comprendió: el alboroto era un diálogo en silbo.

—*¿Me oís?*

—*Sí.*

Ya sabía lo que estaban haciendo. Su padre se había adentrado en la selva y, para guiarlo durante el regreso, fray Antonio se había quedado en el límite. Pero ¿adónde pretendía ir su padre en medio de un huracán?

—Fray Antonio.

El monje se sobresaltó.

—Juana, ¿qué haces aquí? ¡Vete a casa!

—Quiero saber qué pasa.

Un nuevo silbido llegó desde el bosque.

—*¿Me oís?*

Y el fraile respondió:

—*Sí.*

Juana atisbó hacia todos lados, temerosa de que alguien los descubriera, pero no había nadie a la vista.

—Ven —le dijo el fraile—, escondámonos aquí.

La maleza se cerró a sus espaldas, ocultándolos totalmente del pueblo.

—¿Qué ocurre? —preguntó ella con la lluvia que le chorreaba por la cara, provocándole cosquillas en la nariz.

—Gaspar ha enviado a sus hombres para que sigan a los naborías. Tu padre quiere avisar al cacique.

—¿Y lo escucharán con esta tormenta?

—Por eso necesita acercarse todo lo posible. No creo que...

—*¿Me seguís oyendo?*

—*Sí* —respondió el fraile con un chiflido, y se volvió hacia ella—: Tienes que regresar a casa. Por algo tu padre no quiso avisarte.

—Soy miembro de la Hermandad. Si otros están en apuros, quiero ayudar.

Antonio suspiró. Un juramento era un juramento. Ni siquiera su padre debía impedir que hiciera lo que cualquier otro hermano haría en esa situación. No sería él quien le aconsejaría que faltara a las reglas.

Durante un rato ninguno habló. Ambos estaban calados hasta los huesos y tiritaban de frío. Cada cierto tiempo los silbidos lanzaban su pregunta, alejándose cada vez más hasta que apenas podían oírse.

—*¿Me oís?* —repitió por enésima vez al cabo de un rato.

El rugido de la tormenta se tragó el final de la frase.

—Le diré que regrese —dijo Antonio casi hablando consigo mismo.

—¡No! —protestó Juana—. Somos tres. Me acercaré a él para servir de enlace entre vosotros.

—Ni lo sueñes, criatura. Tu padre nunca me perdonaría si...

Pero ya la joven se había internado en aquel cenagal inhóspito donde el agua chorreaba desde cada rama.

—*No me sigáis o nos perderemos todos* —silbó ella sin dejar de avanzar, y luego chifló tan alto que los animales se estremecieron en sus madrigueras—. *¡Padre, aquí estoy!*

Jacobo se detuvo, sorprendido.

—*Juana, regresa a casa.*

—*¡No!* —respondió ella—. *Estoy aquí para ayudar.*

Se hizo un silencio momentáneo.

—*Mantén contacto conmigo y con Antonio* —silbó Jacobo, comprendiendo lo que se proponía.

El ruido del huracán se había hecho insoportable. El cielo y la tierra aullaban como bestias asustadas, y el viento zarandeaba los arbustos, que se retorcían demencialmente; pero la visión más temible era la de aquellos árboles centenarios, cuyos troncos se agitaban como si participaran en una danza macabra. En aquel torbellino de aire y agua viajaban las señales con las que el trío se comunicaba. Juana escuchó los silbidos de su padre, llamando a los indígenas que formaban parte de la Hermandad.

—*Tai Tai... Mabanex... Arateibón... Guanamar...* —repetía cada cierto tiempo—. *Es Jacobo, ¿me oyen?*

Juana seguía el rastro de los chiflidos paternos sin dejar de responder a los del fraile, cada vez más lejanos. El último aviso pareció perderse en la tormenta. Con angustia temió no advertir el siguiente. En ese momento le llegó un nuevo silbido, amortiguado por la selva.

—*¿Quién llama?*

Luego oyó el de su padre, que respondía:

—*Jacobo.*

—*Soy Guanamar.*

Jacobo recordaba al indígena alto y silencioso que había acompañado a Tai Tai la tercera tarde que se reunieron en la cueva.

—*Muchos españoles siguen a los naborías. Y no son soldados de Ximénez.*

Se hizo un silencio tan largo que Juana creyó haber perdido a su padre. Esta vez no logró distinguir los silbidos de Guanamar, pero supo que había respondido al escuchar que su padre silbaba:

—*Lo haré.*

Otra pausa.

—*No hace falta* —silbó Jacobo—, *otros hermanos me ayudan. Juana, ¿me oyes?*

—*Sí.*

—*Guíame.*

Y Juana rompió a silbar una copla que había aprendido en Cádiz.

3

El huracán sopló durante el resto de la noche y el día siguiente. La voz de Guabancex atravesaba las paredes de piedra, aterrorizando a todos los lugareños, incluida Juana, que, acurrucada bajo la colcha, se dijo que no debía temerle a su Madre, pero los chasquidos de los troncos que se partían y de las ramas arrancadas de cuajo no contribuían a tranquilizarla. Solo se levantó para tomar un poco de sopa. Se sentía torpe y pesada como si alguna enfermedad del trópico la hubiera debilitado. Así transcurrió la segunda noche.

A la mañana siguiente las ráfagas menguaron. Varios pobladores se asomaron tímidamente a las ventanas, pero desistieron de salir ante el amenazante rugido que aún silbaba sobre los tejados. Poco después del mediodía, los más valientes se aventuraron a alejarse unos pasos. Al anochecer, los maestros artesanos intentaron inspeccionar los daños en sus talleres, pero los persistentes vientos apagaron sus velas y faroles sin permitirles avanzar mucho.

Con la salida del sol, una brisa traviesa se deslizó entre las ramas. Las aves rompieron a cantar para asombro de los vecinos, que se preguntaron cómo habrían podido sobrevivir. El misterio de esa supervivencia aumentó a medida que abandonaban sus casas para evaluar las pérdidas.

Nada que no hubiese sido construido con piedra, argamasa, ladrillo u otro material resistente se mantenía en pie. En el área de los talleres, los cobertizos de paja habían volado. Las máquinas clavadas en el suelo estaban cubiertas por montañas de escombros. Los establos no existían. Era una suerte que hubiesen trasladado los caballos al polvorín. Numerosos árboles, cadáveres de animales y otros restos se apilaban contra las edificaciones de mampostería, que habían perdido muchas tejas. La situación era peor en la zona de las chozas. Todas habían volado. Tras comprobar que sus vecinos se hallaban a salvo, los lugareños se dedicaron a amontonar basura, que más tarde sería quemada, y recuperaron escombros que servirían para reconstruir las casas.

El teniente Ximénez ordenó a sus hombres que ayudaran en la recogida y traslado de los desperdicios. Luego trató de localizar a Gaspar para que reuniera a sus soldados, pero el teniente Alcázar no apareció por ningún sitio. Ximénez decidió concentrarse en los trabajos de recuperación. Ya le ajustaría cuentas a ese mequetrefe. Sospechaba que su ausencia se relacionaba con esos soldados que nunca se presentaron cuando lo ordenó. Seguramente estaría buscándolos. Esperaba que Dios se hubiera encargado de arrojarlos al último rincón del infierno.

Ximénez no podía saber que, en ese mismo instante, Gaspar y dos soldados emergían de la maleza por el costado occidental del pueblo, sacudiéndose las ropas y los cabellos. Gaspar despachó a los hombres con una orden y él mismo se dirigió a la iglesia.

Un chico limpiaba los pasillos sucios mientras el anciano sacerdote se ocupaba de recomponer el altar.

—Padre Severino...

El eco retumbó entre las paredes, haciendo temblar las llamas de los cirios. Tanto el fraile como el chico se volvieron sobresaltados hacia la silueta que se recortaba en medio de la nave central.

—Necesito hablar a solas con vuesa merced.

—Venid conmigo —dijo el fraile.

Gaspar lo siguió hasta la sacristía, donde el taconeo de los botines estremeció el campanario.

—No encontraron la aldea, ¿verdad? —preguntó el cura después de cerrar la puerta.

—Lo que no encuentro son mis hombres —escupió Gaspar con rabia.

—Os advertí que...

Gaspar dio un puñetazo sobre la mesa. El incensario, las palmatorias, el cáliz y el resto de los objetos litúrgicos saltaron ante el impacto.

—¡No hay rastro de ellos! Tendré que hablar con Ximénez.

—¿Y qué le diréis? —preguntó el cura, devolviendo a su sitio los objetos caídos.

—Pues eso, que mis hombres no aparecen. Es imposible que todos hayan muerto. Deben de andar perdidos o fueron hechos prisioneros.

—¿Y le contaréis por qué se han perdido o por qué pueden estar prisioneros?

—¡Me importa un demonio lo que piense!

—Si vais a blasfemar, mejor lo hacéis en medio de la plaza —lo amonestó Severino.

Gaspar respiró hondo.

—¿Qué debo hacer?

—Nada —repuso el fraile—. Cuando Ximénez se dé cuenta, debéis decirle que no sabéis de ellos. Si descubre lo que hicisteis, le escribirá a Velázquez. Me imagino que no querréis compartir la suerte de Francisco Morales.

Gaspar palideció al recordar el episodio que era la comidilla de toda la isla. Enterado de los desmanes que había cometido el militar contra los indígenas e incluso contra sus propios compatriotas, Su Majestad había ordenado a Velázquez que lo encarcelara y lo enjuiciara con todo rigor. Si Velázquez recibía otra queja semejante, no esperaría por una orden real para actuar.

Con un resoplido de impaciencia, Gaspar abandonó la sacristía y atravesó la plaza entre el ajetreo de los lugareños: dos niños arrastraban sacos de basura para quemarla, una moza regordeta se afanaba por mover un tronco que obstruía su puerta, un grupo de jóvenes trasladaba los restos de una choza, varios albañiles medían un terreno, una chica y un maestro con mandil... Se detuvo en seco al reconocerlos. Eran Jacobo y Juana.

Desde su llegada se había mantenido lejos del judío, aunque no dejaba de vigilarlo. No solo sabía cuál era su taller, sino quiénes trabajaban en él, incluida su hija. Alguna vez había soñado con morder aquellas carnes blancas hasta causarle moretones... Su deseo despertó con esos recuerdos, pero no se refociló en ellos. Había optado por esperar. Si se delataba, ambos se largarían de nuevo. Además, Ximénez los tenía en gran estima. Nunca actuaría contra ellos sin una orden real, especialmente ahora que eran reverenciados por sus vínculos con el Almirante. Lo primero sería persuadir a Velázquez para que le diera el mando del pueblo. Una vez en el poder, nada le impediría someterlos.

En tanto los vecinos se ocupaban de despejar los escombros, Gaspar reunió parte de su tropa para organizar otra búsqueda. Cinco hombres se adentrarían en la maleza, dejando marcas que sirvieran de guía para el regreso. El resto permanecería en el polvorín, sacando al sol los barriles de pólvora mojada.

Transcurrió la mañana y casi toda la tarde sin que los hombres regresaran. A la caída del sol, los lugareños se refugiaron en sus casas, agotados por las emociones y por el trabajo. Quienes habían perdido sus hogares se dispusieron a dormir bajo improvisadas carpas de yute.

Gaspar eligió pasar la noche en el cuartel del polvorín: un simple cuartucho con hamacas, una mesa y dos sillas, donde descansaban los soldados que se turnaban para hacer guardia. Antes de retirarse, ordenó que se encendieran hogueras en varios puntos del pueblo con el fin de orientar a los hombres que continuaban perdidos. No cabía en sí de furia. Los cinco exploradores que enviara en busca de los primeros también se habían esfumado.

Poco después de la medianoche lo despertó un jaleo.

—Teniente, los encontraron —susurró un guardia que lo sacudió en su hamaca.

De un salto se puso de pie y corrió hasta una hoguera, donde varias siluetas se agrupaban en torno a un bulto.

—¿Qué hacéis aquí? —tronó—. Si nos atacan, pagaréis con vuestras vidas.

Los custodios se esfumaron. Gaspar se acercó a las cinco figuras restantes —la partida de rescate que había regresado— y se fijó en aquello que rodeaban. Eran tres hombres cubiertos de barro, uno de los cuales reconoció de inmediato.

—Pedrico, ¿qué ocurrió?

—Dame agua.

Gaspar le hizo señas a un hombre, que corrió al interior y regresó con una garrafa. Entre sorbos, Pedrico le contó que los indios los habían sorprendido sin darles tiempo a nada.

—Esos hideputas estaban preparados —concluyó.

—¿Cómo es posible?

—No tengo ni idea. Mataron al Cuervo, a Nacho, al Moro…

—¿Tomaron prisioneros? —preguntó Gaspar sin dejar de examinar a los otros que se hallaban en el suelo, inmóviles, aunque conscientes.

—No estoy seguro, habrá que avisar a Ximénez para que organice una batida.

Gaspar calculó con rapidez. Sus hombres —soldados de Narváez— habían sido atacados. La tregua se había roto y, en adelante, toda acción de guerra estaba justificada. Ximénez no podría negarse a actuar.

—¿Puedes caminar? —preguntó.

—Creo que sí —respondió Pedrico.

—Yo no —susurró uno de los hombres a sus pies.

El tercero ni siquiera respondió. Tenía la pierna derecha con un torniquete cubierto de sangre.

—¡Julián!

Un soldado salió de las sombras.

—Despierta al físico y dile que tenemos dos heridos graves. Pedro, ven conmigo.

Atravesaron la plaza y se dirigieron a casa de Ximénez. Un guardia que dormitaba junto a la puerta se irguió al escuchar sus pisadas.

—Queremos ver al teniente —dijo Gaspar—. Es urgente.

El guardia se apartó para darles paso.

Esa noche Ximénez le había dado permiso a la sirvienta para que estuviera con su familia, por lo que él mismo acudió a abrir ante los golpes. Estuvo a punto de creer que el hombre cubierto de barro era un indio que los acompañaba, pero salió de su error al ver la espada en el cinto y les permitió entrar a los tres.

—¿Por qué armáis tanto alboroto? —preguntó, amarrándose los pantalones bajo la camisa—. ¿No podéis esperar hasta mañana?

—Debo poneros al corriente de una calamidad —dijo Gaspar sin rodeos—. Los indios han asesinado a varios de mis soldados y es posible que tengan a otros prisioneros. Debemos darles un escarmiento. Tan pronto regresen los naborías, apresaremos a…

—¿Dónde los asesinaron? —lo interrumpió Ximénez.

—Como a media milla de aquí, cerca de un río —dijo Pedrico—. Yo mismo vi cómo caían acribillados por las flechas. Tres logramos escapar, pero el huracán era tan fuerte que tuvimos que refugiarnos en una gruta.

—¿Fuisteis detrás de los indios contra mis órdenes? —bramó Ximénez—. ¿Sabéis que podría mandaros a arrestar?

Pedro lo miró atónito. No entendía por qué ese hombre se

mostraba más furioso contra ellos que contra los salvajes. También Gaspar parecía sorprendido.

—Mis hombres no pretendían atacar a nadie —replicó este—. Es una ignominia que los hayan masacrado en una misión de interés para Su Majestad.

—¿Qué misión ni qué nonada? —estalló Ximénez—. ¡El único interés que cumplían era el vuestro! Os lo advertí, teniente. Tenemos un trato de paz con los indios. Gracias a eso, vivimos ajenos a las escaramuzas que hay por toda la isla. Habéis violado mis órdenes y roto ese pacto. Por vuestra estupidez nos habéis puesto en peligro. Ahora mismo llamaré a mis hombres para que os conduzcan al calabozo y mañana enviaré una carta a Velázquez relatando vuestras...

De repente Ximénez se estremeció. Su discurso quedó roto y los ojos se le perdieron en una niebla blanca. Cuando cayó al suelo, Gaspar vio que Pedrico aún enarbolaba la espada con que lo había atravesado.

—¿Qué has hecho, imbécil? —murmuró Gaspar, temiendo que el guardia los oyera.

—Ajustarle las cuentas antes de que lo hiciera con nosotros —respondió Pedrico sin inmutarse—. Era lo que se merecía.

Comprendiendo que no podía revertir aquel desastre, Gaspar sopesó rápidamente sus posibilidades. Lo más urgente era desvincularse de la situación, pero el centinela ya los había visto entrar. Con sigilo abrió la puerta y atisbó en la oscuridad. El vigilante dormitaba, dándole la espalda. Se aproximó de puntillas, espada en mano. Con un movimiento limpio, ensartó al hombre, que cayó al suelo sin proferir un quejido. Enseguida regresó a la casa, donde Pedrico trataba de limpiar la sangre con un trapo.

—Despierta a Tomás y al Zurdo para que vengan, ¡pero sin armar alboroto!

Mientras el otro corría a cumplir el encargo, Gaspar arrastró al guardia y lo ocultó entre unas cajas. Lavó la sangre del portal arrojando baldes de agua que sacó de un barril y, cuando Pedrico regresó con los hombres, ordenó que echaran el cadáver al río.

Entre todos envolvieron el cuerpo de Ximénez en una sábana

y atravesaron la plaza con el sudario, tras apagar media docena de hogueras que alumbraban el pueblo.

—¿Por qué no lo echamos al río con el otro? —preguntó Pedrico.

—Puede que necesitemos una prueba de que está realmente muerto, y no solo desaparecido.

Se apresuraron a acomodar el bulto dentro del polvorín. Apenas cerraron la puerta de la celda, el canto de un gallo atravesó la villa.

—Vosotros haréis la primera guardia —ordenó Gaspar a dos soldados—. Nadie, excepto yo, puede entrar aquí; y nadie debe saber que tenemos un cadáver.

Regresó a casa de Ximénez para asegurarse de que no había olvidado algún detalle que pudiera delatarlo y, en un ramalazo de inspiración, dejó la puerta abierta para que todos creyeran que alguien había entrado durante la noche. Las especulaciones le darían tiempo para urdir una historia. Luego, ahogando un bostezo, se fue a dormir.

4

Durante dos días con sus noches, la pequeña tribu de Cusibó se refugió en una caverna. Allí realizaron ceremonias de *cohoba* para aplacar la furia de Guabancex hasta que las ráfagas dejaron de sacudir el mundo. Entonces retomaron el sendero de regreso, apenas reconocible en aquel caos de troncos quebrados y caminos obstruidos por la maleza.

A diferencia de su aldea natal, rodeada por lomas que servían de parapeto contra los vientos, el nuevo asentamiento no contaba con buena protección. Hubieran podido escoger otra meseta custodiada por cerros, pero Cusibó prefirió quedarse cerca del lugar que, según creía, le pertenecía por sangre y ley.

A su regreso ni siquiera hallaron ruinas. Todo cuanto restaba eran unos troncos dispersos, clavados en el suelo. Por suerte, la mayoría se había llevado sus pertenencias más valiosas: amuletos, adornos y los restos de los antepasados que conservaban en vasijas y cemíes. De modo que colocaron aquel patrimonio a un costado del terreno y se dedicaron a recoger, cortar y cargar ramas para levantar las nuevas viviendas. Incluso Cusibó ayudó a acarrear los materiales para la suya.

Yuisa se ocupó de azuzar a las mujeres para que repararan los hornos, que eran su principal preocupación, acosándolas con una impertinencia cargada de furor. Nunca había sido hermosa, aunque en su juventud poseyera cierto encanto. Ahora, en cambio, la envidia y una eterna insatisfacción por lo ajeno la habían transformado en una caricatura de sí misma. Era como si el rencor que descargaba sobre el mundo se hubiera vuelto contra ella. Sus únicos placeres se reducían a comer, a conspirar contra sus allegados y, a veces, como en los últimos días, a injuriar y soltar órdenes para sentirse importante.

Hacia el mediodía ya se habían erigido casi todos los pilotes de las casas, que no serían más de diez, pues la tribu apenas contaba con cuarenta individuos. Unos cuantos troncos aún reposaban en el suelo. Emparejaron sus extremos y eliminaron las cortezas. Tras ensamblarlos con bejucos como base para los techos, se dedicaron a cubrirlos con penachos, una actividad que no les llevó mucho tiempo, porque no necesitaron treparse a las palmas a buscar yaguas o pencas, que yacían por doquier.

—¡Cusibó!

Su madre portaba una vasija humeante con la expresión más cercana a la sonrisa de que era capaz, pero cuando vio a las mujeres que lo rodeaban, habló con frialdad.

—Tengo que hablarte a solas.

Tan pronto se alejaron lo suficiente, ella buscó una piedra para sentarse. Cusibó se sentó en el suelo y metió las manos en el plato.

—La vieja me trajo noticias de la aldea —dijo ella, refiriéndose a una sirvienta que le servía de recadera y espía.

—¿Sobrevivieron? —preguntó el joven, después de tragar dos bocados de pescado y boniato dulce.

—Perdieron varias casas, pero nadie sufrió daños porque durmieron en las cavernas. Lo curioso fue lo otro que me contó. Los guerreros de Tai Tai mataron a varios españoles.

El trozo de vianda que Cusibó se llevaba a la boca quedó suspendido en el aire. Satisfecha ante su reacción, continuó el relato:

—El nuevo jefe blanco ordenó que siguieran a los naborías hasta la aldea. Tai Tai lo supo y se apostó con muchos guerreros cerca del Peñón de las Luces para recibirlos con flechas. Dicen que solo dos o tres escaparon.

Cusibó reanudó la comida en silencio, adoptando una de esas actitudes inexpresivas que sacaban de quicio a su madre.

—¿No vas a decir nada? —preguntó ella por fin.

—¿Qué quieres que diga?

—Ese jefe blanco es diferente a Ximénez.

—Ya me di cuenta.

Yuisa se quedó esperando otro comentario, pero Cusibó siguió masticando un rato antes de hacer una pregunta inesperada:

—¿Cómo se enteró Tai Tai de que alguien seguía a sus hombres?

Yuisa se quedó de una pieza. Era una cuestión que había pasado por alto. A veces su hijo la sorprendía.

—Pues... no sé. La vieja no me lo dijo; pero si estabas esperando una buena oportunidad, creo que ya la tienes.

Cusibó se chupó los dedos y se puso de pie.

—Déjame pensarlo, madre —dijo, y se dirigió al caserío.

5

Juana había tenido un sueño muy curioso. Tres luceros rojos, semejantes a carbones encendidos, avanzaban en formación perfecta hacia la delgada hoz de la luna que resplandecía sobre el horizonte. La visión le produjo una sensación de euforia y éxtasis. Escuchó un coro de voces angélicas... y en ese instante despertó.

Buscó la claridad que se filtraba por la ventana y creyó que aún soñaba porque seguía escuchando voces. Terminó de desperezarse y se dio cuenta de que el murmullo provenía del comedor. Se levantó de puntillas.

—Registramos toda la casa —dijo fray Antonio—. No hay rastros suyos ni del centinela.

—Quizá pasó la noche en otro sitio.

—La cama estaba revuelta y encontramos la puerta abierta.

—¿Robaron algo?

—Su sirvienta asegura que no falta nada.

Juana se detuvo en el umbral.

—Ximénez ha desaparecido —respondió su padre, adelantándose a la pregunta, y luego se volvió hacia el fraile—. ¿Preguntaron a los vecinos? Tal vez salió temprano.

Fray Antonio movió la cabeza:

—Nadie lo ha visto.

—Os ayudaré a buscarlo.

Juana cogió la mantilla que colgaba tras la puerta.

—Un momento —la atajó su padre—, primero come algo y después vístete como es debido. Vamos, Antonio, tendremos que ir casa por casa. Empezaremos por la plaza.

Apartó con suavidad a Juana y cerró la puerta dejándola adentro. La muchacha corrió a su alcoba para vestirse. Pasaría por alto las calzas que le daban tanto calor. Sobre la camisa se puso un corpiño ajustado y una falda. Encima, el vestido carmesí de algodón. No se molestó en trenzarse el cabello que sobresalía por debajo de la cofia, dejando que sus rizos saltaran en el aire. Metió sus pies en los toscos zuecos, apropiados para el lodazal que aguardaba afuera, y abandonó la casa mordisqueando un trozo de pan mojado en manteca.

El sol se elevaba sobre la selva mutilada, originando sombras que se extendían hasta el centro de la plaza. Había menos escombros que el día anterior, pero la desolación seguía siendo la misma. Buscó a su padre entre la gente y lo descubrió en el área de los talleres, hablando con uno de los leñadores que suministraban madera para la construcción.

—... a casi todos, menos a Sebastián, que anda por las barracas —decía el hombre—. Ninguno lo ha visto.

—Avisadme si averiguáis algo —dijo Jacobo, dándole una palmada en el hombro.

Dio media vuelta y casi tropezó con Juana.

—Acompáñame.

Caminaron hacia el norte, donde se levantaban las viviendas más antiguas. Preguntaron en cada una, pero nadie sabía de Ximénez ni del centinela. En las casas próximas al almacén tampoco averiguaron nada. Por si acaso, recorrieron de nuevo los talleres y la zona de las barracas, donde los damnificados seguían apartando escombros. Tres horas más tarde se reunieron con fray Antonio a la entrada de la iglesia. Juana se alejó discretamente en dirección al arroyuelo donde las mujeres hacían sus necesidades.

—Lo siento, pero no podemos hacer más —le informó el cura—. Debemos atender a los desamparados y otros asuntos de la parroquia.

—¿Y quién buscará a Ximénez? A nadie parece importarle su ausencia.

—Les importa a todos —le aseguró Antonio—, pero están más preocupados por sus familias.

—Sin el teniente Ximénez, esto será un caos. ¿Quién se quedará a cargo de la gobernación?

El cura lo observó en silencio.

—El teniente Alcázar, ¿verdad? —repuso Jacobo—. Creo que ha sido muy conveniente que Ximénez se esfumara.

—Mañana iré al polvorín para averiguar más.

—¿Y por qué no ahora?

—Ya está cayendo la tarde. Muchas familias lo han perdido todo y necesitamos alimentar a esa gente.

—No confío en ese teniente Alcázar.

—Yo tampoco, pero no creo que le hiciera daño a un oficial de su rango. De todos modos, manteneos alejado de él. Recordad lo que ocurrió con Lope.

Y sin darle tiempo a más, entró en la iglesia.

Jacobo permaneció indeciso unos segundos, pero decidió hacer caso a su amigo. Juana corrió tras él rumbo a los talleres.

6

Después de asomarse a la celda por enésima vez para mirar el cadáver de Ximénez, Pedrico se sentó frente a su compinche, que bebía una jarra de vino. Gaspar había dormido poco y sopesaba cuál debía ser su próximo paso.

—Pronto vendrán hasta acá —auguró Pedrico, sirviéndose de la garrafa—. Ya han rastreado todo el pueblo. Solo les falta buscar aquí y en la iglesia.

—Ningún civil tiene jurisdicción para registrar un puesto militar.

La réplica de Pedrico fue interrumpida por una discusión a poca distancia de la entrada. Por órdenes de Gaspar, el enorme portón se mantenía cerrado. Únicamente la portezuela, que a duras penas permitía el paso de un hombre, continuaba abierta.

—Teniente —dijo un centinela, asomando la cabeza—, unos indios insisten en ver a vuesa merced. Creo que uno es cacique.

Gaspar agarró su espada y salió en compañía de Pedrico.

—Venid —gritó a dos de sus hombres, que se divertían lanzando estocadas al aire—. Quedaos de guardia. Nadie puede entrar sin mi permiso, ¿entendido?

A medio centenar de yardas aguardaban los taínos. Gaspar solo tuvo que echar una ojeada al atuendo de plumas y al collar con un idolillo de oro para saber quién era el jefe. Junto a él se hallaba un indio alto, con el rostro pintado de rojo, que empuñaba una lanza y ofrecía el aspecto más intimidante del grupo. Otros cuatro hombres, también armados con lanzas, rodeaban al cacique. El único indígena que no ocultaba su nerviosismo era el de menor estatura. A diferencia de los otros, que recogían sus cabellos en cola, llevaba el pelo suelto.

El cacique dijo algo en su lengua.

—Quiero hablar con el nuevo jefe cristiano —tradujo el indio pequeño.

—¿Quién sois? —preguntó Gaspar.

—Mi nombre es Cusibó. Soy primo de Tai Tai, el cacique amigo de Ximénez. Mi primo es un ladrón. Te pido ayuda para recuperar lo que me pertenece.

—No me interesan vuestros asuntos —le interrumpió Gaspar—. Si a eso vinisteis, podéis regresar a vuestra aldea.

—¿Rechazas una alianza?

—Sé arreglármelas solo —le aseguró el otro, molesto ante la autosuficiencia de aquel mequetrefe que venía a fastidiarlo con una disputa familiar—. Cuando tengáis algo valioso que ofrecerme, regresad.

Y le dio la espalda. El cacique murmuró algo que el intérprete tradujo apresuradamente:

—Sé que tus soldados fueron detrás de los naborías.

Gaspar se detuvo.

—¿Fuisteis vos quien atacó a mis hombres?

Hizo ademán de acercarse, pero el guerrero alto interpuso su lanza en actitud agresiva. Instintivamente los soldados desenvainaron sus espadas.

—¡Esperad! —ordenó Gaspar—. ¿Qué sabéis de mis hombres?

—Mi primo ordenó detenerlos con flechas.

Gaspar lo estudió unos instantes.

—¿Creéis que con eso vais a comprar mi ayuda?

—Eres diferente al otro cacique blanco. Por eso quiero hacer un trato. Si apresas a Tai Tai y me devuelves mi cacicazgo, te daré más oro cada vez que vengan mis naborías.

Gaspar sonrió ante la estupidez de aquel salvaje.

—Os ayudaré a recuperarlo a cambio de saber dónde está la mina.

El cacique no esperó a que el intérprete terminara de traducir.

—¡La mina pertenece a la aldea y a su legítimo cacique, que soy yo! No es algo para negociar.

—Olvidáis que esta isla es territorio español.

—Ya hice mi propuesta —respondió Cusibó con orgullo—. Si necesitas tiempo, uno de mis hombres puede regresar mañana para escuchar tu decisión.

Ahora fue él quien dio la espalda para irse. Un gesto de Gaspar bastó para que los soldados se abalanzaran sobre los indígenas, que respondieron como si hubieran previsto el ataque. El guerrero más alto atravesó el muslo de un oponente con su lanza y le fracturó un par de costillas a otro antes de caer inconsciente por un golpe de culata. Otro logró asestar un mazazo formidable a un guardia con un pesado garrote de madera que casi lo partió en dos. El resto se batió breve y ferozmente, pero siete indios desnudos no eran rivales para militares con espadas de acero. Casi todos quedaron sin vida sobre el sendero. Cusibó fue aprehendido entre dos soldados. Solo el intérprete permaneció inmóvil y lívido en su lugar, demasiado asustado para correr o luchar. Gaspar lo contempló con expresión helada.

—Dile a tu amo que mi tiempo es corto y mi paciencia más aún. Si me dice lo que necesito, todos nos ahorraremos un mal rato.

El intérprete tradujo las palabras a Cusibó, cuya mirada colérica iba de los españoles a sus guerreros muertos. Cuando habló de nuevo escupió cada palabra:

—No haré tratos contigo. Esta no es forma de tratar a un huésped. Ordena a tus hombres que me suelten y olvidaré el insulto. Si no lo haces, cometerás un grave error.

—El error ha sido vuestro —mascullló el teniente—. Os ofrecí colaborar a cambio de un precio justo. Si no queréis aceptarlo, peor para vos. Pedrico, llévalos a la encomienda. Ya sabes lo que tienes que hacer.

—Este grandullón sigue vivo —lo alertó su compinche, señalando al guerrero más alto, que ya recuperaba la conciencia.

—Ocúpate del cacique y de ese. Quiero que el intérprete tenga la cabeza clara para que traduzca.

—¿No sería mejor empezar por él? —preguntó Pedrico, señalando al aterrado hombrecillo—. Creo que hablará primero.

—No, a ese lo necesitamos. Si empiezas a «trabajar» con él, luego no recordará ni cómo se dice *sí* en castellano. ¿Y entonces quién nos guiará hasta la mina? Podemos prescindir antes de los otros, pero procura que no mueran sin hablar.

7

El lomerío que rodeaba la aldea de Tai Tai había reducido el impacto de los vientos. Muchas viviendas permanecieron firmes en sus zanjas, aunque los techos sufrieron daños considerables. Lo primero que hicieron entre todos fue limpiar los escombros. Más tarde cortaron troncos ya derribados para reconstruir las casas, salvaron lo que quedaba de los cultivos y exploraron la costa para acopiar lo que Guabancex les había regalado a cambio de llevarse sus pertenencias.

Junto a los que bajaron a la laguna para revisar las trampas se encontraba Mabanex, quien todavía se hallaba conmocionado, y no precisamente a causa de los destrozos. Dos días atrás, al escuchar el aviso de Jacobo en medio de las ráfagas, Tai Tai había dejado la evacuación en manos de su hermano para marchar con un centenar de hombres hacia la selva.

Rodeados por los furiosos aullidos del huracán, los taínos se parapetaron tras los árboles que bordeaban un tramo descubierto del sendero. Después que pasaron los naborías salieron los españoles, que fueron recibidos por un diluvio de flechas. Solo dos o tres escaparon, pero Tai Tai no quiso perseguirlos, confiando en que Guabancex se haría cargo de ellos. Una vez que todos estuvieron a salvo en las grutas, ya no se habló de otra cosa.

En eso pensaba Mabanex por el camino que conducía a la laguna. No solo sus orillas habían perdido los acogedores matorrales para ocultarse, sino que las inmensas frondas arrancadas se habían amontonado en las riberas. Las trampas habían desaparecido, y con ellas, las presas de reserva. Lo más triste fue haber perdido a Mime, su querido guaicán. Él mismo lo había amaestrado cuando aún era una cría flaca y transparente. Se consoló imaginando que el pez nadaría libre para formar su propia familia.

En ese punto sus reflexiones volaron a la villa española. ¿Cómo estaría Juana? No dudaba que su nueva casa había sobrevivido, pero no por ello dejó de preocuparse. Tras la ceremonia de la *cohoba*, la muchacha había adquirido una expresión extraña. ¿Se habría equivocado al proponerle ese ritual? Trató de recordar su propia experiencia con bestias que hablaban, sombras misteriosas, paisajes inquietantes... Aunque se sorprendió, nunca sintió verdadero temor. En todo caso, había salido del ritual con un ánimo más ligero; pero quizá no fuera igual para todo el mundo.

Se dedicó a desenredar ramas para arrojarlas a la corriente, que las empujaría al mar. Pasó un rato yendo y viniendo hasta despejar completamente su zona de pesca. Era una tarea que podría haberle asignado a cualquier naboría, ya que su hermano era cacique, pero él disfrutaba con esa clase de ejercicio. Le gustaba todo lo que fuera limpiar, ordenar, sacar a la luz objetos ocultos. De ahí que disfrutara tanto fabricando instrumentos musicales y piezas de cerámica: era como descubrir un mundo invisible que se escondía dentro de la madera y la arcilla.

Ahora tendría que reparar las trampas y capturar otro guaicán, pero primero debía conseguir comida. Se sumergió a medias en un vado poco profundo y, valiéndose de su lanza, logró capturar unos cuantos peces. Otros pescadores seguían su ejemplo, apostados en distintos recodos de la laguna.

Empleando bejucos, amarró los peces por las colas y se los

echó al hombro. Por el camino arrancó algunas *yayamas*, sacándolas de la tierra por los mazos de hojas rígidas. Recordó que a Juana le encantaban. Ella le había enseñado que los españoles las llamaban *piñas* porque les recordaba cierta frutilla seca de su patria, aunque aseguraba que la comparación era tonta porque las piñas españolas parecían de madera y no se comían, mientras que la *yayama* reinaba entre las frutas por su sabor y su olor. No en balde lucía esa corona de hojas tiesas como el penacho de un cacique. De regreso en la aldea, entregó los víveres a las mujeres que preparaban la comida.

Descubrió a su hermano junto a Ocanacán, contemplando la aldea desde una pequeña elevación. Tuvo que dar un rodeo por detrás de las rocas para acercarse.

—Debemos mudarnos —decía Tai Tai con tono sombrío.

—Pero aquí es donde hemos vivido siempre —protestó el behíque.

—Si nos quedamos, no tendremos paz.

Le dolía tomar aquella decisión. Siempre había asegurado que nunca abandonaría la aldea de sus ancestros, pero la escaramuza de los españoles le había hecho ver que la protección de Atabey no era suficiente contra el dios cubierto de llagas que adoraban los blancos: un dios intolerante que incitaba a la violencia.

—A lo mejor no tenemos que irnos —dijo una voz a sus espaldas.

Los hombres se volvieron.

—¿Tienes otra idea para proteger la aldea?

—¿Y si habláramos con Jacobo para extender la Hermandad entre los blancos del pueblo? —preguntó Mabanex, trepando al montículo.

—¿Qué ganaríamos con eso?

—Mayor protección. Cuantos más cristianos se unan a la Hermandad, menos enemigos tendremos. Eso nos dará tiempo.

—¿Para qué?

—Para que aparezca el elegido de la Diosa.

Se hizo un silencio tan abrumador que hasta las voces de la aldea se escucharon nítidamente en el promontorio.

—¿Cómo conoces la profecía? —preguntó Tai Tai—. ¿Quién te ha contado lo que es un secreto?

Mabanex se mordió la lengua. ¿Cómo se le había escapado aquello? Pero ya era tarde, sería mejor no mentir.

—La noche en que nuestro tío se puso tan mal me acerqué al templo. Vi la ceremonia y escuché las palabras de Atabey que pronunció el behíque sobre alguien que vendrá a salvarnos.

Las pupilas del cacique se clavaron como dardos en su rostro. Esta vez comenzó a ponerse nervioso. Había algo más. Podía adivinarlo por el modo en que lo observaban.

—¿Y sabes quién es esa persona? —preguntó el anciano.

—No —respondió titubeando, y de pronto una idea cruzó por su cabeza—. No seré yo, ¿verdad?

—No, Mabanex —dijo el brujo—. El enviado tiene una marca especial y tú no la llevas.

—¿Por qué no le preguntas a la Diosa cuándo llegará?

Nuevo silencio.

—Creo que debes irte a casa —dijo Tai Tai de repente—. Nuestra madre ha mirado hacia acá un par de veces. Puede que necesite ayuda.

Mabanex asintió.

—No fue mi intención enterarme de ningún secreto —murmuró.

—No tiene importancia —lo tranquilizó Ocanacán—. Vete y continúa callando.

Mabanex se deslizó por la colina fangosa. Solo cuando echó a correr, Tai Tai preguntó al behíque:

—¿No es peligroso que ande con *ella* sin saberlo? Deberíamos decírselo. Hasta ahora no le ha contado a nadie la profecía.

—Con *ella* será distinto —aseguró el brujo—. Y si la noticia empieza a extenderse entre los blancos, todo se echará a perder.

—¿Por qué?

—¿Cómo piensas que se sentirán los cristianos si se enteran? Mirarán a la joven con malos ojos y podrían enviarla de regreso a su tierra. Nos quedaríamos sin la salvación prometida.

—Entonces ¿la muchacha tampoco puede saberlo?

El behíque dudó unos segundos.

—Creo que no —murmuró—, pero esta noche iré al monte y hablaré con la Gran Madre. Haremos lo que Ella nos mande.

8

Fray Antonio no había dormido bien. Después de pasar la jornada atendiendo enfermos y trasladando víveres, el cansancio lo venció de tal manera que casi se durmió mientras rezaba sus oraciones de completas. Por la noche cayó rendido en su camastro, pero no logró conciliar el sueño. Durante horas se debatió entre el sopor y la duermevela. Y pese a la mala noche, la costumbre de tantos años se impuso cuando escuchó el canto del primer gallo. De inmediato abandonó el lecho y salió trastabillando hasta el arroyuelo para evacuar. A su regreso, se echó agua helada en el rostro y murmuró sus oraciones de laudes. Al terminar acudió a la sacristía para preparar la misa.

Sus tareas ni siquiera le permitieron regocijarse ante la hermosa mañana. Dos horas más tarde, tras despedir a sus feligreses junto a la entrada de la iglesia, planeó con fray Severino la fiesta por el Día de Todos los Santos y se reunió con las beatas de la parroquia para ultimar los pormenores de la festividad. Las mujeres hablaban sin detenerse a respirar y, cuando por fin se marcharon, ya estaba agotado. Severino y él se quedaron un rato más conversando sobre otros detalles organizativos.

—¿Podéis acompañarme al polvorín? —preguntó después de repasar las labores que asignarían a los vecinos.

Fray Severino levantó la vista de los papeles.

—¿Para qué?

—Es el único lugar donde no hemos buscado a Ximénez.

—Id vos si os place —repuso Severino, dispuesto a desentenderse del asunto—. El resultado de la pesquisa no cambiará si vais solo o conmigo.

Y sin más, recogió las actas y abandonó la sacristía.

Se acercaba el mediodía. Pronto la gente se retiraría a almorzar y dormir la siesta; y el pueblo caería en un estado de abandono total hasta que el sol iniciara su descenso.

En esas horas de canícula, unas moscas diminutas que los taínos llamaban guasasas zumbaban en torno a los vecinos que atravesaban la plaza. Evadiendo las nubes de insectos. Fray Antonio se dirigió a la puerta del polvorín, donde dos centinelas platicaban tranquilamente.

El cura saludó con amabilidad y se dispuso a traspasar el umbral, pero los hombres cruzaron sus arcabuces frente a él.

—Disculpad, padre, pero está prohibido entrar.

Fray Antonio conocía a todas las personas del pueblo, y estas lo conocían a él. La excepción eran esos soldados de Narváez que no mostraban ningún interés en entablar amistad con nadie. Tenía la impresión de que el propio Gaspar les había aconsejado que no se mezclaran con el resto de la población, posiblemente para evitar que establecieran lazos de simpatía que pudieran entorpecer sus órdenes.

—Quiero hablar con el teniente.

—No está aquí.

El fraile no se apartó del umbral. ¿Qué otro pretexto podía inventar para fisgonear en el polvorín?

—Pronto será la fiesta de Todos los Santos. El padre Severino me ha enviado a contar los cartuchos de petardos que nos quedan. Así sabremos cómo disponer los fuegos artificiales.

—Se lo diremos al teniente cuando regrese —dijo un guardia.

—No es necesario que lo importunéis con una pequeñez —insistió el fraile, y dio otro paso para entrar—. Puedo comprobarlo yo mismo.

Hizo ademán de apartar las armas, pero ambos hombres se interpusieron en su camino. Si fray Antonio había albergado alguna duda sobre lo que podría ocultarse en aquel recinto, la reticencia y el nerviosismo de los guardias terminaron por disiparla.

Atravesó la plaza como quien va a la iglesia, pero dio un gran rodeo, escudándose tras los árboles que formaban la linde del bosque, para regresar al polvorín por detrás. La puerta del fondo estaba cerrada. Intentó forzarla, pero parecía clavada en su sitio. Buscó algún barril donde treparse para alcanzar el ventanuco situado a varios palmos del suelo... y se detuvo al escuchar un grito.

Acechó instintivamente el tejido enmarañado de la selva que ocultaba la encomienda. Un segundo alarido le erizó los cabellos y su corazón comenzó a latir deprisa.

Solo una vez había visto torturar a un indio que había provocado la ira de su amo, y jamás lo olvidó. Ocurrió en La Española, un mes de su desembarco. Aquella vivencia le hizo huir espantado hacia la isla de Juana, donde creyó que estaría a salvo de tales horrores.

Tuvo suerte de hallar esa parroquia perdida en San Cristóbal de Banex, un pueblucho que no le interesaba a nadie y que, por ello, había escapado de las matanzas que infestaban otras comarcas. Eso no impidió que siguiera escuchando los gritos del torturado en sueños. Al despertar siempre rezaba para no volver a enfrentarse nunca con algo semejante, pero he aquí que su pesadilla se materializaba a plena luz del día.

Fray Antonio rechazaba la violencia con todo su ser. Era la única acción humana que lo enfermaba físicamente. Podía perdonar —y hasta comprender— la naturaleza de todos los vicios: la mentira, el engaño, la avaricia, la lujuria, el robo... Pero una sola cosa escapaba a su capacidad para perdonar y olvidar: el daño corporal o emotivo hacia seres indefensos.

Debatiéndose entre la náusea y el furor corrió hacia el sendero obstruido por la maleza, saltó sobre los troncos desplomados y continuó sorteando obstáculos hasta irrumpir en las plantaciones arrasadas por el huracán. El viento había tumbado el maizal como si fuera un castillo de naipes. Las filas de limoneros y de naranjos recién importados habían resistido un poco mejor, aunque también mostraban daños considerables. En cambio, casi todos los tubérculos habían sobrevivido porque sus raíces se hundían profundamente en la tierra. Pero no fue el estado de los campos lo que llamó su atención.

A su derecha, en un terreno despejado, vio una escena escalofriante. Un hombre se balanceaba boca abajo, atado a un madero horizontal; otros dos estaban sujetos a los postes verticales que sostenían al primero. Pese a la distancia, el fraile supo que eran indios. Junto a ellos, tres españoles atizaban las brasas de una hoguera. Ninguno notó la presencia del monje que atravesaba el terreno.

Incluso desde la distancia, el fraile advirtió el líquido que goteaba del cuerpo suspendido por los pies; y cuando el viento le trajo el olor a sangre y carne chamuscada tuvo que hacer un esfuerzo para no vomitar.

Uno de los españoles sacó un hierro de las brasas y lo pegó al rostro del indígena, que lanzó un aullido terrible.

—¿Qué hacéis, bestias? —gritó el monje—. ¡Deteneos en nombre de la Virgen!

El hombre que esgrimía el hierro se volteó. Era Pedro Villa, el ayudante del teniente Alcázar. Los otros dos eran el propio teniente y Sebastián, un soldado a quien había visto cabecear en las misas.

—¡Atrás! —gritó el teniente—. Este no es lugar para sacerdotes.

—Os equivocáis, este es precisamente mi lugar —respondió Antonio sin disimular su furia—. Estáis haciendo la obra del demonio. ¿Con qué autorización y por qué torturáis a esos infelices? En todo caso, ¿no deberíais estar buscando a Ximénez?

—En eso nos afanamos —respondió Gaspar con desfachatez—. Sorprendimos a estos truhanes merodeando. Me juego diez doblones a que están implicados en la desaparición de Ximénez, pero no han querido confesar y me he visto obligado a usar ciertas herramientas de persuasión.

—¡Es un pésimo método! No podéis acusar a quien se os antoje de un crimen que ni siquiera sabemos si se cometió. ¿Qué pruebas tenéis de que estos indios han tenido algo que ver con la desaparición de Ximénez?

—Hemos hallado la espada del teniente en su poder —respondió Gaspar, que ya había urdido una historia para matar dos pájaros de un tiro.

El monje supo que estaba mintiendo al reparar en la sorpresa de sus acompañantes.

—Señor —lo llamó uno de los indios atados a los postes—, no hicimos nada. Por la Gran Madre, por el dios Cristo, te rogamos...

—¡A callar, hereje! —gritó Pedro, asestándole un fuerte puñetazo en el rostro.

Antonio vio volar dos terrones blancos que aterrizaron en los surcos. La boca del indio comenzó a sangrar a borbotones y sus ojos se llenaron de lágrimas, era imposible saber si por miedo o puro dolor físico. Antonio sospechó que se trataba de ambos. Él mismo no podía soportar lo que estaba viendo. Desvió su atención hacia el otro indígena. Le costó unos segundos comprender por qué no hablaba, ni se movía. Le habían cortado ambos pies. Un lago escarlata rodeaba el poste del cadáver maniatado.

Fray Antonio sintió que perdía el control.

—¡No tenéis autorización para hacer esto! —estalló, olvidando toda la mansedumbre que había practicado durante años—. ¡Ahora mismo soltaréis a esos hombres!

No se dio cuenta de que hablaba a gritos. Apartando de un manotazo al sorprendido teniente, pasó a su lado hecho un basilisco para acercarse al indio que había hablado en un castellano quebrado, pero no llegó a desatarlo. Dos manos callosas lo agarraron por el cordón de la sotana y lo hicieron rodar por el fango.

—Lo lamento, padre —dijo Gaspar en un tono que revelaba sus deseos de atravesarlo con el acero que sostenía—. Como autoridad máxima de la villa, actuaré contra cualquiera que se atreva a discutir mis órdenes.

La punta metálica rozó el pecho del monje. Ambos hombres se midieron con la vista. Finalmente, el teniente bajó la espada y Antonio se puso de pie.

—Será mejor que os marchéis. Dejad los asuntos terrenales a otros y ocupaos de vuestro oficio, que es convertir infieles.

Antonio contempló la hoja aún desenvainada y, sin decir palabra, dio media vuelta y se marchó entre las espigas de yuca y boniato, cuyos brotes yacían desmadejados entre los charcos.

—Ese fraile no nos dejará tranquilos —masculló Gaspar—. ¡Terminad de una vez con esto! Haced hablar al maldito cacique y larguémonos de aquí.

Sebastián se acercó al hombre que colgaba cabeza abajo. Una baba sanguinolenta y pegajosa descendía hasta el suelo, goteando a intervalos irregulares. El soldado pinchó el cuerpo inmóvil con su espada y, como no reaccionaba, le hizo un pequeño tajo en el vientre, pero la sangre apenas brotó.

—Me temo que este no hablará por mucho que insistamos —concluyó, y lo atravesó de lado a lado por pura diversión.

Gaspar pateó el nuevo cadáver que se enfriaba bajo la brisa de aquel cielo absurdamente hermoso.

—¡Voto a mil diablos! —blasfemó, y se volvió hacia el sobreviviente—. Parece que te ha tocado el turno, indio. A menos que me digas dónde está la maldita mina, te prometo que tu muerte será peor que la de estos dos.

—Te llevaré —le prometió el tembloroso intérprete—, te llevaré.

—Y quiero que me muestres la aldea de los que mataron a mis hombres. ¡Pagarán ojo por ojo!

—¿Qué vas a hacer con Ximénez? —preguntó Pedrico.

—¡Me importa un higo Ximénez! —rugió Gaspar, descargando un sablazo contra las cuerdas del cadáver, que cayó al suelo con un sonido seco—. También me lo sacaré de encima.

—¿Qué le dirás al adelantado cuando esto llegue a sus oídos?

—La verdad —resopló Gaspar, pateando el cuerpo sin vida de Cusibó—, que estas bestias masacraron a nuestros hombres y a Ximénez antes de que pudiéramos evitarlo. ¡Ea!, reúne a la tropa y deja de preguntar. ¡Nos vamos de caza!

9

Fray Antonio tenía una crisis de fe. Ahora dudaba si habría hecho bien en abandonar su antiguo oficio de vitralero —aquella pasión por narrar el Via Crucis empleando el arte de dibujar con cristales— para intentar rescatar almas que estaban más allá de toda salvación. ¿De qué valían las prédicas de amor si los propios cristianos se comportaban como las huestes de Satanás? ¿No serviría mejor a Dios si se convertía en hombre de armas para combatir a quienes mancillaban Su nombre? Sumido en tan lúgubres reflexiones, se dirigió a la iglesia.

—Hermano Severino, ha ocurrido algo terrible —anunció, apenas entró en la sacristía.

—¿Qué pasa?

—El teniente Alcázar y sus hombres están torturando a indígenas en la encomienda. Acabo de verlo con mis propios ojos.

—¿Qué hicieron los indios?

Antonio pestañeó un par de veces como si no hubiera entendido la pregunta.

—No sé qué hicieron, pero los están *torturando*. ¡Aquí, ante nuestras narices!

Severino cerró la puerta del sagrario.

—Yo tampoco apruebo la violencia —dijo el viejo—, pero la Iglesia no debe inmiscuirse en asuntos militares.

—Esto va más allá de cualquier asunto militar —repuso Antonio, armándose de paciencia—. Se trata de proteger al rebaño que se nos encomendó para ser catequizado. ¿Cómo vamos a convencer a esas almas de las bondades de nuestro Señor si aquellos que vienen en Su nombre se dedican a cometer atrocidades?

—Este no es el primer enfrentamiento que ocurre entre indios y españoles —argumentó fray Severino—, pero eso no ha impedido que ganemos almas. La palabra de Dios es capaz de iluminar cualquier circunstancia. No creo que la fe requiera de actos bondadosos para convencer. En cuanto a esos indios, estoy seguro de que el teniente no ha actuado por capricho. Sus razones tendrá. Ya sabéis que muchos se han negado a formar parte de la grey cristiana.

—Casi todos asisten a nuestras misas, se han bautizado…

—Pero siguen adorando a sus ídolos.

—Y seguirán haciéndolo si la conversión que ofrecemos incluye la tortura y la muerte para encontrar un poco de oro.

El calor de la cólera se extendió por el rostro de Severino.

—No puedo perder más tiempo con necedades. Tengo trabajo en la parroquia. Espero que os ocupéis de vuestras obligaciones como fraile en vez de andar espiando a los soldados. ¿O queréis que le escriba al obispo sobre vuestra conducta?

Y esgrimiendo un manojo de llaves, dio media vuelta y se marchó.

Fray Antonio salió a la plaza desierta. Casi todos habían cerrado sus talleres para irse a almorzar. Su estómago rugió dolorosamente, pero supo que no podría comer recordando los gritos que aún retumbaban en su cabeza.

Había transcurrido media hora desde que abandonara la encomienda y sospechaba que alguno de los indios no tardaría en hablar. Necesitaban avisar a Tai Tai.

Se internó entre las callejuelas lodosas hasta dar con la casita de ventanas azules que lindaba con la espesura. Llamó, pero nadie le abrió. Cada vez más ansioso, se preguntó dónde podrían estar Jacobo y su hija. Dio varias vueltas por el pueblo, inquiriendo aquí y allá hasta que alguien le dijo que buscara cerca del río. ¡El molino! ¿Cómo no lo pensó antes? Hacia allá fue caminando a toda prisa y con el corazón latiéndole de angustia. Ya había perdido casi una hora.

10

No solo el pueblo se hallaba en ruinas. La selva y sus senderos semejaban borrones de algún artista ebrio. El río había perdido su cualidad cristalina, como si alguien hubiese volcado toneles de vino oscuro en su corriente. Hasta los cangilones del molino habían desaparecido, destrozados por los impactos. Nada era reconocible.

Juana también había cambiado. En ciertos instantes se sentía tan ligera que hubiera podido volar; otras veces apenas conseguía arrastrar los pies. Se irritaba sin motivo aparente. Su ánimo empeoró al descubrir manchas de sangre en sus ropas. Cuando comprobó de dónde salían, sintió miedo. Seguramente estaba enferma y pronto moriría de algún mal vergonzante. La curandera del pueblo se echó a reír al enterarse de sus sospechas. Le explicó que esas manchas eran semillas con las que podría tener bebés. Ya era una doncella, pues había tenido su primera sangre. Solo debía cuidarse de que ningún varón la tocara, de no andar descalza sobre el suelo frío, de no salir por las noches sin cubrirse la cabeza y todo un listado más de precauciones que Juana olvidó de inmediato. Lo único importante de ese discurso fue que no se moriría y que, en adelante, tendría que amarrarse unos trapos a las caderas para que sus ropas no se estropearan a causa de esa molestia que regresaría todos los meses.

Recordó el regaño de la Diosa por haber probado el polvo rojo antes de su primera sangre. ¿Qué más le había dicho? «Has puesto en peligro tu muerte.» Otra de sus frases incomprensibles. Para colmo, todas las noches tenía el mismo sueño: tres estrellas rojas que se movían al unísono, acercándose a la hoz de la luna, cuyos cuernos apuntaban hacia lo alto. Entonces se iniciaban las voces; un canto confuso y hermoso que hacía pensar en ángeles revoloteando en torno a la Madre de todas las tempestades.

—¡Jacobo!

El grito la sobresaltó de tal modo que estuvo a punto de caerse en la corriente. A un centenar de pasos, su padre y tres aprendices estudiaban una pieza de madera a la que daban vueltas para observarla desde distintos ángulos. Ninguno se había percatado de que fray Antonio caminaba apresuradamente hacia ellos, rodeado por una aureola de franjas amarillentas que lo envolvían como una especie de niebla.

De repente, Juana supo. La Voz se lo había advertido, pero ella no lo entendió entonces: *«Hija mía, los frutos del Paraíso son engañosos. No los devores antes de que mi sabiduría te llegue. No los toques, no los huelas, no los guardes. Huye de sus rojas cenizas si no quieres ver los colores del alma»*. Eso era, había probado la cohoba sin haber recibido la sangre de la Diosa. Ahora estaba condenada a *ver*, quisiera o no, incluso dentro de las almas.

—¡Jacobo!

Esta vez los hombres se volvieron. Jacobo murmuró unas frases a los mozos, que se alejaron después de intercambiar un saludo con el fraile.

—¿Qué ocurre? ¿Qué hacéis aquí?

Juana se acercó corriendo.

—Gaspar y sus hombres apresaron a tres indios —dijo sin preámbulos—. No sé quiénes son, pero los han torturado. Uno de ellos murió y es probable que pronto mueran los otros.

—¿Dónde están? —preguntó Juana.

—Hay que avisar a la tribu —respondió el fraile, ignorando a la joven.

—¿Dónde están? —insistió ella.

—En la encomienda.

La muchacha salió disparada hacia el polvorín.

—¿Adónde vas? —la atajó su padre, corriendo tras ella a pesar de la leve gota que lo hacía cojear.

—Espera, Juana —gritó el fraile, avanzando a zancadas mientras se recogía la casulla—. ¡No podemos hacer nada!

Juana ignoró sus llamados, saltando por encima de las ramas que abarrotaban el camino sin aminorar su velocidad. Más allá de los surcos, divisó los postes vacíos. No había nadie a la vista, pero aquel potro de tortura era un claro testimonio de que fray Antonio no había exagerado.

La muchacha descubrió una nube grisácea que flotaba bajo la cegadora luz del sol. Como fantasmas en un sueño, distinguió en ella varias figuras humanas que se movían en acciones entrecortadas y se dio cuenta de que estaba percibiendo lo que había ocurrido allí antes. Captó el dolor de los miembros cercenados, los hierros candentes que penetraban la carne, los gritos tragados por el silencio, el punzante olor a sangre... No esperó más. Dio media vuelta y regresó sobre sus pasos a mayor velocidad que antes. Jacobo y el fraile la siguieron hasta la fachada del polvorín.

—Déjame a mí, hija —susurró Jacobo, apartándola para encararse con los guardias—. ¿Anda por estos predios el teniente Alcázar?

Los soldados intercambiaron un gesto.

—No está —dijo uno.

—Salió con varios hombres —dijo el otro.

—¿Adónde?

El gesto de ignorancia de los soldados no engañó a Juana. Ambos mentían. Sus luces los delataban.

—Tengo que sacar uno de mis barriles —anunció Jacobo, pero los guardias le cerraron el paso—. Necesito cal para mi taller.

—Sí, y el fraile necesita los petardos para sus santos —se burló uno de los guardias, apuntándole al pecho con un arcabuz.

—A fe mía que...

—Padre —lo atajó Juana inesperadamente—, olvidemos ese asunto y vayamos a ocuparnos de los nuestros. Fray Antonio, si queréis acompañarnos...

Se dirigió a los establos recién reconstruidos, seguida por su padre y el fraile, que habían desistido de hacerle preguntas.

Jacobo estaba más que sorprendido. Desde hacía días su hija apenas hablaba. No podía precisar cuándo se había iniciado aquel silencio, que era como un retraimiento o como el acecho de una criatura primitiva, pero ya se había resignado a esos raros cambios de ánimo.

Una breve ojeada a los establos les bastó para darse cuenta de que faltaban varios caballos. No solo habían desaparecido los que trajera Gaspar, sino los mejores corceles de Ximénez.

—Ya van camino a la aldea —murmuró ella con el tono de quien comprueba lo que ya sospechaba.

Y sin añadir otra palabra, desanduvo el camino hacia la plaza desierta bajo el mediodía. Su sangre lunar empapaba los trapos que la curandera le había enseñado a colocarse entre los muslos, una molestia que aumentaba su cólera. El sol ya había secado parcelas aisladas del suelo y la brisa comenzaba a levantar nubecillas de polvo. Sin detenerse a comprobar que los hombres la seguían, pasó de largo junto a su casa y se aproximó a la zona por donde los indígenas solían ir y venir. Por allí había surgido Mabanex la primera vez que lo vio; por allí se había internado ella, guiada por las notas del caracol y, más tarde, del silbo secreto; por allí se había escabullido para asistir a la boda de Tai Tai y se había internado en otra ocasión, intentando descubrir el sendero hacia la aldea. No se trataba de un punto exacto, sino más bien de un área. Las caravanas de naborías jamás entraban o salían por el mismo lugar. Ya lo había comprobado después de marcar distintos árboles. Era más bien una *dirección*, hacia la cual marchó sin que nadie soñara con impedírselo.

El propio Jacobo supo que, con o sin ayuda, su hija atravesaría la selva sin importarle que alguien se quedara para guiarla. Fray Antonio y él tendrían que servir de enlace con la villa, como hicieran durante el ciclón, si no querían perderla. Sin embargo, pronto descubrió que no necesitarían hacerlo.

Juana se detuvo bruscamente a pocas yardas de la selva. Frente a ella se abría un enorme túnel creado por el paso destructor de intrusos que no podían ser indios, pues el filo de sus armas había dejado un rastro bien visible en la jungla.

—¿Cuánta ventaja pueden llevarnos? —preguntó Juana.

—Hace casi una hora abandoné la encomienda y todavía estaban allí.

—Todo depende del momento en que salieron —dijo Jacobo—. Si nos apuramos, quizá podríamos acercarnos lo suficiente para avisar a Tai Tai.

Juana no aguardó más. Agarrándose las faldas se lanzó a correr por el pasadizo abierto. Los hombres corrieron tras ella.

11

La mañana envejecía bajo el cielo azul. Tres jornadas después del huracán, las plantas sanaban sus heridas con verdísimos retoños y los animales establecían nuevos escondrijos. La naturaleza se restauraba a sí misma, sin inquietarse por la suerte de los humanos, que se ocupaban de reemplazar sus propias pérdidas. En la aldea, gran parte de los techos habían sido reparados y los agujeros de las paredes cubiertos. Nadie dormía ya a la intemperie y todos retomaban sus ocupaciones.

Diferentes partidas de hombres y mujeres habían salido a pescar y a recolectar los moluscos y crustáceos que abundaban en los días posteriores a un huracán, cuando las mareas los obsequiaban con toda clase de sorpresas. Un grupo enfiló rumbo a la costa y otro marchó hacia el río que formaba estanques donde la corriente remolineaba. A Mabanex también le hubiera gustado escabullirse para reconstruir las trampas acuáticas, pero Tai Tai se lo impidió.

—No está bien que andes tejiendo trampas para tortugas como si fueras un crío —le atajó al verlo salir de su casa con una jaba al hombro—. Ocúpate de organizar a los naborías para que recojan todo lo que puedan de los sembrados. Nos iremos pronto.

—¿Adónde piensas mudar la aldea?

—A un lugar donde nunca puedan encontrarnos. Esperaré hasta que Ocanacán regrese de su retiro y entonces decidiré.

Con un nudo en la garganta, Mabanex se alejó a cumplir las órdenes rogando a los dioses para que su hermano cambiara de idea, pero no tuvo tiempo de hacer una plegaria muy larga.

De la selva brotó un sonido que parecía el lamento de un ave, aunque el oído entrenado de Mabanex pudo distinguirlo entre otros que surgían por doquier.

—Muchos hombres blancos... van a atacarlos... pronto...

Mabanex lanzó una serie de silbidos en diversos tonos. Desde varios puntos de la aldea, otros similares respondieron. Decenas de taínos se detuvieron en medio de sus tareas, sorprendidos ante la inexplicable conducta de quienes abandonaban sus ocupaciones para emitir aquellos gorjeos. Nadie entendió lo que ocurría, pero aquello los puso en estado de alerta.

Mabanex escuchó las órdenes de Tai Tai y se volvió hacia dos jóvenes.

—Un grupo de españoles viene hacia la aldea —dijo—. ¡Toquen el aviso!

Y salió disparado en busca de su arco. Por el trayecto escuchó el aullido de los guamos que daban la alarma, la algarabía de los guerreros y los gritos de las mujeres llamando a sus hijos. Familias enteras emprendieron la fuga hacia las cuevas.

—¿Qué haces aquí? —le gritó a su madre, mientras descolgaba el carcaj con las flechas y se lo echaba a la espalda.

—¿Qué pasa? —preguntó Bawi.

—Vienen a atacarnos. Tienes que…

No pudo terminar la frase porque la tierra tembló bajo sus pies. Un fragor semejante al trueno de Guataubá se extendió por la meseta.

Mabanex se asomó a la entrada del bohío. Los soldados habían irrumpido en la aldea, disparando sus armas que vomitaban fuego. Los jinetes arrojaban sus bestias sobre quienes huían. Hombres, mujeres y niños, sin distinción, eran aplastados sin misericordia o ensartados con las hojas de metal brillante.

Mabanex le indicó a su madre:

—Espera a que yo salga para seguirme. —Y se agazapó junto a la entrada con el arco tenso.

A poca distancia, un español había aminorado el paso de su bestia para rastrear el interior de las viviendas. Mabanex esperó a tenerlo frente a la suya y disparó a la garganta. El hombre contempló atónito aquel palmo de flecha encajada bajo sus narices y cayó al suelo.

—¡Vete! —le ordenó Mabanex a su madre—. ¡Busca las cuevas!

Pálida del susto, Bawi corrió agazapada entre los bohíos. Solo cuando la vio hundirse en la maleza, se parapetó junto al cibucán que colgaba de una caoba, repleto de yuca rallada que aún goteaba su tóxico fluido. Mojó las puntas de sus flechas en el veneno y comenzó a disparar contra los jinetes que pasaban lanzando alaridos.

Aunque muchas dieron en el blanco, apenas abatió a cuatro porque sus dardos eran repelidos por las corazas de metal o de cuero con que se cubrían. Los taínos siempre habían despreciado tales resguardos por considerarlos artificios para cobardes, pero Mabanex acababa de comprender que representaban una ventaja.

Desde su escondrijo observó cómo los cristianos, a pie o a caballo, abatían a cuanto taíno huía de ellos o de las llamas. Ni siquiera respetaban a los ancianos que apenas podían caminar o a las mujeres con niños en brazos. Parecían seres enloquecidos cuya única misión era destrozar vidas.

Cuando las flechas se le agotaron, regresó al bohío para coger la lanza y un garrote de madera. Con ambas armas corrió hacia el centro de la aldea, esquivando los cuerpos que yacían en el suelo sin atreverse a mirarlos por temor a reconocer algún rostro.

Pese a la superioridad numérica de los taínos, los españoles llevaban las de ganar con sus corazas protectoras, sus armas de trueno y sus bestias que corrían más veloces que el viento. Por cada cinco taínos que caían, solo un cristiano rodaba por tierra. El humo hacía más difícil la defensa contra los jinetes, que podían dominar el mundo desde lo alto.

Casi ahogado por el aire que le quemaba los pulmones, Mabanex se abrió paso en la atmósfera tiznada de muerte. Un ardor mordió su costado izquierdo y se dio cuenta de que un soldado acababa de rozar su cadera con una hoja metálica, persiguiendo a una madre que huía con su bebé. De un tajo decapitó a la mujer, cuya cabeza rodó lejos del cuerpo, que cayó sin soltar a la criatura que aún chillaba.

Mabanex sintió como si su espíritu y su cuerpo fueran dos sustancias distintas. Era como si no estuviera allí, en medio del horror, sino presenciando la masacre desde un lugar diferente. Dejó de ser Mabanex y se convirtió en un *hupía* hambriento de venganza, en una extensión de la diosa Guabancex ciega de ira.

Los gritos histéricos de los niños y las mujeres se mezclaban con las imprecaciones de los cristianos. Mabanex dejó de pensar. Una oscuridad protectora nubló sus sentidos. Ahora actuaba por puro reflejo, debatiéndose entre la furia y la náusea. Saltaba, golpeaba, recibía, esquivaba. Se detuvo un momento jadeando, con el garrote de madera en las manos, y percibió el lejano llanto del crío que aún se hallaba en brazos de su madre decapitada.

Fue hacia él con la intención de ponerlo a buen recaudo. Vislumbró a Yari, que salía de un bohío en llamas y corría torpemente, agarrándose el vientre donde llevaba al hijo de Tai Tai. En un breve relámpago de alivio, mientras se agachaba a recoger al bebé, Mabanex la vio huir en dirección a las cuevas y consideró que al menos su madre y ella estarían a salvo. A escasa distancia, Tai Tai acababa de tumbar a un jinete de un formidable lanzazo. Mabanex esquivó a varios españoles, sin dejar de buscar un rincón donde esconder al bebé. Yari estaba demasiado lejos para entregárselo. Un soldado que cabalgaba sobre una bestia tan negra como su barba divisó a la muchacha que estaba a punto de alcanzar la selva, notó que estaba embarazada y recordó los rumores sobre las orgías en que participaban las nativas durante su noche de bodas. «No más herejes», murmuró Pedrico espoleando su montura. Mabanex oyó un relincho en los límites de la maleza. Aunque el humo le impedía ver bien, distinguió a Yari, que casi alcanzaba la selva. De pronto aquel soldado salió de la nada y de un tajo le atravesó el vientre. La joven cayó sin un grito.

El rugido de un alma en pena se elevó sobre el estruendo de la matanza. Sin preocuparse de ser aplastado entre las patas de la bestia, Tai Tai embistió contra el asesino de su mujer y su hijo. El español alzó la espada, aún manchada con la sangre de Yari, para descargarla sobre el cacique. Obedeciendo a un reflejo casi suicida, Tai Tai aguardó a que la bestia estuviera casi encima de él para atravesarle el pecho. El animal se elevó en dos patas y cayó hacia atrás, arrastrando al jinete, que quedó atrapado bajo su cuerpo. Lívido de dolor y odio, Tai Tai arrancó la lanza del animal muerto y la clavó en el rostro del soldado, atravesándole un ojo y dejando el cráneo clavado en tierra. Luego corrió hacia Yari.

Mabanex dejó al bebé en un bohío apartado, fuera del alcance del fuego y de la cabalgada. Apenas salió de allí, otro español se abalanzó a su encuentro espada en mano. A duras penas sorteó el golpe. La hoja pasó silbando sobre su cabeza, pero Mabanex se repuso y le asestó un garrotazo por la espalda. Las vértebras crujieron con un sonido obsceno y el soldado se desplomó con la columna destrozada.

De reojo vio que el cacique se inclinaba sobre su amada, ajeno a la presencia de otro español que se acercaba a pie. Debía tratarse de un jefe, a juzgar por su tocado de plumas rojas en el casco. Mabanex gritó justo a tiempo para que su hermano evitara la espada que le rozó la espalda, provocándole un tajo por el que empezó a sangrar. Ciego de cólera, Tai Tai se enfrentó al hombre de la pluma roja que lanzaba estocadas a diestra y siniestra, y aunque pudo interceptar algunas con el garrote, su cuerpo desnudo era un blanco fácil para la afilada hoja. Finalmente, el metal quebró la madera y Tai Tai quedó inerme ante el soldado que, blandiendo su espada como si jugara, le hizo dos, tres, muchos cortes en el pecho, leves heridas que comenzaron a desangrarlo.

Mabanex se precipitó a ayudarlo, pero otro soldado se interpuso en su camino y ya no pudo ver que Tai Tai recibía nuevas heridas en los brazos, los hombros, el rostro... Con la rapidez de un huracán, Mabanex dio vueltas y más vueltas en torno a su oponente, sorteando la hoja que intentaba alcanzarlo. Se movió a saltos, incansable, en busca de un punto débil que le permitiera golpear. Recordó una estratagema que había visto practicar a dos españoles en una de sus visitas al pueblo. Dio una voltereta, se escurrió bajo el filo que bajaba y, a espaldas del hombre, descargó un garrotazo sobre la nuca, que se hundió con un crujido húmedo de huesos.

Demasiado tarde se percató de que su madre salía corriendo de la selva para proteger a su primogénito, desoyendo a Dacaona, que la llamaba desde los matorrales. Luego sabría que no quiso marcharse hasta asegurarse de que sus hijos estaban a salvo. Al darse cuenta de que Tai Tai se desangraba sobre el cuerpo de Yari, escapó de su escondite. Mabanex la vio desde lejos. Hubiera querido acudir a protegerla, pero una vez más tuvo que poner todos sus sentidos en otro combate.

La matanza había provocado un efecto excitante y enloquecedor en el teniente Alcázar, que sentía revivir los tiempos en que era conocido como Torcuato el Mozo. Disfrutaba de cualquier carnicería, especialmente si podía ejecutarla sin contratiempos. Pero aquella borrachera de los sentidos resultaba igualmente peligrosa, sobre todo cuando quería vengarse. Había visto caer a Pedrico frente a ese salvaje, y si Torcuato era capaz de sentir algún dolor por la pérdida de alguien, ese era Pedrico, lo más cercano que había conocido a un hermano. Lejos de sentirse satisfecho tras asestar numerosos tajos en el rostro y el cuerpo de su indefenso rival, siguió descargando toda su cólera contra el indio que aún se tambaleaba ante él. Percibió de reojo una figura que se aproximaba como un borrón oscuro, pero ni siquiera se dignó a mirarla dos veces: era solo una india de ojos espantados que mascullaba una jerigonza implorante.

Oculta en los matorrales, Dacaona comprendió mejor que nadie lo que ocurriría a continuación, pues desde la distancia observó algo invisible para el resto de los mortales: los colores que rodeaban a todas aquellas personas. Era esa maldición que a veces se reavivaba, casi siempre en circunstancias de extrema zozobra. Allí estaban nuevamente los colores que le indicaban la presencia de criaturas vivas. Supo así que Yari había expirado a los pies de Tai Tai, y que pronto su sobrino también lo haría porque sus tonos comenzaban a extinguirse como estrellas en medio de la niebla. De repente advirtió una turbulencia rojiza en torno al español, que, molesto por los gritos de Bawi, se volteó como una centella hacia su frágil figura. Dacaona cerró los ojos.

No lejos de allí, Mabanex logró por fin derribar a su enemigo y se dispuso a socorrer a los suyos, pero antes de que avanzara unas yardas el soldado hundió su espada en Bawi, que contempló su propia sangre con expresión desolada.

Haciendo acopio de fuerzas, Tai Tai se precipitó sobre Torcuato, cuya hoja había quedado momentáneamente atrapada en las costillas de su madre. Por un segundo, el soldado pensó que sería divertido ensartar a dos indios con la misma espada, pero notó que otro indígena corría a su encuentro. Sin tiempo para juegos, sacó una daga del cinturón y la clavó en el moribundo.

El rostro del cacique quedó tan cerca del suyo que ambos alientos se mezclaron. Tai Tai escudriñó al español con una mirada cada vez más vidriosa y murmuró en su propia lengua:

—Juro por Atabey que mi hupía volverá… volverá para avisar… hasta el final de los tiempos… y ningún hombre como tú…

No pudo terminar la frase. Torcuato extrajo el arma enterrada en Bawi y de un tajo le cercenó la garganta, cortando sus cuerdas vocales y dejándolo mudo ante las puertas de la muerte.

Sollozando como un crío, Mabanex se lanzó contra el hombre con su garrote en alto. Todo se transformó en un confuso sueño donde se mezclaban el olor de su madre, la voz de su hermano, la sonrisa de Yari... Y de algún modo supo que todas esas cosas habían dejado de pertenecer a su mundo para retirarse al país de las lagunas serenas, donde por suerte los cristianos no existían. Su pecho se ahogaba, aplastado por un dolor más agudo que todos los dolores, pero no dejó de avanzar hacia el hombre que lo esperaba espada en mano.

Mabanex se preparó para esquivar el metal y dar el golpe que quebraría en dos a su enemigo. En ese instante, un trueno estalló en las cercanías. Algo lo golpeó en un costado y sus rodillas se doblaron.

Desde su escondite, con los ojos cegados por las lágrimas, Dacaona se mordió un puño para no gritar de espanto.

12

El corazón de Juana latía de angustia mientras atravesaba el pasadizo abierto por la tropa española. Jacobo y fray Antonio la seguían en silencio. Un silbido confirmó que la aldea había recibido el aviso, pero treinta hombres de Narváez no eran una amenaza que debía tomarse a la ligera, así es que acordaron continuar.

Durante el último tramo se perdieron, pues la maleza se fue despejando a medida que subían por la pendiente y, de resultas, el túnel vegetal se desvaneció. Varios senderos que se entrecruzaban los desorientaron y en más de una ocasión siguieron un trillo errado, lo cual notaban cada vez que se desviaban demasiado de la cima. Tras no pocas confusiones, la selva volvió a cerrarse en torno a ellos y les mostró de nuevo el único sendero posible. Repitieron el llamado, pero nadie respondió. En cierta ocasión creyeron oír un galope de corceles, pero el sonido pasó como una ráfaga que desciende loma abajo y se pierde en la lejanía.

Cuando alcanzaron la cumbre no pudieron dar crédito al panorama que veían. Restos carbonizados de casas se mezclaban con el olor inconfundible de la carne quemada. Por doquier, el suelo mostraba zanjas de lodo ensangrentado. Los cadáveres parecían muñecos rotos y sucios, tras haber sido mutilados o decapitados. Los soldados de Narváez habían sido equitativos al no hacer distinciones de sexo ni edad: hombres y mujeres, ancianos y niños, yacían por igual en espacios despejados o próximos al bosque que nunca lograron alcanzar.

Juana escuchó un ruido gorgoteante y súbito a sus espaldas, como el de un animal que se ahoga. Fray Antonio vomitaba junto a una hoguera donde se cocía el cadáver de un bebé. También Jacobo vio al fraile, pero no hizo ademán de socorrerlo.

—*Tai Tai* —silbó Jacobo.

No hubo respuesta.

—¡Mabanex! —llamó Juana en dirección al terreno donde debía encontrarse la vivienda de su amigo, pero era difícil reconocer el lugar; ni siquiera estaba segura de hallarse en la misma aldea donde se había celebrado la boda de Yari.

Entre tanta devastación no conseguía recordar los alegres dibujos sobre los cuerpos, las techumbres adornadas con flores, el aroma de los asados que humedecían el paladar, las risas de los niños que se perseguían por los rincones, las melodías que retozaban en el aire... Ahora, cada cinco o seis pasos, se detenía para averiguar si el cadáver que tenía ante ella era el de Mabanex. Su ansiedad creció a medida que se acercaba al centro de la aldea. Entre tantos muertos halló a dos hombres y una mujer que aún respiraban. Dio la alarma para que su padre y el fraile fueran a socorrerlos, pero no se detuvo. Siguió llamando a Mabanex, consciente de que el silencio era la peor respuesta a sus temores.

En su aturdida búsqueda pateó un casco emplumado. El único soldado que llevaba una pluma negra como esa era Pedro Villa, el ayudante de Gaspar. Un poco más allá tropezó con el rostro desfigurado del soldado, clavado en el suelo por una lanza que le había perforado un ojo. Lo reconoció por las sucias calzas amarillas que jamás se quitaba. Era extraño. Había cierto aire familiar en esa mueca helada que le recordó un antiguo sueño. Las imágenes pasaron deprisa sin que lograra retenerlas. Parpadeó para borrar la inquietante zozobra y siguió su camino.

Muy cerca descubrió el cuerpo de Yari. Parecía dormitar de lado sobre la hierba roja que se estremecía con el soplo del viento. Aquella visión le trajo a la memoria un antiguo olor a flores que inundaba una mañana azul. No tuvo que tocarla para saber que estaba muerta. Su cuerpo no despedía luz, excepto alrededor del vientre. Notó el aura casi apagada que aún palpitaba en torno al abdomen y que se fue volviendo cada vez más traslúcida hasta desaparecer. La pequeña vida que había latido en su interior acababa de extinguirse ante sus ojos.

Casi a los pies de su amada yacía Tai Tai, pero le costó trabajo reconocerlo. Decenas de incisiones habían convertido su rostro en una máscara sanguinolenta. «El hermano de Mabanex está muerto.» La idea la golpeó como una descarga. Gritó con un alarido animal que no pretendía avisar a nadie. Solo era la expresión de un sentimiento tan intenso que ni siquiera podía convertir en palabras.

Jacobo y Antonio acudieron a su lado y se inclinaron sobre el cacique.

—Oh, Dios —murmuró Jacobo, mientras el fraile hacía la señal de la cruz y murmuraba una oración.

El silencio se acunó sobre los techos ardientes de las casas, sobre el humo que ascendía hasta las nubes, sobre la selva muda. Hasta el canto de las aves cesó. Jacobo volvió la cabeza en busca de su hija.

—¿Juana? —la llamó.

Ella permaneció inmóvil como una estatua, su rostro vacío como la muerte.

—Mabanex —murmuró, y cayó de rodillas.

Con mano temblorosa apartó los cabellos para desnudar aquel rostro de ángel oscuro. Dolía tanto contemplarlo que se echó a llorar sobre él, aspirando ese olor a rodajas frescas de *yayama* que siempre lo acompañaba. Lloró como no lo había hecho nunca.

A Jacobo le apenó esa angustia porque sabía que su hija estaba sufriendo lo mismo que él había padecido años atrás cuando perdió a su dulce Ana.

—Vamos, hija —susurró—. Vámonos de aquí.

Fray Antonio se agachó para musitar una oración y ella se

volteó a mirar por última vez a su amigo. La herida brilló en su costado, despidiendo una luz evanescente bajo la tarde.

—¡No, no, espera! —dijo Juana de pronto, zafándose del abrazo paterno.

Aunque débil, allí estaba el aura levemente cerúlea, casi invisible, casi apagada, tras una nube opaca que pugnaba por engullir sus colores.

—Santísima Virgen —musitó ella—, ¡está vivo!

Por la pendiente de la costa comenzaron a aflorar los indígenas que esa mañana habían salido a pescar. Si el punzante olor a muerte no había bastado para alertarlos, una ojeada a la devastación fue suficiente para que entendieran lo ocurrido. Las mujeres se dispersaron, clamando por los suyos; el resto descubrió a los tres extranjeros en medio de las ruinas.

—¡Que alguien me ayude! —gritó Juana en taíno—. ¡Mabanex está herido!

Un clamor se fue elevando sobre la aldea. Los gritos de quienes buscaban a sus familiares se mezclaron con los alaridos de quienes reconocían a sus muertos.

—¡Es ella! —exclamó de pronto una jovencita—. ¡Es la espía blanca que estuvo en la boda! ¡Ha traído la muerte a la aldea!

Los hombres los rodearon con sus lanzas de pesca.

—¡No hemos sido nosotros! —gritó Jacobo—. Vinimos a ayudar.

Los indígenas ignoraron su reclamo y, después de cargar con el cuerpo inanimado de Mabanex, cerraron el círculo en torno a ellos. Jacobo percibió la amenaza en sus gestos, fray Antonio se dispuso a orar...

Un grito inesperado detuvo las lanzas que apuntaban al centro. De la selva colindante surgió una mujer con los cabellos revueltos que se precipitó hacia ellos.

—¡Fuera de aquí! ¡No la toquen! —repetía—. ¡Es mi hija!

Los indígenas reconocieron a Dacaona, cuya mirada enfebrecida saltaba de rostro en rostro con expresión enajenada.

—¿Tu hija? ¡Esta gente mató al cacique! —aulló una mujer—. ¡Y también a Yari!

Los lamentos estremecieron las lomas que circundaban la aldea. Las lanzas se adelantaron hacia los extranjeros.

—¡No! —rugió Dacaona—. ¡Aléjense todos!

Y abrazó a la muchacha, gimiendo y riendo histéricamente. Por un momento, la tribu se olvidó de los cristianos para asombrarse ante aquel delirio.

—Vamos, Dacaona —dijo una de las mujeres, que trató de apartarla—. Esa extranjera no puede ser tu hija. Si Anani viviera, tendría dos veces su edad.

Pero ella no se dejó convencer.

—¡Es mi pequeña! Mi hijita...

—¿Tu nombre es Dacaona? —preguntó Jacobo—. ¿La hija del cacique Güeinerí?

La muchedumbre había crecido. Casi un centenar de mujeres con sus niños habían salido de la espesura, después de abandonar las cuevas donde se ocultaban.

—¿Tu madre no se llamaba Taicaraya? —continuó el cristiano, acercándose a la mujer.

Las preguntas sobre su pasado la sacaron del trance. Dejó de gemir para alzar el rostro hacia el extranjero que se inclinaba para levantarla. Varios hombres quisieron detenerlo.

—¡Alto! —ordenó ella.

Se apartaron ante el gesto de Dacaona, que tras la muerte del cacique era la persona de mayor rango en la aldea.

La mujer contempló al cristiano y a su hija, que se aferraba a él. ¡Bendita Itiba! ¿En qué había estado pensando? Claro que esa muchacha no podía ser Anani. Era demasiado joven.

—Señora, te juro que no tuvimos nada que ver con la muerte de Tai Tai, ni de nadie en esta aldea —dijo Jacobo con humildad.

—Ya sé quién eres. He oído hablar de ti, Jacobo, el cristiano que habla nuestra lengua. ¿Cómo sabes tanto sobre mi familia?

—Me lo contó tu hija Anani, la madre de esta criatura.

Se hizo un silencio de muerte.

—Señora —continuó él con actitud respetuosa—, te presento a Juana, tu nieta. Hija, abraza a tu abuela Dacaona.

Las miradas de los taínos pasaron de una a otra.

Dacaona recordó haber visto ese mismo semblante durante la boda y nuevamente creyó estar en presencia de una *hupía*. Fue aquella visión la que le obligó a retirarse tan temprano. Bawi le había contado después el escándalo provocado por la aparición de la joven cristiana, pero Dacaona jamás se le ocurrió unir ambos hechos. Ahora iba entendiendo.

Recordó la decisión de Tai Tai para liberar a la muchacha sin castigarla: una sentencia insólita, sabiendo el peligro que corrían hasta que arribara aquel enviado con la señal de la Diosa... De pronto se lanzó sobre Juana y comenzó a apartarle las ropas y los cabellos, revisando cada rincón de su cuerpo. Bajo una de las mangas que le cubrían sus brazos descubrió las mismas manchas que solo había visto en Anani: los tres lunares sobre la media luna. Entonces Tai Tai lo había sabido, pero ¿cómo? Bawi le había dicho que los ancianos se habían llevado a la muchacha para interrogarla a solas. ¡Los ancianos! Seguramente habían descubierto la señal y se lo habían revelado a su hijo, el cacique.

Acarició la marca impresa en el brazo de la joven y su memoria voló hacia un tiempo muy lejano. Fue como si el mundo se borrara de golpe. Frente a ella estaban los rasgos de su hija perdida, de su difunto marido Guamuí, de su padre y su madre... Sangre de su sangre.

Un suspiro apretado escapó de su pecho y, abrazando a Juana, se echó a llorar.

13

El behíque había pasado tres noches en un orificio cercano al Peñón de las Luces. No era una gruta, sino una especie de agujero entre las raíces de una monstruosa enredadera. La cavidad no tenía un fondo visible, pero Ocanacán no tenía interés en averiguar qué había más abajo. Se contentó con acurrucarse para pasar sus ayunos y sus visiones.

La Diosa se le presentó con un raro atuendo. Bajo su habitual manto índigo, mostraba una túnica blanca salpicada con arabescos dorados; pero lo más inquietante fue su mensaje, escueto y devastador: «Hay duelo y destrucción en tu aldea. El cacique Tai Tai ha muerto. Debes regresar». Ni una palabra sobre la elegida. Eso significaba que debía seguir guardando silencio.

Pese a estar advertido, resultó terrible divisar las ruinas humeantes que cubrían la meseta y le impedían respirar. Hasta él llegaron los gemidos de los moribundos y el llanto de los sobrevivientes que abrazaban a sus muertos. Una multitud se aglomeraba en la explanada. Alguien fue a darle explicaciones, pero él lo acalló con un gesto.

—Ya sé que Tai Tai murió por culpa de los soldados blancos. Atabey me lo ha contado.

Los aldeanos retrocedieron, como ocurría siempre que se enfrentaban a un hecho sobrenatural. Solo entonces el behíque notó la presencia de Jacobo, el español que hablaba su lengua, acompañado por un brujo cristiano con su túnica de color tierra... y *ella*.

—¿Se puede saber qué ocurre? —preguntó.

—Behíque, esta niña tiene la marca... —notó el brillo en los ojos del behíque y terminó la frase de otro modo— de Anani. Es mi nieta.

El anciano se quedó de una pieza. Supo que Dacaona había descubierto la identidad de la elegida, pero ¿qué jaleo era ese sobre su nieta?

—Lo que dices no tiene sentido, mujer.

—Respetable behíque —intervino Jacobo—, hace muchos años viajé a estas costas con Guamíkeni, el Gran Señor de la Tierra y el Mar, y pasamos por Sibukeira, la Isla de las Hermosas Aguas...

Una ráfaga de miedo recorrió la multitud al mencionar la morada de sus enemigos mortales.

—Allí rescatamos a varias mujeres que los caribes habían robado de otras tierras y las subimos a nuestras casas flotantes. Una de ellas era Anani. En el viaje sucedieron muchas cosas que no vale la pena relatar; solo te diré que, después de muchas jornadas, Guamíkeni decidió regresar para que nuestro rey conociera las maravillas que había descubierto. Anani extrañaba a su familia, pero se había apegado a mí, y yo a ella. Al final acordamos que navegaríamos juntos a mi patria y que más tarde regresaríamos para que pudiera ver a los suyos. Me habló de sus padres, me enseñó su lengua y me contó historias de su gente. Fueron días bienaventurados. Por desgracia, después que nuestra hija nació, Maquetaurie se la llevó a la Tierra de los Ausentes y no me dejó cumplir mi promesa de traerla, pero al menos mi hija ha conocido al pueblo de su madre y su abuela.

Juana había dejado de llorar, aturdida ante la revelación de que su madre doña Ana era en realidad una joven taína, y que su abuela era aquella anciana que balbuceaba dulzuras y se aferraba a ella.

No era la única que luchaba contra el desconcierto. Para el behíque, aquella historia extraordinaria explicaba muchas cosas, entre ellas, las razones por las que la Diosa había dejado su marca en esa criatura. La elegida no era simplemente una cristiana blanca, sino la heredera de dos mundos que se enfrentaban a muerte, el fruto de dos razas enemigas que de ese modo quedaban unidas. Se sintió sobrecogido ante la sabiduría de la Diosa.

—Atabey dice que ellos no son culpables de la matanza —proclamó en voz alta—. ¡Debemos dejarlos marchar!

Jacobo tomó a su hija por un brazo.

—No —lo rechazó ella—, quiero quedarme con Mabanex.

—Obedece a tu padre, niña —ordenó el brujo—. Nosotros nos ocuparemos de nuestros heridos.

Juana se enfrentó a aquellos ojillos penetrantes. Había más fuerza en ellos que en el cerco de hombres que la rodeaba.

—Regresaré para verlo —dijo ella casi retadora y, dando media vuelta, enfiló rumbo a la selva.

El anciano tuvo que esforzarse para no sonreír.

«Atabey no pudo escoger a nadie mejor», pensó.

—Lo lamento, anciano behíque —murmuró Jacobo al pasar junto a él—. Traté de avisarles, pero no llegamos a tiempo.

—Lo sé —dijo Ocanacán, tendiéndole inesperadamente la mano.

Fue un gesto extraño para los indígenas, pero Dacaona reconoció la posición de los dedos. Tai Tai la había iniciado en los rituales de una hermandad secreta entre cristianos y taínos. No le había revelado mucho, excepto la obligación de guardar silencio al respecto y las señales para comunicarse con los otros. No podía ser casual que el padre de la elegida también perteneciera a ese grupo. ¿Sería él quien había iniciado a Tai Tai? De cualquier modo, no dudó que la Diosa hubiera creado todos esos vínculos con la idea de proteger a los taínos.

Buscó el rostro del behíque como si este pudiera darle una respuesta, pero él la ignoró.

—Nuestra tribu ha sido arrasada y no tenemos cacique —dijo el anciano, apenas los visitantes desaparecieron en la espesura—. Tai Tai se proponía trasladar la aldea y, aunque tuve mis dudas, hoy apoyo sus razones. Eso haremos, pero primero debemos enterrar a nuestros muertos y curar a los heridos. —Hizo una pausa, considerando el mejor modo de preparar a la tribu para lo que vendría—. El hermano Jacobo fue un amigo muy querido del cacique. Salvó dos veces a Mabanex de la furia de otros blancos, y su hija comparte la sangre de Dacaona. Aunque esa joven fue criada en tierra de cristianos, es una de nosotros. Quiero que lo tengan presente. —Aprovechó el efecto que provocaron sus palabras para tomar aliento—. No creo que los soldados vayan a regresar enseguida. Deben de creer que aquí solo han dejado a un puñado de moribundos. Vamos a recuperarnos y, cuando la mayoría esté en condiciones de moverse, nos pondremos en camino.

Volvió la espalda para dirigirse a su casa, que milagrosamente no había sido tocada por el fuego. Dacaona lo vio sortear los escombros, ajeno a la gente que se dispersaba llorando por los ausentes y jurando vengarse de los blancos.

«He perdido a mi hermana y a un sobrino», pensó ella, «pero Atabey me ha devuelto a mi nieta».

Y con los ojos anegados de lágrimas, se fue a recoger sus muertos.

14

La tropa atravesó la villa en medio de una multitud expectante. Primero irrumpieron los jinetes con el teniente Alcázar a la cabeza; detrás, una decena de soldados de infantería, seguidos por una caravana de indígenas entre los que había hombres, mujeres y algunos niños. Cerraba la retaguardia el resto de los soldados, que iba empujando a los rezagados con sus arcabuces.

El sol calentaba la techumbre de la selva con rayos de oro derretido. Faltaba una hora para vísperas. Sin gritos ni anuncios, los lugareños presenciaron el paso la hilera de nativos que entraba en la plaza. Los chiquillos corrieron tras ellos, mortificándolos con travesuras que imitaban la actitud de los soldados. Era obvio que aquellos indios cabizbajos, sucios de sangre y hollín, eran una mercancía de la que podían disponer a su antojo. Sin embargo, los adultos contemplaron el espectáculo con sentimientos encontrados.

En el interior de la sacristía, Fray Severino percibió la súbita ausencia de sonidos familiares y de inmediato abandonó la nave para investigar.

En el centro de la plaza, los vecinos rodeaban a los indígenas que se habían amontonado en el suelo. El teniente Alcázar subió los escalones de la iglesia hasta el portal, donde intercambió unas frases con el cura que ya salía a la puerta. Luego murmuró una orden a dos soldados que marcharon hacia el polvorín.

—Paisanos, os traigo buenas y malas nuevas. Podría haceros un recuento largo, pero es mejor ser breve. El teniente Ximénez ha sido asesinado por un grupo de indios.

Hubo persignaciones y lamentos. La multitud se movió inquieta como un insecto de muchas patas que no supiera cuál rumbo tomar.

—Como sabéis, el teniente desapareció la noche después del huracán. Mis hombres y yo lo buscamos, pero no dimos con su paradero, sino con tres indios que merodeaban cerca. Enseguida confesaron el vil asesinato. Es un crimen que necesitaba escarmiento porque ellos mismos, y otros más de su aldea, también habían masacrado a mis hombres cuando iban en misión de Su Majestad. Aunque Ximénez se enteró del ataque, no quiso tomar medidas...

La estrategia del teniente fue evidente para fray Severino: menguar el prestigio de Ximénez ensalzaba la actitud de Gaspar, que había salido a vengar al hombre que había abandonado a los suyos.

—Acaté su decisión para evitar problemas —continuó Gaspar—. Y si hubiera atendido a mis palabras tal vez habría evitado su propia muerte. No he ahorrado esfuerzos para capturar y castigar a sus verdugos, pero el Señor nos ha enseñado a ser misericordiosos. Los asesinos tenían familias que no han cometido ningún crimen. Aquí traemos al rebaño de inocentes que quedará bajo nuestra protección.

Hizo un ademán hacia los indígenas, que se apretujaron más, aterrados por el gesto del cristiano que había masacrado a sus familias.

—Loado sea el Señor —intervino fray Severino— que nos ha traído a estas ovejas descarriadas para salvarlas de la herejía y permitirles vivir en nuestra fe.

—Amén —resonó un eco en la plaza.

—La buena noticia —continuó Gaspar— es que encontramos la mina. Ya no tendremos que depender de limosnas. Cada vecino que cuente con una merced de Su Majestad para tener indios, podrá obtener oro de la mina y contribuir a las arcas reales.

Se escucharon algunos vítores entusiastas que se extinguieron con la aparición de tres figuras tiznadas que se abrieron paso entre los vecinos.

—¿Desde cuándo las matanzas son buenas noticias? —preguntó Jacobo ante los escalones de la iglesia—. ¿Por qué no contáis la verdad?

Gaspar palideció.

—Espero que no vengáis a difamar.

—No soy yo quien miente. Habéis torturado a inocentes en busca de una excusa para masacrar una aldea y conseguir esclavos para vuestra mina.

El silencio se hizo tan profundo que se escuchó el aleteo de las aves.

—Esos indios confesaron su crimen —dijo Gaspar.

—¿Bajo tortura?

El teniente Alcázar apretó las mandíbulas.

—Decid de una vez lo que estáis pensando.

—Para acusar a alguien de un crimen, lo primero que debéis hacer es mostrar el cadáver —respondió Jacobo—, y no veo ninguno por aquí.

La boca del teniente se distendió en una mueca. Había intentado sonreír, pero la cicatriz se lo impidió. Su mirada se alzó sobre el mar de sombreros y mantillas que se apiñaban en la plaza, y alzó un brazo hacia los dos hombres que cargaban una parihuela. Sin necesidad de acercarse, Jacobo supo lo que traían.

Juana intentó retener a su padre —no le gustaban los colores que rodeaban al teniente—, pero Jacobo se desprendió de ella y se acercó a la parihuela para examinar el cadáver.

—¿Y decís que unos indios lo mataron?

—Vos me oísteis.

—¿Con qué arma?

Gaspar frunció el ceño.

—No sé, no estaba allí para verlo.

—Yo tampoco, pero puedo asegurar que ni las flechas ni las lanzas taínas producen cortes tan limpios. No hay que ser galeno ni curandero para saber que esa herida fue hecha con acero español.

Gaspar enmudeció unos segundos, barajando toda clase de argumentos para salir de aquel atolladero.

—Encontramos la espada del teniente en poder de los indios —dijo—. Debieron de robarla y luego matarlo con ella.

—¡Basta de infamias, teniente! Habéis cometido tres crímenes: el primero fue asesinar a Ximénez porque se oponía a vuestros planes de romper el pacto que respetaba el territorio y los bienes de los indígenas, el segundo fue torturar a tres infelices para averiguar dónde estaba la aldea, y el tercero ha sido la masacre que acabáis de cometer.

Las pupilas de Gaspar se contrajeron. Acababa de recordar que los indígenas habían sorprendido a sus hombres porque alguien debió de avisarles.

—¿Cómo podéis saber lo que acaba de ocurrir en la aldea?

Juana percibió el peligro que emanaba de los colores del teniente.

—Eso no es importante. Toda esa gente era inocente y había un acuerdo de paz que habéis roto.

—¿Cómo os atrevéis a hablar de inocencia —dijo Gaspar masticando las palabras— si sois un judío prófugo de la Inquisición?

Jacobo se quedó sin aliento como si hubiera recibido un puñetazo en el estómago. Su cabeza comenzó a zumbar.

—No sé de qué habláis —atinó a decir con semblante lívido.

—Os reconocí apenas puse los pies en esta villa —se pavoneó Gaspar, torciendo el rostro con una mueca de satisfacción—. ¿Pensasteis que ibais a escapar?

Jacobo intercambió un gesto con su hija, pero no dejó traslucir el miedo que ella percibía en el halo que lo rodeaba. Su única reacción visible fue el sudor que iluminó su frente.

—Me habéis confundido con alguien.

—Es vergonzoso que no os acordéis de vuestros vecinos, maese Jacobo, pero Torcuato el Mozo tiene aún la memoria fresca de lo que le hicisteis a mi padre.

Juana entendió entonces por qué el rostro de aquel soldado muerto se le había antojado familiar. Era uno de los dos chicos andrajosos que la habían retado a cantar en el huerto de su casa. A duras penas reconoció al que se hallaba frente a ella, con su barba descuidada y su ojo lacrado por la cicatriz. Lo que su padre temiera desde hacía tanto tiempo finalmente había ocurrido.

—No podéis acusar a nadie sin pruebas, sin un papel —intervino fray Antonio, que había permanecido en silencio.

—Los documentos de la acusación llegarán desde España muy pronto —dijo el militar—. Y para evitar que el prófugo escape, hago saber a la congregación que yo, el teniente Torcuato Gaspar de Alcázar, al mando de San Cristóbal de Banex en sustitución del teniente Francisco Ximénez, ordeno el arresto y encarcelamiento de Jacobo Díaz, buscado por razones de herejía judaizante.

Dos soldados apresaron a Jacobo, demasiado aturdido para ofrecer resistencia. En otro momento, Juana hubiera protestado o amenazado, pero algo la detuvo. Por primera vez prestó atención al murmullo que crecía en su cabeza, semejante al agua que borbotea dentro de una caldera. Reconoció la Voz que le había hablado durante la ceremonia de la *cohoba,* poco antes de empezar a percibir esos resplandores que le otorgaron una sabiduría nueva.

En su vida anterior, apagada y ciega, había confiado en que la bondad y la nobleza podían combatir cualquier mal; pero viendo cómo los soldados se llevaban a su padre por la fuerza, comprendió que las reglas del juego habían cambiado para siempre.

SEXTA PARTE

El ojo del huracán

1

La Habana Vieja, Hotel Ambos Mundos,
21 de agosto, 11.15 h

El taxi donde viajaba el profesor Báez disminuyó la marcha ante la marejada de turistas distraídos que deambulaban por doquier. Tras un tortuoso recorrido se detuvo ante las puertas del edificio cuya placa de bronce rezaba: EN ESTE «HOTEL AMBOS MUNDOS» VIVIÓ DURANTE LA DÉCADA DEL 1930 EL NOVELISTA ERNEST HEMINGWAY.

El profesor le pagó al chofer y atravesó el vestíbulo para reclamar su habitación. Cinco minutos después, aceptó que un mozo subiera su maleta mientras él localizaba el bar con la intención de pedir el gin-tonic que necesitaba con urgencia. Se sentó en la esquina más apartada de la terraza, hizo una llamada para dejar un mensaje y se enjugó la frente con un pañuelo que olía a Paco Rabanne, dispuesto a aguardar hasta el fin de los tiempos si era preciso.

No tuvo que esperar mucho. Iba por la mitad de la copa cuando la vio venir entre las mesas con su holgado blusón gris, unos jeans desteñidos y casi sin maquillaje. Parecía diez años más joven que con su disfraz de artificios, aunque su expresión se tornaba más dura. Por el camino, la mujer ordenó algo a un camarero y siguió hasta el rincón donde Máximo la esperaba.

—Me lo imaginé —fue su seco saludo, dejando caer el bolso en una silla vacía—. Si me hubieran hecho caso, podríamos estar ocupados en asuntos más importantes que esos papeles.

—No empieces, Karelia. Sabes que odio las quejas.

—Debiste guardarlos en un lugar más seguro.

—Siempre lo estuvieron. Desde que...

Se interrumpió porque uno de sus celulares sonó apagadamente. Levantó un dedo admonitorio para que la mujer guardara silencio.

—¿Sí? —contestó, atento al camarero que servía el agua efervescente antes de alejarse a otra mesa—. ¿Cuándo ocurrió? ¿Seguro que no es una excusa? Por mí no hay inconveniente. El tiempo sigue pasando y...

Una leve mueca de Báez indicó que su interlocutor había colgado.

—Virgilio está ingresado en el Clínico Quirúrgico —dijo él, esforzándose por mantener la compostura—. Será imposible llegar a él, pero el jefe está seguro de que alguien más debe de conocer el escondite.

—¿Tu hermana?

—Medio hermana —aclaró, siempre disgustado ante la idea—. Me preguntó si yo no tendría inconveniente en que la Liebre se ocupara de ella. Como si eso fuera a quitarme el sueño.

—¿Y si se le va la mano?

—Me da igual, no tengo nada que ver con esa zorra.

Karelia sabía que él odiaba a Pandora, pero aprovechaba cada ocasión para azuzar esa inquina. Su rivalidad se remontaba a la adolescencia, cuando ambas estudiaban en la escuela de arte. Pandora acaparaba premios y diplomas, mientras Karelia permanecía como una más del grupo. Cuando se graduaron, creyó que sus carreras se igualarían; pero Pandora pasó a ser la artista mimada de la crítica, sin que ella lograra despegar. Todo eso le amargó la existencia. Ahora sus expectativas descansaban en el Partido Popular Martiano. Si Máximo se convertía en asesor del ministro, su influencia la ayudaría a conseguir giras subvencionadas, grabaciones, programas de televisión y toda clase de prebendas.

Por supuesto, nunca le había revelado a Máximo las verdaderas razones de su apoyo. Antes de ser amantes, ambos habían conversado sobre el caos existente en el país y sobre los nuevos aires de democracia que habían desembocado en una falta de control sobre los ciudadanos. Mientras él enumeraba sus razones para rechazar aquello que llamaba un «desenfreno social», ella recordaba la casa que le habían quitado después que su anterior amante —un coronel del disuelto ejército— fuera destituido. Por mucho que protestó, los funcionarios solo le permitieron sacar su ropa, despojándola de los muebles y los equipos con que el excoronel le había agradecido tantas noches de compañía. No le quedó más remedio que refugiarse en el piso de una tía solterona con quien apenas se hablaba. Por eso, cuando conoció a Báez, no lo pensó dos veces. Enseguida se dio cuenta de que aquel hombre sería capaz de ofrecerle un presente y un futuro mucho más halagüeños.

Máximo quedó encantado ante lo que supuso una conquista fácil, aunque pronto Karelia le demostró que no era tan tonta como aparentaba. Más de una vez lo sorprendió su agudeza para advertir detalles que a él se le escapaban. No tardó en proponerle que empleara sus mañas en arrancar secretos y manipular personajillos en aras del bien común, es decir, de ambos. Ella no puso reparos, consciente de que se usarían mutuamente.

—¿Quieres que insista con el chiquillo? —preguntó ella después de beberse el agua.

—Si Alicia no sabía nada, él debe de saber menos.

—Entonces ¿para qué me llamaste?

—Tendré que esperar unos días y me revienta estar solo.

Karelia sonrió.

—Pues gracias por la invitación. Esta terraza tiene una vista muy romántica.

—No hables boberías —replicó él sin gota de humor, haciendo un gesto al camarero—. Vamos a mi habitación.

—Como usted ordene, profesor —suspiró, complacida.

2

La Habana del Este, cercanías de Cojímar,
21 de agosto, 12.10 h

Alicia entreabrió los párpados. El suelo ondulaba como un lago de gelatina y las paredes giraban vertiginosamente, ignorando que debían permanecer adheridas a sus cimientos.

No sabía cuántas horas había estado en esa posición. Tenía los músculos acalambrados y la garganta seca. Ya no sangraba, pero la herida le ardía como una quemadura. Su lóbulo desgarrado latía con un temblor gélido y persistente, aunque ni siquiera eso la apartaba de otro sentimiento aún más poderoso: el pánico. Sabía que estaba en manos de alguien peor que un simple delincuente. Aquel hombre era un sádico que no vacilaría en infligirle cualquier dolor.

Escuchó ruidos vagos, como si alguien trajinara en la cocina, y así debía de ser porque su estómago rugió de ansiedad con el aroma a café. Contrajo el cuerpo para liberarse de la soga, pero a duras penas logró que la silla tamborileara sobre el suelo. Al instante, los ruidos cesaron. Pasos deliberadamente lentos recorrieron el pasillo hasta detenerse frente al umbral. Desde su posición en el suelo no pudo ver la figura, pero sintió su presencia.

El suelo de madera crujió cuando las pisadas se acercaron. Con un rápido impulso, la silla fue devuelta a su posición original. Alicia cerró los ojos para sofocar el mareo. Cuando volvió a abrirlos, el conserje del labio leporino la contemplaba impasible.

—Me imagino que tienes sed.

Ella afirmó con la cabeza.

—Y hambre.

No esperó a que repitiera el gesto. Fue hasta la cocina, abrió el refrigerador, revolvió unos trastos y regresó con dos botellas de agua, café caliente y un trozo de pan. Encendió la luz del techo y, por primera vez, Alicia pudo ver dónde se hallaba: un cuarto con paredes manchadas de humedad, donde solo había un camastro y una mesita alta con dos sillas frente a la ventana tapiada.

Su carcelero dejó todo sobre la mesa y le desató las manos. Ella se quitó la mordaza y se lanzó a comer sin abandonar su puesto, mientras el hombre esperaba fumando.

—Tengo que ir al baño —dijo Alicia cuando acabó.

Por toda respuesta, el individuo señaló hacia un rincón. Al darse cuenta de que no tenía intenciones de ayudarla, ella misma zafó la soga que le ataba las piernas, se las frotó para activar la circulación y caminó tambaleándose en dirección a una puertecilla casi invisible. Hasta ese instante no había reparado en su existencia y, de haberlo hecho, habría asumido que era un clóset. El baño, aunque diminuto, tenía lavabo, inodoro y ducha. Trató de poner el cerrojo de la puerta, pero fue imposible. El picaporte estaba roto o quizá inhabilitado a propósito. Con la hoja entreabierta, haciendo equilibrio para que él no la viera, orinó sin dejar de vigilar su entorno. La única ventana era demasiado estrecha para escapar y, además, estaba tapiada.

Al salir del baño, se detuvo petrificada en medio de la habitación. Desde la cama, el hombre la observaba con ojos de tigre hambriento. Al instante reconoció aquel brillo. Lo había visto cuando paseaba por las calles de ciertas ciudades, pero nunca tan amenazante como en esas pupilas.

«Por favor, no lo permitas —rezó en silencio—. Te lo ruego, Madre.»

La atmósfera cambió a su alrededor. De los cimientos brotó una bruma, un ramalazo de energía que estremeció las paredes. Había estado dormitando allí desde que la sangre se mezclara con la lluvia bajo los cimientos de la casa. Ahora se desperezó como una criatura en su madriguera y rodeó el cuello del hombre hasta confundir sus sentidos. Los rasgos de Alicia parecieron endurecerse y su cuerpo se convirtió en una figura demacrada. Su atractivo se esfumó de manera tan tajante que la Liebre se convenció de que antes no la había visto bien. Fue como si un velo hubiera desdibujado el mundo. Recordó el torrente de improperios y amenazas que el Jefe había soltado días atrás. Lo pensó mejor. No valía la pena meterse en más líos por tan poca mujer.

Pestañeó para espantar la niebla que le quemaba los ojos. Sin decir palabra, se puso de pie y la agarró por un brazo. La muchacha forcejeó y pateó, pero solo consiguió que una botella de agua rodara hasta el borde de la mesa y permaneciera allí, balanceándose sobre el abismo.

—No seas estúpida —gruñó él harto—. No voy a hacerte nada, pero si sigues dándome guerra te cortaré la otra oreja.

Alicia dejó de forcejear y permitió que el hombre volviera a amarrarla y amordazarla, antes de apagar la luz y salir. Desde la oscuridad, escuchó el ruido de las llaves y la puerta de la calle que se cerraba. El auto ronroneó hasta alejarse, dejándola rodeada de silencio. Supo que necesitaba escapar usando su juicio, puesto que no podía contar con sus fuerzas.

«Por favor —rogó mentalmente a quien acababa de salvarla—, señálame el camino.»

3

La Habana, Municipio Playa, 21 de agosto, 13.25 h

El detective Luis Labrada contempló la fachada de la antigua estación policial. Sus torres diminutas, sus ventanas de ojivas y sus arcos góticos en crema y rosa lo asemejaban más a un *cake* de cumpleaños que a un recinto para reprimir delitos. «Qué raro sigue siendo este país», dijo para sí.

Acompañado por Foncho y Sander, traspuso el umbral que custodiaba un portero uniformado. Al enterarse de que era un «cubano de Miami», el hombre dudó en dejarlo pasar. Mientras le deslizaba unos pesos, Foncho explicó que el visitante era viudo de su prima y padre de Sander, a quien el guardia conocía de sobra.

—Pues si se trata de la familia, no hay más que hablar —declaró el portero a grito pelado para que lo oyeran los guardias del pasillo.

La idea de esa visita había surgido durante un almuerzo. Sander manipuló la conversación sin que los otros se dieran cuenta: hablaron de tiempos pasados, de amistades perdidas y, como era de esperar, del asesinato. Cuando Luis se quejó de que Alicia seguía sin responder a sus llamadas, Sander aprovechó para revelar su secuestro, aunque sin mencionar el *legado*.

—¿Por qué no lo dijiste antes? —lo regañó Foncho—. Tengo que avisar a mi unidad.

—¡No! —exclamó Sander, quien de inmediato les contó lo de la nota y el lóbulo ensangrentado.

Los otros lo escucharon, cada vez más alarmados, aunque escépticos sobre su explicación del secuestro a causa de unos mapas.

—No me lo creo —dijo Luis.

—Pero si yo mismo vi el destrozo —insistió Sander—. Alguien registró el apartamento y se llevó a Alicia cuando lo sorprendimos.

—No dudo del secuestro, sino de la verdadera causa del registro. Buscaban algo relacionado con el robo a Báez... y dudo que sea una colección de mapas. ¿Cuándo podremos hablar con el curador?

—Lo tienen bajo sedantes.

—Ese hombre parece ser el centro de todo y me la juego a que podría explicar lo que pasó en Miami.

—Virgilio es tan inocente como cualquiera de ustedes —protestó Sander, enrojeciendo de indignación—. Es incapaz de matar una mosca.

—No te sulfures, m'ijo —dijo Luis—. Nadie ha acusado a nadie, pero el gordo tiene razón. Esa historia de los mapas es una cortina de humo para ocultar otra cosa.

—¿Y si el secuestro de su sobrina fue para extorsionarlo? —aventuró Foncho.

—Eso no cambia nada —dijo Luis—. Virgilio sabe algo.

—O esconde algo —añadió Foncho—, quizá lo que robaron en Miami.

—Si es así, Alicia podría ser una pieza de cambio.

—Pues con más razón debemos encontrarla —intervino el joven, sabiendo que había llegado al punto que buscaba—. Y se me ha ocurrido un modo de averiguarlo.

Al terminar los postres, ya habían acordado visitar la oficina de Foncho, para tener acceso al sistema de cámaras que vigilaba las principales vías de la capital. Era una posibilidad con la que Sander contaba desde el principio porque ya había estado allí en otras ocasiones.

Se trataba de una oficina moderna, según los estándares cubanos, pero al detective le pareció anticuada. Había cinco escritorios con sus correspondientes computadoras y, en un rincón, una fotocopiadora, un fax y una trituradora de papeles; ni rastros de pizarra electrónica o mesa de surfeo digital.

Foncho se acomodó junto a la ventana.

—Primero necesito buscar a Rebeca —anunció.

—¿Tu jefa? —preguntó Luis.

Foncho soltó un resoplido que no llegó a convertirse en risa.

—Me refiero a Revica, la Red Vial de Cámaras. La llamamos Rebeca, por joder.

Sander no dejaba de lanzar ojeadas hacia la puerta.

—¿Qué decimos si nos descubren?

—Tranquilízate, no vendrá nadie —dijo Foncho, aguardando a que el sistema reconociera su clave—. Yusniel y Litico andan patrullando, Gaby está de vacaciones y Yamila tiene el niño enfermo... Vamos, Rebequita, muévete de una vez. ¡Esta mierda se demora años en arrancar!

En la pantalla surgió un aviso que Foncho eliminó de un teclazo. Después de ingresar otra clave, salió una lista de enlaces.

—Esta es la zona del malecón —murmuró el policía, que ingresó una fecha en la ventana de búsqueda.

La pantalla se dividió en imágenes de calles por donde transitaban vehículos y peatones.

—Dime la hora aproximada en que ocurrió —le pidió a Sander— y la dirección de... No, deja, esa la tengo.

El sistema reveló una imagen nocturna que Foncho amplió. No tuvieron que aguardar mucho para ver a un individuo que se movía a trompicones, sosteniendo a una joven vestida de largo. Sander sintió un nudo en la garganta. Aunque el hombre le había pasado un brazo por la cintura como si la ayudara a caminar, los pies de la chica colgaban como ramas sin vida.

Pocos autos circulaban a esa hora y ninguno prestó atención al dúo que trastabillaba por un área de bares y clubes nocturnos. El hombre se detuvo detrás de un vehículo aparcado al doblar la esquina, del cual apenas podían verse los focos traseros.

—¿Qué es eso? ¿Una camioneta? ¿Un SUV? —preguntó Luis—. Tiene los focos altos.

—Muchos carros de los años cincuenta también los tienen así —respondió Foncho—, y son los que más abundan.

—A mí no me parecen tan altos —opinó Sander.

—¡Carajo! —se quejó Luis—. Acerca más esa mierda o mueve el foco.

—Cálmate los nervios que esto no es la NASA —gruñó Foncho—. El zoom ya está al máximo.

El desconocido repasó los alrededores y, confiado en que nadie lo observaba, cargó a la joven y la metió en el baúl del coche. Durante unos segundos, solo sus piernas permanecieron en el campo de visión de la cámara mientras se inclinaba. ¿La estaba atando? ¿Amordazando? ¿Golpeando? Cerró el maletero y se eclipsó. Casi enseguida las luces traseras se encendieron, pero nada más ocurrió durante dos minutos. Quizá el tipo fumaba o hablaba por teléfono. Finalmente, el vehículo se puso en marcha y su porción visible desapareció de la pantalla.

—¿Alguien reconoció el modelo? —preguntó Luis.

Foncho hizo retroceder la grabación. Durante unos minutos discutieron si se trataba de un carro antiguo con defensas de cromo o una de esas furgonetas que estaban de moda.

—¿No hay más cámaras por la zona?

—A eso iba —respondió Foncho, marcando unas instrucciones—. Solo tengo que medir esto en el mapa...

Luis observó de reojo a su amigo. Era obvio lo que estaba pensando. Si lograba calcular el tiempo que demoraba un carro en llegar a las cámaras más próximas, partiendo de esa esquina, sabría cuál de los vehículos que pasaba frente a las otras era el que buscaban.

—Te advierto que no me convence la idea de callarme un secuestro —le advirtió Foncho en ese momento—. Si averiguamos adónde la lleva, daré parte a las autoridades.

—¿No ganamos tiempo si cada cual busca en una computadora diferente? —propuso Sander, ahora más convencido de que no podría hacerle partícipe de su plan.

—Buena idea.

Cuando los otros ocuparon sus puestos, Foncho les explicó cómo saltar de una cámara a otra y repartió los itinerarios para no duplicar las búsquedas. A Luis le tocó el trayecto que le interesaba a su hijo: el malecón en dirección al este.

Mientras los demás se concentraban en sus recorridos, Sander exploró aquel camino, pero no vio nada semejante a un Cadillac. Sospechó que su conductor había tomado una ruta alterna para evitar las vías principales, internándose por alguna calleja insignificante de El Vedado rumbo a Centro Habana. No tardó mucho en localizar un Cadillac bicolor que cruzaba el Prado, en dirección al puerto, y finalmente entraba al túnel, después de rodear el monumento al general Máximo Gómez. Aquello coincidía con la información de que el conserje vivía por Cojímar.

De inmediato saltó a la primera cámara situada al otro lado de la bahía —la misma que le había dado esa idea— y vigiló el tráfico que emergía hacia La Habana del Este. Un Volkswagen de la Segunda Guerra Mundial, tres motos y dos autitos Smart precedieron la aparición de la imponente reliquia. Rodeado de semejante fauna, el Cadillac avanzaba como un dinosaurio en medio de una granja de pollos.

Sander resopló con tanta fuerza que su padre se volteó alarmado, pero al verlo concentrado en su pantalla continuó tras la pista de un Chevrolet que se había desviado rumbo al Cotorro. Desde su escritorio, Foncho le seguía los pasos a un *monster truck*, fabricado con piezas de diferentes vehículos, que se dirigía a Jaimanitas.

Mientras los otros rastreaban sus presas al poniente y al sur de la capital, Sander vio pasar el Cadillac por la segunda cámara de la Vía Monumental. Buscó la tercera, situada antes del desvío a Cojímar, y esperó varios minutos. Nada. Repasó las grabaciones y comprobó que el Cadillac se había esfumado en esa zona. No le extrañó. Si alguien quería mantenerse a salvo de miradas indiscretas, lo más lógico era esconderse en un barrio casi despoblado, donde la mayoría de las viviendas habían sido clasificadas como «inhabitables».

Atisbó discretamente sobre su hombro y saltó a la otra cámara, situada a varios kilómetros de distancia, donde tendría que haber concentrado su búsqueda.

—¿Qué haremos si encontramos el rastro? —preguntó, sin intenciones de confesar lo que había descubierto.

—Ya lo dije —repuso Foncho—, informar a las autoridades. Pero antes habrá que cerciorarse de que está prisionera en algún sitio.

Sander imaginó los interminables turnos de vigilancia, noches y días perdidos mientras la vida de Alicia pendía de un hilo; y luego el escándalo de las sirenas, el alboroto de las luces y los vehículos que rodearían a un criminal capaz de cualquier cosa.

No, prefería callarse y mantener su promesa de no revelar nada. Eso no le impediría encontrar dónde se escondía el dueño del Cadillac.

4

La Habana del Este, cercanías de Cojímar,
21 de agosto, 14.45 h

La despertó un trueno lejano. ¿Cuánto tiempo habría transcurrido desde que su captor se marchara? Entre los intersticios de la ventana, varios haces lumínicos atravesaban la oscuridad como lanzaderas brillantes. Antes de quedarse dormida, la luz no se filtraba por esos agujeros, aunque ya se percibía cierto resplandor al otro lado de las maderas. Ahora la aparición de esos rayos podría indicar que el sol iniciaba su descenso. Si era así, la ventana tapiada daba al oeste: un dato —consideró con amargura— que no le servía de mucho.

El lóbulo seguía doliéndole. Buscó con la vista algún trozo de alambre, un clavo, un vidrio roto, cualquier traste olvidado que pudiera servir para romper sus ataduras. Excepto la botella con agua, volcada junto a la lámpara, no vio nada. Forcejeó de nuevo para aflojar la soga que sujetaba sus muñecas, sin otro resultado que arañarse la piel.

La inalcanzable botella le dio sed. Observó un rayo de sol que se desplazaba, milímetro a milímetro, hacia el recipiente cerrado. Cuando alcanzó el borde de la mesa, una imagen surgió en su memoria. Quizá la hubiera visto en un documental o en una película. Alguien encendía fuego usando una botella semejante a esa, también llena de agua. Los rayos del sol incidían sobre la curva del cuello y magnificaban su calor con la eficacia de una lupa. El papel había ardido en segundos. ¿Funcionaría también para la fibra sintética?

Se deslizó saltando sobre la silla que hacía temblar el suelo de tablones. Por unos instantes mordió la tela de la mordaza, como si fuera el freno de un caballo, para liberar sus dientes y apresar la botella. Tras varios intentos, consiguió que la luz pasara directamente a través del cuello, en la zona donde el agua formaba una lente convexa. Luego se inclinó un poco más para que el haz cayera sobre la soga.

El calor no demoró en calentar las fibras. Resistió con las mandíbulas tensas hasta que la soga empezó a estirarse como un chicle. Sus manos se liberaron de la atadura, esparciendo hilillos de una sustancia pegajosa semejante al queso derretido.

Con el pánico a flor de pecho, liberó sus piernas y se despojó de la mordaza. No aguardó a que su circulación se repusiera. Cojeó hasta la puerta y sacudió la empuñadura. Estaba herméticamente cerrada.

En un arranque de frustración, alzó la silla y la descargó contra la puerta una y otra vez. Al cuarto golpe, el mueble se astilló. Contempló los fragmentos destrozados a sus pies. ¿Cómo saldría de ese agujero antes de que el hombre regresara?

Rabiosa ante aquella trastada de su suerte, exploró la habitación en busca de otra salida. La mesa se interponía entre ella y la única ventana, completamente tapiada. La apartó de un empujón y la emprendió a porrazos contra las tablas. Sacudía cada una, haciendo temblar el marco donde estaban claveteadas; y aunque no consiguió sacar ninguna, comprobó que algunas eran más endebles que otras y se doblaban con mayor facilidad.

Se detuvo a deliberar unos segundos frente al tabique que dejaba pasar los esperanzadores vestigios de luz. Consciente de que poseía más fuerza en las piernas que en los brazos, se trepó sobre la mesa y empezó a patear el tabique hasta que oyó un crujido de cristales rotos detrás de la madera que cedía. Un manto de claridad se deslizó entre los primeros tablones que extrajo del repello. Aporreó con los pies otra tabla que se rompió en menos de un minuto, quitó los pedazos aún clavados y trató de colarse por el boquete, pero este seguía siendo demasiado pequeño.

Arremetió contra un tercer listón. Esta vez necesitó casi diez minutos para quebrarlo. Con tres tablones afuera, calculó que ya contaba con suficiente espacio. Terminó de sacar los vidrios, se afincó con ambas manos al antepecho y se deslizó hasta el suelo sin reparar en los desgarrones de su vestido.

Hizo un bojeo a la casa para inspeccionar el muro coronado por un alambre de púas. No encontró ninguna salida, excepto un portón de hierro que parecía infranqueable. Notó el sendero de losas desiguales que trazaba un caminito desde la puerta de la vivienda hasta un espacio donde, a juzgar por las manchas, parqueaba el carro. El resto del jardín era tierra arenosa, con hierbajos dispersos.

Junto al muro se apilaban cajas de madera podrida. Alicia intentó encaramarse en ellas para atisbar el exterior, pero todas se deshacían. ¿Qué otra cosa le serviría para trepar? Recordó la mesita que se había quedado en la habitación, pero sería imposible sacarla entre las tablas.

Examinó las dos ventanas ubicadas a ambos lados de la puerta pincipal. Aunque rompiera los vidrios, los montantes de hierro no le permitirían pasar al interior. Por puro reflejo asió la manija de la puerta. ¡Estaba sin cerrojo! Lejos de alegrarla, aquella evidencia la asustó. Eso significaba que el muro era tan inexpugnable que el dueño de la casa ni siquiera se molestaba en cerrar su puerta con llave.

Por primera vez pudo echar un vistazo al interior. La sala semejaba un taller atiborrado de trastos y piezas de repuesto. Registró el resto de las habitaciones en busca de una escalera, pero no halló ninguna. Al final del pasillo descubrió la única puerta cerrada y de inmediato supo que era el cuarto donde había pasado las últimas horas. Se sobrepuso a la impresión de reingresar en su mazmorra. Hizo de tripas corazón y descorrió el pestillo.

Sin mucho esfuerzo, llevó la mesita hasta el jardín. Era tan ligera que se asombró de que hubiera soportado su peso mientras pateaba la ventana. La afincó en el suelo y se subió encima, pero el muro era demasiado alto. ¿Y si pedía ayuda? Prestó atención a cualquier sonido que le indicara una presencia humana. No oyó nada, salvo el golpe lejano de las olas.

Bajó para atisbar entre las hojas metálicas y descubrió un orificio como el que haría un fino taladro. Al otro lado se agitaban las ramas de un ciruelillo; más allá, el mar se estrellaba contra los arrecifes. El viento hizo temblar las planchas de hierro con un leve tintineo. Durante un rato se quedó frente al pórtico, imaginando lo peor. Si su verdugo regresaba, jamás se le presentaría otra oportunidad.

Alzó la vista hacia los nubarrones. ¿En qué momento había perdido el rumbo de su apacible existencia? Desde el fondo de su memoria escuchó el llamado de una Voz; más que una Voz, el ruego de una isla. Estaba allí porque necesitaba saber quién era: algo que nunca descubriría si no lograba escapar.

5

La Habana del Este, Vía Monumental,
21 de agosto, 15.15 h

Sander se despidió con un pretexto de trabajo, dejando a los otros discutiendo en el parque de los flamboyanes. Se puso el casco y salió a toda rueda, incapaz de aplazar su propósito por un segundo más.

La adrenalina actuaba como una droga en su cuerpo. A ratos se sentía exultante, otras veces el terror lo ahogaba. Prefirió actuar sin darle muchas vueltas al asunto. Si pensaba un poco, acabaría paralizado de miedo y Alicia pagaría las consecuencias. Así es que no se detuvo a reflexionar si lo que hacía era absurdo o insensato. Debía concentrarse en su estrategia.

Por el camino decidió examinar el tramo entre la segunda y la tercera cámara, donde se había esfumado el Cadillac. En los videos semejaba más una chatarra que un vehículo de lujo, pero seguía siendo lo bastante llamativo como para que alguien pudiera fijarse en sus recorridos.

A un costado del cielo, el sol se apagaba tras los nubarrones. El tráfico se desplazaba pesadamente, aunque los conductores se esforzaban por apurarse con la ansiedad de quienes presienten una tormenta.

Poco después de abandonar el túnel, el joven divisó la primera cámara bajo el moderno reloj digital. Tan pronto dejó atrás la segunda, disminuyó la velocidad, atento a cualquier desvío de la autopista. Solo descubrió un sendero, aunque tan estrecho que parecía hecho por excursionistas a pie. Poco después llegó a una rotonda con cuatro salidas diferentes. Una de ellas lo obligaba a regresar, así es que resolvió explorar las otras tres.

Se desvió para entrar al primer barrio. Pacientemente fue recorriendo cada cafetería y parada de autobús para preguntar a cualquier transeúnte disponible, a vendedores que ofrecían sus mercancías en las aceras y a viejos que conversaban en las esquinas.

Ninguno recordó haber visto un «cola de pato» blanco y rojo.

Volvió a la rotonda para internarse en otra zona menos residencial, donde amplios terrenos baldíos actuaban como fronteras entre las escasas viviendas. Repasó cada una, sin descubrir ningún garaje o cobertizo donde pudiera ocultarse aquel esquivo y fantasmal Cadillac. Un vecino creyó haber visto un carro similar al que describía, pero no estaba seguro de la dirección que llevaba.

Tras recorrer el vecindario durante dos horas, se detuvo en un parque para estirar las piernas. Aunque el sol castigaba menos, la sed comenzaba a importunarle. Se pasó la lengua por los labios resecos cubiertos de salitre. El sabor de la sal marina aumentó sus deseos de beberse una cerveza helada.

Por un instante dudó si debía tomarse un descanso. Ya había preguntado en una veintena de casas, pero le quedaban más en dirección contraria y quería peinar toda esa franja antes de que lloviera. No le faltaba mucho para terminar. Sin embargo, la sed lo venció y decidió entrar a una fonda con ventanales de vidrios oscuros donde se reflejaba el parque.

6

La Habana, El Vedado, 21 de agosto, 15.40 h

La Liebre apagó su cuarto Qamar, aplastándolo contra el cemento, y se paseó junto al muro sin perder de vista el edificio. El auto seguía sin aparecer. Observó con aprensión los nubarrones oscuros, calculando que si empezaba a llover tendría dos opciones: refugiarse en la cafetería, donde no vería el estacionamiento ni la entrada del edificio, o esperar dentro del apartamento, lo cual sería muy riesgoso si la futura víctima llegaba acompañada.

Aún continuaba indeciso cuando su celular vibró apagadamente.

—¿Por dónde andas? —preguntó el Jefe con su acostumbrada sequedad.

—De guardia frente al malecón.

—Puedes irte, Pandora sigue en el hospital. No creo que hoy vaya a moverse de allí.

—¿Ni siquiera para ir a su casa?

—No sé, quizá más tarde. De momento no parece que tenga intención de dejar solo a Virgilio.

La Liebre alzó las cejas con admiración. El Jefe tenía ojos y oídos por todas partes.

—¿Y qué hago con la sobrina?

—Suéltala si quieres. No nos hace falta.

—Pero vio mi cara. Me conoce.

—Haz lo que te parezca, pero no quiero más cadáveres crucificados ni quemados. Desaparécela de una vez y ocúpate de la otra.

—¿Y si la mujer tampoco habla?

—¡Tiene que hablar! Es imposible que el viejo haya guardado el *legado* sin contarle a nadie dónde está. Así es que despeja ese calabozo por si mañana tienes compañía.

La Liebre cruzó la avenida, en dirección al Cadillac, sorprendido de que su frustración fuese menor de lo que hubiera imaginado. Enseguida dio con la explicación: tenía carta blanca del Jefe. Podría tomarse un par de tragos mientras decidía qué hacer exactamente con la chiquilla. Se le ocurrían tantas formas de matarla...

7

La Habana del Este, cercanías de Cojímar,
21 de agosto, 16.20 h

Oculta detrás de las cajas, Alicia comprobó que la fachada se mantenía igual que antes: insectos pululando entre las botellas vacías y sin rastros de la mesa. El escenario era parte de su plan. Después que el auto entrara, se deslizaría por detrás y atravesaría la entrada abierta para esconderse entre los arbustos. Tan pronto se cerrara el portón, echaría a correr.

El hambre y el cansancio la torturaban. Dormitó a ratos en su rincón, sin conciencia del tiempo transcurrido. En cierto momento notó que el sol rozaba el techo y lo dotaba de una pátina broncínea. No se oía ningún vehículo, ninguna voz humana, solo los graznidos de las aves marinas y el estallido de las olas.

Cuando se puso de pie para estirar las piernas, experimentó

una vaga debilidad. El hambre se había convertido en un dolor corrosivo que la obligó a ingresar de nuevo en el caserón y registrar los estantes de la cocina. Descubrió una lata de galletas que comenzó a devorar allí mismo. Dentro del refrigerador quedaban tres salchichas y un trozo de queso. También había café, casi frío. Se lo bebió de todos modos. La cafeína tonificó sus energías y, al mismo tiempo, la relajó hasta el sopor. Se sentó en el sofá unos segundos a disfrutar de ese raro bienestar. Tuvo la impresión de que su espíritu se alejaba.

—*Estás a salvo* —dijo la Voz.

Se levantó con violencia y abandonó la casa. El viento levantó una capa de polvo que la detuvo a pocos pasos del umbral.

—¿Por qué me atormentas? —preguntó al cielo poblado de nubes—. Ya sé que no puedes ayudarme.

—*Estarás a salvo si crees en nosotras.*

Apretó las mandíbulas como si eso fuera a impedir que la Voz siguiera hablándole. Torbellinos de hojas secas sobrevolaron el muro y descendieron hasta el jardín; algunos papeles aterrizaron sobre el techo o continuaron danzando en las corrientes de aire. Una funda de blancura inmaculada brincó el muro, arrebatada por un golpe de brisa, y le cubrió el rostro. Tenía ese olor inconfundible a ropa lavada y puesta a secar al sol.

—*Depende de ti* —susurró la Voz, mientras la ventisca pulsaba los alambres como si fueran las cuerdas de un arpa.

Alicia había aceptado que su existencia se dividía en dos universos: uno palpable y vapuleado por las emociones, y otro habitado por una presencia fantasmal que evadía el raciocinio y la lógica, induciéndole imágenes tan imprecisas como el vago aroma de esa funda que la brisa había arrancado de algún cordel…

De repente, la luz se hizo en su cerebro. Se precipitó a la habitación del fondo. Sus manos temblaban cuando arrancó la sábana del colchón, que empezó a desgarrar en tiras para luego unirlas con nudos. A cada instante le parecía escuchar el motor de un auto por el terraplén, pero era solo el rugido de su sangre en los oídos.

Al terminar, cargó de nuevo con la mesa hasta el jardín. Después de treparse en ella, arrojó repetidas veces un extremo de la improvisada escala hasta engancharla en un alambre. Tiró de ella para asegurarse de que estuviera bien sujeta y emprendió el ascenso, impulsándose con los pies en cada nudo. Por desgracia, la tela se desgarró antes de que alcanzara su meta, enviándola de regreso al suelo.

Sin reparar en sus rodillas magulladas, enderezó la mesa y repitió la operación. Esta vez se cercioró de que la sábana encajara firmemente en varias púas y volvió a trepar sin preocuparse por los trazos de sangre que dejaba en la tela. Por fin tocó la cima del muro, apartó con cuidado la alambrada y terminó de subir. Una ojeada le permitió comprobar que, con excepción de los árboles, no había más seres vivos por los alrededores.

Enseguida recogió el tramo por donde había subido y lo arrojó al otro lado, creando una doble capa de tejido que le daría más protección al cruzar. Cautelosa como un gato, avanzó por el alambre apretando los dientes y reposicionándose cada vez que sentía un pinchazo. Finalmente se descolgó hacia el otro lado para aterrizar sobre un arbusto de flores amarillas. Había perdido un trozo de vestido, sus manos sangraban y las rodillas le ardían por los rasponazos, pero no se detuvo a cuidar de esos detalles y huyó por el único sendero a la vista hasta una callejuela desierta y salpicada de plantas parásitas que crecían entre las grietas del pavimento.

Apenas había andado unos pasos cuando se detuvo de golpe para escuchar. Esta vez el sonido era real. Un reflejo provocado por el sol estalló al final de la vía. Sin dudarlo dos veces, se ocultó entre unos hierbajos.

Al cabo de unos segundos, el Cadillac pasó de largo levantando una nube de polvo rojizo. Entonces recordó la longaniza de tela que había dejado sobre los alambres. ¡Qué estúpida! ¿Cómo no pensó en eso? Su captor ni siquiera tendría que registrar la casa. Con solo detenerse ante el portón, regresaría a buscarla.

Corrió entre los matorrales sin mirar atrás. A cada momento creía oír el ruido de un vehículo a sus espaldas. Se concentró en escapar, sorteando las irregularidades del terreno ocultas por la hierba alta. Su respiración se transformó en un silbido asmático. El zumbido de la carretera aumentaba frente a ella, aunque era imposible ver a qué distancia se encontraba debido a la cortina de arbustos que se interponía a cada paso. De repente un camión cruzó delante de sus narices como un bólido. Había llegado a la autopista.

Le hizo señas a una furgoneta, pero el conductor siguió a toda velocidad. Trató de detener a un viejo sedán que transitaba muy orondo, con la carrocería recién pintada y los neumáticos de banda blanca, pero recibió la misma atención que antes. Tampoco se detuvieron los siguientes tres autos. ¿Qué estaba ocurriendo? ¿Por qué no le hacían caso? Era imposible que no la hubieran visto. ¿Por qué nadie se inmutaba al verla sola, deambulando por una vía rápida?

Por primera vez se fijó en su aspecto. Había perdido una sandalia y la sangre manchaba su vestido en harapos. ¿La habrían tomado por loca? Desalentada, se empinó al borde de la carretera aguardando otro vehículo.

Un trueno retumbó en las nubes. Gruesas gotas de lluvia comenzaron a caer sobre el pavimento, levantando nubecillas de humo que de inmediato se diluyeron en el vapor que escapaba del suelo; pero Alicia ignoró la inminente tormenta y se concentró en otra furgoneta que se acercaba.

Ya le hacía señas al chofer cuando el hocico metálico del Cadillac se asomó a la carretera, interponiéndose entre ella y el horizonte asfaltado. Su aparición fue tan súbita que la muchacha no atinó a esconderse con suficiente rapidez. Haciendo chillar los neumáticos, el Cadillac dobló a toda velocidad y se dirigió hacia ella.

Una vez más, echó a correr con la esperanza de que otros vehículos comprendieran lo que ocurría y fueran en su ayuda. Estaba segura de que el hombre no podría agarrarla mientras estuviera al volante. Si quería atraparla, no tendría más remedio que perseguirla a pie.

Se volvió a medias para comprobar si alguien se apiadaba de ella. No se alarmó al ver que el Cadillac se acercaba con rapidez, convencida de que su carcelero la prefería viva. No podía imaginarse cuán equivocada estaba.

8

La Habana del Este, Vía Monumental, 21 de agosto, 16.35 h

Sander se mojó la garganta con el último trago de cerveza y juzgó que ya era hora de marcharse. Después de pasar tantos años en la isla, reconocía la proximidad de las tormentas más peligrosas.

—Quiero pagar —le dijo al joven moreno que contaba billetes frente a una caja contadora—. Aquella es mi mesa.

—Enseguida le llevo la cuenta, señor.

—No, gracias, estoy apurado. Esperaré aquí.

El cajero tecleó en la pantalla.

—Por cierto, esperaba reunirme con un amigo que no llegó y tampoco responde a mis llamadas. Siempre anda en un Cadillac rojo y blanco. ¿Lo conoce por casualidad?

El hombre reflexionó un momento.

—¿Tiene una cicatriz encima de la boca?

Sander no había olvidado ese dato. Temiendo delatar su nerviosismo, se limitó a asentir.

—Viene bastante a menudo —admitió el empleado, tendiéndole un recibo—. Siempre parquea el «cola de pato» ahí enfrente.

—¿Dónde vive?

—Ni idea, solo sé que siempre se marcha en aquella dirección.

Para Sander fue la confirmación de que tenía que regresar al reparto que ya había explorado a medias. Tras agradecérselo con una generosa propina, partió a toda velocidad.

Atraídas por el vapor que se desprendía del pavimento, incontables enjambres de guasasas se agrupaban en ciertos tramos de la vía y terminaban aplastadas contra su visor.

Recorrió los senderos serpenteantes de la zona, escrutando las casitas que se distribuían como las piezas de un juego caótico. Y cuando las primeras gotas de lluvia repiquetearon sobre su casco, activó el limpiaparabrisas para barrer las manchas de insectos muertos.

Junto a las ruinas de un antiguo quiosco, descubrió un camino desvencijado donde los cardos, las campanillas, los llantenes y otras malas hierbas se desparramaban a borbotones por las heridas del asfalto. En un recodo nacía otro sendero que se extendía paralelo a la costa, custodiado por una maleza más frondosa. Lo siguió hasta divisar una casa protegida por un muro que culminaba en un cercado de púas. Se le antojó un buen escondite.

Dejó la moto a pocos pasos de la entrada e intentó abrir el enmohecido portón. Empujó las hojas metálicas, que no se movieron. Buscó la cerradura y examinó los engranajes. Había algo raro en ellos. Tanteó nuevamente las láminas y de pronto se dio cuenta de que el supuesto óxido que las cubría era pintura de camuflaje. ¡Todo ese deterioro era puro disfraz!

Con el corazón en un puño dio una vuelta alrededor del lugar, pero no descubrió ningún otro acceso. Por un segundo, su mirada se detuvo en un trozo de tela que pendía de los alambres como una banderola al viento. El ruido de un motor interrumpió el inicio de una idea descabellada que comenzaba a surgir de aquella visión incongruente. Escondió su moto detrás de los matorrales y se lanzó al suelo, justo antes de que apareciera el Cadillac que tanto había buscado.

Si el conductor hubiera prestado más atención a su entorno, tal vez habría advertido el surco solitario que se perdía entre los arbustos, pero permaneció en su asiento con la vista fija en el muro. ¿Qué estaba haciendo? Sander aguzó el oído. ¿Hablaba por su móvil? No lo parecía. ¿Pensaba en sus próximas maniobras? Finalmente se inclinó sobre los mandos. Con la misma celeridad con que se había detenido, el hombre abandonó el auto y se coló por una rendija del portón que se abría.

Desde su escondite, Sander vio las llaves que se mecían en el contacto. Por un segundo consideró la posibilidad de acercarse a husmear, pero optó por la espera. Casi enseguida el hombre regresó de nuevo al auto, arrancó el vehículo y salió disparado, levantando una polvareda que lo siguió por el terraplén.

Sander se había quedado de una pieza, pero reaccionó al escuchar el chirrido del metal. De inmediato se levantó y corrió hacia la puerta, que se cerró antes de que lograra colarse. Frustrado, le dio un tirón a la sábana para desahogar su ira. La tela resistió, fuertemente sujeta a las púas. Eso le dio una idea. Podría subir por allí y colarse para echar una ojeada a... *Oh, shit!* Si aquello era una ruta de entrada, también podía ser una salida. No divagó más. Alguien había escapado por allí. Sacó su moto de los matorrales y siguió al Cadillac sin molestarse en ocultar su presencia, protegido por la muralla de polvo que se alzaba entre ambos.

Cuando se asomó a la Vía Monumental, el otro se encontraba a casi cien metros de distancia. Una grúa gigantesca estuvo a punto de hacerle perder el equilibrio, pero logró enderezarse a tiempo y evitar la embestida. Volvió a enfocarse en su objetivo, tratando de descubrir hacia dónde se dirigía. Al mirar más allá, sintió que la sangre se le helaba. Una silueta femenina corría junto a la carretera, enredándose con los jirones de su falda destrozada. A cada instante se detenía para hacer señas a los vehículos, que siempre la ignoraban.

Sander aceleró hasta colocarse detrás de la grúa y, de inmediato, maniobró para adelantarla. El Cadillac se aproximaba a la muchacha, sin que ella se hubiera percatado. La llamó a gritos para advertirle, al tiempo que forzaba su Ducati a volar, pero ella continuó avanzando por la carretera. Comenzó a tocar el claxon con desespero y fue ese sonido lo que la hizo volverse un segundo antes de que el Cadillac la rozara.

A duras penas consiguió esquivar el golpe rodando sobre la hierba. Su perseguidor frenó bruscamente, sin hacer caso a las imprecaciones de otros conductores que frenaron o se desviaron hacia otros carriles para evitar un choque.

Finalmente, Sander advirtió que ella tomaba una decisión inteligente al dar media vuelta y correr en dirección contraria al tráfico. Para su espanto, el Cadillac también retrocedió, arrancando dolorosos chillidos a los neumáticos. Cuando se dio cuenta de que nada detendría al hombre, Sander levantó el hocico de la Ducati para hacerla avanzar sobre su rueda trasera como un caballo encabritado.

Alicia vio el Cadillac que regresaba dando marcha atrás, en un intento por aplastarla, y se preparó para cruzar la autopista, calculando que si lograba llegar a la vía que iba en dirección opuesta, quedaría fuera de su alcance.

A pesar de la distancia, Sander sospechó sus intenciones. Una ojeada al espejo retrovisor le demostró que no llegaría viva al otro lado. Con un rápido gesto se zafó el casco al tiempo que volvía a gritar su nombre. Alicia lo reconoció al instante, pero ya el conductor del Cadillac lo había identificado también y, apretando el pedal hasta el fondo, subió el auto sobre la acera.

En lugar de huir, la muchacha se parapetó detrás de un poste de luz que su verdugo no pudo esquivar a tiempo. Una esquina del guardafangos embistió contra el metal y un foco se hizo añicos, aunque ni el poste ni la carrocería se enteraron. Con una imprecación de rabia, el hombre movió la palanca de cambios y maniobró para volver a retroceder. Fueron segundos cruciales.

Sander llegó junto a Alicia y redujo la velocidad para que ella pudiera saltar sobre el asiento trasero de la moto, que salió disparada hacia el túnel después de esquivar al Cadillac con un hábil giro.

La Liebre volvió a ponerse en marcha para perseguir a la presa que se escapaba delante de sus narices, pero un Cadillac como el suyo no era competencia para una Ducati de penúltima generación. Poco a poco los vio alejarse hasta que se perdieron en el túnel de la bahía, mientras él maldecía como un demonio.

9

La Habana Vieja, 21 de agosto, 17.10 h

El Jefe encendió el ventilador de techo, cuyas aspas quijotescas espantaron las moscas que pernoctaban allí. Desde el sillón contempló su óleo favorito: una laguna paradisíaca rodeada por árboles donde se ocultaban animales imposibles. Era un valioso cuadro adquirido años atrás a cambio de un favor legal. En aquella época era un burócrata que podía mover hilos de influencia desde su cargo secreto en el ministerio encargado de reprimir cualquier atisbo de protesta civil. Por eso se le otorgó el privilegio de residir en el barrio histórico de la capital. La transición no lo despojó de aquel apartamento, pues su nombre nunca estuvo incluido en la lista de quienes habían cometido crímenes. Siempre actuó a la sombra de otros, y tuvo buen cuidado de destruir los archivos que pudieran comprometerlo. Ahora dirigía una institución de mediana jerarquía, aunque todo cambiaría cuando recuperaran el *legado*. Los suyos regresarían al poder con métodos más eficientes.

Nunca olvidó la noche en que su predecesor lo invitó a cenar. El país se estaba cayendo a pedazos. Sus dirigentes, aferrados a sus mansiones y a sus cuentas secretas en Panamá, Suiza, Islas Caimán y otros paraísos fiscales, habían llevado la economía cubana a un callejón sin salida. Su propio futuro corría peligro. Era uno de los agentes encargados de supervisar las ventas de arte falsificado, uno de los negocios ultrasecretos del gobierno para conseguir capital y, de paso, desacreditar las colecciones de los exiliados cubanos. En medio de la crisis, su mentor lo puso a prueba, a muchas pruebas, y terminó convirtiéndolo en su favorito y sucesor.

Encendió un cigarrillo mientras repasaba sus opciones. Los anillos de humo desaparecieron destrozados por las paletas del ventilador. Si hubiera sido supersticioso, habría interpretado la fuga de la muchacha como una advertencia. Ni siquiera la Liebre se explicaba cómo había escapado. Pero él nunca se había amedrentado ante tales descalabros. Pensándolo bien, ¿qué importaba? ¿Qué sabía de ellos, aparte del lugar donde vivía la Liebre? Mejor se olvidaban de ella. Quedaban otras piezas de cambio, como Pandora.

Se preguntó si no tendrían razón quienes le habían sugerido que lo destruyera. No se trataba de una decisión fácil, aunque pareciera la mejor. Incluso él, que aborrecía el contenido de la reliquia, se resistía a destruir aquellos papeles que habían sobrevivido durante generaciones. No obstante, tendría que sopesar esa posibilidad. Nunca antes habían sido tan peligrosos.

Una melodía apagada interrumpió sus pensamientos. No necesitó mirar la pantalla para saber quién llamaba.

—¿Qué tal, Fabricio?

—¿Cómo andamos?

—Aquí, con algunas noticias no muy buenas.

El silencio se extendió al otro lado del teléfono.

—¿Qué ocurre? —preguntó finalmente el candidato del partido martiano.

—No hemos podido conseguirlo.

—Las elecciones ya están aquí. Y ustedes prometieron que…

—Sé lo que prometimos, pero a veces el mundo no marcha según nuestros planes. El sicaro de Báez está sobre la pista.

El candidato Fabricio Marcial soltó una palabrota.

—No debimos confiar en ese profesor.

—Es un buen comodín. Tiene muchos contactos que heredó de su padre.

—Si me falla… Si ustedes nos fallan, habrá consecuencias. Las encuestas no muestran resultados seguros. El partido verde y el socialdemócrata nos pisan los talones.

—No habrá fallos —aseguró el Jefe, deseoso de acabar con aquella tanda de quejas—. Te mantendré al tanto.

Y colgó, antes de que el otro pudiera replicar.

Claro que no habría fallos. Y si ocurrían, alguien pagaría por ellos. Por supuesto, no sería él.

10

La Habana, Hospital Clínico Quirúrgico,
21 de agosto, 18.12 h

Las mejillas de Sander ardían mientras zigzagueaba peligrosamente en medio del atasco con su valiosa carga a cuestas. Como una exhalación atravesó el túnel, escabulléndose entre las estrechas callejuelas de La Habana Vieja, y dobló por incontables esquinas hasta asegurarse de que ya nadie los seguía.

—Ahora iremos a curarte esa oreja —dijo al disminuir la velocidad.

—Primero quiero comer y cambiarme de ropa. Vamos al apartamento.

—¿Estás loca? Ese tipo nos buscará allí. Mejor vamos a mi casa. Puede que te sirva algo de lo que dejó mi amiga. —Se detuvo, cohibido—. Creo que tiene... Tenía tu talla, más o menos. Hace meses que no viene y dejó alguna ropa...

—Me parece perfecto —dijo ella—. Y no tienes que explicarme nada.

Estaba tan agotada que cerró los ojos y se dejó llevar, aferrada a la cintura del muchacho y con la cabeza apoyada sobre su espalda. De vez en cuando entreabría los párpados para no dormirse.

Así atravesaron Centro Habana, circunvalaron el cementerio de El Vedado y llegaron a Buenavista. La moto descendió por la pendiente cercana al cabaret Tropicana y finalmente se detuvo ante una casona con paredes que antaño fueran blancas o quizá amarillas; era imposible saberlo porque décadas de sol inclemente, aguaceros y ciclones se habían llevado todo rastro de pintura.

Sander encadenó la moto al porche del jardín y se escabulló por el sendero casi invisible que se abría entre la mansión y su muro circundante. Alicia lo siguió hasta un patio sombreado por árboles frutales, donde se alzaba una casita más cuidada que la mansión principal. En su interior, el desorden de libros, revistas y CD sobre los muebles no disminuía la calidez del ambiente.

La muchacha devoró una enorme rebanada de pan con mantequilla y se bebió medio litro de leche antes de bañarse y vestirse con un par de jeans y una estrujada blusa de lino que Sander halló en el armario. Le quedaban ligeramente holgados, pero nada que llamara mucho la atención.

—*Shit!* —exclamó ella de pronto—. Creo que perdí el teléfono. Lo tenía en la cartera.

Sander rememoró las imágenes que había visto en la computadora de Foncho.

—Tu cartera y todo lo demás se quedó en el apartamento. Usa el mío —dijo tendiéndole el aparato—. ¿A quién vas a llamar?

—A mi tío.

Sander carraspeó nerviosamente.

—Tu tío está en el hospital.

Alicia dejó caer ambas manos sobre el regazo, como si hubiera perdido sus fuerzas.

—¿Qué le pasó?

Sander le contó brevemente los acontecimientos ocurridos desde su secuestro, asegurándole que Virgilio estaba mucho mejor y que Pandora no se había despegado de su lado.

—Vamos al hospital —dijo ella.

—Primero tienes que curarte esa herida. No puedes ir así a verlo.

—Bueno, iremos a que me curen allí mismo y después subimos a verlo.

—Nadie te atenderá en ese hospital. Debemos ir a una clínica para extranjeros.

—¡Mierda! —exclamó ella exasperada.

—Yo no hago las leyes de este país —repuso el muchacho, casi ofendido.

—Como digas —cedió Alicia, demasiado cansada para discutir o entender los desvaríos de esa isla de locos—. Vamos adonde me digas.

En la clínica inventaron una historia acerca de un accidente de pesca. Alicia sabía que en otro sitio hubiera sido difícil engañar al personal de emergencias, pero allí nadie puso en duda su explicación; una indolencia que la alarmó porque aquel país también era el suyo, por lo menos en teoría.

Ya anochecía cuando llegaron al hospital. En el horizonte, una tormenta amenazaba con desplazarse a la costa. Sander aparcó la moto lo más cerca que pudo.

—Primero avisa a Pandora —lo atajó Alicia antes de que entraran al elevador.

Aguardaron en el vestíbulo hasta que recibieron la respuesta de la mujer, que los esperó a la salida del elevador.

—¡Santo cielo, Alicia! ¡Qué bueno verte! —La abrazó y le alzó el mentón para revisar el vendaje de la oreja—. ¿Qué te dijo el médico?

—No fue nada. ¿Cómo está mi tío?

—Ansioso por verte.

—¿Y Jesús?

—Se está recuperando, pero no permiten visitas por ahora. Solo de la policía.

Virgilio la recibió con expresión cansada, aunque alerta. Después de abrazarla, la acribilló a preguntas. Alicia contó cómo se había fugado y mintió sobre la venda, que atribuyó a un rasguño. Sander habló de sus andanzas para dar con el Cadillac, pero Virgilio no se interesó mucho por esa historia. Le bastó con saber que su sobrina estaba a salvo.

—No voy a esperar más —les informó—. Hace media hora llamé a dos periodistas. Les daré la primicia sobre el *legado*, incluyendo el permiso para tomar fotos. Cuando todo salga a la luz, de nada servirán los chantajes ni los secuestros, pero será mejor que Alicia no regrese al apartamento por ahora.

—¿Por qué no se queda en mi casa? —se ofreció Sander de inmediato.

—Primero quiero respuestas —dijo Alicia.

—Las tendrás, pero más adelante —gruñó Virgilio—. Mientras el *legado* no se haga público, seguirán eliminando a cuantos sepan sobre él. Si no lo han hecho conmigo es porque me necesitan para encontrarlo.

—El asesinato de Miami tiene relación con eso, ¿verdad? —preguntó Sander.

—¿Quién te dijo lo del asesinato?

—El detective que habló con Alicia es mi padre y me contó por qué está aquí.

—¿No me dijiste que estabas peleado con tu familia? —preguntó la muchacha.

—Hicimos las paces. —Y al notar su mirada perpleja, añadió—: Es una larga historia.

—Cuéntales más sobre la Hermandad —le propuso Pandora a Virgilio—. Es lo menos que se merecen después de lo que han pasado.

—Quizá deberíamos consultarlo con el Abate.

—¿También la Iglesia está metida en esto? —preguntó Sander.

—No me refiero a esa clase de abates, sino al Gran Maestro de la Hermandad.

—Si no es un sacerdote, ¿por qué le dicen así?

—Porque es más fácil que llamarlo Abate Marco Agua y Rey.

—¿Ese es su nombre?

—No es un nombre, sino un título en clave.

—¿En clave de qué? —preguntó Alicia.

—Tú eres la especialista.

—Tío —advirtió ella con voz casi amenazante—, no estoy para más acertijos. Quiero respuestas o te juro que regreso a Miami mañana mismo. Llama a ese abate, reúnete con él o lo que quieras, pero hazlo ahora.

—No es tan fácil. Nadie puede reunirse con el Abate así como así. De hecho, nadie lo conoce.

—¿Quieres decir que nunca lo has visto?

—Ni yo ni nadie.

—¿Cómo puedes confiar en un desconocido?

—Porque sé que es uno de nosotros.

—Empieza por explicarme eso.

Virgilio y Pandora intercambiaron una mirada. Era obvio que la situación era urgente. En otro momento, la propia Pandora hubiera preferido guardar el secreto ante Alicia y, sobre todo, ante Sander, quien no tenía nada que ver con el asunto. Pero ella conocía bien al muchacho... y a fin de cuentas, acababa de salvar a Alicia.

—Cada Abate escoge con quién quiere comunicarse. Pero ni siquiera esa «intérprete», que es el miembro más cercano a él, conoce su identidad.

—¿La «intérprete»?

—La encargada de transmitir sus mensajes, y que sirve de intermediaria entre el Abate y el resto —aclaró Virgilio—. Es una tarea que solo realizan mujeres.

—¿Por qué?

—Pregúntale a Pandora. Ella tiene ese cargo desde hace años.

Alicia miró a la mujer sentada a los pies del lecho.

—¿Hay alguna razón especial?

—Lo siento, son cuestiones que no puedo discutir.

—¿Y cómo se escoge a esa mujer?

—El Abate indica cuándo una «intérprete» debe retirarse y quién debe sustituirla —dijo Pandora—, aunque no es fácil encontrar a la nueva.

Lejos de aclarar el misterio, aquello lo multiplicaba. Alicia tuvo la impresión de que chapoteaba en un pantano.

—Para serte sincero —intervino Virgilio al advertir la expresión de su sobrina—, todos hemos especulado bastante sobre ese asunto. No sabemos cómo el Abate las elige o se comunica con ellas.

Pandora se movía inquieta, como si le incomodara aquella conversación, y es que Virgilio se acercaba peligrosamente a ciertos detalles que solo ella conocía y que jamás había revelado. Por eso sabía que lo que estaba diciendo no era del todo cierto, aunque él mismo lo ignorara. El Abate no era un Maestro en el sentido convencional del término. Su identidad era un completo misterio, y nadie mejor que una «intérprete» para saberlo. Por suerte, una pregunta de Sander desvió el asunto en otra dirección.

—¿Qué ocurre si aparecen dos personas reclamando que ambas son la «intérprete»? Si nadie conoce al Abate, ¿cómo comprueban cuál de ellas dice la verdad?

Virgilio cogió su tableta de la mesita de noche y, después de explorar varias fotos, escogió una y volvió la pantalla hacia los jóvenes.

—Esto es un trozo de papel fabricado a mano —aclaró, antes de ampliar la imagen para mostrar los detalles de una pasta seca y dura, en cuyo interior había restos de semillas, residuos de hierbas, trocitos de pétalos y un sinnúmero de componentes más—. Ese pedazo fue arrancado de otro mayor. Debido a la peculiaridad de las partículas que componen su pulpa, es imposible crear una muestra idéntica. Así es que ese pedazo es la pieza de un rompecabezas donde solo puede encajar otra sacada del mismo material. En otras palabras, cada trozo de papel es el salvoconducto de una nueva «intérprete». Quien venga a sustituir a Pandora tendrá que traer un fragmento que se acople con el que estás viendo. Ese papel se guarda en un cofre de metal que solo puede abrirse con tres llaves custodiadas por personas diferentes.

—Una hoja de papel, por grande que sea, tiene una extensión limitada —dijo Alicia—. ¿Qué pasa cuando se acaba?

—El último fragmento siempre se entrega junto con el primero de uno nuevo que inicia otro rompecabezas. Es el único momento en que una «intérprete» muestra dos fragmentos: el que la conecta con su antecesora y el que inaugura otro ciclo. Así nunca hay dudas de que esa «intérprete» es legítima. Suponemos que cada Abate hereda el rompecabezas de su antecesor, quien le enseña a fabricar ese tipo de pulpa para ofrecerlo a la «intérprete» que escoja.

Alicia examinó la imagen, que se asemejaba a una capa de sedimentos prehistóricos. Entre los materiales orgánicos circulaban franjas de tintes rojizos, purpúreos, azules y amarillentos que entraban y salían de los bordes como ríos psicodélicos. Su tío tenía razón. Ni siquiera con las técnicas más avanzadas sería posible fabricar algo que enlazara con exactitud tantos colores y texturas. En aquella primitiva e ingeniosa prueba adivinó la marca de un oficio nacido en épocas remotas.

—Las logias masónicas también obedecen a un Gran Maestro —recordó ella.

—No somos masones, si es lo que quieres insinuar. Entre otras cosas, no hacemos distinciones entre los sexos, como es el caso de ellos; aunque es posible que provengamos de una fuente común o que un grupo se haya desprendido del otro, porque tenemos prácticas similares.

—Como los lenguajes secretos —dijo Alicia—. Los masones

también usan un idioma de signos, pero creo que el de ustedes es más complejo.

—¿Cómo lo sabes?

—La primera noche en el club, cuando conocí a Pandora, me di cuenta de que pasaba algo raro entre ustedes. En ese momento no supe de qué se trataba, luego fui atando cabos y empecé a entender... —Recordó un detalle del manuscrito—. ¿Todavía usan el silbo?

Virgilio dio un respingo, pero se recuperó de inmediato.

—Por desgracia, no. En las Islas Canarias lo siguen practicando como parte de sus tradiciones, pero ya no hay nada secreto en él.

—Sin embargo, la primera vez que hablamos del manuscrito desechaste la idea de que la Hermandad se relacionara con la masonería.

—Fuiste tú quien la rechazó. Yo me limité a callar para no entrar en detalles, pero después de lo que ha pasado...

—Sigo confundida —insistió Alicia—. Los primeros documentos masónicos datan del siglo XVIII y, según el manuscrito, la Hermandad es anterior.

—La cosa no es exactamente así. Aunque la masonería nació legalmente a principios del XVIII, en concreto se inició mucho antes. Hay documentos que lo prueban.

—¿Cuáles?

—El *Regius Poem*, escrito alrededor de 1390, donde ya se la mencionaba. Su autor la atribuía a Euclides, el matemático griego que hoy es considerado el padre de la geometría clásica, lo cual, si es cierto, nos llevaría al siglo III antes de Cristo. Euclides vivió algunos años en Alejandría, donde se encontraba la biblioteca que contenía documentos de la sabiduría faraónica hoy perdidos y que era visitada por los grandes sabios de la época. Por eso también se especula que la masonería pudo provenir del Antiguo Egipto, inspirada por la lectura de algún pergamino que cayó en manos del matemático. Si fue así, ya estaríamos hablando de miles de años atrás, aunque no hace falta forzarlo tanto. Existe constancia de un documento masónico anterior al *Regius Poem*, conocido como el Código de York, que un rey dictó en el siglo X para regular las leyes masónicas, pero como el original se perdió en el siglo XV y tuvo que ser reconstruido de memoria, su contenido no se considera legítimo. Por el momento, el documento masónico más antiguo es la Carta de Bolonia, que data del siglo XIII.

—Entonces ¿la masonería es lo bastante antigua como para haber dado origen a la Hermandad?

—Así es. También es posible que la Hermandad surgiera de algún grupo protomasón y luego creciera de forma paralela.

—Los masones dejaron la clandestinidad hace tiempo —dijo Sander, que había estado escuchando con atención—. ¿Por qué siguen escondiéndose ustedes?

—Porque nuestro propósito actual es diferente. La Hermandad desapareció de Europa porque la masonería fue más eficaz para ayudar a sus miembros. Si la Hermandad sobrevivió en Cuba fue porque encontró objetivos más vinculados con nosotros. Primero fue la defensa de los indígenas sobrevivientes; después, la guerra contra la metrópolis, y luego, la recuperación del *legado*.

—Pero están en un callejón sin salida —intervino Alicia—. No quieren hablar públicamente sobre la existencia de la Hermandad ni sobre ese *legado*; y si nadie encuentra un motivo para el crimen, jamás sabrán quién lo cometió.

—Se sabrá cuando el documento salga a la luz —aseguró Virgilio—. La policía entenderá, y ese será también el fin del PPM.

—¿Por qué?

—Porque el *legado* anulará la estrategia que siempre ha usado esa gente para controlar la política de la isla.

—¿Cuál estrategia?

—La aberración de querer resolver cualquier problema con violencia. Nos hemos quedado atascados en un patrón de barbarie que fue la norma en los siglos XVIII y XIX, cuando se produjeron muchas revoluciones, desde la francesa hasta la independencia de las Trece Colonias. Fue una estrategia que funcionó entonces porque coincidió con pautas sociales muy específicas, pero las condiciones pasaron y aquel modelo se desajustó. Por eso fracasaron las revoluciones del siglo XX que quisieron imitarlo. Todas nacieron enfermas y terminaron muriendo. Intentar repetir ahora la misma fórmula no solo es un delirio, sino una estupidez. Pero alguna gente no quiere aprender.

—O no lo hace por comodidad —intervino Sander—, porque la violencia, como solución política, ya forma parte de la idiosincrasia cubana.

—Es que hay un factor que sigue justificándola, pero ese elemento puede ser anulado por el *legado*.

—¿A qué te refieres? —preguntó Alicia—. ¿A un concepto? ¿A un evento histórico? ¿A una ideología?

—A todo eso —respondió Virgilio—, pero más que nada a una persona. El *legado* será un golpe demoledor para quienes insisten en el viejo modelo.

Alicia y Sander cruzaron una mirada interrogante, como si calcularan quién de los dos hablaría de nuevo.

—Bueno, basta ya —irrumpió Pandora, presintiendo otra andanada de preguntas—. Es un tema apasionante, pero el paciente necesita descansar.

Besó a ambos jóvenes, que seguían aguardando otra revelación, y los empujó hasta la puerta. Los dos se hallaban tan aturdidos que no opusieron resistencia.

—Acompáñala a buscar sus cosas —le indicó a Sander—. ¡Espera! ¿Qué estoy diciendo? No deben volver a ese edificio.

—No te preocupes —respondió Sander, que ya le escribía un mensaje a Foncho—. Tengo a alguien que podrá escoltarnos.

Murmuraron sus adioses y ella regresó junto a la cama.

—Me alegro que les aclararas *casi* todo —dijo—, pero conmigo no valen los misterios. Si te pasara algo... No puedes ser el único que sepa dónde guardaste el *legado*.

—Entiendo que estés preocupada, ovejita, pero te aseguro que no he dejado nada al azar. Lo único que me inquieta es saber si estoy haciendo lo correcto. ¿Le contaste al Abate lo que pasó?

—Ya lo sabía —respondió ella tras una leve vacilación—, pero no me hizo ninguna sugerencia. Dijo que todo iba bien.

Virgilio alzó las cejas con escepticismo.

—Duerme un poco —dijo ella.

Le alisó los cabellos y lo arropó como si fuera un niño. Después ordenó un poco la mesa y se deshizo de los vasos usados. Cuando fue a besarlo, Virgilio ya dormía. Cogió la tableta que se había quedado abierta y, al rozar su pantalla, la aplicación del email se abrió, mostrando los mensajes archivados y listos para enviar más tarde. Allí estaban su nombre y el de Alicia, pero solo se fijó en el suyo. El corazón le dio un vuelco cuando vio el título en la línea de asunto. LEGADO. Sin pensarlo, leyó aquel mensaje que solo podía ser comprendido por ella: EL LUGAR DONDE HABLAMOS DE TU HERMANO POR PRIMERA VEZ. EL OBJETO QUE DISCUTIMOS.

Así que ahí estaba, a la vista de tanta gente. La fecha del envío estaba programada para dentro de tres días. ¿Por qué tres días? ¿Esperaba que ocurriera algo para entonces? Enseguida entendió. Virgilio posponía la fecha del envío cada cierto tiempo. Solo si algo le pasaba y no lograba cambiar esa fecha, los correos serían enviados sin que nadie pudiera evitarlo. Muy ingenioso.

Se preguntó cuál sería el acertijo que habría ideado para Alicia. Tal vez otro secreto compartido por ambos, pero no era asunto suyo. Ya tenía su respuesta. Cerró el equipo y lo guardó en la gaveta. Mientras abandonaba la habitación, Virgilio empezó a roncar quedamente.

11

La Habana del Este, Hospital Naval, 21 de agosto, 18.55 h

Jesús se movió con dificultad en el lecho. Le dolían hasta los dientes y estaba cansado de responder preguntas. Los investigadores no lo dejaban en paz, aunque las visitas empezaban a disminuir. Los últimos habían sido aquellos dos tipos: uno con uniforme de policía y otro que parecía extranjero y hablaba como cubano. Fueron los únicos que se interesaron en su trabajo como dibujante, en los descubrimientos de la cueva y, más inquietante aún, en el símbolo de Guabancex. Finalmente se marcharon, dejándolo con la sospecha de que sabían más que el resto de los detectives.

Tan pronto salieron del cuarto, hizo señas a una enfermera para que cerrara la puerta. El eco de los pasos disminuyó a medida que los visitantes se alejaban. Suspiró de alivio. No es que fuera a dormir, pero necesitaba pensar.

Vivía de milagro… y esta vez no se trataba de una simple expresión. La coyuntura de que solo hubiera sufrido quemaduras de primero y segundo grado se debía a la oportuna providencia de que un enorme cuadro se desprendiera de la pared para caer sobre él, protegiéndolo de las llamas. El preciado lienzo se redujo a un trapo chamuscado, pero lo salvó de morir.

Vagamente recordó las últimas palabras del hombre que había vuelto a patearlo antes de desaparecer:

—A ver si no jodes más, cura de mierda.

Bueno, al menos sus enemigos ya sabían que él no tenía el *legado*, aunque se preguntó si valdría la pena seguir arriesgando su vida por una responsabilidad que no había deseado. De hecho, ni siquiera había sido su intención convertirse en candidato. Siempre creyó que cualquier otro sería más apto. Nunca sospechó que fue precisamente su actitud desinteresada lo que provocó una avalancha de votos a su favor. Ahora, sin embargo, no cesaba de hacerse la misma pregunta. ¿Y si cedía su puesto a otro mejor dispuesto para aquella batalla? No se sentía capaz de lidiar con un peligro que incluía la fuerza bruta. Era una de las pocas cosas que detestaba, no por miedo a la muerte o al dolor, sino simple y llanamente porque odiaba el sufrimiento inútil.

No obstante, llevaba inculcado un sentido de obligación ante el deber, una especie de amor propio que le impedía abandonar lo que había emprendido. Era precisamente ese respeto por la obligación contraída lo que le hacía dudar en darse por vencido.

El ardor de las quemaduras se diluyó en el torrente de morfina que fluyó por su sistema cuando apretó el botón que la enfermera había dejado en su mano. Necesitaba dormir. Mañana decidiría.

Y mientras se hundía en el sopor, la Voz que a veces le hablaba en sueños le rogó: «*No olvides tu promesa, hijo mío. Ya estamos muy cerca. No puedes dejarte vencer.*»

12

La Habana, Lawton, 21 de agosto, 20.32 h

Pandora se internó en la barriada de obreros, artistas bohemios y delincuentes: una mezcla humana que mantenía su precario equilibrio desde hacía tres o cuatro generaciones. Serpenteando entre el tráfico, se alejó de las zonas céntricas para sumergirse en las calles que trepaban por el lomerío. Desde esas alturas se divisaban las lejanas chimeneas industriales que derramaban el humo de sus fumarolas frente a la bahía.

A diferencia del centro histórico y otras áreas turísticas que habían recibido cierto bálsamo renovador, los barrios periféricos como aquel se hundían en la indigencia; pero las calles sin asfalto y las hierbas que crecían en sus aceras no conseguían borrar la calidez del vecindario. Era un paisaje extrañamente acogedor en medio de su miseria.

El auto maniobró para evitar un gran cráter que amenazaba con tragárselo y se detuvo frente a un edificio de paredes ennegrecidas. Pandora inspeccionó la calle en penumbras y reconoció algunos vehículos. La moto de Sander no estaba entre ellos, pero ya se lo esperaba. Le había avisado que llegaría en unos minutos. Solo por eso se sentía bastante tranquila.

Desde la acera se escuchaba el sonido inconfundible de una telenovela brasileña que todo el mundo seguía con fruición, excepto ella, que no tenía tiempo para semejantes distracciones.

Atravesó la acera hasta el vestíbulo, donde solo funcionaba un elevador que la llevó a su apartamento del quinto piso, con su puerta pintada de «verde esperanza», como solía decir con optimismo.

Entró a la sala, dejó el bolso sobre un sillón y se acercó a la terraza abierta. Los helechos tristones y las calas cabizbajas le indicaron que sus plantas reclamaban agua con urgencia. Calculó que tendría tiempo para regarlas y preparar algo de comer antes de que llegaran los muchachos. Colocó la enorme regadera bajo el grifo de la esquina y se quedó contemplando el hilillo de agua que desaparecía por la boca del recipiente. Siempre olvidaba llamar al plomero para que le arreglara aquella salida de agua, la única con la altura adecuada para ese trasto. Tardaría al menos diez minutos en llenarse.

Se asomó al balcón y avistó la calle desierta. Decenas de televisores multiplicaban el reclamo de una actriz hasta el infinito:

«—¿Qué hacen ustedes en mi casa? ¿Quién les dio permiso para entrar?»

Luego una voz masculina, ríspida y desagradable:

«—Usted no tiene idea del peligro en que se encuentra. Nunca atiende a lo que la rodea, embebida en los asuntos de su hacienda, pero aquí está la orden firmada por el mismo gobernador. Tenemos autorización para llevarnos a esa joven. La señorita María de las Mercedes Ocampo no es la huérfana que usted piensa, sino la heredera de Pozos Altos, y está comprometida con el duque de Peralta, el verdadero amo de la hacienda Campina dos Santos.»

A semejante revelación siguió una andanada de exclamaciones y palabrotas de diversa índole que recorrieron el vecindario, y probablemente toda la isla de un extremo a otro. Pandora sonrió para sus adentros, divertida ante la ingenuidad con que la gente devoraba aquellas historias.

Dio media vuelta y se detuvo. En medio de la sala, un hombre la contemplaba con una navaja desnuda en su mano.

—¿Me dirás dónde está el *legado* o también vas a hacerte la lista?

Su tono no denotaba la menor emoción.

Pandora comprendió que sería inútil gritar. Quien se presentaba de ese modo, sin molestarse en ocultar su rostro, no se andaría con consideraciones.

—Supongo que, si lo fuera, fingiría saber de qué hablas, pero la verdad es que no tengo ni idea.

«Otra imbécil», consideró la Liebre.

Sin dejar de esgrimir el arma, se acercó a la mesa del comedor, se despojó de su mochila y sacó una jeringuilla llena de un líquido transparente. Pandora supo de inmediato que ni siquiera tendría que torturarla. El pentotal la obligaría a contarlo todo. Con los ojos llenos de lágrimas, comprendió por qué Virgilio había preferido no revelarle nada, pero ahora ella *sabía* y aquella droga revelaría lo que tanto trabajo les había costado recuperar.

—Ven aquí, ovejita —murmuró él burlonamente—. ¿No es así como él te llama?

Estaba perdida. Todo estaba perdido. Cerró los ojos un instante y pensó en sus pobres plantas, que se morían de sed.

—Será inútil que grites —añadió él con voz dura.

Miradas de terror como aquella eran una gran recompensa en su trabajo.

—Lo sé —le aseguró ella con un hilo de voz—. Te juro que no gritaré, pero no te acerques. Te mostraré dónde está el *legado*. Lo tienes al alcance de tu mano, sobre esa mesa.

Fue apenas un segundo. La Liebre volvió el rostro hacia la fuente de cristal tallado, pero no distinguió nada, excepto un manojo de llaves. Cuando se volteó hacia el balcón, ya era demasiado tarde.

Pandora cruzó por encima de la baranda y se lanzó al vacío.

13

La Habana Vieja, 21 de agosto, 21.45 h

La Liebre estuvo vagando por la periferia de La Habana Vieja sin saber qué hacer hasta que entró a un bar y se sentó en el rincón más alejado de la puerta. Estaba furioso con aquella estúpida mujer, con Virgilio, con la engreída de su sobrina, consigo mismo, con el mundo entero.

¿Cómo le daría la noticia al Jefe? Decidió que se mantendría a distancia para que otro recibiera el rapapolvo. Esta vez respetaría la escala jerárquica de mando: decírselo al profesor sería más fácil. Después de todo, era él quien lo había contratado. Le echaría alguno de sus estirados sermones y luego se encargaría de transmitírselo al Jefe.

Terminó de beber su jarra de cerveza y pidió otra, antes de marcar un número.

—Dime, Liebre —fue el seco saludo de Báez—. ¿Lo conseguiste?

La Liebre dudó medio segundo.

—Tuve un percance.

Se hizo un silencio al otro lado de la línea, solo interrumpido por una respiración ahogada como el resoplido de una caldera de vapor.

—¿Qué clase de percance?

—Esa… —Estuvo a punto de completar el insulto cuando recordó que se trataba de la hermanastra del profesor—. Pandora sufrió un accidente. ¡Pero no fue culpa mía!

Báez sintió un resquicio de inquietud.

—¿A qué te refieres?

—Se lanzó por el balcón.

Un raro malestar se apoderó del profesor, aunque ni él mismo hubiera podido decir si era porque intuía la pérdida de una información vital o porque experimentaba algún vestigio de culpa.

—No me di cuenta de lo que iba a hacer —siguió explicando la Liebre—. Salió corriendo desde la terraza y no me dio tiempo de nada.

Hubo un largo silencio, tan largo que la Liebre pensó que había perdido la comunicación.

—¿Doctor Báez?

—Pero ¿está... viva? —preguntó finalmente el profesor.

—Era un quinto piso.

Otro silencio. La Liebre aguzó su oído, intentando adivinar qué ocurría al otro lado de la línea. No se escuchaba nada, excepto el lejano murmullo de un televisor. Por un momento se le ocurrió que tal vez el profesor estuviera llorando, pero desechó la idea de inmediato.

—Estás acabado, Liebre.

El otro pensó que había entendido mal.

—¿Cómo?

—Que estás muerto y enterrado. No me llames más.

—Puedo ir al hospital y...

—¿Qué coño me importa lo que hagas ahora? Te dije que no volvieras a equivocarte. Tu única misión era recuperar el jodido *legado*, pero cada vez nos echas más mierda encima. Olvídate de nuestro acuerdo y del otro pago.

Y colgó sin que la Liebre hubiera tenido tiempo a reaccionar. Se quedó contemplando el teléfono antes de apagarlo con rabia, dándole un golpe que atrajo la atención de algunos comensales.

¿Lo había despedido? ¿Y sin contar con el Jefe? No podía creerlo. Se empinó la segunda jarra y dejó un billete sobre la mesa antes de salir. Era una catástrofe. Todo por culpa de esa cantante medio loca, del maldito curador y de la estúpida chiquilla que se le había escapado de las manos... Eso era lo que más rabia le daba. Alicia había visto su rostro y él no había conseguido acabar con ella. Pero lo haría. De eso no tenía duda.

Caminó dos cuadras y se detuvo bajo la luz agonizante de una farola. Virgilio se hallaba fuera de su alcance, internado en un hospital al cual no tenía acceso, pero él no estaba listo para darse por vencido. Encontraría ese *legado* aunque tuviera que viajar al mismísimo infierno.

Sintió un hormigueo en la punta de los dedos. Su instinto de cazador despertaba de nuevo.

SEXTO FOLIO

La marca de la Diosa

(1516)

1

Juana miró a los soldados con una expresión que ellos no supieron descifrar. Hacía más de dos semanas que intentaba ver a su padre.

—Solo el teniente puede autorizar una visita —dijo uno.

Casi sentían pena por ella, pero no podían pasar por alto las órdenes. Una desobediencia podría costarles la prisión o algo peor. El teniente Alcázar había sido muy claro.

—¿Adónde ha ido?

—Ya os lo explicamos, doña —replicó el más joven—. Fue a sofocar desórdenes de indios rebeldes.

—Y yo os he dicho que no hay ninguna rebelión de indios en esta zona. —De pronto se quedó helada—. No habrá regresado a la aldea, ¿verdad?

—No, doñita, allí ya no hay un indio que valga la pena.

Algo desagradable debió traslucirse en el rostro de Juana, porque la sonrisa del guardia se congeló.

Sin decir más, la muchacha les dio la espalda y fue en busca de la única persona con quien se atrevía a compartir su frustración. Juana encontró al padre Antonio en el pequeño huerto de la iglesia, inclinado sobre los surcos abiertos a fuerza de sudor y lágrimas desde que se había propuesto sufrir a la par de los nativos. Era su manera de compartir la suerte de los infelices que trabajaban en las nuevas encomiendas, aunque era consciente de que, incluso así, su propia vida era mucho mejor que la de los cautivos.

—Necesito vuestra ayuda —dijo Juana, sin saludos ni ceremonias, ignorando el lodo en las manos y las ropas del fraile, que alzó la vista antes de erguirse en su sembrado—. Es preciso que averigüéis cómo está mi padre. A mí no me dejan entrar, pero vos sois sacerdote. No podrán negarse.

—¿Crees que no lo he intentado, niña? Yo también debo esperar a que el teniente me autorice.

—Buscadlo entonces, hablad con él. No os pido esto como feligresa, sino como hermana. —Y sus manos hicieron una señal imperceptible—. Si no intervenís, me veré obligada a intentar otra cosa.

Antonio se enjugó el sudor de la frente:

—Hija, recuerda que intercedí por ti. Le aseguré a fray Severino que me haría cargo de tu salvación cristiana. No des razones para que te encierren. Recuerda que solo podrás ayudar a Jacobo si continúas en libertad. Tengo un plan para sacarlo de la cárcel, pero será un proceso que requerirá paciencia. Primero deberás hacer contrición y penitencia.

—No tengo nada de que arrepentirme.

—¡Ya lo sé! Es una cuestión de apariencias. Se trata de simular lo que se espera de ti para que el padre Severino se ponga de tu parte o, al menos, para que no te siga viendo con malos ojos. Eso nos ayudará a liberar a Jacobo.

—Pero ¿cómo? Ya han enviado un correo a España hablando de nosotros.

—Y yo he mandado otro.

—¿Diciendo qué?

—Hace poco se otorgó el indulto a un converso que prometió legar sus bienes a la Iglesia. Les he dicho que Jacobo está dispuesto a hacer lo mismo.

—La Iglesia ya tiene todos nuestros bienes.

—No los que podríais adquirir en el futuro. Si Jacobo promete entregar a la Iglesia un buen porcentaje de la riqueza que adquiera en el Nuevo Mundo, conseguirá el perdón. Conozco una vía directa para llegar a los oídos de Su Santidad a través de alguien que me debe un favor.

—Perdonad, pero creo que estáis delirando. ¡Somos fugitivos!

—No sois los únicos y las autoridades lo saben. En estas tierras hay decenas, quizá cientos de conversos, que han escapado de España con documentos falsos, pero el rey ya lidia con suficientes problemas como para ponerse a perseguir infieles en sus propios territorios de ultramar. Además, muchos temen que los conversos vayan a controlar de nuevo grandes riquezas. Ese temor es la mejor razón para que el Papa y la Corona os perdonen. Si renuevas tus votos cristianos frente a una autoridad eclesiástica, y tu padre jura enviar la mitad de sus futuros bienes a Roma, estoy seguro de que os libraréis del sambenito. Yo empeñaré mi palabra, como confesor vuestro, para asegurar que sois fervientes devotos de Cristo y de Nuestra Señora.

—Pudimos haber hecho todo eso en España, antes de fugarnos —protestó ella.

—No, la verdadera riqueza de estos tiempos está en el Nuevo Mundo. A la sazón no podíais ofrecer tanto.

—¿Y si mi padre no logra enviar esos bienes?

—No temas, hará fortuna aquí. Es el único papelero en estas tierras. Solo necesitamos que la Iglesia interceda ante el rey.

A Juana le hubiera gustado creer en aquella posibilidad, pero el caso de su padre era diferente por otra razón.

—Torcuato nunca nos dejará en paz —le recordó ella—. Ni la justicia, ni el rey, ni la Iglesia, le importan un maravedí. Simplemente nos odia.

—Eso no debe impedirnos hacer lo que debemos.

Juana lo contempló con desaliento.

—¿Quieres acompañarme a almorzar? —preguntó el monje, moviéndose con cuidado para no pisar los retoños—. Tengo pescado y verduras.

—Gracias, pero debo ocuparme de otros asuntos. —Y se fue trastabillando entre los surcos.

Últimamente sus preocupaciones se concentraban en dos objetivos: la suerte de su padre y la salud de Mabanex. Varias veces había pensado en regresar a la aldea y quedarse allí, pero le repugnaba la idea de marcharse sin saber nada de su padre. Por otro lado, aunque Mabanex estaba al cuidado de los suyos, se encontraba grave y solo ella podía proporcionarle ciertas hierbas medicinales importadas de Europa que los taínos no conocían.

Era doloroso pensar en Mabanex. Cada vez que recordaba su mirada, le costaba respirar. ¿Debía o no escaparse del pueblo? ¿Y si alguien aprovechaba su ausencia para embarcar a su padre rumbo a España?

Un rumor interrumpió el curso de sus reflexiones. Tras advertir que varios lugareños se asomaban a los portales para curiosear hacia el ayuntamiento, cruzó un estrecho callejón entre dos casas y emergió por un costado del almacén en el instante en que las tropas del teniente Alcázar se dispersaban por la plaza, custodiando a dos centenares de indígenas atados. Al frente de su soldadesca indigente y sucia, el militar bordeó la plaza y se detuvo ante el mesón para pedir que le llevaran comida y vino. A continuación, ordenó que trasladaran los prisioneros a la encomienda, cabalgó hacia el ayuntamiento y desapareció en su interior con varios hombres.

Juana atravesó el pórtico del edificio sin que nadie se lo impidiera. La puerta daba a un salón amueblado con sillas de respaldo alto, dispuestas en torno a una mesa oscura y pesada, con papeles y tinteros colocados en minucioso orden. Tres candelabros de pie acumulaban polvo en diferentes rincones del recinto. Aquella debía de ser la sala donde se efectuaban las operaciones de intercambio y registro de mercancías. Al final del salón, junto a una gran puerta de cedro, dos soldados custodiaban el acceso a otro aposento. Cuando se acercó, ambos cruzaron las adargas frente a ella.

—El teniente no quiere que lo interrumpan —dijo uno—. Regresad después del almuerzo.

Juana sabía que era inútil discutir, pero se sentó a esperar en uno de los sillones del salón. Al rato pasaron unos chicos con bandejas de cerdo especiado, frutas y garrafas de tinto que fueron recibidas por manos anónimas tras el portón entreabierto. Hasta Juana llegaron las risas y los juramentos de los hombres que bebían en la habitación contigua. Dormitó un poco, aburrida y hambrienta, hasta que la puerta volvió a abrirse y las carcajadas retumbaron en el salón.

Gaspar salió para despedir a sus hombres y vio a la joven que aguardaba con semblante pálido y resuelto. La risa murió en su rostro. Con una seña los despachó a todos, incluyendo a los guardias de la posta, que se alejaron haciendo guiños maliciosos.

—Me sorprende tu visita, Juana —la saludó, omitiendo el voseo de cortesía—. ¿A qué debo el honor?

—Quiero ver a mi padre —respondió ella, dejando también a un lado el protocolo—. Me han dicho que eres tú quien debe autorizarlo.

—¿Te apetece un poco de vino? —dijo él sin inmutarse.

—Solo necesito el permiso.

—Alcánzame papel y tinta

Juana se acercó a la mesa de los trueques en el salón contiguo, decidida a no dejarse provocar, tomó lo que le pedían y regresó al comedor. El teniente se había sentado frente a la mesa.

—¿Por qué no olvidamos los viejos rencores y brindamos por los reencuentros? —preguntó Gaspar, apartando el papel.

Ella permaneció de pie, observando rígidamente al hombre, que escanció vino en dos copas.

—Vamos, siéntate —indicó él, acompañando su invitación con un gesto—. No voy a morderte.

La joven aguardaba a escasa distancia. No era muy alta, pero lucía imponente gracias a los chapines que calzaba para no hundirse en los charcos. Pese a ellos, el dobladillo de su saya estaba sucio de barro y, al igual que otras de sus coterráneas, había prescindido de la calurosa gorguera y de los verdugos que abultaban las caderas con capas de tela.

—Acércate —le ordenó con un dejo de impaciencia—. ¿Qué te pasa?

Pero ella no podía mencionarle las luces. Aquel nuevo sentido se había vuelto tan cotidiano que a veces lo olvidaba. Siempre tuvo una habilidad intuitiva con la que advertía a su padre sobre sus antiguos clientes o rivales en el comercio; ahora le ocurría lo mismo con los halos luminosos. La costumbre los había convertido en una señal familiar de la que no era consciente, a menos que se produjera alguna nota alarmante como en ese momento.

Los colores del soldado habían dejado de fluctuar para convertirse en una densa capa de arabescos marrones. Una mancha roja estalló sobre ellos y Juana no esperó más. Echó a correr hacia la puerta, pero Gaspar la agarró por un brazo y la aplastó contra la pared.

—Todo tiene su precio —murmuró—, primero el pago y luego la mercancía.

La muchacha trató de liberarse. El recuerdo de una pesadilla casi olvidada regresó con violencia. ¡Oh, Dios!, se dijo. ¡Otra vez no! Instintivamente dobló una rodilla y la encajó en la entrepierna del soldado, que lanzó un grito y se encorvó de dolor, aunque sin apartarse de la puerta cerrada. Juana agarró una garrafa de cerámica que esgrimió sobre su cabeza. Ignorando la amenaza, Torcuato respiró hondo y dio un paso. La garrafa salió volando y se estrelló contra la puerta, a espaldas de Torcuato.

Más animado, como si se tratara de un juego, el hombre rodeó la mesa. Sus dientes amarillos asomaron entre las barbas, dándole el aspecto de una alimaña primigenia. De nuevo avanzó sobre Juana, que apenas tuvo tiempo de lanzarle un vaso. El proyectil salió por la ventana rozando los barrotes y acabó destrozado en tierra.

Juana trató de alcanzar la puerta, pero una garra le atenazó el tobillo y la hizo rodar sobre un banco. Sin darse por vencida, se arrastró por el suelo entre el reguero de sillas, pero el hombre la levantó agarrándola por el cabello. Juana le mordió un brazo. Su resistencia excitó más al hombre, que la zarandeó con fuerza y la incrustó contra un muro para desgarrarle el vestido. Juana gritó por instinto, convencida de que nadie la escucharía.

De pronto el portón se abrió de par en par, golpeando la pared. Gaspar abandonó a su presa para enfrentarse al recién llegado.

—Os he buscado por toda la villa, teniente —dijo fray Antonio con expresión impasible, como si los hubiera sorprendido en una partida de naipes—. Me enteré de que habíais regresado.

Las luces que rodeaban al fraile le indicaron a Juana cuánto se esforzaba por contener la ira.

—¿Qué queréis? —preguntó Gaspar de mala gana—. Estoy ocupado.

—Ya veo —respondió el cura con frialdad—. Lo sospeché cuando una vasija salió por la ventana y casi me da en la cara. Venía a pediros autorización para visitar al prisionero.

—¡Maldición! No sabía que el hereje fuera tan popular.

Juana aprovechó para deslizarse por la pared y reunirse con el sacerdote.

—Supongo que no me negaréis el derecho de visita pastoral —continuó fray Antonio aparentando calma—. Iré como confesor y quiero que su hija me acompañe.

—La señorita me debe un favor.

—No te debo nada, asquerosa víbora —le espetó Juana—. Solo vine a pedir lo que me corresponde por derecho.

—¿Quién ha dicho que un judío tiene derechos? Aunque podría otorgarte ese permiso a cambio de que fueras amable conmigo.

—¡Teniente Alcázar! —tronó el fraile, fuera de sí—. ¿Habéis olvidado que sois un hombre del rey? Ahora mismo dejaréis que la joven me acompañe al polvorín. Si os comportáis como un caballero y cesáis de importunarla, prometo no denunciaros.

—¿Pensáis hacerlo de veras? —preguntó el otro con sorna—. ¿A quién?

—Velázquez oye quejas de laicos y clérigos por igual, y no exime de castigos ni a sus hombres. ¿O habéis olvidado el escarmiento a Francisco de Morales?

Gaspar palideció.

—El judío ya no está en el polvorín —admitió Gaspar a regañadientes—. Trabaja con los indios en la mina del río.

—¡Eso es como cumplir una condena! —protestó Juana—. ¡Y sin juicio!

Gaspar soltó una risita odiosa.

—Lo tendrá, pero entretanto no iba a dejarlo holgazanear.

—¡No tienes ningún derecho!

—No hago nada contra la ley. Trabajará como un prisionero más hasta que reciba mis instrucciones de España.

Juana intercambió un gesto con el fraile que no pasó inadvertido para Gaspar. ¿Sería posible que esos dos anduvieran enredados en alguna aventurilla?

—Nadie puede ver al prisionero —insistió vengativo—, así

es que no me importunéis más. Tengo otros asuntos de los que ocuparme.

—No podéis negar la confesión a...

—¡Ese hombre es un hereje! No tiene nada que confesar, excepto a Satanás.

—¡Estáis blasfemando! Tendré que escribir al obispo.

—Permitiré que el padre Severino lo vea —concedió el teniente, harto—. Ahora marchaos, debo repartir indios entre los encomenderos.

El fraile y la joven cruzaron otra mirada que terminó por convencerlo de que allí había gato encerrado.

2

Juana abrió los ojos en la oscuridad, tratando de identificar aquel traqueteo sordo y continuo que le impedía regresar al sueño. Se incorporó ligeramente y terminó por desperezarse al darse cuenta de que alguien intentaba abrir la puerta. Con sigilo abandonó el lecho para acercarse a la única ventana del dormitorio.

A través de los barrotes divisó una silueta que reconoció de inmediato bajo la claridad lunar. Gaspar se tambaleaba grotescamente mientras forcejeaba con la cerradura. Por lo visto, la borrachera le impedía recordar que existían cerrojos interiores. Tras convencerse de que no lograría su cometido, dio la vuelta a la casa deteniéndose aquí y allá para sacudir los barrotes de las ventanas. ¿Hasta cuándo los acosaría ese hombre?, pensó ella con cansancio.

Se deslizó hacia el rincón donde se guardaban los cuchillos de cocina, empuñó uno y, protegida por las tinieblas, fue apostándose detrás de cada entrada que el otro vapuleaba. Al rato Gaspar se alejó, profiriendo amenazas confusas.

Temblorosa e inquieta, regresó a la cama sin soltar el cuchillo. Tardó un buen rato en dormirse, sopesando lo que sería su vida sin la protección de un varón adulto. Debería añadir más cerrojos, aunque dudó que eso fuera suficiente.

Finalmente se rindió al cansancio y su consciencia se hundió en el sueño. Caminaba por un lugar desconocido donde el aire tenía una cualidad líquida. De algún modo lograba atraparlo y jugar con él, deslizándolo entre sus dedos como una cinta vaporosa. De súbito comprendió que no era el aire lo que había cambiado, sino ella. O más bien, sus sentidos. Entrevió una claridad lejana y azul, semejante a la luna cuando se eleva sobre el mar, y supo que era la Diosa. Atravesó zonas o espacios que podían ser colinas o árboles. Se había convertido en un fantasma. Avanzó y avanzó, pero la claridad continuó fuera de su alcance.

—Madre, ¿eres tú?

—*Yo soy, hija mía.*

—Estoy sola, Madre. Y tengo miedo.

—*No estás sola. Tienes a tu padre, a Mabanex...*

—Mabanex agoniza y mi padre está prisionero.

—*Busca la voz que te llevará a ellos.*

—¿Cuál voz? ¿La tuya?

—*La que habla desde el corazón.*

—¿Cómo podré escucharla?

—*Igual que escuchas la mía.*

—Tú eres diferente, Madre. Tú hablas con el lenguaje del espíritu.

El brillo de la Diosa aumentó. O quizá Ella se acercó más.

—*También los hombres pueden hablar con sus espíritus* —dijo Ella dulcemente—, *solo necesitan despertarlos.*

—¿De qué forma?

La luz se movió un poco entre los árboles.

—*Necesitarás encontrar tu fuente de poder.*

—¿A qué te refieres?

La claridad disminuyó un poco y Juana comprendió que volvía a alejarse.

—*Busca a tu padre. Él te indicará el camino.*

Despertó de pronto y miró el cielo a través de los barrotes de la ventana. Era la hora más oscura de la noche. Sobre el colchón relleno de algodón, centelleaba el cuchillo bañado por una luz de plata.

Le pareció que el universo latía en su cuerpo. Por sus venas corrió el estruendo de un río crecido. Sintió una fuerza capaz de hacerla saltar, volar, expandirse...

Se vistió a tientas. Hizo un hatillo con un trozo de tela donde envolvió media hogaza de pan, queso y un pellejo de vino. Se lo echó al hombro y, cuchillo en mano, abrió la puerta con cautela.

El pueblo dormía arrullado por los ronquidos de la selva. Entre las siluetas de los árboles, las luciérnagas encendidas trazaban rutas aéreas. Bordeando la villa se fue acercando al sendero de la encomienda. La hoz lunar lo iluminaba parcialmente y, para evitar sorpresas, avanzó pegada a los matorrales.

A medio camino, un ladrido la alertó sobre la presencia de los perros. ¿Deambulaban por el caserío o los amarraban en lugares fijos? Al ladrido inicial se sumó otro y luego un tercero. Durante un tiempo interminable permaneció inmóvil, esperando a que los ladridos cesaran. Luego reanudó la marcha con mayor sigilo hasta divisar los caneyes indígenas.

Una hoguera casi extinta, al otro lado de los sembrados, era la única claridad que iluminaba el vasto terreno. Las viviendas cónicas se alzaban como colmenas fantasmales. Pudo contar seis de esas casas, que solían cobijar una veintena de indígenas cada una. Tal vez hubiera más, pero la escasa luz dificultaba su rastreo.

¿Cómo encontraría a su padre? Y más importante aún, ¿cómo haría para que los perros no la sorprendieran? Los mastines eran capaces de merodear en silencio, olfateando el aire en busca de presas sin que estas se percataran hasta que era demasiado tarde... Tuvo un rapto de inspiración. Desenfocó la vista, y los sembrados se encendieron con un resplandor de nácar.

Comprendió que la oscuridad sería su mejor aliada para distinguir las auras. Poco a poco, otros destellos débiles reverberaron en la linde de los campos. Localizó los nimbos elementales de los perros que dormitaban junto a los centinelas, cuyos halos eran más visibles por su complejidad.

Atenta a los movimientos de hombres y animales, se dirigió a las viviendas taínas. Conocía el aura de su padre, pero nunca había intentado buscarla en una multitud. Confiaba en que podría identificarla. Aunque los colores de las criaturas oscilaban, ella había aprendido a distinguirlas porque cada una era única, pese a las emociones cambiantes de su dueño. Si alguien hablaba con pasión o miedo, con dolor o alegría, su voz seguía siendo reconocible entre otras. Igual ocurría con el aura.

Se asomó a una de las entradas. Un manto fosforescente flotaba sobre los durmientes amontonados en el suelo. Los nimbos luminosos de quienes yacían en hamacas se percibían mejor, pero como todos dormían no percibió grandes diferencias. Tuvo que caminar entre ellos, observando sus rostros, para estar segura. Una tras otra revisó las viviendas, sorteando los cuerpos gracias al albor que despedían. Después de la última salió al aire libre. ¿No la habría engañado Gaspar?

Guardianes y perros permanecían inmóviles en los límites de la plantación. Ya iba a retirarse cuando advirtió una pequeña caseta en el sector oriental. Al principio pensó que se trataba de una garita abandonada, pero una tenue luminosidad escapaba entre las maltrechas paredes de tablas, indicando que adentro había una o varias personas vivas.

Con gran cautela se aventuró hasta la barraca. Se asomó al umbral y, pese a la impenetrable negrura, reconoció de inmediato el único halo que latía en el interior.

—Padre.

El susurro fue suficiente para despertarlo. Por un instante, Jacobo creyó que soñaba. El traqueteo de sus cadenas estrujó el corazón de Juana, que lo abrazó tragándose las lágrimas.

—¿Qué haces aquí, criatura? —murmuró él—. Si los perros te descubren… Están entrenados para matar.

No era necesario que se lo recordara. Ella había visto la conducta de esos animales en numerosas ocasiones.

—Os sacaré de aquí, padre.

—No quiero que hagas nada —le rogó él—. Gaspar te ha perdonado por ahora. No le des motivos para que te encierre. Ocúpate del taller. Si no regreso, podrás vivir de tu oficio sin depender de nadie. No serías la primera mujer que tiene su propio comercio.

—Fray Antonio tiene un plan —dijo ella, sin querer imaginar siquiera la posibilidad de que él pudiera faltarle—. Si fracasa, yo misma os sacaré.

—Hija, estamos a merced de Torcuato —la interrumpió, usando aquel nombre para recordarle con quién estaban lidiando—. No sé si me dejará vivir lo suficiente para que funcione algún plan.

—No hará nada contra vos sin una autorización real.

—¿Olvidas lo que le hizo a Ximénez?

—No es lo mismo, sois su prisionero y todos lo saben. Si sufrís algún daño...

—Eso no importa, ya viste cómo justificó la matanza de la aldea. Yo no puedo protegerte, pero los taínos sí. Ellos son ahora tu familia.

Juana recordó las palabras de la Diosa: «*Busca a tu padre. Él te indicará el camino*».

—Ve a verlos —insistió él—. Mabanex sigue delirando por las fiebres, pero está vivo.

Juana saltó al escuchar su nombre.

—¿Tenéis noticias de Mabanex?

—Acaban de capturar a cinco hombres de su tribu que fueron sorprendidos cerca del río, aunque ninguno lo ha revelado a los españoles por miedo a que regresen. Todos dejaron familiares allí.

—¿Y por qué os lo ha dicho a vos?

—Saben que soy el yerno de Dacaona.

Juana no había vuelto a pensar en la mujer. Todavía le costaba aceptar que esa desconocida fuera su abuela.

—Contadme más sobre mi madre —pidió—, no la que fabulasteis, sino la verdadera, la que se llamaba Anani.

Y por primera vez Jacobo le contó la verdad sobre la indígena de quien se había enamorado y sobre la aventura marítima que había durado casi tres años.

La treintena de buques había zarpado de Cádiz, un día soleado de septiembre de 1493. Dos meses más tarde, la flota rescató a varias jóvenes del cautiverio de los caribes. Anani era casi una niña cuando subió a bordo de su navío y lo abandonó siendo una moza, tras desembarcar en España durante el verano de 1496.

Le describió su risa inagotable, la destreza de sus manos que creaban o reparaban cualquier objeto. Le contó lo difícil que fue liberarla de la servidumbre que la aguardaba en la corte, si el Almirante la hubiese llevado allí como era su intención; de cómo él había renunciado a casi toda la remuneración de su viaje a cambio de que don Cristóbal le cediera su custodia y ni siquiera la mencionara en su informe; del trabajo que le costó mantenerla alejada de las miradas curiosas; de todas las historias que él mismo echó a rodar para que, entre tanta confusión, la verdad —si salía a flote— pasara como un rumor más; y de cómo habían sido precisamente esos rumores ambiguos los que permitieron que su hija llevara una vida normal, sin que ningún vecino de la ciudad lograra ubicar el exotismo de sus rasgos porque ninguno había visto a un indígena. Fueron esos años, y no su viaje al Nuevo Mundo, lo que le permitió aprender el idioma taíno. Ambos vivieron como marido y mujer hasta que Anani murió, víctima de unas fiebres infecciosas, tras el nacimiento de Juana. Fue entonces cuando Jacobo decidió regresar con su hija a la casa paterna, procurando resguardarla del sol andaluz, que oscurecía la piel más rápido de lo deseado.

Aquella historia los absorbió de tal modo que ambos dieron un respingo al escuchar el canto de un gallo, a escasa distancia de la caseta.

—¡Tienes que irte! —exclamó Jacobo al darse cuenta de que empezaba a clarear—. Pronto vendrán a quitarme el candado.

Juana se fijó en el grillete atado a su tobillo. Estaba encadenado a la pared como un animal. Luchando contra las lágrimas, sacó el pan, el queso y el pellejo de vino.

—Luego os traeré más.

Jacobo bebió un largo trago antes de devolverle la botija.

—Llévate eso, no deben verlo o sabrán que alguien estuvo aquí. —Empezó a devorar el pan y el queso—. Sal por el fondo, hay una tabla suelta allá atrás.

Juana lo abrazó con fuerza y él se sacó del cuello una medallita enchapada en oro.

—Úsala para que te proteja.

—Ya tengo protección suficiente —le aseguró ella recordando el cemí que le había regalado Mabanex.

—Esta Virgen es especial —insistió él—. Tu madre la encargó a un joyero de Cádiz al enterarse de que venías en camino.

Juana palpó el relieve y, a la escasa luz del alba, notó que no era una imagen tradicional de la Virgen. Esta abría los brazos como si quisiera abrazar al mundo. Su gesto le recordó otro. Sacó de su pecho el amuleto de Mabanex y comprobó que no se había equivocado: los brazos ondulantes de la Virgen imitaban los de Guabancex.

—Hija —murmuró Jacobo—, no te arriesgues por gusto.

—Tranquilizaos —dijo ella, colgándose la medalla del cuello—. Rogaré a mi madre para que vele por ambos.

Jacobo sonrió.

—Sé que Anani nunca ha dejado de hacerlo.

Juana se echó el hatillo al hombro y apartó una tabla suelta, sin aclararle a Jacobo que no se había referido a *esa* madre, sino a la Otra, a la que siempre le hablaba en sueños.

A sus espaldas, el coro de perros rompió a aullar desde varios puntos del caserío.

3

Llovió sin parar durante cinco días con sus noches. El agua corría ladera abajo desde la meseta hasta el río cercano, arrastrando piedras y desperdicios de todos los tamaños. La llegada de Boínayel, el hijo pluvioso de la Serpiente Oscura Iguanaboína, era buena para las cosechas, pero irritante para quienes debían salir a buscar alimentos. Muchos le rogaron al behíque que atara las manos al Dios de la Lluvia y desatara las de su gemelo Márohu, el Espíritu del Buen Tiempo.

Ocanacán no les confesó que ya había cumplido con aquel rito desde el huracán. No podía explicarse la causa del diluvio. Consternado, se dirigió al altar del bosque y descubrió —casi aliviado— que un roedor había destrozado los lazos que yacían a los pies de Boínayel.

Mientras repetía las plegarias del ritual, escuchó los alaridos de Mabanex. Seguramente la fiebre había vuelto a subir. A medida que rezaba, los agónicos gritos fueron en aumento; ni siquiera la lluvia era capaz de ahogarlos. Dos veces se equivocó y tuvo que empezar de nuevo. Cuando acabó de atar el último nudo, se encaminó al bohío donde se hallaba el muchacho.

El chapoteo de sus pies en la noche lluviosa avisó a Dacaona, que, en un rincón del bohío, se inclinaba sobre el joven que se agitaba espasmódicamente sin que sus palabras amorosas lograran calmarlo. Sus chillidos debían oírse en cada rincón de la aldea, aunque se diluían en frases inconexas que al principio nadie entendió.

Varios vecinos se acercaron para ofrecer ayuda, deseosos por averiguar más, pero Dacaona les pidió que se marcharan. Obedecieron de mala gana, sin dejar de prestar atención al extraño discurso del herido. Aquello duró el tiempo suficiente para que la gente comenzara a preguntarse de qué misteriosa profecía hablaba el muchacho y quién sería el misterioso personaje que la Diosa enviaría para salvarlos.

Noche tras noche, junto con la fiebre, regresaba el delirio. Poco pudieron hacer Ocanacán y Dacaona por acallar los rumores. Todos murmuraban que los dioses también hablaban a través de los moribundos, y si se trataba de alguien cercano a un cacique sus palabras eran doblemente significativas.

Al amanecer del décimo día —la misma noche en que Ocanacán amarrara las manos al dios—, Mabanex se sumió en un sopor pesado, el behíque se rindió al sueño y Dacaona cayó vencida por el agotamiento. El resto de la aldea, que tampoco había pegado ojo en varias noches, consiguió finalmente dormir.

A la mañana siguiente, el anciano supo que el ritual había dado resultado. El canto de las aves flotaba en la brisa y los capullos se abrían bajo el sol. Estiró sus huesos y se bajó de la hamaca. Había pasado la noche bajo el mismo techo que Mabanex por si requerían su presencia; pero no había mucho más que pudiera hacer por él, excepto rogar a los dioses por su salud.

La aldea se desperezaba apacible y dolorosamente, reducida a la sexta parte de sus pobladores tras la matanza. Se habían reorganizado para buscar alimentos y cuidar de sus heridos, pero no se molestaron en reparar más casas.

Después de la masacre, nada parecía seguro; y sin un caudillo, no lograban ponerse de acuerdo sobre su destino. Era un reflejo ancestral que formaba parte de ellos. Desde tiempos inmemoriales, se guiaban por las decisiones del cacique. Por eso se dedicaron a elevar plegarias a los dioses, en espera del milagro anunciado.

El anciano caminó un centenar de pasos para vaciar su vejiga en un arroyo. A su regreso, Dacaona refrescaba el rostro de Mabanex con un trapo empapado en agua. La mujer revisó el vendaje del brazo fracturado. Ella misma había cortado tres ramas que aseguró con bejucos para que el hueso sanara mejor, pero la fiebre no provenía del brazo roto, sino del proyectil que había penetrado por su espalda y que, a juzgar por el orificio, había salido justo por debajo de las costillas.

—Honorable anciano, tienes visita —anunció un muchacho desde la entrada.

A unos pasos del bohío, Ocanacán se topó con Kairisí, que se acercaba al frente de un grupo.

—Espero que tu corazón esté en paz —dijo el behíque.

—La paz que me deseas te la devuelvo dos veces.

—No esperábamos huéspedes. ¿Ha ocurrido algo en tu aldea?

—Lo mismo que aquí —respondió ella, apuntando en varias direcciones—. Los españoles nos atacaron y lo que hicieron se parece mucho a esto.

¿Cómo podría distinguir Kairisí las viviendas chamuscadas si sus ojos se hallaban cubiertos por una niebla blanca?

—El olor a quemado se extiende hasta el bosque —dijo ella como si hubiera adivinado sus pensamientos.

—Me temo que no tengo buenas noticias para Bagüey —dijo el anciano—. La hermosa Yari se ha ido a la Tierra de los Ausentes.

—No será necesario decirle nada. Nuestro cacique también se marchó. En estos momentos, padre e hija deben de estar reunidos en Coaybay.

—Me alegro por ambos, pero supongo que no viniste para anunciar la partida del venerable Bagüey. Para eso habría bastado un mensajero.

—Estoy preocupada por mi tribu. Casi todos los hombres fueron asesinados o hechos prisioneros. Ya no tenemos cacique ni descendientes suyos. Los dioses me aconsejaron que viniera. Si nuestras tribus se unen, tendremos más posibilidades de sobrevivir. La mayoría son mujeres y niños, pero pueden trabajar. Queremos pedir a tu señor que nos acoja.

Ocanacán notó el temblor de la mano que sostenía el báculo, un temblor que no tenía nada que ver con el miedo, sino con el cansancio de los años. Repasó los rostros que lo miraban esperanzados detrás de la anciana.

—Ven conmigo, Kairisí. Debo mostrarte algo.

El grupo permaneció en el lugar, mientras él la conducía a un bohío cercano. Allí le señaló el rincón donde Mabanex dormía su agitado delirio, pese a las compresas de Dacaona.

—Esos dos son todo lo que queda del cacique.

Kairisí se acercó despacio.

—¿Tai Tai ya no está?

—Así es —asintió él con tristeza—, y prometió que su *hupía* regresaría para...

Se detuvo. Kairisí había hecho un gesto como si quisiera advertirle que escuchara, pero él no percibió nada que no fuera la habitual algarabía de las aves.

—¿Qué pasa? —susurró el behíque.

—Viene para acá —dijo la anciana.

—¿Quién?

Ella se volteó hacia el hueco de la puerta y allí esperó unos segundos hasta que todos percibieron el siseo de las hojas aplastadas. Una silueta se recortó en el umbral.

—Vine a ver a Mabanex —anunció Juana avanzando hacia ellos.

El behíque se acercó a la hechicera y clavó la vista en sus pupilas de nube.

—¿Cómo lo supiste? —susurró, pero ella no se dio por enterada.

Sin prestar atención a nadie, la muchacha se arrodilló junto a su amigo. Le tocó la frente, las mejillas, los brazos. El contacto con su cuerpo ardiente la estremeció, pero no se dejó abatir. Abrió el morral que traía al hombro y empezó a sacar pequeños envoltorios. Al percatarse del silencio que la rodeaba, miró de reojo a los adultos.

—He traído medicinas —se justificó.

Desembaló las cortezas de sauce blanco que había comprado al boticario.

—Hay que hervir un puñado de esto. Cuando el agua se reduzca a más de la mitad, deberá beber varios sorbos tres veces al día. Hay suficiente para una semana. —Y al notar que nadie decía nada, añadió—: Es bueno para bajar la calentura y limpiar la herida por dentro.

Espantó varios insectos que se asentaban sobre un emplasto que cubría la llaga.

—¿Qué es eso?

—*Yayama* —respondió Dacaona—. Combate el veneno de la sangre.

Juana tomó nota mental sobre la frase taína para referirse a una infección.

—Puede que sí, pero atrae muchos insectos —dijo la joven sin contemplaciones—. Tengo algo mejor.

Desplegó otros dos envoltorios que dejó junto a las cortezas.

—Estas son para la herida. Se coge un poco así —agarró un manojo de flores de lavanda— y se hierve en el agua que quepa en una vasija de aquel tamaño. El agua debe echar humo un rato antes de sacarle las flores. Después hay que tomar un puñado de esto —les mostró unas hojas secas de ciprés— y también se hierve. Varias veces al día deben aplicar sobre la herida un paño mojado con esas dos aguas.

Ninguno de los adultos se había movido, observándola preparar las cocciones. No pudo saber si sus miradas eran de atención, sorpresa u otra cosa.

—No es que pida que dejen de usar las medicinas que ya conocen —se disculpó ella—, pero creo que si añadimos las mías tendremos más posibilidades de que Mabanex mejore.

—Dacaona —dijo el behíque—, asegúrate de que tu nieta te enseñe a preparar bien esos remedios.

—¿Nieta? —murmuró la hechicera, atónita.

—Ven, Kairisí —dijo el behíque, tomándola por un brazo—, tenemos mucho de que hablar.

—Antes prefiero descansar un poco. Mis huesos se quejan de la caminata. Dejemos las explicaciones para más tarde.

—Como quieras, en mi casa podrás comer y dormir a gusto.

Salieron apoyándose en sus respectivos báculos. Ocanacán hizo señas a unas mujeres para que se ocuparan de albergar a los huéspedes de la otra tribu.

Kairisí se alegró de que aún faltara bastante para que el sol se acostara en su lecho de aguas azules. Eso le daría tiempo para reflexionar sobre el nuevo resplandor que acababa de descubrir en la elegida de la Diosa.

4

Truenos lejanos llegaban desde el mar, como voces amenazantes que quisieran advertir de un peligro; pero la mente de Juana se hallaba en otro sitio. Aunque seguía temiendo por su padre, no se había atrevido a regresar porque los perros habían ladrado toda esa madrugada y los soldados redoblaron la vigilancia, temiendo que se tratara de indios que intentaran vengarse de los ataques a sus aldeas. Por si fuera poco, su visita a la aldea de Mabanex la había deprimido aún más. Comparar el exuberante poblado que había conocido con aquellas ruinas que olían a vísceras calcinadas resultaba demasiado doloroso, por no decir atroz. El aspecto de los sobrevivientes era aún peor. El miedo y la tristeza se habían convertido en las únicas máscaras que daban alguna vida a sus rostros.

Recordó los rumores sobre ciertas comarcas recónditas donde algunos grupos de indígenas habían buscado refugio. También se hablaba de cordilleras y serranías de gran altura, protegidas por capas de nubes y selvas inexpugnables. Comenzó a soñar con la posibilidad de escapar con su padre y Mabanex a uno de esos sitios inaccesibles donde jamás pudieran encontrarlos, pero eso tendría que esperar.

Siguiendo el consejo de su padre, reabrió el taller. Cada mañana los aprendices batían y vaciaban la mezcla en cajuelas de alambre que dejaban secar al sol. Pasado el mediodía, se iba a su casa, sacaba el manuscrito y trabajaba en él. En ocasiones le alcanzaba el sordo rugido de las tormentas que rondaban frente a las costas, un sonido reconfortante que le traía la presencia de Guabancex. Era como si la Diosa se negara a abandonarla, murmurando frases de consuelo con su garganta de vientos y lluvias.

La mesa donde escribía se hallaba en un rincón alejado de la ventana. Todavía le quedaba tinta, pero pronto se quedaría sin papel. Había empleado buena parte de los olores en la versión ya desechada. Fue un fastidio tener que empezar otra vez, pero ahora no podía darse el lujo de que alguien descubriera su secreto. Todo había cambiado. El teniente Ximénez estaba muerto; su padre, prisionero; y Torcuato el Mozo gobernaba la villa. Guardar esos papeles en un cofre no serviría de mucho si registraban su casa. Así es que hizo una pira con la primera versión, que dejó arder hasta que se convirtió en cenizas.

Cualquier otro hubiera desistido, pero Juana estaba convencida de que no siempre viviría bajo aquel acoso y tampoco perdía la esperanza de que quizá pudiera contarle esa historia a sus nietos.

Había padecido en carne propia lo que significaba ignorar la verdad de su nacimiento y luego experimentar la maravilla de reunirse con los suyos. Deseaba legar esa experiencia a sus descendientes.

Ya había planeado el texto visible que serviría de cobertura. Tendría un motivo inocente y pueril, como la gesta de *Curial e Güelfa*, plagada de anécdotas fantasiosas. Escribió varias páginas hasta que se aburrió de inventar peripecias y siguió escribiendo sin reparar gran cosa en la coherencia del relato. Solo se cuidó de dejar el suficiente espacio entre líneas para poder insertar el texto invisible.

Al quinto día de trabajo comprobó que ya tenía suficientes páginas para comenzar la verdadera historia. Esa noche se acostó temprano, arrullada por el diálogo de los insectos y el rumor de las lechuzas que sobrevolaban la villa.

Apenas amaneció, se puso su ropa más recatada: una falda negra con verdugos blancos, un jubón con finos hilos de plata bordeando los ojales y cofia de lino gris. Completó el conjunto calzando sus chapines con suelas acorchadas, forrados de cordobán.

Llegó a la iglesia a la par de las beatas y se instaló en primera fila para escuchar misa. Rezó con fingida devoción y, al final del servicio, se acercó a fray Severino.

—Buenos días, padre.

—Buenos días, Juana —contestó el cura en un tono casi afable—. Me alegra verte por aquí.

—Y mucho me seguirá viendo, padre —dijo ella—. Quisiera hablaros sobre algo que puede ser de vuestro interés, si no estáis muy ocupado.

—Pues no —respondió el religioso, intrigado a medias—. Vayamos a la capilla.

Fray Antonio siguió de lejos al dúo que atravesaba la nave. Juana no lo miró, pero se llevó una mano al rostro. «Tranquilo, todo está bien», decía su gesto en clave. Sin embargo, el monje no se tranquilizó. ¿Qué estaría tramando esa muchacha? No pudo detenerse a elucubrar porque uno de los monaguillos estuvo a punto de dejar caer el copón. Antonio logró agarrarlo antes de que tocara el suelo. Cuando se volvió, las dos figuras habían desaparecido tras las rejas de la capilla.

—¿Qué se te ofrece, hija?

—Reverendo padre, ante todo quiero aseguraros que mi padre y yo siempre hemos sido fieles servidores de la Santa Madre Iglesia. Mi padre es inocente de la herejía que le imputa el teniente Alcázar. Debéis saber que su familia y la mía tenían las papeleras más conocidas del ayuntamiento. El negocio de mi familia prosperó mientras que la otra se fue a la quiebra por la indolencia del difunto padre del teniente, que Dios lo tenga en Su gloria. Solo los celos instigaron tal acusación. Es cierto que los padres de mi padre fueron judíos, pero su conversión fue honesta y mi propio padre creció dentro de la fe cristiana. Espero que todo se aclare, pero entretanto os ruego que protejáis la jurisdicción de nuestro taller. Conozco bien el oficio. Hace mucho rebasé los niveles de aprendiz y de oficial, y ya tendría el cargo de maestro si no fuera por mi edad. Vos sabéis la demanda de papel que hay en la isla. Mi propuesta es fabricar más y transferir gran parte de nuestras ganancias a la Iglesia. Cada mes recibiréis la quinta parte de los dividendos como prueba de lealtad cristiana y podréis revisar las actas de cuentas a vuestro albedrío.

Juana había soltado su discurso sin hacer pausas, tomando rápidamente aliento cada vez que el fraile abría la boca. Sus argumentos finales sobre la contribución financiera parecieron desarmar al cura.

—¿Dices que me... que le entregarás a la Iglesia la quinta parte de las ganancias? ¿Un doble diezmo?

—Así es, padre, y espero que la Iglesia me acoja bajo su manto. Ya sabéis que hay hombres ruines que no respetan la bondad cristiana ni la honestidad de las doncellas desamparadas. —Y bajó la vista.

—Por supuesto que la Iglesia te apoyará, hija mía. No creo que haya ningún inconveniente en que tu taller siga funcionando, aunque confieso que me resulta un poco incómodo ver a una moza haciendo labores de hombre; pero todo sea por la salvación de tu alma y por la fe. No serás la primera mujer que gobierna un taller. Recuerdo que, estudiando en Salamanca, en mis años mozos, se hablaba de una dama librera, llamada Reyna, que había tenido su tienda en la calle Desfiladero. Mi abuelo también me contó de una viuda en Murcia que vendía papel. Doña Foresa era su nombre... En fin, no creo que haya mayores inconvenientes.

—Tal vez exista uno: el teniente Alcázar.

—No tienes por qué preocuparte. Pero cuéntame: ¿tienes suficiente mano de obra?

Y conversando de ese modo, la acompañó hasta los escalones que desembocaban en la plaza. Juana descubrió a Torcuato, que en ese instante salía del almacén rumbo al polvorín o quizá a la encomienda. Decidió aprovechar la oportunidad.

—Me alegra poder ayudar, reverendo padre. Sé que mi contribución os permitirá hacer grandes obras. Solo pido que el Señor me ampare para que no vuelva a ocurrirme algo semejante al horrible incidente con Lope.

—No pasará nada, hija. Aquel fue un incidente aislado.

—Ojalá pudiera pensar así, pero hace menos de una semana el teniente Alcázar intentó forzar la puerta de mi casa en plena madrugada, sabiendo que yo dormía sola. Y venía ebrio.

El fraile contrajo el ceño.

—¿Estás segura?

—Lo vi perfectamente. —Y de pronto se interrumpió para ocultarse detrás del fraile—. ¡Oh! Por allí viene.

—Hablaré con él ahora mismo —dijo el cura, dispuesto a bajar los escalones para ir a su encuentro.

—Os ruego que no le digáis lo que os conté.

—No diré nada y lo diré todo.

Y pasándole un brazo sobre los hombros, como si consolara a una enferma, se encaminó hacia un costado de la plaza para interceptar al militar, que se quedó de una pieza al ver la escena.

—Buenos días, teniente.

—Buenos días, padre. ¡Interesante compañía tenéis!

Fue lo peor que pudo decir. Alertado ya sobre sus intenciones, el monje apenas pudo contener su ira.

—Interesante, en efecto —respondió—, y más interesante aún ha sido su generoso compromiso de ofrecer a la Iglesia un doble diezmo sobre las ganancias de su taller. Acabo de darle mi bendición para que se ocupe del negocio familiar. Ahora contaremos con más recursos para proseguir nuestra labor.

El teniente Alcázar observó pasmado al fraile y luego a Juana, que mantuvo su vista fija en el suelo.

—Pero… pero… precisamente pensaba hablaros sobre el particular. Un hereje no puede tener negocios.

—El caso del papelero no se ha probado; y hasta donde me consta, su hija es cristiana.

—¿Cómo una moza va a ocuparse de un taller?

—No sería la primera vez.

—Saldréis perdiendo —insistió el teniente, que comenzaba a intuir la triquiñuela de Juana—. De hecho, el taller debería pasar por completo a la Iglesia. ¡Así toda la ganancia sería vuestra!

—¿Y quién se ocuparía de atenderlo? ¿Vos?

Gaspar no atinaba a creer lo que escuchaba. ¿Cómo había hecho aquella bruja para variar de ese modo el ánimo del sacerdote?

—Espero que no os neguéis a que la Iglesia reciba una contribución adicional que, sin duda, agradará mucho al obispo. ¿O queréis perder su favor?

—No me opondré a nada —masculló el militar.

—Una sabia decisión —dijo fray Severino—. De inmediato informaré a mis superiores sobre el generoso ofrecimiento de esta sierva que, desde ahora, queda bajo la protección de la Iglesia. Decid a vuestros hombres que no perdonaremos ninguna injuria o daño que se haga contra su persona. Una sola queja que me llegue será tomada como una ofensa a la Iglesia. Vamos, hija, te acompañaré a casa.

Gaspar creyó vislumbrar el destello de una sonrisa en los labios de Juana, con lo cual se enfureció aún más. Pateando nubes de polvo, se apresuró a reunirse con los soldados que lo aguardaban en un extremo de la plaza.

Juana se despidió del fraile y respiró con alivio. Cuando cerró la puerta, se llevó la mano al pecho para acariciar los dos amuletos ocultos bajo sus ropas. Eran casi del mismo tamaño: uno de piedra y otro de metal. Repasó de nuevo los brazos abiertos de la Virgen metálica que remedaban los brazos curvos de Guabancex, y sonrió. Su difunta madre también había comprendido que ambas diosas eran la misma.

El sol bañaba la mitad del cielo, frente a la tormenta que oscurecía la otra mitad. Iguanaboína, la diosa benévola de la lluvia fértil, se enfrentaba a Guabancex, la altiva y colérica madre de los huracanes que limpiaba las impurezas del mundo. Ambas hermanas —los dos rostros opuestos de Atabey— mantenían los ciclos de la vida, cuidando del equilibrio entre la creación y la destrucción, el nacimiento y la muerte, la luz y la sombra.

—Gracias, Madre —murmuró Juana, y un trueno de júbilo estalló sobre su cabeza en el cielo luminosamente azul.

5

Frente a la hoguera donde se sentaba Kairisí, las chispas saltaban para mezclarse con los *cucuís* que, atraídos por el misterioso baile de las llamas, acudían desde todas partes encendiendo sus propias luces. Parecía como si la selva tuviera millares de ojos refulgentes.

—No entiendo, Ocanacán. ¿Quieres decir que has jurado lealtad a los cristianos?

—Aquí no se trata de cristianos o de taínos —explicó el anciano con paciencia—. El mensaje de la Diosa es claro: nuestras sangres deben unirse para que podamos sobrevivir. Ahora la profecía tiene sentido, porque la elegida es hija de una taína y del español que trajo la Hermandad.

—No veo que esa Hermandad haya evitado la masacre.

—Hicieron lo que pudieron, pero los soldados les llevaban ventaja. De todos modos, su silbido nos avisó y, gracias a eso, muchas familias se salvaron.

—¿Quiénes más pertenecen a ella?

—Para saberlo, debes unirte a nosotros.

Kairisí levantó sus ojos nublados.

—Después de su primera visita, ¿cuántas veces los ha visitado la elegida?

—Solo el día de la matanza, cuando vino a avisarnos, y anteayer. ¿Por qué?

—¿No has notado ningún cambio en ella?

—¿A qué te refieres?

—A sus luces.

—No he tenido tiempo para fijarme en esas cosas —admitió—. Además, ya sabes que mi visión no es como la tuya. ¿Qué ocurre con sus luces?

—Algo muy extraño, ni siquiera yo sé explicarlo bien.

—¿Me vas a decir de qué se trata? ¿O tendré que esperar a que regrese para examinarla?

La leña crepitó ruidosamente, avivando las llamas, que imprimieron una expresión extraña en el rostro de Kairisí.

—La muchacha tiene una luz nueva, una luz como no he visto ninguna, pero no proviene de su interior. Es como un sendero blanco que viene desde las alturas.

—¿De las nubes?

—No, más allá.

—¿Qué puede significar eso?

—Sospecho que la muchacha no es solo la elegida de la Diosa. Puede que sea su propia hija.

Kairisí no tuvo necesidad de ver bien al behíque para adivinar su estupor.

—¿Tú crees?

—Es un presentimiento. La Diosa pudo decidir que su hija naciera de las dos razas para que sirviera de mediadora. Ahora la está alimentando o protegiendo con su propia luz.

—Oh, Kairisí, eso es demasiado.

La anciana rememoró la claridad radiante que rodeaba a Juana y el rayo de blancura densa, levemente dorada, que descendía desde las alturas con aquel aroma.

—La luz olía a leche materna —aseguró—. ¿De dónde más podría provenir si no es de la misma Diosa?

Una ráfaga sopló sobre la hoguera, como si Alguien quisiera reprender a quienes aún dudaban de Ella.

6

Las botas del teniente Alcázar chapotearon en el riachuelo. Su caballo descansaba a poca distancia, amarrado a un árbol.

Había caído un buen aguacero, pero el sol volvía a brillar inclemente sobre las cabezas de los hombres y mujeres que trabajaban sumergidos hasta la cintura, hundiendo sus canastas en la corriente que bajaba de las montañas. Los prisioneros lavaban su carga de barro y arena, de donde extraían las pepitas doradas que vaciaban sobre el terreno seco al cuidado de los soldados. Junto a la orilla acechaban los mastines, sujetos por largas correas de cuero. Un movimiento sospechoso hubiera bastado para liberar a la jauría.

—¿Cómo va el trabajo, Rodrigo? —preguntó a un hombre de polainas altas que se abanicaba con su sombrero.

—Seguimos sacando, aunque no tanto como dicen que hay en el sur.

Gaspar pasó la vista sobre los prisioneros.

—Me luce que el hereje no se esfuerza como es debido. ¿Por qué no lo sacudes un poco?

El capataz titubeó, cansado de descargar el látigo sobre las espaldas del papelero. Molesto por su indecisión, Gaspar se lo arrebató y fue hacia el converso. No olvidaba la expresión con que Juana lo había mirado mientras el fraile lo amonestaba, pero él tenía en su poder lo que más valoraba la moza y no descansaría hasta verla implorar misericordia. No sería la primera vez que conseguía doblegar el orgullo de una hembra.

—¡Eh, tú!

Su grito paralizó a los indígenas que se hallaban cerca de Jacobo, aunque no pareció surtir ningún efecto sobre este.

—¿Vas a hacerte el sordo conmigo?

Y le propinó un latigazo cuyo estallido estremeció a los propios guardianes.

Un relámpago rojo brotó sobre la espalda quemada por el sol. Jacobo alzó la vista hacia el hombre que lo observaba al borde de la corriente.

—¿Qué quieres, Torcuato?

Aquella impertinencia lo dejó atónito. Esta vez su látigo dejó un tajo visible sobre el rostro del prisionero.

—Para ti soy el teniente Alcázar. No soy tu sirviente para que te atrevas a tutearme.

Dio media vuelta y le devolvió su látigo al capataz.

—Si esto sigue así —vociferó para que lo oyeran todos los custodios—, tendré que poner a mis propios soldados a vigilar. El resto tendrá que irse a las canteras.

La amenaza dio resultado, porque los látigos comenzaron a estallar sobre los atónitos indígenas, que redoblaron sus esfuerzos de inmediato.

Gaspar regresó al árbol donde se hallaba su cabalgadura, que escogió sola el sendero sombreado. La tarde anterior había recibido una carta de Velázquez donde lo nombraba teniente gobernador de San Cristóbal de Banex, a la que otorgaba la categoría de villa como recompensa por el hallazgo de la mina. Ignoraba que el adelantado también había tenido noticias sobre ciertas irregularidades de su comportamiento, enumeradas por el obispo de La Española, que se había enterado por fray Antonio. Pese a todo, el adelantado había decidido que, mientras no se comprobaran esas acusaciones, el mando debía residir en la máxima autoridad militar. Así es que, sin darle detalles, le comunicó su nombramiento provisional hasta la llegada de un procurador.

Gaspar calculaba que la visita del funcionario, aún sin fecha, le daría tiempo para ganarse a los tres concejales elegidos por los lugareños, que pronto se reunirían en cabildo. Se proponía incluir sus nombres en la lista de quienes recibirían indios para sus encomiendas, junto con los de sus enemigos; y se haría de rogar cuando los concejales expusieran sus razones para eliminar a tales rivales de ese beneficio. Finalmente cedería, con lo cual quedarían debiéndole un doble favor.

Tramando los detalles de su conjura, atravesó la selva. El sendero que iba desde el riachuelo minero al pueblo desembocaba a escasas yardas del hogar de Juana. No había vuelto a tropezar con ella, aunque a menudo la divisaba trabajando en su taller, siempre rodeada de aprendices. Pero aquel era su día de suerte. Al salir de la maleza, la vio aproximarse a su vivienda.

Se ajustó el sombrero de ala ancha para escapar del sol y se dirigió a su encuentro. La muchacha iba tan distraída que no reparó en él. Solo cuando el caballo le cerró el paso, alzó la vista hacia Gaspar, que sonreía desde su montura.

Se sentía más seguro después de haber sometido a varias tribus cercanas. Por eso deambulaba sin casco ni armadura, vestido con un sucio jubón, calzones holgados y botines de cuero. A Juana le pareció más repulsivo que nunca. Se apartó para seguir su camino, pero él espoleó su caballo y se interpuso de nuevo. Ella se dio cuenta de que no la dejaría en paz hasta que soltara lo que iba a decirle.

—¿Qué quieres? —preguntó secamente.

—Solo decirte que he visto a tu padre.

Notó el surco que se formaba en la frente de la doncella.

—Le ha venido bien ejercitarse en las minas. —La sonrisa del hombre se hizo más amplia—. Te alegrará saber que no lo he azotado mucho; apenas ha sangrado. Estoy seguro de que podrá aguantar más.

La muchacha sintió un sudor frío que le corría por la espalda y se dio cuenta de que aquel individuo buscaba someterla con amenazas. Deseó abofetearlo, pero nada conseguiría con eso, excepto aumentar los castigos contra su padre. No tuvo más remedio que morderse la lengua y escapar a toda prisa para que no la viera llorar de rabia.

7

Desde la visita de su hija, Jacobo se acostaba con la esperanza de que volviera a despertarlo alguna madrugada; pero los guardias habían redoblado la vigilancia. No estaba seguro de si seguiría vivo cuando lograran liberarlo. Sobre todo, le preocupaba qué sería de ella, cómo sobreviviría en un mundo donde existían hombres como Torcuato. Aquella idea le atormentaba más que su propio destino. Trabajaba desde el amanecer hasta el ocaso, apenas sin comer, pero sus noches eran peores que sus días, no solo por los grilletes, sino por las pesadillas.

Antes de caer prisionero había pensado que trabajar en los sembrados era una labor cruenta, pero al cabo de varios días sacando oro del río se sintió bendecido cuando fue trasladado nuevamente a la encomienda; y todo porque el barco que traía bastimentos de España nunca llegó, quizá hundido por la tormenta, y la comida comenzó a escasear. Sin suficientes brazos para reponer los cultivos con la urgencia necesaria, Torcuato decidió posponer el lavado del oro a favor de la supervivencia.

Primero se ocuparon de los platanales que el viento había derribado como un castillo de naipes. Las hileras de limoneros y naranjas habían resistido un poco mejor, aunque también sufrieron daños considerables. Los cultivos a ras del suelo —como la yuca, el boniato, la calabaza, la papa y la piña— fueron los menos afectados, pero se hacía necesario despejar los escombros y reiniciar de inmediato la plantación.

El sol no cesaba de castigar. Sus rayos se clavaban como agujas en el cuerpo maltrecho de Jacobo, pero él prefería esa faena a la humedad inmisericorde del río. Allí ardían mucho más los cortes del látigo en la piel.

No se dio cuenta de cuán lamentable era su estado hasta que los propios indígenas empezaron a cederle pequeñas cantidades de sus escasas raciones. Al principio, se resistía a aceptarlas; luego comprendió que esos gestos formaban parte de su nueva jerarquía como yerno de Dacaona. No era simple caridad, sino afable cortesía. Por ello, tales muestras de respeto resultaron más valiosas que los emplastos de hierbas que le pasaban furtivamente para sus heridas.

Aquellas jornadas le permitieron conocer mejor a sus compañeros de faena. Al mediodía se sentaba con ellos a comer su ración y conversar en susurros, vigilados a cierta distancia por los guardias que almorzaban a la sombra de un bajareque.

Una noche durmió un sueño intranquilo, poblado de imágenes veloces y sin sentido... De pronto abrió los ojos y permaneció inmóvil unos segundos, escuchando los sonidos de la selva que jamás dormía, desvelada por la acostumbrada sinfonía de insectos y de aves desconocidas. Entonces supo qué lo había despertado. Ahuecando sus manos, respondió con dos largos silbidos. Un perro gruñó apagadamente, pero eso fue todo. El aviso se repitió, ahora más cercano, y él respondió de nuevo.

Al cabo de un rato que le pareció interminable, la sombra de Juana se vislumbró en el umbral de la casucha.

—No debiste silbar —susurró abrazándola—, podrías alertar a los perros.

—Están dormidos —lo tranquilizó ella.

Delicadamente posó sus dedos sobre la mejilla herida. Jacobo no pudo explicarse cómo había logrado distinguir el corte en medio de las tinieblas.

—Tengo un ungüento que me dio el boticario —prosiguió ella, tanteando en su morral para sacar una cajita—. Enterradlo en un rincón para que podáis usarlo por las noches. También os traje comida.

Jacobo se lanzó ávidamente sobre el pan con morcilla.

—He tomado una decisión, padre —dijo ella, viéndolo devorar el bocadillo—. Fray Antonio envió una carta a Roma para que alguien interceda por vos ante el Pontífice, pero no creo que sea posible esperar. Tomará mucho tiempo antes de que llegue el indulto, si es que eso ocurre. Vuestra salud no aguantará. He pensado que... Los soldados tienen armas, pero los nativos son más numerosos. Y ahora que hay tantos indígenas moviéndose entre la villa y los sembrados, cumpliendo tareas de sus amos, quizá podríamos ayudarlos a preparar una fuga que todos...

—Hija —la interrumpió el hombre—, conozco bien a los taínos. Los he visto rebelarse si son maltratados o acorralados, y no vacilan en morir por los suyos si es preciso, pero tienen un rasgo bastante peculiar que no está en tus manos controlar.

—¿A qué os referís?

—Casi nunca se organizan a menos que se lo ordene un jefe. Sospecho que muchos caciques ni siquiera se comportarían como tales si la tradición no los obligara. Muestran un valor impresionante, pero les cuesta trabajo actuar de forma coordinada, a no ser que reciban mandatos de sus dioses o sus representantes.

Sin dejar de escucharlo, la mirada de Juana recorría los campos en busca de luces que se movieran, pero todo estaba en calma.

—Ha habido rebeliones en muchas partes.

—Dirigidas por caciques —le recordó él—, pero estos hombres son prisioneros y se han quedado sin un guía.

—¿Por qué no podéis serlo vos?

—Lo he intentado —aseguró él—, pero es como si les hablara en otra lengua. Ninguno ha mostrado interés, ni siquiera cuando fui a su templo.

—¿Su *qué*?

—Tienen una especie de templo en el caney más grande de la encomienda. Han llenado un altar con imágenes cristianas y pidieron a fray Severino que lo bendijera. Después que los vigilantes comprobaron que todo estaba en orden, se desentendieron del asunto. Hace poco me asomé y vi que que ya habían añadido cemíes de barro y de madera.

—Si son capaces de engañar a sus amos, también lo serán de conspirar contra ellos.

—Has entendido mal. Ellos veneran realmente a los santos cristianos, sobre todo a Nuestra Señora; pero no han abandonado a sus dioses, ni engañado a nadie. Simplemente su panteón ha crecido.

—Entonces ¿no hay nada que hacer? No creo que podamos escapar sin ayuda, y solo ellos tienen razones para apoyarnos.

Jacobo suspiró.

—Lo siento, hija, pero esta pobre gente ha perdido el ánimo de rebelarse. Están tan aturdidos por los maltratos y el miedo que no hacen más que rezar y pedir la intervención de alguien todopoderoso. Piensan que lo ocurrido es voluntad de los dioses.

—Me cuesta trabajo creer que un pueblo entero haya perdido el instinto de sublevarse.

—A mí no. ¿Recuerdas la épica de los antiguos griegos? Lo mismo ocurría entre ellos. Tan pronto perdían a un rey o a un jefe, el resto se desmoralizaba y dejaba de combatir. Miles de soldados se rendían al unísono. Un pueblo que se acostumbra al mando absoluto reacciona a veces como una bestia que no puede actuar porque ha perdido la costumbre de pensar por sí misma.

Juana sintió que sus esperanzas se desvanecían, pero dejó que su padre terminara de comer y le tendió un odre colmado de vino. El canto de un gallo llegó desde la villa.

—Debo irme —dijo ella—, volveré en cuanto pueda.

Salió de la caseta tras echar una ojeada a los halos de los centinelas y de los perros dormidos. Las lágrimas le impedían ver claramente el sendero de regreso, iluminado a medias por los fugaces centelleos de aquellas luciérnagas que los taínos llamaban «*cucuís*» y que los españoles habían bautizado como «cocuyos», por su tosco manejo de la lengua aborigen.

Juana alzó la vista al cielo sin luna. Las estrellas temblaban como alfileres de plata clavados en un manto purpúreo.

«Ayúdanos, Madre», llamó mentalmente.

Algo se movió a lo lejos, cerca del peñón donde se había reunido tantas veces con Mabanex. Tres luceros se desplazaron sobre la cima, formando un triángulo. Debajo asomó la hoz brillante de la luna, reclinada como un tazón o una cuna. Era la misma escena que había visto en sueños.

De allí brotó un fogonazo que la cegó momentáneamente. Su

cabeza recibió una andanada de imágenes. Y de pronto supo lo que tenía que hacer.

—Gracias, Madre —susurró con los ojos llenos de lágrimas.

8

La tribu de Cusibó —o lo que restaba de ella— alcanzó la meseta poco después del mediodía. Los sobrevivientes irrumpieron por la ladera meridional con sus trastos y las reliquias de sus muertos. Los huesos traqueteaban dentro de los cemíes, produciendo una música fúnebre que se extendió por la aldea como un gimoteo. Muchos tenían amigos o familiares entre los recién llegados que, meses atrás, habían abandonado la aldea.

Sin pizca de rencor hacia los desertores, la mayoría dejó sus faenas para darles la bienvenida y ayudarlos a construir refugios provisionales. Inmersos en esas tareas los encontró Juana.

Sabiendo que nadie notaría su ausencia durante la siesta, había regresado por el mismo túnel que las hordas españolas habían abierto tres semanas atrás y que las lluvias comenzaban a cerrar. Ajena a los arbustos que se enganchaban en su vestido, iba pensando de qué modo se guiaría hasta la aldea cuando el camino desapareciera.

Sin mantilla contra el sol, y con sus blancos brazos al aire —algo muy inusual en una cristiana—, atravesó la aldea rumbo a la vivienda donde reposaba Mabanex, seguida por las miradas curiosas de los indígenas que detenían sus tareas para contemplar el paso de la nieta de Dacaona.

Aún cegada por los rayos del mediodía, se detuvo en el portal y esperó a que sus ojos se acostumbraran a la oscuridad. De espaldas a la puerta, Dacaona lavaba la herida de Mabanex. El delicado aroma a lavanda le indicó a Juana que había seguido sus instrucciones.

—Abuela —dijo ella, por primera vez.

La mujer no se volvió enseguida, intentando recuperarse de la impresión que sentía al oírse llamar de esa manera. Despacio, para que su corazón no terminara de quebrarse, se dio la vuelta.

—Entra, hija.

Juana se acercó al lecho donde dormía Mabanex. Dacaona había prohibido que lo subieran a una hamaca hasta que sus heridas y sus huesos sanaran.

—¿Cómo está?

—Ya no suda ni tiembla. La calentura abandonó su cuerpo ayer.

—He traído más remedios por si acaso —dijo Juana, revelando un bolsillo bajo sus faldas, donde escondía cortezas de sauce blanco.

—Nos vendrán bien. Tenemos otros heridos.

—Sí, vi gente nueva en la aldea.

—La mayoría son de la tribu de Kairisí.

—Ah, la anciana behíque.

Dacaona sonrió.

—A algunos no les gustaría oírte decirle así. Kairisí no tiene ese rango, es solo una hechicera.

—¿No es lo bastante sabia?

—Es más sabia que muchos behíques, pero es mujer. En la época de mis abuelos, eso no hubiera sido un problema, pero últimamente los behíques del cacicazgo se han mostrado reacios a reconocer ese título entre nosotras.

Juana frunció el ceño. Iba a abrir la boca para opinar cuando una silueta se recortó en el umbral. El resplandor a sus espaldas le impidió distinguir sus rasgos, pero la reconoció de inmediato. Era la mujer que la había delatado en la boda.

—¿Qué hace esa espía aquí? —fue su saludo—. Creí que la habían expulsado.

—Esta joven es mi nieta —respondió Dacaona.

—¿Te has vuelto loca, hermana?

—Has estado ausente mucho tiempo, Yuisa. Apenas has querido saber de nosotros. Por eso no te has enterado que los dioses me han devuelto a mi nieta. El cristiano que habla nuestra lengua rescató a Anani de los caribes y se la llevó a su país, donde tuvieron esta niña.

—¿Cómo puedes estar segura de eso?

—Porque me dijo cosas que Anani nunca le hubiera contado a ningún blanco, a menos que fuera alguien muy cercano a ella, casi su familia.

—¿Como qué?

—Como el nombre de nuestro padre.

Algunos curiosos se habían agrupado a la entrada del bohío, atraídos por esa discusión entre hermanas.

—Quizá el cristiano conociera a Anani —admitió la madre de Cusibó—, pero ¿quién te asegura que esta sea su hija?

—Mírala bien, Yuisa. Aunque hayan pasado muchos soles no puedes haber olvidado el rostro de tu sobrina.

La mujer estudió las facciones de Juana.

—Se parece un poco.

—¡Un poco! —exclamó Dacaona indignada—. ¡Yo misma la confundí con su *hupía* en la boda!

—¿Por qué no dijiste nada?

—Porque me asusté tanto que salí huyendo. Solo comprendí lo ocurrido hace unos días, cuando la niña y su padre vinieron a la aldea.

—¿Dejaron entrar a un español?

—¿Qué puede importarte quién entre o salga? —preguntó una voz detrás de ella—. Tú misma nos abandonaste.

La muchedumbre se apartó para dejar pasar a Ocanacán y a Kairisí.

—Lo que haya ocurrido en la aldea es asunto de quienes nos quedamos aquí —continuó el behíque sin molestarse en saludar—. ¿Qué quieres, Yuisa?

—Estoy preocupada por mi hijo. Hace días que salió y no ha regresado. Ayer nuestros vigías avisaron que se acercaban soldados españoles. Recogimos lo que pudimos y vinimos para acá.

—Cusibó no está con nosotros.

—Lo sé. Fue a la villa para hablar con el nuevo cacique blanco.

Juana dejó escapar una exclamación.

—¿Qué ocurre, muchacha?

—Supe que varios taínos llegaron a la villa. Eran seis o siete guerreros, junto con otro que parecía ser su cacique.

—Ese debió ser Cusibó.

Juana se quedó mirando a la mujer, súbitamente muda.

—Habla, muchacha —la animó Ocanacán—, di lo que sepas.

Juana reprimió la hiel que le subía desde el estómago. Tragó en seco y contuvo la respiración, combatiendo contra la náusea de aquel recuerdo.

—Señora, el nuevo jefe cristiano apresó al cacique y a sus hombres, y los forzó a que le dijeran dónde estaban las aldeas y la mina.

—¿Los forzó? —repitió Yuisa palideciendo—. ¿Cómo?

Una expresión de alarma se asomó a sus ojos. Todos conocían las historias sobre el modo en que los españoles obtenían información.

Juana desvió la vista hacia el verde tapiz de los árboles. ¿Cómo podía contarle a esa mujer las torturas que su segunda visión le había mostrado?

—Hay algo que me preocupa más —dijo Ocanacán—. ¿Qué fue a buscar Cusibó en la villa Cristiana?

Pero la mujer no pareció escucharlo. Su rostro había adquirido una tonalidad cenicienta que mostraba los surcos de sus venas azules.

—¿Qué sabes de mi hijo?

—Tu hijo... —comenzó a explicar la joven, pensando febrilmente en alguna manera de suavizar la noticia—, tu hijo se marchó a la Tierra de los Ausentes.

Yuisa cayó al suelo desvanecida como si hubiera sido alcanzada por un rayo. Entre aspavientos y gritos de alarma, varias mujeres se la llevaron a cuestas a otro bohío. Juana miró con angustia a Dacaona.

—No te inquietes —dijo su abuela—, no ha sido culpa tuya. Ese muchacho... Era de esperar.

—Entonces el traidor fue Cusibó —murmuró el anciano sin pizca de misericordia, ajeno a la gente que seguía acudiendo desde todas partes—. Debí suponerlo. Seguía con esa malsana obsesión de enfrentarse a su primo. Seguramente fue a pedir ayuda al jefe blanco.

—Creo que así ocurrió, anciano —dijo Juana—, aunque en defensa del difunto debo decir que lo torturaron durante horas. No creo que fuera él quien habló, sino uno de sus hombres.

—Tu intención de defenderlo es noble —intervino la hechicera—, pero el plan de Cusibó para oponerse al mandato de los dioses fue estúpido y egoísta. Cientos de los nuestros han muerto por su culpa.

—Kairisí tiene razón —dijo Ocanacán alzando la voz para que todos lo escucharan—, y por ello decreto el castigo reservado para los desleales. El nombre de Cusibó se pronuncia ahora y por última vez entre nosotros. En adelante se prohíbe mencionar a Quien-Nos-Traicionó para que no pueda encontrar paz ni amigos en la región adonde todos viajaremos algún día.

Y diciendo esto, se volvió y escupió tres veces como si quisiera despojarse de un veneno atravesado en la garganta. Todos, menos Juana, siguieron su ejemplo. Dacaona agarró a su nieta por los hombros y la obligó a girar. Luego la multitud se dispersó y solo quedaron Juana, Dacaona y los dos ancianos.

—Tengo que regresar. No dejen de darle mis medicinas a Mabanex.

—Descuida, hija.

—Que Atabey guíe tus pasos —dijo el behíque, tendiéndole una mano con gesto extrañamente familiar.

Juana no pudo contener un estremecimiento al sentir la conocida presión de la Hermandad en los nudillos. El rostro del anciano se suavizó con una sonrisa de escasos dientes.

Dacaona le tendió una mano para intercambiar el saludo secreto y hacerle saber que ella también pertenecía a la cofradía. Luego frotó su nariz contra las mejillas de su nieta para olerla con fruición.

Juana se inclinó levemente ante la hechicera, sin saber bien cómo despedirse, pero Kairisí estiró un brazo y la miró fijamente al rostro. ¿Fue un engaño de sus sentidos o de pronto aquellas pupilas blanquecinas se oscurecieron como carbones? Frente a la mirada atónita de Juana, los dedos de la anciana formaron el saludo de la Hermandad que el behíque acababa de enseñarle en el bosque.

—Ve con cuidado, hija de Guabancex.

Juana se estremeció ante la expresión de esos ojos nevados que ya no miraban su rostro, sino algo que flotaba encima de su cabeza. No se atrevió a preguntar.

—Volveré —susurró antes de escapar hacia la selva.

—Es una muchacha valiente —dijo Dacaona.

—Es la hija de la Diosa —susurró Ocanacán.

«Quizá sea parte de la propia Diosa», pensó Kairisí, pero se guardó el comentario.

9

Algo inusual estaba ocurriendo.

Jacobo observó de reojo el agitado trasiego de los soldados, sin dejar de agujerear los surcos con el extremo de su *coa* para clavar las estacas de yuca.

Un mensajero proveniente de la villa se acercó a la pequeña atalaya, situada a cinco palmos del suelo, e intercambió unas frases con el guardia. Perplejo, este llamó a tres soldados, que acudieron desde diferentes puntos de la encomienda y conferenciaron brevemente con el recién llegado. Los hombres dejaron al guardia patrullando en la garita y se encaminaron al pueblo con el mensajero. A su vez, el capataz que custodiaba el calabazar fue a averiguar por qué los soldados habían abandonado sus puestos en plena jornada. La explicación del guardia produjo una reacción de alarma en el hombre, que llamó a un tercero. Pronto otros se sumaron para conocer las novedades.

Jacobo llegó junto a Jagüey, el indígena encargado de preparar las estacas para la siembra. Cargó con una brazada de tallos recién cortados y, aprovechando el descuido del guardia que paseaba por un extremo de la parcela, comentó:

—Los soldados parecen nerviosos.

—Era de esperar —contestó el taíno.

Para cualquier otro español los rasgos de Jagüey habrían resultado inescrutables, pero Jacobo advirtió la leve sonrisa que iluminaba sus pupilas.

—¿Qué cosa era de esperar?

—El miedo. No saben qué sucede.

—¿Y tú sí?

—Como lo sabrías tú también, si hubieras venido a la ceremonia.

Se refería a los rituales nocturnos en el caney donde los taínos aspiraban *cohoba*.

Anani le había hablado de aquel polvo que provocaba visiones, pero él nunca lo había probado. El resto de los colonos sabía que los indígenas trabajaban mejor si se les permitía usarlo. Nunca habían entendido en qué consistía aquel ceremonial, pero suponían que era una manera de emborracharse. Así es que los dejaron libres para que hicieran lo que les viniera en ganas, siempre que no interfiriera con su trabajo. También los criados indígenas de la villa acudían a las ceremonias cuando sus amos se lo permitían.

—Las bestias endemoniadas han empezado a morir —dijo Jagüey.

—¿Cuáles bestias?

—Los demonios que cargan a los cristianos y corren como el viento. Así lo ordenó la Diosa y así lo hemos hecho.

—¿Han matado a los caballos? Torcuato los matará a ustedes.

—El cacique blanco no sabe que fuimos nosotros. Ningún blanco lo sabe.

Jagüey, como el resto de los indígenas, no consideraba a Jacobo como un blanco, sino como un *arijua natiao*, un hermano extranjero.

—¿Estás seguro?

—Los hermanos de la villa han trabajado duro y en silencio para eso. Ahora los blancos no podrán caminar grandes distancias, ni atacar otras aldeas con tanta facilidad.

Jacobo se quedó perplejo. Aquello se asemejaba al comienzo de una conjura. ¿Habría surgido un líder sin que él se enterara? Muchas veces les había propuesto organizar un alzamiento, como había ocurrido en Quisqueya y Burenken, e incluso en otros cacicazgos de Cuba, pero ninguno le hizo caso. ¿Por qué ahora?

—Nadie me lo dijo —le reprochó con cierta amargura.

—Lo habríamos hecho, pero nunca te interesas por las visiones. Por eso no contamos contigo cuando Ella nos habló.

—¿Ella? —preguntó Jacobo, recordando su última conversación con Juana.

—Nuestra Señora.

Jacobo tardó aún unos segundos en entender.

—¿La Virgen?

—Atabey. Hace dos noches nos habló en el templo, todos la escuchamos.

—¿En una ceremonia de *cohoba*?

—Sí.

Jacobo hizo un gesto de incredulidad.

—No ha sido Atabey quien ha hablado, Jagüey, sino la *cohoba*, que hace ver y escuchar lo que no es, igual que el agua de fuego hacer imaginar cosas a los cristianos. —Y al ver la expresión del indio, se apresuró a añadir—: No digo que Atabey no les aconseje en ciertas ocasiones, pero los dioses no suelen ocuparse de las rencillas humanas. Somos nosotros los que debemos pelear por nuestros intereses. Los taínos...

—¡Eh! ¿Qué hacéis hablando en lugar de trabajar?

Un capataz se acercaba látigo en mano. Al darse cuenta de que uno de los prisioneros era el maestro Jacobo, bajó el brazo y añadió con menos rudeza:

—Idos a trabajar.

Jacobo conocía lo suficiente al hombre, que había sido su vecino, para atreverse a preguntar:

—¿Qué ha ocurrido? Varios soldados salieron corriendo para la villa. —Y añadió para justificarse—: Me preocupa mi hija.

—Doña Juana está bien. Acabo de verla en el taller. Lo que ocurre es que anoche cuatro alazanes sufrieron convulsiones y murieron desangrados por varios orificios del cuerpo. Esta mañana fueron tres más. El boticario piensa que comieron alguna hierba venenosa, pero muchos dicen que se trata de una epidemia. La gente está asustada, aunque el mal solo haya atacado a los caballos.

Jacobo regresó al trabajo, tratando de ocultar su sorpresa. Los indígenas estaban reaccionando sin necesidad de un cacique. Quizá las alucinaciones de la *cohoba* fuesen el estímulo que necesitaban para actuar bajo la ilusión de que obedecían a un guía divino. Continuó apuñalando la tierra con las estacas, un trabajo mecánico que le dejaba tiempo para pensar. ¿Cómo podría aprovechar aquello?

Al atardecer comió su rancho de boniato y pescado, a la puerta de su barraca. Hubiera podido pedirles a los guardias que lo encerraran en el caney donde los taínos celebraban sus ritos. A ellos les daría igual dónde durmiera, siempre que llevara los grilletes, pero estaba agotado y sin ánimos para asistir a una ceremonia posiblemente larga y críptica. Además, temía que Juana fuese a buscarlo y no lo hallara. Así es que se quedó en su tugurio solitario.

Cuando los últimos destellos del sol se ocultaron tras los montes, las estrellas se inflamaron como frutos después de un aguacero. Pronto el cielo se convirtió en un lago de carbón espejeante, y un canturreo se inició en el caney donde los taínos habían aparejado su altar.

A medida que aspiraban los polvos del plato sostenido por un cemí, los cantos iban cobrando fuerza. Un largo cordón humano empezó a deslizarse por el caney como una culebra sinuosa que navegara por las aguas. Los pies pateaban el suelo al ritmo de las voces.

Si Jacobo hubiera asistido a la ceremonia, habría visto que los asistentes se arrodillaban ante el altar, y también habría escuchado, sin necesidad de aspirar *cohoba*, la voz que brotaba de las entrañas de la tierra:

—Hijos míos, habéis cumplido con la primera tarea. Las bestias que debían morir han muerto, pero no ha ocurrido nada más en la villa. ¿A qué esperáis?

Tras un prolongado silencio, un joven se atrevió a responder:

—Madre, dice el hermano Jacobo que estamos imaginando cosas por culpa de la *cohoba*, que los dioses no se mezclan en los asuntos de los hombres y que tu presencia no está realmente entre nosotros.

En la pausa que se produjo, creyeron percibir la respiración de la Diosa que se movía entre las ramas y peinaba los techos con su aliento.

—Voy a mostraros que la *cohoba* no tiene nada que ver con mi presencia. ¡Salid del caney!

—Pero los perros...

—¡Debéis confiar en mí! Venid en silencio y sin antorchas.

Un aleteo detrás del altar los sobrecogió de espanto, pero los más valientes salieron al aire libre, seguidos poco a poco por el resto. Afuera estaba tan oscuro que ni siquiera podían distinguir sus propias manos. Los únicos resplandores visibles eran el brillo de las estrellas y dos pequeñas hogueras situadas al sur de la encomienda.

Detrás del caney, a pocos pasos del altar, se iniciaba la selva. En la maleza percibieron una leve claridad que flotaba a tres palmos del suelo en medio del follaje.

—Acercaos —los llamó con un susurro amoroso y maternal.

Solo algunos se aproximaron lo suficiente para distinguir, entre temerosos y extáticos, los contornos de aquella silueta cubierta por un manto que caía en cascada sobre sus pies invisibles. Un leve resplandor brotaba de su pecho. Varios pensaron que ese destello palpitante era el corazón de la Diosa.

Bajo aquella luz que fluctuaba entrevieron las facciones que mutaban entre sombras escurridizas. Por momentos, los rasgos de la Diosa parecían taínos y, al instante siguiente, los de una Virgen blanca.

Se postraron ante Ella temblando.

—He venido a indicaros el camino —murmuró la aparición.

Las preguntas y los ruegos se sucedieron en tropel:

—¿Adónde iremos?

—No puedo dejar a mi madre en la villa.

—Tengo que avisar a mi hija, que trabaja para los cristianos.

—¿No nos perseguirán los perros?

El corazón palpitante de la Diosa se desprendió de su pecho y revoloteó en el aire como un *cucuí* gigantesco.

—No os angustiéis —dijo Ella—, todavía no es el momento. Antes debéis aseguraros de que todos puedan escapar a la vez y, sobre todo, de que ningún blanco pueda seguiros.

—Ya hemos envenenado a sus bestias.

—No a todas —dijo Ella—, aún tienen suficientes perros. Esto es lo que haréis...

Y habló con imágenes claras y terribles que se clavaron en la memoria de los presentes. Paso a paso fue dibujando las artes de una guerra diferente. Nadie se movió, nadie osó respirar hasta que un aullido hirió la oscuridad.

—Ahora ya sabéis lo que se avecina —dijo la diosa—. ¡Marchaos!

Los taínos se dispersaron como espíritus barridos por la brisa. Cuando el último se refugió bajo techo y solo se advertían los colores de los centinelas y sus perros adormecidos por los efectos del somnífero, Juana se despojó del manto. Con cuidado, cubrió el güiro agujereado y repleto de *cucuís* que había sostenido contra su pecho para iluminarse a medias con la fosforescencia de los insectos. Y sosteniendo su lámpara a oscuras, abandonó la roca desde la cual había sermoneado a los indígenas.

Por un instante sopesó la posibilidad de visitar a su padre, pero notó que las auras de dos vigías se desplazaban de sus puestos y rápidamente se sumergió en la maleza.

Estaba orgullosa de sí misma. Encarnar a la propia Atabey —una idea nacida de la conversación con su padre— había dado el resultado que esperaba. Una vez más, se sentía optimista.

Ligera y silenciosa como un ave nocturna, se escurrió entre los árboles sin reparar en el *hupía* que, con su rostro marcado de cicatrices y la huella de un tajo en la garganta, había seguido toda la escena desde las altas ramas de una ceiba, balanceándose como un jirón de niebla.

10

El primer grito irrumpió en el silencio matinal de la aldea como una pedrada que destroza la superficie de una laguna. Centenares de aves escaparon hacia las nubes.

El segundo grito despertó a Ocanacán, que saltó de la hamaca con una agilidad sorprendente. ¿Habrían regresado los soldados? Renqueando, salió de la casa-templo donde había pasado la noche. Varias personas corrían hacia los límites del batey. Era evidente que no huían, sino que se acercaban a los gritos.

—¿Qué pasa? —preguntó Kairisí, que se asomó junto a él frotándose los ojos.

Casi se había olvidado de ella, que también se durmió después del ritual donde ambos intentaron buscar respuestas al principal problema de sus tribus: la falta de un cacique.

Ocanacán se encogió de hombros y echó a andar hacia el batey. No tuvo que acercarse al grupo para averiguar lo ocurrido: el cuerpo sin vida de Yuisa se balanceaba desde una rama como el ala rota de un ave. A los pies del cadáver, Dacaona gemía clavando sus uñas en la tierra oscura.

El behíque se agachó y murmuró unas frases al oído de la mujer, que se puso de pie sin dejar de sollozar.

—Bajen el cadáver y prepárenlo para el entierro —ordenó Ocanacán.

Dacaona siguió a los ancianos que a duras penas podían sostenerse, pues con las prisas habían olvidado sus báculos. Los tres entraron al bohío que Dacaona compartía con Mabanex desde la masacre.

—¡Ya no me quedan hermanas! —sollozó ella.

—Lo decidieron los dioses a cambio de devolverte a tu nieta —le recordó Kairisí—. ¿Cómo está Mabanex?

Dacaona se limpió la nariz con el borde de la falda.

—Ya no tiene fiebre, pero no despierta.

—Busca a alguien que lo cuide para que puedas ocuparte de tu hermana. Ven, Ocanacán, tenemos que hablar.

Todavía moqueando, Dacaona abandonó el bohío. Los ancianos continuaron hacia la casa-templo y se sentaron ante los restos apagados de la hoguera.

—¿Tienes alguna respuesta? —preguntó ella.

—Iguanaboína me habló, pero sus palabras están más allá de mi comprensión.

No era común que la Madre del Buen Tiempo apareciera en épocas de peligro. Era una diosa que se ocupaba de la sanación.

—¿Qué te dijo? —lo apremió Kairisí.

Ocanacán repasó sus visiones y trató de recordar las frases que la Serpiente Oscura le había susurrado para repetirlas lo mejor que pudo:

—*Soy la estación de los cambios. Mis hijos deberán elegir entre el amor o la destrucción. Y esta es mi advertencia: para conquistar la luz, hay que comprender las tinieblas.*

Kairisí escuchó atentamente y, después de meditar un poco, confesó:

—A mí me habló Guabancex. Lo que me dijo fue más claro: *«Os he entregado a mi hija, que lleva mi espíritu y que soy yo misma. Ahora la salvación vive entre vosotros»*.

Los ancianos sopesaron las palabras de ambas diosas, avatares de la propia Atabey.

—Creo que ha llegado el momento —dijo Ocanacán.

—Sí, el ánimo de la gente necesita de un cacique, ya sea hombre o mujer.

Ocanacán frunció el ceño.

—¿Un cacique? Yo me refería a la profecía. La gente debe saber que la Gran Madre nos ha enviado un salvador.

—Es lo mismo —refunfuñó la anciana con impaciencia—. ¿Quién mejor que su elegida para guiarnos? ¿No es ella quien salvará a los taínos? Recuerda lo que dijo Atabey junto al lecho de Guasibao: «*La tribu se convertirá en una culebra de dos cabezas y el último cacique subirá al poder*». La profecía se ha cumplido.

—Sí, la tribu se dividió antes de que Tai Tai se convirtiera en cacique... Pero ahora él ha muerto. Eso quiere decir que es el fin.

—Aún puede haber una cacica.

Ocanacán no había pensado en eso.

—Ahora que la nieta de Dacaona está aquí —continuó ella—, Mabanex no es el único con derecho al cacicazgo.

Esta vez, Ocanacán no objetó nada. Lo normal hubiera sido que el sucesor fuera un descendiente de la hermana del cacique, pero el difunto Tai Tai no tenía hermanas. Así es que para encontrar a un heredero, había que retroceder, buscando la línea matriarcal del cacique anterior. Guasibao había tenido tres hermanas: Yuisa, la madre del traidor muerto; Bawi, que tuvo dos hijos: Tai Tai y Mabanex; y Dacaona, la madre de Anani. Ya que el resto de los posibles candidatos había muerto, el cacicazgo oscilaba entre Mabanex y Juana. A falta de un cacique que decidiera, la ley favorecía a los primogénitos.

Y en eso Juana aventajaba a Mabanex, que era hijo segundo. Sin embargo, los candidatos masculinos solían ser los preferidos. Por otro lado, Juana solo era mitad taína; y por si fuera poco, llevaba la sangre del pueblo que había masacrado a la tribu.

—No va a ser fácil —dijo él.

—Lo sé —admitió Kairisí, que comprendía perfectamente los recovecos del asunto—, pero no es casual que uno de los aspirantes lleve la marca de la Diosa.

—No seré yo quien me oponga a la voluntad de Nuestra Madre, pero confieso que esta vez sus designios se me antojan confusos. Aunque la muchacha sea la elegida para salvar nuestra memoria (sea lo que sea ese misterio), aunque hable nuestro idioma y sea la primogénita de Anani, nunca ha vivido entre nosotros. ¿Cómo podrá guiarnos si desconoce nuestras vidas y nuestras costumbres?

—Ya has visto cómo se comporta. La sangre taína habla por sus acciones y...

Un crujido de hojas secas interrumpió la conversación.

—Mabanex despertó —anunció una mujer desde la entrada.

Los ancianos asieron sus cayados y regresaron a la vivienda de Dacaona. Acostado sobre una manta de algodón, Mabanex contemplaba el orificio del techo. Al escuchar los pasos, trató de incorporarse, pero el dolor le arrancó una mueca. Contempló el cabestrillo que le inmovilizaba un brazo.

—¿Cuántos días llevo aquí?

—Más de tres veces una mano —dijo la sirvienta, que se había adelantado a los ancianos—. Fue tu prima quien trajo las medicinas que te están curando.

Mabanex no pudo reprimir un gesto de sorpresa que le provocó otro latigazo de dolor en el costado.

—¿Mi prima? —rezongó, palpándose las vendas que le cubrían las costillas—. ¿De qué hablas, mujer? Mi única prima murió antes de que yo naciera.

Ocanacán le lanzó una mirada fulminante a la mujer, que se encogió como si la hubieran azotado.

—Déjanos solos —ordenó.

La mujer desapareció.

—¿Qué? —preguntó Mabanex, examinando alternativamente a los ancianos.

—Han sucedido muchas cosas en estos días —respondió Kairisí.

—Tu familia ha crecido un poco —explicó Ocanacán—. La hija de Anani regresó.

Y poco a poco le contaron lo ocurrido después de la matanza: el encuentro de Jacobo con Anani, cautiva de los caribes; el amor entre ambos y el nacimiento de su hija; el susto de Dacaona, que confundió a la muchacha con la propia Anani durante la boda de su hermano...

Mabanex creyó que alucinaba de nuevo. ¿Qué estaban tratando de decirle? ¿Juana era la hija de su prima Anani y de Jacobo? ¿Llevaba sangre taína? A fuerza de preguntar, consiguió enterarse de los detalles. Luego cerró los ojos y permaneció así un buen rato.

Pensando que se había dormido, Kairisí y Ocanacán se levantaron para marcharse.

—Creo que Anani todavía anda por aquí.

Los ancianos se detuvieron.

—¿Cómo?

—Una noche, cuando estaba en la encomienda esperando noticias de Juana, vi la sombra de una *hupía* que me espiaba desde el bosque. Quizá fuera Anani, preocupada por su hija. —De pronto recordó cierto detalle—. ¿Existen *hupías* que se vistan?

—Todos saben que los *hupías* nunca se cubren, ni siquiera si eran mujeres casadas en vida. ¿Por qué?

—Aquella iba cubierta con una tela en la cabeza, como las mujeres blancas.

Los ancianos intercambiaron una mirada.

—¿Era un manto azul? —preguntó Ocanacán.

Mabanex intentó recordar, pero no existían colores en esa memoria. Y de pronto intuyó lo que sugería el anciano.

—¿Piensas que vi a Atabey? Eso no tiene sentido. ¿Por qué la Gran Madre se acercaría a mí cuando yo estaba tan preocupado por Juana?

—Hay algo más que debes saber, hijo —dijo la bruja.

—No —la interrumpió Ocanacán—, dejémoslo para otra ocasión. Ya han sido demasiadas revelaciones. Descansa ahora, muchacho. Nos esperan días difíciles y necesitas sanar.

11

Hacía varias semanas que ningún buque atracaba en la costa y las reservas de alimentos comenzaban a disminuir. En el almacén real se guardaban las mercancías que el ayuntamiento administraba a discreción, según las circunstancias; pero la mayoría de los productos que iban quedando eran herramientas, especias y solo algunos bienes comestibles del Viejo Mundo. Casi toda la alimentación de la villa dependía de los cultivos y de los hatos de ganado, que no eran muchos; la pesca tampoco resultaba suficiente. Así es que la mayor parte de la dieta debía provenir de las encomiendas. Y eso era lo que el clima seguía impidiendo.

Los sembrados requerían de sol y aire seco para que no se pudrieran, pero los torrenciales aguaceros seguían impidiendo la reconstrucción de la villa y de sus plantaciones. Cada día la gente inspeccionaba el cielo tratando de adivinar alguna desgarradura en el impenetrable telón de nubes. «Mañana amanecerá despejado», se decían, pero el mundo continuaba igualmente húmedo.

Aquel diluvio interminable empezó a hacer mella en el ánimo de los lugareños, que parecían más hoscos que de costumbre.

Para empeorar las cosas, la carne de una decena de cerdos —que habían puesto a secar— se avinagró. Cinco barriles de miel se agrietaron y su contenido se derramó por todo el almacén, provocando un caos que tardó mucho en limpiarse, sin contar con la pérdida irreparable del preciado artículo. Días más tarde, tras otro violento aguacero acompañado de ráfagas, descubrieron que la ventana trasera del arsenal estaba abierta. Casi la mitad de la pólvora almacenada se empapó y, sin esperanzas de sol, fue imposible pensar en secarla. Era como si una maldición hubiera caído sobre la villa.

Poco después de esa tormenta, un criado despertó al teniente Alcázar para avisarle que varios mastines de su jauría personal habían amanecido muertos. Todos pertenecían a su encomienda y tenían los mismos síntomas de la epidemia que cundiera entre los caballos. Torcuato le dio un empellón al mensajero y, tras ponerse las calzas y los botines, salió en dirección a los sembrados.

Junto a los maizales, tres soldados, un capataz y otro hombre que no identificó discutían en torno a los cadáveres de sus perros. Rastros de saliva espumosa manchaban los belfos, y mostraban sangramientos por las narices, los oídos y el ano. ¿Qué plaga era esa?

—¿Algún otro animal se ha enfermado?

—No, señoría —respondió el desconocido.

—¿Y tú quién eres?

—Me llamo Honorato, señoría. Soy el boticario de la villa.

—¿Tienes idea de qué murieron mis animales? ¿Crees que sea una plaga peligrosa para la gente?

—Ni siquiera sé si es una plaga. Quizá sea algo que comieron.

—Quémenlos —ordenó el teniente dando media vuelta.

—O un veneno.

Torcuato se detuvo.

—¿Qué dijiste?

—Que no sé de qué han muerto —continuó el boticario—,

pero si comieron algún alimento dañino o venenoso, no habrá ningún contagio.

Era una posibilidad en la que no había pensado, pero ¿quién querría envenenar a sus animales? Observó a los indígenas que iban y venían entre los surcos, transportando sacos de semillas y tallos para sembrar. ¿Serían capaces? Había oído sobre rebeliones espontáneas u organizadas, ataques a villas y fortalezas, pero nunca ese tipo de artimañas. Una conjura de esa clase —si existía— debía ser cosa de españoles.

A lo lejos distinguió la figura de Jacobo. El judío vivía aislado, y apenas tenía contacto con los guardias y el mayoral. Nadie lo visitaba, ni siquiera su hija. Y si bien los perros muertos pertenecían a la encomienda donde trabajaba el prisionero, las caballerizas se encontraban al otro lado de la villa, fuera de su alcance. No, tenía que ser otra persona.

Un indio pasó cerca de Jacobo, le entregó un mazo de estacas y le dijo algo. Jacobo sonrió y le respondió brevemente. El indígena se echó a reír y siguió su camino. ¡Maldita sea! Había olvidado que el judío hablaba la lengua de esos salvajes; y muchos de ellos se movían libremente por todas partes, llevando y trayendo encargos de sus amos.

—Rodrigo —dijo Torcuato al capataz—, ¿podrías hacer que el judío trabajara sin tener contacto con los indios?

—Como ordene vuesa merced.

12

Finalmente las lluvias cesaron, pero las desgracias no. Un incendio ocurrido en el almacén del ayuntamiento acabó con la mayor parte de las reservas de vino, grano y carnes saladas. Soldados y vecinos intentaron apagar el fuego, pasándose baldes de agua a través de una larga fila de gente que iba desde el local hasta la acequia más próxima, pero todo fue en vano. La furia se apoderó del teniente Alcázar, que ahora tendría que rendir cuentas al adelantado; un verdadero descalabro para cualquier aspirante a gobernar una villa.

A diferencia del resto, Juana no se molestó en ayudar. Su actitud no pasó inadvertida para Torcuato, que la vio trajinar en su taller sin haber movido un dedo. En ese instante vio la luz: aunque Jacobo continuaba aislado, su hija era libre para conversar con cuanto indio se le antojara. ¡Miserable zorra! Hasta ese momento se había mantenido alejado de ella por culpa de esos frailes metiches, pero si probaba que era la culpable de los destrozos, ni el mismo Papa podría salvarla.

Ajena a la tormenta que se avecinaba, Juana entró en su casa. Hacía muchos días que no veía a su padre porque la vigilancia se había duplicado, pero mantuvo sus apariciones detrás del altar para pedir a los indios que multiplicaran los daños. Tampoco había vuelto a saber de Mabanex, después que las lluvias se encargaran de ocultar el camino abierto por los soldados. Su único consuelo era que parecía fuera de peligro la última vez que lo visitó. El taller seguía funcionando, aunque ya no se esforzaba mucho tras decidir que Jacobo y ella se marcharían pronto; solo trabajaba para no levantar sospechas.

Después de comer, cerró las ventanas y sacó el manuscrito para anotar los eventos más recientes. Disfrazarse de Atabey había sido un plan descabellado, pero ese era el tipo de ideas que solo ella era capaz de acometer. Lo más difícil había sido acercarse a las postas y arrojar por todas partes los cebos preparados. Atraídos por el olor de la carne, los perros devoraron los trozos macerados en cocimiento de hierbas somníferas.

La lámpara le llevó más tiempo. Había cortado el extremo de un güiro a modo de tapa, extrajo la pulpa y salió a cazar *cucuís* para meterlos en esa jaula. A veces se le escapaba alguno, pero pronto aprendió que, si no zarandeaba el fruto al abrir la tapa, los bichos se quedaban tranquilos en el fondo. Tras determinar que ya tenía suficientes, añadió florecillas para alimentarlos, ajustó la tapa, la aseguró al güiro con un cordel y le abrió pequeños orificios que dejaban salir la luz, pero no los insectos. Bastaba con sacudirlo un poco para que los *cucuís* se alborotaran y encendieran sus lucecillas verdes.

La preparación le había tomado dos semanas. Ahora se hallaba lista para narrar el episodio. Se pinchó un dedo y dejó caer unas gotas de sangre en un recipiente con agua, mojó la pluma y escribió hasta que la oscuridad le impidió continuar. Entonces guardó el manuscrito y encendió un candil.

Mientras comía frente a la ventana, una claridad de plata fue desplazándose por el bosque a medida que la luna se elevaba sobre los tejados del pueblo dormido. El chillido de los murciélagos llenó la brisa. Juana sacó el manto de seda azul, con el que envolvió el *cocuyero* y otros dos paquetes, apagó todas las velas y salió por la puerta trasera. Después de rodear la villa, echó a andar por la maleza.

De repente, una sensación semejante a la huella helada de un dedo le recorrió la espalda. Se mantuvo quieta, casi sin respirar. Alguien la espiaba. Lentamente volvió su cabeza como una de esas lechuzas que vigilan su entorno sin mover ni una pluma. Lo descubrió en un claro, a su derecha. Estaba acuclillado, pero fulguraba más que las auras fosforescentes de los árboles. Su corazón se desbocó como un caballo encabritado. El *hupía* se irguió sin apartar la vista de ella. Si Juana no huyó, fue porque su expresión era la misma que tuviera en vida.

—Tai Tai —susurró ella.

Él asintió con suavidad, como si temiera que sus numerosas heridas volvieran a sangrar.

—¿Qué quieres?

Él abrió la boca para decir algo, pero ni siquiera en su nueva existencia era capaz de hacerlo con aquel enorme tajo que había cercenado sus cuerdas vocales. Sus ojos se llenaron de un raro brillo. ¿Eran lágrimas? ¿Acaso las almas lloraban? Juana perdió todo rastro de temor. Solo sintió una gran ternura. El *hupía* estaba allí para hablarle, pero ¿cómo harían para comunicarse? Tuvo una inspiración.

—Ambos pertenecemos a la Hermandad. ¿No aprendiste algunos signos secretos?

Él la observó un instante, como si intentara recordar. De repente, su rostro se iluminó. Alzando una mano, hizo una señal de advertencia: *«Hay peligro»*.

—Sí, ya sé que esto es peligroso.

Tai Tai hizo un gesto de negación y otra señal: *«Hay peligro ahora, cerca»*.

—¿Quién? ¿Los perros? ¿Los soldados?

Pero él seguía negando. Juana suspiró: el lenguaje de las manos era muy limitado.

—Está bien, tendré cuidado —dijo ella—. Ahora debo irme.

El fantasma del indio mudo le clavó una mirada que ella no logró descifrar hasta que él hizo otro gesto: «*Gracias*». Y Juana supo que le agradecía su amistad, y todo lo que su padre y ella habían intentado hacer por la aldea.

—*Taikú, daitiao* —murmuró ella.

Él movió los labios y repitió sin sonidos aquella frase en taíno: «Adiós, amiga mía».

Sin apartar sus ojos de ella, la figura del *hupía* se fue haciendo cada vez más traslúcida hasta que solo quedó el claro vacío de la selva. Juana se tomó un respiro para tranquilizarse. Echó una ojeada a los sembrados para asegurarse de que los perros seguían inmóviles y los guardias alejados, antes de buscar la caseta donde dormía su padre.

Jacobo no había logrado conciliar el sueño. El ardor de los últimos latigazos laceraba su espalda. Pese a todo, cuando la figura de Juana se recortó contra el cielo cubierto de estrellas, se incorporó para abrazarla... y enseguida saltó como si se hubiera quemado.

—¿Qué te pasa?

Jacobo escarbó el suelo y sacó la cajita del ungüento que ella le había entregado días atrás, se dio la vuelta y se alzó la camisa. Incluso en la penumbra, Juana pudo evaluar el alcance del castigo. Su segunda visión vio claramente las nubecillas que flotaban pegadas a su piel. No era la primera vez que veía algo semejante. Los moribundos también despedían vapores blanquecinos, en ocasiones de un gris pálido.

Era imperativo sacarlo de allí. Después de aplicarle ungüento en las heridas, abrió el paquete donde traía una botija con vino aguado, pan, tocino ahumado y queso.

—Ya lo tengo todo preparado para la fuga —susurró ella—. Terminad de comer y os enseñaré lo que debéis hacer.

—Juana...

—No necesito sermones, padre. Si habéis oído lo que ocurre en el pueblo, ya sabréis que puedo hacer eso y mucho más.

—¿Te refieres a los animales muertos?

—Y al resto de las calamidades.

—¿*Tú* has hecho todo eso?

—Yo no, los taínos.

Jacobo dejó de comer.

—¿Cómo pudiste convencerlos?

—No fui yo, sino Atabey.

Y le contó en detalle sus artimañas para provocar el caos y la pérdida de recursos. Su padre la escuchó maravillado, preguntándose cómo se le ocurrían tales ideas, pero Juana decidió que no había tiempo para detalles. Si Jacobo seguía sus instrucciones al pie de la letra, dentro de dos días podrían escapar de allí y refugiarse en la aldea. El camino se había desvanecido, tragado por la selva, y esta vez no habría ni un solo indígena en la villa para guiar a los españoles.

Se despidió apesadumbrada por tener que abandonarlo de nuevo, aunque también ilusionada porque todo terminaría pronto. Antes de salir se asomó a la entrada y comprobó que la hacienda seguía en calma. Como una sombra, pasó entre los surcos y se zambulló en los matorrales rumbo el caney donde estaba el templo.

Desde su escondite divisó a la multitud de indígenas que aguardaban pacientemente por la Diosa. Postrados ante el altar de roca, formaban una masa compacta y expectante que se confundía con la tierra. Nadie que pasara por allí hubiera podido descubrirlos, excepto Juana.

La muchacha dejó los paquetes en el suelo, desplegó el manto sobre su cabeza y localizó otra elevación más apartada para trepar. Tras subirse al promontorio, sacó el *cocuyero* y lo sacudió a la altura de su pecho.

—Hijos míos.

Los indígenas dieron un respingo.

—*¡Guakia Bibi Atabey!* —exclamó uno, repitiendo el llamado con que iniciaban sus rezos: «Madre Nuestra Atabey».

De inmediato empezaron a aproximarse de rodillas.

—¡Deteneos! —ordenó ella, conteniéndolos a diez yardas de distancia, sin dejar de escudriñar los alrededores—. Ya veo que dormisteis a los perros.

—Sí, Madre —dijo alguien—, hemos hecho lo que ordenaste.

—Hay tres tareas más que cumplir...

No quería demorarse mucho. Brevemente explicó lo que tendrían que hacer con las hierbas que encontrarían al pie de la peña cercana, y aprovechó que la luna se escondía tras un nubarrón para sepultar la lámpara bajo su manto y retirarse. Fue como si se hubiera desvanecido. Algunos creyeron escuchar un crujido de ramas pisoteadas, pero la selva era el hogar de muchas criaturas.

Juana avanzó un trecho conteniendo la respiración. Luego aminoró el paso y desenfocó la mirada para activar su segunda visión. El océano de negrura se convirtió en un mar de formas fluorescentes. Entonces continuó con un poco más de luz.

Cuando salió al claro donde empezaba el pueblo, la luna teñía de plata los tejados. Avanzó un breve trecho y se detuvo de golpe. La puerta trasera de su casa estaba abierta. Desde su posición vislumbró una silueta agazapada, envuelta en una tenebrosa niebla rojiza. Otras dos figuras se ocultaban en la maleza aledaña, creyéndose invisibles en las sombras, sin sospechar que esa oscuridad era precisamente lo que permitía distinguirlas mejor.

La campana de la iglesia dio el leve tañido de laudes. Sin pensarlo dos veces, Juana dejó caer el *cocuyero* aún envuelto en el manto, se agarró las faldas y voló en dirección a la plaza. A esa hora de la madrugada solo había un lugar donde podía pedir refugio. Detrás de ella escuchó una estampida de pisadas.

Comenzó a gritar mucho antes de llegar a la capilla, segura de que ambos frailes estarían despiertos para sus oraciones. Golpeó frenética la hoja de madera, pero dos soldados la agarraron por las muñecas y le cubrieron la boca en el momento en que un perplejo fray Severino se asomó a la puerta.

—¿Se puede saber qué ocurre?

Detrás del anciano acudieron fray Antonio y tres novicios que portaban lámparas de aceite.

—Sentimos mucho haberos perturbado, padre, pero acabamos de atrapar a la culpable de las calamidades que han estado asolando la villa.

Fray Severino contempló al guardia con la expresión de quien no entiende nada. A unos pasos, Juana intentaba zafarse de los soldados que pretendían contenerla.

—¿Qué disparates estáis diciendo? —gruñó el cura.

—Ningún disparate, padre —dijo Torcuato—. Preguntad a la conversa qué hacía a esta hora de la madrugada con una lámpara de indios y este trapo, deambulando fuera de su casa.

Fray Severino arrugó el ceño al advertir la luminiscencia de los *cucuís* dentro del güiro. Fray Antonio comprendió horrorizado que ni siquiera podría inventar alguna excusa religiosa que salvara a la muchacha, porque hacía rato que estaba en compañía de los otros.

—¿Qué hacías de madrugada por el pueblo? —preguntó el anciano fraile, sintiendo que su desconfianza regresaba ante la presencia de aquel artefacto indígena.

—Es un asunto privado, padre. Se lo contaré mañana en confesión.

Fray Severino estudió el rostro de Juana a la luz de las lámparas. Una idea comenzaba a formarse en su interior, una idea que le rondaba desde hacía tiempo. Incluso recordó la primera vez que lo había asaltado. Ocurrió en la iglesia, mientras leía la carta donde el adelantado anunciaba que otorgaría la categoría de villa a San Cristóbal de Banex si los vecinos lograban descubrir el escondite de la mina. Ahora la escena despertaba de nuevo en su memoria. En aquel momento, entre la multitud de fieles españoles, había creído ver por un instante el rostro de una indígena. Cuando se dio cuenta de que aquellos rasgos pertenecían a la hija de Jacobo, desechó la impresión pensando que era una locura.

—¿Qué lazos tienes con esos indios, muchacha? —preguntó con tanta frialdad que Juana sospechó que estaba a punto de ser descubierta.

—Acudiré al confesionario a primera hora —repitió.

—Te crees muy lista —intervino Torcuato—, pero tus culpas no serán perdonadas ni protegidas por ninguna confesión. Vas a revelar tus pecados en el único sitio posible: la prisión.

—Teniente —lo interrumpió fray Antonio—, recordad quién es el padrino de la joven.

—Lo tendré presente, fraile —repuso burlonamente Torcuato—, pero esta pelandusca no saldrá de allí hasta que aclare algunas cosas.

—Espero que no acudáis a los métodos que usáis con los indios —dijo fray Antonio, alarmado.

Torcuato dejó escapar una risilla.

—Si las leyes lo permitieran... Pero no, no pienso acudir a esos métodos. La encerraré por unos días. Si los desastres continúan mientras está en la celda, se librará de culpa; pero si no ocurre nada más, entonces sabremos quién estuvo detrás de todo.

—Me parece una decisión salomónica —asintió fray Severino, que intentaba decidir si su idea anterior era sensata o delirante.

—Si así lo creéis —consintió, a su pesar, fray Antonio—. Pero conste que la visitaré a menudo para asegurarme de su bienestar.

—Y traed a la comadrona para que verifique su doncellez —lo retó groseramente Torcuato—. ¡Llevadla a la celda del polvorín!

Juana recordó la muda advertencia del fantasma de Tai Tai. ¿Por qué no había estado más alerta?

Fue conducida a rastras por los soldados, que la arrojaron dentro de la celda y cerraron la puerta con candado. Torcuato se asomó por el ventanillo para observarla con codicia, profirió una palabrota y se retiró.

La joven echó un vistazo a la mesa, las sillas y las hamacas que usaban los soldados durante sus turnos de guardia. No había nada más en esa celda; ninguna herramienta que pudiera ayudarla a escapar de esas cuatro paredes.

Aunque Torcuato lo ignoraba, pero aquella orden de encierro había sido una sentencia de muerte para Juana. Y ella, más que nadie, lo sabía, porque por órdenes suyas, dentro de dos días, los indios harían estallar ese mismo polvorín donde ahora se encontraba atrapada.

SÉPTIMA PARTE

Señales de peligro

1

La Habana, Buenavista, 22 de agosto, 12.25 h

El sol era un ojo gigantesco que mordía las pupilas. Alicia apartó el rostro para escapar del resplandor, pero la luz se amarró a su cuello y la despertó de golpe. Cuando entreabrió los párpados, John Lennon la contemplaba con una sonrisilla aviesa tras sus gafas redondas. La foto se alejó hasta quedar sobre la repisa llena de viejos discos.

Ella se sentó en la cama y echó un vistazo a su alrededor. El ventilador de techo repartía ráfagas de aire caliente, provocando un cuchicheo de papeles sobre la mesa. Había camisas, pulóveres y shorts por doquier: ropas ajenas, porque las suyas seguían cuidadosamente dobladas en un pequeño maletín con ruedas.

Tardó un par de segundos en saber dónde estaba. Poco a poco recordó los sucesos de la noche anterior. Una mujer que paseaba a su perro había descubierto el cuerpo ensangrentado de Pandora sobre la hierba. Aún respiraba, pero no respondía a ningún estímulo. La gente acudió en tropel al escuchar los gritos. Cuando los jóvenes llegaron, la ambulancia ya partía, pero uno de los paramédicos les dijo a dónde la trasladaban.

Tres horas más tarde abandonaron la sala de emergencias, sin otra opción que refugiarse en casa de Sander, donde durmieron a intervalos, sin descansar realmente.

Alicia se vistió con la misma ropa de la jornada anterior y fue hasta la cocina, guiada por el aroma del café recién colado.

—Buenos días, iba a llevarte un poco —dijo Sander soñoliento, mientras terminaba de endulzar dos tazas. No había pegado ojo en toda la noche, pensando en la pobre Pandora—. Disculpa el desorden.

—Gracias por dejarme tu cama.

Bebieron sus cafés de pie.

—Tengo que volver al hospital —anunció ella al salir de la cocina.

—Siéntate.

Su tono era aprensivo.

—¿Qué ocurre?

—Conozco a un médico que trabaja allí. Lo llamé temprano. Me dijo que Pandora sufrió un paro cardíaco esta mañana. Sigue viva, pero hay que prepararse para lo peor.

—¿Cómo es posible? Anoche nos dijeron que...

—Esas cosas pasan. —Hizo una pausa—. Tu tío se enteró y... no lo recibió bien.

—¿Qué quieres decir?

—Tuvo otra isquemia.

Alicia saltó del sillón.

—¡Tranquilízate! Por suerte estaba en el hospital.

—Voy a verlo.

—Solo nos dejarán entrar en horario de visita.

—¿Qué hora es?

—Hay tiempo de sobra. Además, tengo que hablarte de otra cosa. Mi padre viene para acá con un policía.

Alicia frunció el ceño.

—¿Un policía? ¿Cubano?

Sander asintió.

—Los dos se conocen desde que eran niños. Parece que lo ha estado ayudando con ese caso de Miami. Lo que pasa es que el asunto se les ha ido de las manos, y ahora...

Tres toques a la puerta lo interrumpieron. Sander se apresuró a abrirle la puerta a dos hombres, uno de los cuales portaba un maletín. Alicia reconoció de inmediato al detective con quien había hablado por Skype.

Luis Labrada no se parecía en nada a su hijo. Era mucho más robusto de lo que aparentaba a través de una pantalla y se movía con precisión militar, como si deseara restringir información sobre su persona. Además, era notablemente trigueño, de tez mucho más curtida que Sander. El otro era un señor obeso que se presentó a sí mismo como el sargento Alfonso Álvarez.

—Pero llámame Foncho —añadió con calidez—. Me imagino que Sander te contó por qué hemos venido.

—No.

—Es por esa mujer, Pandora. Su caso ha complicado las cosas.

—¿En qué sentido?

—La policía sospecha que su caída no fue un accidente. Hallaron varios indicios sospechosos en su apartamento y la han clasificado como «causa pendiente». Están esperando a que pueda hablar; pero si fallece, el hecho podría ser catalogado como «posible homicidio». Virgilio y ustedes dos serán interrogados.

—Mi tío ha estado en el hospital todo el tiempo.

—Pero fue el último que habló con ella y podría aportar alguna pista. Lo único malo es que ya aparece también como testigo en el caso del candidato agredido. Todavía no han hecho la conexión, pero es cuestión de tiempo.

—Cuéntales lo otro —dijo Luis.

—¡Ah, sí! Un vecino de Pandora, que vive allí desde hace treinta años, declaró que la noche del incidente vio salir del edificio a un tipo flaco y alto, con labio leporino. Jura que nunca antes lo había visto. La policía ya averiguó que nadie del barrio recibió ningún visitante con esa facha. Por supuesto, andan buscándolo.

—Ese es el tipo que me secuestró —murmuró Alicia palideciendo—. Trabajaba como conserje en el museo y parecía interesado en lo que hablé con mi tío.

—¿Qué era?

—Nada importante, solo que estaba en casa de Jesús.

—¿Haciendo qué?

—No sé.

Luis la observó por unos segundos, intuyendo que la chica le ocultaba algo más.

—Pues te diré lo que pienso —atacó sin misericordia—, ese individuo anda detrás del objeto que robaron en Miami. Por alguna razón, piensa que Virgilio lo tiene o conoce su paradero. Algo en tu conversación debió de indicarle que podía habérselo entregado a Jesús, pero cuando fue a buscarlo esa noche y no lo encontró, supuso que se había equivocado. Eso lo llevó a registrar el apartamento de El Vedado. En medio de la faena llegaron ustedes y se la pusieron en bandeja de plata. Te secuestró para negociar con tu tío, pero como no pudo reunirse con él porque Virgilio ya estaba en el hospital, fue a casa de Pandora, su amiga más cercana, supuestamente debía conocer el escondite.

Era una hipótesis perfecta, pensó Sander admirado, y eso que su padre no sabía nada sobre la Hermandad.

—No creo que esto sea obra de una sola persona —añadió su padre.

—Yo tampoco —dijo Foncho—, tiene toda la pinta de ser obra de un grupo criminal.

Alicia cruzó una mirada con Sander, quien mantuvo una expresión tan neutra que Luis supo que era forzada. ¿Qué sabían esos dos que no se atrevían a confesar?

—Sea lo que sea, la policía no tardará en sospechar que hay una conexión entre ambos casos —advirtió Foncho—. Llegarán a Virgilio, créeme, y a ti también.

El color huyó del rostro de Alicia.

—De todos modos, tengo una buena noticia para ustedes —agregó Foncho, apiadado de su expresión de susto—. Y esa no la sabes tú tampoco, Wicho. Los peritos lograron aislar e identificar dos tipos diferentes de sangre en la vivienda de Jesús. Uno pertenece al propio candidato; el otro, a un individuo cuya ficha apareció en una vieja base de datos y que resultó ser un antiguo miembro del Ministerio del Interior. El tipo se llama Ercilio Madruga, alias La Liebre. Es natural de Bejucal y se supone que actualmente vive en Estados Unidos. Quizás el nombre no les diga nada, pero vi la foto del expediente. Tiene el labio leporino.

Luis dio un respingo.

—Coño, debiste decírmelo enseguida.

—Me enteré cinco minutos antes de verte.

—Eso nos facilita mucho las cosas. Tendré que regresar a Miami para examinar los registros de vuelos y comprobar si viajó a La Habana después del asesinato. Luego debo preparar un informe con los datos del caso, incluido el ADN que recolectamos, y enviarlos a las autoridades cubanas para que puedan compararlos. Así podré pedir un permiso oficial para investigar aquí.

—Se darán cuenta de que viniste antes.

—Pero no sabrán que lo hice por el caso de Miami. Por lo menos, no estarán seguros. Mantendré la coartada de la visita familiar.

—¿Y crees que te darán la autorización?

—Recuerda que Jesús es un candidato político de importancia. Deben de estar muy interesados en saber de dónde provino el ataque.

—Tu padre tiene razón, hijo —asintió Foncho—, y ahora tienes que acompañarnos. Quiero localizar esa casa cuanto antes, aunque lo más probable es que ya no haya nadie allí... ¿Puedes llevarme el maletín, Wicho? La ciática me está matando.

—¿Qué llevas ahí? —preguntó Sander.

—Un equipo para tomar huellas digitales. Quiero asegurarme de algo.

—Iré con ustedes —dijo Alicia.

2

La Habana, El Vedado, Hotel Nacional,
23 de agosto, 17.00 h

El doctor Báez atravesó el vestíbulo del hotel y fue directamente al patio. No era un sitio habitual para los contactos, pero se arrellanó en uno de los cómodos sillones de mimbre, pidió una cerveza y se entretuvo en admirar la columnata, que conservaba el mismo encanto ecléctico de hacía un siglo.

A las cinco en punto, un hombre en elegante atuendo deportivo —pantalones *beige*, guayabera blanca y mocasines castaños— cruzó el umbral de la galería y se dirigió a su encuentro sin quitarse las gafas oscuras.

Máximo Báez lo había visto en persona un par de veces. Sus

encuentros solían ser vía telefónica o videofónica. Jamás en público. Por eso le extrañó que la cita fuera en aquella terraza. En otro momento, hubiera sido una buena señal. Sin embargo, tras la acalorada discusión con el Jefe, dos días antes, aquella ruptura del protocolo no auguraba nada bueno.

—Gracias por venir, profesor Báez —saludó tendiéndole una mano.

—Gusto en verle de nuevo, doctor Marcial.

—Dejemos las formalidades para las cámaras —respondió el candidato del partido martiano—. Aquí llámame Fabricio.

—¿Puedo invitarlo a tomar algo?

—No, gracias, vayamos al grano. —Miró en torno para asegurarse de que no había nadie por los alrededores—. El Jefe me llamó para contarme lo del... accidente. Estoy muy disgustado.

—Yo también —dijo Báez, intentando mantener su flema—, pero prometí que resolvería ese asunto y lo haré.

—¿Cómo?

—Contrataré a alguien diferente, si usted me lo permite.

Fabricio Marcial soltó un resoplido, intentando mantener la calma.

—Estamos hasta el tope —mascculló entre dientes—. Hay otros asuntos importantes que resolver, aparte del *legado*. Hemos intentado cubrir muchos frentes a la vez y nuestra gente no da abasto. ¿Quién más estaba trabajando en este asunto, además de la Liebre?

—Creo que...

—Deja —lo interrumpió el otro—, no me importa quién sea o cómo lo hagas. Lo único que quiero es que resuelvas esto cuanto antes. Vuelve a hablar con la Liebre, y...

—No puedo, ya lo despedí.

—¿Y a mí qué? —lo atajó el candidato con brusquedad—. Vuélvelo a contratar. O búscate a otro mejor. Esto no es una cuestión de orgullo, sino de supervivencia.

El rostro de Báez enrojeció. No estaba acostumbrado a que nadie lo amonestara como si fuese un crío, pero el otro no le dio tregua.

—Te habías comprometido a destruir el *legado* —continuó su interlocutor, sin darle tiempo a reaccionar—. No lo hiciste, alegando no sé qué estupidez histórica. Luego aseguraste que lo recuperarías; tampoco lo has hecho y ya tenemos las elecciones encima. Solo espero que esos papeles no lleguen a la prensa porque no voy a perdonar un error así. —Y se sacó las gafas para que el profesor pudiera mirarle a los ojos—. Sabes a qué me refiero, ¿no?

Máximo tragó en seco.

—Lo sé. Y haré todo lo posible por recuperarlo. Le probaré que tengo recursos de sobra para ser su asesor ministerial.

—¿Asesor? Eso es lo que menos debería importarte ahora. —El tono del candidato había bajado dos octavas—. Tu única salida a estas alturas es que consigas el *legado* para destruirlo antes de las elecciones. Si eso sale a la luz y arruina el trabajo de toda mi vida, ya puedes irte despidiendo de la tuya.

El profesor parpadeó dos veces, sin dar crédito a lo que acababa de oír. Una cosa era perder un empleo ventajoso; y otra, una amenaza tan inequívoca.

Fabricio Marcial volvió a colocarse sus gafas de sol y se puso de pie.

—Se te acaba el tiempo —dijo a modo de despedida, y se marchó sin más ceremonias.

Báez tardó unos minutos en recuperarse. Luego miró en torno suyo para asegurarse de que nadie lo espiaba y se dirigió a la salida, aún indeciso sobre lo que haría.

3

La Habana, Buenavista, 24 de agosto, 12.20 h

La noche anterior, Alicia y Sander habían vuelto al hospital. Una hora después, apesadumbrados por los informes médicos sobre Pandora y Virgilio, no tardaron en regresar bajo la llovizna, chapoteando por el pasillo que bordeaba la mansión hasta la casita del patio. Casi sin comer, se fueron a sus respectivos lechos.

Alicia se rindió enseguida, pero Sander tuvo que hacer de tripas corazón. Tras aquel memorable beso en un bar de La Habana Vieja, los acontecimientos habían conspirado contra un mayor acercamiento entre ambos, y él ni siquiera se había atrevido a insinuarlo. Le costó mucho conciliar el sueño, sabiéndola en su cama, a solo unos pasos del sofá.

Horas más tarde, cuando despertó, lo primero que vio fue a su amiga inclinada sobre la mesa. Estaba tan oscuro que pensó que era de madrugada. Luego se dio cuenta de que las ventanas se hallaban entornadas a causa de la lluvia.

—¿Qué haces? —preguntó, incorporándose en el sofá.

Alicia movió la cabeza como si fuera a decir algo, pero continuó mirando la pantalla que tenía delante. Sander arrojó las sábanas a un lado y se acercó.

—Tu papá me envió un resumen del caso —explicó sin apartar la vista— y también la reproducción del símbolo de Guabancex que apareció en casa del profesor Báez. Ya me lo había mostrado antes, pero solo desde su pantalla.

Alicia le mostró la foto y Sander observó aquella extraña cabeza y los tres puntos acunados por una media luna.

—¿Y eso qué significa?

—La marca de la Diosa.

—¿La *qué*?

De inmediato lo puso al corriente sobre la historia de Juana y su relación con la Hermandad y la existencia del binomio. Sander se sentó a leer el informe que vinculaba los hallazgos en la cueva con la historia que contaba el manuscrito, y Alicia fue a la cocina en busca de otro café. Desde allí escuchó un tintineo.

—Creo que te entró un mensaje —le avisó Sander.

Alicia salió con dos tazas y le alcanzó una al muchacho.

—¿Malas noticias? —preguntó él, segundos después.

—Es un correo de mi tío.

—Pero ¿no lo habían sedado? ¿Cómo va a estar enviándote correos? ¿Será que le hackearon la cuenta?

—No parece, ya me había dicho que si le pasaba algo debía revisar mis emails. Lee esto.

Hizo girar la pantalla hacia él.

From: Virgilio Islas
To: Alicia Solomon
Sent: Tuesday, August 24, 12:28 PM
Subject: Instrucciones

Si recibes este mensaje será porque algo grave ocurrió. Saca el «legado» de su escondite y llévalo a los periodistas Lucio Mora y Renfigio Salazar, del portal Isla Verde. No esperes. La noticia debe salir antes de las elecciones. De lo contrario, todo empezará otra vez desde cero.
Nunca quise ponerte en peligro, pero esto es muy importante y ya no tengo otro recurso. Pide ayuda a Pandora. Si ella tampoco estuviera, te dejo un cifrado seguro. No quiero decirte aquí dónde lo escondí, porque no confío en internet.
Sé que sabrás hallarlo.
Cuídate mucho,

V.
AaaaeiilmnR ≠ AaaaeiilmnR

—¿Y esto qué es? —preguntó Sander señalando la última línea.

—Un alfagrama —respondió ella, y al notar su expresión, le aclaró enseguida—: Un mensaje en clave donde se ha alterado la posición de las letras para colocarlas por orden alfabético.

—¿Y se supone que tú entiendes lo que dice ahí?

—Se supone que debo averiguarlo.

Por unos instantes solo se escuchó el repiqueteo de la lluvia.

—¿No tenías un programa para descifrar códigos?

Alicia no pareció oír su pregunta.

—¿Por qué escribiría la palabra con una mayúscula al principio y otra al final? —murmuró ella hablando consigo misma.

—¿Y *eso* te preocupa? —replicó él—. Yo más bien me preguntaría por qué hay un símbolo indicando que la primera palabra no es igual a la segunda, cuando obviamente lo es.

—Quizá sean diferentes, aunque con las mismas letras.

—Bueno, ¿pues a qué esperas?

—Sander, esto no es magia. Antes tengo que saber qué instrucciones debo darle al programa.

El muchacho suspiró y fue hasta la repisa donde estaba su colección de discos. Los compases de un rock antiguo escaparon del aparato. Alicia recordó que su abuela materna, la madre del doctor Solomon, siempre escuchaba esa clase de música, pero aquello había sido en otra vida.

Apartó el recuerdo y volvió a fijarse en el criptograma. ¿Qué cosas se escribían con mayúsculas? Los nombres propios, por supuesto. No solo de personas, sino también de ciudades y de regiones geográficas, entre otras cosas.

Abrió su *Alphagram Solver*, copió las letras del primer vocablo y pidió al programa que buscara combinaciones de dos palabras, con un mínimo de dos letras y un máximo de nueve por cada una, sin especificar idioma alguno.

Sander la observó de reojo. La chica vestía unos shorts deshilachados y una camiseta que dejaba poco a la imaginación. Volvió a recordar la noche del bar.

—¿En qué piensas? —preguntó ella al sentir su mirada, pero al instante dejó de prestarle atención porque un nuevo tintineo le indicó que el programa había concluido su tarea.

El listado de combinaciones se extendía a medida que bajaba el cursor. Como decidió que tardaría demasiado en revisarlas, activó de nuevo el diccionario y le ordenó localizar solo las palabras en español.

—¿Podrías llevarme al museo? —preguntó ella, con la vista clavada en la pantalla—. Tengo que recoger unos documentos.

—Su Alteza manda y vuestro siervo obedece.

Por primera vez en muchos días, la vio sonreír. Iba a añadir algo cuando una señal volvió a dispararse para mostrarle otra lista de vocablos. Solo una de las combinaciones era coherente. Hizo un gesto a Sander para que se acercara.

—¿Reina Amalia? —preguntó él—. No entiendo.

—Es uno de los nombres que tuvo Isla de Pinos... o Isla de la Juventud, como la llaman ahora.

—¿Ese es el lugar donde está el *legado*?

—Por lo menos es *un* lugar. No estoy segura de si estará allí.

—¿Por qué?

—¿Te olvidaste del signo? Ahora el alfagrama debe leerse así.

Tecleó rápidamente: Reina Amalia ≠ Reina Amalia.

—¿Y eso qué mierda significa?

—No tengo ni idea.

Se pasó los siguientes minutos atusándose el cabello hasta comprender que así no resolvería nada.

Sander la observaba desde el sofá, tarareando la canción que sonaba en su viejo equipo:

—*There must be someone who can set them free, to take their sorrow from this odyssey,*

»*To help the helpless and the refugee to protect what's left of humanity...**

Alicia entró al cuarto, revolvió unas gavetas, y regresó vestida con unos jeans y una blusa amarilla.

—Salgamos a comer algo. Yo invito.

—¿Con esta lluvia?

—Es una lloviznita. Es lo que necesito a ver si me refresco la mollera. Luego pasamos por el museo.

Ella misma se sorprendió por recordar aquella palabreja con que la difunta Teresa solía reñirla: «Tienes la mollera más dura que una cabra», solía decir. Alicia reconoció que tenía razón.

4

La Habana Vieja, Museo del Libro Cubano,
24 de agosto, 17.02 h

La lluvia susurraba desde el mediodía. Su presencia acompañó las campanadas de la catedral al comienzo de la misa y al final de otra jornada laboral.

Alicia había esperado hasta esa hora para recoger sus apuntes, calculando que apenas quedarían personas entonces en el museo. No tenía ganas de tropezarse con nadie. A estas alturas solo

* «Debe haber alguien que pueda liberarlos, que en esta odisea pueda consolarlos, que ayude al indefenso y al refugiado, para proteger lo que nos queda de ser humanos...» (Emerson, Lake & Palmer, «Karn Evil 9», del álbum *Brain Salad Surgery*).

deseaba dormir un año entero sin pensar en manuscritos ni cifrados. Por desgracia, en el umbral del museo se toparon con Simón Lara, que caminaba absorto manoseando su celular. El hombre se sobresaltó, pero enseguida sonrió con timidez:

—¡Qué bueno verte, Alicia! ¿Cómo sigue Virgilio?

La muchacha lo puso al corriente, aunque sin entrar en detalles. Estaba harta de dar explicaciones sobre la salud de su tío.

—Qué desgracia lo que está ocurriendo —se quejó el gordo, secándose la papada con un trapo que pretendía pasar por pañuelo—. ¿Sabes que la policía vino ayer por la tarde? Parece que lo de Jesús no fue un accidente, sino...

Dejó de hablar, casi expectante, como si esperara que ella completara la idea.

—Lo sé —respondió Alicia—. A mí también me llamaron. Todos los que tuvimos algún contacto con él tendremos que prestar declaración.

—Qué horror, santísimo —dijo el director—. ¡Un hombre tan bueno! Y tú, ¿cómo estás? En un trance así, no deberías estar sola.

—Gracias, Simón, tengo quien me acompañe.

—Ya veo —dijo el gordo y, después de echarle una ojeada a Sander, le entregó una tarjeta—. Aquí tienes mis teléfonos por si necesitas algo. Llámame a cualquier hora.

—Se lo agradezco.

—¿Viniste a trabajar?

—Solo a recoger unas cosas. Espero que no sea un problema porque...

—¡No faltaba más! Estás en tu casa.

Se despidió con su sonrisa de ballena cándida. Antes de atravesar el zaguán, le advirtió al portero que la sobrina de Virgilio podía entrar a cualquier hora y salió a la calle con dos técnicos que también se marchaban.

Alicia se dirigió a su escritorio. De allí sacó un bloc con anotaciones, tres memorias digitales y copias de sus programas de decodificación. Recordó que su tío guardaba un archivo de imágenes sobre los hallazgos de la cueva y le pidió a Sander que la esperara mientras ella subía a la oficina del tercer piso.

Se sorprendió al encontrar la puerta abierta. Una persona husmeaba en las estanterías.

—¿Has visto por aquí la *Sedimentología,* de Nichols? —preguntó Tristán con aire distraído.

—No sabía que tuvieras acceso a esta oficina.

—Virgilio siempre me deja usar su biblioteca —repuso él, inmutable—. El libro que busco está forrado en cuero verde, ¿lo conoces?

—No.

Alicia se acercó a la computadora, tecleó la clave común a los investigadores y revisó los archivos hasta dar con la carpeta rotulada FOTOS_ISLAPINOS_CAVERNA.

—Me enteré de que tuvo una recaída —dijo Tristán.

—Los médicos esperan que se recupere —contestó ella, iniciando el traspaso de imágenes a una memoria *flash.*

—Si necesitas algo…

—Gracias, ya tengo quien me ayude.

—¿Alguien del museo?

—Sander, un amigo de Pandora.

—El músico, ¿verdad? Lo vi una vez en el Caribbean. ¿No toca también en otro sitio?

Alicia se encogió de hombros, atenta a la barra que indicaba el avance de la operación.

—Chica, me da la impresión de que no eres consciente del terreno que pisas.

Ella alzó la vista.

—¿Qué?

—La policía dice que trataron de asesinar a Jesús y es posible que lo de Pandora tampoco haya sido un accidente. Si están atacando a todos los que se relacionan con el museo…

—Pandora no trabaja en el museo.

—Pero colabora con tu tío desde hace años. Lo ha ayudado a clasificar y a inventariar documentos.

La muchacha no hizo ningún comentario. Terminó de revisar el resto de los archivos por si hallaba otro que pudiera serle útil.

—Mejor ándate con cuidado —añadió él.

Sus ojos eran reflejos plomizos que la observaban en la penumbra.

—Gracias por el consejo —dijo ella poniéndose de pie, algo inquieta por el silencio que invadía el piso.

Con el nerviosismo, dejó caer la memoria. Tristán se agachó a recogerla en el momento en que una silueta se recortaba en el umbral.

—¿Te falta mucho? —preguntó Sander, mirando a Tristán con cara de pocos amigos.

—Ya acabé —murmuró ella, casi corriendo a su lado—. Vamos a Cartografía. Joaquín prometió que me dejaría algo en su escritorio.

Ya en el rellano de la escalera, Sander susurró:

—¿Qué quería ese?

—No estoy segura.

—¿Quién es Joaquín?

—El jefe del archivo. Le pedí el mapa más antiguo que pudiera conseguirme de la región oriental.

—¿Para qué?

—Voy a intentar reconstruir la ruta de Juana.

—¿Y el encargo de tu tío?

—Puedo hacer varias cosas a la vez.

Bajaron hasta la madriguera abarrotada de legajos donde trabajaba el veterano cartógrafo. La ventana apenas lograba alumbrar lo que antaño fuera un dormitorio de esclavos domésticos. Alicia encendió una luz y suspiró. Decenas de documentos se amontonaban sobre la mesa. Tras registrar la montaña de papeles durante unos minutos, anunció triunfante:

—Aquí está.

—¿Qué?

—La copia de un mapa con las parcelas y los ejidos originales. Servirá para localizar los cacicazgos y las... —Se detuvo en seco—. ¡Dios mío! ¿Cómo no me di cuenta?

—¿De qué?

—¿Qué cosa es un lugar y, al mismo tiempo, no lo es?

Sander frunció el ceño.

—¿Un espejo?

—Piensa en términos geográficos —insistió.

Él seguía sin dar muestras de enterarse.

—¡Un mapa! —exclamó ella—. Tenemos que buscar un mapa de Isla de Pinos: la antigua Colonia de la Reina Amalia. ¡Esa es la respuesta al acertijo!

—¿Y dónde vamos a encontrar ese mapa?

—No tengo ni idea, pero ya estamos sobre la pista. —Y lo abrazó de repente con inesperado entusiasmo—. Vamos a casa, tengo que revisar estos archivos.

5

Miami, División de Investigaciones Criminales,
25 de agosto, 10.17 h

La vida puede cambiar al doblar de cualquier esquina. Uno cree que el mundo se hunde bajo nuestros pies y, de pronto, encontramos un nuevo asidero para regresar a la superficie. Así se sentía Luis desde su visita a la isla.

Cada mañana se levantaba con un salto en el pecho —el mismo que había padecido durante años— y entonces recordaba que acababa de recuperar a su hijo. Debían pasar varios segundos para asegurarse de que no soñaba.

—¡Teniente!

Apartó los ojos de la pantalla. Charlie estaba frente a él con unos papeles en la mano. A juzgar por su expresión, no era la primera vez que lo llamaba.

—Disculpa, ¿qué me decías?

—Aquí están las fotocopias.

Luis revisó rápidamente el expediente: «Ercilio Madruga Ruiz, alias La Liebre. Nacido en Bejucal, La Habana. Naturalizado estadounidense. Sospechoso buscado en Miami por el asesinato de Manuel Valle. Caso pendiente en la jurisdicción de...».

—Dáselas a la secretaria —murmuró, devolviéndole los papeles—. Dile que ya puede enviarlo todo a la oficina central. Con eso será suficiente, ¿no?

Charlie se encogió de hombros.

—¿Y si no aceptan?

—Tenemos derecho a repatriarlo. Es ciudadano de este país.

—Ante la justicia cubana no ha cometido ningún crimen.

—Excepto la paliza al cura —le recordó Luis—, que además es

un candidato político. Creo que accederán cuando comprueben que el ADN del cigarrillo que recogimos en La Pequeña Habana coincide con el que ellos recolectaron en el apartamento del candidato.

—Ya veremos.

—Entrega las fotocopias a ver si conseguimos una respuesta lo antes posible.

Charlie abandonó la oficina, dejando atrás los cubículos vacíos. A esa hora, los investigadores ya se habían marchado a interrogar testigos o a reunirse con otros especialistas.

Luis volvió a su eterno calvario: repasar los informes de los diferentes casos que manejaba su unidad; una tarea burocrática, aunque necesaria, que esta vez no le resultaba tan fatigosa, animado ante la perspectiva de regresar como investigador. Era una posibilidad que lo estimulaba, no solo por el caso en sí, sino porque quería seguir viendo a su hijo.

Foncho aseguraba que las autoridades cubanas estaban muy nerviosas con las elecciones y lo menos que deseaban era que un caso criminal que podía resolverse discretamente se convirtiera en una noticia que enturbiara el proceso político. El país necesitaba limpiar su depauperada imagen, así es que probablemente permitirían la visita del detective para que el asunto no escalara.

Por supuesto, en su informe no había mencionado el secuestro de Alicia porque eso significaría involucrar a su hijo. Además, si la Liebre seguía tras la muchacha, la relación con la policía lo pondría sobre aviso.

Dejó escapar un suspiro. Aunque ahora tenían el nombre del asesino, el caso le molestaba más que ninguno. Su instinto le decía que aún no acababan de acercarse a lo que realmente se escondía tras todo ese enredo. Suspirando, abandonó el escritorio y salió en busca de un café.

6

La Habana, El Vedado, 27 de agosto, 14.56 h

Las noticias del hospital volvían a ser tan desoladoras que Alicia se olvidó de comer. Pandora continuaba en coma y Virgilio sufría de una arritmia incontrolable que obligaba a mantenerlo bajo medicamentos que lo aletargaban. Sander trató de distraerla, pero ni siquiera consiguió que se ocupara del acertijo.

En la tarde del tercer día, el doctor Solomon llamó para avisar que su crucero había tocado puerto y aprovechaba para saber de todos. Alicia le explicó someramente el estado de Virgilio, aunque callándose los eventos que habían provocado la crisis. Supo que, si cometía semejante indiscreción, el buen doctor le rogaría que se largara de allí cuanto antes; y como ella no pensaba abandonar a su tío, el otro tomaría el primer vuelo desde Juneau o Anchorage, dejando a medias su gira entre los icebergs, para ir a rescatarla al Caribe. Además, armaría tal jaleo que medio mundo se enteraría; y ya había comprobado lo peligroso que era alborotar un abejero.

Quizá movido por un sexto sentido, el doctor la acribilló a preguntas que ella evadió bromeando un poco y recomendándole que siguiera su excursión con las ballenas. Al colgar, ya se sentía más reconfortada y se acercó al sofá donde Sander escuchaba música.

—¿Me podrías llevar al apartamento? —le pidió cuando él se sacó los auriculares.

—Espera, déjame llamar a Foncho.

Cinco minutos después, la moto se sumaba al escaso tráfico que antecede a la salida de los trabajos.

No tardaron en llegar al parqueo, donde los aguardaba un policía que Foncho les había enviado para que los escoltara. No se trataba de un servicio oficial, por supuesto, sino uno de esos favores que suelen hacerse los colegas sin preguntar mucho. El agente se quedó en el pasillo, vigilando el elevador, mientras ellos entraban.

El piso seguía oscuro y silencioso. Un vago olor a encierro flotaba en el ambiente. Tan pronto se vieron solos, entornaron la puerta para aislar los sonidos.

—Ya sabemos que el *legado* es un documento —susurró Alicia—. Si mi tío lo escondió en un mapa de Isla de Pinos, lo mismo puede estar enrollado que escondido dentro de un marco.

«No creo que de esos queden muchos sanos», pensó Sander, pero se dispuso a participar metódicamente en la búsqueda.

Primero revisaron las dos cestas repletas de rollos; luego en el basurero lleno de marcos rotos, en las estanterías y, por último, en el escritorio y las paredes donde colgaban los mapas que se habían salvado del destrozo.

Dentro de una gaveta, Alicia encontró cuatro llaves engarzadas a una anilla con la etiqueta MUSEO. Cada llave tenía un trocito de esparadrapo donde se leían las palabras «Archivo», «Oficina», «Director» y «Bóveda».

Fatigados de registrar sin éxito, se detuvieron en medio de la sala.

—¿No hay otra alternativa que no sea un mapa? A lo mejor ese símbolo entre palabras significa otra cosa.

—No se me ocurre nada más —confesó Alicia—. Lo curioso es que haya escogido ese nombre para un anagrama, cuando Isla de Pinos tuvo otros más conocidos. ¿Por qué Reina Amalia?

Abrió su teléfono, se conectó a internet y tecleó la frase ISLA DE LA JUVENTUD. No halló ningún dato significativo.

Regresó a Google y escribió COLONIA REINA AMALIA, incluyendo las comillas para forzar al sistema a mostrarle exactamente esa entrada.

El primer enlace la condujo a Wikipedia, donde se enteró de que la Colonia Reina Amalia había sido fundada en la actual capital de la isla, en 1830, con el fin de honrar a la tercera esposa de Fernando VII. Luego ese nombre se extendió al resto del territorio.

Alicia se quedó mirando la fecha. Estaba casi segura de haberla visto escrita en otro sitio.

—Vamos a buscar un mapa fechado en 1830.

Volvieron a vaciar las cestas llenas de rollos, que extendieron e inspeccionaron con minuciosidad de sabuesos.

—No entiendo nada —murmuró ella—. ¿Dónde más pudo esconderlo?

Se quedó absorta en el cuarteto de llaves que aún sostenía en su mano.

—Su oficina —dijo con certeza.

Abandonaron el apartamento, se despidieron del guardia y se dirigieron al museo. Allí el portero los saludó con un gruñido.

Subieron hasta la oficina de Virgilio y la inspeccionaron de arriba abajo, incluyendo el archivo metálico. Alicia volvió a sopesar sus opciones.

—¿Y si lo escondió en la oficina de Simón?

—No pensarás meterte allí, ¿eh?

La muchacha pasó revista a lo que recordaba del sitio. En una de las estanterías había visto el facsímil de un romancero del siglo XVI, un ejemplar apropiado si hubiera deseado hacer alguna comparación estilística con el manuscrito.

—Vamos, ya tengo una coartada.

Aunque eran más de las cinco, tocó a la puerta antes de usar la llave. El balcón abierto dejaba pasar el soplo salobre de la bahía y el murmullo de la ciudad que celebraba la interminable fiesta del trópico.

La muchacha echó un vistazo a las paredes decoradas con fotos y diplomas. Los armarios mostraban bustos de personajes históricos junto a volúmenes gargantuescos. Nada de mapas enrollados, ni plegados; tampoco compendios cartográficos, ni relacionados con la geografía o la topografía.

—Falta la bóveda —recordó ella.

Dentro del recinto helado y aséptico, localizaron la sección de mapas, con estantes diferentes para los plegables y para los manuales con reproducciones cartográficas. Durante una hora abrieron y hojearon libracos enormes, algunos de ellos incunables con cubiertas de cuero. También desplegaron los islarios reconstruidos a partir de fragmentos.

Fue Sander quien encontró el mapa exquisitamente dibujado con plumilla y tintas de colores. La fecha aparecía en la esquina superior derecha. Voltearon el dibujo y examinaron su reverso, pero no hallaron ninguna marca sospechosa. Alicia suspiró decepcionada.

No obstante, metió el mapa en un tubo de cartón que se echó a la espalda y esperó a que Sander cerrara la puerta para dirigirse a la salida.

—¿No existirá otro mapa con esa fecha que pasamos por alto? —preguntó ella con la mirada vidriosa.

—Hay muchas oficinas aquí.

—Me estoy desmayando. Comamos algo antes de volver.

—¿Ahora?

—No podré dormir si no lo hago.

Él asintió, comprensivo.

Las lámparas de la ciudad empezaban a ahuyentar la naciente penumbra del malecón desbordado de habaneros y turistas, de amantes y transeúntes, que compartían el último destello de luz en el horizonte. La respuesta parecía estar tan cerca...

7

Maryland, Centro Médico Militar Walter Reed,
27 de agosto, 19.32 h

El doctor Ruby Solomon se arrebujó en su abrigo. Había salido a caminar para pensar en aquella conversación con Alicia. Todavía le quedaba una semana en ese hospital donde se alojaba en secreto para no preocupar al resto de su familia. Solo tres personas conocían la verdad.

Hasta ahora los exámenes habían arrojado resultados negativos. Quedaba por hacer una prueba más para descartar lo peor. Su oncólogo —un viejo colega de sus años en el Mount Sinai, de Manhattan— era muy optimista y achacaba aquellos síntomas inquietantes a un anómalo desequilibrio hormonal.

Pero esa no era la razón que le impedía tomar un avión hacia La Habana, sino otra de mayor peso, la misma que lo había obligado a poner en manos de Alicia el preciado *legado* para que llegara a su destino. Simplemente no podía viajar a Cuba. Los servicios de contrainteligencia en la isla lo tenían fichado como médico del United States Public Health Service Commissioned Corps, una dependencia federal cuyos miembros —civiles o militares— pertenecían a una élite altamente confiable. No era que estuviese catalogado como espía ni enemigo, pero haber trabajado durante tantos años como médico de la guardia costera norteamericana era suficiente para desaconsejar su presencia en esos momentos.

Como todo estadounidense que había visitado la isla en los tiempos anteriores a la transición, sus antecedentes fueron exhaustivamente investigados. Alguien le informó que sus credenciales como médico federal habían hecho sonar las alarmas del Ministerio del Interior cubano. En aquella ocasión se le permitió entrar a la isla con su esposa Teresa, que iba para visitar a su hermano, no sin que un doble agente le advirtiera que estaría bajo vigilancia. Aunque nunca fue molestado, al regresar le recomendaron que no volviera a viajar a la isla hasta que la situación se normalizara. Por eso, cuando sobrevino la urgencia de enviar el *legado*, decidió que solo Alicia podría hacerlo sin levantar sospechas.

Él mismo la acompañó a la puerta de seguridad, se aseguró que pasaba el detector de metales y supervisó de lejos la inspección de su equipaje por los rayos X antes de dirigirse a la salida y enviarle un mensaje a Virgilio: YA PUSE EL PAQUETE EN EL CORREO. Casi al instante recibió la respuesta: VOY CAMINO A RECOGERLO.

Virgilio lo había mantenido al tanto de los acontecimientos, con excepción del secuestro. Cuando dejó de llamarlo no se preocupó, creyéndolo atareado con los preparativos de la conferencia, pero a medida que los días empezaron a acumularse sin recibir noticias, empezó a inquietarse y llamó a Alicia.

Fue una conversación parca y confusa. Ni sus bromas ni su charla frívola lo engañaron. Virgilio estaba hospitalizado a causa de una «ligera isquemia». Pandora no podía hablar debido a una caída. ¿Por qué esos dos contactos se hallaban súbitamente fuera de su alcance? Ni las forzadas bromas de Alicia, ni su charla frívola, lo engañaron. Allí había gato encerrado.

Un vendaval le alborotó los cabellos. Ejércitos de hojas otoñales se arremolinaron a sus pies y recorrieron las aceras del complejo médico.

Sus pasos lo condujeron al jardín del Ángel, igualmente desierto. Se sentó en uno de los bancos de granito que rodeaban el sendero de piedras rojas, cuyas circunvoluciones imitaban esos diseños trazados en algunas catedrales medievales para salvaguardar los restos de una antigua sabiduría. En ese detalle creyó adivinar una señal. Él también había protegido el secreto de la Hermandad en la que Teresa lo había iniciado, como antes hiciera con su hermano Virgilio. Poco importaba que ese secreto solo fuera importante para un país que no era el suyo; había sido el de Teresa, a quien había amado como a ninguna otra, y según todos los indicios, el de su hija adoptiva.

Las luces del parque se encendieron y el viento ululó entre las ramas, que jugaban a hacer sombras chinescas.

«Algo no está bien», pensó.

Su instinto tenía garras que no dejaban de arañarlo. Recordó la noche en que Teresa le anunció, temblando de excitación:

—El Abate dice que debemos criarla.

Al principio no entendió.

—¿Criar a quién?

—A la niña. Dice que es importante.

Él trató de darle sentido a lo que estaba oyendo.

—¿Estás hablando de la Niña Milagro?

—Tenemos que adoptarla.

Teresa era estéril. En ocasiones habían hablado sobre la posibilidad de adoptar, pero la idea siempre quedaba relegada a un «más adelante». Y ahora, de pronto, llegaba aquella encomienda del Abate.

—¿Por qué nosotros? ¿Y por qué es importante? ¿El Abate conoce a sus padres?

—Solo dijo que debíamos hacerlo por la Hermandad.

Aunque la petición resultaba tan misteriosa como inusual, la tomó como una feliz coyuntura. Teresa y él querían ser padres. Aquella «misión» era la excusa perfecta para no posponer más ese deseo.

Veinticinco años después, con su viudez a cuestas, se preguntaba si era realmente casual que aquella misma criatura hubiera terminado siendo el vehículo para que el *legado* regresara a la Hermandad. Pero ¿cómo iba el Abate a prever semejante cosa? Ni que fuera Dios.

Teresa le había explicado lo que era la Hermandad y su propio papel como intermediaria entre sus miembros y el Abate, pero nunca le reveló dónde y cómo ocurría aquel intercambio de comunicaciones. El doctor Solomon siempre supuso que ese pedido de adopción nacía de un motivo más bien mundano, por ejemplo, que el Abate conocía a los padres de la criatura. Pero ya no estaba tan seguro. Empezaba a sospechar que podían existir razones más inquietantes detrás de todo ese misterio, aunque su espíritu pragmático prefirió desechar las especulaciones.

Ahora, para empeorar las cosas, presentía que Alicia se hallaba en peligro. Su ansioso parloteo revelaba algo más que preocupación por Virgilio. Nunca había sido muy habladora, ni siquiera de niña. Aquella charla insulsa indicaba una zozobra anómala, un intento fallido por acallar sus nervios. Muy bien, quizá él no pudiera viajar a Cuba, pero aún contaba con otras fichas en aquel juego.

Echó una ojeada a su alrededor. La bucólica estampa del jardín no lo engañaba. Como toda instalación militar, el perímetro estaba vigilado. Sabía que existían cámaras (y tal vez micrófonos) que monitoreaban lo que ocurría en ese entorno. No podría hablar allí.

Mientras subía en el ascensor, su memoria repasó un número de teléfono que ni siquiera había registrado en su celular: su tercer contacto de emergencia. Si bien su vínculo con la Hermandad no implicaba un complot, quizá alguien podría considerarlo una violación de su código como empleado federal, pero creía que su decisión estaba justificada. Los intereses de la Hermandad no interferían con los de ninguna agencia gubernamental y, dado el caso, incluso podían llegar a converger. Por amor a Teresa había mantenido aquel secreto, y por amor a su recuerdo seguiría ayudando a esa gente, sobre todo ahora que su hija estaba involucrada.

Entró a su estudio, idéntico a otros habilitados para pacientes como él. Había dejado encendida la lámpara, junto a la computadora, y no se molestó en añadir más luces. Hizo una rápida búsqueda de estaciones radiofónicas en internet, escogió una de noticias, subió el volumen y marcó un número en su celular.

—¿Cómo está el tiempo en Israel? —preguntó con su contraseña habitual.

—Anunciaron nevadas en Eilat.

—Supe que Virgilio está ingresado, igual que la «intérprete». ¿Por qué?

—Hubo ciertas complicaciones, pero lo peor ya pasó.

—¿Lo peor? ¿Qué quieres decir con eso?

Hubo tres segundos de silencio.

—No puedo contártelo ahora —respondió el otro—, pero te aseguro que todo está bajo control.

«Nada está bajo control», pensó el doctor.

—¿Cómo está mi hija?

—Bien.

—Necesito que me garantices *su* seguridad —dijo— o la subes a un avión de inmediato.

—Sabes de sobra que ella no se irá hasta que Virgilio se recupere. Además, la necesitamos aquí. Ahora mismo está trabajando en ese asunto que nos concierne a todos.

—Prométeme que estarás pendiente de ella.

—Lo estoy.

—Y avísame de inmediato si ocurre algo.

Cortó la llamada, bajó el volumen del noticiero y cambió de estación para que un nocturno de Chopin se esparciera por la sala. Luego se echó sobre el sofá y valoró la posibilidad de viajar a la isla, a menos que sus exámenes dieran un resultado alarmante o que alguien le asegurara que Alicia no corría ningún peligro. Dadas las circunstancias, esto último era lo más improbable.

8

La Habana, Buenavista, 2 de septiembre, 6.15 h

Lo despertó el estruendo de varias latas, seguido por un maullido terrorífico. Medio dormido, se sentó en el sofá de la sala. Un céfiro incesante agitaba los árboles del patio. Estuvo a punto de echarse a dormir otra vez, pero notó que la luz del dormitorio se colaba por la puerta entornada y se levantó para curiosear. Alicia leía en la cama, con el rostro iluminado por la lámpara.

—Disculpa, pensé que necesitabas algo.

—No importa, pasa. Estoy desvelada.

Sander echó una ojeada al rollo abierto sobre las sábanas. Era el mapa de Virgilio que ella llevaba una semana examinando palmo a palmo, valiéndose de la misma linterna con que había descubierto el texto oculto en el manuscrito.

Un registro al resto de las oficinas, que no estaban cerradas con llave, no arrojó ningún hallazgo adicional. Así, pues, se habían quedado varados con aquel mapa.

—Sigo sin saber qué debo buscar —se quejó—. No encuentro ninguna marca, no hay nada escrito con tinta invisible.

Un poco harto de acertijos, Sander la escuchó compartir su frustración.

—Tal vez lo que buscas no está escondido, sino a la vista —aventuró él.

—Pero ¿dónde? —preguntó ella, repasando la lámina por enésima vez—. Aquí solo veo una isla rodeada de dragones y colonos con casacas al estilo Rip Van Winkle. Esto no tiene nada que ver con la historia real de Cuba. Tampoco entiendo por qué han dibujado este mapa como si fuera del Renacimiento, en pleno siglo XIX. Nadie pintaba utopías cartográficas en esa época.

Finalmente, el muchacho se levantó y entró al baño.

Alicia escuchó caer el agua: un sonido familiar que la tranquilizó.

Sin levantarse de la cama, rescató los jeans olvidados en el suelo. Mientras se abrochaba las sandalias examinó el mapa de nuevo, estudiando los trazos que formaban sus olas enroscadas como caracoles. ¿Dónde había visto un dibujo parecido? Claro, en su viejo ejemplar de *Robinson Crusoe.* Virgilio se lo había regalado cuando era niña.

Había pasado incontables horas admirando esas maravillosas ilustraciones de un artista que firmaba sus obras como Carybé. Lo recordaba porque su madre la llevó a una terminal del aeropuerto de Miami donde había dos murales del mismo artista y, aunque le gustaron esos colores, siempre siguió prefiriendo las ondulantes estampas en blanco y negro del libro.

Rememoró los tiempos en que su tío le narraba fábulas idílicas de utopías y reinos paradisíacos... Virgilio adoraba esa clase de relatos. Ella misma había leído varios en su biblioteca.

—Cuando acabes, vamos al museo —gritó ella, arrimándose al baño.

—¿Descubriste algo?

—Creo que sí.

Bajo la ducha, Sander atisbó a través del ventanuco que dejaba circular el aire. Más que una abertura para liberar la humedad, semejaba un rosetón gótico. Una ráfaga lo cerró de golpe ante sus narices.

«Mal momento para salir», pensó con nerviosismo, consciente de que una tempestad jamás sería un obstáculo para Alicia.

9

La Habana Vieja, Museo del Libro Cubano,
2 de septiembre, 8.02 h

Cuando Alicia se abrochó el impermeable y bajó el visor de su casco, parecía una astronauta con el equipo de supervivencia a cuestas. Bajo la capa llevaba su mochila, donde guardaba la tableta, la linterna ultravioleta y una agenda de notas. Sander también se ajustó su equipo y los dos se pusieron en marcha.

La depresión tropical se aproximaba. Poco a poco el monstruo iba ganando fuerzas en medio del océano, alimentándose del calor acumulado en las aguas.

Las calles estaban desiertas, con excepción de algunos excéntricos que gozaban la aventura del peligro. Dos o tres veces la muchacha experimentó una sensación de *déjà vu* al recordar que el incendio del Capitolio había ocurrido bajo un clima semejante.

Dejaron la moto a unos pasos del puerto y atravesaron las callejuelas, luchando por no resbalar sobre los adoquines. Junto al portón del zaguán, dormitaba el sereno con un cigarrillo en la boca, acompañado por un radiecito portátil que profanaba el silencio con baladas decadentes.

—Buenos días —lo saludaron a la vez.

El hombre arrojó precipitadamente el cigarrillo, mientras los jóvenes se despojaban de sus impermeables y los desplegaban chorreando sobre la balaustrada. El portero miró su reloj, desenchufó la radio y la guardó en una mochila de aspecto mohoso antes de ponerse de pie.

—¿Se marcha? —preguntó Sander.

—Mi turno se acaba a esta hora. —Pisó con disimulo el cigarrillo que todavía humeaba bajo la silla—. Recuerden apagar las luces y cerrar con llave si se van antes de que llegue alguien.

Sus pasos resonaron en los adoquines de la calle, perdiéndose en la temprana mañana.

—Ahora cuéntame —dijo Sander, siguiéndola escaleras arriba.

—Pensé que el escondite estaría en el mapa, pero me equivoqué —reconoció ella—. El mapa solo señala la próxima pista.

—¿Y es...?

—Un libro. Tenemos que buscar entre las utopías que colecciona mi tío.

—¿Por qué una utopía?

—El mapa de 1830 está lleno de dibujos típicos de las utopías medievales y renacentistas, muy anteriores al año en que se hizo el mapa. En el siglo XIX ya no se estilaba hacer esa clase de mapas. Es una anomalía, es decir, una señal para llamar mi atención.

Sander repasó sus lecturas universitarias.

—¿Cómo vamos a encontrar ese libro? La única utopía que recuerdo es *La nueva Atlántida*, de Francis Bacon.

—No te preocupes, todas deben de estar en el mismo estante.

Subieron al tercer piso, desde donde se escuchaba el canturreo de la fuente colmada de agua, mientras el viento silbaba entre las columnas produciendo ecos extraños.

En la oficina, Alicia encendió la luz del techo y de la lámpara que reposaba encima del escritorio. Iniciaron el registro por la vitrina de cristal donde se alineaban los tomos escritos con la disoluta ortografía española de siglos pasados: *La historia natural de las Indias y todo lo acaescido en ellas dende que se ganaron hasta agora*, de Francisco López de Gómara, en una edición facsímil a partir del original de 1552; *Diccionario provincial casi razonado de vozes y frases cubanas*, de Esteban Pichardo (1875); *Vida y hechos del ingenioso cavallero Don Quixote de la Mancha,* de Miguel de Cervantes, en una reedición de 1735... Leyeron los títulos a través del vidrio, pero no hallaron lo que les interesaba.

La atención de Alicia saltó a las obras de aventuras que había leído siendo una niña y que Virgilio conservaba en esas viejas ediciones: *La isla del tesoro,* de Robert. L. Stevenson; *Robinson Crusoe,* de Daniel Defoe; *La isla misteriosa,* de Julio Verne; *El mundo perdido,* de A. C. Doyle; *La isla del doctor Moreau,* de H. G. Wells... Por primera vez se dio cuenta de la cantidad de novelas para niños y adolescentes concebidas en torno a islas.

El estante siguiente era una continuación de lo mismo, aunque para adultos. A diferencia de las anteriores, pletóricas de exploraciones y descubrimientos estimulantes, las islas adultas se transformaban en recordatorios del dolor, de la alienación, de los sueños perdidos. Lo sabía porque había leído casi todos esos títulos: *La leyenda de la isla sin voz*, de Vanessa Monfort; *La posibilidad de una isla*, de Michel Houellebecq; *La isla prometida*, de Amanda Helzing; *La isla de los amores infinitos*, de Daína Chaviano; *Islas en el golfo*, de Ernest Hemingway...

En un rincón alejado de la luz, Sander descubrió el primero de los títulos que buscaban: *La ciudad del sol*, de Tommaso Campanella, con la palabra UTOPÍA escrita en rojo, cerca del borde superior de la portada. Le siguieron *Novum Organum*, de Francis Bacon; *La República y otros diálogos*, de Platón; *Utopía*, de Tomás Moro; *La ciudad de Dios*, de san Agustín; *La nueva Atlántida*, también de Francis Bacon; *Isle of Pines, an Utopian Novel (1668)*, de Henry Neville...

Alicia se detuvo en esa cubierta que, pese a la fecha, tenía una encuadernación moderna. La portadilla mostraba un grabado antiguo, quizá copia del original, y letras de contornos alambicados. Leyó rápidamente el prólogo, donde dos académicos aportaban datos sobre su autor, especulando sobre las diferentes interpretaciones de aquella obra.

—No sabía que un inglés hubiera escrito una utopía sobre Isla de Pinos —comentó Sander, que curioseaba por encima de su hombro.

—Bueno, no estoy segura de que esta sea *nuestra* Isla de Pinos. Creo que el nombre es una coincidencia porque no veo que se mencione Cuba por ninguna parte, pero habría que leerse todo esto y ahora no tenemos tiempo.

Volteó el libro y lo sacudió para ver si caía algún papel.

Notó que las guardas que sellaban la encuadernación no eran de igual color. La del reverso de la portada lucía amarillenta; la que remataba la contratapa, más clara: una diferencia tan sutil que pocos hubieran reparado en ella.

—Ayúdame a encontrar un abrecartas —pidió a Sander.

En el escritorio revuelto descubrieron dos. Alicia usó el más afilado para levantar la guarda más clara, que parecía nueva. Solo estaba pegada a lo largo de sus bordes, lo cual dejaba un bolsillo hueco en el centro. De allí se escurrió un papel doblado que al ser abierto mostró una frase escrita en tinta, seguida de cifras agrupadas en tres columnas:

Tu primer libro favorito
45 23 12
28 20 05
06 07 16
40 11 17
15 31 05
04 35 05
06 17 08
18 16 09
43 06 15
42 24 02

A juzgar por el brillo de los trazos, Virgilio había echado mano a la pluma de avestruz empotrada en el viejo tintero que usaba a veces delante de sus visitantes. Era una broma que lo divertía mucho, aunque con seguridad esta vez la había usado por necesidad.

—Santo cielo —murmuró Sander—, otro jeroglífico.

Alicia dejó escapar un suspiro.

—Menos mal.

—No me digas que ya sabes lo que dice.

—Casi, casi. Solo debemos encontrar un ejemplar de *Alicia en el País de las Maravillas*... No cualquier edición, sino la primera que tuve.

—¿Y de dónde sacaremos eso?

—Aquí no está, pero vi una en el apartamento de mi tío.

—¿Tenemos que volver allí? ¿Otra vez?

—Para armar un pequeño rompecabezas. Será muy fácil.

—Explícame a qué le llamas fácil.

—Es un juego que me enseñó cuando era niña... Bueno, no es un juego sino un sistema de criptografía medieval, pero muy sencillo, siempre que sepas qué libro y edición usar. Cada línea de cifras es una coordenada para hallar una palabra. El primer par de dígitos indica la página; el segundo, la línea; y el tercero, el lugar que ocupa la palabra en esa línea.

—¿No hubiera sido mejor enviarte un email con el mensaje de una vez?

—Mi tío no confía en la tecnología. Por eso me ha guiado por un laberinto de claves que solo él y yo conocemos. Fue la única manera de asegurarse de que nadie más tendría acceso al escondite.

Guardó el papel en su mochila. Luego devolvieron a su sitio los libros, sin prestar atención a los mil ruidos que estremecían el caserón. Alicia dejó que su amigo colocara los últimos.

—¿Trajiste tu celular? —preguntó ella mientras revolvía su mochila para volver a sacar el papel—. Quiero tomar una foto del cifrado, no vaya a ser que con la lluvia...

Una figura se detuvo ante la puerta. Alicia levantó el rostro y sus rodillas se doblaron. Sander percibió de inmediato su terror y tensó los músculos instintivamente antes de que su mirada tropezara con los ojos del desconocido. Sin pensarlo, cubrió a Alicia con su cuerpo.

—No quiero hacerle daño a tu amiga —dijo el hombre con una sonrisa más lóbrega que sus pupilas—. Sé que no me porté muy bien con ella, pero todo fue culpa de un malentendido. Si viene por las buenas y me da lo que necesito, todos podremos descansar.

Sander descubrió que no tenía miedo, sino rabia de que aquel tipejo ni siquiera lo considerara una amenaza. Eso explicaba por qué no blandía la navaja que se adivinaba bajo el pulóver.

—Vamos, pedazo de hombre —dijo la Liebre—. Quítate del medio si no quieres que...

Antes de que acabara, Sander le arrojó un tintero. El otro logró esquivar el proyectil, que cayó bajo la mesa tras rebotar en la pared. Un reguero de oscuridad se extendió por el suelo. Esta vez la hoja de acero brilló en la penumbra cuando se lanzó sobre el joven, que lo aferró por las muñecas con fuerza sorprendente. Sin embargo, Sander sabía que su resistencia no sería duradera y trató de golpear la mano que sostenía la navaja contra el borde de un mueble; solo consiguió que los tomos apilados en el estante superior se les vinieran encima.

Alicia agarró una taza de mayólica para aporrear al criminal, pero este fue mucho más rápido. La vasija terminó en el suelo, destrozándose sobre el resbaloso charco de tinta. Una catarata de fragmentos de loza se derramó hasta el pasillo. Varios marcos se desprendieron de una pared. Ella esgrimió uno en dirección al atacante, pero fue derribada contra un armario cuyas puertas de cristal estallaron. Miríadas de astillas se dispersaron en todas direcciones.

Mientras luchaba por incorporarse, un rodillazo de la Liebre alcanzó a Sander. Ella lo vio doblarse de dolor. Su agresor aprovechó para contraatacar y le encajó una patada en la mandíbula que lo dejó inconsciente. Alicia se arrastró hacia él.

—Eh, ¿qué pasa allá arriba? ¿Quién está ahí?

El grito paralizó a la Liebre. Alguien subía por las escaleras desde la planta intermedia. Echó una rápida ojeada a su alrededor, pero al no ver lo que buscaba, lanzó una especie de bufido y escapó como un bólido en dirección a la azotea.

En el umbral apareció el corpachón de una ballena deforme.

—¡Dios mío! —exclamó Simón—. Qué desastre, santísimo. ¿Qué pasó?

Sander se movió un poco, gruñendo de dolor.

—Acaba de salvarnos la vida.

—Esperen aquí, vuelvo enseguida —masculló, y salió con paso rápido hacia su oficina.

Alicia pasó su mano por el rostro lleno de arañazos.

—Sandy, ¿me oyes?

Él entreabrió los ojos.

—¿Dónde está el papel? —susurró.

La muchacha descubrió su mochila sobre el lago de tinta y tanteó en su interior con cautela hasta rescatar el mensaje, manchado en varios sitios. La tinta había borrado dos cifras en la tercera y la quinta línea.

—¡Carajo! —exclamó Sander—. ¿Qué haremos ahora?

—Llevarlo al laboratorio, aunque si esas manchas fueron hechas con la misma tinta del mensaje estamos fritos.

Desde la puerta vieron a Simón saliendo de su oficina.

—¡Vamos a bajo! —les gritó—. La policía viene en camino.

Los jóvenes lo siguieron, apoyándose en el pasamanos, y se dejaron caer sobre el sofá del vestíbulo.

—Estás herida —dijo Sander, advirtiendo un hilo de sangre que se escurría desde algún sitio de su cabeza.

—No es nada.

Simón buscó unas gasas en el botiquín de primeros auxilios

y los ayudó a limpiar los rasguños, intentando conocer detalles de lo ocurrido. Minutos después llegó la ambulancia, casi al mismo tiempo que la policía.

Hubo que alejar a los curiosos que se agrupaban en la acera mientras los paramédicos atendían las heridas y Simón prestaba declaración. Pese al alboroto, Alicia se sentía aliviada.

—Mira aquí —dijo un paramédico, alzando un dedo ante ella—. Síguelo con los ojos sin mover la cabeza.

Con una pinza extrajo un par de astillas de vidrio enterradas en el cuero cabelludo. A sus espaldas, Sander no perdía de vista los dedos enguantados que tanteaban bajo la corta melena, explorando las sienes, detrás de las orejas, en la base de la nuca...

—No encuentro nada alarmante —dictaminó—, pero para estar seguros te recomendaría una placa de rayos X.

—Me siento bien, no se preocupe.

—Como quieras —respondió el hombre, que ya recogía las cajas de algodón, los desinfectantes y los rollos de esparadrapo para acomodarlos en un maletín.

Alicia y Sander se quedaron a solas en la parte posterior de la ambulancia, donde nadie les prestaba atención. Vecinos y transeúntes se mantenían a escasa distancia de los vehículos de emergencia —los únicos con permiso para circular en esa vía peatonal—, aventurando hipótesis sobre los movimientos de los policías que entraban y salían del museo. Ya no lloviznaba.

—¿Qué pasa? —susurró Alicia al notar el semblante demudado de Sander.

—¿Por qué no me lo dijiste?

—¿No te dije qué?

—Lo que tienes detrás.

Alicia se volvió para indagar a sus espaldas.

—¿Qué tengo?

Sander observó su reacción. «Dios santo —pensó—. ¡No lo sabe!» Pero no encontraba cómo explicárselo. Sería mejor que lo viera por sí misma. Registró la mochila de Alicia, sacó una polvera y luego la arrastró hacia la puerta delantera de la ambulancia.

—¿Adónde me llevas? —se quejó ella.

—Mírate —le ordenó él, poniendo en sus manos la polvera y alzándole el cabello para dejarle al descubierto la nuca.

Alicia avanzó un poco hacia el retrovisor. Oculta bajo sus cabellos, descubrió una mancha. Tuvo que estudiarla desde varios ángulos para asegurarse de que no alucinaba: era la silueta de una media luna, enmarcando tres pequeños lunares dispuestos en triángulo.

Desde un cielo totalmente despejado, una llovizna blanquecina comenzó a descender sobre los tejados que brillaban bajo el sol.

SÉPTIMO FOLIO

La furia de Guabancex

(1516)

1

Torcuato había pasado una noche de insomnio. Le agriaba el ánimo saber que esa rapazuela seguía fuera de su alcance, incluso estando bajo su poder. Cierto que se trataba de una fugitiva del Santo Oficio, seguramente culpable de los desastres que plagaban la villa, pero también era la ahijada del difunto Almirante. Para descargar su malhumor, gritó y pateó a indios y soldados por igual. Con eso halló cierto alivio hasta la caída de la noche, instante en que sus antiguos demonios se abalanzaron sobre él para atormentarlo. Desahogó su lujuria en una de las indias a su servicio, pero ni siquiera así consiguió tranquilizarse.

Se levantó de pésimo talante. El cielo era púrpura tras las montañas y los murmullos comenzaban a poblar la villa. De un puntapié despertó al indio que dormía en la cocina para que le preparara sus gachas. Mientras esperaba, bebió varios sorbos de cerveza amarga.

—Mi amo, soldado busca teniente —dijo en su castellano imperfecto una de las indias que se ocupaba de la limpieza.

Torcuato la miró irritado. Hubiera jurado que esa zorra parecía feliz de interrumpir su tranquilidad. Con esos salvajes nunca se sabía. Eran tan estúpidos que sus reacciones no tenían sentido.

Abandonó el comedor y fue hacia la puerta. Uno de sus hombres más fieles, el Zurdo, se paseaba frente a la entrada.

—¿Qué quieres a esta hora?

—Teniente, el hereje está enfermo.

Por un momento, Torcuato no supo de qué le hablaba.

—¿El judío? ¿Y a mí qué me importa? Dale cuatro latigazos y ponlo a trabajar.

—Es que tiene viruelas.

—¿Qué estás diciendo?

—Fui a buscarlo porque no salía de su choza. Menos mal que no llegué a entrar. Le grité desde afuera, se asomó a la puerta y me pidió agua. Estaba cubierto de costras.

—Pues que se muera allí.

—Imposible, teniente. Me ha dicho el boticario que las corrientes de aire pueden llevar la plaga a otros. Hay dos remedios: o lo liberáis en la selva, o lo encerráis a cal y canto en otro sitio.

—No pienso soltar al judío. Esa gente hace pactos con el diablo y podría curarse si está libre. Mejor enciérralo en su casa. Si se muere, me libero del problema; si no, volverá al trabajo hasta que recibamos órdenes de España o me nombren alcalde y pueda decidir qué hago con él.

El soldado asintió antes de retirarse. Torcuato lo vio cruzar la plaza en dirección al sendero de la encomienda. Entonces recordó a Juana. ¿Dónde hallaría pruebas para condenar a esos dos de una vez?

—Vuestra comida, don Gaspar —dijo una voz a sus espaldas.

—Guárdala, ahora tengo que salir.

Les hizo señas a dos soldados que terminaban su guardia y se disponían a descansar.

—Venid conmigo —les ordenó.

Los hombres obedecieron a regañadientes, arrastrando los pies por la tierra polvorienta hasta la casa de las ventanas azules. Gaspar solo tuvo que empujar la puerta para entrar. En el interior todo se veía limpio y ordenado. Una veintena de libros, sujetos por pesados bloques de arcilla en ambos extremos, cubrían la mitad de un anaquel suspendido de una pared; en la otra mitad había vasijas y garrafas de cerámica.

Torcuato sabía leer, pero odiaba los libros. Muchos eran propagadores de herejías. Se lanzó sobre ellos en busca de alguna conexión con doctrinas apóstatas, pero la mayoría eran obras de caballería y de poesía: *Tirant lo Blanch*, *Amadís de Gaula*, *Cantar de mio Cid*, *Curial e Güelfa*, *Cosmografía breve introductoria en el libro de Marco Polo*, *Cantar de Roldán*. Se detuvo para hojear con atención el contenido de un tomo atribuido a un tal Aristóteles. Leyó algunas líneas, pero no entendió nada. Parecía uno de esos textos que hablaban de las cosas raras del mundo, uno de esos enredos de sabios. Por si acaso lo separó para mostrarlo al padre Severino. Siguió leyendo: *Traducción y glosas de la Eneida*, *Libro de buen amor*, *Divina comedia*. Entre ellas descubrió un grueso ejemplar escrito en una lengua extraña. El título era una sola palabra: Οδύσσεια. ¿No eran esos los mismos garabatos con que escribían los judíos? Torcuato era incapaz de diferenciar un alfabeto de otro. Para él, cualquier frase que no estuviese escrita con letras latinas era sospechosa. También lo apartó para enseñárselo al fraile.

Los soldados ya habían saqueado el resto de la casa en busca de dinero o joyas. Uno de ellos vació el arcón donde Juana guardaba el manuscrito, pero al entrever los papeles ni siquiera se molestó en abrir completamente el bulto de trapos. Lo arrojó a un rincón y siguió revolviendo la habitación.

El otro revisó la alcoba de Jacobo. En una mesita había algunos papeles y potes de tinta, nada inusual en casa de un maestro papelero; pero al abrir el baúl más grande descubrió un objeto que ni ciego hubiera podido ignorar: un cráneo humano, el mismo que se había usado durante la ceremonia de Juana y que, dentro del ritual, no conllevaba otro propósito que provocar un examen de conciencia sobre la propia mortalidad humana. Por desgracia, fuera de ese contexto, su presencia resultaba más difícil de explicar. Fue el único objeto que pudieron presentar a Torcuato, pero era suficiente. Para la ortodoxia católica, un cráneo dejaba poco espacio a otra interpretación que no fuera una práctica macabra.

Satisfecho con el hallazgo, el teniente abandonó la casa. Desde lejos divisó a Jacobo, que atravesaba la plaza casi a rastras, sostenido por dos indígenas. Aunque le habían quitado los grilletes, caminaba con dificultad. El trío era escoltado a distancia por dos soldados que se cubrían los rostros.

Advirtió que fray Antonio salía de la capilla para unirse al prisionero con paso tan rápido que la sotana le azotaba los talones. El teniente se encogió de hombros. Allá el cura si quería terminar sus días como un apestado.

—¡Francisco! —gritó al que había encontrado el cráneo—. Recuérdale al Zurdo que clavetee todas las entradas y salidas, excepto una puerta. ¡Y quiero una posta permanente allí!

El hombre se apresuró a transmitir las órdenes, mientras Gaspar daba un rodeo para evitar al enfermo y llegar a su casa. Dejó en una repisa el cráneo con los dos libros sospechosos y llamó a gritos para que le sirvieran el desayuno. Estaba famélico.

—Mi amo, hombre busca —anunció la criada indígena—. Hombre trae miedo.

¿Qué quería decir aquella estúpida? Sin embargo, no le gustó esa combinación de palabras. Dejó intacto el plato de gachas y se asomó a la puerta.

—Teniente, disculpad que os moleste tan temprano —dijo Raimundo, el capataz que se ocupaba de las cuadras—, pero hemos hallado tres caballos muertos. Los otros andan salivando espuma por todo el ejido.

El temor se evidenciaba en los ojos del hombre.

—¿Cuántos están así?

—Casi todos. También perdimos siete perros de la jauría. Les dio una especie de agitación, tenían los ojos desorbitados y la lengua espumosa. Salieron disparados hacia el monte y ninguno ha vuelto.

Torcuato pensó un momento. Tal vez eso era lo que había estado haciendo la judía durante la madrugada: envenenando animales.

—Vamos a las cuadras —dijo, pero enseguida cambió de idea—. No, mejor busca al boticario para que me encuentre allí. Quiero averiguar si esto es una epidemia o una conspiración.

2

Hacía un calor asfixiante en la casa. Aunque era imposible escapar a través de los barrotes, habían claveteado los paneles de las ventanas. Por suerte le habían quitado los grilletes, seguramente pensando que la enfermedad era suficiente para debilitarlo y limitar sus movimientos; así es que al menos podía desplazarse con libertad.

Cuando sus ojos se acostumbraron a las tinieblas, notó la claridad que se colaba por las rendijas de las contraventanas. Todo estaba revuelto. Ropas y cacharros yacían por doquier. Apenas podía dar un paso sin que tropezara con algún tareco.

En su alcoba encontró los cofres abiertos. Faltaban varios objetos, entre ellos, el cráneo. Se mesó los cabellos, furioso consigo mismo. Había prometido a fray Antonio que le daría cristiana sepultura, junto a los demás restos óseos que habían descubierto mientras levantaban los cimientos de la casa, pero lo había olvidado y ahora eso sería una prueba más para acusarlo de hechicerías.

Se preguntó cuándo volvería a ver a su hija. A esa hora estaría trabajando en el taller. ¿Le habrían avisado de que él estaba en casa? Ella le había aconsejado que se fingiera enfermo y se preparara para la fuga, sin revelarle muchos detalles.

Puesto que allí no había físicos con experiencia, sino un boticario y un par de comadronas, bastaría con que amaneciera cubierto de llagas para que cundiera el pánico. Torcuato se vería obligado a sacarlo de los sembrados, donde el riesgo de contagiar a otros era mayor. Ella estaba segura de que no lo llevaría al calabozo del polvorín y que tampoco lo mataría. Contaba con el odio del teniente para mantenerlo al alcance de su venganza si sobrevivía.

Como siempre, su hija no se había equivocado. Y si los planes seguían el curso previsto, dentro de dos días se produciría una debacle que les permitiría huir.

Se puso a recoger algunas cosas, aún sorprendido de que la parte más descabellada del plan hubiera funcionado. De algún modo, Juana había convencido a los indígenas para que la ayudaran. Por lo visto había usado argumentos que él había pasado por alto.

Desplazándose en silencio, hizo un hatillo donde incluyó ropas y un par de libros, a los que sumó varios encargos de la joven: el manuscrito inconcluso, pliegos de papel, mazos de hierbas medicinales... Cerca del fogón localizó tres cuchillos, una tijera de hojas fuertes y punzones para repujar cueros. Todo fue a parar a un segundo fardo que ocultó bajo la mesa, junto con el anterior.

En la cocina localizó tres tortas de casabe, un cesto con anones maduros y queso blanco. Comió de todo un poco y, agobiado por el cansancio, se echó en su cama y se durmió. Horas más tarde lo despertó un ligero toque en la puerta.

—Jacobo —susurró una voz conocida.

—¿Fray Antonio? —preguntó—. ¿Cómo habéis hecho para acercaros?

—No hay nadie por los alrededores. Los guardias están en la taberna.

—¿Por qué Juana no ha venido a verme?

—Está en una celda del polvorín. Torcuato la sorprendió cuando regresaba de la encomienda.

—¡Dios mío!

—No os inquietéis, no le tocará un pelo. Valora demasiado su puesto.

—Olvidáis que somos fugitivos acusados de herejía.

—Ante todo sois españoles, y eso todavía cuenta. —Bajó aún más la voz—: Lo que me preocupa ahora es cómo podréis escapar si ella también está cautiva.

—No tengo ni idea, solo sé que habrá una revuelta que nos permitiría huir.

—¡Por la Virgen! —murmuró el cura—. Espero que no haya una carnicería.

—Juana me juró que ningún inocente saldría dañado, pero prometedme que estaréis pendiente de ella.

—La vigilaré como si fuera mi hija.

Y tras ese solemne voto, fray Antonio se escurrió entre los matorrales dejando a Jacobo solo con sus temores.

3

Desde su celda, Juana escuchó las voces de los soldados que deambulaban por el polvorín. Algunas frases captadas al vuelo le bastaron para enterarse de que Torcuato estaba colérico. Casi todos los caballos y los sabuesos habían muerto; el resto agonizaba o había escapado al monte.

En otras circunstancias se habría sentido más que satisfecha. Por desgracia, conocía de antemano lo que ocurriría en las próximas horas. Primero estallaría un incendio en la bodega principal que, debido a la escasez de víveres, congregaría a todos los vecinos y soldados para apagarlo. Una vez que el polvorín quedase desprotegido, varios taínos lanzarían teas encendidas a través del ventanal posterior.

La mayoría de las armas y las municiones se guardaban allí. Si el plan salía como había previsto, la explosión no solo destruiría el polvorín, sino que atraería a los soldados que vigilaban las encomiendas. Los capataces, cuyas únicas armas solían ser los látigos, se verían obligados a combatir contra los prisioneros que se lanzarían sobre ellos, sin hablar de los esclavos fugitivos que acudirían para socorrer a sus hermanos. Cuando las autoridades se dieran cuenta de la huida, ya sería tarde. ¿Quién saldría a perseguirlos por aquella selva, sin cabalgaduras ni perros de rastreo?

Lo único que no había previsto era su encierro en el mismo edificio que había ordenado destruir. ¿Cómo haría para escapar? La celda tenía una ventana, pero ni siquiera encaramándose en la mesa conseguiría alcanzarla. Rogar a Torcuato para que la trasladara a otro sitio sería arriesgarse a levantar sospechas.

Sus cavilaciones fueron interrumpidas por voces que discutían a la entrada del polvorín. Escuchó los pasos que se acercaban y el chirrido de un candado que permitió el paso al padre Antonio.

—No voy a demorarme —anunció el visitante a algún interlocutor invisible y, volviéndose a Juana, dijo—: He venido a escuchar tu confesión, hija.

Ella se acercó para besar las manos del fraile, quien la apartó al escuchar la puerta que se cerraba.

—No hay tiempo para formalidades —susurró entregándole un paquete que escondía en su sotana: un trozo de pan con tocino y queso.

—¿Habéis sabido algo de mi padre? —preguntó ella con la boca llena.

—Tu padre está a salvo. Lo han aislado en su propia casa. Buen susto me disteis con esa estratagema de la plaga.

—Entonces ¿se lo creyeron?

—Esas llagas fueron más que convincentes, pero te arriesgaste demasiado dejándole las tintas para que se pintara. Pudieron matarlo allí mismo para que la plaga no se extendiera.

Ella tragó en seco, pero sacudió la cabeza con determinación.

—No, Torcuato busca venganza. La muerte rápida hubiera sido una solución demasiado generosa para su crueldad. Siempre supe que lo sacaría de los sembrados para que no contagiara al lote de indígenas.

—Gracias a Dios así ha ocurrido, pero Torcuato ha ordenado clavetear las puertas y las ventanas para que el aire no propague la enfermedad. El único acceso es la puerta del fondo, donde hay un guardia. ¿Qué vas a hacer?

—Esperar —respondió ella, decidida a no revelarle nada por temor a que el fraile interfiriera—. Mañana habrá una gran conmoción en la villa.

Fray Antonio se revolvió inquieto. Había algo en el tono de Juana que no le gustaba.

—¿Cómo podrá huir Jacobo?

—Un grupo de taínos irá a buscarlo. Les di tres posibles sitios donde podrían encontrarlo. Uno de ellos es mi casa.

Fray Antonio la escuchó admirado. Aquella muchacha no dejaba de sorprenderlo.

—Tu padre sabe que estás prisionera y no se irá sin ti.

—No os preocupéis, saldré de aquí —le aseguró sin pestañear.

—¿De qué modo?

—Eso es asunto mío.

—Espero que sepas lo que haces.

Antes de que ella pudiera responder, la puerta se abrió de golpe.

—Ya es suficiente, padre —dijo un soldado.

—*Ego te absolvo in nomine Patris, et Filii, et Spiritus Sancti*. Amén.

—Amén —repitió ella, ocultando el trozo de pan entre sus ropas.

Cuando el fraile se marchó, la muchacha se acurrucó en un rincón, fuera del alcance del postigo. Desde allí contempló el paso de las nubes en las alturas de la inalcanzable ventana. Palpó la flauta que siempre llevaba en el bolsillo interior y acarició la medalla con la Guabancex cristiana que su madre había mandado a tallar. Junto a ella colgaba el talismán de Mabanex, cuyo diámetro le cubría toda la palma de la mano. Parecía un cucharón plano, con una pequeña asa para pasar el cordón con que se ataba al cuello. Sus bordes no llegaban a ser cortantes, pero estaban bastante pulidos.

De pronto tuvo una inspiración. Palpó el suelo de la esquina donde se había sentado. Estaba duro y seco. Se arrastró gateando hacia un rincón de la pared que colindaba con el exterior del polvorín. Allí la tierra tenía una consistencia de arcilla húmeda, como era de esperar tras los recientes aguaceros que habían logrado saturar el terreno aledaño a la celda.

Juana enrolló el cordón del talismán en su mano y, empuñándolo como una pala, comenzó a cavar la tierra, que fue saliendo en grumos suaves y moldeables. Por un instante alzó la vista hacia la ventana. Debía ser alrededor del mediodía. Contaba con menos de veinticuatro horas.

Trabajó con cuidado, temiendo romper su única herramienta. Cada vez que acumulaba cierta cantidad de barro, lo distribuía por la celda y lo apisonaba. Aprovechando que había paja seca en abundancia, recolectó toda la que pudo y la amontonó junto a la boca del túnel para cubrir el agujero en caso de que alguien fuera a entrar.

A cada rato escuchaba voces que se acercaban. Entonces volcaba la montaña de paja sobre el agujero y esparcía el resto por los alrededores. Tan pronto las voces se disipaban, regresaba a su tarea.

Cavó febrilmente. Al atardecer, los nudillos ya le sangraban. La pared había dado paso a los cimientos. Juana no tenía idea de cuán profundos eran, ni cuánto más tendría que hundir el túnel para cruzar por debajo.

Siguió trabajando hasta que la oscuridad se lo impidió. Cubrió el orificio lo mejor que pudo antes de comerse el trozo de pan que le quedaba. Desató el trapo que recogía su sangre menstrual, orinó en un rincón y, rendida de cansancio, se echó en la única hamaca de la prisión, donde cayó en un sueño turbio como la muerte.

4

Despertó con un sobresalto desagradable, sin saber dónde se hallaba. La palidez dorada del amanecer se asomaba entre los barrotes de la ventana. Sacó el talismán y, dando traspiés, se acercó al agujero cubierto de paja, extrajo el relleno y evaluó el hoyo. Tendría media yarda de profundidad, pero seguía sin mostrar el fin de los cimientos. Suspiró desalentada.

*«Guakia Bibi Atabey»,** recitó el comienzo del ruego que escuchara tantas veces en labios taínos. Fue una oración breve, pero puso en ella su alma. Apenas susurró el *jan-jan katu*** final, percibió un leve crujido.

Paseó la vista por la celda y tuvo la impresión de que la mesa de juegos, maltrecha por los puños de la soldadesca, se veía más inclinada. De pronto el mueble se desplomó sobre un costado. Juana dio un respingo de susto y examinó la desvencijada mesa que ahora semejaba un barco a punto de naufragar. Por su mente cruzó una caravana de ideas inconexas: el pasadizo soterrado, la pólvora, la mesa con tres patas, el techo que se derrumbaría... La esperanza revivió en su ánimo.

Colocó la mesa encima del agujero, afincándola en el suelo para marcar las huellas de sus tres patas. La apartó y se puso a cavar, dispersando y apisonando la tierra recién sacada.

Cada cierto tiempo arrastraba la mesa al sitio de su labor, hacía los ajustes necesarios y volvía a retirarla, teniendo cuidado de acomodar la pata suelta para que la mesa recuperara su apariencia original.

Siguió trabajando hasta que escuchó voces afuera. De un manotazo esparció la paja sobre el rincón y emparejó el terreno, barriéndolo con la mano. El estrépito de la cadena le indicó que estaban abriendo el candado.

Cuando Torcuato metió la cabeza, ella estaba sentada en una esquina. El hombre la miró con sorpresa. Horrorizada, Juana se dio cuenta de que sus manos y sus ropas estaban llenas de fango.

—¿Crees que esa estrategia va a servirte? —preguntó él, ce-

* «Madre Nuestra Atabey.»

** «Que así sea.»

rrando la puerta a sus espaldas—. Tengo suficiente memoria para recordar lo que escondes debajo de esa mugre. No será la primera vez que me regalo una india en medio del lodo.

Juana se quedó estupefacta al escucharlo. ¿A qué venía ese discurso tan raro? Desenfocó su visión para ver los colores que rodeaban al hombre. Una gran mancha ocre lo envolvía como una red. Franjas plomizas y escarlatas oscilaban como banderolas de niebla en torno a su cabeza. Pudo leer aquel mapa luminoso como si se tratara de un libro y presintió que se enfrentaba a la situación más peligrosa de su vida.

—Fray Severino me hizo un comentario bastante perspicaz hace un rato —dijo el hombre con deliberada lentitud—. Debo convenir que es un cura muy observador. No sé cómo pude pasar por alto ciertos detalles en la vida de un judío que regresó del Nuevo Mundo en un barco lleno de indias.

Juana sintió un nudo en la garganta.

—No sé a qué te refieres, pero no me agradan tus insinuaciones. Te recuerdo que el virrey es hermano de mi difunto padrino y que cualquier...

—¡Me importa un cuerno el virrey! —bramó él—. ¡Estoy harto de necedades! Don Diego anda por España litigando sus derechos. La tutela de estas tierras marcha ahora bajo el mando del cardenal Cisneros, que por divina Providencia es también el inquisidor general de Castilla y tiene el favor de Su Majestad. Así es que no esperes que ninguno de ellos rompa una lanza a favor de una india acusada de traición.

Juana retrocedió un poco.

—Idolatras imágenes del demonio y has causado las calamidades de esta villa. Eso le interesará al cardenal.

Juana sintió que la sangre le subía al rostro.

—Mi padre y yo somos cristianos.

—¡Encontré la calavera! —Sonrió al ver su expresión—. Ambos sois herejes por sangre y por intención: tú, por india, y tu padre, por falso converso.

Juana palideció al escuchar las imputaciones que determinarían su futuro. Sus ojos relumbraron como los de un animal que se prepara para el ataque o la fuga. Torcuato contempló la curva de los pechos que se inflamaban de miedo bajo el andrajoso vestido y sintió el latido del deseo. Se aproximó a ella con movimientos de reptil, demasiado ofuscado para notar que ella retrocedía y se apoyaba sobre la mesa.

Antes de que pudiera tocarla, un relámpago lo enceguecíó. Atontado, se recostó contra el muro y trató de entender qué ocurría. Cuando su visión se aclaró, descubrió a Juana blandiendo una especie de porra. Tardó unos segundos en comprender que aquello era una pata de la mesa que yacía ladeada en una esquina.

—¡Puta desgraciada! —murmuró entre dientes al percibir el goteo de la sangre chorreando sobre su camisa.

Se arrojó sobre ella al tiempo que esquivaba otro garrotazo en las costillas. Ciego de ira, logró acorralarla en un rincón y atenazarle las muñecas con tal fuerza que Juana tuvo que soltar la estaca. Un brutal empujón la lanzó contra la puerta. La violencia del impacto la hizo caer al suelo. Quedó tan aturdida que no logró reaccionar hasta que sintió el tirón que le arrancaba la tela enrollada a sus caderas. Abrió los dedos como garfios, dispuesta a arañarlo, pero él la mantuvo bien sujeta. Juana le hincó los dientes en un brazo y mordió con fuerza hasta que la sangre se escurrió entre sus labios. El hombre rugió de dolor y la golpeó varias veces, dejándola inconsciente.

Después solo fue el vacío, una mancha de oscuridad en medio de la nada. Alguien zarandeó su cuerpo, apartando las telas que la cubrían. Un dolor agudísimo la despertó. Clavó sus uñas en el rostro del hombre que, creyéndola indefensa, había liberado sus brazos.

Ahora fue él quien lanzó un aullido cuando ella le desgarró la vieja herida del rostro. Casi a ciegas, la atrapó de nuevo por las muñecas y se hundió con rabia entre sus delicadas carnes. La excitación no le permitió diferenciar los gritos de la doncella de otros más lejanos que comenzaron a elevarse por toda la villa.

Nadie la oyó, ni siquiera los guardias que habitualmente custodiaban la entrada, porque todos habían abandonado sus puestos para unirse a la multitud que contemplaba cómo las llamas devoraban un almacén aledaño al ayuntamiento.

Un súbito vendaval descendió desde las nubes, azotando a quienes corrían con vasijas y baldes llenos de agua para sofocar el incendio. Las ráfagas alimentaron aún más el fuego, como si descargaran su furia contra la villa; y mientras Torcuato liberaba su lujuria sobre la doncella, el incendio consumía los bienes destinados a la supervivencia.

Finalmente el hombre se desmadejó, agotado y satisfecho. Ella permaneció inmóvil, demasiado asqueada y adolorida para reaccionar; solo sus lágrimas fluyeron silenciosas sobre la paja que tapizaba el suelo.

Por unos segundos Torcuato saboreó su revancha. Había doblegado a la judía, y con ese escarmiento se había vengado de su padre. En adelante la deshonra los acompañaría siempre, porque él se encargaría de perseguirlos y de anunciar a los cuatro vientos su estigma, aunque quizá el Santo Tribunal los arrojaría primero a algún calabozo. O acaso los vería mendigar por alguna callejuela maloliente, si es que la moza no terminaba en el oficio más vil de todos.

Se incorporó a medias. Juana seguía respirando agitadamente con los ojos cerrados. Acercó sus manos al cuello donde latía una vena cristalina y azul, y acarició su piel por breves instantes. Notó que ella se crispaba de nuevo con un rictus de asco. ¡Maldita mujerzuela! ¡Después de lo ocurrido se atrevía a despreciarlo!

Sintió renacer ese antiguo odio del cual no lograba desprenderse. Sus manos abarcaron todo el cuello y empezó a apretar. Juana abrió de golpe los párpados, más sorprendida que aterrada, y trató de forcejear, pero las manos callosas del soldado se hincaron en su carne como gruesas sogas. Él vio cómo el hermoso rostro se amorataba, cómo sus labios se abrían en busca de aire. Sin dejar de apretar, acercó su rostro para besarla.

Juana sintió que el techo se alejaba. O quizá era ella la que se hundía. Incluso así, se negó a enfrentar el rostro que la rociaba con su aliento. Con una mezcla de rabia y desprecio desvió la vista hacia las alturas hasta que el mundo se desvaneció en una claridad difusa.

5

Apoyándose en un cayado, Mabanex bordeó la aldea y se dirigió a un área solitaria, lejos de las preguntas y las palabras de condolencia. Tres noches atrás le habían retirado las telas en torno al brazo y las costillas. Al principio se había movido con precaución; pero, a medida que se ejercitaba, se volvió más flexible y procedió a manipular objetos cada vez más pesados.

Había pasado un mes y medio desde la matanza, pero a él le parecía que habían transcurrido años. Ya no era el mismo Mabanex que se reuniera con Juana en la cueva para aspirar *cohoba*. Ahora deambulaba entre las ruinas como un *hupía* escapado de la región de los ausentes.

Algo en él había muerto, algo nuevo había surgido; y ese cambio lo había convertido en otra persona. Comprendía el origen de la zozobra que lo había inquietado tanto en presencia de Juana. No se trataba solo de que ambos compartieran la indómita naturaleza de Guabancex, sino que provenían del mismo árbol: eran las dos últimas ramas de un tronco moribundo. ¿Cómo no iban a desear permanecer unidos? Le urgía verla antes de marcharse. Ya había perdido a su madre y a su hermano. No permitiría que le arrancaran el fruto más valioso de su árbol familiar.

Alguien lo tocó por la espalda y él pegó un brinco.

—¡Tía, no hagas eso!

—Pero ¿qué te pasa? ¿Se te taparon los oídos? Te llamo y sigues sin moverte, como mosca posada en la miel. ¿Qué tienes?

—Pensaba en mi hermano. Quiso mudar la aldea, pero yo lo demoré con mis ruegos para que no lo hiciera. Si nos hubiéramos ido enseguida, mi madre y él estarían vivos.

No pudo seguir hablando porque las palabras se le atoraron en la garganta.

—Escucha, hijo —dijo Dacaona pasándole un brazo sobre los hombros—, estás machacándote la cabeza con pensamientos tontos. No debes sentirte responsable. Tai Tai tenía razón al querer mudarse de aquí, pero tú también estabas en lo cierto. Nadie tiene derecho a arrojarnos de nuestras tierras. Los únicos culpables de que estemos llorando a nuestros ausentes son los cristianos.

—Es que fui egoísta. No quería alejarme de Juana.

Dacaona ignoró las lágrimas que su sobrino no se esforzaba por ocultar.

—Dejemos eso. Vine a buscarte porque los ancianos quieren hablar contigo.

Bajaron del promontorio hasta el templo que los dioses habían protegido de la destrucción. Los aldeanos habían dejado de llorar a sus muertos y se ocupaban de recolectar frutos y raíces, deteniéndose en sus tareas para saludarlo con deferencia. Recordó que era el sobreviviente más cercano del difunto cacique.

Los ancianos lo esperaban frente al altar adornado con flores, donde no faltaba ninguno de los cemíes. Era como si nada hubiese ocurrido allí.

—Me alegra verte recuperado —dijo Ocanacán, que se lavaba las manos en una calabaza llena de agua—. Acabamos de consultar a los dioses, que nos han aconsejado partir de inmediato. Espero que tengas suficientes fuerzas para el viaje.

—Lo siento, anciano, pero no podré irme con el resto.

Ocanacán se tomó unos instantes para replicar:

—Sabes que tienes una responsabilidad nueva, ¿verdad?

—¿De qué hablas?

—El cacicazgo.

—Esa obligación le corresponde a mi tía.

—Ni lo sueñes —lo interrumpió la mujer—, estoy demasiado vieja para semejante carga.

—Hay otro camino —dijo Ocanacán—. El cacicazgo podría recaer en Juana. Para eso es la primogénita de otra primogénita.

Mabanex examinó alternativamente los rostros de los tres adultos y captó una tensión extraña en el ambiente.

—No creo que los míos estén dispuestos a aceptar una extranjera —dijo Kairisí—. ¿Cómo sabemos que no obedecerá los designios del dios blanco?

—¡Juana no es ninguna extranjera! —protestó Mabanex, sintiendo el calor que le subía al rostro—. Es parte de mi familia. Ella y su padre se han arriesgado más de la cuenta por nosotros, ¿ya lo olvidaron? Pusieron en peligro sus vidas y se enfrentaron a los suyos por defendernos. ¿Qué más pruebas de lealtad quieres?

El silencio duró unos instantes más. De pronto la anciana soltó una risita semejante al glogueo de un manantial. Dacaona también se echó a reír. Solo el brujo permaneció callado, aunque las arrugas se distendieron en torno a sus ojos.

—No le veo la gracia —dijo Mabanex sin ocultar su irritación.

—Tenías razón, Kairisí —dijo el anciano—, el jovenzuelo saltó como un *cucuí* en celo.

—Y si no le importa renunciar al cacicazgo, no veo por qué el resto de nosotros tendría que poner en duda la elección de la Diosa.

—Y eso que es el más perjudicado —añadió Dacaona.

Conversaban como si él no estuviera delante. Eso lo irritó más.

—¿Qué les pasa?

—Queríamos ponerte a prueba para saber si podíamos contarte un secreto.

—¿Cuál secreto?

—Hace un tiempo nos confesaste que habías visto la ceremonia que hicimos para el cacique Guasibao —dijo Ocanacán.

—¿Qué tiene que ver eso con lo que estamos hablando?

Kairisí y Dacaona notaron que el behíque escogía con cuidado sus siguientes palabras.

—¿Recuerdas lo que dijo Atabey, antes de que Guasibao se ausentara?

—Anunció que enviaría a un elegido para salvar la memoria de los taínos —respondió Mabanex.

—Bueno, no se trata exactamente de un elegido, sino de una elegida.

6

Cuando la puerta de la celda chirrió sobre sus goznes, Torcuato soltó el cuello de su presa. El soldado se detuvo atónito ante la escena, pero el teniente se puso de pie sin sombra de remordimiento en el rostro.

—¿Qué quieres? —masculló con malhumor.

—El almacén de la reserva está ardiendo —atinó a decir el otro—. Las llamas rondan el ayuntamiento y no creo que consigamos apagarlas si la gente no se apareja. Hay un desorden total.

Torcuato se ajustó las ropas sueltas.

—¿Qué sucedió aquí? —se atrevió a preguntar el soldado, sin poder apartar los ojos del cuerpo desmadejado de la joven.

—Nada que te incumba.

El hombre se apartó para que su superior saliera, no sin echar un último vistazo a la celda. Ambos se perdieron entre las nubes de humo negro que ensombrecían la villa.

Un vendaval seco y traslúcido barrió el aire tiznado. Obedeciendo a un llamado invisible, varias ráfagas se aglutinaron para formar un pequeño tornado que atravesó los barrotes de la celda donde yacía Juana. El torbellino se acercó al rostro de palidez cerúlea y se hundió en sus fosas nasales. El pecho se distendió bajo las ropas, la aorta se estremeció con un latido que provocó una contracción en la garganta… y el oxígeno penetró a raudales en los pulmones.

Juana tosió una y otra vez, librándose así del nudo que cerraba su garganta. Al principio no supo dónde estaba, ni qué había pasado, pero sus ropas destrozadas y el ardor entre sus muslos le recordaron lo que hubiera preferido olvidar. Llena de rabia, gritó y golpeó la pared hasta que tuvo otro acceso de tos.

Se dejó caer sobre la paja y cerró los ojos para serenarse. El aire olía a miedo y destrucción. Más allá de la ventana, los rayos solares se mezclaban con la humareda que ascendía como una pira luctuosa. Se dio cuenta de que no era el momento de lamentarse. Si quería vengarse, necesitaba sobrevivir.

¿Cuánto tiempo había estado inconsciente? Ignorando la humedad que se deslizaba entre sus muslos, arrastró la mesa hacia el agujero. Cada movimiento le provocaba una punzada de náusea, pero apretó los dientes y se inclinó sobre el túnel camuflado para sacar toda la paja que lo rellenaba.

Su corazón latía alocadamente. Si la bodega de las reservas ya ardía, como indicaba el horrible olor a chamusquina, todo a su alrededor estallaría pronto. Se sumergió en el boquete y trató de acomodar la mesa coja sobre su cabeza, insertando dos patas en los hoyos abiertos y deslizando la tercera dentro del mismo túnel. La mesa fue bajando a medida que las patas se deslizaban, pero la profundidad no era suficiente. Aún quedaba un espacio de casi dos pulgadas entre el suelo y la tabla de madera que cubría el túnel a manera de techo, pero ya no había tiempo para seguir cavando. Se acurrucó en el fondo de la cavidad, haciéndose un ovillo, y aferró con fuerza la única pata que había introducido dentro del túnel. Apretó los párpados con fuerza y buscó entre sus pechos las dos medallas —la de piedra y la de plata— con la intención de rezar, pero no logró recordar ninguna oración.

De pronto oyó un chirrido que la sobresaltó más que un cañonazo. Durante un instante reinó el silencio. Tuvo la impresión de que alguien inspeccionaba el calabozo desde el ventanuco.

—No la veo —dijo por fin un vozarrón que retumbó en las paredes.

—Debe de estar en un rincón —replicó otro.

—Para eso tendría que haber estado viva, pero el teniente me dijo que...

—¡Acabemos de una vez! ¡Abre la cabrona puerta!

La cadena repiqueteó al deslizarse por la argolla. Con un gemido de bisagras, la hoja de madera giró. Juana permaneció quieta como un ratón, atisbando desde debajo de la mesa los dos pares de botas que dieron unos pasos antes de detenerse.

—¿Dónde se metió esa mala pécora?

Silencio.

—¿Qué demontres le pasó a la mesa? ¿Por qué está hundida de ese modo?

Juana sujetó con más firmeza el madero. Dos botas se plantaron ante su nariz. La mesa se estremeció como si alguien intentara sacarla. Juana la retuvo con todas sus fuerzas... y entonces se desató el infierno.

7

Mabanex no recordaba haber visto una mancha así en el brazo de su amiga, pero no tenía por qué dudar lo que afirmaban los tres adultos.

—Entonces ¿cuándo iremos a buscarla? —preguntó—. Si usamos el silbo...

—Nadie buscará a la elegida —lo interrumpió Kairisí.

Mabanex le dirigió una mirada poco amable, pero habló serenamente:

—Venerable Kairisí, no quisiera contrariar tu juicio, pero creo que el más indicado para aconsejarnos en los asuntos de esta aldea es nuestro behíque.

Ocanacán no dio tiempo para que la anciana respondiera.

—Muchas cosas han cambiado, Mabanex. Puesto que los sobrevivientes de los dos poblados hemos decidido vivir juntos, a partir de hoy las palabras de Kairisí serán iguales a las mías. Ella te ha dicho lo mismo que pienso yo. La elegida de la Diosa no será conducida hasta aquí por nadie. Es ella quien debe decidir su camino.

—La Diosa prometió enviar a alguien especial. ¿Vamos a ignorar su regalo? —protestó el muchacho—. Los cristianos nos están masacrando. Si la elegida no nos guía, nada tendrá sentido.

—La Diosa fue muy clara al anunciar que su criatura conservaría nuestra memoria, pero nunca habló de traerla a vivir con nosotros. Quizá deba vivir entre los blancos para defendernos.

—Entonces ¿para qué me lo contaron?

—Porque si es voluntad de la Diosa traerla, queremos estar seguros de que no sentirás celos como los tuvo Cusibó de Tai Tai.

—¡Yo no soy Cusibó!

—Si Juana viene a nosotros —prosiguió el behíque— debemos estar listos para aceptar que su palabra es la palabra de la Diosa. No habrá espacio para desacuerdos. Ni siquiera Kairisí o yo dudaremos de sus decisiones. Mientras tanto, el cacicazgo de la aldea está en tus manos.

La mirada de Mabanex cobró un brillo extraviado.

—Está bien —repuso—, pero no me iré sin hablar con ella.

—No irás a la villa —insistió el behíque sin inmutarse—, y tampoco la verás a solas.

—¿No confías en mí?

El behíque se puso de pie.

—Confío en ti, pero no confío en los calores de tu cuerpo.

Y diciendo eso, se dirigió a la puerta seguido por Kairisí. El muchacho se mordió los labios, tratando de controlar su embarazo al comprender que los ancianos ya habían descubierto su secreto.

—Vamos, se acabaron las caminatas por hoy —le dijo su tía—. Tienes que comer. Estás más flaco que un manjuarí.

Se lo llevó casi a rastras hasta su bohío, obligándolo a sentarse frente a una escudilla rebosante de biajaiba* y boniato asado. El muchacho empezó a separar con desgana las espinas del pescado sin dejar de preguntarse cómo se marcharía dejando atrás a la persona que ocupaba el centro de sus pensamientos. No se acostumbraba a la idea de saber que Juana era hija de su prima Anani, mucho menos que era una criatura conectada con la divinidad. Para él, Juana era un rostro de mejillas llenas y brillantes como la luna, unas piernas que parecían torneadas por el más talentoso artesano y una risa que sonaba a cascabeles.

Apartó el plato, demasiado perturbado para comer. En ese instante la tierra tembló ligeramente, sacudiendo las calabazas que colgaban con los huesos de sus antepasados. Su tía y él quedaron en suspenso, inseguros de lo que habían percibido, hasta que un trueno apagado retumbó en la meseta.

De inmediato, Mabanex relacionó aquel sonido con las armas que usaban los cristianos. ¿O habría sido un trueno? Instintivamente alzó la vista hacia el agujero del techo. No, no era Guabancex quien provocaba el ruido. Un nuevo estampido hizo que se levantara de un salto y, sin decir palabra, saliera disparado de la vivienda olvidando su cayado.

Dacaona supo de inmediato adónde se dirigía.

—¡Mabanex! —lo llamó, corriendo tras él—. ¡Ven aquí, muchacho! ¡Mabanex!

Tuvo tiempo para verlo desaparecer cojeando por el sendero que conducía a la villa. ¡Por el manto de Atabey! Se llevó los dedos a la boca y silbó. En respuesta, varios gorjeos rápidos se expandieron por la meseta por donde deambulaban los miembros sobrevivientes de la Hermandad.

Mabanex escuchó los silbidos que se multiplicaban a sus espaldas, pero eso no detuvo su carrera. Todo lo contrario, corrió más para dejar atrás a los guerreros que salían en su persecución. A pesar de su debilidad, sintió que le crecían alas en los pies. Ni la misma Guabancex hubiera podido detenerlo.

* Pez de agua salada, familia del pargo.

8

La explosión lanzó una bofetada de aire caldeado sobre quienes se afanaban por apagar las llamas. Vasijas de vidrio y de cerámica salieron despedidas en una granizada de proyectiles que hirió a decenas. La gente enloqueció y se dispersó en todas direcciones. De pronto todos tenían algún familiar que encontrar o socorrer. El incendio —que ya alcanzaba el ayuntamiento y amenazaba las casas aledañas— pasó a un segundo plano frente al clamor de los heridos.

Tras la sorpresa inicial del destrozo, Torcuato comprendió que sería muy difícil restablecer el orden en medio de aquel infierno. Esos estúpidos villanos no eran hombres de batalla acostumbrados a cumplir órdenes. Tendría que valerse de sus soldados para controlar la situación.

En un abrir y cerrar de ojos, el polvorín se había transformado en un borrón que afeaba el verde paisaje que lo rodeaba. ¡Y pensar que acababa de salir de allí! Se estremeció al comprender que estaba vivo de puro milagro. Lástima haber enviado a aquellos dos guardias para *esa* misión, aunque pensándolo bien, se había librado de un engorro terrible. Ahora podría informar, sin temor a represalias, que la prisionera había muerto por causas ajenas a él.

Se volvió hacia las llamas que lamían el techo del ayuntamiento. Quizá se hubiera equivocado en sus suposiciones de que Juana o su padre eran los responsables de todo. Ambos se encontraban aislados desde hacía muchas horas. Y por muy bruja que fuera la moza, no la creía capaz de comunicarse a distancia con ningún cómplice. Tampoco era concebible que hubiera hecho estallar el lugar donde ella misma se encontraba.

Era como si la Providencia se burlara de él. Se había librado de la maldición judía que lo perseguía desde la niñez, pero también estaba a punto de perder la villa que por fin gobernaba.

—¡Guardias! —gritó—. Buscadme a todos los varones que puedan moverse. No me importa si están cargando el cadáver de su madre. ¡Traedlos a culatazos si es necesario! Quiero dos filas pasando baldes desde la acequia.

Dejó a los hombres organizándose y se fue al otro extremo

para dar más órdenes. Por eso no vio que fray Antonio atravesaba la explanada rumbo al polvorín.

La explosión lo había sorprendido rezando en la sacristía. No solo temblaron los muros de piedra a su alrededor, sino los muebles, los objetos de culto y el vitral que mostraba el rostro transfigurado de Nuestra Señora en el supremo lance de escuchar la buena nueva que le traía el arcángel Gabriel.

Se precipitó a la salida sin atender a los reclamos de fray Severino. «¡Dios mío! ¡Os lo ruego! No permitáis que sea lo que imagino», rezó para sí. A través de la densa atmósfera que oscurecía la mañana, vio los restos de lo que fuera la más sólida estructura de la villa. El humo se elevaba en espirales desde los escombros carbonizados. Un sabor acre se asentó en su lengua. Trató de adivinar el lugar donde se hallaba la celda de Juana, sin intimidarse ante la posibilidad de una nueva explosión. Tenía que encontrarla. Jacobo jamás se iría sin su hija, viva o muerta. Recordó las palabras de Juana: «Mañana habrá una gran conmoción en la villa». Sintió un nudo en el estómago al comprender que ella lo había planeado todo, desde el incendio hasta la voladura del polvorín, y si no reveló sus planes fue para no interferir con la fuga de su padre y de los indígenas. ¡Se había inmolado por ellos! ¿Cómo afrontaría Jacobo semejante noticia?

Un trueno retumbó sobre su cabeza. Instintivamente miró hacia las nubes que empezaban a teñirse de oscuridad. Los árboles se agitaron, sacudidos por un viento caldeado que solo sirvió para propagar aún más el incendio. A ese paso, pronto ardería la iglesia.

Se detuvo sofocado ante los escombros. La humareda se pegó a sus pulmones, que luchaban por llenarse de oxígeno y solo recibían un aire cargado de cenizas. Comenzó a toser incontrolablemente mientras trataba de localizar la celda.

Había trozos de pared y de tejas por doquier. Vio el casco abollado de un guardia. Y un trozo de pierna. Reconoció la puerta carbonizada… o lo que quedaba de ella. Había sido arrancada de cuajo, excepto un par de maderos, todavía adheridos al marco por las bisagras. Al parecer la explosión se había producido en la zona posterior del edificio. Había escuchado una segunda detonación, posiblemente porque alguno de los barriles sobrevivió al primer estallido.

Cerca de la entrada, los daños no eran tan absolutos. Gracias a eso encontró la celda, cuya puerta había volado junto con el muro, aunque todavía permanecían en pie dos paredes dañadas. Solo el rincón bajo el ventanal se había librado de los escombros. El resto se hallaba cubierto por capas de polvo, rocas y tablones calcinados.

Antonio se persignó, preparándose para afrontar el cadáver. Miró a su alrededor en busca de ayuda, pero no vio a nadie. En aquella zona cercana a los talleres, no había un alma desde que se diera la alarma de incendio. Pidió a Dios que le diera fuerzas para remover las piedras, aunque presintió que esa no sería la parte más dolorosa de su misión. Trabajar en el huerto, que había encallecido sus manos. Aquello le facilitó empujar y levantar algunos escombros, pero hubo otros que no consiguió mover.

Ya se preguntaba si debería ir al ayuntamiento para pedir refuerzos cuando creyó escuchar un vago golpeteo. Prestó atención a lo que semejaba ser un rasguñeo trabajoso. Enredándose con el faldón, escaló la montaña de escombros. El ruido se hizo más claro. Era una tos apagada que nacía de un rincón.

—¡Juana! —gritó.

—Estoy... —Hubo un acceso de tos—. ¡Estoy aquí!

«¡Gracias, Señor!», pensó, trastabillando sobre los escombros.

—No puedo salir, tengo un trozo de pared encima.

El fraile se detuvo. ¿Cómo era posible estar debajo de una pared y seguir hablando? Incluso los milagros tenían un límite. Se afanó por apartar más rocas y trozos de muro. Sus manos comenzaron a sangrar, pero él no reparó en los rasguños.

—Estoy aquí —escuchó con más claridad que antes—. Ya veo luz.

Antonio se quedó perplejo, observando a sus pies el pedazo de pared, semejante a una plataforma, de donde parecía surgir la voz. Se había derrumbado sobre el suelo, pero por más que buscó no descubrió ningún espacio donde alguien pudiera haberse refugiado.

De pronto captó un movimiento a sus pies y pegó un salto, creyendo que se trataba de una culebra. Vio cuatro dedos que brotaban de la tierra. ¡Allá abajo había un agujero! Con todas sus fuerzas intentó apartar la plataforma, que no se movió ni media pulgada.

—Pedid ayuda —dijo ella.

Sudando a mares, el sacerdote saltó sobre los cascajos y emprendió una carrera hacia la plaza. Desde su escondrijo, Juana escuchó los pasos que se alejaban. Pero ¿qué hacía aquel cura tonto?

Un silbido melodioso y soterrado detuvo en seco al fraile. ¡Santísimo! ¡Si había perdido hasta la memoria! Se llevó los dedos a la boca y silbó... Silbó largo y tendido.

—¡No! —le gritó ella desde la tierra—. ¡En taíno!

—¿Cómo?

—Repetid esto.

Del agujero salieron cinco sílabas como burbujas regurgitantes que hubieran escapado de una laguna cenagosa. El fraile escuchó con atención antes de repetir el silbido. Esta vez giró en un gran círculo para que las notas se esparcieran en todas direcciones. No tuvo que aguardar mucho para recibir respuesta. Era una frase corta que no tenía más sentido para él que el canto de un pájaro, pero no necesitó que Juana la tradujera para saber que la ayuda estaba en camino. Regresó a las ruinas y se dedicó a cavar en la abertura donde había visto los dedos para que la reclusa tuviera más aire.

—¡No hagáis eso! —gritó Juana—. La tierra me está cayendo encima. ¡Me voy a ahogar!

—Perdona... Pensé que...

Farfulló sus disculpas inclinado sobre el orificio. Tan absorto se hallaba que no advirtió las tres siluetas que atravesaban la cortina de humo a sus espaldas. Antes de que se diera cuenta, los indígenas habían logrado apartar la pared, dejando al descubierto la improvisada zanja. Ayudada por los hombres, Juana abandonó la prisión.

—*Jajón* —les agradeció a los taínos, como si no pasara nada fuera de lo habitual.

Fray Antonio se quedó sin aliento al ver su facha. El vestido era un harapo deforme que revelaba más de lo que cubría. Tenía arañazos en el rostro, en el cuello y en los brazos, los ojos lagrimeantes y rojizos por la polvareda, mechones de cabellos chamuscados...

—¡Dios todopoderoso! —masculló el fraile—. ¿Cómo puedes estar viva?

—Hice un hoyo y me metí en él. Me protegí con una mesa de tres patas, pero la primera explosión me la arrancó. Por suerte, ese muro me sirvió de techo contra la segunda.

Fray Antonio creyó que la muchacha deliraba.

—¿Una mesa de tres patas? —repitió.

—Os lo explicaré luego. ¿Tenéis un arma?

—¿Cómo voy a tener un arma? —preguntó el cura, cada vez más perplejo—. ¿Y para qué la quieres?

—Torcuato trató de estrangularme y me dejó por muerta —dijo ella, decidida a borrar de su memoria el *otro* episodio—. Necesito defenderme.

—Lo siento, no tengo nada.

Juana se volvió hacia los tres indígenas que se alejaban y dijo una frase en taíno. El único de ellos que vestía pantalón y camisa, como un criado doméstico, regresó para entregarle un puñal. Ella dudó un segundo. No quería dejarlo indefenso. Intuyendo su dilema, el hombre sacó de sus ropas un enorme cuchillo de carnicero, lo blandió ante las narices de Juana y pronunció unas palabras que la hicieron sonreír. Solo entonces aceptó el puñal.

—¿Adónde irás? —preguntó el fraile.

—Quiero comprobar si mi padre pudo escapar.

—Voy contigo.

—No, os buscaréis un problema. Además...

Se calló de pronto, con la mirada fija en un punto.

—¿Qué?

En lugar de responder, Juana echó a correr hacia la plaza. ¡Por santa Justa y santa Rufina! ¿Y ahora qué iba a hacer esa muchacha? Lo último que fray Antonio vio antes de que el humo se la tragara fueron los jirones de su falda revoloteando sobre sus pies descalzos.

Tosiendo y abriéndose paso en la humareda, la persiguió entre quienes deambulaban igualmente a ciegas. Llegó a creer que la había perdido cuando un grito lo erizó hasta la tonsura.

En ese instante, una brisa inesperada barrió la cortina de hollín para mostrar una escena aterradora. Ignorando la punzada que crecía en un costado, echó a correr con las pocas fuerzas que le quedaban.

9

Los finos rayos de luz se filtraban entre los tablones de las ventanas clausuradas, indicándole el paso del tiempo, pero su organismo ya había dejado de guiarse por los ciclos cotidianos. Comía cuando su estómago se lo pedía, bebía el agua fresca de la tinaja de barro cuando tenía sed y usaba la bacinilla oculta bajo la cama cuando lo necesitaba.

Una mañana lo despertó un rumor semejante al oleaje que irrumpe sobre los arrecifes. Las voces apagadas de los guardias se filtraban débilmente entre los resquicios de las contraventanas. Saltó de la cama y pegó el oído a la puerta trasera. Recias pisadas de botines se acercaron corriendo y alguien gritó que Torcuato pedía refuerzos para apagar un incendio. Un tropel de pasos se perdió en la distancia.

Obedeciendo las instrucciones de su hija, sacó los atados del escondite y los colocó detrás de la puerta. Toda la piel le escocía, incluso en la cara. Quizá la tinta de sus falsas llagas —que no se había quitado por precaución— estuviera produciéndole alguna dolencia. Mojó un trapo en agua para frotarse el cuerpo. Ya fuera porque logró quitarse gran parte de la tinta o simplemente porque el agua resultaba refrescante, la molestia disminuyó. Con un gesto inconsciente, se echó encima los atados, listo para cualquier percance.

En ese instante, una explosión estremeció las paredes y derribó varios objetos. La jarra que había llenado con agua cayó al suelo y se hizo trizas. Su pecho saltó de terror. Solo conocía una cosa que pudiera provocar aquel estruendo: una gran cantidad de pólvora.

Un nuevo estruendo sacudió los cimientos de la casa. Su cuerpo se cubrió de sudor. No *podía* ser el polvorín. Antonio le había dicho que Juana estaba allí.

Tan preocupado se hallaba que no oyó las pisadas que bordearon la casa, ni en el sonido de las llaves traqueteando en la cerradura.

Un rectángulo de luz lo cegó momentáneamente. Dos brazos lo agarraron para rescatarlo de las tinieblas y otros dos le arrebataron los bultos que colgaban de él como un lastre.

Le costó trabajo seguir el paso de los indígenas, pese a que ellos transportaban su carga. Apenas distinguía las formas que lo rodeaban. Los ojos le ardían tanto como los latigazos en su espalda. Hasta entonces no había reparado en su propia debilidad. Los taínos se vieron obligados a sostenerlo hasta que la selva los envolvió. Entonces pareció recuperarse.

—¿Dónde está Juana? —preguntó, zafándose de sus guías.

Ellos se miraron indecisos, recordando las palabras de la Diosa. Sus órdenes habían sido claras: crear un gran fuego y, cuando los blancos estuvieran ocupados en apagarlo, lanzar teas encendidas por la ventana del edificio grande para que el polvo negro estallara. Luego, aprovechando la confusión, rescatar al prisionero y conducirlo hacia el comienzo del sendero, donde se reuniría con su hija; pero Juana no se veía por ninguna parte y ellos no podían esperar. Empezaron a tirar suavemente de él, diciéndole: «Tu hija está bien, la verás en la aldea. Debes venir con nosotros». En el forcejeo, Jacobo divisó la esquina de la villa donde humeaban los restos del polvorín. Sin darles tiempo a reaccionar, escapó en dirección a las ruinas.

En medio de la confusión reinante, Torcuato detectó la algarabía de los indios que gritaban mientras cruzaban velozmente la plaza y quedó pasmado al ver que Jacobo corría delante de ellos en dirección al polvorín. Olvidando el incendio, fue al encuentro del fugitivo.

Jacobo no se percató del peligro. Ni siquiera se fijó en la figura del fraile que también se acercaba a grandes zancadas desde la iglesia porque la brisa levantó nuevas cortinas de polvo, empañándole aún más la visión.

Con sus faldas huracanadas, una tercera silueta emergió del humo como un fantasma. Antes de que Jacobo lograra ver a su hija, una frialdad se encajó en su costado. Por un momento, creyó que le habían propinado un puñetazo. Buscó el rostro de su agresor. El odio de aquellas pupilas heladas le explicó de inmediato el origen del fuego que se extendía dentro de su vientre. La sangre empapó sus ropas, pero ya no se dio cuenta de nada porque se desvaneció.

Peor fue la sorpresa que recibió el mismo Torcuato. En el último instante, el puñal de Juana había desviado a medias la estocada contra Jacobo. En lugar de hundirse en su estómago, como se había propuesto su enemigo, lo atravesó por el costado derecho. En cambio, la daga de ella fue más certera.

Al principio, Torcuato no reconoció aquel demonio tiznado como una pesadilla. Pensó que alucinaba cuando se dio cuenta de que era Juana. O más bien su fantasma, porque era imposible que se tratara de la misma moza que debía estar muerta bajo los escombros. Su rostro palideció y, sin un gemido, cayó al suelo junto a su enemigo.

Juana no se cohibió ante las expresiones horrorizadas de los vecinos que habían visto la escena. Aprovechando el estupor general, dio media vuelta para ocuparse de su padre y tropezó con fray Antonio. Los indígenas ya habían desplegado una de las piezas de tela donde Jacobo había envuelto sus enseres.

—Date prisa, niña —dijo el fraile, atando una venda en torno a la cintura de Jacobo para cubrir la herida—. Lleva los bultos de tu padre. Los taínos no tendrán brazos para más. ¡Muévete! Quizá puedan hacer más por él en la aldea.

Juana ocultó el puñal en su falda. Los indígenas cargaron a Jacobo y lo colocaron sobre la tela amarrada a los extremos de un horcón, que alzaron sobre sus hombros. El cuerpo de Jacobo se balanceó ligeramente en la improvisada hamaca.

—Ve con Dios, Juana.

—¿Y vos? ¿No vendréis con nosotros?

—Mi tarea está aquí, junto a la parte más descarriada del rebaño. ¡Anda! No los pierdas de vista. Que la Virgen te proteja.

Juana lo abrazó.

—Adiós, hermano Antonio. Que Atabey vele por vos.

Y salió trotando con los envoltorios a cuestas para reunirse con los indígenas que ya se internaban en la maleza.

OCTAVA PARTE

A la deriva

1

La Habana, Buenavista, 4 de septiembre, 20.43 h

Alicia se había dormido con el olor a pólvora flotando en sus pensamientos. Ahora, más que nunca, necesitaba entender el extraño laberinto en que se había convertido su vida, atada al pasado de esa isla por un símbolo que apuntaba a un hecho evidente: sus genes estaban enlazados con la sangre de Juana, de Anani, de Dacaona y de quién sabe cuántos otros individuos de una raza que muchos daban por muerta.

Una y mil veces se esforzaba por unir los hilos sueltos de su biografía, y cada uno volvía a lanzarla sobre el regazo de la diosa huracanada. Aquella marca en su nuca la había llevado a un agujero sin fondo, donde caía interminablemente, como la Alicia del cuento, que también había descubierto un universo imposible entre las raíces de un árbol; pero, a diferencia de la otra, ella no podía cambiar de identidad con un brebaje mágico mientras exploraba su absurda situación. Necesitaba actuar de inmediato. Su prioridad era ese misterioso *legado* que contenía un mensaje vital para el país donde había nacido y, por el momento, se concentraría en esa tarea.

Lo primero que hizo fue visitar el laboratorio del museo. Bajo filtros diferentes, examinó las cifras borradas. Como se temía, habían sido escritas con el mismo tipo de tinta que ahora cubría dos de ellas. Si hubiera contado con equipos más sofisticados, quizá habría podido detectar la profundidad de los trazos y obtener bajorrelieves microscópicos que revelaran los surcos marcados por la escritura, pero conseguir una imagen tridimensional resultaba impensable en aquel sitio.

Se dio por vencida y decidió concentrarse en los dígitos sobrevivientes, usando su viejo ejemplar de la novela de Lewis Carroll, que había encontrado en la oficina de su tío.

Cuando llegó del museo, las sombras oscurecían el patio. Sander había abierto la puerta para ventilar la sala. La saludó brevemente, pero no la siguió hasta la cocina. Se quedó contemplando los árboles del patio durante unos segundos.

—¿Cómo es posible que no lo supieras? —preguntó por fin sin volverse.

—¿Qué cosa? —dijo ella, saliendo con un vaso de agua.

—Que tenías esa marca.

Ella se encogió de hombros.

—¿Qué quieres que te diga? Nunca se me ocurrió revisarme la nuca.

En el silencio que sobrevino, ella tuvo tiempo para acabar de beber, dejar el vaso en la cocina y abrir su tableta.

—Esa marca es más que una coincidencia —insistió él, tras unos minutos—. Por lo que me has contado, se trata de una mancha familiar. ¿Te das cuenta de que quizá has estado leyendo sobre el origen de tus antepasados?

—Ya lo pensé.

—Si localizaras el último lugar donde estuvo Juana, podrías viajar hasta allí para buscar indicios de tu familia.

Esa idea también le había pasado por la mente.

—Mi tío me contó que Fabio descendía de indígenas —recordó ella—. Empezaré por ahí.

—¿Quién es Fabio?

—El jefe del grupo arqueológico.

—Siempre creí que los indios habían desaparecido de Cuba.

—No confíes mucho en los libros de historia —le aconsejó Alicia, después de marcar una nueva cifra—. Lo que enseñan a veces es una pésima reconstrucción del pasado.

—Si Fabio puede ayudarte, llámalo.

—No tengo su teléfono.
—Pídeselo a Simón.
—Déjame acabar esto.
Sander se acercó para verla contar, línea tras línea, hasta que completó el texto:

BUSCA EN ( ) DORADA ( ) VALIENTE EN SALÓN DE REY.

«Otro acertijo», pensaron ambos.
Alicia revolvió su cartera hasta hallar la tarjeta de Simón. Desde el sofá donde rasgueaba su guitarra, Sander escuchó la conversación por el altavoz abierto. La muchacha se las arregló para esquivar la interminable cháchara del director, le pidió el teléfono de Fabio y, después de apuntarlo, dijo:
—Gracias, Simón, solo una pregunta más. ¿Conoce algún sitio llamado «el salón del rey»?
Se hizo un breve silencio al otro lado de la línea, interrumpido por la respiración asmática del gordo.
—Solo conozco el Salón de los Pasos Perdidos, en el Capitolio, pero allí nunca hubo reyes. ¿No será un cabaret? ¿De dónde sacaste ese nombre?
—Alguien me preguntó por él.
—Quizá sea un bar o un restaurante.
Sin prestar atención al resto de la plática, Sander fue hasta la mesa y echó otra mirada a la frase. Algo no encajaba.
—Aquí no dice «salón *del* rey» —le advirtió cuando ella cortó la llamada—, sino «salón *de* rey».
—Me habré equivocado al escribir.
Por si acaso, volvieron a contar los espacios en voz alta.
—La palabra sigue siendo «de» —concluyó ella—, pero también hay un «del» en la misma línea. Puede que sea un error de mi tío, porque «salón *de* rey» no tiene sentido.
—¿Estás segura?
Ella suspiró. Ya no sabía qué pensar. Solo esperaba encontrar ese *legado* antes de las elecciones. «De lo contrario —le había escrito Virgilio—, todo empezará otra vez desde cero.» Se lo debía no solo a su tío, sino a Pandora, al Curita, a todo lo que la unía a esa isla y a sus antepasados.

Sander la dejó sola por un rato, mientras se metía en la ducha para quitarse el sofoco del día. Veinte minutos más tarde volvió a vestirse y salió con su guitarra.

—Me voy al club —susurró, besándola en la frente—. Tengo trabajo.

Apenas cerró la puerta tras sí, Alicia la aseguró con pestillo y regresó al sofá.

La llovizna empezó a tamborilear de nuevo sobre el tejado. Durante un rato, la muchacha estuvo dándole vueltas a la frase fragmentada, tanteando posibles nexos con su tío, con su propia infancia y con el trabajo de ambos. Consultó diccionarios y sitios de internet hasta aburrirse. Una hora después fue a la cocina, se sirvió un vaso de vino y retornó al sofá para pensar con la vista perdida en el vacío.

El rumor de la lluvia fue cerrando sus párpados. Su conciencia se disolvió en la nada. Poco a poco se internó en esa región crepuscular, saturada de olores vegetales, donde perseguía a una entidad luminosa.

—¡Madre!

—*Aquí estoy, pequeña.*

Era la misma Voz de siempre, aunque su tono había cambiado.

—*Ha llegado tu tiempo por fin. Es la hora de abrir tu espíritu y aceptar el destino oscuro que debes recorrer. Vete y busca, hija de Guabancex. La suerte de miles depende de ti.*

Alicia quiso alcanzarla y, como siempre, la luz se extravió entre los troncos. Entonces comprendió: «Estoy en un sueño». Extendió las manos y voló en pos de la claridad esquiva.

—Madre...

La entidad se detuvo en un claro alfombrado por hojas ocres y amarillas.

—*Es la tercera vez que me llamas así* —dijo la silueta, que latía como un corazón luminiscente—. *Ya estás preparada.*

—¿Para qué?

—*Para ser la nueva intérprete de la Hermandad.*

—La Hermandad ya tiene su intérprete. Además, solo el Abate puede nombrar a su sucesora.

—*Yo soy el Abate.*

—¿Tú?

—El Abate Marco Agua y Rey: así me llaman los hermanos de la orden.

—Pero ¿no eres mi Madre?

—Soy ambas cosas, y te digo que Pandora no seguirá siendo la intérprete.

—Aunque así fuera, ¿quién creería que debo sustituirla? Eres solo una Voz dentro de mí.

Las ramas rechinaron con un cloqueo de risas.

—Encontrarás la prueba en el libro que te sirvió para descifrar el mensaje.

—No llegué a hacerlo. Me quedé a medias.

—Si quieres completar el acertijo, acepta la invitación.

—¿Cuál invitación?

Las ramas volvieron a animarse como insectos gigantes que se desperezaran. La silueta se contrajo hasta el tamaño de un cocuyo y, en un abrir y cerrar de ojos, salió disparada hacia el cenit.

Alicia abrió los ojos, sobresaltada. Tardó unos segundos en darse cuenta de que alguien aporreaba la puerta. Tropezando con los muebles, se asomó a la ventana.

Contenta de que Sander hubiera interrumpido su pesadilla y le recordara que, pese a todo, el mundo seguía siendo un lugar predecible, le echó los brazos al cuello. Pero él no respondió a su gesto.

—¿Qué pasa?

Lentamente, el joven se apartó de ella para dejar su guitarra sobre la mesa.

—¿Ocurre algo?

—Tenemos que ir al hospital, Ali. —Su voz se quebró—. Pandora falleció hace unos minutos.

2

Miami, División de Investigaciones Criminales,
8 de septiembre, 9.15 h

Charlie tomaba su segundo café, frente a la computadora, con peor ánimo que de costumbre. Ocasionalmente apartaba los ojos de la pantalla para vigilar la puerta, nervioso por tener que darle la noticia al teniente Labrada. El barullo de la oficina iba en aumento a medida que llegaban más colegas bromeando o echando pestes contra el tráfico. Poco después de las nueve, Luis Labrada se arrimó al escritorio de su subordinado con una rosquilla a medio engullir.

—En esta ciudad ya hay más carros que gente —gruñó, masticando con saña—. El tráfico está imposible.

—Debe ser por la fecha.

El teniente se fijó en el almanaque que colgaba de la pared. Era la fiesta patronal de la Virgen de la Caridad del Cobre. Lo había olvidado. Miles de fieles cubanos o descendientes de ellos se dirigían a Bayfront Park para la celebración de ese año. Abrió el termo y se sirvió café.

—¿Puedes sentarte? —preguntó Charlie.

Aquello lo puso en alerta.

—¿Qué pasó?

—Nada, todo está bien. Siéntate.

—Dime qué pasa.

—La Liebre atacó a Alicia en el museo. Tu hijo estaba con ella.

—¿Por qué no empezaste por ahí? —exclamó el teniente, arrojando los restos de la rosquilla a la basura para sacar el celular.

—No hace falta que llames a ese amigo tuyo. Ya hablé con él. Me aseguró que los dos están bien, gracias a que el director llegó temprano y oyó el escándalo. Pero la Liebre escapó.

—¿Qué declararon a la policía?

—Que no lo conocían. Allá piensan que se trata de un robo frustrado.

Luis se puso de pie y se paseó de un lado al otro del cubículo.

—Esto me gusta cada vez menos.

—Por lo menos ya hemos adelantado algo. Sabemos que la Liebre es la conexión para resolver el caso.

Charlie esperaba que el humor del teniente mejorara, pero su semblante se mantuvo sombrío.

—¿No es una buena noticia? —insistió.

—Seguimos trabajando a ciegas. Todavía desconocemos los motivos del robo y de esa muerte.

—Ya lo averiguarás allá. Estoy seguro de que esos dos acabarán por contarte lo que saben.

A Luis le hubiera gustado sentirse tan optimista. Era obvio que Álex se había metido en aquel rollo porque andaba descocado por la muchacha. Hasta un ciego se daría cuenta. El chantaje con el tío no había funcionado, pero la Liebre no se daba por vencido y, por alguna razón, seguía detrás de ellos. ¿Qué podían saber esos chicos que los hacía blanco constante de aquel delincuente?

Esperó a que Charlie se marchara y marcó el número de Foncho.

—Soy yo, viejo —dijo en voz baja—. ¿Puedes hablar?

—Déjame salir al pasillo —respondió el policía, respirando agitadamente mientras se desplazaba hasta un lugar poblado de ecos—. Dime ahora.

—¿Qué ocurrió en el museo?

Foncho le hizo un recuento de lo que sabía. Luis lo escuchó con atención, interrumpiéndolo en ocasiones para precisar ciertos detalles.

—¿No hay manera de conseguirles protección? —preguntó Luis—. Ese tipo se ha encarnado en ellos.

El resoplido de Foncho casi lo despeinó a través del auricular.

—Lo he conseguido a medias, pero no puedo ponerles una escolta las veinticuatro horas del día. Hay que andar con tiento en esta olla de grillos. Si sospechan algo, se lanzarán a buscar donde no quieres que miren. Puede que les aprieten las tuercas a los muchachos y, cuando estos hablen, no solo nos meteremos en un lío por haber callado el secuestro, sino que ya puedes olvidarte de que cooperen con ustedes en ningún caso. Primero se preguntarán por qué una ciudadana norteamericana fue secuestrada en la isla. Luego descubrirán que el padre de su amigo es un detective de Miami que vino recientemente; y en cuanto Miami entre en la ecuación, sospecharán alguna conspiración política relacionada con las elecciones. No creas que la transición ha eliminado la paranoia política. Los antiguos agentes siguen vivitos y coleando, y también los militares disfrazados de civiles, que controlan muchos negocios y tienen miedo de perderlos. Y a todas estas, yo estaré más cagado que nadie. ¿O ya se te olvidó que los metí a ustedes dos en mi oficina?

Luis trató de hallar una alternativa a esos argumentos, pero no se le ocurrió nada. Foncho lo dejó sudar unos segundos y concluyó:

—Quédate tranquilo, compadre. Con este lío de las elecciones, el incidente del museo no es una prioridad y es mejor que así sea para no involucrar a los muchachos. Para tu tranquilidad, con el susto que pasó ese tipejo no es probable que vuelva a correr otro riesgo por el momento.

—No estoy tan seguro. Los criminales se sienten más fuertes cuando se creen impunes. A lo mejor nos hemos equivocado en mantener a los chicos fuera de esto. Si las autoridades cubanas supieran que son objeto del interés de ese sujeto, podrían protegerlos.

—No se te ocurra negociar de ese modo. Aquí no hay garantías, ni sistema legal que funcione, sino mucha adrenalina y desconfianza. Si el hijo de un detective de Miami se ve metido en este asunto, los partidarios del gobierno anterior acusarán a la CIA de querer sabotear las elecciones y acumularán simpatías al hacerse las víctimas. Mejor deja las cosas como están. Si quieres resolver tu caso, te recomiendo que acabes de enviar los documentos por los canales estipulados sin involucrar a tu hijo.

Luis comprendió que su amigo tenía razón. Y hasta cierto punto, resultaba un alivio saber que Alejandro permanecería alejado del asunto. Otra cosa era el peligro que corría, porque la Liebre seguía siendo una amenaza respaldada por un grupo mayor. Confió en que el muchacho se mantuviera a salvo hasta que todo se resolviera.

3

La Habana, Cementerio de Colón, 8 de septiembre, 17.10 h

Hubo que contestar mil preguntas y firmar muchos papeles para sacar el cadáver de la morgue. No habría entierro, sino una simple ceremonia de incineración donde se tocarían los boleros preferidos de Pandora. Luego sus cenizas serían arrojadas al mar. Sander se ocupó de casi todo, desde localizar el testamento en el juzgado hasta pagar los gastos adicionales.

Alicia permaneció en el hospital junto a Virgilio, que en medio de su inconsciencia murmuraba frases incomprensibles. Nadie sabía si reía o se lamentaba, o si todo era efecto de los medicamentos que le habían suministrado para darle la noticia. Finalmente se durmió, aturdido por los calmantes y el dolor.

—¿Cuándo será? —preguntó Alicia.

—Hoy a las siete.

—¿Tan pronto?

—La policía ya tiene los registros del hospital y el forense dio su dictamen.

Salieron del elevador en silencio. El suelo de mármol era un espejo lavado por la lluvia que poco a poco se iba empañando bajo las pisadas de los visitantes.

—Vamos a casa —dijo Sander—. Tengo que recoger la guitarra para el velorio.

No quiso decir «cremación». Era una palabra demasiado lúgubre para asociarla con quien había sido tan alegre y llena de vida.

No hablaron mucho por el camino y luego al llegar apenas probaron bocado, pese a que no habían comido en todo el día. Sander se dedicó a afinar el instrumento lleno de cicatrices mientras ella ordenaba sus gavetas. Era un ritual que la calmaba y servía para darle coherencia a una realidad que se fragmentaba más allá de lo comprensible.

Finalmente, Sander guardó la guitarra en su estuche de cuero.

—¿Esa es la que vas a llevar? —preguntó ella, al verlo guardar la guitarra en su estuche de cuerpo—. ¿No está un poco estropeada?

—Fue el último regalo de mi madre. Es la que quiero usar hoy.

Cuando abandonaron la casa, el cielo se teñía de vapores cerúleos. Sander condujo con cautela para evitar los charcos de agua sucia. Un cuarto de hora más tarde, aparcó frente a una antigua fábrica de tabacos cercana al cementerio. Tuvieron que esperar a que pasara una caravana de autos para cruzar la calzada y adentrarse por las callejuelas del camposanto.

En la antesala del crematorio se apretujaba una gran cantidad de personas, no solo amistades de Pandora, sino también de otros dos fallecidos. Alicia se enteró de que ya había comenzado la última parte del proceso, donde terminaban de pulverizarse los huesos que el fuego no conseguía destruir en la primera, un detalle que hubiese preferido ignorar.

Sander y otro músico se unieron para tocar varios boleros que flotaron sobre la concurrencia. Nadie cantó, aunque muchos tararearon mentalmente las melodías. Al final de la novena pieza, las puertas se abrieron para indicar que la cremación había concluido.

Alicia recibió las cenizas de Pandora en una cajita, que sostuvo con una mezcla de reverencia y ternura, como si temiera profanarla. Los asistentes comenzaron a dispersarse entre las tumbas.

—Hola, Alicia —dijo Fabio con voz fatigada, apresurándose a alcanzarla—. Simón me dijo que andabas buscándome.

—Así es. Si quieres acompañarnos, podemos hablar por el camino. Vamos a echar las cenizas en el malecón.

Recorrieron la larga avenida del cementerio, custodiada a ambos lados por magníficos mausoleos, sin percatarse del acecho de una figura que había aguardado bajo la sombra de uno de los escasos árboles que sobrevivían en la ciudadela de mármol y piedra.

El trío se detuvo al final de la vía, junto al inmenso portón de la entrada.

—Mi carro está ahí enfrente —dijo Fabio.

—Ve con él —la animó Sander—, yo los alcanzaré.

Cruzaron la calle, ajenos al individuo que los seguía a cierta distancia y que se apresuró a buscar su propio auto tan pronto los vio alejarse.

Alicia se sentó junto al conductor.

—¿Cómo está tu tío? —preguntó Fabio apenas se puso en marcha.

—Tuvieron que sedarlo cuando se enteró.

—¿Por qué no esperaron para darle la noticia?

—No dejaba de preguntar por ella y los doctores decidieron que sería mejor decírselo mientras estuviera bajo supervisión médica.

Fabio hizo un gesto que lo mismo podía significar disgusto que reprobación. Alicia titubeó, sin saber cómo iniciar aquel diálogo que había ensayado varias veces.

—¿Es cierto que todavía existen descendientes de aborígenes? —preguntó por fin.

El arqueólogo la contempló sorprendido.

—¿Por qué lo preguntas?

—¿Existen o no?

—La historia oficial fue siempre que los españoles acabaron con ellos, pero la verdad es que miles sobrevivieron en toda la isla. La supuesta desaparición nunca fue una realidad genética, sino un asunto de conveniencia política.

—¿Cómo es eso?

—Es una larga historia.

—Quiero oírla.

—Cuando España declaró ilegal el sistema de encomiendas, aún quedaban muchos millares de indios que se dispersaron y volvieron a formar cacicazgos. Ese tipo de estructura social tornó muy difícil controlarlos como requerían el orden político y la doctrina cristiana. La cosa se complicó más cuando los esclavos africanos empezaron a huir de sus amos y buscaron refugio en las aldeas indígenas, situadas en sitios remotos y casi inaccesibles. Aquello no le hizo ninguna gracia a las autoridades, que usaron la fuerza para someter esos focos de resistencia; pero mientras los negros fugitivos sufrían el peso de las leyes, los indios eran trasladados a poblados españoles para recibir educación cristiana. Lo interesante es que, con esa integración forzada, los indígenas obtuvieron un respaldo legal que antes no tenían. Fíjate si el trato jurídico llegó a ser igualitario entre indios y españoles que existen registros de casos con sentencias a favor de los indígenas, como el de uno de mis antepasados, que llevó a la cárcel a un español por una deuda impagada. Y cuando llegó el siglo XVIII los aborígenes eran considerados bajo términos sociales tan equivalentes a los españoles que los censos dejaron de diferenciarlos. La población se clasificaba en negros, mestizos y blancos, y en ese último grupo se incluía a los indígenas. Como dijo alguien, la única extinción de los indios cubanos fue la que se produjo en los censos de población del siglo XVIII. Con el tiempo se volvió «políticamente correcto» hablar de su desaparición total como argumento para condenar la esclavitud.

—Entonces ¿no hubo genocidio?

—Oh, sí que lo hubo. Miles murieron por los maltratos que sufrieron en las encomiendas, o fueron asesinados en escaramuzas bélicas, o murieron de enfermedades importadas, pero eso no condujo a su extinción. Algunos estudios afirman que solamente en Cuba sobrevivieron unos diez mil, lo cual es una cifra considerable para la escasa población de la época. Y es posible que fueran más. Lo cierto es que el gobernador de turno ordenó fundar dos «pueblos de indios» para agruparlos en sitios accesibles a las autoridades: uno se asentó en la actual Guanabacoa, al occidente de la isla, y otro en El Caney, en la región oriental. No todos acudieron, claro está. Muchos se mantuvieron independientes y bien lejos de las autoridades, pero las actas capitulares de La Habana registraron a bastantes indígenas que se convirtieron en pequeños terratenientes, agricultores autónomos o dueños de solares cercanos a la capital.

—¿Y ni aun así desaparecieron? —insistió ella—. Porque si se mezclaron con el resto...

—Para nada, existen documentos que lo prueban. Por ejemplo, a principios del siglo XVIII se fundó la «Comunidad de Indios Naturales de San Pablo de Jiguaní», que con el tiempo se despojó de todo ese abolengo de apelativos españoles y solo conservó su nombre aborigen: Jiguaní, que es como se llama hoy. También hay otros pueblos cuya población desciende mayoritariamente de indios y hasta mantienen sus nombres originales: Yara, Guane, Mayarí, Yateras, Quivicán, Caujerí, Yaguaramas... Conozco a decenas de familias aborígenes que continúan sin mezclarse. Pero como los censos dejaron de registrarlos, la historia se olvidó de ellos. Sin embargo, ahí siguen. Mi familia es una prueba. No importa si ahora usamos jeans y camisetas. Nuestras tradiciones siguen vivas.

—¿Como cuáles?

—Los areítos, por citar una. Aún sobreviven en una ceremonia que se conoce como «espiritismo de cordón».

—Nunca oí hablar de eso.

—No me extraña. Durante siglos se practicó casi en secreto en una zona llamada Monte Oscuro, ubicada casi en el centro del triángulo formado por Manzanillo, Bayamo y Bartolomé Masó.

Es un sitio lleno de caseríos tan pequeños que ninguno sale en los mapas. Fue allí donde sobrevivió ese ritual, que poco a poco se ha extendido a otras regiones de la isla.

—¿Y ese «espiritismo de cordón» es un baile indígena?

—Es más bien una ceremonia de curación. El canto y el baile se usan para expulsar enfermedades producidas por espíritus o, como señalan algunos, malas energías. En el pasado los indios bailaban y cantaban por dos razones principales: religiosas o festivas. Hoy solo conserva su carácter místico. Algunos piensan que la ceremonia tiene elementos del espiritismo kardeciano, pues sus cantos invocan a seres de luz y «comisiones espíritas», pero olvidan que los conceptos de «fantasma» y «espíritu» ya existían entre los taínos. Basta con asistir a una de esas ceremonias para darse cuenta de su origen. Ni la música, ni la danza, ni los cantos tienen nada de europeos y mucho menos de africanos. Si fuera a equipararla con algo, sería con los bailes de ciertas tribus amazónicas o norteamericanas. Los cubanos que la ven por primera vez se quedan boquiabiertos, porque no se asemeja a ninguna otra tradición de la isla. La *vibra* es completamente distinta.

—Daría cualquier cosa por verla.

—Todavía no me has dicho por qué te interesa el tema.

Alicia trató de encontrar la frase adecuada.

—Creo que tengo algún vínculo sanguíneo con ellos.

Fabio conocía la historia de Alicia: su milagroso rescate de las aguas, el vano esfuerzo por localizar a sus familiares, su posterior adopción por un matrimonio... ¿Por qué pensaba que descendía de indígenas? La miró de reojo. Tenía la piel bastante blanca, aunque sus rasgos étnicos eran confusos. Bueno, ¿quién era él para decidir dónde y cómo la gente rastreaba sus orígenes?

—Dentro de unos días salgo para Monte Oscuro a visitar mi familia. Si te embullas, puedes acompañarme.

—Me encantaría. Precisamente quiero empezar a buscar por el suroeste de Oriente.

—¿Por qué supones que eres de allí? ¿Te acuerdas de algo?

—Era muy pequeña cuando me rescataron, pero en mi balsa hallaron los restos de un animal que solo vive en esa zona.

El malecón ya estaba a la vista. Fabio arrimó el auto a la acera y detrás se detuvo la moto. Frente a ellos, el mar saltaba enfurecido sobre los arrecifes donde anidaban pozas de espuma hirviente.

Los tres se sentaron en el muro, de espaldas a la ciudad, con los pies colgando sobre el agua. En silencio contemplaron la efervescencia que nunca se extinguía ante los interminables golpes de la brisa que reavivaba los elementos.

Alicia tardó en decidirse a levantar la tapa, temiendo que el aire arrastrara las cenizas tierra adentro. En un instante de tregua se inclinó sobre las olas y acercó la caja al mar, pero la brisa volvió a formar remolinos que ascendieron por el muro y azotaron sus cabellos. Iba a ser imposible abrirla sin que los restos le dieran en pleno rostro.

Después de varios intentos infructuosos cruzó una mirada con Sander y, tras un gesto de asentamiento, alzó la caja con ambas manos y la arrojó sin vacilar contra las rocas. La madera se hizo añicos, saltando en todas direcciones, y en un santiamén las olas se tragaron el manto de polvo. Ahora Pandora danzaba sobre la espuma.

«Del mar nacemos y al mar regresamos», reflexionó al observar las olas que engullían el último vestigio de lo que fuera un ser humano.

Sintió como si hubiera envejecido siglos.

«Y pensar que un día como hoy, hace veinticinco años, me rescataron», se dijo.

Su vida estaba marcada por las aguas.

—Nos mantendremos en contacto —dijo Fabio al cabo de unos minutos.

—Gracias por todo.

Él hizo un gesto de despedida que no concluyó. De inmediato se detuvo, tanteándose los bolsillos.

—No sé si esto te interesará —dijo, y le entregó una especie de postal antes de alejarse.

Era el anuncio de una conferencia titulada «Taínos y mambises: mito y destino de la nación cubana», que se efectuaría en la UNEAC.

—¿Qué significa «UNEAC»? —le preguntó a Sander después de leer la dirección.

—Unión de Escritores y Artistas de Cuba. ¿Por qué?

En su mente resonaron las palabras de la Voz: «*Si quieres completar el acertijo, acepta la invitación.*»

—Habrá una conferencia allí —respondió.

—¿Algo interesante?

—No estoy segura —contestó recuperándose a medias—, pero voy a ir.

4

La Habana, El Vedado, 8 de septiembre, 19.45 h

La Liebre se movía como un fantasma en medio de la muchedumbre, donde los discursos de campaña se mezclaban con los pregones de los mercaderes que recorrían el área. Llevaba dos días acechando el cementerio, en espera de que Alicia o su acompañante asistieran al entierro de Pandora. Del mismo modo había vigilado pacientemente el museo, aguardando a que la muchacha apareciera.

Por desgracia, aquel encuentro había sido prematuro. Comprendió su error apenas se acercó a la oficina y la escuchó hablar de un cifrado —lo cual revelaba que aún no había encontrado el jodido documento—, pero ya era demasiado tarde para retroceder. Después del fiasco, se convenció de que su única alternativa sería asegurarse de que lo tuviera en sus manos antes de volver a actuar.

Se mantuvo emboscado entre la multitud sin perder de vista a la pareja, que había salido del cementerio con un desconocido, posiblemente amigo de la difunta, que luego los acompañó hasta el malecón. Los espió mientras arrojaban la caja y se despedían; y continuó tras la pareja, que paseaba por la acera y se detenía de vez en cuando ante algunos oradores.

Era posible palpar la tensión del ambiente. Las encuestas favorecían a tres partidos como posibles vencedores: el Ecologista, el Popular Martiano y el Demócrata Cristiano, pero muchos temían los cambios. Por eso, si aquellos papeles no salían a la luz, era posible que los martianos terminaran ganando. Su programa político, aunque sonaba fresco y novedoso, contenía las mismas consignas de los viejos tiempos.

Finalmente, los jóvenes regresaron a la moto y se largaron. Intentó ir tras ellos, pero una vez más la Ducati desapareció en el congestionado tráfico de la zona.

Tomó aquel contratiempo con relativa calma. Ya no tenía nada que perder y, por otro lado, su instinto le decía que no tardarían en regresar al museo. Entonces sería él quien tendría las de ganar.

5

La Habana, Buenavista, 9 de septiembre, 20.13 h

Durante el trayecto de regreso, Alicia no dejó de hacerse las mismas preguntas: ¿Por qué la Voz de su infancia, a la que siempre consideró el espíritu de su madre terrenal, se había convertido en un abate de nombre endemoniado? Y ¿por qué Virgilio le había dicho que ese nombre era un título en clave?

A la noche siguiente, cuando Sander se fue a trabajar, el asunto la atormentó de nuevo. Tan pronto acabó de fregar los platos, salió de la cocina y buscó su tableta.

Acodada sobre la mesa del comedor, activó el programa de algoritmos y escribió sin dejar espacios: «abatemarcoaguayrey». Contempló pensativa la retahíla de letras. Si se trataba de un anagrama, debía de estar compuesto por tres o cuatro palabras al menos, pero ¿en qué idioma? La letra «y» era buena para hacer un análisis de frecuencias. Había dos entre las dieciocho, lo cual indicaba una reincidencia del once por ciento. En términos lingüísticos se trataba de un porcentaje muy elevado. Esa letra apenas se usaba en el dos por ciento de los vocablos en inglés; en español su frecuencia era aún menor. Tampoco era usual en ninguna de las lenguas romances. Por si las moscas, revisó el *Índice de periodicidad relativa de letras* que guardaba en su cuenta de iCloud. En efecto, solo el polaco y el turco mostraban una reiteración de la «y» algo superior, pero aun así su incidencia era apenas del tres por ciento; además, se hallaban culturalmente muy alejados del Caribe. Solo se le ocurrió una lengua vinculada a la isla donde la «y» se repetía con una frecuencia indudablemente alta: la taína.

El programa de algoritmos no incluía ese idioma, pero le daba la opción de agregar diccionarios. Buscó sus tres compendios de vocablos taínos, los convirtió en un archivo de datos y los añadió al programa, ordenándole buscar combinaciones de dos palabras para esa lengua. El resultado fue casi inmediato: cero. Volvió a dar la orden para que la búsqueda distribuyera las letras en tres palabras y se fue a la cocina a prepararse un té. La señal tintineó apenas activó el microondas.

Regresó con el tazón humeante, lo dejó sobre la mesa y desplegó el listado de combinaciones. Su vista se detuvo en una línea. No era una frase, sino tres términos que designaban a la Gran Madre Universal de los taínos: Atabey Guacar Yermao. No faltaba, ni sobraba, ninguna de las dieciocho letras.

De modo que el título del Abate era solo un velo lingüístico para ocultar el nombre de la madre espiritual de los taínos. Pero ¿qué otra relación existía entre Atabey y ese misterioso personaje? Recordó su conversación con la Voz:

«—*Yo soy el Abate.*

—Pero ¿no eres mi Madre?

—*Soy ambas cosas…*».

De modo que, si la Voz era el Abate, y el Abate era una clave para ocultar el nombre de Atabey, eso significaba que los tres eran la misma entidad y que ella había estado en comunicación con el guía de la Hermandad desde que tenía uso de razón.

¿Sería esa marca —que también compartía con Juana— una especie de llave que permitía el acceso a una dimensión velada a otros y, por tanto, la facultad de comunicarse con la Diosa? ¿O simplemente anunciaba la presencia de esa facultad? Dicho de otro modo, ¿era preciso nacer con la marca para escuchar su Voz o se trataba de una señal para reconocer a quienes podían hablarle? Si era así, ¿la habían llevado todas las «intérpretes», incluyendo a Pandora? ¿Existían diferentes formas de escuchar esa Voz o todas la percibían de igual manera todas las «intérpretes»? ¿Debía creer que existían los dioses? ¿O al menos un Dios? ¿O más bien, Una?

Fue hasta el baño y se mojó la cara con agua fría. Permaneció un instante con el rostro hundido en la toalla, tratando de reconectarse con su entorno.

«Vayamos por partes —se dijo Alicia—. Busca evidencias.»

Al nombrarla su nueva intérprete, la propia Voz le había indicado: «*Encontrarás la prueba en el libro que te sirvió para descifrar el mensaje*». Por tanto, si no hallaba nada allí, sabría que todo era producto de su imaginación.

Sacó el gastado ejemplar que había envuelto en una bolsa de plástico. Sabía que no contenía marcadores ni documentos, porque ya lo había hojeado mientras completaba la clave. El envoltorio aún conservaba su nudo. Alicia tenía un modo peculiar de hacerlos —inspirado en los encajes a croché que tejía su abuela paterna— y comprobó que nadie lo había tocado desde que ella lo cerrara.

Al abrirlo con cuidado, un trozo de papel cayó al suelo. Más que un papel, era una áspera cartulina blanca salpicada de hojas secas, pétalos destrozados y varios residuos vegetales. Dos de sus extremos mostraban bordes irregulares, como si hubiere sido arrancada de un fragmento mayor.

Aquello se tragó sus últimas sospechas. La Voz era real. Y mientras más lo pensaba, más temerosa se sentía. ¿A qué clase de situación se enfrentaba? ¿Qué significaba ser la «intérprete» de una entidad no humana?

No podía seguir cargando con aquel secreto a solas. Necesitaba a alguien con quien desahogarse, aunque fuese a medias, y la ayudara a lidiar con un universo cada vez más extraño. Pensó en la persona que últimamente se había convertido en su sombra, que la había rescatado dos veces de las garras de un malhechor, que la había besado en la penumbra de un bar con muros coloniales... Lo esperó pacientemente hasta la madrugada.

Cuando Sander abrió con cuidado la puerta para no despertarla, se la encontró en el sofá escuchando un CD de música escocesa y hojeando el *Atlas de los Lugares Sagrados*, de Colin Wilson.

—¿Qué haces levantada a esta hora?

—No puedo dormir y... tengo que contarte algo.

Y le reveló su nombramiento como «intérprete» de la Hermandad, aunque prefirió callarse la manera en que había hablado con el Abate. Sorteó algunas preguntas del muchacho y al final se sintió tan agotada como si hubiese corrido un maratón.

—Abrázame —le pidió con cansancio—, no quiero pensar en nada.

Y eso fue lo que él hizo, mientras el viento y la lluvia rasguñaban los cristales, y el mundo desaparecía a su alrededor, porque su único interés estaba en aquellos frágiles hombros bajo una camiseta de lino, en los labios húmedamente abiertos, en los pechos que resplandecían como lunas en la madrugada. Sus dedos se desplazaron de la tela a la espalda, al cuello, a la cintura... Hubo un instante en que ninguno se dio cuenta de lo que ocurría. Todos sus pensamientos se esfumaron. Ella también perdió la noción de lo que la rodeaba. Aquella coraza que había mantenido durante tantos años se desmoronó como un muro de arena en la pleamar. Sintió que se fragmentaba. Ardió abrasada por una lengua de sol. Exploró el mundo con su piel —el único sentido que le quedaba— porque el resto de su cuerpo estaba ciego y sordo.

Afuera, la tormenta terminó por ahogar los gemidos entre las sábanas. Y en la penumbra de la habitación, dos cuerpos entonaron una melodía verde y selvática, semejante a la que existiera en otro tiempo, cuando los dioses convivían con los mortales.

6

La Habana, El Vedado, 12 de septiembre, 19.42 h

La terraza del apartamento se asomaba a una calle bastante tranquila. En otra época, el edificio había sido un canon de la arquitectura *art déco*. Ahora era un cascarón que había perdido el delicado tono celeste de sus primeros años. Su única coloración eran los hilos de óxido rojizo que las lluvias habían dibujado en las corroídas barandas de los balcones.

Máximo abrió la puerta del apartamento y, resollando, se dejó caer sobre el sofá. Desde la sala, escuchó los ruidos de las gavetas que se abrían y cerraban. Al oír que la llamaban, Karelia se asomó al dormitorio con una expresión de enfado que enseguida se transformó en alarma.

—¡Dios mío! —musitó—. ¿Estás herido?

Con la camisa estrujada y abierta, el pantalón manchado de fango, el blanco bigote ensangrentado y un arañazo en la mejilla que ya empezaba a inflamarse, parecía la estampa de un vagabundo atacado por una turba de perros callejeros.

—Dame algo de tomar —fue lo único que dijo mientras se sacaba los zapatos.

Se bebió de golpe el gin-tonic que le sirvió la mujer.

—¿Qué pasó?

—Otro —pidió él, tendiéndole el cubilete vacío.

—Primero dime qué te pasó.

—Coño, ¿quieres dejar de preguntar? Tráeme el jodido trago.

Ella obedeció refunfuñando. Había estado de buen humor esa mañana, después de limpiar el apartamento que Máximo había comprado y registrado a nombre de ambos. Luego se pasó la tarde fantaseando sobre el futuro y haciendo planes como la lechera de la fábula. Tan pronto el Partido Popular ganara las elecciones, su amante ocuparía la plaza de asesor en el ministerio. Gracias a su influencia, le conseguiría un agente para atender y organizar las peticiones de los teatros y los clubes, sería invitada a programas de televisión, podría escoger sus giras... Un carraspeo la sacó de su ensueño.

—¿Terminaste? —preguntó ella.

Por toda respuesta, él le tendió el vaso y murmuró algo ininteligible.

—¿Qué?

—¡Nada! Déjame en paz.

Había murmurado «hijo de puta», pero ella no lo entendió. Mejor así. Prefería guardarse la vergüenza de confesar que aquello era obra de Fabricio Marcial. Por lo visto, el candidato había decidido que una paliza era el mejor recordatorio del acuerdo entre ambos. «¡Mal rayo lo parta —pensó para sus adentros—. No había necesidad. No hice nada para merecerlo», se repitió. Bueno, aún no. Pero lo cierto es que había estado indagando el precio de los pasajes a cierta ciudad europea y, al parecer, el candidato se había enterado. Al menos, fue lo que le dieron a entender aquellos tres energúmenos tras patearlo en una esquina.

—De parte del candidato —le dijo uno—. Por si pensabas marcharte antes de cumplir.

El profesor entró a su cuarto para lavarse la cara, tirar al cesto la camisa rota y cambiarse los pantalones sucios de lodo. Durante cinco minutos, reinó el silencio en todo el piso. Karelia lo observó de reojo cuando él se sentó en el canapé de mimbre.

—Bueno, si prefieres no contarme nada...

—Me asaltaron —mintió él—, pero les di una buena tunda.

Ella no le creyó, pero sabía que era mejor no insistir.

—¿Quieres que comamos afuera? —le propuso—. Podríamos distraernos un poco y, de paso, celebrar.

—¿Celebrar qué? —replicó él hoscamente.

—Lo que se te antoje: el libro que va a salir, tu próximo nombramiento como asesor.

—Trae mala suerte celebrar lo que no ha ocurrido.

—¿Por qué estás tan molesto?

—Estoy preocupado por ese *legado* que no aparece. Si la Liebre decide vengarse porque lo dejé afuera, cantará de lo lindo.

—¡Y dale con lo mismo! No tiene nada contra ti, ninguna prueba.

—¡No seas estúpida, mujer! Esa gente de Miami sabe que él estuvo metido en el asunto de Valle. Por algo vinieron hasta aquí. Si lo atrapan o se entrega, mi nombre se mezclará con esa mierda.

—El Jefe no dejará que hable. En tu caso, yo no me preocuparía.

—Como no es tu cabecita hueca la que está en juego...

—¡Deja de tratarme como a una imbécil!

—Baja la voz, que los vecinos van a oírte.

—¡Me importa un carajo! Estoy harta de tus insultos. ¿Ya se te olvidó todo lo que he hecho por ti?

Máximo abandonó la terraza y se fue a la cocina. Karelia iba detrás maldiciendo, aunque su berrinche era apenas un molesto zumbido entre tanta zozobra. En realidad, ya no era la Liebre lo que más le preocupaba, sino la amenaza del candidato. Solo por eso había tratado de indagar discretamente sobre rutas alternativas de escape. Le sorprendía que se hubiera enterado.

—Máximo, ¿me oyes?

—Claro que sí —mintió.

—¿Y no me respondes?

—¿Qué quieres que te diga? Ando con los nervios jodidos y ahora tú me armas un escándalo.

—Estás paranoico —dijo ella, y le dio la espalda.

7

La Habana, Buenavista, 15 de septiembre, 19.15 h

Al amanecer abrió los ojos y se quedó contemplando el techo. Hacía una semana que repetía el mismo ritual. Se hallaba en un punto muerto. El tiempo apremiaba y, aunque se lo había prometido a su tío, no sabía qué más podía hacer. Sin su ayuda, ni la de Pandora, sin poder hablar con Jesús que seguía aislado en un hospital, ya no le quedaba a quién acudir. Decidió tomarse unas vacaciones mentales, como acostumbraba a hacer ante cualquier problema insoluble.

Abandonó la cama donde Sander seguía durmiendo. Cada noche, sus cuerpos se reencontraban bajo las sábanas. Cada mañana, ella se regresaba a su retiro particular, explorando las estanterías para devorar ensayos, bitácoras de viaje, epistolarios, crónicas, memorias e incluso diarios de guerra.

Sin previo acuerdo, los jóvenes establecieron una rutina. Por las mañanas, él dormía tras su trabajo nocturno y ella leía en el sofá. Al atardecer visitaban a Virgilio, que iba emergiendo de las brumas y empezaba a dar muestras de entender lo que le rodeaba.

Tres noches antes, casi al finalizar la visita, el curador se incorporó de pronto y preguntó:

—¿Dónde está Pandora?

Alicia enmudeció.

—No pudo venir —dijo Sander, tras un titubeo—. Tiene gripe.

—Espero que se recupere —murmuró Virgilio con expresión plácida—. Tenía que preguntarle algo, pero se me fue de la mente.

—Si es acerca de tu mensaje —balbuceó Alicia bajando la voz—, será mejor que me digas dónde lo escondiste.

—¿Dónde escondí qué?

—El *legado.*

Virgilio guardó silencio unos segundos.

—¿Cuál *legado*?

—El que tengo que llevar a esos periodistas.

Virgilio frunció el ceño.

—Creo que ya me acuerdo. Está en un sitio seguro.

—¿Dónde?

Virgilio desvió la vista.

—*Marcet sine adversario virtus.*

—¿Cómo?

Los párpados parecían pesarle.

—*Fac dum tempus opus* —murmuró cerrando los ojos, vencido por los medicamentos.

—¿Qué dijo?

—No sé —murmuró Sander—, suena como latín.

Alicia observó el semblante apacible de su tío.

—Ahora sí estamos arreglados —murmuró ella—. Esto es un desastre.

Sander la acompañó hasta el mostrador donde enfermeras y doctores consultaban las historias clínicas delante de varias pantallas.

—¿Doctor Méndez? —preguntó a uno de los médicos—. Disculpe que lo moleste, pero mi tío está teniendo problemas para recordar.

—Es parte del proceso —le aseguró el hombre—. Su memoria regresará poco a poco.

—¿Cuándo? ¿En una semana? ¿En un mes?

—Depende del paciente. Nadie puede predecirlo.

Los jóvenes volvieron a casa con el ánimo mustio, envueltos en una neblina que los caló hasta los huesos.

En los días siguientes, la atmósfera se volvió espesa como una sopa. Daba la impresión de que cada objeto intentaba ocultarse tras el vaho que empañaba el paisaje.

A la mañana siguiente, Alicia escogió un libro al azar y se sentó a leerlo en una esquina del sofá. Seguía devorando libros como quien persigue una revelación urgente, aunque sin hallarla. Algunos textos, sin embargo, le mostraron testimonios inesperados.

Absorta en su lectura, apenas notó que Sander entraba a la cocina, colaba un café y salía durante media hora para hacer algunas compras, aprovechando una tregua del interminable temporal que lo había obligado a cambiar su moto por el carro de Virgilio. Solo después que regresó y empezó a guardar algunas latas en la alacena, ella pareció salir de su mutismo.

—¿Sabías que Máximo Gómez despotricaba contra Martí? —preguntó desde la sala—. Da la impresión de que no podía verlo ni en pintura.

—¿Por qué? —dijo él, abandonando la cocina para ordenar un estante lleno de partituras y discos de acetato.

—He estado leyendo algunas cartas y el *Diario de campaña* de Martí. Está claro que Gómez lo ofendió muchas veces en público.

—No me extraña. Era un caudillo con malas pulgas y, al parecer, con ciertas ínfulas de dictador. Por algo le decían el Generalísimo. Deseaba un gobierno militar para Cuba, pero Martí no quería oír hablar de eso porque en el fondo era un pacifista.

—Bueno, tanto como pacifista... No es precisamente lo que veo en todos esos letreros.

Él comprendió que se refería a las belicosas citas martianas que pululaban por doquier.

—No te guíes por ellas —le aconsejó—. La mayoría han sido sacadas de contexto y, por tanto, están adulteradas. El gobierno anterior las manipuló para apoyar sus propios intereses.

—¿De qué modo?

—Martí se movió en aguas filosóficas bastante revueltas. Esa ambigüedad sirvió para crear una confusión ideológica tan grande que todavía la padecen los cubanos de hoy.

—Pero «adulterar» es una palabra muy fuerte.

—Que un hombre de reconocida inclinación pacifista y espiritual haya terminado como adalid de un militarismo marxista no es cosa de broma. Si eso no es adulterar, no sé de qué otra forma describirlo.

Alicia contempló la repisa ocupada por miniaturas de *papier maché*, entre ellas, la de un hombrecito flaco y cabezón sobre un caballo encabritado. A primera vista hubiera podido confundirse con una caricatura del Quijote, pero ella sabía que no se trataba del hidalgo cazamolinos, sino del omnipresente apóstol, soñador de utopías caribeñas.

De pronto la asaltó una idea.

—Sander, ese documento que buscamos...

El muchacho dejó de ordenar su música.

—... creo que sé quién lo escribió.

Él leyó su mirada.

—No puedes pensar que... ¿Tú crees?

—¡Tiene que ser! ¿Recuerdas aquella conversación que tuvimos con Pandora y mi tío en el hospital? Nos dijeron que en este país existía un elemento clave que seguía justificando la violencia como solución única, pero que ese elemento podía ser anulado por el *legado*, no tanto por lo que decía, sino por la persona que lo había escrito. Y ahora, después de lo que he visto y leído, pienso que solo una persona podría incidir en los cubanos de un modo tan absoluto.

—Puede que tengas razón, pero es no nos servirá para encontrar el legado.

—Mañana iremos a la conferencia —le recordó ella—. A lo mejor nos da una pista que habíamos pasado por alto.

8

La Habana, El Vedado, UNEAC, 16 de septiembre, 20.35 h

El minúsculo auto aparcó detrás de la glorieta. En la acera, las raíces de los álamos tejían grietas que alcanzaban varios portales de la vecindad. Sin dejarse seducir por los bancos vacíos del parque, cruzaron la calle en dirección a la siguiente esquina. Allí se alzaba una mansión pintada en blanco y azul celeste. Sus jardines crecían verdes y lozanos, animados por las recientes lluvias. Una gigantesca puerta de rejas se abría para dar la bienvenida a los visitantes.

Cuando entraron a la antigua cochera donde funcionaba la sala de conferencias, el público ocupaba casi todas las sillas dispuestas ante una mesa con micrófonos. Alicia descubrió a Fabio en una de las primeras filas. Al fondo vio a René, impecable en su chaleco crema y pantalones café tostado; y a Kike, el cazatesoros, con la sombra rojiza de su barba sin afeitar. Simón se abanicaba con un folleto junto al aire acondicionado.

El murmullo de la sala cesó cuando una dama de antigüedad faraónica inició la presentación del panel. Además del profesor Báez, hablaría un catedrático de gafas cuadradas, que se dedicaba al ensayo histórico, y una investigadora prematuramente canosa, pero aún joven, que intentaba dominar su cabellera bajo un cintillo.

Ninguno de los tres disertó mucho sobre los taínos. Más bien se concentraron en analizar las guerras independentistas del siglo XIX y la rivalidad entre sus tres principales figuras: Antonio Maceo, Máximo Gómez y José Martí. No obstante, Alicia prestó atención a cada palabra, consciente de que allí podría estar la clave que buscaba.

Desde el inicio fue obvio que los panelistas se encontraban tan divididos como los antiguos líderes mambises. El profesor Báez afirmó que Martí siempre apoyó la guerra como parte del plan para liberarse de España y de cualquier otra potencia injerencista que apareciera en el futuro. El historiador de las gafas defendió la tesis de que el apóstol era un espíritu que ya apuntaba a una incipiente democracia cristiana, y propuso dos «ejercicios nacionales»: primero, destronar a Martí del nicho ideológico donde lo habían santificado, para que descansara entre los poetas y pensadores de una época desaparecida; y segundo, reformar la historia de la isla para aclarar el papel que habían jugado ciertos personajes en la ulterior catástrofe sociopolítica. Insistió en que el confuso pensamiento martiano se movía entre ideas ambivalentes que no solo habían mantenido a Cuba estancada en una política trasnochada, sino que la había hecho retroceder; por tanto, era hora de colocar al apóstol en el lugar que le correspondía como periodista, escritor, humanista y promotor de la independencia, pero dentro de un marco histórico ya concluido; y terminó diciendo que, a menos que se adoptara un análisis más contemporáneo de su figura, los cubanos estarían condenados a repetir los errores del pasado.

—Mi colega tiene razón en muchos puntos —dijo la joven

académica, antes de que Báez tuviera tiempo de replicar—. Y debo añadir que no estoy de acuerdo con el profesor. Tanto Gómez como Maceo tenían la intención de perpetuar el mando castrense más allá de la guerra para seguir dirigiendo la isla como si fuera un campamento militar: una actitud que Martí le reprochó sin tapujos a Gómez en su famosa carta del 20 de octubre de 1884. Dada su visión de un gobierno civil para una Cuba liberada, lo más probable es que lo hubieran excluido de la nueva república. Gómez y Maceo aspiraban a puestos importantes en ella; no en balde el Generalísimo se molestaba cada vez que alguien llamaba «presidente» a Martí. Con tales truenos es comprensible que muchos hayan creído ver, en la temprana y absurda muerte del Apóstol, una especie de suicidio inconsciente cuando se lanzó al combate en aquella emboscada española que Gómez manejó tan mal. Poco importa dilucidar las causas de esa defunción nefasta. —Hizo una pausa para tomar agua—. Y digo «nefasta» porque su desaparición prematura dejó sin respuestas ciertas cuestiones que solo él hubiera podido aclarar sobre lo que hoy llamamos «ideario martiano» y porque, al mismo tiempo, dio paso a la creación de un sinnúmero de mitos. En el momento de su muerte, y en pleno uso de sus facultades, su filosofía se hallaba en plena transición. En sus últimos textos se vislumbra cierta inclinación hacia un tipo de gobierno más pragmático y liberal. Ya se veía venir desde que escribiera: «Las soluciones socialistas, nacidas de los males europeos, no tienen nada que curar en la selva del Amazonas». En otras palabras, había avisado sobre el peligro de aplicar las ideas comunistas en el continente americano, cuyas condiciones socioeconómicas eran tan diferentes a Europa. Lamentablemente, la ausencia de un manifiesto político concreto creó un vacío que otros supieron aprovechar. La isla sufrió una de esas revoluciones contra las que alertó el Apóstol, y terminamos padeciendo lo que él debió temer al escribir (y vuelvo a citarlo) que «de ser siervo de sí mismo, pasaría el hombre a ser siervo del Estado». También mencionó lo que a mi juicio indicaba el rumbo que habría seguido su pensamiento, porque se refirió a los países escandinavos —que recién emprendían el desarrollo de lo que hoy llamamos socialdemocracia— como aquellos donde mejor se borrarían las diferencias de clases. Escuchen esto que escribió: «Desgraciadamente las diferencias de clases existen, y digo desgraciadamente porque mientras unos nadan en la abundancia, otros se mueren de hambre. Hay países como Suecia, Noruega y algún otro país europeo, donde poco a poco esas diferencias han ido disminuyendo...». Haber citado, a finales del siglo XIX, a aquellos que hoy son puntales de la socialdemocracia es otro ejemplo de los escenarios que era capaz de intuir. En cualquier caso, su muerte dejó una gran confusión. ¿Quién sabe si su temprana partida nos privó de algún texto que nos hubiera ahorrado décadas de violencia? Hasta esas páginas perdidas de su *Diario de campaña* podrían haber servido para darnos un poco de luz sobre sus intenciones futuras, quizá alguna mínima señal para entender lo que...

Alicia enterró las uñas en los jeans de Sander.

—¿Qué páginas perdidas son esas? —susurró.

Él se quedó en suspenso.

—¿Sander? —insistió ella.

—Carajo, ¿cómo se me pudo olvidar? Son las páginas que desaparecieron del diario. Si no recuerdo mal, eran cuatro y estaban casi al final de...

Alguien siseó para que se callaran.

—Vamos afuera —lo interrumpió ella para arrastrarlo hacia el jardín, y una vez que atravesaron la puerta, continuó—: Explícame ahora, porque yo también lo leí en tu casa y no noté que faltara nada. A veces las fechas no son continuas en un diario, pero eso es normal.

—No se trata de las fechas, sino del orden numérico de las páginas en el manuscrito original. Martí las había numerado, de su puño y letra, en cada esquina. Eso lo explican en el prólogo.

—No lo leí.

—Bueno, ahí dice que la secuencia brinca de la 27 a la 32, lo cual prueba que faltan cuatro páginas. Alguien las arrancó.

Se miraron en silencio durante unos segundos.

—¿Será posible que eso sea el *legado*? —preguntó ella.

—Préstame tu tableta.

Alicia la sacó de su mochila y Sander tecleó sobre la barra de Google: «Páginas perdidas del diario de Martí». La búsqueda arrojó millares de enlaces, pero el primero contenía lo que buscaba.

—Lee esto —dijo, y se lo tendió a Alicia.

Era un artículo donde se explicaba que el primer albacea del *Diario* había sido el coronel Ramón Garriga, a quien Martí conocía desde niño. Durante la llamada guerra del 95, Garriga solía llevar ese diario en su alforja, de donde lo sacaba cuando Martí se lo pedía para escribir en él. Años más tarde dijo en una entrevista que había leído muchas veces aquel diario, incluidas las páginas faltantes que, según recordaba, mencionaban ciertas cuestiones financieras. Al parecer, Martí había hecho un listado del dinero que habían recibido varios jefes rebeldes para sus familias necesitadas. Gómez había escrito a Fermín Valdés, el mejor amigo de Martí, proclamando que nunca aceptaría ayuda monetaria de Tomás Estrada Palma, dirigente del Partido Revolucionario Cubano que reunía fondos para liberar a Cuba; pero en otra carta dirigida al propio Estrada Palma daba a entender que estaba dispuesto a recibir ese dinero. Al parecer, Martí habría incluido en su diario las cantidades enviadas a la familia de Gómez, entre otras cuestiones. Y como Garriga aseguraba que había entregado el diario intacto a Gómez, el artículo especulaba que quizá el general hubiera hecho desaparecer las páginas sobre las finanzas para evitarse la vergüenza de ser descubierto en su doble juego.

—Aquí hay algo que no encaja —reflexionó Alicia después de leerlo—. Si Gómez quería salvaguardar su imagen, ¿por qué no arrancó otras páginas donde quedaba peor parado? Por ejemplo, esas donde Martí dejó claro que lo humilló varias veces.

—Quizá el asunto del dinero fuera más importante para él.

—No sé, dudo que alguien haya hecho semejante destrozo por un viejo inventario de contabilidad. Ni en aquella época, ni ahora. Si esas páginas que faltan son el *legado*, deben de contener una información tan valiosa que incluso hoy es capaz de afectar a unos cuantos.

Al otro lado del cristal, varias personas discutían acaloradamente de pie, aunque al jardín solo llegaba un vago murmullo de voces.

—¿Sigues con ánimo para esto o prefieres que nos vayamos?

Alicia deseaba marcharse, pero no estaba segura de tener la información que la Voz le había prometido.

—Mejor entramos —dijo sin dar razones.

9

La Habana, Aeropuerto Internacional José Martí,
16 de septiembre, 20.52 h

Foncho detuvo su auto frente a las puertas que se abrían y cerraban ante cada grupo de pasajeros. Luis ya lo esperaba en el bordillo de la acera, doblemente impaciente por la demora de su amigo y por la imposibilidad de comunicarse con su hijo. Apenas vio a Foncho, cruzó la callejuela en tres grandes zancadas y, después de lanzar su mochila en el asiento trasero, ocupó el asiento de copiloto en el viejo Chevrolet, que de inmediato se puso en marcha. Esquivando a transeúntes y vehículos, consiguieron salir del aeropuerto. Luis volvió a marcar el número que ya había tecleado varias veces.

—¿Sigue sin contestar? —preguntó Foncho.

—Creo que lo tiene apagado. O en silencio.

—Es posible que esté trabajando.

Luis movió la cabeza con gesto de duda.

—Es que tampoco he podido comunicarme con Alicia, y eso que les avisé de que llegaba. ¿Dónde se habrán metido? Me dijiste que estarías pendiente de ellos.

—No puedo seguirlos todo el tiempo. Alejandro prometió llamarme si iba a algún sitio peligroso. Si no lo ha hecho, debe estar bien.

—Pues a mí ese silencio me da mala espina.

El auto dobló rumbo a Buenavista.

—¿Qué pasó con la entrevista a Jesús? —preguntó Luis, en parte para quitarse de la mente la preocupación por su hijo.

—Solo nos falta una firma.

—¿Van a autorizarme?

—Ya veremos. De todos modos, te advierto que Jesús no ha revelado gran cosa. A lo mejor no sabe nada.

—¿Cuál es el plan para mañana?

—Tengo que acompañarte a la reunión con el DTI.

La idea de visitar el Departamento Técnico de Investigaciones intranquilizaba a Luis, pero era una de las condiciones que habían exigido las autoridades cubanas antes de cualquier tipo de cooperación.

—¿Crees que podemos pasar ahora por casa de Alejandro?

—¿Por qué no pruebas a enviarle un mensaje de texto?

—Si no contesta a mis llamadas, ¿para qué voy a escribirle?

—Hazme caso.

Luis tecleó en su teléfono y volvió a mirar el paisaje que se escurría ante sus ojos. Segundos después, escuchó una señal.

—Está en una conferencia con Alicia —leyó, entre sorprendido y aliviado—. ¿Le pregunto si podemos pasar a buscarlos?

—Adelante.

Y luego de teclear, preguntó:

—¿Tienes idea de para qué quieren reunirse conmigo?

—Para sacarte lo que no aparece en los informes —respondió Foncho—. Date cuenta de que la Liebre está vinculado a un crimen en Miami, llega a La Habana, ataca a un candidato político y casi lo agarran en un museo donde supuestamente entró a robar. Por ahora, Alejandro y esa jovencita aparecen como víctimas fortuitas de un delito, pero te advierto que las autoridades lo tienen en la mirilla porque eres su padre, y ya sabes que los detectives no creen en las casualidades; solo que la investigación sobre su vida no ha arrojado nada.

Luis pensó que tendría que convencer a su hijo para que se fuera una temporada a Miami hasta que el avispero se calmara.

—Álex saldrá de la conferencia en media hora —dijo el teniente, leyendo su pantalla—. Dice que está en la UNEAC. ¿Qué es eso?

Foncho frenó a tiempo para cambiar de carril y buscar la calzada que los llevaría a la Unión de Escritores.

10

La Habana, El Vedado, UNEAC,
16 de septiembre, 21.37 h

El debate se prolongó más de lo esperado. Hubo anécdotas de toda clase sobre el general Gómez. Por lo visto, el caudillo había provocado más descalabros políticos que los aceptados por la historia oficial. Alicia y Sander se enteraron de sus insidias epistolares para desacreditar la llamada «Guerra Chiquita» de 1879, solo porque no lo habían invitado a sumarse a ella; de su conflicto personal con Martí, quien le anunció en una carta su determinación de no contribuir a imponer a Cuba «un régimen de despotismo personal, más vergonzoso y funesto que el despotismo político»; de los insultos de Gómez contra Maceo, al cual culpó del fracaso de una nueva guerra que no pudo iniciarse, pese a que los errores habían sido del propio Gómez, que había enviado el cargamento de armas a Santo Domingo, y no a Cuba, como estaba previsto; de la sospechosa cantidad de versiones que dio el Generalísimo sobre la muerte de Martí, mucho antes de que saliera a la luz su *Diario de campaña*; de los fusilamientos sumarios que ordenó contra sus propios soldados por causas nimias o por simples rencillas personales, sucesos que horrorizaron a sus tropas, aunque nadie se atrevió a protestar abiertamente...

Todos estos argumentos provocaron un guirigay mayúsculo entre la concurrencia. Aunque el peor escándalo se produjo cuando alguien mencionó una carta que Máximo Gómez dirigiera a Grover Cleveland, entonces presidente de Estados Unidos, y que terminó en manos del recién electo William McKinley. En ella, el general dominicano instaba al gobierno norteamericano a que aplicara las acciones previstas por la Doctrina Monroe; en otras palabras, pedía que Estados Unidos interviniera militarmente en el conflicto hispano-cubano. Con esa actitud, el Generalísimo no solo traicionaba el ideario martiano, sino la propia razón de la independencia cubana.

Semejante acusación de entreguismo fue airadamente desestimada por el doctor Báez, quien alegó que aquello tenía que ser falso, pues el documento solo era la supuesta traducción al inglés de una carta cuyo original en español nadie había visto; algo que no amilano al catedrático que la había sacado a colación. ¿Por qué alguien se tomaría el trabajo de colocar, entre los folios presidenciales correspondientes a la quincuagésima quinta sesión del Congreso norteamericano, una traducción imaginaria de la carta de un general mambí que ni siquiera era cubano? La prueba del contubernio de Gómez con el gobierno norteamericano quedaba explícita en el *Diario de campaña* del propio Generalísimo y en su correspondencia, donde agradecía al presidente McKinley su intervención militar en Cuba, sin contar con las circulares donde exigió al ejército y al pueblo cubanos que cumplieran sin chistar las órdenes de las autoridades norteamericanas.

Al llegar a este punto, y en vista de que el debate amenazaba con transformarse en un nuevo conflicto bélico, la moderadora recordó a todos que el evento había sobrepasado el tiempo acordado y que era necesario ponerle fin y agradecer a los panelistas sus valiosos aportes.

Alicia tardó unos segundos en recuperarse.

—Qué intenso, ¿no? —susurró a Sander.

—Más bien agobiante. La gente no se cansa de darle vueltas a la misma noria.

Varios jóvenes aprovecharon para distribuir volantes entre los asistentes que salían al patio: catálogos de editoriales independientes, recitales de poesía, programaciones en salas teatrales... Una chica se acercó a Alicia.

—Toma, es el último que me queda.

—Gracias, pero yo...

La joven le dio la espalda y se esfumó sin dejarla terminar.

Alicia hojeó el pasquín que anunciaba un ciclo de conferencias. A pesar de la penumbra, Sander percibió un cambio en ella.

—¿Pasa algo?

Alicia le tendió el folleto y le señaló un nombre. Bastó con un cruce de miradas para que ambos escaparan a toda prisa de la mansión.

En su precipitada huida tropezaron con algunas personas que

protestaron indignadas. A escasa distancia, alguien reparó en la fuga de la pareja, que había dejado caer el folleto. Lo recogió con disimulo y, tras revisarlo en un rincón apartado, advirtió la marca de una uña bajo el nombre SIMÓN REYNALDO LARA.

Echó una ojeada a su alrededor, pero nadie había notado lo ocurrido. Abriéndose paso entre la gente, atravesó el portal.

11

La Habana Vieja, Museo del Libro Cubano,
16 de septiembre, 21.45 h

Veloz y escurridizo como un insecto, el autito azul devoró las calles en dirección al malecón.

—¿Y si nos equivocamos? —preguntó Sander, mientras tecleaba un mensaje a su padre sobre el cambio de planes.

—No se me ocurre otra opción —respondió Alicia, que había insistido en conducir—. Mi tío no tuvo mucho tiempo para esconder esos papeles, así es que no podía buscar un sitio de acceso difícil. De su escritorio al de Simón solo hay unos pasos, y él tenía copia de todas las llaves del museo. También tenía a mano el libro preferido de mi infancia. Aunque en él no aparecen los nombres Simón ni Reynaldo, sí está la palabra «rey», que es un diminutivo de Reynaldo. Ese «salón de Rey» tiene que ser la oficina de Simón.

No hablaron más durante el camino. En pocos minutos bordearon la costa hasta la avenida del Puerto, donde dejaron el auto, y desde allí se encaminaron al museo.

La calle se hallaba desierta y el portón del edificio, cerrado. Sander golpeó con la aldaba, pero los porrazos resonaron en el caserón vacío. Era obvio que el vigilante no estaba.

—A lo mejor salió a comer —dijo Sander.

—O no vino a trabajar.

—Entonces ¿cómo entramos?

La muchacha estudió la lustrosa vieira ornamental que oscilaba bajo el picaporte y ocultaba una cerradura moderna. Tras manosear el llavero de Virgilio, comprobó que la puerta se abría con la llave del director.

—Espera —dijo Sander, notando los escasos transeúntes que transitaban por las cercanías—. Foncho y mi padre no tardarán en llegar. Mejor esperamos.

—¿Para qué? Si aseguramos la puerta por dentro, nadie podrá sorprendernos como la otra vez.

Por supuesto, se refería a la Liebre, pero no se atrevió a pronunciar su nombre en voz alta.

Finalmente entraron a la casona, cerraron la puerta y comprobaron que el cerrojo impedía el paso de cualquier intruso.

En el museo, el silencio era absoluto; ni siquiera la fuente de agua respiraba. Subieron al tercer piso con el sigilo de unos delincuentes. Fue la propia Alicia quien abrió la oficina.

Detrás del escritorio descubrieron un aparato de aire acondicionado que alguien había graduado a temperatura polar.

«¿Dónde encuentro ahora un objeto dorado?», pensó ella, estudiando el saloncito.

La computadora había desaparecido, también la montaña de legajos y expedientes. Sobre el escritorio se apilaban, en perfecto orden, un globo terráqueo que se iluminaba al girar, un teléfono de estilo *art nouveau*, un almanaque digital, una lamparita que imitaba un candil antiguo, tres bolígrafos, un pisapapeles en forma de lechuza y varios libros. Ninguno tenía el lustre que buscaban. Las fotos oficiales y los diplomas de las paredes tampoco mostraban brillos metálicos.

—Mira —dijo Sander, señalando los libros en el armario.

Trataron de abrir las puertas de cristal, sacudiéndolas levemente, pero ninguna cedió. Sander se envolvió un puño en el faldón de su camisa.

—¿Qué vas a hacer? —preguntó Alicia.

—¡Apártate!

Un golpe bastó para astillar el vidrio; otro más abrió un pequeño boquete, que golpeó aquí y allá hasta que todo el panel cedió. Después de sacudir las astillas, alargó la mano y cogió un tomo de tapas bruñidas. Lo zarandeó primero con cuidado, luego impaciente, intentando liberar cualquier papel atrapado entre sus páginas, pero no había nada.

Alicia miró en los otros estantes. La luz del techo no llegaba a iluminar el anaquel superior que permanecía en penumbra, por lo que encendió una lámpara situada enfrente. La súbita claridad reveló los bustos de varios personajes, cuyas miradas ciegas parecían contemplar aquel futuro con espanto. Los jóvenes dieron un respingo al ver la cabeza de Martí, fulgurando como si fuera la de un alienígena. Tuvieron que ladearla para extraerla del estrecho espacio.

Alicia sobó la piedra porosa de la escultura, cubierta con pintura áurea, y completó mentalmente la frase inconclusa del acertijo:

BUSCA EN (CABEZA) DORADA (DEL) VALIENTE
EN SALÓN DE REY

Sander se la quitó de las manos. Alzándola en alto, hizo ademán de arrojarla al suelo, pero ella se la arrebató para examinarla a fondo. La base mostraba un orificio sellado con cera. Era el único detalle anómalo. Le hubiera gustado llevarla al laboratorio, pero el tiempo apremiaba. Sin otras opciones a la vista, cogió un bolígrafo del escritorio y empezó a escarbar. La cera fue saliendo en lascas irregulares hasta que se hundió en un espacio vacío. Por la abertura salió un tubo metálico que atrapó en el aire. Era un cilindro para guardar habanos.

Con dedos temblorosos, desenroscó la tapa y extrajo unos papeles arrugados, cubiertos por una caligrafía nerviosa y alargada. Los rasgos reflejaban una prisa que no estropeaba su elegancia. Los jóvenes se inclinaron sobre las líneas:

6.- Guiso de jutía. Jícara de naranja con miel. Nos preparamos para una acampada breve. Llegan rumores. También llegó la india que nos saliera al paso, días atrás, con sus pupilas encandiladas. Ahora irrumpe trastornada y me suplica con voz baja y sumisa que no vaya, que ella sabe de sombras y malos días. Como las gitanas que viera allá por las plazas de aquella tierra autoritaria que me duele, gime la india amorosa: «No debe ir, Maestro. Prométame que no irá». Y yo, para amansarle el genio, finjo que acato su reclamo, y le sonrío y le hablo de sus hijos, que de tan grandes y recios parecieran sus hermanos. Pero ella se empeña en sus lamentos y fabula sobre voces que marti-

rizan su espíritu de sibila, y me ruega que dibuje claro y con reciedumbre mi voluntad. «Tiene que escribirla, Maestro. No silencie su juicio, porque otros se aprovecharán». Eso gime la india de trenza brillante, y suplica que no cabalgue porque el final me ronda. Es un viento de tormenta esta mujer cuando habla de familias que quedarán rotas e indefensas entre rencores centenarios. Agita a la tropa con sus miedos, y no sé cómo abandonarla en esos montes sin luz. «Recuerde, mi señor, que no existen guerras magnánimas.» Y ahora sí me sorprende con esa idea que escribí para mí solo, hace unos días, en este diario. Le pregunto por aquello que no he revelado a nadie y me dice que su madre le habla en sueños. «Mi madre es sabia, Maestro, y dice que, si usted no aclara sus prédicas, todos padeceremos penurias y calumnias hasta que aparezca un manuscrito en la cueva donde reposan los restos de un cacique blanco. Esa será la señal para que un hombre de santidad sea elegido por el pueblo, porque él *llevará la marca de la Diosa que reina en la isla...» Trato de acallar sus delirios y sus lágrimas, pero no oye razones. «Estaré en las montañas, Maestro, al filo de la serranía. Búsqueme allá para que podamos bendecirle y cuidarle como se merece...» Y así me deja, aquejado de incertidumbres, no porque mi ánimo tiemble ante la muerte, que es segura compañía por estos cerros, sino porque sus palabras me traen otras preocupaciones.*

Pesa sobre mi pecho el enojo de Maceo, que se ha molestado por las preguntas sobre sus gastos de guerra. También se enojó Gómez. Me lo ha dicho sin que le temblara la voz esta mañana. Y yo le hablé de mi decepción sin que me flaqueara el coraje. «Nadie está por encima de la Patria», le dije, y luego le anuncié que pondría los listados por escrito para que tuviéramos claridad en los tratos. Dejaré en esta constancia las cantidades enviadas a los patriotas para el sostén de sus familias...

Y seguía una longaniza de nombres precedidos de grados militares, junto a diferentes cantidades de dinero. Alicia y Sander pasaron la vista por encima, sin detallarlos, para continuar leyendo:

Y porque me falla el ánimo ahora, no quiero volver a tan doloroso asunto, hasta tanto la Patria no se encamine a despojarse del grillete que ya nos pesa demasiado. Vendrá entonces la tarea de redimir el orden civil y maniobrar con arreglo a las leyes de una república libre. Mucho temo que los recios generales que abren atajo para el bienestar de Cuba carguen una ambición que no tendrá cabida en ninguna República que yo defienda. Pero si en algo van a servir mis fuerzas al final de esta contienda será para hablar, hasta mi último aliento, contra un peligro mayor que la amenaza de la más poderosa metrópolis; y es esa empecinada faena de convertir la isla en un fuerte militar, donde el único mando sea el de las armas y la violencia, y no la ilustración de la palabra. He de poner mi honra y mi concurso en esta labor apenas termine la guerra. Ni militares, ni mucho menos comandantes o generales, frente al gobierno de la patria. Que esta tierra mía no se convierta en una hacienda esclavizada por los propios hombres que prometieron defenderla contra toda tiranía y que, dejando a un lado la criba del honor, rueden al otro lado para terminar convirtiéndose en sus mayores opresores.

De esto ya sabe mi querido Manuel Mercado, a quien escribí una carta sobre aquel primer encuentro mío en Nueva York con dos de los jefes más probados y valientes de nuestra guerra, y de mi tristeza cuando vi que, por ignorancia y beneficio propio, esos jefes no tenían la esperada llaneza de intenciones, ni el generoso olvido de su persona, en aras del bien patrio. Me preguntaba en qué sentido cabía echar abajo la tiranía ajena para poner en su lugar la propia. Vanos han sido mis afanes. Siguen decididos, ambos generales, a hacer de la guerra una empresa propia, y siguen juzgándome con injusta ceguera y tratándome con desdén, pese a mi apoyo y condescendencia. Son estos que me desprecian, por ser yo hombre de versos y amante del juicio sereno, quienes también pretenden llevar a mi pueblo agotado y hambriento a marchar tras los clarines. Bien poco atenderán a mis razones si no alcanzo una altura militar que a ellos convenza, y acaso persuadirán a otros, como ya les he oído decir a mis espaldas, que no soy digno de abogar por una causa que desconozco, pues apenas soy general de título, y no de acción. Me he hecho el propósito, por tal motivo, de ejercitar mi valor en la batalla, junto al resto de las tropas. Defender con mis acciones de guerra las razones para la paz de mañana es tarea que ya no puedo posponer. Después de haber marchado por tanto monte peligroso, no tengo ya más camino que empuñar el arma virgen y defender este suelo para poder reclamar su suerte en lo futuro. Si no hiciera tal sacrificio...

Sander posó su mano sobre un hombro de la joven.

—¿Alicia?

Ella no había dejado de temblar, aunque sus dedos ni siquiera sostenían los papeles amarillentos, sino que se limitaba a mantenerlos sobre el escritorio.

—Dios mío, Sander.

—Hay que llamar a esos periodistas. No podemos...

A sus espaldas se produjo un leve siseo, como el paso fugaz de una corriente de aire.

—No esperaba verlos por aquí a estas horas.

—Eh... Estábamos buscando un libro.

—¿Y por eso rompieron mi vitrina?

—Lo sentimos mucho. Fue un accidente.

—Le pagaremos la reparación.

—¿Qué tienen ahí?

—Nada importante.

Sin darle tiempo a reaccionar, el hombre avanzó dos pasos y le arrebató los papeles a Alicia, que no opuso resistencia por temor a romperlos si forcejeaba.

—Son documentos de mi tío. Me dijo que los había dejado en ese armario, dentro de un libro.

Simón echó una ojeada a las páginas.

—Gracias —sonrió—, gracias por recuperar el *legado*. Ha sido más trabajoso de lo que pensé, pero al fin todos dormiremos tranquilos.

Sander dio un paso, pero un rápido movimiento del director lo detuvo. En su mano brillaba el cañón de un arma.

—Es una pena —dijo él—. Si no hubieran leído esas cuartillas, no me vería obligado a hacer esto; pero no puedo correr riesgos, y menos ahora cuando las encuestas dicen que tenemos posibilidades de ganar.

Sin dejar de apuntarles, colocó los papeles sobre un cenicero y sacó un encendedor del bolsillo. Una llamita azul brotó de la mecha.

—Santo cielo, ¿qué va a hacer? —murmuró Alicia haciendo un ademán de lanzarse hacia el hombre, pero Sander la retuvo al notar el movimiento del arma.

—Me duele en el alma destruirlos —suspiró Simón, acercando la llama al cenicero—. ¡De veras! Pero si estos papeles salen a la luz será el fin de nuestro programa político.

El fuego comenzó a devorar una de las esquinas amarillentas.

—¡Por el amor de Dios! —gimió Alicia—. No diremos nada.

Simón la ignoró. Las llamas se convirtieron en una pequeña fogata que rápidamente se extinguió entre los papeles chamuscados. Un hilo de humo caracoleó hacia el techo.

Simón guardó el encendedor y marcó un número en su celular.

—¿Ya estás ahí? Sube al último piso —ordenó a su invisible interlocutor antes de colgar—. Me van a disculpar, pero debo volver a la UNEAC. La gente se queda hasta muy tarde si reparten mojitos y quiero que me vean hasta el final. Un colega se encargará de ustedes.

El eco de los pasos que subían por la escalera se multiplicó a medida que su dueño se acercaba.

—Usted dirá, Jefe.

—Llévalos a la bóveda —ordenó el gordo—. Ocúpate de ellos hasta que yo termine de poner esto en orden.

—Con mucho gusto —respondió Tristán sin inmutarse—, pero ya sabe que no llevo armas y dudo que estos me sigan por las buenas.

Simón hizo un gesto de fastidio.

—Coge la mía y date prisa. Voy a hacer una llamada.

Tristán cogió el arma. Por un segundo su mirada se cruzó con la de Alicia, que ahora solo pensaba en su padre y su tío, sospechando que quizá no volvería a verlos.

El gordo se detuvo un instante para meter las cenizas en un sobre y guardárselas en el bolsillo. Tristán se apartó para que pudiera pasar... y lo golpeó en la cabeza con la culata. Simón se desplomó a sus pies.

—Lo siento, Jefe —dijo, sin que su expresión se alterara un ápice—, pero no me caen bien los tipos que quieren seguirnos jodiendo. Ya tuvimos suficiente.

Sin prestar atención a las expresiones atónitas de los jóvenes, colocó el arma sobre el cenicero y marcó tranquilamente un número en su celular.

—¿Doctor Solomon?... Sí, su hija está bien. Puede estar tranquilo. Le dije que... No, fue Simón Lara... Ninguna, él mismo se ha puesto en evidencia... Lo haré más tarde. Voy a llamar a la policía... ¡Claro! Aquí se la paso.

Tristán le tendió el celular a Alicia.

—¿Papá?

—¡Alicia! ¡Gracias a Dios!

—¿Dónde estás? Creí que...

—No podemos hablar ahora. Solo quiero que vayas de inmediato al hospital donde está Virgilio.

—¿A esta hora? ¿Para qué?

—Para que lo tranquilices.

—Seguro que está dormido. Y no creo que lo que acaba de ocurrir lo tranquilice.

—Por el contrario, todos en la Hermandad respiraremos mejor ahora.

Alicia demoró unos segundos en responder.

—¿Quieres decir que tú también? ¿Perteneces a ella?

—Ya hablaremos de eso. Conseguimos sacar a esa gente del ruedo. ¡Eso es lo más importante!

—Es que no sabes lo que hizo Simón con el *legado*.

—Puedo imaginármelo. ¡Ve para el hospital!

—Pero...

—Y confía en Tristán. Es de los nuestros.

Colgó.

—Obedece a tu padre —le aconsejó el arqueólogo ante su expresión azorada, y añadió, sin dejar de mirar el cuerpo tendido de Simón—: Yo tengo que ocuparme de este asunto.

Sander la tomó por un brazo y la obligó a saltar por encima del corpachón que bloqueaba el umbral.

Afuera, bajo las nubes que velaban la luna, los jóvenes se dirigieron como sonámbulos al auto. Sander condujo en silencio mientras Alicia permanecía con la mirada clavada al frente, sopesando las consecuencias de lo ocurrido. ¿Qué le diría a su tío? ¿Qué pasaría ahora con las elecciones? ¿Desde cuándo Tristán conocía a su padre? ¿Y cómo había podido comunicarse con él, si se hallaba en un crucero por Alaska? ¿O no estaba en Alaska?

—A esta hora no nos dejarán entrar —le advirtió Sander cuando cruzaron la puerta del hospital tras un breve viaje en moto.

Una enfermera les salió al paso.

—¿Buscan a alguien?

—Soy Alicia Solomon y...

—Ah, la sobrina de Virgilio Islas.

La joven asintió, sorprendida.

—Aquí tienen sus pases —añadió la mujer con gesto conspirativo, alargándoles dos papeles que sacó de un bolsillo—. No se demoren mucho.

Se pegaron las etiquetas en las ropas sin chistar.

—¿Qué vas a decirle? —murmuró Sander al abandonar el ascensor.

Alicia sacudió la cabeza con irritación.

—La verdad, pero tendré que ver cómo lo hago. No quiero acabar de matarlo.

Una claridad tenue escapaba al pasillo, proveniente de la única habitación encendida. Virgilio los esperaba sentado en una silla, vestido con camiseta de playa y pantalones de algodón, sin ningún suero o aditamento médico. La sombra de su barba sin afeitar le oscurecía el rostro. Estaba más flaco de lo que Alicia recordaba, pero con la mirada alerta.

—¿Qué haces levantado?

—Tu padre me avisó que vendrías. —La apartó con suavidad y se puso de pie—. Gracias a Dios que estás bien.

Ella lo abrazó con alivio.

—Ya pasó, todo está bien.

—No, tío. Los papeles...

—Simón los quemó, ya lo sé, pero el *legado* está a salvo.

Alicia estudió el rostro que tanto se parecía al de su madre adoptiva.

—No estoy loco ni desvariando, hijita, pero no podemos hablar aquí. Vamos a casa. Tengo que hacer un par de llamadas urgentes y luego te lo explicaré todo.

12

La Habana Vieja, esquina del Museo del Libro Cubano,
16 de septiembre, 22.22 h

Era una calle bastante solitaria, si se la comparaba con otras que habían recorrido después de dejar el auto frente a la estatua de Cervantes. Solo un par de farolas alumbraban los muros sumidos en una penumbra imperfecta. Los vehículos aparcados se alineaban junto a las aceras que presidían varias edificaciones coloniales, todas cerradas, excepto una, cuyo portón se hallaba entornado.

—Debe ser allí —dijo Foncho, divisando desde la esquina el letrero de letras azules.

No habían avanzado un metro cuando Luis agarró a su amigo por un brazo y lo forzó a ocultarse detrás de una camioneta.

—¿Qué pasa?

—Hay alguien vigilando la puerta —susurró.

Foncho atisbó tras el cristal. Al otro lado de la calle, una silueta intentaba disimular su presencia entre dos autos deportivos. Hubiera sido casi invisible de no ser porque el farol más cercano proyectaba su sombra sobre la calle.

—¿Por qué no entra? —murmuró Luis.

Foncho no respondió. ¿Se trataba de la Liebre? ¿Era un ladrón en busca de una oportunidad? ¿Quería averiguar cuánta gente había en el museo antes de actuar? ¿O quizá asegurarse de que la puerta abierta era solo un descuido y ya no quedaba nadie adentro?

Tras unos segundos, el desconocido sacó la cabeza de su rincón para echar un vistazo a ambas esquinas. Luego se irguió con estudiada calma y caminó unos pasos, acercándose a la entrada. Se detuvo bajo el letrero para encender un cigarrillo que iluminó su rostro. Los rasgos temblaron bajo la llama agitada por el viento y al instante supieron quién era: el evasivo hombre del labio leporino.

Instintivamente Luis se llevó la mano a la cintura, pero recordó que no llevaba su arma —uno de los requisitos para entrar a la isla—. Hizo un gesto de frustración. Se sentía desnudo sin ella. Foncho iba de civil e igualmente desarmado.

El hombre volvió a mirar en torno, antes de apoyar una mano en la puerta.

—Vamos —susurró Foncho, saliendo de su escondite.

Caminaron sin ocultarse, con paso seguro, como quienes se dirigen a sus propios asuntos. La Liebre vio a los hombres que se acercaban y titubeó momentáneamente. Por fin se quedó en el umbral, con el rostro vuelto hacia las sombras, y arrojó su cigarrillo al suelo para aplastarlo. Sin duda pensó que seguirían de largo, pues se apartó ligeramente cuando ya se hallaban a poca distancia.

Para su sorpresa, uno de ellos lo agarró rápidamente por un brazo e intentó inmovilizarlo, pero ya la Liebre blandía una navaja con su mano libre. Antes de que Foncho consiguiera inmovilizarlo, giró a medias y lo hirió en un hombro. El policía dejó escapar un grito y el dolor le obligó a soltar su presa, que casi lo tumbó al suelo.

Luis se abalanzó sobre la Liebre al mismo tiempo que Foncho intentaba levantarse, rodando sobre un costado para evitar otro ataque. Sus rodillas en el aire hicieron tropezar a Luis, que perdió impulso y trastabilló. Fue suficiente para que la Liebre sacara el revólver y disparara contra el detective.

La bala le atravesó el pecho.

Antes de que Foncho lograra llegar a su amigo, la Liebre huyó hacia la esquina y desapareció con una agilidad digna de su apodo.

OCTAVO FOLIO

Madre Nuestra Atabey

(1516-1517)

1

Una figura borrosa se inclinó junto a Mabanex y apagó a medias la claridad de la hoguera.

—¿Cómo te sientes?

—Juana, ¿qué haces aquí? —preguntó con esfuerzo tratando de incorporarse, pero mil agujas le mordieron un costado.

—Vine a saber cómo estabas.

Cuando por fin logró enfocar la vista, se quedó boquiabierto ante su aspecto. Una túnica azul, sujeta por un cinturón de caracoles y semillas brillantes, ceñía su cuerpo. El cinturón marcaba infinitos pliegues en la tela suave y volátil —las últimas yardas del rollo que Jacobo le había regalado a Yari—. En el cordón que colgaba de su cuello reconoció la talla de Guabancex que él había esculpido; también vio una imagen de metal que no pudo identificar. Cada movimiento de la muchacha provocaba un tintineo de piedra sobre metal. Le recordó aquella melodía del caracol y la flauta con que solían comunicarse.

—¿Qué pasó?

—Mi padre y yo escapamos de la villa junto a los taínos. Uno de ellos te encontró desvanecido cerca de aquí.

Mabanex notó la venda ensangrentada y recordó el terrible

dolor que lo abatiera a mitad de su carrera hacia la villa, antes de que el mundo se oscureciera.

—Parece que tu herida volvió a abrirse.

—Así que «volvió a abrirse» —refunfuñó una voz a sus espaldas—, como si las heridas se abrieran solas. No tenías que andar correteando por ahí.

Junto a la hoguera que humeaba hacia el techo, Dacaona trituraba una pasta de hierbas con olor a flores.

—Oí un trueno que venía de la villa —dijo Mabanex, sin prestar atención a su tía—. ¿Qué ocurrió?

—Lo que oíste fue... —Juana buscó un vocablo taíno para decir «explosión», pero no lo encontró—. La casa de las armas que escupen fuego se marchó.

—No entiendo qué quieres decir.

—Las armas que había allí ya no sirven, se las tragó su propio fuego, todo salió volando.

Mabanex la contempló estupefacto.

—¿Tú hiciste eso?

—Claro que no —se apresuró a responder—, fueron los taínos que estaban en la encomienda. Por ellos estoy aquí.

—¿Y tu padre?

El rostro de la joven se ensombreció.

—Está con las curanderas. Torcuato lo hirió cuando escapábamos.

—¿Torcuato?

—El teniente Alcázar, el mismo que mató a tu madre y a Tai Tai, el mismo que... —titubeó— que intentó matarme en una celda. Lo atravesé con esto y luego escapé.

En su mano, el puñal lanzó destellos sobre las paredes recubiertas de yaguas. Se hizo un silencio tan profundo que solo se escuchó el chas-chas del mortero. Juana pestañeó para contener sus lágrimas. Deseaba convencerse de que lo *otro* jamás había ocurrido, por eso no quiso mencionarlo. Era el mejor modo de borrar esa pesadilla.

—Me alegra que hayas agujereado a ese demonio —murmuró Mabanex, más pálido que antes, como si intuyera un secreto que prefería seguir ignorando—, pero lamento no haberlo hecho yo.

—Tengo que regresar con mi padre —susurró ella.

—Todavía no —dijo el behíque, avanzando desde la puerta sin dejar de observarla con sus ojillos casi invisibles en la penumbra—. He hablado con algunos de los hombres que escaparon y todos dicen que Atabey ordenó esa fuga, ¿lo sabías?

Juana titubeó. Confesar su engaño dañaría el amor propio de quienes habían arriesgado sus vidas. Además, no quería arrebatarles el vínculo con su divinidad, sin contar con que tampoco sabía si suplantar a la Diosa podría ocasionarle un castigo como la expulsión o algo peor.

—No sé nada de apariciones.

—¿Solo la vieron o también les habló? —quiso saber Mabanex.

—Ambas cosas —dijo el behíque, pensativo—, y eso es lo extraordinario. Atabey no acostumbra a mostrarse ante muchas personas.

—Voy con mi padre —dijo ella bruscamente, poniéndose de pie.

—Mejor descansa, ya se hizo todo lo que indicaste. Ahora tendremos que esperar.

—No —dijo Juana—, mi padre y yo partiremos de inmediato. Hay testigos que vieron lo que hice. La aldea será el primer sitio donde vendrán a buscarme.

—Marcharse ustedes solos sería una idiotez —protestó Mabanex—. De cualquier modo nos atacarán, estés o no aquí. No vendrán a buscarte solo a ti, sino al resto de los fugitivos. Debemos mudar toda la aldea.

—¿Cómo van a encontrarnos? —dijo Dacaona—. La lluvia borró el sendero y ahora ni siquiera tienen guías.

—Los taínos huyeron como locos. Fui de las últimas que escapé y pude ver lo que hicieron con el camino. A los soldados no les será difícil seguir esas huellas. Quizá tengamos uno o dos días de ventaja porque tratarán de recuperar algunas armas, pero eso será todo.

—Hay gente que no puede caminar —les recordó Dacaona.

—Podemos llevarlos en hamacas —dijo Juana, examinando de reojo a Mabanex.

—No seré una carga —repuso él, intentando ponerse de pie.

Dacaona advirtió la mirada que intercambiaron los ancianos y supo lo que estaban pensando: «He aquí a un par de jóvenes caciques».

—Saldremos al amanecer —resolvió el muchacho, alargando un brazo hacia Juana—. Ayúdame, voy a dar las órdenes.

Sostenido por Juana y Dacaona, salió del caney hacia la noche.

—¿Hicimos bien en revelarle quién era la elegida? —susurró Kairisí—. Esos dos andan demasiado juntos. Me temo que él no sea capaz de guardar el secreto.

—Ya no es el chico que olvidaba los encargos de su madre —aseguró el anciano—. Confío en que tenga el suficiente juicio para comportarse, aunque no es eso lo que me preocupa.

—¿Qué es?

—Nunca dije que Atabey hubiera aparecido ante los hombres, solo que había *ordenado* la fuga. ¿Por qué Juana asumió que se trataba de apariciones?

—Ah, ¿eso? —dijo Kairisí con aire despreocupado—. La muchacha mintió. Pude verlo en sus colores.

—Entonces ¿fue ella?

—No lo sé, pero puedo creer cualquier cosa de la elegida. Nuestra Madre no la trajo a la aldea por gusto.

2

Antes de irse, quemaron todo lo que no podrían llevarse. Y si bien rescataron sus pertenencias más valiosas —las jícaras sagradas para las ceremonias, los cemíes con los huesos de sus antepasados, la talla de Atabey que contenía el poder del cacique—, contemplar cómo ardían sus sembrados, sus casas e incluso las jaulas de pesca fue como ver morir sus espíritus.

Dejaron atrás la meseta enrojecida por el fuego. Las llamas calentaban el vientre de las nubes, que adquirían tonalidades de grana. Si los españoles se hubieran puesto en marcha esa misma noche, el resplandor habría sido su mejor brújula, pero la Diosa había decidido proteger a sus hijos y sumió a los cristianos en un sueño denso y pesado.

La tribu se dirigió hacia el sur, rumbo al cacicazgo de Barajagua. A través del entramado de los árboles, siguieron el recorrido del sol a medida que ascendía y avanzaba la mañana. No se detuvieron para comer y compartieron los frutos que llevaban en sus jabas, turnándose para cargar a los niños más pequeños.

Las dos primeras jornadas apenas descansaron. Después se sintieron tan agotados que durmieron una noche entera. Juana no se separó de la hamaca donde viajaba su padre, que cargaban por turnos varios naborías. Aquella marcha generó un cansancio físico semejante al embotamiento. Su cuerpo le dolía solo de respirar, pero sus pensamientos no dejaban de saltar como peces atrapados en una red. ¿Qué sería de ella si su padre moría? ¿Se adaptaría a vivir entre aquella gente? Porque una cosa era la fascinación que ese mundo ejercía sobre ella y otra muy distinta empezar una existencia completamente ajena a la que conocía. Por ejemplo, era obvio que Dacaona la trataba con el amor que había acumulado para su difunta hija, pero Juana no sabía cómo corresponder a un cariño que había entrado tan tarde en su vida. Se consoló pensando que al menos podría ver a Mabanex cada vez que quisiera. Era la única persona a quien deseaba tener a su lado todo el tiempo.

Ahora que caminaba detrás de él, desenfocó la vista para distinguir sus luces y verlo mejor en la penumbra. Su aura irradiaba serenidad y confianza en sí mismo, y también cierta preocupación; un sentimiento que le pareció natural bajo aquellas circunstancias. Si ella hubiera sabido lo que realmente pasaba por su cabeza, no se habría sentido tan tranquila.

Mabanex no podía olvidar la carga que la Diosa había depositado en Juana. Recién entendía por qué los ancianos habían preferido mantener el secreto de la profecía: una responsabilidad así podía ser paralizante o desviar del camino al depositario de semejante tarea. Por otro lado, era consciente de que el cacicazgo podría recaer sobre ella en cualquier momento. Todo dependería de la Madre. Lo que más le preocupaba era que Juana hubiera sido escogida para un propósito que nadie comprendía bien.

A la caída de la tarde, la caravana se detuvo en las márgenes de un riachuelo donde se bañaron y encendieron fogatas para cocer las jaibas azules* que atraparon en la corriente.

Juana aplicó otro emplasto a la herida de su padre y trató de

* *Callinectes sapidus*. En otros sitios se le conoce como «cangrejo azul». «Jaiba» es su nombre indígena y así se la sigue llamando en Cuba.

que tomara un poco de caldo, pero Jacobo deliraba a causa de la fiebre y finalmente se sumió en la inconsciencia.

—¿Cómo sigue? —quiso saber Mabanex, que aún cojeaba un poco, sentándose a su lado.

—La fiebre no baja y no consigo que se alimente —respondió ella, tendiéndole la jícara—. ¿Quieres un poco? Está muy bueno, pero ni siquiera lo probó. Me tomé la mitad y sería una pena tirar el resto.

Mabanex se bebió el caldo, aunque no por hambre. Los labios de Juana habían tocado los bordes de la vasija. Añoraba los tiempos en que ella se había despedido posando su boca sobre su mejilla. Nunca supo exactamente qué significaba ese gesto, pero deseaba furiosamente que volviera a repetirlo.

—Por lo menos sigue vivo, ¿no? Es buena señal.

La muchacha acarició el rostro de su padre, marcado por arrugas hondas y dolorosas como los latigazos que cruzaban su espalda.

Mabanex percibió la angustia de su amiga. Sin pensarlo, le pasó un brazo sobre los hombros; y aunque ella no lo rechazó abiertamente, su cuerpo se retrajo con rigidez. Simulando que acomodaba las cobijas del herido, se inclinó para evitar el contacto. El muchacho no tuvo más remedio que apartarse, desconsolado ante el rechazo.

Juana se dio cuenta de lo que había hecho, pero no pudo remediarlo. Era como si su cuerpo y sus emociones hablaran dos idiomas diferentes. Lo deseaba cerca, pero al mismo tiempo se resistía a la idea de que la tocara.

Mabanex se puso de pie y se alejó en silencio. Para componer su ánimo, prefirió imponerse una tarea y acudió a reunirse con algunos nobles y unas seis decenas de guerreros. Era hora de planear dónde establecerían la aldea.

Bajo la luna que se elevaba sobre la corriente negra, intentaron esclarecer dónde se hallaban. Habían dejado atrás Baní, su hogar desde tiempos inmemoriales, y Maguanos, un cacicazgo pequeño que colindaba con el de Maniabón. Lo sabían porque esa tarde, desde la copa de un cedro, un vigía había divisado la cordillera que se extendía a lo largo de la costa sur para separar la tierra del mar. Así, pues, ya debían de haberse internado en el corazón de la región oriental, pero a menos que tropezaran con algún habitante de la zona sería imposible determinar si estaban en Barajagua, Guainaya o Maiye, pues los tres cacicazgos formaban un apretado conjunto de territorios en el centro de esa comarca.

Las llamas se agitaron, anunciando el regreso de ventiscas septentrionales. Fue como una señal para que todo el bosque se desperezara. Las chicharras rompieron a cantar y un ave asustada aleteó entre las sombras. Cuando los hombres reunidos se volvieron en dirección a la algarabía, una silueta fantasmal pareció brotar de la nada.

—¡Madre de las aguas!

—¡Poderosa Atabey!

Algunos se hincaron de rodillas; otros contemplaron con arrobo la figura que se acercaba cubierta por una túnica azul.

—¡Bienvenida Juana! —exclamó Mabanex, algo desconcertado ante la reacción de los hombres.

Hubo un cruce de señales entre Kairisí y Ocanacán, que ya no dudaron sobre el origen de la aparición en la villa española.

—Espero no haber interrumpido algo importante.

—Al contrario —dijo Mabanex—, quizá puedas ayudarnos.

Después que los guerreros se repusieron y murmuraron sus disculpas, la discusión continuó.

Los españoles habían fundado tres grandes villas en la zona: una hacia Levante, en el cacicazgo de Baracoa, a la que habían nombrado. Nuestra Señora de la Asunción de Baracoa; otra hundida en el regazo de las montañas azules, al sur de Bayaquitrí, a la que habían bautizado como Santiago de Cuba; y una tercera, San Salvador de Bayamo.

—Si ahora estamos a igual distancia de las tres villas, este sería un buen lugar para vivir —sugirió Camaguax, un nitaíno de estirpe guerrera y gran conocedor de la región—. Propongo enviar exploradores para estar seguros de que no ocuparemos tierras ajenas.

—Aquí nos hallarán pronto —objetó Acoel—. Es fácil seguir el rastro de tres centenares de personas, sobre todo si se viaja con criaturas débiles que deben recibir ayuda constante.

—Acoel tiene razón —dijo Mabanex—. Antes de elegir un territorio, tendremos que desplazarnos sin dejar huellas.

—¿Y cómo lo haremos?

El silencio fue elocuente. Era imposible que tantas personas atravesaran la selva dejándola intacta. Juana clavó la vista en el fuego que se reflejaba en la corriente del manantial.

—Hace poco le oí decir a un capataz que sus perros perdían el rastro en el agua —musitó—. El agua no es como la tierra que inmoviliza cualquier señal. El agua fluye y se lo lleva todo. Borra los olores y las pisadas. No sé si van a perseguirnos con sabuesos porque ignoro si alguno sobrevivió; pero, incluso si los rastreadores fueran hombres, el agua también podría ayudarnos a escapar de ellos. Este arroyo viaja de Levante a Poniente. Si en vez de cruzarlo para seguir hacia el sur, seguimos su curso caminando dentro de él, nuestro rastro se volverá invisible.

Los hombres volvieron a observarla, intrigados. La joven no solo se parecía a la Madre, sino que hablaba como ella.

—Es una idea digna de reflexión —intervino Kairisí—, pero ¿adónde iríamos?

—¿Por qué no a las montañas? —sugirió Juana.

—Las montañas no son buenas para establecer una aldea —explicó Mabanex—. No tienen mar ni lagunas de pesca.

—Pero tienen ríos —insistió Juana.

—No tenemos por qué quedarnos en estas tierras, al menos por el momento —dijo el behíque—. Podríamos navegar hasta Siguanea.

—¿Dónde está eso? —preguntó Juana.

—En una isla situada al sur de los cacicazgos de Marién y de Habana.

—Nunca oí hablar de esos sitios.

—Están muy lejos, hacia el Poniente.

Juana guardó silencio, haciendo memoria. ¿No estarían hablando de esa isla cubierta de pinos que su padrino bautizara como La Evangelista?

—Los cristianos quieren venganza —continuó el behíque—. Será mejor abandonar la región, al menos por un tiempo.

—¿Hay taínos en Siguanea?

—No, solo siboneyes.

«Siboneyes» era una palabra nueva. Pero como ocurría muchas veces con la lengua taína, si una palabra estaba formada por vocablos ya conocidos, ella podía inferir su significado. *Siba* o *sibo* era «piedra». La otra mitad de la palabra se parecía a *gney* o *igney*, que se empleaba para designar a quienes no fueran taínos.

—¿Hombres de piedra? —aventuró.

—Los llamamos así porque sus instrumentos, sus adornos y hasta sus casas son de piedra —aclaró Mabanex.

—¿Como las españolas?

—No, los siboneyes viven en cuevas.

—¡Ah! —exclamó sin ocultar su decepción.

—No te engañes —la atajó Ocanacán—. Puede que parezcan simples, pero siempre han tenido una relación muy cercana con los dioses. Por algo son los custodios del Lugar Sagrado.

—¿Qué lugar es ese?

—Una gruta situada al este de Siguanea. Muchos behíques acudimos allí en peregrinación por lo menos una vez en la vida. Las ceremonias de *cohoba* en esa cueva producen visiones muy poderosas. Te lo dice uno que la visitó en su juventud.

Las palabras del anciano no aliviaron los temores del grupo. Todo lo contrario.

—No es lo mismo visitar el Lugar Sagrado que vivir en esa isla —masculló Camaguax—. Quizá los dioses no lo permitan.

—Y aunque así fuera —dijo otro—, ¿sería prudente vivir en un sitio tan próximo a la Tierra de los Ausentes? Esa isla debe de estar plagada de *hupías*.

Demasiado agotado para insistir, el behíque se encogió de hombros. El resto se volvió hacia Mabanex. Era obvio que confiaban en él, pese a que aún no había sido investido como cacique; pero el joven decepcionó a quienes deseaban oírle rechazar la idea de inmediato.

—Es tarde —dijo, poniéndose de pie—, mañana me reuniré con los ancianos para tomar una decisión.

Tras murmurar sus adioses, los taínos se dispersaron. Juana también se alejó rumbo al fuego que calentaba el lecho de su padre. Mabanex no la vio irse, ocupado en dar instrucciones a los centinelas. Luego estuvo a punto de ir tras ella, pero desistió. Le hablaría al amanecer, confiado en que Atabey le enviaría algún mensaje a través de su elegida, para indicarle qué rumbo tomar.

Se acostó junto al riachuelo que brincoteaba entre las piedras y el sueño no tardó en llegar, anegado de imágenes tan agitadas como su corazón.

3

Antes de despertar, el penetrante sonido ya recorría los pasadizos de su inconsciencia.

—¿Qué pasa? —preguntó Mabanex, aún medio adormilado, tratando de descifrar el mensaje proveniente de la selva.

—Es fray Antonio —susurró Juana.

En la incierta claridad de la aurora, la muchacha no dejaba de examinar los alrededores.

—¿Qué clase de silbidos son esos? No entiendo lo que dicen.

—Nuestro hermano avisa que se acerca con una tropa de españoles.

Mabanex se puso en pie, ya bien despierto, y lanzó varios llamados que se mezclaron con los trinos de las aves madrugadoras. Juana y otros miembros de la Hermandad se ocuparon de difundir sus órdenes. Rápidamente fueron despertando a los durmientes, que recogieron sus bártulos sin chistar y, apremiados por la urgencia del peligro, emprendieron por grupos la marcha hacia el poniente, chapoteando sobre el lecho pedregoso del riachuelo.

Atrás permanecieron Mabanex y Juana, junto a dos decenas de guerreros, que se dedicaron a borrar las huellas de las fogatas. Entre todos dispersaron los troncos y cubrieron los restos quemados con guijarros hasta eliminar todo indicio del campamento. Nadie sospecharía que allí pudo pernoctar una aldea, o más bien los sobrevivientes de dos. Por órdenes de Mabanex, varios guerreros cruzaron el riachuelo y se internaron en la maleza rumbo al sur, desgarrando algunas ramas para dejar un rastro fácil.

El resto se metió en el agua y, sin pisar las orillas, fue tras la caravana que ya había doblado por un recodo.

—¿Crees que resultará? —jadeó Juana, cuando finalmente la alcanzaron.

—Dos jornadas hacia el sur serán suficientes para despistarlos —le aseguró Mabanex, que ahora marchaba a la cabeza del éxodo—. Los guerreros harán desaparecer sus huellas al pie de la sierra. Allí los españoles perderán el rastro y pensarán que nos hemos ido a las montañas.

El sol emprendió su ascenso, pero nadie abandonó la corriente, ni siquiera cuando se convirtió en un arroyo vigoroso y, más tarde, en río. Con la crecida del cauce tuvieron que desplazarse hacia las márgenes y avanzar con el agua a la altura de los tobillos, siempre evitando el terreno seco.

Ya entrada la tarde, salieron a la orilla para establecer el campamento nocturno. Las mujeres encendieron varias fogatas bajo los improvisados hornos de piedra, los hombres se dedicaron a pescar en el caudaloso río, y los niños fueron a recoger cangrejos y moluscos de agua dulce. Pronto el aroma dulzón de las raíces asadas alborotó los paladares.

Juana limpió la herida de Jacobo y le hizo beber una infusión contra la fiebre. Después de refrescar su rostro con un paño mojado, lo arropó lo mejor que pudo.

El zumbido de los mosquitos los acompañó el resto de la noche. A la mañana siguiente volvieron a ponerse en marcha, avanzando dentro de una corriente que se fue ampliando con el paso de las horas. El ciclo de caminatas y descansos se prolongó durante varios días. Y una mañana, por fin, llegaron a la costa.

Las olas se encabritaban como si manadas de criaturas invisibles embistieran desde las profundidades. Descansaron brevemente y enseguida las hachas indígenas se dedicaron a derribar árboles y taladrar sus troncos. Una vez ahuecados, los artesanos más hábiles emprendieron su combustión a fuego lento para ampliar el interior de las futuras embarcaciones. Entretanto, las mujeres se ocuparon de cazar y pescar para todos. Juana tejió trampas y redes, usando bejucos secos. Sus manos, acostumbradas a lidiar con papel y tinta, pronto se cubrieron de arañazos.

Dos días permanecieron en la playa construyendo la flotilla. Los hombres iban elevando las enormes canoas sobre horcones para evitar que la marea las arrastrara. Nadie zarparía hasta que todos estuvieran listos. Finalmente las remolcaron hacia el mar, dejando solo una barcaza para los guerreros que habían quedado atrás con la tarea de confundir a los españoles. Si lograban escapar, encontrarían la embarcación que Mabanex les había prometido. Madres, esposas y hermanas dejaron pequeños amuletos para que sus seres queridos los usaran durante la travesía. Con sollozos y lamentos se despidieron de la costa, prometiendo toda suerte de dádivas a los dioses si ayudaban a sus hombres.

Zarparon temprano. En la canoa donde viajaban Mabanex y Ocanacán iba la hermosa talla de Atabey, el cemí protector de la aldea. Dacaona, Juana y su padre viajaban en otra; así lo habían decidido después de consultar con el behíque. No podían arriesgarse a que los únicos herederos de la familia principal perecieran juntos, en caso de desastre.

Juana subió al batel con su manuscrito, aferrándose al último vestigio de una existencia perdida para siempre. Con un nudo en la garganta, vio alejarse la costa. Delante de ella, la barca de Mabanex rompía las olas con fuerza y abría el camino al resto de la flotilla.

En cada chalupa —cuyos extremos se protegían del sol con amplios toldos de algodón amarrados a los pilotes de la borda— se amontonaban racimos de cocos frescos. Todos se turnaron por igual para bogar en aquel mar embravecido. Durante cinco días con sus noches, las canoas se deslizaron sobre las cálidas aguas que lamían las costas de innumerables cayos e islotes coralinos. En esas tierras de nadie se detenían para llenar las güiras con el agua de lluvia acumulada en las oquedades y recoger más cocos henchidos de agua dulce.

A medida que se acercaban a Siguanea, extraños augurios revelaron la proximidad de presencias desconocidas. En las noches veían fuegos que entraban y salían de las aguas. Juana recordó que su padrino había descrito un evento semejante en su bitácora de viajes, que ella había leído en una copia que su padre conservó en secreto. El Almirante contaba que, en su primer viaje, mientras buscaba afanosamente tierra, había observado luces misteriosas que se movían en la oscuridad de la noche, bajando y subiendo de manera inexplicable. Fuesen lo que fuesen, le sirvieron de guía para encontrar el Nuevo Mundo; y ahora ellos contemplaban un portento similar. Quizá se tratara de señales divinas para indicar a los mortales que pronto llegarían a su destino. Eso tenía que ser porque al amanecer del sexto día divisaron los contornos de una anchurosa isla.

A medida que se acercaban, la oscura costa se transformó en

una muralla de vegetación que custodiaba una playa de arenas radiantes. El agua era tan transparente que era posible ver la sombra de las canoas deslizándose sobre el fondo arenoso. Enormes criaturas de cuerpos grises y hocicos puntiagudos saltaban junto a los botes y lanzaban resoplidos de júbilo.

Pocos pasos antes de alcanzar la orilla, varios hombres se lanzaron al agua para arrastrar las canoas sobre la arena, donde las anclaron sobre grandes piedras, a resguardo de las mareas.

Tras poner a salvo todas sus pertenencias, la mayoría se sumió en un profundo letargo sobre la arena. Solo unos pocos, entre ellos Juana, se ocuparon de velar por los enfermos y los heridos, que finalmente se durmieron, arrullados por la brisa y el persistente murmullo de las olas.

Nadie advirtió que, tras la maleza, ojos vigilantes habían seguido con atención el desembarco de los extranjeros.

4

Descansaron hasta el mediodía, cuando la luz solar cobró tanta fuerza que despertó a los agotados navegantes. Emplearon la tarde en cocinar culebras y almiquíes* —que cazaron obligándolos a abandonar sus cuevas con el humo de las teas— y algunos frutos de la jungla costera. Con el nacimiento del crepúsculo, se agruparon en torno a las fogatas, que se fueron encendiendo como estrellas a lo largo del litoral. Ahora solo se escuchaba el murmullo del mar que apagaba las voces humanas.

Las conversaciones volvieron a derivar hacia el lugar idóneo para establecer la aldea; una discusión inútil, pensó Juana, porque aún ignoraban si permanecerían en Siguanea. Sin duda, había sido una buena decisión para librarse de sus perseguidores, pero tal vez su destino final fuera otro.

* Almiquí (*Solenodon cubanus*). Especie endémica de Cuba que abundaba cuando los españoles desembarcaron en la isla. Es un roedor nocturno pequeño que, por su aspecto, se asemeja a las musarañas. Aunque en la Prehistoria vivió en toda Norteamérica, al final solo sobrevivió en Cuba, donde actualmente se encuentra en inminente peligro de extinción.

Se alejó de la hoguera hacia el sitio donde dormitaban los heridos, entre ellos su padre, cuya condición seguía siendo incierta. Por momentos su aura cobraba brillo, solo para volver a nublarse de nuevo al cabo de unos instantes.

De pronto, una sensación inquietante rozó su espinazo. Estuvo a punto de volverse, pero su instinto le indicó que debía continuar atendiendo a los heridos como si no pasara nada. Con disimulo atisbó de reojo la espesura. Desenfocando la vista, descubrió decenas de luces entre los árboles. Sin aminorar la marcha, silbó con fuerza.

—*Espías en la maleza.*

Tuvo la certeza de que las conversaciones cesaban en torno a varias hogueras. Tras una pausa escuchó el silbido de Mabanex que ordenaba permanecer alertas, pero sin hacer más anuncios que alarmaran al resto.

Juana no se opuso. Las luces no indicaban amenaza alguna, solo curiosidad y cautela. No obstante, aquellas presencias le recordaron cuán vulnerables eran todos en una isla desconocida, poblada por indígenas que, según Ocanacán, poseían cierta clase de poderes ajenos a los terrenales.

Por puro instinto regresó junto a su padre.

—Oí tu aviso, pero no distingo más que árboles —susurró Dacaona, que merodeaba entre los heridos, procurando no despertar a quienes dormían—. ¿Cómo sabes que nos vigilan?

Juana comprendió que había expuesto el secreto de su segunda visión, pero recordó que ya no vivía entre curas ni inquisidores.

—Puedo ver las luces —contestó.

Se inclinó sobre su padre y entreabrió las vendas para examinar la herida inflamada. Una forma neblinosa, semejante a una trenza abultada, escapaba y hacía giros en el lugar del orificio. El veneno de la infección crecía dentro del cuerpo. Sus ojos se llenaron de lágrimas al presentir que estaba perdiendo la batalla por su vida.

—¿Cuáles luces? —preguntó Dacaona, que aún la escudriñaba con expresión obstinada.

Juana desató un saquito con hierbas y machacó un puñado sobre una piedra.

—Todo lo vivo está rodeado por luces que son como los halos de los santos cristianos —explicó, echando el polvillo sobre la llaga—. Da lo mismo que sean plantas, animales o seres humanos. Tienen colores que cambian, según el ánimo de cada criatura. Puedo distinguirlos si miro de cierta forma. No sé si me entiendes, pero no puedo explicarlo de otra manera.

Dacaona tragó en seco. Ella, más que nadie, sabía a qué se refería su nieta, porque también lo había experimentado en ciertas circunstancias de su vida. Ahora la muchacha aseguraba que no solo poseía aquel don, sino que podía controlarlo a voluntad.

—¿Puedes decidir cuándo quieres ver esas luces?

—Sí, solo debo fijar menos la vista.

—¿Cómo?

—Me concentro en un punto y aparto el resto. Así salen los colores.

—¿Y siempre has podido hacerlo?

—Solo después que aspiré *cohoba*.

—¿Has probado la *cohoba*? —exclamó otra voz.

Abuela y nieta se sobresaltaron. Kairisí se había acercado, bordeando la orilla, y ahora estaba ante ellas con los pies hundidos en la arena húmeda. Y es que, tras escuchar el aviso, la anciana también se había hecho la misma pregunta que Dacaona. ¿Cómo había sabido Juana que los vigilaban? Intentó horadar la oscuridad con sus pupilas nubladas, pero su don dependía de la voluntad de los dioses. ¿Acaso Juana poseía uno semejante?

Guiándose por el brillo de las llamas, y preguntando aquí y allá, se había dirigido a la franja de los heridos.

—¿Cuándo la probaste? —insistió.

Juana titubeó. ¿Estaría restringida la *cohoba* para ciertas personas?

—Fue hace unos meses, poco antes de mi primera sangre.

Las arrugas de Kairisí se multiplicaron. No conocía de ninguna taína que hubiera inhalado los polvos sagrados *antes* de ser mujer. ¿Despertarían la doble visión en una niña? ¿O le había ocurrido porque era la elegida de la Diosa?

Un gemido interrumpió la conversación.

—Agua —pidió Jacobo con voz ronca.

Era la primera vez que hablaba en muchos días. Juana se apresuró a sacar un odre y lo ayudó a beber.

—¿Dónde estamos? —preguntó él.

—A salvo.

—Todo me duele.

—Mañana estaréis mejor —le aseguró, besándolo en la frente.

Ya fuera por debilidad o porque la brisa lo acariciaba con sus dedos adormecedores, el hombre volvió a hundirse en un abismo sin sensaciones.

—Sus luces cambian mucho —murmuró Juana con angustia—, no sé si mejora o empeora.

Kairisí decidió que, por ahora, no valía la pena seguir indagando. Era suficiente saber que la elegida y ella compartían el mismo poder, aunque en realidad la envidiaba un poco. Le hubiera gustado contemplar el resto del mundo en cualquier momento, y no cuando los dioses lo decidían. Recordó su conversación con un fraile cristiano que había intentado convencerla de que sus visiones provenían de un *hupía* maligno llamado Satanás. Por más que ella trató de explicarle que eran un regalo de los dioses para permitirle curar enfermos, el fraile se obstinó en negarlo. Los blancos eran criaturas raras. Siempre estaban queriendo persuadir a otros de que lo que pensaban o sentían no era cierto. Debían ser muy desgraciados. Lo había sospechado desde que los viera entregar cascabeles y sonajeros a cambio de recibir rocas. Un pueblo que daba más valor a las piedras que a la música tenía que ser un pueblo triste.

Una rara tibieza inundó su pecho. Pestañeó para aliviar el ardor de sus ojos, que empezaron a escocerle como si alguien los hubiera salpicado con zumo de ají. Las llamas se hicieron más nítidas y comprendió que sus pupilas volvían a abrirse para permitirle admirar la inmensidad oscura donde las estrellas danzaban su eterno areíto. La visión duró apenas unos segundos, pero fue suficiente. La anciana sonrió, agradecida por el regalo de la Diosa.

5

En su ciudad natal, Juana solía despertarse con los chismorreos de las cocineras y el traqueteo de los cacharros en el fogón; en la villa, los cantos de los gallos la habían saludado a gritos cada amanecer; y en los últimos días, su nuncio matinal habían sido las salpicaduras de las olas que rompían contra los costados de la canoa. Ahora, sin embargo, un silencio ominoso descendía sobre la playa; incluso el mar había cesado su acostumbrado parloteo.

Lo primero que notó tras incorporarse fue que todos observaban alguna cosa a sus espaldas; ni siquiera los niños se movían. Al volverse, comprendió por qué. Una muralla de hombres y mujeres desnudos se interponía entre la selva y la costa, indicando que el paso hacia la tierra estaba cerrado. Era una visión desconcertante, en especial porque ninguno de ellos portaba arma alguna.

Juana supo de inmediato que eran siboneyes. A diferencia de los taínos, no llevaban encima ni un trozo de tela, aunque sus cuerpos mostraban espléndidos dibujos, trazados con pintura roja, negra y azul. Al cabo de unos segundos en los que nadie se movió ni habló, Juana notó otro detalle inquietante: no había niños ni ancianos entre ellos.

Ya empezaba a preguntarse si aquellos seres eran realmente humanos cuando vio que Mabanex se dirigía a su encuentro, acompañado por Ocanacán y Kairisí. Por puro impulso se unió al trío. Nadie la detuvo.

—Me llamo Mabanex —dijo el joven, siguiendo la tradición del *gua-tiao*,* aunque no sabía si los siboneyes la practicaban—. Soy cacique, como lo fue mi hermano, el valiente Tai Tai, sucesor de mi tío Guasibao. Mi pueblo y yo hemos venido en busca de refugio.

Ocanacán tradujo sus palabras, titubeando aquí y allá. Era muy joven la primera vez que visitó esas tierras, pero aún recordaba la lengua que había hablado en ciertas ocasiones con otros behíques.

Uno de los desconocidos, cuyo único atuendo era una pluma

* Costumbre social taína en la cual dos personas intercambiaban sus nombres y describían la grandeza de sus jefes para establecer una alianza o una amistad. El vocablo significa literalmente «nuestro amigo». Equivale al «compadre» o «socio» de la actualidad, pero con una connotación más fuerte.

roja que le atravesaba un lóbulo, se adelantó para responder. Sus palabras caracolearon entre las espirales de los moluscos playeros. Era una lengua de sílabas líquidas que resbalaban como hilos de lluvia en la foresta. Juana escuchó embelesada aquel idioma nuevo, parecido al gorgoteo del agua al saltar entre las rocas de un desfiladero.

—Camarcó es grande —tradujo el behíque—. Podemos albergar a los tuyos y a muchos más.

—¿Camarcó?

—Así le llaman a su isla —aclaró Ocanacán—. Además, pregunta si estamos huyendo o si hemos sido enviados por alguien.

—No somos enviados de nadie —respondió Mabanex—, solo queremos un lugar para refugiarnos.

Pluma Roja escuchó la explicación y, después de intercambiar unas palabras con los suyos, volvió a hablar.

—Ellos saben que un pueblo de forasteros ha ocupado la isla grande y maltrata a sus habitantes —dijo el brujo—. Quieren saber si esos extranjeros son los mismos que viajan en casas flotantes o si los que visten túnicas blancas.

Mabanex frunció el ceño.

—¿Túnicas blancas?

—Espera —dijo el brujo—, yo les contesto.

El behíque soltó una parrafada que fue respondida de inmediato por Pluma Roja. Luego de escucharlo, varios siboneyes rompieron a hablar al unísono hasta que una mujer de rostro endurecido y casi varonil pareció imponer su autoridad. Al hablar, las piedras de su collar tintinearon sacudidas por el viento. Ocanacán la escuchó con atención.

—Mmm... —murmuró el anciano, que se rascó la cabeza—. Les he explicado que estábamos huyendo de los hombres que viajan en las casas flotantes, y que algunos de sus brujos llevan túnicas oscuras, no blancas —dijo Ocanacán—, pero ellos insisten en que hay dos grupos distintos de extranjeros. Los que viajan en sus casas flotantes no son los mismos que visten túnicas blancas. Por lo que entendí, no están muy seguros de dónde vienen estos. Algunos dicen que son refugiados de una tierra aniquilada por los dioses y que ahora viven en un lugar secreto, bajo el suelo, al que solo puede llegarse atravesando un laberinto de cuevas. La mujer del collar interrumpió una discusión entre ellos, que no entendí bien, y aseguró que la memoria de los siboneyes estaba podrida como una fruta vieja, porque habían olvidado que los hombres de túnicas blancas ni siquiera viajaban por mar, sino por las nubes, y que no tenían necesidad de vivir en ninguna tierra porque podían entrar y salir de los sueños.

Mabanex y los suyos se quedaron boquiabiertos ante aquel relato insólito. ¿Qué extraña magia se ocultaba allí?

—Hace años —dijo Kairisí pensativamente— mi abuela me contó que su padre, nacido en un cacicazgo de Cubanacán, le había hablado de unos forasteros que vestían túnicas blancas como la espuma del mar. Esos hombres se presentaron en Mabón, casi en el centro de la isla, y en los cacicazgos de Habana, Marién y Guaniguanico, que están hacia el Poniente. El padre de mi abuelo pensaba que eran *hupías* que regresaban al mundo de los vivos. Decía que viajaban de un sitio a otro más rápido que las aves, que robaban las almas de los vivos para encerrarlas en cajas donde seguían hablando muchos años después de muertos, que sabían oír voces escondidas en el aire...

Los taínos temblaban mientras la hechicera refería sus recuerdos. Ni siquiera Juana, que conocía toda clase de prodigios que se contaban en los libros, recordaba haber oído nada semejante.

La mujer del sonajero interrumpió el discurso de Kairisí para señalar hacia el horizonte.

—Desde hace algunos años, los extranjeros de las túnicas blancas no se dejan ver —tradujo Ocanacán—. La última vez que alguien supo de ellos fue cuando las casas flotantes tocaron el suelo de Cuba. Uno de los navegantes fue enviado a tierra y huyó al verlos.

—¡Yo conozco esa historia! —exclamó Juana, acaparando por un instante la atención—. Ocurrió en el segundo viaje de mi padrino a estas tierras. Mi padre iba con ellos y me contó que algunos exploradores desembarcaron para buscar agua y comida, entre ellos un ballestero que se separó del grupo y se topó con varios hombres. Como uno de ellos llevaba túnica, el ballestero lo confundió con un fraile, pero no lo era. Se trataba simplemente de un indio. Luego se fijó que detrás había otros individuos ataviados con túnicas blancas parecidas, pero estos no eran indígenas ni españoles. El ballestero debió de ver en ellos algo que lo asustó terriblemente porque huyó espantado. Mi padre nunca pudo averiguar ni entender qué había ocurrido. El hombre no quiso comentarlo con nadie, excepto con el Almirante, que guardó ese secreto hasta el fin de sus días, aunque mencionó el incidente en una carta.* Cada vez que mi padre le preguntaba, mi padrino le decía en su castellano enredado: «Hechos ha menester dejar en el olvido porque son obras de Satanás».

Aquel relato no contribuyó a calmar los ánimos.

—Si todo eso ocurrió en el centro de Cuba, ¿cómo se enteraron aquí? —preguntó Mabanex.

—Muchos behíques vienen a este sitio —le recordó Ocanacán, quien se volvió a los nativos para preguntarles algo más, y luego tradujo la respuesta—. Aunque no se enteraron por ellos, sino por otra tribu de taínos que llegó antes que nosotros, huyendo de los cristianos. Por desgracia, murieron de una enfermedad desconocida. Los hombres de piedra creen que los dioses no deseaban que estuvieran aquí.

Mabanex sospesó la noticia con preocupación.

—Yo tampoco quiero enfadar a los dioses —dijo—. Vamos a preguntarles qué debemos hacer.

—Es una buena idea —convino Kairisí—, pero los dos nuevos herederos de la familia principal tendrán que estar presentes en la ceremonia.

Un murmullo revoloteó sobre el campamento. Ninguna joven con sangre española había participado en un ritual de *cohoba* para decidir el destino de un cacicazgo. Aunque fuera la nieta de Dacaona y la prima del cacique ausente, no dejaba de resultar un acontecimiento inusual.

—Los tiempos nuevos traen costumbres nuevas —sentenció Ocanacán al ver las expresiones de quienes lo rodeaban—. Ahora buscaré un sitio donde ayunar.

Todos se apartaron con respeto.

—Iré contigo —dijo Kairisí—. ¿Podremos hacer la ceremonia en el Lugar Sagrado?

* Carta de Cristóbal Colón, fechada en Isabela, Puerto de Santa Cruz (española), el 26 de febrero de 1495, conocida como «Relación del viaje a Cuba y Jamaica».

Cuando el anciano repitió la pregunta a los siboneyes, Pluma Roja y la mujer del collar asintieron en silencio.

6

Antes de marcharse, Ocanacán había ordenado a ambos jóvenes que solo bebieran zumo de la raíz de *magüeyo* hasta la ceremonia.

—¿Por qué tengo que pasar hambre? —se quejó Juana a Mabanex—. En la cueva del peñón no ayunamos.

—Es diferente cuando uno necesita respuestas de los dioses —le explicó él—. De lo contrario, las visiones no tienen mucho sentido.

—¿Fue por eso que me enfermé?

—¿Te enfermaste? —se sorprendió Mabanex—. ¿Cuándo? Nunca me dijiste nada.

Y Juana le contó sobre las luces que le hablaban en un lenguaje nuevo. Él la escuchó, maravillado y asustado a la vez, seguro de que esa magia provenía de Atabey. Le hubiera gustado contarle lo que sabía sobre la elegida, pero no se atrevió a interferir en los asuntos de la Diosa.

—Juana —los interrumpió Dacaona—, tu padre pregunta por ti.

Mabanex la vio marchar bajo el sol que castigaba sus cuerpos. Hasta las resistentes guiabaras* desfallecían a causa del calor. El murmullo irritado de las olas estalló contra la costa y sus zarpas líquidas volvieron a apoderarse de algunas presas que antes había arrojado sobre la orilla: conchas deshabitadas, cadáveres de medusas, fragmentos de erizos, caracoles destrozados... Un manotazo del viento arrojó arena sobre su rostro. Mabanex olfateó el aire y sintió que algo había cambiado. Estaba seguro de que Guabancex merodeaba en las proximidades. Aún no había señales de su presencia, pero ya podía olerla y supo que dentro de dos o tres días el mundo cambiaría drásticamente.

* *Coccoloba uvifera*. Así llamaban los taínos al árbol que hoy se conoce como «uva caleta», «uva costera» o «uva de playa».

De inmediato envió un mensajero tras la caravana de siboneyes con la que se habían marchado los ancianos. Necesitaba averiguar dónde hallarían cavernas para refugiarse. Luego fue en busca de Juana.

—Viene un huracán —le dijo sin rodeos—. ¿Cómo está tu padre?

—Despertó, pero sigue con fiebre.

Ella estaba tan cerca que podía olfatearla.

—Lo llevaremos igual que antes —la consoló, rozándole tímidamente la túnica.

—Tengo miedo —confesó ella.

Mabanex se atrevió a tocarle un hombro, aunque su contacto lo quemaba.

—Compartiremos tu miedo y así no lastimará tanto.

Por primera vez, en mucho tiempo, la muchacha le echó los brazos al cuello. Mabanex cerró los ojos, aturdido. Tuvo que hacer un esfuerzo para apartarse.

—Vamos a recoger *magüeyo* —propuso él.

—¿A qué se parece?

—Te lo enseñaré.

Mabanex oteó en todas direcciones hasta descubrir un área despejada. Hacia allí se dirigieron. La planicie exudaba un vaho dulce a hierbajos resecos por el sol. Junto a un montículo rocoso, Mabanex le mostró varios ejemplares de hojas largas y dentadas, coronados por espigas de flores. Cortaron los bordes espinosos de las gruesas pencas, que luego arrancaron y metieron en una jaba de yarey.

Juana advirtió que la planta era semejante al áloe que las comadres de Cádiz y Sevilla usaban contra los males de la piel y las tripas; y cuando Mabanex le dijo que el *magüeyo* también servía allí para curar llagas y purificar los intestinos, se maravilló de la sabiduría de la Madre, capaz de multiplicar los mismos dones sobre todas sus criaturas.

Aprovecharon la excursión para recoger amasijos de los deliciosos y crujientes huevos de comején que expurgaron de un tronco muerto. Mabanex ignoró a los furiosos insectos que defendían su nido y cargó con una buena cantidad de golosinas en otra jaba.

Regresaron poco antes del mediodía, cuando el mar rugía con

bramidos tan impresionantes que algunos comenzaron a amarrar sus enseres para que el ventarrón no se los llevara.

Juana y Mabanex trozaron las hojas de *magüeyo* para extraer la savia transparente que se adhería a los dedos, mientras Dacaona y otras mujeres distribuían frutas y tubérculos entre los adultos, dejando las nutritivas porciones de insectos para los niños, los ancianos y los enfermos. Las nubes iniciaron esa danza que preludia a todo huracán y el tiempo fue mudando de piel como una culebra.

Al anochecer se pusieron en marcha, en dirección al grupo de estrellas que semejan un colibrí. Los sirvientes, portadores de teas, alumbraban el camino. Atraídos por el resplandor, enjambres de *cucuís* acudían desde la selva para sumarse a la caravana y perseguirse entre las llamas donde muchos terminaban su corta vida.

Mabanex alzaba la vista de vez en cuando para asegurarse de que seguían el rumbo del ave celeste, una tarea nada fácil, pues el manto de nubes se hacía cada vez más espeso. Su atención se dividía entre los chillidos de los murciélagos, cuyo aleteo amenazaba con apagar las antorchas, y el huracán proveniente del Levante. ¿Qué sería de los guerreros que habían dejado atrás? ¿Seguirían en alta mar, a merced de la inminente tormenta?

Por fin la maleza murió frente a ellos. Un brillante surco de agua serpenteaba entre guijarros de blancura fantasmal. El viento produjo chisporroteos en la grasa que empapaba las teas y, sobre sus cabezas, las últimas estrellas desaparecieron borradas por las nubes.

Ningún taíno se hubiera acercado a riachuelo alguno después de oscurecer, sabiendo lo que podría surgir de sus aguas, pero la amenaza del huracán los forzó a caminar junto a sus tenebrosas márgenes, como única guía para encontrar albergue ante una amenaza mayor.

No tuvieron que andar mucho para llegar al orificio que se abría como un bostezo en la roca. La primera llovizna los sorprendió entrando al refugio. Allí pasaron la noche, junto a las hogueras que alimentaron con leños recogidos por el camino. Los enfermos y los heridos fueron acomodados en el fondo de la cueva, bien lejos de la humedad.

Durante la madrugada, el huracán desató toda su furia. Quienes dormían a pocos pasos de la entrada tuvieron que retirarse al interior. Abrumado por la responsabilidad, Mabanex recorría la gruta de un extremo a otro, llegando hasta los pasadizos más profundos donde se apretujaban varias familias, para asegurarse de que todos contaran con lo necesario para pasar la tormenta.

—Trata de descansar —le aconsejó Dacaona.

Mabanex obedeció. Se acostó cerca de Juana, que ya se había rendido asiendo la mano de su padre, y sus párpados no tardaron en cerrarse.

Durante el resto de la noche no dejó de oírse el aullido de las ráfagas y el estruendo de las ramas, que se partían como si alguna bestia las destrozara. En algún momento lo despertó el crujido monumental de un algarrobo que caía fulminado por una de las lanzas flamígeras de Guataubá. Poco a poco el sueño volvió a vencerlo y hasta las hogueras terminaron por apagarse.

7

Juana abrió los ojos, sobresaltada. Súbitos arrebatos de brisa sacudían las ramas a escasa distancia de los carbones enrojecidos. En medio de las tinieblas, el halo que rodeaba a su padre latía como un corazón moribundo.

En la entrada de la cueva divisó los contornos de otra silueta. De inmediato supo que era Mabanex. A su alrededor, el nimbo azulado que lo envolvía arrojaba fosforescencias espectrales.

Esquivando a los durmientes, Juana se deslizó rumbo a la entrada.

—¿Qué haces aquí? —susurró ella.

—Pienso en Acoel, en Mairení, en Jaguanibey, en Caguax... Se quedaron atrás para que pudiéramos escapar y quizá han muerto.

—No es culpa tuya —lo consoló.

Mabanex cerró los ojos para aspirar el aire húmedo de la noche. Dedos de fuego se hundieron en su vientre. Juana también sintió que una ansiedad vertiginosa recorría sus vísceras, como si la Diosa hubiera decidido danzar dentro de ella. Sin que ninguno de los dos se percatara, la Madre de los Huracanes tejía su más viejo hechizo.

Los jóvenes estaban tan cerca que sus respiraciones se cruzaron. Él aspiró los cabellos que ella había adornado con delicadas flores de atabáiba.* Tenía hambre de ese olor… Ella alzó el rostro para dejar que la olfateara, entreabrió los labios… y ya ninguno supo lo que hacía. Ávidos y tímidos, exploraron los labios ajenos hasta que la caricia se transformó en beso.

Afuera había dejado de llover. El silencio era tan ominoso como si el universo entero hubiera sido devorado por la tormenta, aunque aquel no era un mutismo amenazante, sino más bien protector, henchido de bálsamos maternales que nacían de la tierra purificada por el desastre.

Juana suspiró, ajena al destino urdido por los dioses, ajena a la sombra que acechaba en la espesura. Mabanex la tomó de la mano y la condujo hacia la noche. Ella se dejó guiar, imaginando que la tierra giraba bajo sus pies. El riachuelo cercano pareció cantar con voz infantil. Mabanex se detuvo bruscamente.

—¿Qué ocurre? —susurró ella.

—¿No oyes?

Ella solo escuchaba el gorjeo del arroyo.

—Jigües —dijo él en respuesta a su expresión interrogante—, criaturas invisibles del bosque. Viven en ríos y lagunas, y a veces salen de noche.

—¿Son *hupías*?

—No, los jigües nunca han vivido, por eso se comportan como niños. No nos harán daño, pero tratarán de confundirnos. Les gusta molestar a la gente por pura diversión.

Tiró nuevamente de ella, alejándose del cuchicheo cristalino para bordear el promontorio protector de la gruta. Ahora que la claridad lunar se asomaba entre las nubes, avanzaron sin tropiezos. La Diosa los atrajo hacia una especie de nicho excavado en la roca. Podría haber sido un altar, pero la superficie estaba vacía y no mostraba rastros de ofrendas.

* *Plumeria rubra*. Árbol de tamaño mediano que produce flores generalmente blancas, rosadas o amarillentas muy olorosas. En Cuba perdió su nombre taíno y se le conoce como «súchel», «franchipán» o «frangipani».

Juana se preguntó qué clase de locura se habría apoderado de ella, que andaba de madrugada por un bosque, a merced de espíritus bulliciosos. Por un momento pensó en regresar, pero los labios de Mabanex volvieron a rozar los suyos y su voluntad se apagó de nuevo.

—¿Qué estamos haciendo? —susurró ella con la respiración entrecortada.

—Eres mi dueña —musitó él—. Mi cuerpo respira con el tuyo. Y si muero, mi *hupía* te seguirá como una sombra.

Ella permitió que los dedos temblorosos desataran el cinturón de semillas que ceñía sus ropas. La túnica escapó sobre su cabeza como un pájaro espantado. Con pasión se entregó al cuerpo ardoroso que la cubría. Él era ahora su abrigo, su escudo contra el miedo. Estaba volviendo a nacer y aspiraba su primer aliento de la boca de un dios arcaico. El pasado ya no existía. Comprendió que era posible borrar cualquier horror y abrirse nuevamente como un pergamino virgen para recibir la luz.

La luna, que finalmente se asomaba tras el huracán, iluminó el talismán que fulguraba entre los pechos de la joven. Mabanex tuvo la impresión de que los brazos de Guabancex escapaban de su encierro como si Ella también quisiera abrazarlo. La marejada de olores estaba a punto de enloquecerlo. Aspiró la piel que exudaba una fragancia dulce y ácida como una jugosa tajada de *yayama*. Era como sumergirse en una caverna de jacarandas violetas, mojadas por el delicado rocío del monte. Su deseo gritaba a través de su cuerpo: «Flor luminosa, piel de espuma que el océano trajo a mi isla».

«Mi dios oscuro —pensó ella, aferrándose a las duras caderas—. Sombra de mis entrañas que siempre encuentro cuando me pierdo».

El último soplo del huracán sacudió la selva devastada. A lo lejos, los jigües perversos olfatearon el ardor de los amantes, y hubieran corrido a realizar sus fechorías si una barrera invisible no se hubiera alzado frente a las márgenes del río, ahuyentando a los duendes indígenas. El rostro grave de Guabancex, que había provocado la estampida de las criaturas, se deshizo en el plácido semblante de Iguanaboína; y luego no fue una ni otra, sino la suma de ambas, porque Atabey es un misterio fuera del alcance de los mortales.

La Triple Diosa se desplazó entre los troncos quebrados por el viento y sacudió su cabellera. Las gotas de lluvia, preñadas de tibieza, centellearon sobre los cuerpos bañados de luna. Atabey-Iguanaboína-Guabancex consultó nuevamente los caminos que se abrían en la llanura del tiempo. Su manto azul se desplegó como si, en vez de flotar, se hubiera sumergido en las aguas que eran su reino. Y cuando los amantes se estremecieron con el postrero espasmo del deseo, la Diosa les entregó el mejor de sus regalos secretos.

8

Dacaona no entendía qué había pasado entre esos dos. Se lanzaban miradas furtivas creyendo que nadie los observaba y sus conversaciones se habían convertido en tartamudeos. ¿Por qué los jóvenes eran tan complicados? Finalmente se desentendió de ellos, reclamada por quienes le pedían ayuda.

El paso del huracán había dejado la selva destrozada, pero nadie se iría de allí hasta que realizaran la ceremonia donde decidirían la suerte de todos. Por el momento, la gente se había movilizado para buscar comida. Sirvientes y señores por igual se enfrascaron en recoger los frutos esparcidos por el suelo, atrapar peces de río y capturar jutías. Imbuidos en esas tareas familiares, el día transcurrió tan plácido como si aún vivieran en su antigua aldea.

Poco a poco el cielo recuperó su aspecto habitual. Las criaturas sobrevivientes regresaron a sus hábitos, excepto los humanos, que tras saciar el hambre no tuvieron nada que hacer, salvo impacientarse ante la espera.

Para matar el tiempo, Juana decidió añadir un otro diseño al cinturón que le había regalado Dacaona. Sacó un puñado de semillas que cargaba en su jaba y fue apartando las negras y las rojas por ser más lisas y brillantes. Con una espina de pescado cosió un círculo de semillas, del cual salían dos líneas curvas y delicadas, igualmente trazadas con semillas. Cosió tres círculos más: dos para los ojos y otro para la boca. Tras completar la imagen que proclamaba su ascendencia espiritual, se ató de nuevo el cinturón con aire resuelto.

Dacaona le echó una ojeada al bordado, pero aparte de alabar su destreza como tejedora, no dijo nada más. Ya tenía suficientes preocupaciones para dedicarse a especular por qué su nieta había asumido el emblema de la diosa más guerrera y belicosa. ¿Buscaba protección contra los huracanes?

Se equivocaba al creer que la preocupación de su nieta eran los arrebatos del clima. La verdadera tempestad se había desatado en el interior de la muchacha. Su cuerpo languidecía de fiebre por Mabanex, que también se consumía de impaciencia y caminaba irritado de un lado a otro.

Esa noche, cuando el céfiro sopló entre las ramas, ambos abandonaron la cueva con sigilo. La selva se agitó nerviosamente, pero los amantes se hallaban a merced de un delirio que les impedía notar los susurros del bosque o las luces que brotaban del río.

Por segunda vez se internaron entre los árboles sin prestar atención a las risas sofocadas de los jigües, ni a la presencia de los *hupías* que rastreaban el paso de los vivos, como aquel que los espiaba emboscado tras los matorrales desde la noche anterior. Con su rostro marcado por las cicatrices y la tráquea rota por un sablazo, el fantasma mudo de Tai Tai intentaba prevenirles sobre cierto peligro, pero ellos no lo advirtieron.

Un crujido proveniente de la maleza los sacó de su embeleso. En el instante en que Juana terminaba de ajustarse la túnica, la luna iluminó dos figuras que surgían de la selva.

—No vienen a atacarnos —aseguró ella al percibir la tensión de Mabanex.

—Ocanacán —dijo uno de los siboneyes que se plantó ante ellos.

Mabanex tardó unos segundos en entender.

—Avísale a mi tía que nos marchamos —le susurró a Juana—. Voy a buscar el cemí de la aldea.

Se alejaron del lugar sin que los hombres intentaran seguirlos. Mabanex despertó a dos guerreros y Juana sacudió a su abuela.

—El behíque mandó a buscarnos —dijo la muchacha en voz baja para no despertar al resto—. Recuerda darle la medicina a mi padre.

—No te preocupes —respondió la mujer, adormilada.

—Y nadie debe abrir eso —añadió, señalando el envoltorio

escondido en una oquedad—. Si se destruyera, sería como robarme mi *goeíza*.

No estaba mintiendo. Parte de su alma se hallaba en ese manuscrito y en los enseres de escritura que había elaborado con tanto esfuerzo.

—Vete tranquila, hija.

Ella agarró la jícara con el jugo de *magüeyo* y se unió a Mabanex y a los dos guerreros. Juntos marcharon hasta el nicho donde los esperaban los mensajeros. De inmediato, los seis se pusieron en camino hacia el riachuelo y siguieron su corriente. Poco a poco las riberas se fueron separando para dar paso a un cauce mayor; más tarde volvieron a ceñirse y formaron un arroyo que se desviaba hacia la costa, mezclándose con los pantanos. El vaho de las tierras cenagosas penetraba por los poros y se adhería a los cabellos. Por suerte, los guías no continuaron por ese rumbo. Evitando las marismas, se desviaron hacia el este. Los coros agitados de las aves se esforzaban por romper el lúgubre silencio, pero sus cantos no animaron mucho la marcha.

A media mañana hicieron un alto. Juana sacó la jícara con el zumo, que compartió con Mabanex. Solo el hambre les permitió tragar algunos sorbos del pegajoso líquido, que no fue capaz de satisfacer sus estómagos vacíos. Los siboneyes se antojaron de probarlo, pero hicieron ascos e indicaron por señas que buscarían su propia comida. Pese a las protestas de Mabanex y su escolta, los nativos se sumergieron en la espesura dejándolos a merced de la selva. Los guerreros sacaron del morral un pescado envuelto en hojas de calabaza que los jóvenes, torturados por el hambre, acecharon con avidez, aunque sin atreverse a romper el ayuno.

Ya se disponían a dormir una siesta cuando sus guías emergieron de la maleza y les indicaron que debían continuar. El sol los persiguió con saña a través de las copas destrozadas por el huracán. No pasó mucho tiempo antes de que la brisa salada inundara sus pulmones y sus pies se mezclaran con la arena de la costa que nunca llegaron a alcanzar.

La entrada de una gruta se abrió en un terreno despejado. Allí los guías se interpusieron entre los jóvenes y su escolta, haciendo señas para que solo Juana y Mabanex los siguieran. Obedeciendo al joven, los dos guerreros se sentaron bajo unos árboles donde también dormitaban los sirvientes de los ancianos brujos.

9

La luz del atardecer se colaba por las aberturas del techo y la misma entrada de la cueva. Frente al fuego, encorvado como un montículo, Ocanacán murmuraba una letanía acompañado por las semillas cloqueantes de un güiro que agitaba en su mano. Los dibujos que cubrían su cuerpo macilento parecían cobrar vida al compás del brazo. A su lado, Kairisí mezclaba los polvos de la *cohoba*. Había un tono sobrecogedor en los sonidos acompasados del güiro que detonaban en los corredores de roca, produciendo un eco continuo. Era un ambiente muy diferente al que habían compartido ambos jóvenes en el Peñón de las Luces.

La estatua de Atabey resplandecía en la penumbra como si las llamas ardieran en su piel de madera roja. Juana y Mabanex echaron una ojeada a los dibujos que llenaban las paredes, aunque no tuvieron mucho tiempo para estudiarlos. Kairisí les tendió una espátula de hueso delicadamente tallada que se llevaron a unos matorrales para purificarse. Dado el ayuno, apenas vomitaron un poco de líquido amargo.

Cuatro ancianas nativas —las primeras que veían Mabanex y Juana— mezclaron carbón y bija triturados con grasa que usaron para dibujar sobre ellos espirales, círculos, cruces rodeadas por halos, líneas onduladas y quebradas... Una vez protegidos contra los espíritus, Ocanacán les entregó el inhalador.

Juana solo aspiró un poco. Aquel polvo picaba en la nariz y dejaba una huella ardiente en la garganta. Kairisí la animó a probar más. Después de cuatro intentos en los que no ocurrió nada, la dejó reclinarse en su *dujo* y contemplar el techo manchado de humo.

Al cabo de un rato, la vegetación que se vislumbraba más allá de la entrada se meció nerviosamente. Juana tuvo la impresión de que sus entrañas se desplegaban como un mapa. Sus sentidos empezaron a dislocarse. El aire despidió una fragancia azul y la hoguera adquirió una calidez amarga. Más allá de las claraboyas, los astros saltaron como *cucuís* que iniciaran una danza hipnótica en las alturas. Tres de ellos se aproximaron a la cueva, quizá con la esperanza de penetrar por algún tragaluz.

Juana siguió escuchando el monótono cuchicheo de la maraca, pero ya no había nadie en la cueva, excepto ella. ¿Cómo era posible que se meciera tan cerca del techo si su cuerpo seguía allá abajo, aparentemente dormido?

Junto a los carbones de la hoguera casi extinta, una enorme serpiente se deslizó entre las piedras y la escrutó con sus pupilas fosforescentes. Luego se irguió sobre su cola para observarla. Juana supo de inmediato que estaba en presencia de Iguanaboína, la Madre del Buen Tiempo. Su mirada ofidia la atravesó como una lanza, intimidante y serena a la vez, y comprendió que la criatura era también Guabancex, la que destroza el mundo cuando se enfurece.

—Madre de las Aguas —murmuró Juana.

No sintió miedo cuando la serpiente acercó su hocico para rozarle el rostro, estudiándola con sus pupilas de rubí.

—*Finalmente has llegado, hija* —dijo la Voz que escuchara tantas veces en sueños, la misma que le había hablado en su primer ritual.

—Ha sido un largo camino, Madre.

—*No exactamente el que tenía pensado para ti, pero las sendas del tiempo tienen infinitas variables que ni yo misma puedo prever. Ahora ya no importa. Te he elegido para que conserves la sangre y el recuerdo de este pueblo, que también es el tuyo. Tendrás que esconderte hasta que tus descendientes puedan mostrarse de nuevo sin temor a ser diezmados. Debes regresar a la isla mayor.*

—¡Pero acabamos de huir de allí!

—*Aunque este sitio te parezca seguro, los nativos sucumbirán frente a los extranjeros. Solo quienes se oculten en los montes de la isla mayor lograrán sobrevivir. Termina tu historia y guárdala donde nadie pueda encontrarla. Cuando llegue el momento propicio, yo misma la sacaré.*

—Siempre pensé que terminaría mis días sin tener que seguir huyendo. ¿Hasta cuándo debo esconderme? Necesito un poco de paz.

—*Vivirás más cosas de las que imaginas* —aseguró la serpiente, frunciendo el ceño con expresión humana—. *Yo hubiese querido que tu sangre fuera una simple gota en el océano de mis hijos, que hubieras gozado de una existencia poderosa y sabia como elegida de la Diosa, pero cometiste un error, y eso, aunque no puedas comprenderlo, abrió otro sendero. La* cohoba *es la sustancia que conecta a los humanos con mi esencia. Haberla probado antes de tu primera luna, sin abandonar la infancia, provocó un cambio que no anticipé. Ahora eres una extensión de mí. Tu espíritu comparte mi naturaleza. Eres lo que soy: la matriz que conservará y procreará un linaje por los siglos de los siglos.*

Mientras hablaba, su cola se había ido bifurcando, transformándola en una doble serpiente que compartía la misma cabeza. Por un instante, Juana tuvo ante sí la imagen de Guabancex, con su cara pálida como la luna, la boca abierta en perpetuo grito y dos cuencas cadavéricas en sus ojos.

Casi de inmediato, los tres luceros que se habían acercado desde el cielo atravesaron el techo traslúcido. El mayor se posó en el rostro de la diosa y los dos restantes en los extremos de sus brazos curvos. Juana examinó la alineación. El trío de estrellas mostraba la misma posición de los lunares en su brazo: los mismos que habían despertado la curiosidad de Kairisí y Ocanacán durante la boda taína. ¡Eso era! Llevaba el símbolo de Guabancex en su cuerpo. Y por eso Tai Tai no la había castigado.

La imagen de esa diosa se deshizo en una nube oscura, aunque el triángulo de estrellas permaneció titilando en aquella niebla. Una silueta radiante, vagamente humana, flotó sobre los tres puntos de luz.

—¿Quién eres? —preguntó Juana.

La Madre contempló a su hija con una expresión donde se mezclaban el dolor y la compasión. Sus manos revolotearon entre las ropas etéreas como si buscaran algo, y dejaron escapar, como plumas que se desprenden de un ave, tres estrellas que descendieron lentamente hasta detenerse sobre una hoz lunar. Como una barca que se balanceara en un mar tormentoso, la media luna acogió en su interior a los tres luceros.

—¿Quién eres? —repitió Juana.

—*Yo soy la que soy* —respondió la Voz en su cabeza—. *Soy todo lo que ha sido y lo que será, y ningún mortal conoce mis secretos. Soy el canto de la tierra que mis hijos no escuchan cuando vienen a saquear sin ofrecer nada y cuando golpean con hierros en lugar de tender la mano. Sobre esos díscolos caerá mi maldición.*

La imagen tembló, perturbada por fuerzas desconocidas. Entre las volutas de niebla, surgió de pronto una presencia inesperada.

—Padre, ¿qué haces aquí?

—*Quiero que conozcas a alguien* —dijo él, y su rostro sonriente pareció tener menos arrugas—. *Ven, Anani.*

Una claridad difusa se acercó al hombre.

—*Esta es tu madre.*

—Solo veo una luz.

—*Porque está muy lejos de su antigua naturaleza. Vamos, abrázala.*

Juana se acercó a la claridad y, al rozarla, experimentó un júbilo alocado. Su mente se abrió como una flor. Miró dentro de sí, y la sensación le produjo mareo. Hasta entonces había vivido en una habitación cerrada, como un ciego que solo conoce el entorno a través de tímidos tanteos. Ahora percibió el conocimiento que llevaba en su interior. Vio las diminutas culebras ocultas en su cuerpo, entrelazadas en espirales que transmitían los secretos de la existencia generación tras generación. Y supo que los humanos se habían vuelto sordos a la Voz que hablaba desde esas culebras. Recordó las visiones de su primer ritual —aquel mundo de edificaciones enormes, separado del suyo por una pared invisible— y comprendió que el universo contenía múltiples comarcas de tiempo donde coexistían el pasado, el presente y el futuro, con infinitas posibilidades al alcance de los mortales.

Muchas otras maravillas le mostraron las culebras entrelazadas que dormían en sus células. ¿Células? ¿Qué era eso? Cerró los ojos y encontró la respuesta. Súbitamente comprendió que todo lo existente estaba formado por partículas microscópicas y otras más pequeñas aún, que en algún futuro los hombres llamarían átomos. ¿Microscópicas? ¿Átomos? ¿Qué clase de palabras eran esas? Madre de todas las madres, ¿qué le estaba sucediendo?

10

Cuando abrió los ojos a media mañana, una multitud se arrodillaba frente a ella. Todos la contemplaban con una mezcla de temor y reverencia. Incluso Mabanex, el único que permanecía de pie en un rincón, la recibió con admiración en los ojos.

—¿Qué ocurre?

—Toda la aldea ha venido —dijo Ocanacán—, tal como ordenaste hace tres días.

¿Llevaba tres días en aquel estado? Trató de incorporarse, pero su cuerpo no respondía igual que su cabeza. ¡Tres días! Poco a poco, sus sentidos se acoplaban de nuevo con aquella realidad. Recordó que había visto a su madre —o al menos, la luz de su espíritu— y que había hablado con su padre.

—¿Dónde está mi padre? —preguntó, y de pronto la certeza la golpeó.

—El señor Jacobo... —comenzó a decir alguien.

Ella lo detuvo con un gesto. Entendió por qué parecía tan joven y sonriente junto a la luz de Anani. Extrañamente no sintió deseos de llorar. Solo le dolió saber que no volvería a abrazarlo, ni a sentir el olor a tinta que impregnaba su barba; pero al menos se había reunido con su madre, para siempre, y eso la alivió un poco. Ella lo había esperado todo ese tiempo, aunque quizá solo hubiera sido un instante en el sitio donde ambos se hallaban ahora.

—Lo enterraremos antes de regresar —dijo.

—¿Vamos a regresar, Madre? —se atrevió a preguntar el behíque, y a nadie le extrañó que usara aquel apelativo divino.

—Estaremos más seguros en la Gran Cordillera del sur.

—Ya hemos preparado la cueva que indicaste hace dos días —añadió Ocanacán.

Juana no recordaba haber mencionado cueva alguna, pero no cuestionó las revelaciones de esa otra parte suya que aún debía conocer.

—Algunos siboneyes deberían acompañarnos —recomendó Kairisí—. Este es su territorio. Aquí están sus dioses.

Juana reparó en los nativos, acuclillados junto al behíque, entre ellos Pluma Roja y la mujer del collar, que la examinaban con expresión indescifrable.

—Vamos, hija —dijo Dacaona—, debes comer antes de la ceremonia o no podrás llegar.

El ritmo de las maracas funerarias se inició mientras la gente se apartaba, y continuó mientras ella comía por primera vez en varios días, aunque apenas tragó algunos bocados.

—He dispuesto que Jacobo sea enterrado con los honores de un jefe taíno —le dijo Mabanex—. Ofrendaré a su espíritu mi collar de Atabey.

—¿No es ese tu collar de cacique?

—Ya no lo necesito.

Estuvo a punto de añadir «ahora que la Diosa se interpone entre nosotros», pero se contuvo. Observó furtivamente a Juana, ensimismada en el collar de guanín que dormiría junto a su padre. Con ese gesto, Mabanex renunciaba al cacicazgo, pero ella no se dio cuenta hasta que volvió a preguntarse por qué todos la miraban de aquel modo. Entonces comprendió, con súbita claridad, que la tarea de guiar a la aldea había caído sobre ella. Sus relaciones con la gente cambiarían. El propio behíque la había llamado «Madre». ¿Seguiría Mabanex considerándola su amiga? Hubiera querido tumbarse junto a él, sin pensar en nada. ¿Y si el velo de la Divinidad lo alejaba de su lado?

El dolor de la situación comenzó a pesar sobre sus hombros. La certeza de que ya no podría acudir a los consejos de su padre se le antojó un mal sueño. Cada imagen, cada palabra, cada consejo suyo pasaron por su memoria en confuso tropel; y cuando el fúnebre llamado del guamo los convocó para amortajar sus restos, la idea de su ausencia definitiva se abrió paso en su corazón. Sin poder contenerse, se echó a llorar.

11

La brisa ululó sombríamente sobre la comarca y más nubes oscurecieron el atardecer. Aunque Juana había continuado llorando mientras lustraba los viejos botines de su padre, ahora seguía el cortejo con expresión ausente, esforzándose por no mirar el cadáver de Jacobo, que se balanceaba sobre la hamaca, cubierto de flores. La propia Dacaona había tenido que preparar el atuendo de la joven, pues hubiera sido peligroso que la hija del ausente no estuviese convenientemente protegida. Para eso dibujó numerosos signos de fertilidad y de vida sobre su cuerpo para que los dioses no se la llevaran por equivocación.

La comitiva se alejó de los pantanos en dirección a las planicies boscosas. Las antorchas se fueron prendiendo a la par de las estrellas que poco a poco se encendían sobre sus cabezas. En cierto momento, Juana tuvo la inquietante sensación de que alguien la vigilaba. Entre el follaje creyó distinguir una forma blanquecina que se deslizaba de rama en rama con la agilidad de un ave, pero era demasiado grande para serlo. La silueta dejó de moverse a la par de la caravana, que se detuvo al borde de una grieta. ¿Sería algún nativo que curioseaba en la ceremonia taína? Intentó desenfocar la vista. Los árboles quedaron envueltos en una luz mortecina, pero ningún halo iluminó la silueta que seguía allí, haciendo lo posible por esconderse. Era un *hupía*.

Juana se estremeció. Un sudor frío bajó por su espalda. ¿No era el rostro de Tai Tai el que se asomaba entre las raíces aéreas? Recordó su aparición previa al motín donde su padre había sido herido para avisarle de un inminente peligro. ¿Qué más podía ocurrir? ¿O estaba allí para acompañar al único cristiano con quien forjara una alianza? La silueta fantasmal hizo un gesto con las manos: *unión*. Juana comprendió. La Hermandad ante todo.

Desde algún lugar, la Diosa aguardó en suspenso. Su hija estaba a punto de iniciar uno de los posibles caminos para restaurar el orden, aunque Ella ya sabía que los invasores habían iniciado una secuencia de eventos, cuyo resultado final podría ser un infierno. Si continuaban por ese rumbo, los huracanes sociales serían su castigo, y todo acabaría en un caos. Pero Ella ya había hecho lo que le correspondía. El resto era asunto de los mortales.

Juana salió de su atontamiento cuando la comitiva se detuvo ante el desfiladero. Antes de bajar, dio instrucciones para que los ancianos y las mujeres con niños aguardaran en la superficie. Un intenso olor a humedad la rodeó mientras bajaba a la hondonada que recibiría los restos de su padre.

Los taínos colocaron vasijas con agua y comida alrededor del cadáver. Mabanex le puso sobre el pecho su collar de cacique y Juana se quitó el cinturón donde había bordado la imagen de Guabancex; pero era demasiado pequeño para ceñírselo, así es que se limitó a extenderlo sobre su cintura.

Al rozar su cuerpo helado, volvió a pensar que jamás lo abrazaría otra vez. Sus lágrimas borraron la imagen del rostro paterno que la muerte había marchitado. Ni siquiera el canto del tequina, que celebraba las hazañas del difunto, logró librarla del velo húmedo que la cegaba.

Los nativos formaron una rueda detrás de los taínos, que ya habían empezado a marcar el ritmo con los pies; pero su cadencia era diferente, más primigenia y elemental, como si evocara potencias alejadas del ser humano. Cuando el *tequina* terminó su canto, los siboneyes iniciaron el suyo, que hablaba del alma que escapa de su jaula y atraviesa la región de las sombras hacia el país de la luz.

Juana se estremeció. Algo inusual estaba ocurriendo. Los «hombres de piedra» cantaban en su propia lengua y ella entendía cada palabra. ¿Cómo era posible? ¡La *cohoba*! Aquel polvo había vuelto a hacer de las suyas. Ya le había dado una segunda visión, ahora le regalaba un segundo oído.

La mujer del collar abandonó la rueda y se acercó a la tumba para colocar una esfera blanca y pulida, del tamaño de un puño, junto a la cabeza del difunto. En ese instante, una chispa brotó del cadáver. Juana siguió el vuelo de aquel sol diminuto que los antiguos romanos habrían llamado *orbis*. Era una esferilla de luz semitransparente que revoloteaba entre las paredes de la fosa. Y, sin embargo, con excepción de los siboneyes, que no lo perdían de vista, ningún otro taíno pareció notarlo. Fuese lo que fuese, aquello pertenecía a una dimensión que los ojos de una criatura mortal no podían distinguir, salvo circunstancias o poderes especiales.

Súbitamente el *orbis* dejó de revolotear y se acercó a Juana. Por unos segundos permaneció ante sus ojos y, de golpe, atravesó su cuerpo, dejándole una sensación helada. Entonces comprendió por qué los nativos habían dejado aquella esfera pulida junto al difunto: era una representación del espíritu. Ocanacán tenía razón. Los «hombres de piedra» se hallaban más cerca de los dioses, porque eran capaces de ver las almas de los muertos sin necesidad de *cohoba* ni behíques.

El *orbis* describió un gran arco sobre el cadáver, antes de partir velozmente hacia las alturas. Fue como una señal para que el canto de los siboneyes se detuviera. A la luz de las antorchas, Juana contempló el cadáver de cabellos plateados. La sensación que el *orbis* dejara en ella se convirtió en una punzante tibieza. Allí estaba la huella de su padre y allí permanecería siempre.

El sonido de la tierra que caía sobre la tumba le recordó su manuscrito inconcluso. Se propuso terminarlo y enterrarlo junto a su padre como regalo póstumo.

—¿Cómo te sientes? —le preguntó Mabanex, cuando se reunió con ella después de trepar por la escala de lianas.

—Rara —confesó ella—. Mi madre taína fue enterrada en España y mi padre español está enterrado aquí. ¿Dónde me enterrarán a mí?

—No pienses en eso.

—*Exegi monumentum aere perennius, regaliquesitu pyramidum altius, quod non imber edax, non Aquilo impotens possit diruere aut innumerabilis, annorum series et fuga temporum* —recitó ella en latín, apartándose de la grieta—. *Non omnis moriar, multaque pars mei vitabit Libitinam.*

—¿Qué es eso?

—Los cantos de un *tequina* antiguo. A mi padre le emocionaban.

—Es una lástima que no pueda entenderlos.

—«Terminé un monumento más perenne que el bronce y más alto que las regias pirámides que no podrán destruir ni las lluvias voraces, ni los vientos furiosos, ni la fuga incesante de los años. No moriré del todo, pues gran parte de mí se librará de la Muerte.»

Notó el silencio que había crecido en torno a ella como una muralla. Todos se habían agrupado a su alrededor, con expresión interrogante, escuchándola recitar aquellos versos en castellano. Una dolorosa certeza la golpeó. En adelante, ella sería el único miembro de la tribu que entendería aquella lengua.

—Nosotros nos vamos —dijo la mujer del collar—. Es una lástima que los dioses no te permitieran quedarte.

Y sin añadir otra palabra, se perdió en la oscuridad seguida por el resto de su clan.

Juana sintió nuevamente las miradas azoradas de los suyos, porque la mujer se había dirigido a ella y no a los ancianos brujos que habían sido los únicos que parecían entenderlos, pero prefirió obviar las explicaciones.

—Descansa en paz, padre —murmuró en su lengua natal, y emprendió el camino hacia la costa.

12

Tan pronto como las canoas divisaron las costas de Cuba, emprendieron un bojeo por el sur, en dirección a Bayaquitrí. En las cercanías, los españoles habían fundado una de sus villas, Santiago de Cuba, pero los fugitivos desembarcaron antes de llegar al antiguo cacicazgo.

Llenos de júbilo por regresar a su tierra, se lanzaron al agua para conducir las inmensas canoas hasta la playa. Juana sintió miedo. Había abandonado la isla con la esperanza de rehacer su vida y ahora regresaba con su orfandad a cuestas y la terrible sospecha de que estaba metiéndose en la boca del lobo.

A varias yardas de la orilla se columpiaban las algas flotantes, cocidas en su caldo sazonado con salitre marino. Del otro lado, una muralla vegetal lanzaba sobre los navegantes su aroma a maderas preciosas y a flores preñadas de polen.

—Ya estamos todos.

Mabanex se acercó, aparentando una indiferencia que estaba lejos de sentir. La ceremonia en el Lugar Sagrado de Siguanea había dejado claro que su papel como cacique había concluido. La propia Diosa se encargó de revelárselo en sus visiones. Para él fue un alivio. No lamentaba renunciar a ese honor, mucho menos en favor de Juana, pero temía perder a la mujer que amaba.

—¿Adónde iremos?

Ella dejó de admirar las nubes que embestían contra las laderas. Le bastó con tenerlo cara a cara para adivinar sus pensamientos.

—Mabanex, no puedo hacer esto sola.

—¿A qué te refieres?

—Gobernar, dar órdenes a la gente, tomar decisiones.

—No estás sola. Tienes a Ocanacán, que conoce y ha visto muchas cosas. Y también a Kairisí. Usa la sabiduría de los ancianos.

—Lo haré, pero los consejeros no bastan. Te necesito conmigo.

Mabanex contempló aquellos ojos donde cabía el mundo; su piel oscura, tan curtida por el sol de la travesía que ahora era imposible diferenciarla de la suya; y comprendió que finalmente era una más entre todos ellos. De su antigua vida apenas le quedaban su nombre y sus recuerdos.

—No tienes que pedirme ayuda. Siempre estaré a tu lado.

Una sombra cayó sobre sus pies.

—Madre, la gente espera —dijo el behíque, protegiéndose el rostro con una mano—. ¿Qué quieres hacer?

—Necesitamos descansar. La playa parece segura, pero no hay que fiarse. Mabanex, ¿puedes ocuparte de apostar vigías que conozcan el silbo?

—No hay muchos, la mayoría estaba en el grupo que intentó engañar a los españoles.

El recuerdo de los guerreros perdidos aún pesaba sobre él.

—Entonces debemos apostar todos los que queden. No estaremos mucho tiempo aquí. Cuando el sol empiece a descender, buscaremos un sitio en las montañas.

El behíque arrugó el ceño, pero no a causa del resplandor. Las montañas siempre habían pertenecido a los dioses, pero si ese era el designio de la Madre...

Ocanacán observó a la joven que se alejaba. Ahora que la aldea estaba en manos de la elegida, debía cederle sus preocupaciones y sus deberes. Tanto él como Kairisí estaban infinitamente cansados y no tardarían en marcharse a la Tierra de los Ausentes. Debían encontrar un relevo.

—Dacaona te envía esto, señor.

El anciano se volvió hacia el chiquillo que le tendía una enorme hoja verde rebosante de masas de pescado. Tomó el plato entre sus manos temblorosas y, mientras devoraba el tardío desayuno, reflexionó sobre el futuro de la aldea. Por experiencia sabía que, incluso el cacique más sabio, necesitaba del consejo y apoyo de un behíque. Juana no sería la excepción.

A lo largo de la playa, bandadas de niños desnudos correteaban entre los adultos, arrojándose puñados de arena y provocando la ira o la carcajada de sus víctimas. Kairisí hablaba con Juana, inclinada sobre la arena, y trazaba algún dibujo con un dedo. Dacaona daba órdenes a los encargados de repartir la comida que iba sacando de un improvisado fogón de piedra. Por supuesto, se dijo el anciano, ya que la aldea sería guiada por una cacica, no estaría mal que también fuese aconsejada por una hechicera.

Terminó de comer y se echó a dormir bajo la sombra de un arbolillo. Rememoró una ocasión, tantísimos años en el pasado, cuando había trepado sobre una roca al borde de una laguna antes de saltar desde su cima ante la mirada inquieta de Kairisí. Recordó la flor amarilla que temblaba en los cabellos de la muchacha, y el regocijo de sumergirse en las profundidades de la laguna para atrapar sus hermosas piernas torneadas. Es curioso, pensó en medio de su duermevela, cómo ciertos detalles sin importancia persisten para siempre en nosotros.

Algo tiró de él. Aún soñoliento, entrevió las piernas de su amada que se agitaban en la laguna. No podía ser ella quien lo halaba con tanta fuerza. Se despertó del todo, aún sintiendo que lo zarandeaban. Un rostro pálido y mugriento lo cataba de hito en hito, agarrando sus ralos cabellos grises con una mano mientras sostenía una hoja afilada con otra. Casi pareció escupir los sonidos en su lengua cortante y frenética:

—No digas ni una palabra, viejo, o te costará caro.

Ocanacán no entendió nada, pero se dio cuenta del peligro. Entornó los ojos hacia la playa. Cerca de la orilla, Kairisí amonestaba a dos niños sin sospechar la amenaza que acechaba desde la selva. El behíque abrió la boca para gritar, pero el filo de una daga le cercenó las cuerdas vocales. Su cuerpo cayó sobre un colchón de hierbajos, sin emitir sonido alguno.

Torcuato hizo una señal a los soldados apostados detrás de la primera línea de árboles. Era una suerte que solo hubieran tropezado con aquel viejo. El resto de los indígenas deambulaban distraídos, ajenos a los hombres que se desplegaban en la maleza.

—¿Reconoces a alguno? —preguntó al soldado que estaba junto a él.

Después de rebasar la infección de la herida a fuerza de emplastos, Torcuato había reanudado la caza de los fugitivos. Seguía teniendo una salud robusta, pero cada vez que le costaba más trabajo distinguir detalles a cierta distancia.

Desde su escondite, el Zurdo examinó los cuerpos oscuros en busca de los herejes, pero no distinguió más que siluetas ennegrecidas por el inclemente sol.

—No son ellos —masculló.

—¿Estás seguro?

—Los judíos no están ahí, pero podríamos capturar algunos esclavos.

—Ya no nos quedan municiones. Hasta que recibamos más suministros, debemos escoger contra quiénes peleamos.

—No veo guerreros —insistió el Zurdo—, son una partida de indigentes.

—¿Cuántos?

El Zurdo demoró un poco en responder.

—Unas dos centenas, incluyendo niños y mujeres. Hay pocos hombres.

—Si es así, no nos costará mucho llevarlos a la villa. Servirán para la construcción.

Tras el incendio, San Cristóbal de Banex se había convertido en un puñado de casuchas míseras, levantadas a toda prisa para refugiarse de las lluvias. La mayoría de sus antiguos pobladores había emigrado, aunque Torcuato insistía en reconstruirla porque era su única oportunidad para lograr su añorada alcaldía.

—Da la orden.

—¿No vamos a esperar a los otros? —preguntó el Zurdo, apartándose de los arbustos.

Los «otros» eran los soldados que, por mandato de Torcuato, exploraban los cerros aledaños.

—¿No acabas de decir que son unos indigentes? —gruñó Torcuato—. No serán ninguna amenaza.

El Zurdo se deslizó hacia el claro donde aguardaba el resto y comenzó a organizar el desplazamiento de la tropa.

13

Kairisí, que conocía bien la comarca donde había vivido en su juventud, dibujó en la arena lo que recordaba: ríos que atravesaban quebradas, gargantas rocosas que se escondían entre los cerros, salientes elevados que permitían otear los alrededores... Durante un rato, Juana repasó cada detalle hasta grabarlo en su memoria. Luego, presa de una rara zozobra, se separó de la anciana para pasear por la playa sin dejar de escrutar la línea de mangles. Trató de desenfocar la vista, pero el resplandor del sol era cegador y le impidió distinguir ninguna otra luz. Algo inquieta, se acercó al grupo donde Mabanex y otros jóvenes afilaban sus lanzas.

—¿Han visto al behíque? —preguntó ella.

—Estaba durmiendo por allá —dijo Dacaona, revolviendo el interior de una jaba—. Me imagino que se metió en el monte para huir del calor, o puede que ande echándole uno de sus sermones a algún mocoso que interrumpió su siesta.

Juana le echó una ojeada al fardo donde guardaba su manuscrito, confundido entre los cachivaches de su abuela.

—Alguien debería ir a buscarlo —le sugirió a Mabanex—. Creo que ya hemos descansado bastante. Es hora de...

Un silbido largo se propagó por la playa. Juana alzó el rostro como un venado que olfatea la muerte.

—Los vigías —jadeó Mabanex, recogiendo la macana a sus pies y blandiéndola en el aire para evaluar su peso.

El garrote destelló bajo el sol. Su cuerpo de madera negra, brillante como un espejo, pareció tallado en ónix.

—¡Espera! —gritó Juana, sacando de entre sus pertenencias un cuchillo—. Voy contigo.

Mabanex la asió bruscamente por un hombro.

—¿Ya olvidaste lo que eres? Tu lugar está con la tribu.

—Los caciques pelean junto a los suyos.

—Eres más que eso, Juana —murmuró él—. La propia Madre te ha enviado.

Los gritos arreciaron y él la soltó para alejarse.

—¡Si eso es cierto, la Diosa me protegerá! —gritó ella corriendo detrás de él.

Mabanex se detuvo de nuevo.

—La Madre te envió para que guiaras a los nuestros, no para que murieras en una estúpida batalla.

Se enfrentaron casi desafiantes.

—No seré el primer hijo de un dios que muere por los suyos.

—Sí, ya he oído esa historia de los sacerdotes blancos —respondió él con una mueca—, y es la mayor estupidez que alguien pudo cometer. ¿De qué sirvió esa muerte si sus discípulos quedaron a la deriva y solo pudieron crear una orden ávida de sangre? Si hubiera vivido, nos habría evitado muchas cosas, incluyendo lo que nos ocurre ahora. —Se acercó a ella—. La Triple Madre no puede ser tan ingenua que quiera repetir los errores del Dios cristiano. Reúne a la gente y llévala a las montañas como pretendías. Cuando todo acabe, nos encontraremos allí. ¿Ya has pensado en algún lugar?

—Aquella loma —señaló ella—. Kairisí dice que por su ladera oriental baja un arroyo que brota de una gruta donde alguien grabó signos de tormenta. Busca esa gruta, solo hay que seguir el curso del manantial loma arriba.

—Lo haré —susurró, acercando su rostro al suyo.

Leve fue el beso antes de escapar hacia la batalla. Aquello terminó de despertarla. Había estado a punto de traicionar su esencia. Toda madre debía cuidar de sus hijos, incluso por encima del amante.

Enseguida llamó a las mujeres que escapaban con sus crías, pero el clamor apagó sus gritos. Contempló aquel torrente humano que huía en todas direcciones y pensó que había llegado el momento de ponerse a prueba para saber si no estaba imaginando sus poderes o sus dones.

Nadie supo explicar luego qué los detuvo. No fue un sonido, sino más bien una vibración inaudible que azotaba la piel y que los obligó a retroceder nuevamente hacia el mar.

Juana esperó en la costa, con las olas lamiéndole los tobillos, confiada en que los guerreros lograrían contener a los soldados. Luego no hubo necesidad de nuevas órdenes. La fila avanzó hacia el Levante como una manada de bestias en busca de otro territorio, dejando atrás los estremecedores aullidos de la batalla que poco a poco se fueron desvaneciendo en la lejanía.

14

Mabanex se sumergió en la maleza, dispuesto a resistir días. Mientras ellos pelearan, la tribu tendría el camino libre para escapar. Pero ¿dónde estaban sus adversarios? Escuchaba el choque de las armas y los gritos de los caídos, pero solo las lianas se interponían ante su paso. Era como si un ejército invisible batallara a su alrededor.

Su primer rival surgió de detrás de un abanico de helechos y se abalanzó sobre él con la celeridad de una saeta. Por pura casualidad vislumbró el reflejo de la hoja metálica, brevemente incendiada por un rayo de sol. Apenas tuvo tiempo de agacharse y esquivar el tajo que le hubiera cercenado el cuello. Su macana fue a estrellarse contra las piernas del atacante, que cayó al suelo profiriendo un alarido. Mabanex apenas reparó en la hemorragia que lo desangraría en breve o en los huesos que brotaban de la carne rota, y prosiguió su camino, guiándose por los sonidos.

De pronto se encontró en medio de la batalla. Escapó de una nueva escaramuza con un rasguño en el antebrazo. Su oponente terminó con un garrotazo en la nuca. A otro lo derribó golpeándolo en el pecho. El cuarto recibió un macanazo que le partió la columna. Luego perdió la cuenta de los golpes. Se hizo inmune al cansancio y al miedo porque no luchaba por su vida, sino por la de Juana y su tribu, por la memoria de su madre y de su hermano, por el espíritu de cada taíno asesinado. Hirió, magulló y desgarró hasta que el aliento escapó de su garganta con el siseo de una culebra rabiosa.

Los cristianos novatos solían creer que sus espadas no tendrían rival ante un garrote taíno. Ninguno sospechaba que esa madera era capaz de mellar sus armas de metal, y que no era lo mismo enfrentar a los indígenas desde la distancia segura de un arma de fuego que batirse cuerpo a cuerpo.

En plena pelea, escuchó el llamado de un instrumento desconocido. Su instinto le indicó que era una señal. ¿Se retiraba el enemigo? ¿Pedía refuerzos? Otro contendiente, que brotó detrás de un tronco, consiguió derribarlo con una estúpida zancadilla. Mabanex rodó por encima de los arbustos y alzó la macana, dispuesto a detener el sablazo, pero el soldado ya se había esfumado mientras el instrumento sonaba cada vez más lejos. ¡Eso era! ¡Se replegaban! El ruido metálico de las espadas se alejó hasta ser engullido por la espesura. Lanzó un largo silbido y otro le respondió.

Poco a poco, los taínos fueron saliendo a la playa desierta, donde solo quedaban algunos trastos abandonados durante la huida. Una treintena de guerreros se agrupó en torno a Mabanex.

—¿Alguien quiere explicarme qué pasó?

—Los cristianos ya estaban ahí cuando llegamos —respondió el más veterano.

—Eran soldados de la villa —afirmó otro—, reconocí a dos de ellos. Si han seguido buscándonos desde que nos fuimos, no dejarán de hacerlo ahora. Sospecho que ese grupo era solo una tropa de exploradores. Volverán con refuerzos.

—Tenemos algunos muertos.

—No podemos enterrarlos ahora —dijo Mabanex—, pero nos llevaremos a los heridos.

Registraron el área en busca de sobrevivientes. Hallaron a tres, que cargaron en parihuelas improvisadas con lianas secas. Mabanex los guio por los matorrales aledaños a la costa, sin perder de vista el primer cerro de la sierra que se perdía en las nubes. Hubiera podido acortar camino, pero prefirió acercarse desde el mismo ángulo en que Juana le había mostrado la ruta. Cuando lo tuvo enfrente, se zambulló de lleno en la espesura.

Las montañas les aguardaban. Allí vivirían protegidos por los dioses. Por primera vez en mucho tiempo, el corazón de Mabanex latía con la ligereza de un colibrí. Confió en que su vida podría regresar a la feliz despreocupación de la infancia. Dejarían atrás la amenaza de la esclavitud. Se librarían de aquella malsana obsesión de los blancos por obligarlos a adorar a un dios martirizado, cuyas torturas pretendían repetir en los taínos. Esperaba extirpar para siempre esas pesadillas.

Silbó el ululante anuncio de que ya emprendían la subida; y enseguida, desde lo alto, escuchó la respuesta de Juana. Apresuró sus pasos, adelantándose al resto, con el recuerdo del último beso que ella dejara en su boca.

Ni siquiera la sorpresiva hoja que lo alcanzó, logró apagar ese deseo. Se volvió, más por instinto que por voluntad propia, para enfrentarse al rostro de aquel cristiano que siempre regresaba en busca de más sangre, empeñado en destruir lo que amaba. La rabia le oscureció la visión. Su espíritu aún vivo, su *goeíza,* se endureció con la cólera de un dolor ancestral. Lanzando un alarido, levantó la macana sobre su cabeza y la descargó con todas sus fuerzas sobre el cráneo del teniente Alcázar, que contemplaba a Mabanex con una expresión perpleja, aún sin creer que pudiera esgrimir un arma tan pesada tras la herida mortal que acababa de infligirle.

Mabanex vio rodar sobre los matorrales la cabeza destrozada de su enemigo. Solo entonces, lleno de júbilo, su *goeíza* comenzó a transformarse en *hupía.*

15

El suave declive de la ladera apenas se notaba al caminar junto al arroyo. Solo al cabo de un rato, los pies comenzaron a pesar más de lo usual para quienes cargaban los fardos. La subida se hizo más penosa a causa de los insectos, que acudían en masa ante el apetitoso vaho del sudor humano.

Juana escuchó aquel silbido lejano y se detuvo para responder con el alma colmada de alivio. Mabanex estaba vivo. Reanudó la marcha con la esperanza de descubrir la gruta del manantial. Ya no podía faltar mucho, y cuando todos se reunieran de nuevo, nada los haría regresar a la llanura. El ruedo de la túnica acariciaba sus rodillas. Dacaona le había regalado unas sandalias hechas con piel de iguana para sustituir sus destrozados botines. Eran mucho más cómodas y ligeras. Comprendió que siempre había añorado esa vida sin saberlo. Era como un secreto y póstumo llamado de su sangre taína.

—Madre, no he visto al behíque.

El reclamo de Kairisí la devolvió a la realidad. En medio de la huida se había olvidado del anciano, aunque ella misma se había inquietado al no verlo.

—¿No estará entre los rezagados?

—Eso creí al principio —dijo la anciana con el aliento entrecortado—, pero ya he recorrido dos veces la caravana. Nadie lo ha visto.

Juana se paró en seco.

—¿Estás segura?

Apoyándose en su cayado, la anciana la contempló con sus pupilas nebulosas sin responder.

—Enviaré a dos hombres a buscarlo. Seguro que...

El súbito silencio de la joven inquietó a la anciana.

—¿Qué ocurre?

Juana abrió la boca, pero no pudo decir nada. ¿Cómo iba a explicarle que volvía a ver el cuerpo traslúcido de Tai Tai, sentado sobre una roca, a plena luz del día? Nadie más parecía verlo, pero allí estaba su silueta de color fluvial que la observaba con los ojos más tristes del mundo. Temió lo peor. ¿Sería el behíque?

Un silbido revoloteó sobre la corriente agujereada de guijarros, confundiéndose con los trinos de las aves. Muy pocos lo notaron, y muchos menos entendieron el mensaje: «Necesitamos ayuda. Los soldados nos sorprendieron en la subida».

—¡Sigan ustedes! —gritó Juana, abandonando su bolso para correr ladera abajo—. ¡No me esperen!

Lejos de obedecerla, la gente se detuvo sin saber qué hacer. Presintiendo algo grave, tres muchachos abandonaron su carga en manos ajenas y corrieron tras ella, pero era difícil seguirla. Juana ni siquiera sentía el sendero erizado de rocas bajo las suelas. Fue la carrera más angustiosa de su vida.

Por fin, detrás de un recodo del arroyo, la caravana de guerreros emergió cargando cuatro parihuelas. Juana se precipitó sobre una de ellas.

—¡Mabanex!

La sangre escapaba de la herida, pese al mazo de hojas que habían apretado con lianas.

—Ya no te perseguirán más —dijo él con su mirada húmeda y amorosa—. Torcuato está muerto.

—¿Torcuato?

—En la subida, volvieron a atacarnos con una emboscada —dijo uno de los guerreros—. Uno de ellos atravesó a nuestro señor, que iba delante, aunque luego él le destrozó la cabeza. No sé cómo lo hizo después de estar herido.

—Tai Tai me ayudó —musitó Mabanex—, guio mi brazo…

—No hables más —dijo Juana—, voy hasta la caravana y vuelvo. Allí tengo mis hierbas.

Mabanex la agarró por un brazo.

—No, Juana —tosió, ahogándose en su propia sangre, que salpicó el pecho de la muchacha—, no llegarás a tiempo. Quiero ver tu cara antes de marcharme.

—¿Qué estás diciendo? —Los ojos de Juana se llenaron de lágrimas—. No puedes irte a ningún sitio. Me prometiste que siempre estarías conmigo.

Empezó a sollozar como no lo había hecho nunca, ni siquiera por su padre.

—No llores, voy a reunirme con mis padres y mi hermano. Te estaré esperando. Haré muchos collares para ti…

Vomitó más sangre. Un gorgoteo escapó de su garganta como si intentara tomar aire. Sus pupilas de vidrio se clavaron en Juana, que esperó ansiosa a que pestañarean o hicieran otro movimiento. Un silencio helado cayó sobre el cerro. Los pájaros dejaron de cantar y el arroyo suspendió su murmullo montaña abajo.

Un gemido profundo y aterrador, que parecía brotar de la misma tierra, creció y se extendió por los montes. Un viento huracanado sacudió la serranía como una criatura monstruosa, estremeciéndola hasta el último de sus rincones.

El torbellino cruzó la extensa provincia y alcanzó el antiguo cacicazgo de Baní, destrozando cuanto hallaba a su paso. Para quienes aún se preguntaban si valdría la pena reconstruir la infortunada villa de San Cristóbal de Banex, la respuesta llegó con esa tromba que arrasó cada pared, cada establo, cada molino que había sobrevivido al incendio. Ni siquiera los cimientos de las casas, sepultados bajo montañas de escombros, quedaron como testigos del villorrio.

La hija de la Diosa besó los labios ensangrentados de su amado antes de cerrarle los ojos, aún fijos en ella. A su alrededor, los guerreros se arrojaron al suelo cuando volvieron a escuchar aquel grito inhumano que estremeció las lomas y oscureció el cielo, pero ella ignoró sus expresiones de terror. Su furia hizo temblar las lomas durante un buen rato hasta que finalmente el viento se calmó.

Cuando ella volvió a mirarlos, su rostro irradiaba un resplandor tan amoroso que borró de sus mentes lo que acababa de ocurrir.

—Vamos —murmuró—. Debemos enterrar a los muertos y llevar a los vivos a un lugar seguro.

Y emprendieron la subida de nuevo mientras el sol se asomaba temeroso entre las nubes.

16

El humo que salía de los bohíos hubiera sido visible desde muy lejos, pero una niebla pertinaz envolvía delicadamente la cima del cerro oscuro. Era como si entre el cielo y la tierra se hubiera establecido algún pacto para no revelar que allí vivían seres humanos. Un manantial culebreaba entre los surcos. Gracias a él, los sembrados crecían bajo la luz que se filtraba a través de las nubes.

El visitante llegó escoltado por dos hombres. Juana los vio subir, sentada ante la mesa que había colocado en el portal de su bohío. Allí, en medio de sus tintas y sus plumas, seguía escribiendo un texto falso y aburrido. Luego, entre renglón y renglón, iba añadiendo la historia invisible que enterraría junto a su padre y que alguien leería cuando la Diosa lo decidiera.

Dos o tres veces alzó la vista del manuscrito mientras el trío se acercaba al portal. El visitante avanzaba con ojos vendados y paso trastabillante, conducido por aquellos dos que cumplían órdenes estrictas y no admitían excepciones. Nadie, ni siquiera la persona más confiable, debía saber dónde estaba la aldea.

—Pueden quitarle la venda —ordenó ella, encajando la pluma en el tintero de barro.

El visitante pestañeó varias veces, deslumbrado tras haber andado casi una hora a ciegas. Apenas reconoció a la mujer de piel oscura y pupilas ardientes que lo observaba expectante.

—¡Juana!

—Bienvenido, fray Antonio.

Los dos guerreros intercambiaron un gesto de estupor. Rara vez la Madre abrazaba a alguien y casi nunca sonreía; y he aquí que no solo había extendido los brazos al sacerdote cristiano, sino que su rostro se había iluminado como el de una niña.

—¡Dios mío! —exclamó el forastero en la lengua que Juana había insistido en enseñarles—. ¡Hace más de diez años!

Ella hizo un gesto a los hombres para que se retiraran y trató de disimular su sorpresa ante el aspecto marchito del sacerdote.

—Sentaos —lo invitó, señalando la silla recostada contra un horcón—. ¿Qué habéis estado haciendo? ¿Dónde vivís?

—No, primero cuéntame de ti.

Juana lo puso al corriente de lo que había sido su vida después que ella y su padre escaparan: el viaje a Siguanea, la muerte de Jacobo, el regreso a Cuba, el encuentro con la tropa española, la batalla donde había muerto Mabanex, su papel como guía de la tribu... Solo se guardó los extraños poderes con que la Diosa la había dotado.

—¿Quieres decir que ahora eres cacica?

—No exactamente, soy... —Señaló con vago gesto hacia la aldea—. Dicen que soy la enviada de la Diosa.

—¿La enviada? ¿Como un mesías?

—Algo así.

El fraile lo pensó un momento.

—Es una idea sacrílega —concluyó, pero en su tono no había reproche sino un simple razonamiento.

—No seréis parte del Santo Tribunal, ¿verdad? —replicó ella, sonriendo.

—¡Dios me libre! —se persignó el buen fraile—. Todo lo contrario, estoy harto de muertes y de condenas. Por eso no he querido regresar a España, aunque tampoco aguanto lo que acontece en las encomiendas. Llevo años buscándote. Anduve de un poblado a otro indagando y rastreando rumores. Por fortuna, un indígena a quien salvé de un castigo me confió que había oído sobre unos taínos fugitivos que vivían amparados por los dioses de la sierra. Desde entonces no he cesado de practicar mi silbido por los montes. Me sorprendí mucho cuando por fin respondieron a mi llamado en castellano y luego comprobé que eran indios.

—No he estado cruzada de brazos. Casi toda la aldea ha sido iniciada en la Hermandad; también les he enseñado el castellano. Para sobrevivir es bueno conocer al enemigo, especialmente su modo de comunicarse. Claro, sin una orden mía jamás habríais llegado aquí.

—Me regocija que Dios te haya iluminado con esa idea. Mi propósito...

Dos chiquillos salieron corriendo desde la arboleda. El mayor, de unos diez años, llevaba calzones cortos y ajados; el menor, con apenas seis, solo se cubría con un taparrabos.

—¡Mamá, mamá, ya la tengo! —gritó el primero en un castellano de acento raro, alzando una masa que goteaba fuera del alcance del otro, que intentaba arrebatársela a saltos.

—*¡Busica-da! ¡Busica-da!** —exclamaba el más pequeño—. *¡Bibi, guarico! ¡Maníkotex katey-da!***

Juana cogió la masa que le tendía el mayor y se la acercó a la boca. Era un trozo de panal que chorreaba miel. Otros dos niños abandonaron el bohío a toda carrera, dándole un susto mayúsculo al fraile. Sin inmutarse, ella dividió el panal en cinco partes, entregó una a cada niño y, después de amonestar al mayor, regresó al portal con la quinta porción.

Los chiquillos se desparramaron por el batey en todas direcciones, perseguidos por una nube de abejas. Otras acudieron para zumbar en torno a Juana, que tranquilamente partió en dos el resto del panal y le tendió una mitad al fraile. Este permaneció en su sitio, vigilando con desconfianza los insectos que zumbaban en torno a la mujer.

—Sentaos —dijo ella saboreando su trozo—, no os picarán.

—¿Estás segura? Si los chicos robaron su colmena...

—Las abejas nos conocen —aseguró ella—. No atacarán a nadie que no venga a hacernos daño.

Fray Antonio frunció el ceño. Era una presunción descabellada, pero recordó que Juana siempre había sido así. Sin embargo, habían pasado diez años. Ya no era una chiquilla.

—Uno de esos niños te llamó «mamá». ¿Es tuyo?

—Sí.

El fraile terminó de chupar la miel de su panal.

—¿Tienes más hijos?

* «¡Dame eso, dámelo!»

** «Mami, ven acá. Maníkotex me está molestando.»

—Los otros tres que viste.

No se atrevió a preguntar más. La hermosura de Juana no había mermado, y si su temperamento seguía siendo igual, era de esperar que no permaneciera célibe tras la muerte de su primer amor. No la juzgó. Imaginó cuán duro debió de ser para ella perder a su padre y a su mejor amigo.

—Juana, no vine solo para recordar los viejos tiempos.

Ella arrojó al suelo el arrugado trozo de panal y aguardó.

—Quiero quedarme aquí. Han empezado a traer negros del África para sustituir a los indígenas y se rumorea que hay gestiones para que el rey libere a los nativos de la esclavitud. Cuando eso ocurra podrás dejar de ocultarte, pero mientras…

—Os necesito en la llanura —lo interrumpió ella.

—¿Por qué?

—¿Os olvidáis del juramento que hicimos? La Hermandad debe crecer para proteger a los desvalidos. Yo he estado cumpliendo mi parte: todos los adultos de esta aldea pertenecen a ella. Hemos trabajado para que los taínos prófugos también la conozcan. Debéis encargaros de extenderla entre los nuevos esclavos y los cristianos que quieran ayudar, si es que encontráis alguno.

—Te prometo hacerlo apenas se eliminen las encomiendas indígenas y podamos bajar todos juntos.

—¡No! —dijo ella, con una expresión temible y desconocida para el fraile—. Si no hacemos algo, esto no terminará nunca. No importa que los taínos nos liberemos de ser tratados como esclavos. Acabáis de decir que están importando hombres de otro lugar. La Hermandad debe extenderse entre blancos y negros por igual, como se ha extendido entre los taínos, y vos sois el único que puede hacerlo. Los taínos que están naciendo en encomiendas y villas podrían comenzar a olvidar su lengua, sus costumbres y sus dioses. Y creedme cuando os digo, fray Antonio, que los indios son expertos en ciertas prácticas curativas y religiosas que los cristianos considerarían herejías. Son conocimientos que ni yo misma sé explicar, pero que son más eficaces que los rituales de una misa. ¿Recordáis esto? —Le tomó una mano y la apretó con el conocido saludo—. Es la promesa que le hice a mi padre. ¿Y sabéis qué es esto? —Le mostró tres lunares y una mancha de nacimiento, en forma de media luna, que llevaba en el brazo—. Es la señal que me ata al pueblo de mi madre. Nadie más que vos y yo podemos intentar unir todas las sangres que conviven en esta isla. Si no me ayudáis, perderemos Cuba.

—¿Cuba? —repitió el fraile con una mueca de amargura—. El rey acaba de firmar un decreto que la bautiza como Fernandina.

—El rey podrá nombrarla como se le antoje —dijo Juana con un brillo de ira en los ojos—, pero esta isla siempre se llamará Cuba.

—No puedes ser tan ingenua —trató de razonar el fraile con tristeza—. ¿Qué podemos hacer nosotros dos contra un imperio?

—Por ahora, nada; pero algún día, cuando seamos muchos, cuando estemos realmente hartos del abuso y de los dictados del rey o del gobernador de turno, podremos recuperar lo que hemos perdido: los montes, los ríos, los secretos de una raza, la naturaleza de esta isla cada vez más destruida y, sobre todo, la armonía entre sus hijos.

—¿Y si nunca ocurre? ¿Y si los hijos de tus hijos de tus hijos prefieren seguir obedeciendo a la voz de un amo?

Juana resopló y las ramas de los árboles fueron sacudidas por un brusco golpe de brisa.

—Si nunca ocurre, nos quedaremos para siempre en estas lomas y en estos bosques. Los taínos nunca se mezclarán con gente que prefiere doblegarse por temor o mezquindad. Aquí viviremos hasta que la Madre decida si vale la pena que el resto del mundo nos vea.

Fray Antonio observó las abejas que continuaban zumbando alrededor de Juana, como si ella fuese la reina del enjambre.

—Lo que me pides es duro —suspiró fray Antonio.

—No puedo aceptaros entre nosotros si no habéis cumplido vuestra parte. Debéis prometerlo.

—Está bien. Por amor a ti y a tu padre, que Dios lo tenga en su gloria, y por piedad hacia tantos esclavos, no regresaré hasta asegurarme de que la Hermandad se ha multiplicado.

—Hay algo más que debemos convenir.

—¿Qué?

—Los cristianos usaron la figura del pez para reconocerse entre ellos cuando eran perseguidos por los romanos. Tendremos que buscar algún símbolo para identificar a los miembros de la Hermandad.

Fray Antonio señaló su brazo desnudo, donde ella le había mostrado los tres lunares con la mancha lunar.

—No es suficiente.

Y cogiendo una rama del suelo, trazó unos surcos en el polvo.

Fray Antonio estudió el rostro con la boca y los ojos desmesuradamente abiertos, y los brazos desplegados como aspas de un molino.

—¿Qué es eso?

—El símbolo de Guabancex, porque todos los acosados, los marginados, los perseguidos; todos los esclavizados, los tiranizados y los humillados por la fuerza, y sin libertad en esta isla, somos hijos de la Diosa Huracán.

Antonio se limitó a asentir. Si la Hermandad necesitaba un emblema propio, aquella alegoría era la más apropiada para designar lo que ocurría en aquella isla y quizá también lo que le esperaba.

—Si sobrevivo, regresaré.

—Aquí estaremos —dijo ella simplemente.

Fray Antonio la abrazó. Ella se llevó los dedos a la boca y silbó una frase incomprensible.

—Tendré que aprender taíno —dijo él sonriendo.

—Es bueno aprender la lengua de los amigos —dijo ella, devolviéndole la sonrisa.

Los guerreros regresaron para cubrirle los ojos con la venda. Fray Antonio se volvió a ciegas y habló al vacío:

—Siempre me pregunté qué quería decir «Cuba» en taíno.

—Significa mi suelo, mi campo, mi terreno —dijo Juana a sus espaldas—, y también el centro de cualquier sitio. Por eso se usa para nombrar el lugar más sagrado: la patria.

«Debí imaginarlo», pensó fray Antonio, alzando un brazo en señal de despedida.

Juana observó a los tres hombres que se alejaron loma abajo. Después regresó a su libro, custodiada por un enjambre de abejas.

NOVENA PARTE

La última tormenta

1

El Vedado, Restaurante 1830, 17 de septiembre, 14.35 h

La mansión era un reino de vitrales estallando en colores exuberantes, pero el parquecillo del fondo —frontera entre la tierra y el mar— era el sitio preferido de los comensales que recorrían el laberinto entre puentes japoneses, faroles alados, torreones en miniatura, y recovecos donde los niños jugaban a buscarse y los amantes a perderse. Allí se bebía y se comía entre las sinuosas paredes revestidas con piedras coralinas y caracoles rescatados del litoral. Pese al calor del mediodía, aquellos úteros rocosos eran frescos por la acción de la brisa. En uno de ellos, sobre una mesita de hierro fundido, se refrescaban los tazones de sopa marisquera que todos habían pedido para acompañar las cervezas.

—Entonces ¿nunca perdiste la memoria? —preguntó Alicia.

—Solo un poco, al principio, pero cuando me enteré de que Pandora... —Su semblante se ensombreció—. Enseguida supe que su caída no había sido un accidente y que esa gente me seguiría por todas partes si salía del hospital. Jamás lograría sacar esos papeles de su escondite sin que me los robaran y los destruyeran. Por eso la Hermandad elaboró un plan para dilatar mi estadía. Tuve que fingir que había empeorado. Todos debían creerlo, incluso tú, aunque no me hacía ninguna gracia preocuparte.

Sander y ella intercambiaron una mirada casi furtiva. La muerte de Pandora seguía siendo dolorosa para todos, y tener que recordársela a Virgilio, que aún intentaba lidiar con ella, resultaba más difícil aún; pero necesitaban aclarar aquel embrollo que había cambiado sus vidas para siempre.

—¿Y los papeles que Simón quemó frente a nosotros...?

—Falsificaciones. Lanzarte a su caza fue la única posibilidad para alejarlos del verdadero *legado*.

—¿Por qué estabas tan seguro de que la trampa funcionaría? Pudieron darse cuenta de que no eran los originales.

—A veces no queda otro remedio que atreverse —admitió con pesar—. Fue un riesgo calculado.

—Y bastante peligroso —se quejó ella—. Además, nunca asocié a Simón con esa clave. ¿Por qué pensaste que yo iba a saber su segundo nombre?

—¡Pero si lo tuviste delante de tus narices, niña!

—¿Cuándo fue eso?

—El día de la reunión, cuando nos sentamos frente a su escritorio. Pensé que te acordarías.

Alicia trató de hacer memoria. Revivió la algarabía de la gente, Simón recostado contra el escritorio, su mano regordeta enderezando esa plaquita metálica que se caía cada dos minutos, el nombre grabado en ella: SIMÓN REYNALDO LARA...

—Ah, pues lo olvidé —admitió ella.

—Entonces ¿cómo diste con el escondite?

—Gracias a un folleto que nos dieron en la UNEAC —dijo Sander—. Pura casualidad.

«Si es que la casualidad tiene Voz», pensó Alicia, segura de que su propia presencia en aquel evento había sido parte de otro plan no precisamente humano.

—¿Cómo es posible que nadie previera tantos desastres? ¿A quién se le ocurrió entregarle el *legado* al profesor?

—La custodia de ese *legado* era una tarea que habíamos asumido periódicamente todos los miembros de la Hermandad. En ese momento, Báez era su guardián. Al acercarse las elecciones, le pedimos que lo devolviera, pero empezó a poner excusa tras excusa. Cuando se rumoreó su candidatura como asesor cultural del PPM, sospechamos que se había vendido al otro bando. Nunca dijo dónde escondía los papeles, pero Valle siempre apostó por la biblioteca. Creo que al final decidió actuar por su cuenta porque el tiempo apremiaba. Solo cometió el error de dejar el símbolo de la Hermandad en casa de Báez para indicarle que el documento había regresado a nosotros, pero con ello se puso en evidencia porque él era quien le había insistido mil veces para que lo entregara. Después del robo, le pedí a Valle que se escondiera por un tiempo, pero supongo que se creyó a salvo. Ese fue su segundo error, porque el profesor envió a la Liebre a recuperar el documento mientras él se hallaba en La Habana. Fue una suerte que Valle ya lo hubiera entregado a un intermediario, que se lo dio a tu padre en el aeropuerto la misma noche en que venías.

—Entonces ¿fue el profesor quien lo mandó a matar?

—No creo que Báez diera una orden así, aunque ¿quién sabe? Con solo pedirle a ese energúmeno que recuperara el *legado* a toda costa, ya era suficiente para que el hijo de puta lo interpretara como le diera la gana. Acuérdate que te destrozó la oreja por puro sadismo. Nunca debí dejarte fuera de mi vista.

—Yo tuve la culpa —dijo Sander.

—No, tú eras ajeno a todo —lo interrumpió Virgilio, casi exasperado—. No podías prever algo así. Pero les aseguro que fue la última vez que los dejamos solos. A partir de entonces, siempre estuvieron vigilados.

—Por Tristán, ¿verdad? —aventuró ella.

—Por él y otros más.

—Lástima que mi cobertura se fuera a pique —dijo una voz a sus espaldas, desde la puerta.

El aludido se había asomado en la entrada de la gruta y todos se levantaron para recibirlo.

—¡Pensé que no vendrías! —exclamó Virgilio, acercándole una silla vacía.

Tristán reparó en la expresión de Alicia.

—Siempre le caí mal a tu sobrina.

—No es cierto —protestó ella débilmente.

—No te preocupes —continuó él sin hacerle caso—. Era mi

papel. No quería correr el riesgo de que alguien sospechara si me mostraba demasiado amable contigo.

—¿Tienes idea de cómo supo Simón que estábamos en su oficina?

—No estoy seguro. Cuando me llamó, ya yo iba en camino detrás de ustedes. —Tristán recordaba sus palabras textuales: «Ven para el museo, pero no subas hasta que te llame»—. Hasta ese momento no supe que era él el Jefe que manejaba los hilos para recuperar el *legado*. Lamento haber tenido que estamparle esa culata en la mollera. Después de tanto trabajo, adiós, tapadera.

—¿Qué importa? —dijo Virgilio—. En pocas horas, la campaña de su partido se irá al diablo.

—¿Por qué?

—Porque aquí Martí es más sagrado que el santoral católico.

—Sigo sin entender.

—El Partido Popular Martiano siempre ha defendido la idea de un gobierno militar, pero da la bendita casualidad que sus páginas contradicen todo lo que ellos proclaman. Ahora, gracias al *legado*, quien sea electo se verá obligado a aprobar leyes que deslinden los cuerpos castrenses del resto de la sociedad.

—¿Y por qué no lo mostraron antes? —preguntó Alicia.

—No olvides que el texto contiene un elemento bastante peculiar, por no decir extraordinario: la mención de un manuscrito que aparecería en la tumba de un cacique blanco. Antes de que descubrieran la cueva, aquello no tenía mucho sentido.

—¿Por qué?

—Porque, según el *legado*, ese hallazgo sería la señal para que un «hombre de santidad» fuera elegido por el pueblo. ¿Y quién mejor que el Curita podría encarnar esa descripción?

—Entonces ¿crees que Martí tropezó con una especie de sibila indígena?

—¡Claro que no! Esa frase puede significar cualquier cosa. No voy a negar que la referencia a la «santidad» nos dio la idea de escoger a Jesús como candidato del PVE, pero la Hermandad ya había acordado dar a conocer el *legado* porque confirmaba el rechazo del apóstol a un gobierno militarizado, que ha sido siempre la idea fundacional del PPM.

—La mujer mencionó un manuscrito enterrado junto a un cacique blanco. ¿Cómo sabía eso?

—Lo más probable es que se tratara de alguna tradición oral transmitida a través de familiares que conocían la existencia de la tumba.

—¿Y la premonición sobre la muerte de Martí?

—No hay nada sobrenatural en eso. Con la inexperiencia del apóstol en el campo de batalla, no era difícil suponer lo que ocurriría si se lanzaba a combatir, aunque no dudo que la mayoría de los cubanos puedan pensar ahora que se trató de un mensaje divino o algo parecido.

—De todos modos, esto no ha terminado —intervino Tristán, aprovechando la pausa de Virgilio—. Falta lo más difícil.

—¿Qué cosa? —preguntó Alicia.

—Que dejemos de actuar como un jodido país tercermundista y optemos por obrar con más raciocinio, que nos olvidemos de tanto heroísmo de telenovela y hagamos planes más acordes con el nuevo milenio. Las elecciones son el primer paso, pero no son nada comparado con lo que nos espera.

Virgilio se puso de pie.

—Se me ha hecho tarde para la entrevista. ¿Vienen conmigo?

—No, lo siento —se excusó Sander con aire sombrío—. Me dijeron que hoy podría visitar a mi padre después de las cinco.

—¿Por qué pones esa cara, muchacho? ¿No dijiste que la operación salió bien?

El joven asintió con esfuerzo. No lograba desprenderse de aquel nudo en la garganta. Por primera vez era consciente de que podía perder a su padre para siempre. Era algo nuevo para él.

—Tu papá es un hombre fuerte —lo consoló Alicia, tocándolo ligeramente con el hombro—. Pronto estará bien. Vamos, te acompaño.

—No, ve con tu tío —dijo él—. Es importante que los dos hablen con la prensa. Si todo sigue bien, te buscaré el sábado.

Salieron al aire libre, excitados ante la inminente conferencia de prensa que recibiría a periodistas locales y extranjeros en el museo. Brevemente se repartieron responsabilidades y tareas menores que deberían cumplir antes del evento.

La muchacha contempló la figura de su amigo, que se alejaba

con su eterna guitarra a cuestas, y sintió que el aire cambiaba de manera imperceptible, como si el mundo fuera más seguro ahora. Pero cuando aspiró los vapores sulfúreos del río cargado de aguas residuales, lo pensó mejor. Tristán tenía razón. Quedaba mucho por hacer.

2

La Habana, El Vedado, 19 de septiembre, 21.35 h

—Dadas las circunstancias, mejor nos vemos en el club —le había dicho Foncho, y Sander había salido rumbo al Caribbean Blues, guitarra en mano, para reunirse con él antes de la función.

Las «circunstancias» a las que se refería Foncho eran las muestras de efervescente delirio que se habían apoderado de la isla debido a las páginas recuperadas. Era imposible escuchar cualquier conversación, emisora radial o programa de televisión donde no se hablara de lo mismo. En las calles se notaba la excitación de la gente, que no deseaba otra cosa que comentar los pormenores del descubrimiento.

Virgilio y Jesús se las habían arreglado para mantener en secreto ciertos detalles, aunque no consiguió ocultar del todo la participación de los implicados. Por las redes sociales circulaban fotos de la criptóloga Alicia Solomon y de Alejandro Labrada, el músico bohemio del Caribbean Blues. La prensa se recreó especulando sobre el crimen de Miami, especialmente al enterarse que los papeles habían permanecido ocultos en manos de historiadores y bibliógrafos que prefirieron esconderlos por temor a que fuesen destruidos... con lo cual quedó preservado el secreto de la Hermandad. Con tantos detalles ambiguos en medio de una saga donde no faltaban elementos escabrosos, la vida de sus protagonistas se convirtió en un acoso continuo. No era de extrañar que Sander prefiriera escurrirse por un pasadizo lateral cada vez que entraba o salía del club.

Foncho bebió un sorbo de su mojito para aliviar el ayuno alcohólico a que se había sometido desde que el detective Labrada fuera agredido. Ya había pasado lo peor: la reunión con oficiales del DTI que lo habían acribillado a preguntas, de las que salió airoso.

—¿Cómo encontraste a tu padre?

—Mucho mejor. Los médicos no pueden creer lo rápido que se está reponiendo. Fue un milagro que la bala no le atravesara ningún órgano. Me preguntó por ti. ¿Y tu brazo?

Instintivamente Foncho se llevó una mano al brazo herido.

—Lo mío no fue nada. Un rasguño... ¿Por qué no te vas con él a Miami? Aquí ya no tiene mucho que hacer. Solo queda algún papeleo, pero de eso se puede encargar otro. Deberías acompañarlo.

—Lo haré, pero solo por unos días.

—¿Por qué no te vas un par de meses hasta que todo pase?

—Gracias, pero estoy bien. Solo me quedaré allá una semana.

El joven se deslizó en su asiento.

—¿Y qué ocurrirá con Simón?

—Estará preso sin fianza hasta que se le enjuicie —aclaró Foncho.

—¿Crees que lo absolverán? Después de todo, no hirió a nadie.

—Amenazó a dos personas con un arma de fuego. Es un delito grave, según la nueva ley penal, así es que le esperan unos cuantos años a la sombra.

El ambiente del club se animaba cada vez más. Sander contempló las olas lumínicas que recorrían el techo y sintió una vaga tristeza al pensar en Pandora.

—No pongas esa cara —le dijo Foncho, malinterpretando su expresión angustiada—, esa gente del DTI no volverá a pedirte cuentas. Están más preocupados con otros asuntos. Ya hubo disturbios en Guantánamo.

—¿Qué clase de disturbios?

—Un grupo del PPM la emprendió a palos contra simpatizantes del Partido Verde que entregaban proclamas para pedir la abolición del ejército y mandar a retiro a todos los militares, a los que llaman «los zánganos improductivos de la colmena». Quieren que los recursos se inviertan en reconstruir el país, en proteger la fauna y la flora, y en eliminar las especies dañinas introducidas por descuido o mala planificación...

Sander abrió el viejo estuche lleno de pegatinas y se dedicó a afinar su guitarra, consciente de que pronto tendría que subir al escenario. Minutos más tarde, abandonó la mesa y saludó a la nueva solista, que lo recibió en medio de una salva de aplausos. Se acomodó en la silla, tratando de pasar inadvertido, pero las ovaciones interminables del público le indicaron que en adelante gozaría de una fama mayor de la que hubiera deseado.

3

La Habana del Este, Hospital Naval,
21 de septiembre, 19.44 h

Jesús dio las gracias a la enfermera, que se llevó la bandeja donde solo quedaban unas rodajas de berenjena. Después de aventurarse hasta el baño para cepillarse los dientes, regresó con dificultad a la cama y se quedó sentado, balanceando los pies desnudos, mientras contemplaba a dos gorriones que se disputaban un gusanillo tras el cristal de la ventana.

El médico le había asegurado que le daría el alta a la mañana siguiente. Aunque la perspectiva de abandonar el hospital lo animaba, su regreso a la vida pública no dejaba de provocarle cierta ansiedad. Tras el revuelo ocasionado por las noticias sobre el *legado*, era muy probable que el PPM se convirtiera en la sombra de lo que había sido y ya no tuviera ningún peso en el futuro del país. Sonrió con amargura. Resultaba irónico que fuesen precisamente las páginas del apóstol las que pudieran hundir al partido que llevaba su nombre.

Una leve llamada lo sobresaltó.

—Adelante —dijo con voz débil.

Los rostros de Virgilio y su sobrina se asomaron por la puerta entornada.

—¿Ya estás listo para el fin de semana? —preguntó el curador, después de palmearlo suavemente en un brazo.

—Eso espero, porque perdí el mes más importante de la campaña.

—Por eso ni te preocupes. Entre lo que te hicieron y ahora esos papeles, la prensa se ha ocupado de hacerte la campaña más eficaz de todas.

—¿Cómo se siente? —preguntó Alicia.

—Físicamente mucho mejor, pero mi cabeza anda hecha un lío... —Dejó escapar un resoplido—. Todavía me cuesta creer lo de Simón. Me imagino la clase de susto que te llevaste.

—Agua pasada —respondió ella—. Lo importante es que usted se recupere.

—No, lo importante es que gracias a ti se salvaron esas páginas y tenemos el verdadero texto del manuscrito de Juana.

Se interrumpió de pronto y, tras echar un vistazo hacia la puerta, hizo un vago gesto con las manos que no pasó inadvertido para Alicia. Por instinto supo que estaba usando el lenguaje de signos. ¿Qué intentaba decirle a su tío? ¿Que estaban vigilados? ¿Que había micrófonos allí? Tendría que pedir que le enseñaran. Y en ese momento recordó que ni siquiera les había contado que ella era la nueva «intérprete».

—Alcánzame el mando —dijo Jesús de pronto.

Encendió el televisor y subió el volumen.

—¿Qué ha dicho la policía sobre Simón? —preguntó en un susurro que apenas se oía por debajo de las voces del informativo.

Virgilio dudó antes de responder:

—Parece que era el jefe de un grupo clandestino paramilitar que apoyaba al PPM. Muy pocos lo sabían. Ni siquiera Tristán, que hablaba con él por teléfono sin saber con quién trataba, hasta que lo llamó para que fuera al museo.

—¿Y el resto de las cosas?

Alicia comprendió que, incluso parapetado bajo la cortina de sonidos, escogía con cuidado los términos.

—Todo sigue como antes.

Jesús dejó escapar un suspiro de alivio y Alicia tradujo para sí: «La Hermandad sigue siendo secreta».

—¿Y la Liebre?

—Desapareció. Posiblemente ya salió del país para venderse al mejor postor.

—Como buen mercenario —añadió el Curita—. Una lástima que haya escapado, aunque me doy por satisfecho si no aparece más.

—No creo que vuelvas a verlo —le aseguró Virgilio—. Además, ya ganaste la batalla más difícil.

Jesús no respondió. «La batalla real comienza ahora», se dijo. Si ganaban las elecciones, tendrían la responsabilidad de deshacer décadas de malas decisiones y encaminar la isla por un rumbo que era todo un desafío. Recuperar la geografía —sanar el suelo, el aire y las aguas— sería una prioridad; y luego instaurar esa esquiva libertad que también estuviese regida por leyes que protegieran tanto a los hombres como a la naturaleza. ¿Serían capaces de hacerlo?

—*No lo dudes.*

La Voz resonó tan potente en su cabeza que, por un instante, pensó que los otros también la habían escuchado; pero Virgilio se hallaba absorto en una conversación telefónica y Alicia permanecía extrañamente ajena, contemplando el vacío. Había notado que la muchacha se sobresaltaba en el mismo momento en que la Voz le respondía, como si de algún modo ella también la hubiera escuchado. La observó mientras ella se apartaba el cabello, con gesto distraído, para acariciarse la nuca.

—*Seréis capaces, porque ha llegado la hora de que mis hijos salgan a la luz; porque la sangre de Juana vive en vosotros y traerá el comienzo de una época en que cada hermano volverá a ser visible para su hermano; porque todos verán la marca que los une y reconocerán que pertenecen a la misma estirpe...*

—¿Por fin qué le digo?

La voz de Virgilio lo sacó de su ensueño.

—¿A quién?

—¿No me oíste? Quieren tener esa entrevista para el noticiero de mañana al mediodía.

—Sí, está bien —repuso Jesús más pasmado que distraído porque, al apartar su cabello, Alicia había dejado al descubierto aquella marca.

—Vamos, hija, dejemos descansar al Curita. Mañana tendrá un día muy agitado. Que duermas bien, viejo. Pasaré a buscarte a primera hora.

Cuando la muchacha se volvió, se dio cuenta de que ella también había visto la marca en su pie izquierdo: tres pequeños lunares en el interior de una hoz lunar.

Por un instante, sus miradas se cruzaron y ambos supieron que compartían mucho más que el sonido de una Voz inaudible.

Pero ninguno dijo nada. Alicia se limitó a cubrirle los pies, acomodándolos bajo la sábana con amoroso cuidado, antes de despedirse con un beso en la mejilla.

4

La Habana, El Vedado, 22 de septiembre, 11.47 h

Desde el balcón abierto, Máximo y Karelia vigilaban el televisor plano que colgaba en la sala. El número de copas había ido en aumento a medida que avanzaba la noche y se escuchaban los resultados transmitidos desde el centro de computación. Por quinta vez, la pantalla mostraba los saldos parciales de las elecciones, ahora con el 62% de los votos contados.

Según las últimas cifras, el candidato por el Partido Popular Martiano recibía un 15,4% de apoyo; el Social-demócrata, un 26,2%; y el Verde, un 48,5%. El resto se repartía entre otros grupos. El locutor anunció que el próximo resultado sería definitivo.

—Deja de dar vueltas —protestó Karelia, cuando el profesor se levantó por enésima vez—. Me tienes mareada.

—¿Para qué me invitaste entonces?

—Quedé contigo en ver hundirse el barco o en festejar la victoria, no en soportar tus arrebatos toda la noche —dijo ella con brusquedad, y acto seguido se echó a reír, algo borracha—. Por lo visto tendré que ponerme un salvavidas. Esto se va a pique.

Él se limitó a garrapatear unas líneas en su agenda, ajeno a la mujer que se servía más ron en un vaso con Pepsi-Cola.

—¡Por una Cuba libre! —exclamó con acritud, y bebió para enterrar los sueños que había cebado durante meses y alejar su preocupación ante al futuro que se le venía encima.

Ahora tendría que inventarse otros planes, pensó, y quizá buscar en otro lado la respuesta a sus ambiciones. Miró de reojo a Máximo, que seguía ensimismado en sus notas.

—Es una pena que el *legado* haya salido unos días antes que tu libro —comentó desde su bruma alcohólica.

—No estoy acabado, si eso es lo que quieres decir. Tengo otras opciones.

Ella lo estudió con cierto interés.

—¿Cuáles?

—Puedo negar lo que dicen esas páginas con textos del propio Martí. Sea como sea, encontraré argumentos para defender nuestra plataforma.

Durante un buen rato, Máximo siguió escribiendo y ella continuó bebiendo. Al cabo de una hora, el locutor interrumpió la entrevista con una senadora chilena para pasar al centro de computación de datos tras repetir que el nuevo resultado decidiría la contienda. El silencio se extendió sobre la isla a medida que las nuevas cifras se mostraban en la pantalla.

Total de votos contados: 92,6%
Partido Popular Martiano: 12,6%
Partido Socialdemócrata: 23,5%
Partido Verde Ecologista: 59,8%

El audio del televisor casi se extinguió ante el estruendo de petardos y cohetes que estallaban en cada esquina del país. Karelia se sirvió otro trago, mientras el profesor tecleaba ferozmente en su celular.

—¿Se puede saber qué mierda haces?

—Le estoy enviando un mensaje a Fabricio Marcial.

—¿Para qué? ¿Para felicitarlo por su aplastante derrota?

—Para pedirle una reunión. —Había estado a punto de decir «para pedirle perdón»—. Quiero proponerle una tregua y quizá una nueva estrategia.

Karelia alzó las cejas con escepticismo. Para ella, era el fin de su romance. No quería saber nada más de reuniones, ni de planes secretos. Le diría a Máximo que recogiera sus bártulos y se largara por donde había venido. Sin embargo, al final decidió dejar la discusión para el día siguiente. Esa noche estaba muy cansada.

Se levantó para servirse un último trago, ajena al nerviosismo del profesor, cuyo cerebro trabajaba a toda máquina, pensando en los argumentos que esgrimiría ante el malogrado candidato martiano. Dependiendo de su respuesta, se quedaría unos días más o tomaría un avión de inmediato para largarse lo más lejos posible. No había olvidado la paliza que sus acólitos le propinaran y sus advertencias si perdía las elecciones por culpa del *legado*.

Durante unos instantes sopesó sus opciones. ¿No sería insensato exponerse de nuevo? Algunas precauciones no estarían de más. ¿Y si sacaba pasaje en uno de esos cruceros que hacía escala en otras costas del Caribe? El candidato era poderoso, pero no omnipotente. Su red de soplones podría vigilar los principales aeropuertos, pero no decenas de centros turísticos. Aun así, no se sintió seguro. ¿Y si alquilaba un yate privado que lo dejara en algún sitio cercano, como Jamaica o Barbados? Su pasaporte le permitiría viajar como turista. Tal vez fuese lo mejor. Miró de reojo a Karelia. No, ni siquiera a ella se lo diría. Ninguna mujer valía más que su vida.

5

La Habana Vieja, Museo del Libro Cubano,
24 de septiembre, 21.25 h

Dentro del museo, la celebración se hallaba en su apogeo. El gentío se derramaba desde las galerías hasta el patio central, donde los asistentes se desplazaban con copas en las manos, amenazando con provocar una catástrofe alcohólica sobre ropas ajenas. Había un ambiente gozoso que iba más allá del júbilo. Era una extraña juerga, alocada y tensa a la vez.

Al igual que la protagonista de Carroll, Alicia se desplazó por un entramado laberíntico donde convergían los personajes más estrafalarios. Solo faltaban el Sombrerero Loco y la Liebre. Afortunadamente este último no había vuelto a aparecer, pero ella ni siquiera había dedicado dos segundos a pensar en eso. Los acontecimientos se habían precipitado demasiado rápido.

Pocas horas antes, el país había votado en medio de la conmoción desatada por unas páginas de escritura borrosa. En otro país hubiera sido difícil trastornar el ánimo general con algo semejante, pero Cuba era un universo distinto donde cualquier partícula podía provocar una reacción en cadena. Esta vez había sido un pequeño texto que afectaba al patrimonio de su más entrañable hijo. No era de extrañar que se hubiera desatado una hecatombe.

Por si fuera poco, su tío le había pedido que se quedara a trabajar en el museo como jefa del nuevo Departamento de Análisis y Verificación de Documentos. Ahora deambulaba por el patio, sopesando los pros y los contras de romper con una existencia sosegada a cambio de otra llena de sobresaltos. No cesaba de imaginar lo que significaría emprender aquel nuevo rumbo. Y si aceptaba, ¿cómo se lo diría a su padre?

El chillido de un micrófono interrumpió sus reflexiones. Virgilio se trepó a una tarima que lo elevaba por encima de la muchedumbre. Se le notaba algo melancólico. Alicia adivinó que, en un momento así, extrañaría mucho a Pandora. Pero él asumió con ánimo su papel de anfitrión. Había mucho que celebrar. No solo se les había otorgado el ansiado subsidio, sino que el museo había sido declarado entidad independiente de cualquier institución. Alzando su copa, reconoció la labor de los presentes y los ausentes, de los vivos y los muertos, y agradeció las muestras de apoyo que estaba recibiendo como nuevo director de la institución. Alicia brindó por todo eso y más.

Cuando las conversaciones se reanudaron, casi fue atropellada por un hato de jóvenes que la empujaron hasta arrinconarla junto a un grupo de caras familiares: Livia, la programadora de cabello azul que ahora lo llevaba teñido de un rosa lumínico; el pelirrojo Kike, que no perdía de vista el escote de la chica sobre el ajustado *bustier* lavanda; el cegato Joaquín, más desorientado que nunca en medio del bullicio; René, siempre serio y elegante con sus combinaciones deportivas...

Se alejó de ellos, escuchando aquí y allá fragmentos de diálogos. Aunque todos celebraban el presupuesto asignado al museo, la conexión entre el *legado* y el descubrimiento de la cueva había opacado el motivo central de la gala.

—Esto parece un manicomio —comentó Sander, sorprendiéndola con un beso en el hombro—. Voy a necesitar una copa.

—Y yo otra.

—Espérame aquí.

El muchacho se perdió en el gentío mientras ella trataba de esquivar los empujones de los periodistas, desesperados por acercarse a la tribuna. Buscó a su tío por encima de la aglomeración. Por un instante creyó descubrir su canosa cabellera bajo un racimo de micrófonos, pero cuando trató de acercarse más sintió en su cadera la vibración de un mensaje: TE ESPERO EN LA AZOTEA. TENGO UNA SORPRESA. Era el número de Sander. ¿Qué demonios hacía allá arriba?

Miró a su alrededor. En aquel mar de personas, solo la escalera seguía siendo el único sitio despejado. No le extrañó que hubiera decidido escapar en esa dirección.

Se abrió paso entre la multitud, pero antes de llegar al primer escalón tropezó con Fabio.

—¿Te vas ya? —preguntó él por encima del bullicio.

—No, voy a reunirme con Sander en la azotea.

—¿Qué decidiste sobre el viaje?

Ella no había olvidado su invitación para que lo acompañara a conocer su familia.

—No sé si sería conveniente hacerlo ahora. Tengo algunos asuntos que resolver.

—Como quieras, aunque si pospones mucho esa búsqueda, no la harás nunca.

Se despidieron y ella subió. Desde la segunda planta, varias parejas contemplaban la fuente alejadas del jolgorio. Alicia solo les echó una discreta mirada y continuó su ascenso hasta encontrar una puertecita hinchada por la humedad.

Al abrirla, el viento silbó en sus oídos y las estrellas brillaron con nitidez sobre su cabeza. Avanzó hasta detenerse junto a una antena parabólica.

—¿Sandy? —llamó.

Escuchó un ligero carraspeo a sus espaldas. Al volverse, casi dejó escapar un grito. La silueta era inconfundible a pesar de las sombras.

—¿Te asusté? —preguntó el hombre que bloqueaba la única vía de escape, pero ella intentó mantener su sangre fría.

—¿Asustarme? El museo está lleno de gente.

—Dudo que eso te sirva de algo. Nadie me vio llegar hasta aquí!

Hizo un ademán de avanzar. Alicia retrocedió con cuidado, todavía buscando a Sander con la mirada.

—Si sigues así, te vas a caer —se burló la Liebre con aquella expresión torcida que intentaba ser una sonrisa—. No sería justo, después de haber sobrevivido a otros que parecían más fuertes.

—¿Empezando por Pandora? —dijo ella sin pensar.

—No, empezando por aquel infeliz que robó el *legado*.

Alicia apenas distinguía su rostro, pero no necesitaba verlo para percibir la rabia contenida en sus palabras.

—No fue un robo —protestó ella—. Valle se lo devolvió a sus custodios.

—Ah, la nobleza del rebaño. ¡Qué aburrimiento! —dijo él con frialdad—. Nunca ven los estorbos que interfieren con el bien común.

El hombre dio un paso. Alicia retrocedió dos más, manteniendo la distancia.

—Estoy acostumbrado a ser paciente —añadió él—. He soportado sin quejarme algunas cabronadas, pero mi generosidad tiene un límite.

Volvió a dar otro paso, pero ella no esperó más y corrió a refugiarse tras el alero de una falsa chimenea. El miedo multiplicó sus fuerzas cuando la luz de la luna alumbró de lleno el rostro feroz del hombre que la atenazaba por una muñeca. Forcejeó a patadas, clavándole uñas y dientes, pero esa carga de adrenalina no fue suficiente para librarla de su adversario, que poco a poco la fue arrastrando hasta el borde de la azotea. Luchó con mayor ahínco hasta que el otro consiguió hacerla girar para pasarle un brazo en torno al cuello. Oyó los resoplidos junto a su oído y cerró los ojos mientras sus fuerzas menguaban, segura de que en pocos segundos su atacante la arrojaría sobre los centenarios adoquines.

«Madre», llamó en su mente.

Un estruendo sacudió el cielo. Desde las alturas cayeron trozos de alas. ¿O eran plumas de una criatura inmensa y vengativa?

El mundo fue absorbido por un remolino de sombras. Casi a punto de desmayarse, la presión en su garganta cedió y ella cayó al suelo. A su lado, oyó el confuso rumor de una lucha. Luego se hundió en un vacío sin sensaciones.

Cuando abrió de nuevo los ojos, Sander estaba junto a ella,

acariciándole el rostro. A pocos pasos, una figura yacía inmóvil entre los fragmentos de alas... No, no eran alas, sino delicados trozos de madera.

—Tu guitarra, Sander.

—No importa, ya era muy vieja. —Sonrió a medias, aliviado de escucharla, y la ayudó a ponerse de pie, tratando de esquivar los hielos de las bebidas derramadas—. Fabio me dijo que habías subido. ¿Qué hacías aquí?

—Recibí un mensaje tuyo.

—Yo no te envié ningún mensaje.

—¿Cómo que no? Me mandaste uno.

—¿Estás segura? —Sander se tanteó los bolsillos en busca de una prueba más tangible—. ¿Dónde está mi teléfono? ¡Mierda! Lo tenía aquí. Creo que se me cayó. O me lo robaron.

—Estuve a punto de...

La voz se le quebró en un sollozo tardío.

—Ya pasó.

La arrulló apretándola contra su pecho antes de echar un último vistazo al cuerpo inmóvil de la Liebre.

6

La Habana Vieja, Policlínico San Juan de Dios,
25 de septiembre, 9.36 h

El incesante paso de los transeúntes frente a la acera soleada contrastaba con la penumbra del salón donde Sander esperaba. Cuando ya empezaba a cabecear, dos hombres atravesaron la entrada, uno de ellos caminando con dificultad.

—Pero ¿qué haces aquí, viejo? —preguntó el muchacho, que se incorporó de un salto para ir al encuentro de los recién llegados.

—¿Qué crees? —respondió el detective Labrada—. Llevo diez días en ese jodido hospital. Si me quedo otra noche más, reviento.

—No hubo manera de retenerlo —se disculpó Foncho—. Se enteró por las noticias.

—¿Cómo está Alicia? —preguntó el detective.

—La enviarán a casa dentro de un rato.

—¿Y Virgilio? —preguntó Foncho.

—Adentro, con dos oficiales —respondió el muchacho—. Yo también tuve que prestar declaración. ¿Se sabe algo de la Liebre?

—Está en el Hospital Militar, con una conmoción cerebral y un montón de huesos rotos.

Sander se estremeció.

—No te preocupes —dijo Foncho—. El asunto está muy claro.

—¿Que no me preocupe? Le rompí una guitarra en la cabeza y ahora el tipo está grave.

—Eran ustedes o él.

—Además —le aseguró su padre—, hay suficiente evidencia contra la Liebre.

Un murmullo de voces llegó hasta ellos. Virgilio y Alicia salieron al pasillo. Foncho aprovechó para acercarse a dos oficiales uniformados que también salían de la habitación.

—¡Por fin acabamos! —murmuró Virgilio, dejándose caer junto a Sander—. Aunque sigo sin entender cómo se las arreglaron para meterse en otro lío.

Parecía más molesto que preocupado.

—Ali, ¿cómo te sientes? —preguntó Sander, intentando cambiar de conversación.

—Hambrienta.

Foncho regresó para unirse a ellos mientras los agentes se retiraban por la salida del fondo.

En la esquina encontraron una cafetería. Allí, entre enredaderas de picualas rojas y arriates colmados de jazmines, se acomodaron alrededor de una mesa. A pocos pasos, una fuentecilla dejaba caer su lengua de agua sobre una venera. Pidieron café con leche y pastelitos.

—Entonces ¿el caso está cerrado? —quiso saber Virgilio.

—Aún quedan algunos asuntillos. Todavía no sabemos por qué Valle dejó ese símbolo en casa de Báez, pero lo importante es que ya atrapamos al asesino. —Miró de reojo a su hijo, con una mezcla de admiración y afecto—. Bueno, decir que lo «atrapamos» es un modo de hablar. Ahora solo queda extraditarlo.

Terminaron de comer en silencio.

—Tenemos que volver a la oficina —sugirió Foncho—. Mientras más pronto empecemos con esos trámites, mejor.

Luis y Foncho pagaron sus cuentas y se marcharon rápidamente. Mientras los veía perderse por el callejón, Sander le susurró a Virgilio:

—Si escarban un poco en los símbolos, llegarán a la Hermandad.

—No creo que lo consigan —aseguró Virgilio—. La Hermandad lleva cinco siglos en la isla y nadie la ha descubierto. Además, explicamos el asunto del *legado* como una cuestión de preservación histórica que habíamos asumido un grupo de especialistas. No necesitarán buscar más allá.

—Tío, dime la verdad. ¿Qué significa ese dibujo?

—Es el emblema de la Hermandad.

—Eso ya lo sé, pero ¿qué representan los puntos sobre la media luna, encima de Guabancex?

—No creo que nadie lo sepa. Si tuvo un significado, debió de perderse hace tiempo.

El celular de Virgilio vibró.

—¿Qué vas a hacer? —preguntó Sander a Alicia, mientras el curador hablaba con otro periodista.

—Hoy me quedaré con mi tío. ¿Y tú?

—Dormiré un poco antes de irme al club. Tengo función esta noche.

—¿Vas a trabajar sin guitarra?

—Un socio me prestará la suya.

Se despidió de ella con un beso en la mejilla, sintiéndose extrañamente vacío, pero comprendió que la muchacha necesitaba estar sola.

Cuando el auto se puso en marcha, Alicia bajó el cristal de la ventana y se recostó al asiento. Estaba cansada. Anhelaba su antigua vida, tranquila y sin sobresaltos, pero aún debía ventilar aquel otro asunto que había dejado a medias.

—Tío —comenzó tras aclararse la garganta—, se me había olvidado comentarte algo. Encontré un trozo de papel dentro de un libro...

7

La Habana, Marianao, Hospital Militar,
27 de septiembre, 4.30 h

El hospital conservaba la atmósfera carcelaria de otros tiempos: rejas en las ventanas, paredes de color sucio, lámparas fluorescentes que atraían insectos y camas metálicas de pintura deteriorada.

Rolando Cabriles, alias El Tenor, llevaba veinte años trabajando en aquel edificio cuyos rincones conocía mejor que sus propias manos, pero extrañaba los viejos tiempos como especialista en interrogatorios. En el fondo de un armario guardaba una docena de medallas otorgadas en ceremonias oficiales, aunque no perdía la esperanza de volver a lucirlas algún día. Solo una cosa había cambiado: el ala de los antiguos presos políticos albergaba ahora a delincuentes comunes.

El enfermero se sacudió los cabellos humedecidos por la llovizna, atravesó los pasillos saludando a los guardias, bromeó con una secretaria, y piropeó a la asistente que empujaba un carrito con sábanas y toallas sucias. Ya en la oficina, leyó las instrucciones y los expedientes de quienes atendería esa noche, y durante las horas siguientes se dedicó a extraer sangre y administrar medicamentos. También acudió a los llamados de varios pacientes que querían ir al baño o ajustar el goteo de los sueros obstruidos que provocaban alarmas enloquecedoras y no dejaban dormir a nadie.

Cuando miró su reloj, ya eran casi las cuatro. Las jornadas nocturnas siempre eran agotadoras, pero ya estaba habituado. A esa hora de la madrugada los pasillos quedaban a media luz para permitir que los pacientes descansaran. Los escasos guardias cabeceaban al final de cada corredor y ocasionalmente se acercaban al mostrador, donde alguien repartía café.

Antes de dirigirse a la sala colocó algodones, jeringuillas y otros instrumentos en una bandeja que llevó junto a la única cama ocupada de la habitación.

—Teniente Ercilio Madruga —canturreó el enfermero después de cerrar la puerta tras sí—, nunca imaginé que volveríamos a vernos.

Los ojillos de la Liebre parpadearon detrás de los vendajes. ¿Quién era aquel hombre que conocía su grado militar secreto?

El desbarajuste del régimen lo había sorprendido en el exilio, a mitad de una misión que dejó al garete. Como otros muchos agentes, se mantuvo escondido hasta que un inexplicable y oportuno incendio devoró los archivos del G-2. Ahora ese desconocido sacaba a colación una historia que suponía enterrada y olvidada.

—¿No te acuerdas de mí, compadre? Soy Rolo, el enfermero que preparaba a tus «pacientes» para los *electroshocks*. Trabajamos juntos hace años.

Ercilio se esforzó por recordar, pero el dolor de cabeza se lo impedía. Hizo un leve gesto de negación. Con un murmullo casi inaudible, el enfermero se inclinó sobre él y comenzó a tararear cierta cancioncilla cruel que muy pocos conocían.

Los ojos de Ercilio se iluminaron entre las vendas. Agitó la muñeca para que el otro se diera cuenta de que lo había reconocido y, de paso, indicarle que estaba esposado. Esa podría ser su oportunidad para escapar.

—Ya lo sé, viejo —susurró Rolando, echando otra ojeada a su reloj—. Ten paciencia que pronto saldrás de esta. Ya sabes que ese profesor Báez era muy amigo de Fabricio Marcial. Tuvieron un pequeño altercado, pero parece que ya se arreglaron.

La Liebre emitió un gruñido bajo el vendaje.

—Claro, me imagino que no sabes nada. ¿Te acuerdas de Ruleta y del Filipino? Bueno, el candidato los envió a casa del profe para que lo escoltaran hasta el bosque de La Habana. Recibió una buena tunda delante del candidato, pero al final todo se arregló.

Sus manos enguantadas se movieron con experta rapidez. Revolvió la bandeja, sacó la capucha de una jeringuilla y extrajo completamente el émbolo, que volvió a insertar en el tubo vacío. En ese instante se produjo el apagón.

Quienes deambulaban por los pasillos permanecieron inmóviles para dar tiempo a que la planta de emergencia se activara, pero los segundos empezaron a transcurrir sin que la electricidad regresara. Algunas voces cuchichearon en la oscuridad.

El enfermero encendió una linterna de bolsillo y enfocó el rostro de la Liebre, que apartó los ojos, cegado por la luz.

—Ese profesor es un bicho astuto. En medio de la paliza, convenció al candidato para que le diera otra oportunidad. Claro, alguien tenía que pagar los platos rotos. Así es que el profe consiguió un chivo expiatorio. ¡Qué clase de tipo!... Bueno, no te tomes esto como algo personal. Ya sabes cómo es mi trabajo.

Ercilio Madruga rompió a sudar cuando oyó la última frase, que él mismo había repetido tantas veces en el pasado. Empezó a forcejear con las esposas, pero no pudo impedir que el otro le hundiera la jeringuilla en el muslo.

—Si sigues así, vas a romper la aguja —le advirtió, apretando el émbolo para inyectarle treinta mililitros de aire.

Sin prestar atención a la agitación del paciente, extrajo el émbolo para llenarlo nuevamente de aire y repetir la operación.

—Órdenes son órdenes —dijo el enfermero, mientras recogía la bandeja y guardaba la linterna en un bolsillo.

8

El Vedado, Universidad de La Habana,
30 de septiembre, 18.40 h

Virgilio le había pedido que lo esperara en el museo de antropología, pero ella llegó primero. Para matar el tiempo, se paseó entre las vitrinas desbordadas de dujos, hachas ceremoniales, amuletos y dagas de piedra; y mientras lo hacía, también pensaba en la noche anterior, cuando finalmente le enseñó a Virgilio aquel trozo de papel artesanal —que casi había olvidado entre tanto ajetreo— para que la Hermandad verificara su legitimidad. No le reveló cómo había llegado hasta ella, solo que lo encontró siguiendo las instrucciones del Abate.

En el fondo, aún abrigaba la esperanza de que el resultado fuese negativo. Convertirse en la nueva intérprete era una responsabilidad que no deseaba, aunque después de todo lo ocurrido, estaba casi segura de cuál sería la respuesta.

Sin embargo, no era solo eso lo que la tenía en ascuas. La tarde anterior, mientras Sander y ella comían, Foncho y Luis habían llegado de improviso para darles la noticia de que la Liebre había muerto. Una rápida autopsia indicó que se trataba de un paro cardíaco inducido por alguien con conocimientos suficientes para saber dónde y cómo inyectar para provocar la muerte.

Alicia torció la boca con un gesto de frustración. Era injusto que la muerte de Pandora quedara sin castigo legal para el culpable, aunque —pensándolo bien— quizá a veces la justicia divina fuera mejor que la humana...

—¡Alicia! —oyó que la llamaban desde la puerta.

Bajó al patio con su tío, pero se detuvo de repente al ver que Fabio los esperaba.

—¿Qué te dijeron? —susurró ella, cuchicheando al oído de Virgilio.

—No tienes por qué andar con tanto secreteo —dijo Fabio, sonriendo de oreja a oreja—. Bienvenida a la Hermandad.

«También él», se asombró Alicia.

Virgilio le dio un empujoncito para que abandonara su estupor. La muchacha trastabilló. Se sentía como la pieza de un complicado juego cuyas reglas hubiera aprendido a medias.

—¿Adónde vamos?

—A brindar por la nueva «intérprete» y a seguir celebrando el subsidio del museo.

—Hiciste un trabajo estupendo —dijo Fabio, sin aclarar si se refería al *legado* recuperado o a su descubrimiento del texto invisible.

Alicia se limitó a mover la cabeza, demasiado abrumada para hablar.

—¿Aceptarás esa plaza en el museo? —preguntó su tío.

Alicia lo pensó dos segundos.

—Creo que sí.

9

Cercanías de Bayamo, Municipio Guisa,
10 de octubre, 15.40 h

Sander conducía en silencio, absorto en la música de Villa-Lobos que inundaba el auto. El cristal del parabrisas se había tiznado de un polvillo rojo que lo cubría como una pátina de óxido. A ambos lados de la carretera, la maleza arisca de los campos se iba retirando ante la aparición paulatina de las casas.

Alicia trató de imaginar cómo habría sido Bayamo desde su nacimiento hasta 1868, cuando se convirtió en la capital de la resistencia contra la metrópolis. Allí sus vecinos cantaron por primera vez el himno nacional; allí también se había izado la bandera cubana antes que en cualquier rincón de la isla. Poco después los bayameses quemaron su amada ciudad para no entregarla a las tropas españolas. Por esa razón, de las siete primeras villas erigidas a principios del siglo XVI, era la que menos edificaciones coloniales conservaba. Casi toda su hermosa arquitectura se consumió en aquel delirante sacrificio que al final no sirvió de nada.

La muchacha cerró los ojos y el sol enrojeció sus párpados. De vez en cuando volvía a abrirlos para contemplar escenas que parecían provenir de otra época: bueyes viejos que arrastraban carretas, guajiros montados en rocines más flacos que sus jinetes, rebaños de chivos hambreados, casuchas a punto de desplomarse, vacas pastando en pequeños corrales, tractores que transportaban niños en uniforme escolar y, a lo lejos, la interminable silueta azul de las montañas.

Abandonaron la carretera y tomaron por un camino de tierra. Las casitas dieron paso a bohíos que sus moradores habían techado con hojas de palmas, siguiendo la antigua tradición indígena.

Sander se detuvo a estudiar el mapa frente a un tosco letrero que indicaba el comienzo de un desvío. El jeep avanzó a trompicones bajo las ramas de inmensos árboles de mango que escoltaban el inhóspito sendero. Al final, medio oculto tras una empalizada de jazmines, se asomó un bohío más rústico que los anteriores. Varios perros acudieron ladrando al escuchar el motor, seguidos por dos niños y el propio Fabio.

—¡Llegaron a tiempo!

Los condujo hasta la vivienda construida sobre un montículo que la salvaguardaba de inundaciones. Pese a su rústica pobreza, el suelo de tierra apisonada estaba limpio. Sobre el fogón de leña hervía una cacerola con agua y polvo de café, que una anciana de trenza gris se apresuró a verter en un tosco colador de gasa. Detrás del fogón, una tapia de ladrillos desnudos se ennegrecía por el humo.

Tomaron el café que les ofreció la anciana. Luego, guiados por

Fabio, atravesaron el pasillo flanqueado por cortinas de saco que hacían las veces de puertas, y salieron a una explanada donde se alzaba una vivienda con techo de guano y muros blancos de mampostería.

—Ese es el templo —murmuró Fabio, avanzando hacia el grupo que conversaba frente a la puerta—. Vengan a que los conozcan.

Tímidos, pero curiosos, los feligreses rodearon a los visitantes.

—Aquí les traigo a los amigos de La Habana que les menté —anunció Fabio ante todos—. Este es Alejandro y ella es Alicia, que viene buscando a su familia. Les presento a Juana Jacinta, nuestra comadrona. Su madre y su abuela ayudaron a nacer a casi todos los adultos de la zona. Juan Auxilio es su sobrina y sabe mucho de hierbas. Estos son Nilo y Cauto, los segundos gemelos de mi cuñada Amazonas Ramírez. Paco, ¿te acuerdas de la Niña Milagro? ¿No fuiste tú quien trajo los periódicos con la noticia? Domitila y Micaela se encargan de vigilar las nubes y alertarnos del mal tiempo. Esta es Rosenda, nuestra cronista por estas lomas. Rosy, luego nos dirás si te acuerdas de la gente que se fue en balsa hace veinticinco años, más o menos... Tendrán que probar las natillas de Juana Fefa, la mejor repostera de Monte Oscuro, y el chilindrón de Juana Inés, la mejor cocinera del lomerío... Sí, hay muchas comadres por aquí que se llaman Juana. Es una tradición serrana. Juancho, ¿no me dijiste que en tu familia también hubo balseros?

Alicia se preguntó si debía mencionar sus lunares —podría ser que alguien los reconociera—, pero lo pensó mejor. ¿Tendría sentido hablar de esas extrañas marcas que también aparecían en un manuscrito?

El alboroto disminuyó cuando un anciano de sonrisa sin dientes y pómulos hundidos atravesó la explanada.

—Llegó don Salustiano —fue el murmullo general.

El patriarca abrazó a los más viejos y entró al templo seguido por los creyentes. Antes de cruzar el umbral, todos se mojaron las manos en el agua de una palangana y se la pasaron por los brazos y la cabeza.

—Es para sacarse los malos espíritus del camino —aclaró Fabio al notar la expresión de Alicia.

Sobre una mesa había un plato lleno de agua donde flotaban pétalos frescos; también había jarrones de cristal con flores recién cortadas. De la pared colgaba una cruz y un retrato de la Virgen de la Caridad, con la clásica imagen de los tres hombres dentro de un bote a punto de naufragar mientras la *Madonna* flotaba sobre sus cabezas; el resto de la pared estaba cubierto con fotos de fallecidos, a juzgar por las fechas grabadas en los marcos.

La mitad de los asistentes se sentó en las sillas del centro; los otros formaron una rueda. Alicia y Sander permanecieron de pie, indecisos.

—Si quieren participar de las curaciones, pueden sentarse —les sopló Fabio—. Si van a observar, pueden hacerlo desde allí. —Señaló algunos bancos apiñados contra la pared—. Los curadores solo se acercarán si ven alguna señal de enfermedad.

—Me quedo afuera —murmuró Sander.

—Ya que vine, me sumo —dijo Alicia, encogiéndose de hombros.

Los que permanecían de pie se tomaron de las manos y comenzaron a rezar. Una voz ronca y profunda se elevó sobre los murmullos:

—*Iora-iré...*

Alicia buscó atónita. El potente canto salía del esmirriado don Salustiano. La catarata de sílabas incomprensibles fue seguida por el resto de los participantes en la rueda, que establecieron un diálogo con el solista. «¿O debería llamarlo *tequina*?», pensó Alicia rememorando los areítos descritos en el manuscrito. La ininteligible jerigonza del anciano que repetía *iora-iré io-rai-rá* se alternaba con versos de alabanza a los hermanos de luz y a las potencias espirituales. Los integrantes del círculo pateaban alternando los pies y marcando el ritmo mientras balanceaban los brazos, doblándolos sobre el pecho para volver a estirarlos. Los cuerpos se inclinaban y se erguían una y otra vez... No logró definir si se trataba de una danza o un trance, pero le provocaron una soñolencia inusual.

Finalmente, los bailarines se detuvieron. Aún tomados de las manos, alzaron los brazos sobre sus cabezas y, a una señal, las bajaron para soltarlas bruscamente a sus espaldas, resoplando como si arrojaran algo invisible fuera del círculo. Cuatro curanderos rompieron filas para examinar a las personas sentadas en el centro. De vez en cuando hacían ademanes de sacar sustancias malignas que solo ellos veían. Ninguno se acercó a Alicia. Minutos después regresaron a sus puestos, dieron tres vueltas sobre sí mismos, sacudiendo los brazos, y volvieron a emprender el canto, siguiendo el *iora-iré* del viejo. La rueda humana volvió a girar.

Alicia se mareó un poco y fijó la vista en el altar. La imagen de la Virgen flotaba encima del botecito que zozobraba entre las olas. Los bordes del manto azul se agitaron y el encaje de su túnica blanca se arremolinó sobre las cabezas de los navegantes, fundiéndose con la espuma del mar encrespado. Una ráfaga huracanada cruzó el salón, pero nadie más que Alicia se percató del olor a humedad, a leña apagada, a frutos desconocidos... Era como si reviviera su delirio en la cueva.

«No puedo creer que vaya a ocurrirme otra vez —pensó ella—. Estoy harta de esta locura.»

Un relámpago centelleó entre las nubes.

—*Nunca pienses que juego contigo* —retumbó la Voz en su cabeza, acallando los cánticos que la rodeaban—. *Estás más conectada a mi espíritu que el resto de las criaturas.*

—No necesito más visiones. Quiero encontrar a los míos.

—*Solo tienes que mirar a tu alrededor.*

La imagen del templo se esfumó y, con ella, la gente, los cantos, las viejas fotos. Una silueta de luz brotó del fondo de la niebla resplandeciente, pero era tanta su claridad que no conseguía verla.

—¿Dónde está mi familia?

—*En todas partes y en ninguna.*

—¿Eso significa que no debo buscar más?

—*No me corresponde decirte lo que debes hacer, pero te daré un consejo: el pasado es irrecuperable y el futuro será siempre incierto. Así es que trata de aceptar el presente.*

—¿Cómo voy a renunciar a saber quién soy?

—*No siempre descubrimos la verdad en el momento que deseamos.*

—Entonces, ¿hasta cuándo debe esperar?

—*Muchas veces encontramos las respuestas cuando ya hemos olvidado las preguntas.*

La silueta se acercó más. Sus ojos de lechuza parecían a punto de revelar un secreto. Alicia apartó la vista porque el resplandor lastimaba sus pupilas.

Cuando abrió los ojos de nuevo, el círculo de sanadores se había deshecho. Estaba sola en medio del salón y nadie reparaba en ella, ni siquiera Sander, que tocaba un pequeño tiple rodeado de niños.

Quizá la Voz tuviera razón. La vida era demasiado preciosa para perderla en problemas sin solución, pero su cerebro y su corazón marchaban en direcciones opuestas.

—Dame otra oportunidad —pidió—, la última.

Un intenso aroma a bosque penetró por las ventanas. Y la lluvia susurró al salpicar las ramas secas del techo.

11

Suroeste de la antigua provincia Oriente,
del 10 al 12 de octubre

Doña Rosenda, la cronista del caserío, les aconsejó preguntar por los lomeríos y, en última instancia, visitar a Juana la Antigua, que vivía más allá del embalse, en una cima casi inaccesible de la Sierra Maestra.

—Aunque allí solo llegan los que ella quiere —dijo, y añadió misteriosamente—, y si Cachita lo permite.

Alicia comprendió que así llamaban a la Virgen por aquellos recodos: Cachita, diminutivo cariñoso de Caridad, nombre de la Virgen que, aunque había aparecido flotando sobre las aguas de la bahía de Nipe, en la costa norte, terminó en un santuario erigido entre las minas de El Cobre, cerca de la costa sur. De cualquier modo, era la misma a la que el Curita había identificado como avatar de Atabey, que junto a Iguanaboína y Guabancex formaban la trinidad de diosas indocubanas.

A bordo del jeep, los jóvenes marcharon por los terraplenes que serpenteaban entre las lomas, vadearon riachuelos de poco calado, exploraron quebradas ocultas, bordearon riscos que provocaban vértigos, exploraron fincas abandonadas, y acamparon en desfiladeros humedecidos por arroyos cantarines, siempre preguntando por familias que hubieran huido del país antes de la transición; pero ninguna de las historias coincidía con la fecha en que habían rescatado a Alicia.

Al caer la noche acamparon en una playa de arena sucia, cerca de Cabo Cruz, y contemplaron el sol que se hundía en el golfo de Guacanayabo. De esas costas había salido Juana, rumbo a la isla donde estaba el Lugar Sagrado. Alicia trató de imaginar las enormes canoas que se perdían en el horizonte, llevando a su padre moribundo, con la esperanza de encontrar una tierra donde nadie los persiguiera y pudieran vivir en paz.

A la mañana siguiente, mientras Sander recogía la tienda de campaña y ella preparaba café en una improvisada hoguera, un viejo que recogía moluscos por la orilla quiso saber qué hacían dos jóvenes en aquel rincón del mundo. Al escuchar su historia, les sugirió que dieran la vuelta y escalaran las montañas donde residían las familias descendientes de aborígenes. Por allí vivía Juana la Antigua.

Retrocedieron en dirección al este y pernoctaron en un hotelito pegado al mar. Antes del amanecer se internaron con el jeep por una vereda que conducía hacia los primeros lomeríos de la Sierra Maestra.

El aire de la cordillera olía a orquídeas. Eso le recordó a Alicia la enorme escultura de Guabancex tallada en una veta de mármol que, según el Curita, era característica de esa región: la orquídea sangre.

Emplearon medio día más trepando lomas. Al atardecer descubrieron un sendero abierto por el paso de las carretas y siguieron el ascenso hacia una cima velada por las nubes que ni siquiera el viento lograba deshilachar. El jeep chirriaba como un grillo furioso cada vez que los neumáticos resbalaban sobre las piedras. Sander aparcó en una especie de rellano porque, a partir de allí, arrancaba una cuesta aún más empinada.

—Mejor seguimos a pie —propuso.

El silencio era abrumador. Solo se escuchaba el canto de un zorzal que respondía al chillido impertinente de un cao montero. Caminaron durante una hora, resbalando y trastabillando sobre los guijarros. Varias veces se detuvieron para admirar las quebradas hendidas por los manantiales, pero dejaron de hacerlo cuando los celajes ocultaron la geografía.

Finalmente, la vereda murió en una meseta despejada. Semioculto por la niebla, divisaron un bohío de paredes desteñidas. Era imposible saber si estaba abandonado, pero se dirigieron hacia él con la esperanza de encontrar a alguien. En un porche lateral se mecía una anciana tan arrugada como las estrías de un sembrado. Cada cinco o seis balanceos, daba una chupada a su tabaco, ajena al alboroto de dos niñas que jugaban entre los rosales y que se refugiaron en el bohío apenas vieron a los visitantes.

—Buenas tardes —saludó Alicia.

—Buenas sean para ti, aunque a mí todas me parecen iguales.

Los jóvenes sonrieron nerviosamente.

—Venimos de Monte Oscuro, de parte de doña Rosenda. Queremos hablar con la señora Juana.

—Ese es mi nombre.

—A lo mejor usted puede darme información sobre mi familia.

—¿Cómo te llamas?

—Alicia.

—No te conozco. ¿Por qué piensas que puedo ayudarte?

—Dicen que usted puede recordar muchas cosas.

—Pues no es a mí a quien buscas, niña. Tienes que hablar con Juana la Antigua. Yo soy Juana la Tejedora.

La comadrita crujió cuando la anciana se puso de pie. Un viejo de piel oscura y cabellos blancos se asomó a la puerta y escudriñó a los visitantes.

—La buscan a *ella* —murmuró la mujer al entrar.

El hombre asintió y volvió a perderse en la oscuridad del bohío.

Alicia y Sander dejaron sus mochilas en el suelo de tablones, sospechando que iban a esperar una eternidad. Si aquella dama centenaria era Juana la Tejedora, ¿cómo sería la Antigua?

Todavía no habían recobrado el aliento cuando una jovencita surgió por un costado de la casa. Llevaba el pelo recogido en dos trenzas que saltaban sobre su abultado embarazo. El rostro redondo de mejillas lozanas le otorgaba una expresión infantil que contrastaba con su estado. Lo único intimidante eran sus ojos de brillo felino.

—Buenas tardes —la saludó Alicia—, creo que tus abuelos ya fueron a avisar a Juana.

—No son mis abuelos.

Tenía la voz susurrante y cantarina como un arroyo.

—¿Cómo te llamas?

—Juana.

«Otra más —pensó Alicia—. Debí imaginarlo.»

Y añadió, temiendo que la anciana hubiera olvidado su recado:

—Vinimos a hablar con Juana la Antigua.

—Eso me dijo la Tejedora, ¿puedo ayudarte en algo?

—¿*Tú* eres Juana la Antigua?

La muchacha asintió.

—Pensé que serías mucho mayor.

—Me llaman así porque tengo memoria de vieja. Recuerdo todo lo que oigo y lo que me cuentan.

Sander se apartó discretamente para que Alicia hablara a gusto.

—Hace veinticinco años me rescataron del mar. Estaba en una balsa y tres hombres...

—Lo sé, eres la Niña Milagro.

Alicia asintió, un poco sorprendida.

—Vi tu foto en tres periódicos —dijo la muchacha.

—Te refieres a esta, ¿verdad?

Alicia hurgó en su mochila y le tendió el estropeado papel, que la otra estudió con intensidad. En voz baja leyó la frase del reverso:

—«... parte de mí se librará de la Muerte...».

Cuando alzó la vista, la observó con más atención.

—¿Qué quieres saber?

—¿Conoces a alguien de la región que se lanzara al mar hace veinticinco años?

—Muchos lo hicieron, pero sería inútil recitarte tantos nombres. No tengo idea de dónde están ahora.

A sus espaldas se asomaron tímidamente las dos criaturas: una de ellas, con una orquídea blanca sobre la oreja; la otra, con una pulsera de picualas rojas. Obviamente eran gemelas, y no tendrían más de seis o siete años.

—Algunas familias comparten las mismas marcas en el cuerpo —murmuró Alicia con un hilo de voz—. ¿Has visto una como esta?

Se volvió de espaldas y alzó sus cabellos. Las pequeñas también se acercaron a curiosear.

—Las he visto.

—¿Dónde?

—En mucha gente.

—Podría ser hereditario, una marca de familia, ¿entiendes? Es el único indicio que tengo para hallar a los míos.

La joven la observó con detenimiento.

—No eres la primera persona que viene buscando respuestas que no puedo darle.

Intuyendo que ninguno de los visitantes representaba un peligro, las pequeñas corrieron en dirección a Sander.

—Vine hasta aquí desde el otro lado de la isla —murmuró Alicia—. Tenía la esperanza de hallar algún familiar, aunque fuera lejano. Todos dijeron que, si alguien podía ayudarme, serías tú. Es un poco triste andar huérfana toda la vida.

—Tú no estás huérfana de nada. Sé que te adoptaron y veo que tienes amigos. A veces es mejor olvidar. La gente que se aferra a los recuerdos se olvida de vivir. ¿No quieres a las personas que te acogieron?

—Claro que sí.

—Pues no dejes de hacerlo. Amar a otros es un buen comienzo para el resto de tu vida.

—Se dice fácil, pero podemos estar rodeados de gente y sentirnos solos.

—Los seres humanos siempre están solos, aunque crean lo contrario. La compañía de otros no es el consuelo que necesitas. Busca en ti misma.

—¿En mí? Si te refieres a Dios...

—No hablo de ese tipo de búsquedas. Ningún dios puede hacer nada por quien no descubre su propio camino.

Alicia empezó a sospechar de dónde provenía el apodo de esa muchacha. Hablaba con una sabiduría impropia para sus años. Trató de desentrañar su expresión, pero no encontró más que serenidad.

—Ve con tu amigo y deja de buscar —le aconsejó la joven—. Tu naufragio no fue un accidente. Estás en el lugar que te corresponde.

Aquel reproche era parecido al que había pronunciado la Voz en el templo. Llena de pesar, le dio las gracias y se despidió.

Al borde de los rosales encontró a Sander, que silbaba una melodía moviendo los dedos como si tocara una flauta invisible. Las pequeñas lo escuchaban, balanceando sus piececitos descalzos sobre el polvo.

El viento arrastraba las brumas púrpuras hacia otros picachos. Alicia contempló los rosales, las niñas y las luces de los cocuyos que sobrevolaban el jardín.

Pensándolo bien, quizá su tío tuviera razón. Si los habitantes de esa isla conservaban alguna cordura, comprenderían que el paso más importante para ellos sería rescatar la memoria perdida de sus orígenes. Y tendrían que empezar por los siglos más turbios de su historia, por sus rincones más remotos, por los parajes inmaculados de esa cordillera donde aún vivía una raza olvidada, la más inocente de un país roto y dividido por caudillos sedientos de poder. Allí se conservaba el verdadero espíritu de la isla.

Tal vez nunca encontrara a su familia, pero al menos había contribuido a sacar a la luz el manuscrito dejado por alguna lejana antecesora. Ese era el legado que necesitaba salvar.

El chillido de un tocororo la sacó de su embeleso.

—Vamos, Sander, tenemos cosas que hacer.

Y juntos desaparecieron cuesta abajo.

Epílogo

Non omnis moriar

Sierra Maestra, 12 de octubre, 20.10 h

Un vendaval se llevó las últimas nubes, y las estrellas brillaron como fragmentos de un espejo roto.

Sentada en un viejo tocón, la muchacha contempló a las niñas que jugaban bajo la luna. Hasta ella llegó el murmullo de la conversación entre Juana la Tejedora y su inseparable hermano gemelo, que horneaban la gallina y las tortas de casabe en el fogón del bohío.

Cuando las chiquillas se aburrieron de saltar como ranas, una encima de la otra, corrieron a sentarse a sus pies.

—Mami, ¿cuándo vuelve el músico?

—No creo que regrese —dijo ella, acariciándole el cabello para acomodar la orquídea, medio mustia de tanto juego.

—Su amiga era linda, ¿no? Se parecía un poco a ti.

La madre sonrió a medias.

—¿Por qué no dijiste que tú también tienes esa marca? —preguntó la otra.

—Porque tendría que explicarle que todos aquí la llevamos.

—Eso quiere decir que ella es una de nosotros.

—Sí, pero diferente.

—¿Diferente cómo?

Su madre suspiró.

—Tiene su propio camino que recorrer.

La niña quedó silenciosa, ocupada en morderse una uña.

—Es una mancha rara —concluyó la pequeña de la orquídea—: La gente del llano no la tiene.

—Es la marca de la Diosa.

—¿La qué?

—La marca con la que nuestra Madre señaló a sus hijos, la que revela la naturaleza de nuestro espíritu.

Las niñas abrieron los ojos sin entender.

—Alcánzame eso.

Con una rama fina y oscura, marcó tres puntos sobre la tierra.

—¿Saben qué es?

—Se parecen a mis lunares —dijo una de las criaturas—. Y a los tuyos.

—¡A los míos también! —se apresuró a añadir su hermana.

—Así es. Y guardan un secreto.

Con dos líneas curvas unió los puntos situados en los extremos.

—El símbolo de Guabancex —concluyó.

—La Diosa Huracán —dijo la chica de la orquídea.

—Pero si borro sus brazos y añado una media luna de esta forma, ¿qué ven?

—¡La mancha que tengo en mi pie! —proclamó la niña de las picualas, alzando con orgullo su piernita.

—¡Y yo en la panza! —chilló la otra.

—Es para que recordemos que Atabey está allá arriba, iluminando el mundo.

—¿La luna es Atabey?

—No, Atabey solo puede verse con el espíritu, pero tiene muchos disfraces para mostrar que está en todas partes.

—Siempre estás hablando de Atabey, mamita, pero solo tú la ves. Nadie más la conoce.

—Sí que la conocen, pero no se dan cuenta porque tiene muchos nombres y muchos avatares.

—¿Muchos qué?

—Quiero decir que algunos la dibujan con formas diferentes.

—¿Como cuáles?

—Como esta.

Encima del binomio, la muchacha trazó una figura sin facciones, rodeada por una especie de halo; y debajo, un cuerpo cubierto por algo semejante a una capa.

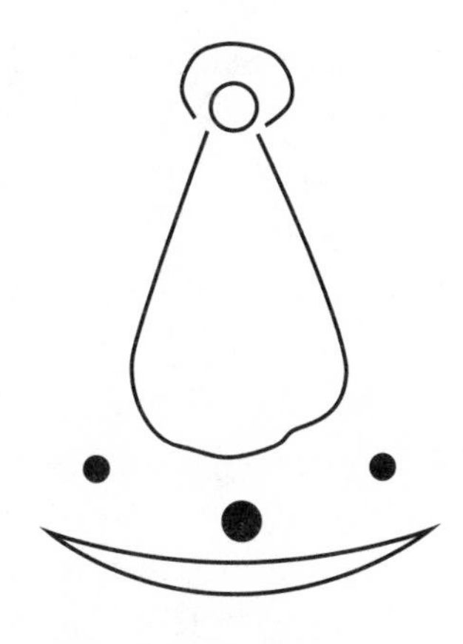

—Se parece a la virgencita que está en casa de los Rojas —dijo la niña de la orquídea—, pero allí la luna es un botecito donde hay tres señores con cara de susto.

—Los taínos la llamaban Atabey —explicó su madre—. Y también tenía un manto azul como la Virgen de la Caridad.

—¿Y por qué le cambiaron el nombre? —preguntó la otra—. Atabey es más bonito.

—Porque algunos hombres quisieron que los taínos olvidaran a su verdadera Madre y, para confundirlos, inventaron una historia sobre un niñito mulato y dos hermanos indios que estaban a punto de ahogarse cuando esa otra Madre los salvó.

—¿Y no es verdad?

La joven atrajo a la niña sobre su regazo y le mostró una medallita que llevaba al cuello, moviéndola bajo la luna para arrancarle destellos. En el metal había una figura femenina cubierta por un manto.

—Esta es Atabey —dijo la joven.

—Pero tiene los brazos como Guabancex.

—Porque Guabancex es la misma Atabey cuando está furiosa. Entonces ya no quiere abrazar a nadie, sino que mueve los brazos como un remolino gigante para espantar lo malo.

—¿Y por qué está furiosa?

—No siempre lo está. Si sus hijos se portan bien, sale Iguanaboína para premiarlos con lluvias cálidas, mucho sol y cosechas abundantes; pero si se portan mal, sale Guabancex y los castiga, como hacen todas las madres con sus hijos.

—No entiendo. ¿Atabey tiene dos hermanas, una buena y otra mala, que se ocupan de sus hijos?

—Ninguna es mala, porque todas son Atabey.

Confundidas, las niñas contemplaron la imagen con recelo. Al final, prefirieron ponerse a dibujar monigotes en la tierra.

—¡Mamá, ya está la comida! —gritó Juana la Tejedora desde el bohío.

—Vayan ustedes primero —dijo la joven, dando unas juguetonas nalgadas a las chiquillas, que escaparon riendo.

Juana la Antigua se quedó mirando la medallita que había conservado durante tanto tiempo, la misma que le había entregado su padre para que la protegiera. Luego la guardó bajo sus ropas, junto al amuleto que Mabanex le regalara aquella lejana noche en la cueva cuando ella aspiró las cenizas rojas.

«Has puesto en peligro tu muerte», le había advertido la Diosa, pero pasarían muchos años antes de que entendiera el significado de esa reprimenda.

Non omnis moriar, multaque pars mei vitabit Libitinam. Los versos de Horacio que ella había escrito en el reverso de la foto eran el testamento a su extraño destino: «No moriré del todo, pues gran parte de mí se librará de la Muerte».

Y es que, por culpa de esas cenizas, algo sucedió en su cuerpo cuando Mabanex y ella se amaron en la isla del Lugar Sagrado. No solo conservó su juventud, mientras el resto de sus amigos y familiares envejecían y morían, sino que la simiente de Mabanex continuó viviendo en sus entrañas a lo largo de los siglos, manteniéndola fértil como una abeja reina, engendrando hijos a los que veía crecer y envejecer, aunque la mayoría partía hacia el llano o las ciudades sin que jamás volviera a saber de ellos.

Solo Alicia había sido distinta porque siempre estuvo destinada a un propósito especial. Por órdenes de la Diosa, la había depositado sobre su regazo marino, en una endeble balsa, cuando apenas tenía tres años. Atabey prometió cuidarla y así lo hizo, primero a través de las aguas que eran su reino y después en el transcurso de su vida. Ahora había cumplido su palabra de llevarla hasta allí para mostrársela.

Fue un sacrificio necesario, después de su fracaso por salvar al hombre que hubiera podido cambiar la historia. De nada valió que le saliera al paso en medio de la manigua. Una rara obstinación, quizá un deseo por terminar la tarea que se había impuesto, selló su destino. Sin embargo, las páginas escritas después de aquel encuentro se habían convertido en un legado que quizá lograra lo que él había soñado, antes de morir en su primer y último combate.

Y en cuanto a ella, ¿cuándo podría dormir para siempre, acunada en el regazo de la Diosa? ¿Volvería a reunirse alguna vez con su amado?

Cuatro siglos después de huir a las montañas, había regresado a la cueva donde reposaban los restos de su padre. En aquel prometedor año de 1902 tuvo la esperanza de que la república que acababa de nacer, tras el adiós a España, conduciría a una paz irrevocable. Por eso viajó en secreto con su valioso manuscrito para enterrarlo junto a la hermosa lápida de mármol que ella misma había tallado.

Pero nada era seguro. La Diosa se encargó de mostrarle los múltiples senderos en que podía dividirse la Historia; y supo que, hasta que todo no cambiara definitivamente, tendría que seguir procreando criaturas que algún día pudieran rescatar el verdadero espíritu de la nación.

Al final, tras décadas de desastres, había sido su propia hija quien sacara a la luz el texto invisible que narraba los últimos estertores de un pueblo condenado al olvido. Su renuncia de madre no había sido en vano, pues si Alicia no hubiera sido adoptada por aquella familia, otro habría sido el curso de los acontecimientos. Todo eso le reveló la Diosa.

Y ahora los tiempos volvían a agitarse. Quizá el desenlace ocurriría más pronto de lo que imaginaba. El país parecía al borde de una nueva época que fluctuaba entre rachas de calma y otras de repentina conmoción.

«Como los vientos de un huracán», pensó Juana, acariciando su vientre hinchado, ante el rostro plateado de la Madre que seguía arrojando su luz sobre la isla.

Miami, 2006-2018

Agradecimientos

Las recientes investigaciones han revolucionado los viejos paradigmas sobre la cultura taína. No obstante, tales nociones siguen siendo desconocidas para el ciudadano común, que sigue repitiendo las ideas —muchas, bastante obsoletas— que aún proliferan en el imaginario social. Puedo imaginar la sorpresa de muchos ante la idea de que los taínos creían en fantasmas o que llevaban túnicas en ciertas ocasiones. Sin embargo, tales hechos aparecen narrados por los primeros cronistas españoles y revelan aspectos significativos de la sociedad taína.

Si a esos primeros testigos sumamos la cantidad de información nueva que está saliendo a la luz, obtendremos una imagen muy diferente de la que tenían generaciones anteriores. Descubrimientos arqueológicos como el poblado de Los Buchillones, en la costa norte de Cuba; los estudios comparativos entre los taínos y las actuales tribus arahuacas (lokonos) de Suramérica, cuyos antepasados se establecieron en las Antillas; y las observaciones etnológicas sobre los estados alterados de conciencia provocados por la ayahuasca, cuya extrapolación y adaptación a la botánica del Caribe pudo perpetuarse en los ritos de la *cohoba*, son solo tres aspectos que deberían cambiar radicalmente nuestras ideas sobre los aborígenes caribeños.

Para mí, todo empezó con la escritura de la serie «La Habana oculta», compuesta por las novelas *Gata encerrada*, *Casa de juegos*, *El hombre, la hembra y el hambre* y *La isla de los amores infinitos*. Durante mi investigación para las dos últimas novelas, un tema comenzó a dibujarse cada vez con mayor claridad: la supervivencia de la raza indígena en Cuba; y todo, irónicamente, por culpa del espíritu de un indio mudo que aparecía en ambas obras. Mientras buscaba información para crear un trasfondo del personaje, que ni siquiera era tal, sino apenas una presencia simbólica —el numen de una raza perdida—, me fui dando cuenta de que casi todo lo que me habían enseñado en la escuela sobre los indocubanos era erróneo o se hallaba sumamente adulterado.

Se dice, no sin razón, que toda obra literaria se construye sobre los hombros de alguna antecesora, pero toda regla tiene su excepción. En el caso de esta novela, no encontré ninguna otra que ya hubiera explorado el escenario indígena de Cuba. Así es que me tocó reconstruir desde cero esa época, moldeando la historia a partir de los datos aportados por investigadores y cronistas, y manteniéndome lo más fiel posible a ellos.

Ocuparía demasiado espacio mencionar los incontables libros y artículos que contribuyeron a la escritura de esta novela, pero no puedo dejar de citar los que resultaron absolutamente imprescindibles para recrear la vida cotidiana de los taínos y los primeros años de la colonización en Cuba. Estos fueron: *El imperio español: de Colón a Magallanes*, de Hugh Thomas; *Estudios de lexicología antillana* y *Mitología y artes prehispánicas de las Antillas*, ambos de José Juan Arrom; *Mitología y religión de los taínos*, de Sebastián Robiou Lamarche; *Cristóbal Colón: Textos y documentos completos*, editado por Consuelo Varela; *Art and Archaeology of Pre-Columbian Cuba*, de Ramón Dacal Moure y Manuel Rivero de la Calle; *Vida cotidiana de los conquistadores españoles*, de Francisco Morales Padrón; *Relación acerca de las antigüedades de los indios*, de fray Ramón Pané; *Natural Cuba/Cuba Natural*, de Alfonso Silva Lee; *Cave of the Jagua*, de Antonio M. Stevens-Arroyo; *The Indigenous People of the Caribbean*, antología de ensayos compilada por Samuel M. Wilson; *Columbus's Outpost Among the Taínos. Spain and America at La Isabela, 1493-1498*, de Kathleen Deagan y José María Cruxent; *Huellas vivas del indo-*

cubano, de José Antonio García Molina, Mercedes Garrido Mazorra y Daisy Fariñas Gutiérrez; *The Tainos: Rise and Decline of the People Who Greeted Columbus*, de Irving Rouse; y *Taíno: Pre-Columbian Art and Culture from the Caribbean*, editado por F. Bercht, E. Brodsky, John A. Farmer y D. Taylor.

Entre los volúmenes que ampliaron mi visión sobre la fabricación del papel y la evolución del libro durante la Edad Media y el Renacimiento, mis guías más eficaces fueron *Historia del libro*, de Hipólito Escolar; *A Short History of the Printed Word*, de Warren Chappell; *Albores de la imprenta*, de Jacques Lafaye; y *La historia del libro*, de Maryline Gatepaille.

La mayor parte de los fundamentos sobre la masonería, que fue la inspiración para crear la Hermandad, se la debo a *Secrets of the Freemasons*, de Michael Bradley; *Masonería: símbolos, secretos, significado*, de W. Kirk MacNulty, y *Secret Teachings of All Ages*, de Manly P. Hall.

Un apartado especial merece el libro *The Cosmic Serpent: DNA and the Origins of Knowledge*, del antropólogo Jeremy Narby (Ph. D.), quien ha realizado una de las investigaciones de campo más formidables que conozco sobre el papel de la ayahuasca en la bioquímica de la memoria celular y las visiones de los chamanes amazónicos. Su texto me indujo a extrapolar el posible vínculo de las pinturas rupestres en Cuevas del Este (Isla de Pinos) con la ceremonia de la *cohoba*, empleando la licencia especulativa que permite toda ficción. Asimismo, la conjetura que hago en la novela sobre el significado de las esferolitas o piedras líticas —para las cuales, hasta el momento en que escribo estas líneas, los arqueólogos no han encontrado una explicación— es de mi absoluta responsabilidad y autoría.

En cuanto a la ciencia criminológica y al mundo delictivo, las obras *Murder and Mayhem* y *Forensics and Fiction*, del doctor D. P. Lyle (MD), resultaron sumamente instructivas en asuntos de medicina forense. Doy las gracias al sargento Moisés Velázquez, supervisor de la SVU (Unidad de Víctimas Especiales) en la División de Investigaciones Criminales del Departamento de Policía de Miami, por responder a mis preguntas sobre la vida cotidiana y la psicología de los oficiales que lidian con los casos criminales. También al detective Frank Peñate por aclararme ciertas dudas referentes a cuestiones administrativas de la policía de Miami.

En los temas de carácter histórico y científico, la ayuda de varios investigadores resultó vital.

El historiador Armando Rodríguez Alonso tuvo la amabilidad de enviarme numerosos artículos y de intercambiar conmigo extensos correos electrónicos sobre diversos matices antropológicos y de restauración arqueológica.

Rolena Adorno (Ph. D.), de la Universidad de Yale, me informó y guio hacia la búsqueda de textos sobre la fabricación del papel en los primeros años de la colonización de América. Doy las gracias, de paso, al profesor y académico Roberto Echevarría (Ph. D.), por ponerme en contacto con esta experta en escritura y en cronistas de Indias.

La primatóloga Linda L. Taylor (Ph. D.), profesora de la Universidad de Miami y estudiosa de las estructuras sociales de los primates, compartió conmigo sus conocimientos sobre las costumbres nocturnas de los gálagos.

José Martínez, ilustrador cubano especializado en la cultura de los aborígenes, me regaló esclarecedores bosquejos y explicaciones sobre las viviendas aborígenes.

Los miembros del grupo Lost Taíno Tribe me aclararon dudas en relación con ciertas frases del idioma taíno, que, pese a lo que el público general piensa, no se ha extinguido del todo.

Mi gratitud a la agrupación cordonera «Umbral de la Esperanza» por permitirme asistir a una de sus ceremonias, una experiencia que terminó por convencerme de que estaba en presencia de una manifestación cultural-religiosa que descendía directamente de nuestros indígenas.

El personal del Museo del Hombre (República Dominicana) fue muy amable al servirme de guía a través de su extensa colección de piezas taínas, con dioramas estupendos que reconstruyen procesos como la ceremonia de la *cohoba* y la preparación del casabe.

Quiero aclarar que San Cristóbal de Banex es un pueblo ficticio. Sin embargo, la actual ciudad de Banes (provincia de Holguín) tiene su origen en el cacicazgo de Bani o Baní, donde situé la villa. También son reales los cacicazgos y pueblos mencionados, así como las palabras y los diálogos en taíno. Solo algunos nombres de los personajes fueron inventados por mí, apoyándome en los estudios lexicológicos de J. J. Arrom y en lo poco que se sabe de la lingüística antillana.

Las escasas licencias creadoras que me tomé fueron extrapolaciones de culturas afines a las indocubanas o directamente emparentadas con ellas, como los arahuacos o lokonos, que aún conservan su lengua y sus costumbres.

Por último, agradezco a los escritores Antonio Orlando Rodríguez y Sergio Andricaín, amigos y críticos de toda una vida, la lectura del extenso manuscrito y sus valiosas sugerencias. Y especialmente, a mi agente Maru de Montserrat y a mi editora Ana Liarás, pilares de apoyo en esta aventura creativa, por su infinita paciencia y comprensión.

La autora

Índice

Daína Chaviano nació en La Habana y reside en Estados Unidos desde 1991. Licenciada en Lengua Inglesa por la universidad de su ciudad natal, dedicó la primera parte de su carrera a los géneros de ciencia ficción y fantasía con obras como *Fábulas de una abuela extraterrestre* o *El abrevadero de los dinosaurios*, que la convirtieron en la autora más vendida de ambos géneros en la historia de su país. Tras salir de la isla cultivó con igual éxito una narrativa de carácter más contemporáneo, cuyos temas abarcan la mitología, la historia antigua, la sociología, la parapsicología, el erotismo, la política y la magia. Sus obras han sido traducidas a más de treinta idiomas y han recibido diversos reconocimientos internacionales como el Premio Anna Seghers (Academia de Artes de Berlín, Alemania, 1990), el Premio Azorín de Novela (España, 1998) y el Premio Nacional Malinalli para la Promoción de las Artes, los Derechos Humanos y la Diversidad Cultural (México, 2014), entre otros. Dentro de la narrativa contemporánea, Daína Chaviano ha publicado *El hombre, la hembra y el hambre*, *Casa de juegos*, *Gata encerrada* y *La isla de los amores infinitos* (Grijalbo, 2006). Esta última cosechó un gran éxito internacional y ha sido traducida a veintisiete idiomas. Ahora, con *Los hijos de la diosa Huracán*, nos ofrece su obra más ambiciosa en la que demuestra su pasión por la Historia y la intriga, así como su enorme talento como escritora.